「作者」觀念之探索與建構
——以《文心雕龍》為中心的研究

賴欣陽著

臺灣 學生書局 印行

圖片一：敦煌唐寫本《文心雕龍》信手塗鴉處。（〈徵聖〉篇題下）

圖片二：敦煌唐寫本《文心雕龍》信手塗鴉處。（在「卷第三」標目及〈銘箴〉篇題下）

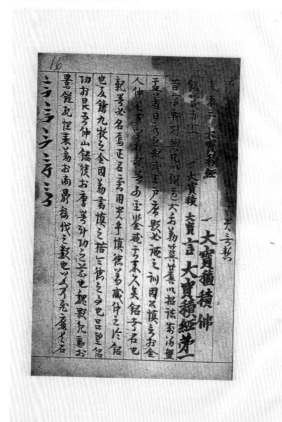

圖片一及圖片二翻攝自林其錟、陳鳳金集校：《敦煌遺書文心雕龍殘卷集校》（上海：上海書店，1991年10月第一版）原版藏於英國倫敦大英博物館東方圖書室。烏絲欄，蝴蝶裝。據館方說明，原書長17公分，寬12公分。封面部分破損，繕寫在光滑的革紙上。

圖片三：元至正十五年嘉興刊本《文心雕龍》缺佚漫漶嚴重處。

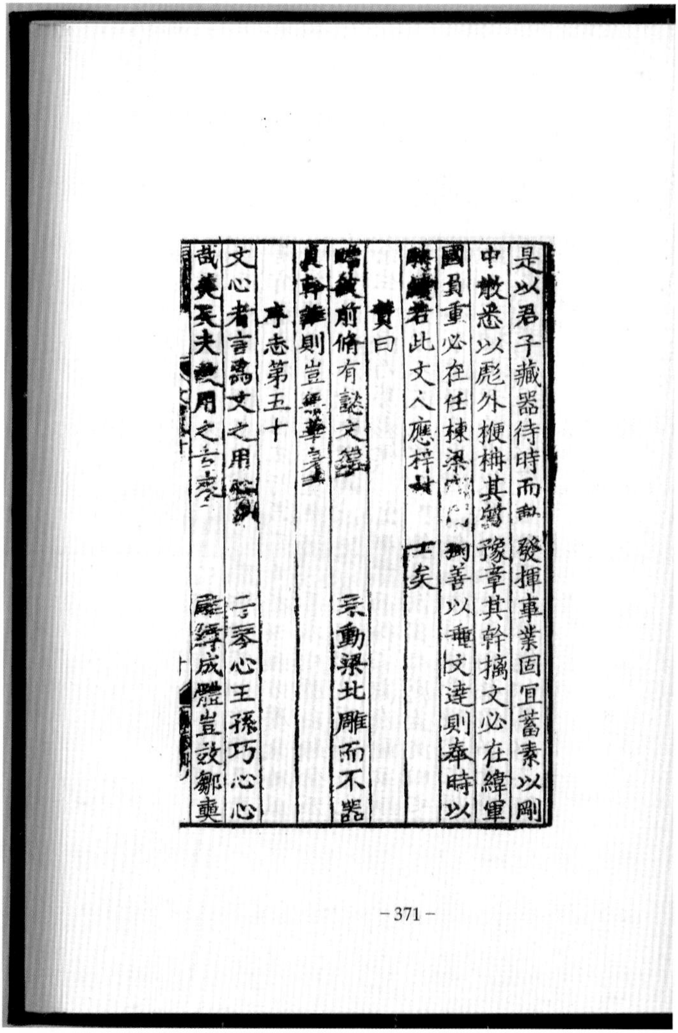
是以君子藏器待時而動發揮事業固宜蓄素以剛
中散采以彪外楩柟其質豫章其幹摛文必在緯軍
國負重必在任棟梁窮則獨善以垂文達則奉時以
騁績若此文人應梓材之士矣
贊曰
瞻彼前脩有懿文德　　采動梁北雕而不器
貞幹誰則豈無華身
序志第五十
文心者言為文之用心　　琴心王孫巧心心
哉美矣夫　用之言　　縟成體豈效騶奭

圖片四：元至正十五年嘉興刊本《文心雕龍》缺佚嚴重處。

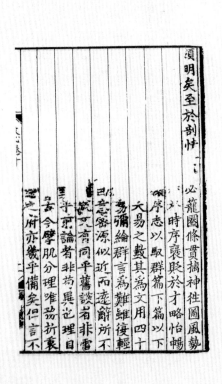

圖片三及圖片四翻攝自中國文心雕龍學會編輯：《《文心雕龍》資料叢書》（北京：學苑出版社，2004 年 3 月第一版）原版藏於中國上海市上海圖書館。框高 23.2 公分，寬 15.6 公分。烏絲欄，蝴蝶裝。

總　序

龔鵬程

　　我們在看畫、論詩、品茗、聽曲、欣賞風景時，常可以聽到：「嗯，這幅畫好，意境很高」「這首歌很有味道」「不錯，這茶喉韻很好」「這個作家性靈洵美，才華洋溢」「這詩風神搖曳」「呀，這景觀氣象萬千，大氣磅礴」……這一類審美判斷語。

　　這類用語，往往可以概括我們對一個人一幅畫一首詩一處風景的整體觀感。例如那個人的髮型、衣著、五官、修短、談吐、舉止，整個人給我們一種感覺，讓我們發出：「這個人真有味道」的讚嘆。或者說是品味、趣味、人情味等等。這品味云云，就是審美活動的綜合判斷，用以說明我們對該事該物的理解與審美感受，也用以指該事該物的性質。當然，有時這些用語只是分析性的判斷，指該事物的某一部分特點和我們對某一方面的感受。

　　換言之，我們通常總要依靠這些語詞去描述審美經驗，說明審美對象。可是，這些語詞，在現今這個時代再繼續使用時，卻可能遭到一些質疑。比如一位外國人或許就不太能理解「詩有味道」是什麼意思，或神韻、才氣、性情、興象確切的含義為何。許多現代的讀詩者，看見古代詩話詞話中充斥著這類語詞，也常感難以捉

摸，不知韻、趣、味、氣、品、情、風、神、靈、意、境、界等字詞到底是什麼意思，為什麼它們好像又可以隨意組合，變成韻味、品味、趣味、風味、情味、神韻、風神、風氣、風韻、韻趣……等等。這些語詞，用在文學及藝術批評上，好像也只是表白了觀覽者的印象概括，並未真正說明審美對象的性質。

臺灣在七十年代中期曾經因此而引發了「中國究竟有無文學批評」「中國傳統文評只是印象式批評」的爭議。爭議的靶垛之一，就是這類用為審美批評的語詞涵義不明或不夠精確，令人難以把搦。當時大力推介新批評來臺的顏元叔先生，為黎明出版公司策編了一套《西洋文學批評術語叢刊》，大獲好評。相較之下，中國文學批評的這些語詞，如果也能稱之為術語的話，似乎誰也搞不清楚這些術語的涵義、指涉、起源、演變、與之相關的文學觀念、流派、現象為何。因此頗有人主張不應再使用這些陳腔爛調，講那些氣味神韻、摸不著頭腦的話，如此，才能建立起真正的文學藝術批評。

可是，文學藝術批評的術語，不只是一些描述語，它同時也是一個觀念的系統。談意境、重才情、說韻味的評論體系，正顯示著論文藝者是秉持著什麼觀念在進行其審美判斷。術語，其實就是一個個觀念叢聚之處。我們對傳統術語不熟悉、感到陌生、難以理解，實質上即是因為我們業已與傳統有了隔閡，不再清楚整個傳統文藝評論的觀念與體系了。故目前不應是拋開這些術語。拋掉它，事實上就是拋掉整個傳統文藝批評。而是首先應充分去解釋說明這些術語及其相對應的觀念，然後再看它能否與現代或西方之文評觀念對話。

　　基於這樣的想法，我們也曾於八十年代的《文訊》月刊上開闢
文學批評術語解釋的欄目，每期以辭典式的體例簡釋數則文學批評
術語。但正如前文所述，術語往往涉及複雜的觀念問題，不是簡單
幾句話就講得清楚的，所以大家眾議僉同，應就中國文評部分，仿
西洋文學術語叢刊，另編一套中國文學批評的術語叢書，詳細說明
每一個批評概念的義含與歷史。

　　這個工作由二十世紀八十年代末期開始，因人事倥傯、俗緣紛
擾，到現在才能逐步完成，實在非始料所能及。但成事之難，適可
見我們對此事之執著不捨。畢竟這是我們長期的心願，認為唯有講
明這些觀念與術語，才能說清楚中國文評到底是怎麼一回事。不達
成這個目的，我們是不會甘休的。

　　幹這場大事，我們的同夥人數眾多。總召集是黃景進。我負責
敲邊鼓，播鼓進兵，所以總說明這篇序，就由我代執筆了。

二○○四年五月

賴著「作者觀念的探索與建構——以《文心雕龍》為中心的研究」序

張夢機

　　諺云：「鐵杵磨成繡花針」，意謂凡事憑藉堅毅，努力不懈，終必有成也。惟其資質須為「鐵杵」始可，苟為木棍，則如何勤奮，不過磨成牙籤，而終與繡針無涉焉。賴生欣陽，東墩人，少年如春，資質穎異。既具「鐵杵」之質，復又奮力向學，孜孜不倦；平素沉潛經史，雅擅詞章，故能跨越流輩，擢秀上庠，誠藝林之奇葩也。頃董理其博士論文，欲付剞劂，乞余一言以為敘，余謂：劉勰，南朝梁人，字彥和，篤志好學，博通經論，嘗撰《文心雕龍》五十篇，抉幽闡微，騰喧眾口，為吾國第一部體系整密之文論專書。按賴文尋繹軌則，批導窾郤，詳敘該書之作者論述；首在鴻視中國儒經與文章傳統中之作者觀，以為立論之基。次則分述作者應具備之主觀條件，約有七端：如「才」、「氣」、「學」、「習」、「思」、「情」、「志」等，並逐條加以析論；復次環境因素與作者之關係；四言理想之寫作；末以「可藉《文心雕龍》為理論分析之

參考架構，建構起屬於文學範疇之作者理論。」作結。全書用筆清
邕，立論中肯而新穎。其分章論述，勾深探微，條剖縷析，推演謹
嚴。而史料翔實，廣徵博引，按之悉在指掌，洵非游談之空言，蓋
善乎說理者也。欣陽間亦從余游，攜酒問字，商略詩法，玄思勝解
處，輒能妙契於言詮之表，洵篤學穎悟士也。欣陽此書既竟，而囊
底之智未竭，他日倘另擇詩文理論而詳述之，當有助益於文苑，既
以屬望於欣陽，且冀其繼今更奮力為學，而毋以此自限也。

張夢機　民國九十六年四月二日於藥樓

自 序

　　本書內容，主要是針對文論中的「作者」問題進行反思。漢朝以後的中國古典文學批評，無論那一種批評方式，大體上而言都蠻重視作者，而他們批評的目的也常在於指導寫作，為了訓練出一個好作者。所以在中國古典文學批評中，「作者」似乎成了一種理所當然的存在，文學批評家們也很少把它當做一個觀念，去討論其中可能蘊含的問題。

　　十八、九世紀時期的西方文學批評，雖然與中國古典文學背景不同，但也以作者為中心來詮釋及解讀作品。然而到了二十世紀，文學批評家們將焦點放在作品意義的解讀上，所以開始檢討甚至挑戰長久以來文學批評研究「作者」的傳統，幾十年間，漸漸形成一股反作者中心傾向的文論。

　　拿這套文論來與中國古典文學批評對照，則可以了解大部分中國古典文學批評家的目的是要了解作品背後那個寫作的人，作品或文本只是工具；而現代西方文論家的目標，則在詮釋作品或文本的意義，當然作者就被邊緣化了。

　　然而無論中、西文學批評論述，對於「作者」觀念內涵及其所關涉的各方面問題都很少深入而全面地分析探討，因此無論是反對或者是支持以作者為中心的文論，都應該以對「作者」觀念的認知為基礎，如此方能進行有效的討論。

　　《文心雕龍》雖非以「作者」爲主之文學批評論著,然而劉勰在其論述內容中卻已經表述了他對「作者」內涵的認識,及其對相關問題的了解。

　　略而言之,劉勰所謂的「作者」,指的是執筆爲文者。而有其應具備的基本條件及寫作能力;劉勰也注意到環境與作者的關係,並論述作者所處之環境如何看待作者。而且進一步提出了他心目中理想的寫作,包含了做爲典範的理想風格類型、進行寫作應注意的原則,以及進行理想寫作的心理歷程。可以說對關於「作者」各方面的問題,都曾進行探討,而有相當深入的見解。

　　從劉勰所論,可知中國古典文學批評對「作者」曾有過清楚的探究描述,只是後來的文論家對這方面的問題,往往從道德情操、歷史研究、風格印象來討論,罕有自創作活動本身而論者。《文心雕龍》所提出的「作者」論述相當深入而周延,可以此爲基礎建構屬於中國文學批評的「作者」理論。而與西方文論對照之下,亦可讓人了解中、西文論各有不同的立場與背景;《文心雕龍》中的「作者」論述或可使現代西方反作者中心文論者換個角度來看待及思考「作者」問題。

　　本書乃是以我的博士論文爲基礎改寫而成。自構思以迄成稿,歷時五載,增刪多次。其中疏漏誤謬之處,承蒙指導教授岑溢成先生及主持論文口試的張雙英教授、王金凌教授、王次澄教授、王力堅教授的不吝指正,在此向各位老師致上最誠摯的謝意。

賴欣陽　民國九十六年三月十七日於台中

「作者」觀念之探索與建構——

——以《文心雕龍》為中心的研究

目　次

前言：關於「作者」的一些斷想

　　義大利著名符號學家安伯托・艾柯（Umberto Eco）曾在《詮釋與過度詮釋》（*Interpretation and overinterpretation*）中說：「確認作者意圖，實際上就是確認一種符號策略。」[1]這也就是說，當讀者看到或讀到一篇作品，而認真問起：「作者是誰？」的時候，實際上已經表示出他或他們在尋找一種理解及詮釋這篇作品的角度。然而在中國古典文學的批評實踐中，追尋作者，是顯得那麼自然而然並且理所當然，以至於研究者往往意識不到那便是在找尋解讀一篇作品的策略。事實上解讀策略一經確定，對於作品意義的理解，也就差不多確定下來了。故從讀者的層面來看，追尋作者，其實是在尋找一種解讀及詮釋的角度。

　　閱讀作品而不索解其作者，在中國古典文學批評活動中可以說

---

[1] Umberto Eco, "Overinterpreting Texts" in Stefan Collini, ed., *Interpretation and overinterpretation* 3rd　reprinted（Cambridge, Great Britian:Cambridge University Press, 1994）,pp.64.

相當罕見。因此對作者的了解，如考查他的身世、交遊，追索其仕履、行事；乃至於進一步推斷其內心世界；甚至對於他的言語、風神、姿態……等等個人風貌的掌握；這在中國古典文學中就成爲文學批評家的重要任務。可以説，在閲讀詮釋的過程中對作者茫昧不知，對中國古典文學批評家而言，幾乎是不可思議的事。兩千多年來，這種研究取徑已成爲中國文學研究的常規，方法愈來愈講究，分析描述愈來愈精密。有的學者在與西方文論對比之下，便認爲這樣的方法乃是與中國古典文學自身的獨特性相符的。例如，葉嘉瑩女士在《迦陵論詩叢稿·後敘》中曾説：

> 中國之古典詩歌則在傳統中原是以言志抒情爲主的，則作者之性格生平自然與其作品之間結合有密切之關係。而且以寫作態度而言，西方之詩歌似乎更重視理性之安排與設計，重視理性之安排與設計，而中國之古典詩歌則似乎更重視內心直接之感發。[2]

蔡英俊先生在《中國古典詩論中「語言」與「意義」的問題》的導論中也説：

> 詩在中國古典文學傳統中就表現爲對詩人自身情感或心境的一種抒發與表白，詩即是個人生活的一部份，也是生活經驗

---

[2]　葉嘉瑩：《迦陵論詩叢稿·後敘》（北京：中華書局，2005年），頁367。

的延伸；更重要的，詩的意義或價值及[3]來自於詩人情感上的真誠與真摯。[4]

葉女士的説法側重於作者性格及内心世界的部分，而蔡先生則益之以作者之生活經驗及情感。二者都為中國古典文學批評重視作者的現象提出了解釋[5]。然而這雖能表明對作者的重視，却尚未深入思考、分析「作者」的内涵及其意義。

事實上，當大家習以為常或理所當然地努力去蒐集、發掘作者的相關資料時，中國古典文學批評的文論家、批評家、箋釋家們似乎很少人會去問：「『作者』是什麼？他在我閱讀、欣賞及詮釋文學作品時具有什麼意義？發揮怎樣的作用？」或者去思考：「我所了解的『作者』究竟是怎樣的一種存在？」

那麼「作者」到底是什麼呢？它是一個人？一段記載？一串思考？一種情感？一套理念？一寸精神？抑或只是——一片隨風飛揚的渺遠記憶？儘管大家都很重視，却未必真正了解它。在這種籠統而模糊的認知下，怎能清楚地知道它是在什麼情況之下，依據怎樣的能力去進行寫作？遑論其他。

如果劉勰在《文心雕龍·知音》篇中所提出的：「綴文者情動而辭發，觀文者披文以入情」的文學活動歷程能夠成立，那我們就

---

[3] 「及」應為「即」，或因北京話同音偶植誤字。

[4] 蔡英俊：《中國古典詩論中「語言」與「意義」的論題》（台北：台灣學生書局，2001 年），頁 7。

[5] 這種詮釋方法的適用性及其局限，並非本論文所討論的重心。讀者若想進一步了解，可參考顏崑陽先生所著的《李商隱詩箋釋方法論》（台北：學生書局，1991 年 3 月初版）。

可以知道劉勰認爲作品是對作者進行了解的主要線索和依據。但是由作品架構出來的作者是怎樣的性質？包含什麼元素及內容？對這些問題，大部分的中國古典文學批評文獻都沒有提供合理的答案，或者能夠讓我們進一步深入思考的線索。

　　所以歷來中國古典文學的批評者及詮釋者，有的從歷史傳記中去追尋，卻不免陷入文獻資料的泥淖中而愈理愈亂；有的從詩法上去探索，然而依詩法或其風格來指實作者，猶如檢警法吏執法以拘人；批評、詮釋者將自局於法，以至於識法不識人。因此對於「作者」，中國古典文學批評的實踐者與研究者雖然常常提及，卻很少看到他們清楚地分析「作者」的觀念及其相關的問題。

　　這可能是中國古典文學批評活動習於由主觀直接體悟，不習慣用分析的方式來表達問題與解決問題所致。然而這樣一來，非但沒有使問題顯得簡單明確，反而更加膠著難解。而且即使已經得到所謂的答案，似乎亦經不起一再的質疑與推敲，終將走上訴諸學術權威的手段，來保障其地位，並維繫其價值。

　　這最主要的原因，是因爲歷史中的作者是一種經驗的存在，而經驗是隨時、隨地、隨事都在改變的；即使是同一作者，亦難以回到創作當下的時空與心境。因此詮釋者以追尋、了解作者爲詮釋目標，則要面對作者經驗難以回復，「真正的了解」很難實現，甚至這種「了解」是否可能……等等的問題。而中國古典文學批評家常常把文學作品及歷史文獻當做了解及進入作者內心的憑藉，依文學作品來詮解作者內心，又依其所詮解之「作者」來解釋批評作品。這可以說於作品詮釋無所增，於了解作者亦無所益；只是批評家在

一個限定的範圍中不斷循環與重覆的自我陳述而已。而作者的個人經驗是否會對作品產生影響？其重要性如何？則將涉及「把作品當做了解作者的憑藉」這種方法的合理性及其適用程度的問題。

既然對於批評與詮釋而言，作者不具普遍性，作品與作者之間在詮釋的邏輯上也不存在合理的關係，那麼文學批評家及詮釋者們是不是可以直接將作者逐出文學理論與批評的範疇？在批評與詮釋時不顧作者將會有怎樣的結果？

中國古典文學批評中也有批評者獨抒己見，不顧作者的批評方式[6]，如明末王夫之云：「作者用一致之思，讀者各以其情而自得。」晚清譚獻於其詞論中亦曾云：「作者之用心未必然，讀者之用心何必不然？」[7]，這話往往成為詮釋者解讀作品不必考慮作者的口實，雖然王夫之、譚獻本意未必主張完全排除作者。然而影響所及，中國古典文學批評中也有一些批評者及研究者，主張批評與詮釋不必那麼重視作者。只是他們的聲音不夠宏亮，並且在理論的闡述上尚未克服一些關鍵性的問題。

然而可預見的是，如果詮釋文學作品時將作者排除在外，對文學活動的很多觀念就要重新考量甚至重構了。我們可以設想一下若

---

[6] 有些眉批評點的批評家往往宣稱自己是合於作者的心志意旨，也會藉一些歷史考證成果來增強自己詮釋的說服力（像金聖歎）。然而如劉將孫在〈王荊公唐詩選序〉中所論的內容，已表明某些眉批評點者們可以明顯地不顧作者之意，而將重點放在表達評點者自身的感發及詮解。

[7] 〔清〕譚獻：〈復堂詞錄序〉（引自唐圭璋編《詞話叢編》，台北：新文豐出版社，1988年），頁3987。此句之意並非其字面所示，而譚獻亦非不顧作者之評論家。只是自此語見世後，許多人皆藉以之為文學批評可以不顧作者之口實，或以之為讀者反映論之先聲。

在文學批評及研究中忽略，甚至驅逐「作者」會產生怎樣後果：

　　首先要面對的是寫作活動如何進行？傳統的觀念中一般是將作者界定為執筆寫作的人，可以說是寫作活動的主角。作者的精心構思、縝密安排、獨見特解、特殊手法，都經由寫作活動一一表現在作品中。如果不考慮作者，則作品中主題誰來擬定？題材及體裁由誰選擇？篇章結構怎麼安排？手法與技巧如何巧妙地運作？⋯⋯等等諸方面的問題將難以從起源發生的角度來解釋。如果從另一個角度看，可以認為這些問題的答案乃是讀者在閱讀過程中，經由文本及其相關資料建構出來的。然而這是將問題置於讀者層面來看，仍無法解釋何以會不斷地有新作品出現？所以即使像法國著名思想家羅蘭・巴特（Roland Barthes）將寫作視為符號本身運作的活動，作品為符號交織所成之物[8]；但仍然無法否定作者對符號進行運作的事實，只能想盡辦法泯滅其個性，降低其影響，說作者是符號進行運作的媒介；以至於使作者在寫作活動中不具任何重要性。

　　其次是要從那個角度來理解文本？如果不必考慮作者，則讀者就可以從更多、更廣的角度去理解、詮釋文本，也可以實行更多的解讀策略，這似乎對閱讀、詮釋而言，是一種解放。而若從文化、社會層面來考慮，到最後可能就像福柯（Michel Foucault）所講的：「話是誰說的？那有什麼關係！」[9]因為重要的是讀者如何讀它。然而事實果真如此嗎？也許這樣一來，反而造成更多無效的、不相干

8　Roland Barthes, "The Death of the Author," in William Irwin, ed., *The Death and Resurrection of the Author*（Westport U.S.A.:Greenwood Press,2002）,pp.3-7.

9　Michel Foucault ,"What Is an Author ?," inWilliam Irwin, ed., *The Death and Resurrection of the Author*（Westport U.S.A.:Greenwood Press,2002）,pp.9-22.

的解讀。赫許教授（Eric Donald Hirsch Jr.）不能接受「驅逐作者」（"Banishment of The Author"）[10]的潮流，這也是原因之一。

其三是不能再說作品是屬於作者的。因為從詮釋與閱讀的角度來看，不是作者創造了這個作品，而是作品成就了他。就一般讀者的認知而言，讀者會知道一個作者或一羣作者，其時間點不是在作品產生之前，而是與作品產生的同時或在作品發表之後，人們是因為作品才知道或形塑出作者的。如此一來，語言文字的歸屬將脫離個人或團體私有的型態，在使用上和表達上將導致公共化。然而語言文字公共化之後，素質是否能因而提昇？這還有待考驗。而從整體發展趨勢看，結果可能是悲觀的。

其四是作品的分類、歸納少了一個可以考慮的維度，「風格」的基本觀念也要重新調整。如此則對文集的編輯、整理也將有不同的面貌。若不再以作者為主，也就不用考慮其生卒年及出身、仕進……等等狀況。或許就體裁、或許依表現手法、或許依主題，或許就按照整體呈現出來的風格，來對作品進行分類。而也不用考慮到是誰寫的？誰的風格如何？他的詩、詞與他的文章有何不同了。但是這樣會讓編輯出來的作品集（也沒有總集和別集的分別了）在閱讀、吸收、推廣上更有效率嗎？能讓人從事更深更廣的學習而提昇自己寫作與語言的能力嗎？如果平心靜氣深入觀察、思考，答案顯然不是肯定的，並不必然保證整個情況會更好。

其五是文學史也將被重新建構或改寫。因為既然驅逐或貶低了

---

[10] Eric Donald Hirsch, *Validity in interpretation*（New Haven U.S.A.:Yale University Press,1967）,pp.1.

作者在文學活動上的位置，這些以作者的寫作活動及其活動成果為基礎資料而寫成的文學史[11]，也將著隨作者的退位而失去其被建構的基礎，必須在另一個基礎上被重構。但是重構的結果會比現有的文學史更精良嗎？分析敘述會更深入嗎？這可能有待重構者的努力才能達成了。

因為「作者」的觀念不夠明確以及其處理方式不能符合所謂「客觀」（objective）[12]研究的理論要求，而引起的反作者中心論調，在現代西方文論中成為一股潮流。而且他們有理論背景做為基礎，並非基於讀者個人的意向、願望進行任意的批評；並且也認真地指出了在作者中心觀念下所進行的文學批評、詮釋之缺失及其不足之處。但是如上面所提到的五種由於不考慮作者所可能衍生出來的，關於文學活動方面的問題，有些批評家或許刻意忽略它們，有些批評家或許將之視為正面的或理所當然的，而認為這才是文學活動的本相。但是幾十年的討論及批評欣賞活動實踐下來，可以讓我們看到，事實上，不顧作者的結果，在批評活動方面所產生的難題更加紛紜，更加複雜。

---

[11] 　在中國文學史方面例如：劉大杰先生所著的《中國文學發展史》（台北：華正書局 1985 年 4 月二版）、游國恩先生領銜的《中國文學史》（台灣：文復書店，沒有出版時間及作者姓名，書名題爲《新編中國文學史》，對比後始知爲游國恩本。）、陸侃如先生與馮沅君女士合著的《中國詩史》（台北：藍田出版社，沒有出版時間及作者姓名，書名題爲《中國詩詞發展史》，對比後方知爲陸、馮所著之書。）……等等，其中描述都是以作者爲基礎建構起來的，評價也都集中於作者。

[12] 　Willam Kurtz Wimsatt, "The Concrete Universal," in Willam Kurtz Wimsatt and Monroe Curtis Beardsley, *The Verbal Icon* （Lexington U.S.A.:University of Kentucky Press 1954）,pp.82-83.

　　回過頭來看看關於作者的討論，現代有些學者稱之為「創作主體」[13]，與「閱讀」或「評賞」主體相對，欲以人文學科中「主體」或「主觀」的概念來說明它的特質。如此一來，則創作、批評活動都是主觀的，因此很難建立起有嚴格理論意義的「文學作者論」。

　　如此不唯無法說服現代西方力持「客觀」立場的文學批評家，甚至回到或陷入這些文評家當初所批評反對的種種不合理的現象。例如：只重視作者相關資料，而不重視對作品的解讀；試圖回復作者經驗及其情感，把文本內容當做作者的內心世界；把作者的意圖當做衡量作品成功與否的標準；以作者的道德操守來判斷他的藝術成就……等等，都是曾被指出且加以討論過的。

　　事實上前面所提出的問題都出於對「作者」的認知有所障蔽。主張研究作者情志的批評家，視作品為作者個人抒情言志的表現結果，往往陷入批評者自身的主觀印象與認定；但是却不見他們對「情」、「志」進行詳細分析，也不見他們對其他可能影響、甚至主導創作的因素做理論上的闡釋。欲「驅逐作者」的文論家們，在某些條件下排除作者個人意圖，認為這對詮釋而言是無效的；但也不見他們去思考作者的定義及其可能包含的概念及其結構。而有些理論家，如福柯等人，雖然從功能角色的角度，將作者視為一個「作

13　王瓊玲著：〈中研院文哲所與「明清戲曲」研究〉，發表於《漢學研究通訊》第 20 卷第 2 期（台北：國家圖書館漢學研究中心，民國 90 年 5 月），頁 35-43。見文中頁 39。以及彭雅玲著：〈皎然意境論的內涵與意義——從唯識學的觀點分析〉，發表於《佛學研究中心學報》第 6 期（台北：台灣大學佛學研究中心，民國 90 年 7 月），頁 181-211。

者─功能」體（"author function"）[14]，敘述其定義、作用及其在歷史上存在的情狀，但也未就其內涵結構加以析述。

至於文藝心理學的分析則只就其中幾個與創作、欣賞有關的面向，例如：想像、天才、情感、直覺……等等來論述。且不用說未對「作者」加以界定；這些論題其實都是十八、九世紀的西方文學批評及理論已經加以討論，也正是反作者中心評論家們覺得主觀意味太濃而不能苟同，亟欲排除者。因此文論家想要建立關於「作者」的批評理論，既無法解決前面所提到的反作者中心傾向文學批評對於作者研究所提出的問題，也不能提出具有說服力的辯駁，關於文學「作者」的理論，至此已難復言之矣。

但這是否表示文學批評與研究對「作者」的探討已經終結，不再有新意了呢？事實上，如果仔細推敲反作者中心文論及主觀式批評關於「作者」的論述，可以發現他們都甚少去析述「作者」是什麼？也就是很少會針對「作者」這個概念進行探討。巴特與福柯雖有所論，然其文中關注焦點在於「作者」的效用及功能，並不在於析述「作者」這個概念的內涵。這就回到本書所提到的：「『作者』是怎樣的一種存在？」的問題。也許這才是「作者」論述首先應加以釐清的；也許釐清之後，將會發現許多問題根本就不存在；或者會發現這都只是基於自身理論的假設，虛構出一個要加以攻擊與駁斥的假對象。很多文學批評家雖然口云筆述「作者如何如何」，但好像對「作者」這個觀念的認知仍有互存其異或尚未釐清的部分。

---

[14]　同註9。

　　當代文論家中比較正面而詳盡地分析「作者」觀念的，大概是安伯托・艾柯。從他的論述出發，可以進一步去思考「作者」是怎樣的一種存在？它依據什麼而存在？等問題。艾柯提出了「經驗作者」（empirical author）、「標準作者」（model author）、「閾限作者」（liminal author）的分別[15]。所謂「經驗作者」即是現實世界中作為一個寫作的人而存在的個體；「標準作者」則存在於文本之中由「標準讀者」（model reader）所勾勒出來的作者，而「標準讀者」乃是由文本所産生[16]。「閾限作者」則介於「經驗作者」與「標準作者」間，既不屬於前者，也不屬於後者，是詞語、句式、篇章結構……等等語言性質與經驗作者相互作用所形成的。這三個概念上的區分，可以使研究者明白他們所認知的、所欲探討的「作者」是屬於那一種「作者」？這有助於釐清「作者」問題的研究對象。而艾柯所提出的「標準讀者」、「標準作者」，都是從文本中來的。

　　在〈過度詮釋文本〉（"Overinterpreting Texts"）中，艾柯曾說：「只有在接受這兩難的第二端[17]之後，人們會問：藉由文本的協調一致性及其原初的意義構成系統，是否我們所發現的就是文本要說的？抑或是注解者藉由他們自身的期望系統，在文本中所發現的

---

[15]　Umberto Eco, "Overinterpreting text" ,"Bteween author and text" in Stefan Collini, ed., *Interpretation and overinterpretation* 3rd reprinted（Cambridge,Great Britian: Cambridge University Press,1994）,pp.60-73.

[16]　事實上所謂的「標準讀者」、「標準作者」即文本中的「隱含讀者」（implicit reader）和「隱含作者」（implicit author）。

[17]　「第二端」所指即文本所述之內容獨立於作者意圖。見 *Interpretation and overinterpretation* pp.63-64.。

東西？」[18] 在提出文本獨立於作者意圖所產生的問題後，艾柯就把文本要表達的東西視為「文本意圖」（intention of the text），而進一步加以陳述：

> 「文本的意圖」並不能從文本的表面直接看出來；或者說，即使能從表面直接看出來，它也像被偷的信[19]中的意思一樣。人們必須下決心「看」它。因此，文本的意圖只是讀者站在自己的位置上推測出來的部分果。讀者的積極作用主要就在於對文本的意圖進行推測。
>
> 文本被創造出來的目的是產生其「標準讀者」，……這種標準讀者並不是那種能做出「唯一正確」猜測的讀者。隱含在文本中的標準讀者能夠進行無限的猜測。「經驗讀者」只是一個演員，他對文本所暗含的標準讀者的類型進行猜測。既然文本的意圖主要是產生一個標準讀者以對其自身進行推測，那麼標準讀者的積極作用就在於能夠勾勒出一個標準的作者。此標準作者並非經驗作者，它最終與文本的意圖相吻合。[20]

18　*Interpretation and overinterpretation*　pp.64.

19　艾可藉小說家埃德加·愛倫·坡（Edgar Allan Poe）的小說《失竊的信》（*The Purloined Letter*）來說明文本意圖之詭譎難辨。

20　這是艾柯參加英國劍橋大學（Cambridge University）克拉爾廳（Clare Hall）丹納講座（Tanner Lectures）的講詞。整理修飾過後收入《詮釋與過度詮釋》（*Interpretation and overinterpretation*），見本書第二篇〈過度詮釋文本〉"Overinterpreting texts"，pp.64.。

從艾柯的陳述，可以知道這兩個概念事實上皆來自於文本。艾柯先從「文本意圖」的概念建構出「標準讀者」的概念，再從「標準讀者」的概念導出「標準作者」的概念。而所謂的「標準作者」，就是構成文本意圖的一個虛擬作者，乃是標準讀者對文本意圖探求的結果，並非文本意圖的真正起源。

艾柯在論述中是排斥經驗作者的，他在〈過度詮釋文本〉中曾提到：

> 在讀者意圖（intention of reader）與文本意圖（intention of text）的辯証關係中，經驗作者的意圖已然完全地被忽視了。我們有權去問華滋華斯（Wordsworth）寫他的〈露西〉詩（"Lucy" poem）時他「眞正的」意圖到底是什麼嗎？我認爲，文本詮釋旨在發現一種策略，這種策略的目的，在於產生一個「標準讀者」；我將這種「標準讀者」構想爲與「標準作者」（此乃指只做爲文本策略所顯露出來者）在觀念上相對應的一部分。我明白，這種觀點使「經驗作者的意圖」這一概念變得毫無用處。我們必須尊重文本，而不是實際生活中的某某作者本人。[21]

這種說法已將「經驗作者」邊緣化，置諸無關緊要的地位，而以文本與讀者為詮釋活動的重心。

但是當他考慮到日常語言的溝通運作過程時，也會覺得「經驗

---

[21]　*Interpretation and overinterpretation*, pp.65-66.

作者」並非毫無作用，所以還是稍微為「經驗作者」維護了一下：

> 畢竟在有些情況下經驗作者的在場是會起著非常重要的作用
> 的。這倒不是為了更好地理解作品文本，而是為了理解作品
> 的創作過程。理解作品創作的過程，也就是理解作品是如何
> 由一些偶然的選擇所構成，是如何由某些無意識的動機所產
> 生的。[22]

可是他又承認批評家對於了解做為個體的「經驗作者」之無力，而
將重心回歸到文本上：

> 經驗作者的私人生活在某些特定方面，比其作品本文更加難
> 測。在創作文本的神秘經歷及其未來閱讀之難以控制的漂流
> 間，文本做為文本自身，仍然表現為一種足以令人安慰的存
> 在，是我們可以堅定不移的一個點。[23]

從上述兩段〈在作者與文本之間〉（"Between Author and Text"）中
的陳述，可以知道艾柯認為「經驗作者」的存在能使讀者了解文本
的創作過程，它的積極意義只是提供讀者做為學習創作時的一種參
考而已，所以實在無關乎對作品意義的理解。

　　但實情是否如此呢？「經驗作者」運其心智、情感……等等各

---

[22] *Interpretation and overinterpretation*, pp.84-85.
[23] *Interpretation and overinterpretation* ,pp.88.

種力進行文本創作時，難道與文本意義的形成都沒有關係嗎？也許如「新批評派」（The New Criticism）論家們所認定的，經驗作者所要說的已經表達於文本之中，若還假於外求，則足證這篇文本是失敗的。但是這種作者觀只是視「作者」為一個實存於經驗世界的人，並未對其中的意涵再深入究析。而雖然艾柯提出隱含在文本之中的「標準作者」，但這是以「標準讀者」為基礎擬構出來的；而「標準讀者」的基礎則在於文本，因此二者都歸結於文本。雖然如此，他也未對「作者」概念所具的內涵做更具體的分析描述，無法讓研究者進一步了解其「作者」所指內容為何？但至少他已經不是含混籠統而不加區分地討論「作者」問題了。

所以對於「作者」問題的討論，可以說連基礎的概念分析工作都尚未完成。從這個不穩固的基礎構論立說，亦只陷於各陳其是之相對主義式的爭論而已。

然而回過頭來看看中國古典文學批評裏的名著《文心雕龍》，在探討文學活動時就曾對「為文之用心」進行分析，而基本上以寫作活動為重點。劉勰在分析時雖未必視「作者」為一個概念，但他的確指出了在他的觀念中「作者」所包涵的種種特質。所以分析、整理、考察劉勰對「作者」的論述，可以借鏡為建構「作者」理論的基礎，也可以做為對中、西文學批評家在討論「作者」問題時的建議、參考與補充。

夷考西方文學批評及理論所述，反作者中心傾向的論述基本上是由於對作品意義的理解與詮釋所引發的，他們關注的焦點在於檢討或批判「作者」對於人們去詮釋作品意義所發揮的功能或效用，

所以可說是屬於詮釋層面的問題。然而西方的文學評論雖從詮釋引發，但是從他們討論或思考的內容來看，亦往往涉及創作層面，並且也佔有一定的份量。羅蘭・巴特（Roland Barthes）、米歇爾・福柯（Michel Foucault）等人所述都直接設想與描述一種沒有「作者」或者「作者」退隱的寫作；此已然涉及創作層面（雖然巴特比較喜歡用「寫作」這個詞而不怎麼認同「創作」這個詞），自不待言。再者，如俄國形式主義（Russian Formalism）一向都講究探求文學家的手法技巧，並未忽略創作；而即使像「新批評派」那樣站在詮釋的立場排斥作者意圖，當他們提到「張力」（tension）、「反諷」（irony）、「曲喻」（conceit）……等等語言特徵時，也都或多或少涉及到創作層面。而且在這些反作者中心傾向的文論家與論敵辯難的過程中，他們也往往表現出他們對創作歷程的了解及嫻熟。

事實上，我們且讀克林斯・布魯克斯（Cleanth Brooks）在〈新批評派〉（"The New Cricitism"）一文中引用韋勒克（Rêne Wellek）所述之語：

> 新批評派設計出一套理解作品的方法，與其說它常常成功地揭示了一首詩的形式，倒不如說它揭示了作者所暗含的態度和看法，以及已經解決或者未曾解決的緊張與矛盾。[24]

可見他們認為自己所發現、所建構的理論與方法，也能夠在創作上說得通，不單單限於詮釋層面。可以說他們由詮釋層面出發，而最

---

[24]　Cleanth Brooks , "The New Criticism", *Sewanee Review* 1979 Fall,pp.593-607.

終還是要面對文學活動的各個層面。

而中國古典文學批評對「作者」所提的論述，大多數立意在於指導創作，希望對創作活動能發揮實際效用及影響。所以多就創作層面立論，其所提的問題也多屬創作方面的問題。《文心雕龍》基本上也是就創作層面立論的，所以其立「綱領」、顯「毛目」[25]基本上都是在提出如何調整及改善寫作的意見。但是這些意見的形成與提出，在劉勰的論述中，又都是以甄別、品評古往今來文學作品的優劣得失為基礎。這不只限於創作層面，也涉及到理解及詮釋層面。而且他所影響於文學批評層面者恐怕更甚於文學創作層面，所以也不能只從文學創作層面來看待《文心雕龍》的「作者」論述，而說它與現代西方文論所提的問題不能相應。

本書旨在闡明《文心雕龍》的「作者」論述。《文心雕龍》在「綱領」部分主論各種體裁，在「毛目」部分主述為文之術，本非一部以文學作者為主所構成的文論專著，〈才略〉、〈程器〉兩篇雖特別針對作者的文學成就、社會實踐等方面加以討論，但未見有專門篇章討論如何分析、描述及評價一個文學作者。所以從《文心雕龍》的整體論述看來，「作者」這個部分難免讓人覺得零碎、片斷、隨機舉證，這要與它所論述的主題配合起來分析才會發現其中的意義。然而這並不表示劉勰對於「作者」只是跟隨前代或同時代的文學批評家，並沒有他自己的看法、主張或觀念。從《文心雕龍》來看，劉勰在全書中已經透露了他對「作者」的理解與認知，而且

---

[25]　《文心雕龍·序志》篇。

有一套完整的論述架構及理論基礎。只是研究《文心雕龍》者多不視之爲主論，所以往往置於末事、餘論，甚至忽之而未逮。

整理《文心雕龍》各篇所述，從樞紐論中對「聖人」的看法，對屈原的綜評；從體裁論中的「原始以表末」、「選文以定篇」甚至「敷理以舉統」的部分；從創作論各篇的論述中，以及批評論的內容；都透露著劉勰對「作者」的獨特看法和析述方式。所以透過劉勰對文章寫作過程的分析描述及他從實際批評中所建立的觀念，可以看到他對「作者」並非只是泛泛而論，亦非巧構一些形象語言來表明自己對某些作者的印象。他除了指出作者所具有的特質及能力之外，還說明外在環境對作者的影響及作者與外在環境的互動。不只如此，他也提出自己對作者寫作的標準與期望，並描述理想寫作的境界。可以說「作者」論述暗含在他理論的整體內容中，要經過一般爬梳整理方能呈現出來。所以本書並不依照《文心雕龍》全書表面上所呈現的架構或性質（有的研究者認爲其主論體裁，也有爲其主述文術……）來立論，而是從它的論述內容，配合它的理論架構及原則，整理出它關於「作者」的論述。

而從《文心雕龍》中我們可以看到一個很清楚的作法，劉勰著力於說清楚他認爲一個文學作者應具備那些條件及特質。這已經初步涉及對於作者內涵能力——即「如何才可以算是一個作者」——的認定。事實上，對作者內涵的描述有助於對「作者」問題的釐清與解決，這恐怕無論是對主張情志批評的文論家而言，或反作者中心傾向的文學評論者來說，都是應該再三深思的。而劉勰所提舉出來的研究方向及理論架構或許未必論述得很全面，然而值得研究者

參考、省思之處，亦不容輕易抹殺，一筆帶過。

本書的第一章將先說明中國古典文學批評所涉及的「作者」問題，筆者先將中國古典文學批評分為四大型態：注解箋釋、文論專著、選文摘句、眉批評點，再觀察這四大型態的批評文獻其實都關心「作者」。但是它們都將「作者」視為真實存在的人——即艾柯所提的「經驗作者」——來看待，並處理其相關問題。這往往與人物評論及歷史研究結合在一起，而在方法的選擇上則常溢出文學範疇，轉入道德或歷史的研究了。但是幾千年來思而不辨、學而不明的結果，使得文學研究因為失去其方法上的建構與堅持而漸漸被學術研究邊緣化，甚至成為其他學科的分支及材料的來源。

而西方現代文學批評研究的「反作者中心」傾向提供了一種思考：批評與詮釋是否可以不考慮作者？從這個角度來看中國古典文學批評及研究，則可以反思「作者」存在的意義及其價值。可以了解中國古典文學批評重視「作者」或者是「作者意圖」，乃是由於其所討論者以創作為重心；而現代西方反作者文論則是因為立基於閱讀與詮釋，才要瓦解由「作者意圖」所建構起來的文學批評。事實上現代西方文學批評對「作者」的觀念也透過不斷地思辨、調整而有進展；而中國古典文學批評中，《文心雕龍》的「作者」論述，正好可以與之做為理論型態上的對照，而各顯其特質。

本書第二章則提敘中國古典文學批評的「作者」觀，從其源流及性質來看，其一可以視為儒經傳統的作者觀，其二可視為文章傳統的作者觀，這兩種作者觀對作者的地位、作品的價值，甚至完成作品的方式都不同。它們在中國歷史上形成的時期也不同，從起源

上來看，儒經傳統的作者觀出自詮釋者的建構，漸漸影響到文章寫作；文章傳統的作者觀出自寫作者對自身寫作活動的反思，也對閱讀與詮釋產生影響。雖互有交涉，然仍互存其異。《文心雕龍》立足於文章傳統的作者觀，企圖將儒經傳統的作者觀念接引進來，所以其論述中包涵、融合這兩種作者觀。但劉勰所欲批評及建構者乃屬於文章傳統方面，所以他畢竟沒有離開文學的範疇進行批評。

將《文心雕龍》的作者論述放在古今中外的時空架構中進行討論，可以發現劉勰所提出的論述，其價值和意義相當深遠重大。對中國古典文學批評來講，它提供大多數以作者為中心進行文學批評的中國古典文學活動一個堅實合理，而且可以理解分析描述的理論基礎，並且綜攝、安置了歷來兩種不同的作者觀。對現代西方文學批評來講，它可以讓研究者思考：當反作者中心文論排除作者時，是否對「作者」及其相關的問題，都已在某種程度上說清楚了？如果了解《文心雕龍》關於作者的論述，西方文論家對這方面問題的探討一定能更加深刻細密。

第三、四、五章則分析《文心雕龍》作者論述的構成方式及其型態，第三章講「作者」的認定標準及其所具之內在能力，也就是說如何才能算是一個作者？作者進行寫作依憑那些能力？第四章說明外在環境與作者的關係，也就是環境中影響寫作的因素及外在環境對作者的看法；第五章則針對劉勰所認為的寫作理想以及理想的寫作進行鋪陳與描述，也就是說明寫作所應依循的典範及寫作過程的原則和作者從事寫作的心境。

第六章則敘述《文心雕龍》作者論述的貢獻及地位，說明《文

心雕龍》的作者論述在中國古典文學批評的貢獻及其地位，並且也說明它與現代西方文論對照之下所呈現的特色。在中國古典文學批評方面，劉勰的作者論述為「作者論」提供了一個堅實深廣的基礎，並且處處站在文學的立場上為文學作者辯護，可以說是建立中國古典文學批評作者論的一個重要支點。就現代西方反作者中心文論而言，劉勰從創作的角度對作者內涵所進行的思考和分析，而現代西方反作者中心文論則從詮釋作品意義的角度對作者問題加以分析論述。兩者相互對照，令人能更加明白中國古典文學批評作者觀的特質，也可以了解中國古典文學批評討論作者作品的目的，是為了造就一個好作者，而非為了成就一個好讀者。多數中國古典文學批評的論家們認為當個好讀者是為了當個好作者的準備過程，一個好的作者也會是一個好的讀者。當然在中國文學史上也有不少例外的情況被文評家指出，像沈約和他所提出的「四聲論」就是個明顯的例子，能提出理論的批評家，未必能寫出合於其理論內容所要求的作品。可是大多數的中國古典文學評論文獻仍將作品的閱讀當做創作訓練的過程，大多數的中國古典文學批評仍是以寫作指導為目標。

　　而劉勰對於作者的創作活動及其與外在環境的關係之論述，拿來與現代西方文論對照後，則可以看得出來現代西方文論中的反作者中心文論家們太疏於去建構關於外在環境的論述。也由於如此，面對馬克斯主義的文論、新女性主義的文論、新歷史主義的文論、讀者反映的文論……等等各種來自文學內、外論述的挑戰，他們也只能力申堅守作品文本的立場，批判這些文論離開文學，甚至不顧文本；而無法在理論上予以有力反擊。

　　第七章爲結論，綜合前面幾章的討論，説明《文心雕龍》「作者」論述的特質及其成就。《文心雕龍》的「作者」論述讓我們了解，中國古典文學批評並非沒有理論架構及分析方式的文學論述。而劉勰對「作者」內涵的分析及其所述之理想寫作活動，足以指出中國及外國的文論對「作者」探討之不足，做爲建構作者論述的起點。他力求文學批評的公正平允；這即使置諸現代，也仍然是一種合理有效的批評態度。《文心雕龍》能夠深入討論分析作者的寫作能力及其與環境間的關係，固然是由於劉勰以當時中國學術思想及文學批評所已經達到的成就爲基礎，也因爲他獨特的見解及深入周密的論述能力。所以《文心雕龍》的「作者」論述雖然未必將「作者」的各方面內涵及其與環境關係皆闡發無餘，但它至少提供了後來的文學批評家在探討「作者」時，一個值得參考、可取而可行的進路。

第一章　中國古典文學批評中的「作者」問題

　　在中國古典文學批評中，無論是文論專著、注解箋釋、選文摘句、眉批評點都可以看得出來詮釋者對作者的重視。可是他們却是將「作者」的存在看得那麼自然，而甚少對此做進一步更深入的省思。歷代以來大致上以歷史傳記、風格印象、道德心性這三條途徑來進行對作者的理解、詮釋，而基本上將作者視為一個現實世界中實存的人來看待。陳陳相因的結果，雖然於方法上愈來愈精密，操作上愈來愈細膩，但却未由根本上去反省作者存在性質及其存在樣態的問題。所以當西方的文學理論掀起了一股「驅逐作者」[1]的風潮時，適足以令人反思中國古典文學批評的方法及其性質，在西方反作者中心傾向文論的觀點下還有多少理論空間？而中國古典文學批評研究所思考與提出的問題，與之相比又有何不同？然而這樣的比較與對照，中國古典文學批評研究却罕有及之者。如此一來，不唯中國古典文學批評的特質無法突顯，也很難對西方反作者中心傾向文論的得失有更深廣的研究及闡述。

---

[1]　"Banishment of the author",from E. D. Hirsch, *Validity in Interpretation* ,pp.1.

　　以故我們審視中國古典文學批評，認知「作者」的意義及其內涵，便成為十分重要的課題。而從典籍中我們可以了解中國古典文學批評是怎麼看待作者的？作者是一種怎樣的存在？發現它，並進而將其中的論述架構起來，是與西方文學批評反作者中心傾向論述進行比較、對照與對話的首要課題。

第一節　「中國古典文學批評」的義界

　　所謂「中國古典文學批評」，指的是從中國古典文學中發展出來的各種關於文學的批評方法及論述、觀點。而這牽涉到理論及實際批評諸方面的問題。

　　首先，本文所論，雖名為「中國文學」，實際上則集中在漢語文學，即指從古至今為大多數漢人所使用的文字系統所構成的文學而言。最主要的原因是古代中國關於文學作品的寫作及批評論述的文字或記載，無論質、量，漢語文學的成就都是中國地區其他種類的語言文字所難以企及的。

　　其次，所謂「古典」，並非指古代，而是指未受西方各國批評及理論影響者而言。中國在新文學運動後，仍然有許多孜孜矻矻從事古典文學寫作及批評的人士，而且他們的成就跟造詣都相當高。舉其大端，如南社諸君之柳亞子、陳去病等，以古文譯西方名著的

嚴復、林紓，標舉駢文的王闓運，學術與文章並重一時的王國維、
章太炎、劉師培等，舊學修養均十分精湛；而況周頤、鄭孝胥、陳
三立、陳衍、黃節等人對於詩、詞的創作與批評，吳梅對曲學的鑽
研與創作……等等，則皆展現出對他們對漢語古典文學有相當精深
的造詣。這些清末民初的學者、專家，皆名重一時，見稱後世，非
淺學小知者所能企及，豈曰「舊學」必存於古人乎？

　　同樣的，在民國八年的新文學運動，甚至於在辛亥革命之前，
也已有不少學者、文人引進外國的論述及觀念了。《海國圖志》、
《萬國公報》中的文字，都能令人窺見在那個變化劇烈的時代下，
中國知識分子認識及吸收西方文化的實況。梁啓超的「新民叢報體」
行於清末，而王國維對叔本華（Arthur Schopenhauer）[2]的哲學思想
及西方的美學理論也有相當程度的造詣[3]。這些新文學運動興起之前

---

[2]　叔本華，德國哲學家，西元 1778 年生於但澤(Danzig)，成長於漢堡(Hamburg)，
　　後赴柏林(Burlin)研讀哲學。一八二○年任教柏林大學，一八三一年離開柏林，
　　隱居著述。一八六○年卒。其學說主張人對世界的一切認識皆屬表象，而真實之
　　基礎乃在於「生活意志」（thelismus），此意志以自保生命、自蕃種族為其內
　　含。凡有生命者，往往希望能避苦求樂。然所謂「樂」，乃在欲望之滿足。滿
　　足之前處於痛苦之中，滿足之後，又有新的欲望，陷入另一個痛苦。而如果沒
　　有欲望，又感到空虛、匱乏，也是痛苦。所以只有拒絕生活意志，才能連空虛、
　　匱乏的痛苦都能解消。但拒絕生活意志，人又只活在表象的世界中。故其論終
　　歸於「虛無主義」（Nihilismus）。主要著作有《意志與表象的世界》、《自然
　　界中的意志》、《充足理由律的四重根》、《倫理學的兩個基本問題》等。王
　　國維先生非常景仰他，有「嗟予冥行，百無一可。欲生之戚，公既詔我。公雖
　　顏亡，公書則存。願言千復，奉以終身。」之頌語。

[3]　在王國維《人間詞話》（滕咸惠校注，山東：齊魯書社，1986 年 8 月新 1 版）
　　第十八條中，王國維先生引尼采《查拉圖斯特拉如是說》中：「一切文學，余
　　愛以血書者」來稱道李後主之詞及宋徽宗的〈燕山亭〉（北行見杏花）一闋。
　　尼采在這裏提到的「心血」是那種剛性的，無畏的，甚至可說是一種超越世俗
　　禮法的真性情。它表現在文學上的風格是偉大、崇高而充滿陽剛之美的，與李

便知名的人物，皆能以其「舊學」根底廣納西方新知。反過來說，在新文學運動的健將中，能寫一手優美古典詩文者大有人在：魯迅、徐志摩等是其中較爲突顯的例子，郁達夫、朱自清等也都有古典的作品留下來。即如民國二、三十年代的作者如張恨水等，亦有雋永古文傳世。豈曰「新學」便不達於舊文乎？

因此說清朝以前（包含清朝）是古典的，民國元年辛亥革命或民國八年新文學運動以後才是現代的，這種劃分方式非但不能說明問題，反令治絲亦棼，真相難白。所以簡單來說，「古典」一詞所表彰者，乃是能接續傳統，具有傳統精神的事物。而所謂「古典文學」者，則可謂爲接續傳統的文學，或對傳統文學的傳承與延續。若將「古典」一詞做爲時間的區分或世代的分野，進而影響到體裁分類的結果，如此一來既不準確，也無法說明問題。

本書沿用「古典」一詞，來總括中國文學批評中未受西方各國批評及理論影響者，既不著眼於時代，也不針對特定的文學社群，更沒有評價的意味，只是要表出真正屬於「中國古典文學批評」的特質而已。

中國文學批評在發生及演變過程中，雖然到了清末，開始有一些學者選擇、吸收及轉化外國哲學、美學……等等方面的論述來批評中國文學作品、建構理論。並且隨著新文學的產生以及西化的腳步加快，在文學批評的領域中日益壯大，蔚爲主流。然而中國古典

後主和宋徽宗那種滿懷淒怨感傷的陰柔美是不同的。雖然這足以證明王國維先生對尼采的思想有所誤解，但並不能因而否定了他對西方文學、美學思想及理論的涉獵與造詣。畢竟在那個時期，能採用尼采、叔本華學說而用於論文之中國文史學者中，學養豐厚又能獨樹一家者，大概也僅見王國維先生而已。

文學批評中所關心的問題或隱而不彰，或長期受到忽略，甚至受到污蔑或誤解。因此得重新檢討中國古典文學批評中的特質及其成就，方能與西方文論進行詳密而有效的對話與溝通，而不至於落入以西方文論的方法及其價值標準來理解、評述中國古典文學批評，從而隱沒了後者的特質。

要進一步說明及澄清的是，本書中所謂的「中國古典文學批評」，是指未受西方文學批評影響的中國文學批評而言。它未必是一套系統，也不一定屬於一整套代代相傳的觀念體系。但自有它的特色，也有它在長期實踐過程中所累積起來的成就。學者或忽略它或貶抑它，都非持平的態度。應該剖析其內涵、揭示其源流、闡明其特質、指陳其利病。如此在論其得失之際，方能切中肯綮，而不至流於虛言濫說。

另外還應該加以說明的是，所謂「中國古典文學批評」的意思，也不是指批評中國古典文學作品，而是指中國古典那具有其自身特色的文學批評。因為針對中國古典文學作品，也可以用現代的或西方的方法和論述進行文學批評，自王國維、朱光潛、高友工諸位先生以迄於今，不少學者已在這方面下過許多工夫，也取得相當可觀的成果。總而言之，西方文學批評正如他山之石，雖足以為砥礪；而在中國古典文學批評中卻也有不少溫潤沁人的美玉，正等待著學者開採、琢磨呢！

第二節 「中國古典文學批評」所呈現的主要型態

　　從型態上來看，中國古典文學批評主要可以說有注解箋釋、文論專著、選文摘句、眉批評點等數種呈現方式，批評家雖各有所慕，各有所尚，卻只見各型態之間的融合，如眉批評點結合注解箋釋、選文摘句而行，文論專著的內容也會被擇要採入其他型態之中等；幾乎未見各型態之間的相互排斥、批駁。

　　而從方法上來看，注解箋釋有著重於求證於史事者[4]、有著重於析詞釋句者[5]、有著重於說明全篇轉關結構者[6]、亦有逆求作者用心者[7]；文論專篇則或辨明體要、體式及索其源流，或談論與文學活動相關之史事，或品評作者作品，或在積極方面點出謀篇構辭造句鍊字的技巧、消極方面提出寫作時應當避忌的原則及規範，或舉出風格傾向、說明風格特質；選文摘句者，多是批評家為落實自身的批

4　如〔清〕錢謙益：《草堂詩箋》（台北：世界書局，1991 年 9 月 7 版）。今人以《杜詩錢注》名此書，然據錢謙益之〈序〉，本書之名當爲《草堂詩箋》。

5　如〔清〕仇兆鰲：《杜詩詳注》（台北：里仁書局，1980 年 7 月）。

6　如〔清〕金聖歎：《才子杜詩解》（台北：新文豐出版公司據民國八年上海震華書局吳縣王大錯本影印，1979 年 10 月）。

7　如〔清〕浦起龍：《讀杜心解》（台北：漢京文化事業有限公司據雍正二年浦起龍寧我齋自刻本影印，1980 年 7 月）。

評理念及欣賞品味之作[8]，亦有為幫助學子屬文作詩所選者[9]。其實在方法上亦不離說明作者生平、求證史事、析句釋詞、探求用意諸端。其有別於注解箋釋者，除了在去取篇什之際表現了編選者的文學價值觀之外，在眾多文章中進行分類上的考量也是一個重點。求諸綜合性選本，則有體裁、主題或題材、時代、作者身分地位……等等編排分類的方式。至於眉批評點，則為讀者閱讀之實錄，常與選文摘句及注解箋釋的型態結合出現，亦有說明作者、引證史事、點出安排布置、提出過往作品加以比附品題、風格上的說明等上述型態所用之方法，甚至也批評注解箋釋之確當與否。其特別突出之現象乃是批評者發抒感慨及印象的文字相當多，而也總能於「總論」、「總綱」、「讀法」的提示中看出批評者的偏好。

　　從以上中國古典文學批評的各種型態來看，則以文論專篇的批評型態最為琳瑯滿目，形式最為多樣。或勒為專著，或散為單篇，或以詩、賦、駢文、散文等體裁為之，甚至以圖表羅列……等等，皆可於現存文獻中見之。然而若以卷帙而論，則以注解箋釋者居多。至於選文摘句及眉批評點，其形式之多樣及卷帙之數量皆不及此二者。而各種型態盛行之時代，則南宋元初之前，多屬文論專篇及選文摘句；宋末之後，眉批評點及注解箋釋則漸廣而從事者漸多矣。

　　以下將針對這四種型態加以詳細說明：

8　　如〔清〕王士禎選：《唐賢三昧集》（吳煊、胡棠輯註，黃培芳評，台北：廣文書局據光緒九年翰墨園重刊本影印，民國 57 年 11 月）。
9　　如〔清〕張惠言：《詞選》（台北：廣文書局，1979 年 6 月）。

一、注解箋釋：

對典籍的注解箋釋，究其源可溯自西漢時期學者為儒家經典所作的傳箋[10]，其中《詩經》乃是與文學直接相關的經典。魯、齊、韓三家對《詩經》的注解雖已亡佚，由留傳至今的殘文來看，可以反映出西漢時期注解《詩經》的輪廓。至於《漢書·淮南王傳》中有：「（帝）使為〈離騷〉傳，旦受詔，日食而上」的記載，應該可以說是對儒家經典之外的文本所作的最早注解了。然而劉安對於〈離騷〉所作的解說，卻未留傳到後代，以致無法得窺全豹。

但就整體文獻來看，針對一些典籍，兩漢時期都有注解本留傳下來。像高誘所注的《戰國策》、《呂氏春秋》及《淮南子》、河上公注的《老子》、王逸注的《楚辭》、趙岐的《孟子章句》……等等，都說明了注解箋釋這種型態在兩漢時期已經十分普遍了。但它們並不像《詩經》、《尚書》的注解那樣，針對每篇都有序文[11]。若以其數量及比例言，則於〈六藝略〉及〈諸子略〉兩類中的典

10　《周易》的象、彖、繫辭傳……等十翼之文若視之為對於卦、爻辭的傳注，自然可以將時代再往前推。然而對於十翼之文，漢朝以後的儒者多尊之為經文，不以傳注注之。主要是他們認為這些文獻是來自文王、孔子……諸聖。在本書中仍以經文視之，不以之為注解箋釋也。而《左傳》、《公羊傳》、《穀梁傳》雖云為釋《春秋》經之著作，然其體頗異於漢儒《詩》、《書》經注。且不以箋釋字詞、疏通文義為鵠的，故亦宜視為附《春秋》而行之典籍；謂之為「傳」，宜然；視之為《春秋》之注解箋釋，則不宜。

11　《詩》、《書》各篇序文的作者究竟為注解者本身所作還是承自前代遺說，說法不一。但其對文本具說明及解釋的功能，則與注箋疏文相類。王逸的《楚辭章句》雖於每篇前皆有序文，然綜合性篇章如〈九章〉、〈九歌〉、〈九辯〉、〈九懷〉……等等都只在全文前置一大序，不另於各文加上小序，其體又異於《詩》、《書》，故不列入其中。

籍為多。到了東漢末年魏晉南北朝時期，曹操注《孫子兵法》、向秀及郭象注《莊子》、郭璞注《爾雅》、裴松之注《三國志》、裴駰的《史記集解》都是有名的注本。唐代則有顏師古注的《漢書》及李賢等人所注的《後漢書》，《文選》也有李善注及呂延濟等五人合注。可見唐之後，對典籍的注解不只於經、子二部，漸漸擴及於著名之史籍及詩文之總集與別集矣。

自宋、元、明、清以來，典籍的注解更是歷代不絕，而關於詩文集的注解也愈來愈多，名注輩出。像馮浩的《玉谿生詩集箋注》、仇兆鰲的《杜詩詳注》、陶澍的《陶靖節集注》……等等，皆見重於當時，留傳於後世。

明、清以降，在中國文學批評的領域中，許多學者將畢生精力盡瘁於注解箋釋批評，所留下的成果相當豐碩。像季振宜為《杜詩錢注》所寫的〈序〉中，引錢曾之言，可了解作注者心力之勞瘁：

> 此我牧翁箋注杜詩也。年四、五十即隨筆記錄，極年八十，書始成。得疾著床，我朝夕守之。中少間，輒轉喉作聲曰：「杜詩某章某句，尚有疑義。」口占而析之，以屬我，我執筆登焉。成書而後，又千百條。臨屬纊，目張，老淚猶濕，我撫而拭之。[12]

便生動地將一位學者至死猶念注書事業的精神傳達出來。而馮浩的

---

[12] 〔清〕錢謙益：《杜詩錢注·序列》，頁3。

〈玉谿生詩箋註序〉則云:「余既患心疾,固不能更進於斯也。」
也表明了他是投注自己平生精力來注解李商隱詩的,對於自己患病
不能注得更好,深致其憾。又如嘉慶年間王文誥於其〈蘇文忠公詩
編註集成自序〉中説:

> 乾隆庚寅,誥七齡矣。方從塾師章句讀。會有求貸於先君者,
> 已而以文忠公詩文集爲報。先君舉以授誥,且詔曰:「異日
> 汝與經史相發明也。」誥謹受而藏之。由是行役之暇,手訂
> 是編,未嘗一日去左右,旁搜註義,凡百十餘家[13]。

可見其專力於蘇軾詩文之勤之久,自幼至長,未嘗或廢也。

　　前代注解者所用心力如此之專,取得成果如此之夥,然而回顧
目前學者對這方面的研究成果卻未能稱是。若以詩、文集的注解來
看,概略而言,可以觀察到三個主要的構成要素:一是考訂字詞章
句及訓詁字詞意義,二是針對文本中的題目、格律法度、篇章結構
及其章法、句法、字法……等等方面提出批評,三是稽考作者生平
之行事及其用心。而年譜、表格、關係圖等往往可以幫助讀者解決
或説明關於文本的種種疑惑及問題。

　　從以上三點來看,第一點是為了確定文本及了解文本的基本意
義,第二點則是為了深入文本,發掘並體會語言文字的藝術性;而
第三點則是超越文本的層面,要探求的是文本背後的精神。從事注

13　　〔清〕王文誥編註:《蘇文忠公詩編註集成》(台北:台灣學生書局,1967
　　　年5月),頁28。

解箋釋的中國古典文學批評家很重視第三點，常以之為傳、箋的目的。像姚文燮的《昌谷集註·序》中云：

> 使我盡如賀意，我之幸也，賀之幸也。即我未必盡如賀意，
> 而賀亦未必盡如我意，第孤忠哀激之情，庶幾稍近。且我見
> 如是，而令讀者不得不信為是，即令賀亦自爽然不得不認為
> 是。是耶？非耶？如相告焉，如相覿焉。我亦幾乎賀矣，安
> 得謂非我之幸而又非賀之幸歟？我則亦不以我注賀，亦不以
> 騷注賀，而直以賀注賀也。[14]

可知其注解《昌谷集》的目的，便是要闡明李賀詩作中的「孤忠哀激之情」，要將李賀的精神面貌呈現出來。

　　但往往也有的箋釋者會多花一些心力與篇幅在語言文字的藝術性及創作方法上，並以此為基礎，對作者構思、寫作的內外情境加以揣想。像金聖歎的《杜詩解》（收入第四才子書）、紀昀評李義山詩、評蘇軾詩等，皆於此著墨甚深。可見注解箋釋的型態基本上是以發掘作者內在精神生命為目的，非徒為探究字義文義而尋行數墨者也。這方面的批評工作，結合中國傳統的史學方法，明、清以來發展得蠻專業，而且處理得相當細膩。

　　雖有現代學者以為這種詩、譜互證在方法學上乃是一種循環論

---

[14]　〔唐〕李賀著，〔清〕王琦、姚文燮、方扶南批注，《李賀詩歌集注》（上海：
　　　上海人民出版社，1977 年 12 月），頁 369。

證，有其邏輯上的困境[15]。然而人文學科的知識本來就是訴諸整體與部分不斷的循環來構成的，這是一種解釋學的循環。亦即對部分的認識是通過整體的領略而來，對整體的認識乃是藉由對部分的了解而致。對整體的了解愈深入，則愈能闡述部分的意義；對部分的掌握愈深細，愈能深入省思而整合出整體的面貌。因此通過它，整體才能得到確認，部分也才能得到意義。而歷史、文學與文化乃能得到全幅的展現[16]。所以這種「循環」在人文學科中本來就是合理的，它所構成的「知識」亦非在科學方法界定下的知識。而要注意的是，如不先認清二者的界域，以科學方法為標準來衡量人文學科，將會產生許多不必要及不相干之無效論述。

二、文論專篇：

專篇的文論，西漢時期的司馬遷、揚雄都有著作留傳下來。在此之前則《論語》、《左傳》中亦有不少論《詩》及論「修辭」之文字資料。然嚴格而言，真正的「文論」必待為文者自覺、文學領域的獨立被肯定、認同之後方足以言之。而此機緣到漢末魏晉時期

15　顏崑陽，《李商隱詩箋釋方法論》（台北：台灣學生書局，1991 年 3 月），頁 24-25。

16　關於「詮釋的循環」(德文原著作 hermeneutischen Zirkel，英文譯為 hermeneutical circle)，可參考海德格 Martin Heidegger 的《存有與時間》（英譯 Being and Time)、伽達瑪（Hans-Georg Gadamer)《真理與方法》（英譯 Truth and Mathod)之中所述。另外帕瑪（Richard Palmer）所著《解釋學：施來爾馬赫、狄爾泰、海德格、伽達瑪的解釋理論》（Hermeneutics: Interpretation Theory in Shleiermacher, Dilthey, Heidegger, and Gadamer）有比較簡要的論述。

方始具足，故文論專篇之批評型態應以漢末建安為起點。這或許是因當時普遍流行於社會上的評論人物之風，拓展於論文的結果。

此時的曹植、曹丕兄弟多以書信表明自己的文論觀點，曹丕於《典論》中更以〈論文〉為題，發表專文以論當時文人。（類似曹丕這種叢書中的專論，後代還有梁元帝《金樓子·立言》篇、北齊顏之推《顏氏家訓·文章》篇等著作流傳後世。）而曹魏之後，陸機、陸雲、摯虞等西晉文人皆有專門論文之著作傳世，此風並未斷絕。前者如陸機〈文賦〉及機、雲兄弟往來論文的書信，後者如摯虞〈文章流別論〉等。而東晉時期，亦有李充著〈翰林論〉專論文人。南齊時周顒、沈約的〈四聲論〉及沈約與陸厥往來的書信，皆為專篇文論，到蕭梁時便有《文心雕龍》、《詩品》、《文章源始》等勒為專書之作。至於《宋書》、《南齊書》中關於各文家及文學〈傳〉的〈論〉，則表明史家對文學範疇的正視與重視，也是一種結合史論型態的文論。

由是觀之，漢末至南北朝，文論專篇呈現為「書」、「論」、「賦」、「史論」等體裁，也不拘駢體、散體、有韻、無韻。不限篇幅長短，亦無起、結樣式，可說是相當自由的書寫。

綜觀此時文論，揭示文章寫作活動之重要性為其大要旨趣，其探討取徑有二：一則以作者為主進行探討，一則以體裁為主進行探討。前者著重情性、氣質在文章寫作上之發用，後者著重表達的適切及其效果，二者結合綜論始自《典論·論文》。《典論·論文》云：「夫文本同而末異，蓋奏議宜雅，書論宜理，銘誄尚實，詩賦欲麗。此四科不同，故能之者偏也；唯通才能備其體。」此乃自體

裁的區分及其美學標準來看。又云：「文以氣為主……雖在父兄，不能以移子弟。」此則重在作者本身特殊才性之發揮。由此看來，曹丕認為作者之所以特擅某種體裁，乃是由於才性相適所造成，終究是勉強不來的。而由曹丕「本同而末異」的說法看來，他是比較著重在才性氣質的一面。

在此之前的文論，曹植的〈與楊德祖書〉以論作者為主[17]，蔡邕《獨斷》殘篇中的部分段落則以論體裁為主。在此之後的文論，〈文賦〉、《文心雕龍》皆為結合二者綜論之作，《詩品》則植根於作者，《文章源始》以體裁為綱，各有其取徑。然若就此二徑而言，體裁乃成之於作者；作者若不存，體裁將焉在？故於此二徑之探討，其根源點應在於作者。而事實上對文學作者的論評，可說是漢末以來月旦人物之流風餘韻及於文學範疇所致。

唐朝杜甫有〈論詩絕句六首〉，雖首創以絕句評詩論文，然正如陸機〈文賦〉之作，亦屬以特殊體裁論文之例。晚唐司空圖《詩品》標舉二十四品，觀其行文，亦類於贊、銘之體。此等論詩之詩、論文之賦、論詩之贊或銘，可云文論、批評，同時亦可做為文章、詩、賦等，轉而成為被批評的文本，而文、評之疆界在互攝中乃逐漸難以區別矣。然而唐人論文之作，多存於往來書信及序跋中，間或雜之以筆記，事實上不常見以特殊體裁表之者。

勒為專著者，亦有「詩格」、「詩式」之作。然多屬應試之指

17　根據王夢鷗先生所著〈從典論殘篇看曹丕嗣位之爭〉（收入《傳統文學論衡》，台北：時報文化事業出版公司，1987年6月初版，頁23-50。）考證的結果，曹植的〈與楊德祖書〉作於建安二十一年夏，曹丕的〈典論論文〉作於建安二十二年五、六月間。可說是同一時代的作品，而子建書信略先於子桓論文。

點，雖有參考價值，然比諸魏晉南北朝文論，其理論層次及開創性已不及矣。《文鏡秘府論》所引用、收錄者有不少為初、盛唐時期的論著，如元兢《詩髓腦》、崔融《唐朝新詩定格》及上官儀論對偶的文獻。可以看得出來他們正致力於整合前代的論述，提出更全面的或不同於前代的觀點。然而唐人論格、論體、論品的專著，較少就作者而論者。論作者之文字多表之於書信、序跋、筆記之中，間或如杜甫直接陳述於詩作之中。這可能是因為這些專著的目的在指導創作，並非專事批評，故只提其法式、體要及寫作方法，不另加筆墨論評作者。然而這正顯示了文學批評對當時作者的要求，也揭示了作者為文的用心。

　　宋朝以後，少見直標為「論」的成書之作，詩話之體漸起。由於以筆記小說為形式，或規模嚴謹、或隨性揮灑，隨著論者所好，其寬容度極大；又由於著論之旨趣及動機各異，故其所發揮的功能亦多。自歐陽公《六一詩話》出而名臣文士迭有所作，劉攽《中山詩話》、陳師道《後山詩話》、許顗《彥周詩話》皆見收於清代何文煥所編《歷代詩話》中；南宋學者綜合編次之作品，阮閱的《詩話總龜》、魏慶之的《詩人玉屑》、胡仔的《苕溪漁隱叢話》皆流傳於後世。

　　北方金朝，以及之後的元、明、清朝，此體愈盛，至現代猶有為之者，未曾絕也。而受此體影響，賦話、詞話、曲話、文話紛紛出現。由於其寬容度極大，乃將所有論詩之作網羅；亦由於此，許多根本不能稱之為「論」的作品亦雜混其中。然而不能抹殺許多理論性高、見解獨到之作，如：嚴羽《滄浪詩話》、葉燮《原詩》、

李重華《貞一齋詩說》……等等[18]。雖云如此，但宋人仍藉序、跋、書信等文章陳述其文論觀點，也有以詩論詩之作。因此可知，雖然詩話興起，而其他形式之文學論述亦不廢也。元好問曾效杜甫〈論詩絕句六首〉之體，作〈論詩絕句三十首〉；明、清文人亦有效此體者，現代學者葉嘉瑩教授猶有〈論詞絕句〉之作。故知此體於現代雖罕有人為，然未曾絕也。

文論專篇的形式最能讓人們了解批評者及讀者的基本觀點及其賞讀旨趣，而能很快地沿流溯源，找到觀念上能相互連接的部分，看到文學批評史演變的重要關鍵。中國文學批評史上有名的評論家大多有此類著作傳世；尤其是理論性要求比較高的批評家，往往嘉惠不少後代的研究者及讀者。文論專篇及專著由於著述之旨趣往往不一，而其中詩話又多呈筆記小說之型態，因此要找出理論性高的論述往往如沙裏淘金。目前學者已經覓得並且整理出了許多資料，這的確令後學之人省卻不少日力。

綜合言之，若就其主旨做大略的區分，一類以探討作者情性為主，一類以辨明文章體裁為主。然而魏晉南北朝時期流傳至今的完整著作，如曹丕《典論·論文》、陸機《文賦》、劉勰《文心雕龍》、鍾嶸《詩品》等，對這兩方面均有所論述，未曾特意區分畛域。至於任昉《文章始》則僅及體裁。明、清之後，在專論體裁方面，最著者有吳訥《文章辨體》及徐師曾《文體明辨》、《詩體明辨》[19]，

---

[18] 關於詩話的研究，蔡鎮楚先生《中國詩話史》（長沙：湖南文藝出版社，1988年）及《詩話學》（長沙：湖南教育出版社，1992年）有更詳盡的析述可供參考。

[19] 〔明〕徐師曾編著，〔明〕沈芬、沈騏箋注：《詩體明辯》(台北：廣文書局，

而王世貞《藝苑卮言》、楊慎《升庵詩話》、胡應麟《詩藪》、許學夷《詩源辨體》皆屬雜揉作者與體裁二者而論之著作。清人如王士禎《池北偶談》多半談論同時代的作者，至於其《律詩定體》、《古詩平仄論》則以體裁為主。但是中國古典文學批評中談體裁者也往往意在指導寫作，因此可知中國古代文學批評者大多認為文學作者才是體現體裁、創新或變化體裁的主要因素。

三、選文摘句：

選文及摘句雖云皆為選取作品的動作，但二者仍有區別。「選文」往往是全篇皆錄，如《昭明文選》之選〈離騷〉，沒有所謂節錄某些段落、某句文辭的現象；「摘句」乃是錄篇章中佳言美句，加以吟詠玩味，甚至以之為行文之資。如高似孫《選詩句圖》之選《昭明文選》中詩，元兢《古今詩人秀句》之選古詩到唐朝上官儀詩……等等，皆以句為主，不及全詩。雖然如此，二者皆能表明選者的品味、喜好及其對文學的態度。然而摘句之選本並不普遍流傳盛行，因此本文所論將以選文為主。

中國最早的詩選要算是《詩經》了，本書在春秋時期，於《左傳》或《論語》中或稱之為「詩」，或稱之為「詩三百」，到了西漢才普遍被稱為《詩經》。而最早的文選要算是《尚書》了，本書在春秋時期，或稱之為「書」、「尚書」，到了西漢才普遍被稱為

1972 年 4 月）

《書經》。《詩經》的選輯，與禮、樂配合，乃周王室持以教育貴族子弟之一種教材；《書經》乃孔子取古代政事文書，加以編次而教授弟子者。二者之性質、目的、完成時間皆不同，不能據此而論斷春秋時期詩選、文選已然分行。

倒是東漢時期，有了專選楚辭的《楚辭章句》[20]，但是目前所見的當時資料卻無專選詩、賦或文等各種體裁之選本。而若依班固《漢書・藝文志・詩賦略》所載及《隋書・經籍志》所錄，兩漢累積下來的詩、賦之作亦復不少，載於史冊中之名文鉅著亦往往為後世所稱頌。然而當時沒有被編列，總成一集的原因，最主要可能是漢朝選編者覺得這只是枝微末節，與國家大政無干。政論文章雖涉及朝廷施政，非純為文學之作；或許相對而言，在漢朝人心目中卻覺得這些文章是比較重要的。然這些文章大多存諸朝廷之內，見錄於史冊之中，鮮少流傳於民間。

其次的原因在於兩漢時期得書不易。雖有名儒如王充等，因遊於洛陽書肆，得以飽覽記誦群籍。然若非任職蘭臺或世承家學，亦不易得閱其書；更難以言乎依自身之觀點纂集佳作名篇。所以秦、漢時能綜合各家論述的著作如《呂氏春秋》、《淮南子》等，其主事者皆名顯位高財富之輩。因此可以說明李延年當協律都尉時雖蒐集了不少歌謠，而朝臣也進獻了不少賦作，然而這些作品終漢之世

20　「楚辭」與「賦」、「對問」、「七」等體裁，漢人並不將之相混爲一。「楚辭」以屈原所作爲範式，而多以愁思怨歎之情爲主旨。閱王逸《楚辭章句》（〔東漢〕王逸注，〔明〕馮紹祖校正，台北：藝文印書館據馮紹祖觀妙齋本影印，1974 年 4 月再版）所選之文，不及於宋玉之〈風賦〉、〈登徒子好色賦〉，亦不錄司馬相如之〈子虛〉、〈上林〉，揚雄之〈羽獵〉、〈甘泉〉，可知「楚辭」別是一體，不與「賦」同。

都未能被總為一集或被選錄編列成冊的原因。

然而楚辭之異於詩、賦者，一則在於它是以屈原為中心的作品集，其源遠，其流廣。與趙、代、秦、楚之謳及各家賦作等當時作品相較之下，它的歷史淵源較深；二則其足以表彰屬於南方之楚人情懷，而西漢開國君臣多起於南方，因此也跟在上位者所認同及提倡的文化風俗有關。故漢朝選集僅及楚辭而無詩選或賦選。

中國至今仍完整保存而持續在流傳的最早文章選集，要推蕭梁時昭明太子蕭統所編的《文選》。可能西晉摯虞《文章流別集》早已有類同甚至大於《文選》的規模，然而其中《文章流別論》只賸殘篇流傳至今，《集》與《志》皆佚。無法藉此明瞭摯虞選文所呈現之大概輪廓，遑論其結果。妄自臆斷則不免盲者摸象之譏，不如闕而存疑，以俟更完整的史料或更新的方法、工具。

就《文選》而言，它是一部以文章為本位的綜合性選集。說它以文章為本位，乃因編選者有此自覺。《文選·序》中有云：「賢人之美辭，忠臣之抗直，謀夫之話，辨士之端……雖傳之簡牘，而事異篇章」；又云：「記事之史，繫年之書……方之篇翰，亦已不同」，皆以文章之故，排除子、史中之有關記載及專門典籍著作。而云：「若其讚論之綜緝辭采，序述之錯比文華，事出於沈思，義歸乎翰藻，故與夫篇什，雜而集之。」則知史書中能呈現辭采文華者亦可歸屬於文章。此〈序〉云：「篇章」、「篇翰」、「篇什」，皆指文章而言。前二者以文章為本位而排除其他作品，後者亦以文章為本位而將能呈現辭采文華之子史典籍採擇收錄進來。這些是經過編選者檢驗而合乎他們對文章的要求，足以錄入而不違其例者。

從編選者排除儒家五經以及《老子》、《莊子》、《管子》、《孟子》等子書的態度來看，他們對文章本位的原則是相當堅持的。

　　然而從本書所選可知編選者雖以文章為本位，卻廣及於各種體裁，而非某種體裁之專選，所以可説是綜合性選集。整部書中包含了賦、詩、騷、七等等三十七種體裁[21]，分類依時編次。這可以説明編選者所認知的文章，在概念上乃是指可以獨立成篇且能彰顯文采之文字作品，而其具體內容則包含賦、詩……等等各種體裁。從《文選》所選取的文章及其編排次第，亦可看出編選者對各種體裁或類別的想法。像「賦」居全書之首及列「補亡」於「詩」之首類，皆可以見編選者推重《詩經》之意。又如「史論」及「史述贊」之不錄《史記》，「箴」不選揚雄的二十五篇〈官箴〉而選張華的〈女史箴〉，「論」選嵇康的〈養生論〉而不選〈聲無哀樂論〉……凡此種種，皆可見編選者「以能文為本」的立意，不受當時作者名氣及傳統觀念的影響。

　　選文一般都有序文或凡例，由此往往得見編選者的選文態度、動機、目的，他們的評價標準及編排處理方式。《文選·序》説明體裁源流及其選文的基本觀點。對體裁源流的説明，前詳而後略。

21　駱鴻凱於《文選學》（台北：中華書局，1968 年 9 月台 4 版）中有云：「《文選》次文之體，凡三十有八」（頁 24。按：駱先生於本句下共列舉三十七體，漏列「序」體），王運熙、楊明《魏晉南北朝文學批評史》（上海：上海古籍出版社，1989 年 6 月）亦主三十八體之説。然依〔清〕胡克家重刊宋淳熙中尤袤鋟本李善注《文選》以及涵芬樓的宋刊六臣注《文選》，書中分目皆為三十七體。細察駱先生所列分類，蓋區「書」、「移」為二；而核諸《文選》二種版本，「移」在「書」之中，並未自為一類。此或受《文心雕龍·檄移》篇影響而以「移」另為一類，致有三十八體之説。按其實，則唯三十七體爾。

「賦」、「詩」、「頌」皆述其源流,而對於「箴」、「戒」[22]、「論」、「銘」、「誄」、「讚」則僅指其本源;至於其餘體裁,則列名以明「眾制鋒起」之況而已。

　　而《文選》編選者的評價標準則間接地從他們特別選錄某些子史典籍的原因透露出來,也就是〈序〉中所云的:「事出於沈思,義歸乎翰藻」。可見「沈思」、「翰藻」是編選者考慮的要素,「沈思」乃出自於內者,「翰藻」為顯之於外者。《文選》編選者所欣賞的文章,是要以內在的深刻思考為基礎,並且能用華麗的辭藻將之呈現者;故其所選之文皆偏重於典雅華麗。因之此《選》乃成為典雅華麗文風的代表而流傳後世。而後世之反對典雅華麗文風,崇尚質樸文風者亦往往以此《選》為攻擊標的。故知選文可以標宗派之旨,樹典範之要,明體裁之變,存已佚之篇。

　　自《文章流別集》後,《文選》之前,文章選本已不少。《隋書・經籍志》所著錄者有:《文章流別本》十二卷,謝混撰;《續文章流別》三卷,孔甯撰;《集林》一百八十一卷,劉義慶撰;《翰林論》三卷,李充撰;《文苑》一百卷,孔逭撰……等等。這些文集的共同特色是以文章為對象,包括各體裁,這並非表示當時選編者尚無分體選集的觀念,而是他們認為的「文」乃是廣義的,其中包籠各體;不像唐、宋以後專指駢、散等文章而言。事實上分體選集在南朝時相當盛行,若依《隋書・經籍志》所錄,就「賦」而

22　《文選・序》所列諸體,有書中所無者,如「戒」、「誓」等。可見當時僅就所選之文列體,而非備列各體再行選文。亦有不詳其所指何體者,如「三言」、「八字」、「指事」等,皆疑不能明。

言，則有：《賦集》九十二卷，謝靈運撰；《歷代賦》十卷，梁武帝編；梁代著錄則宋明帝編《賦集》四十卷。就「詩」而言，有：《詩集》五十卷，謝靈運撰，梁代著錄則爲五十一卷；而張敷、袁淑有《補謝靈運詩集》一百卷；梁代著錄則有《古今五言詩美文》五卷，荀綽撰；《詩英》九卷，謝靈運撰；《古今詩苑英華》十九卷，梁朝昭明太子撰。就「頌」而言，有《頌集》二十卷，王僧綽撰；就「讚」而言，有《讚集》五卷，謝莊撰；就「七」而言，有《七集》十卷，謝靈運撰；及《七林》十卷，卞景撰；而「詔」有《詔集區分》四十一卷，宗幹撰；梁代著錄亦有《詔集》百卷，起漢訖宋；另外《隋書·經籍志》著錄中自魏至隋各朝詔書，甚至北魏、北周，皆有選錄。「箴」、「銘」合錄有《古今箴銘集》十四卷，張湛撰。至於其他像「碑」、「論」、「露布」、「檄」、「書」、「策」、「啓」、「設論」，甚至「諧」類的詼諧文都有專集。可以看得出東晉至南北朝這一段期間分體選集盛行的景況。

　　從昭明太子既編文選也編詩選來看，分體選集與各體合集的選錄方式，在當時是並行的。而從《文章流別論》、《文選》及《隋書·經籍志》所錄各體次序來看，都是以「賦」最爲優先，「詩」在其次，此編輯次第最早可溯自《漢書·藝文志·詩賦略》。而如果《漢書·藝文志》是以劉歆《七略》爲底本，那至少西漢末的編輯者已經有此共識。這應該是推尊《詩經》，認爲「賦」乃《詩》之「六義」中「賦」的流衍。而所謂「詩」，當時被認爲是一般歌謠，雖亦被用於正式典禮，還不足以推尊到「經」的地位。因此自

然不能跟「六義」之一的「賦」相提並論[23]。文章選本的編輯者同時也很注意圖書文獻，故各體合集的選本，及以其選本為基礎的批評，皆以「賦」為首，而「詩」次之；其餘各類依編選者認定的方式，各有不同的編排次第。再者，依照當時「自詩、賦以下，各為條貫」[24]的編輯習慣來看，「各體合集」也是分體編次，所以分體選集便是將各體合集中的每一體獨立成冊而已。

　　劉宋時謝靈運所編的《賦集》、《詩集》及蕭梁時昭明太子編的《古今詩苑英華》、荀綽編的《古今五言詩美文》都已亡佚，學者無從得知其編選成果。《隋書·經籍志》所登錄的分體選集於今可見者，唯陳時徐陵所編《玉臺新詠》。此選是有意識地以男女之情為主題而收錄成集的。主要編選者徐陵在〈序〉中明言：「撰錄豔歌，凡為十卷」，可見他所選錄的作品還要求要綺靡華豔。劉肅《大唐新語》云：「梁簡文帝為太子，好作豔詩……晚年改作，追之不及，乃令徐陵撰《玉臺集》，以大其體。」若依此說，此書乃蕭綱晚年命臣下編選者。然則集中卷八有「皇太子聖制詩」，則非成於蕭綱為帝之時。故其成書於梁簡文帝晚年追悔少作，欲大其體之說，應為劉肅基於自己的文學觀所進行的主觀詮釋，並非事實。

　　《玉臺新詠》之編選應該在梁武帝時蕭綱為太子期間內，依照

23　《文心雕龍》的體裁編排次第則異乎此，劉勰將「詩」、「樂府」列於「賦」前。一方面因為「詩」的出現早於「賦」，或有意藉此表明其間歷史源流關係。「樂府」在劉勰的觀念中亦屬於「詩」，他只是因為劉向的緣故方「略其樂篇」；二方面亦或以「詩」為大類、為根本，以此引領其他相關體裁。「賦」可以說是一種不必配合音樂的「詩」，所以排在「詩」後面。

24　見〔唐〕魏徵等著：《隋書·經籍志》（台北：鼎文書局，1993 年 10 月）「總集」後之說明。

興膳宏〈玉臺新詠成書考〉，認為它編纂於梁中大通六年前後；則此書的編纂，應該是為了合理化當時還在當皇太子蕭綱寫的輕豔詩以及為這類詩及皇太子去污名化。書中不收徐摛，因為他已被梁武帝責怪，不宜出頭，再犯天威；然也有可能是編者徐陵為其父曲加迴護之意。由此選亦可見梁末陳初之詩風，基本上走向綺豔；甚至已涉輕薄之作，皆可為文學作者及批評者接受並擊節讚賞。

此後文選，唐代許敬宗編《文館詞林》，號稱一千卷。依各種體裁分類纂集，或意在博取存佚。而詩選則唐代殷璠《河嶽英靈集》之重興象風骨、芮章挺《國秀集》之重色彩與聲律、元結《篋中集》之標舉雅正古樸、高仲武《中興間氣集》之標舉風雅清新……等等，都意在標舉自己的詩觀，非博取存佚之選。

宋、元、明、清以迄於現代，或為博取存佚，或為標舉文學理念，或為教學所需，或多種目的兼具，選本多不勝數。其中大部頭的綜合性選集，趙宋初所編的《文苑英華》一千卷可謂繼《文選》之後的重要代表作。本書乃宋太宗趙光義於太平興國七年（西元九八二年）敕李昉、扈蒙、徐鉉、宋白等人修纂，又命蘇易簡、王祐等人三修；於雍熙四年（西元九八七年）編成。可云為接續梁昭明太子蕭統《文選》而作，體裁分類也依準《文選》。而詩選則有王安石《唐百家詩選》，詞選有五代十國後蜀趙崇祚的《花間集》，入宋後有何士信的《草堂詩餘》、曾慥《樂府雅詞》……等等。

值得注意的是南宋呂祖謙選編《古文關鍵》、真德秀選編《文章正宗》及宋末元初謝枋德選編《文章軌範》，或不選詩、或將詩類列於後，意在貶低華辭麗藻，強調文章實用以及有助於道德的一

面，這可說是受古文運動及理學風氣的影響所致。然而諸家所選亦不錄經書，則文章與學術之區畛，仍暗存其間。

元代亦有楊士宏選詩編《唐音》，詞選則有陳行之選編《樂府補題》，周密所編之《絕妙好詞》。泊乎明朝，文派詩派林立，文選、詩選、詞選更多；其著者有歸有光編的《文章指南》、茅坤編的《唐宋八大家文鈔》、高棅編的《唐詩品彙》、鍾惺及譚元春選評的《詩歸》、毛晉的《詞苑英華》……等等。

而從所選之文亦可見選者之文學主張。在文選方面，例如申用懋編的《西漢文苑》是主張學習秦漢古文的、茅坤編的《唐宋八大家文鈔》是主張學習唐宋文的。此外還有八股文的選集，例如楊慎的《經義模範》、唐順之的《策海正傳》……等等。這些文選專選駢散文章，或及於賦，不選詩、詞、曲。不過明代文選也有以《昭明文選》為式，續而廣之的。如胡震亨編《續文選》、馬繼銘編《廣文選》，其中便也將詩作選入。

在詩選方面，高棅編《唐詩品彙》、《唐詩拾遺》，將唐代詩人以譜系表明；李攀龍編《古今詩刪》、《唐詩選》，以闡明「詩法」；馮惟訥編《詩紀》，意在存佚；鍾惺的《古詩歸》、《唐詩歸》，標舉內省獨往；明末清初的錢謙益更博輯各家詩，編成《列朝詩集》，且每一詩家皆附以小傳；不惟存佚，亦以示博。至於詞選、曲選，則毛晉《詞苑英華》、《宋六十名家詞》及卓人月《古今詞統》、臧懋循《元曲選》等，皆以博錄廣採見稱。

盛清之際，康、雍、乾三朝，文家提倡古文，前有方苞所編，提名允禮的《古文約選》；後有姚鼐所編《古文辭類纂》，皆以尊

經之故，不選錄儒家五經。咸、同時期曾國藩編的《經史百家雜鈔》，則並五經之文皆選而錄之。此或去取不同，然皆以古今散文為歸。而專選駢文者，則有李兆洛的《駢體文鈔》。詩選則有王士禛編選的《唐賢三昧集》、陳祚明編選的《采菽堂古詩選》、沈德潛編選的《古詩源》、《唐詩別裁》，明白標舉自身的美學品味及其詩派之風格。而如朱彝尊收輯明詩，成《明詩綜》；符葆森輯清詩，而有《國朝正雅集》，皆能提供詩史及文學史研究者相當可觀的資料。詞選則有朱彝尊之《詞綜》，蒐求務廣；張惠言之《詞選》，去取精嚴。而以明代毛晉《宋六十名家詞》為基礎的選本，有馮煦的《宋六十一家詞選》。周濟有《宋四家詞選》，戈載有《宋七家詞選》。以上詞選皆依詞人選錄，周濟並且依其詞學觀將四位詞家安排成譜系[25]。而沈時棟之《古今詞選》則屬於通代詞選，姚階《國朝詞雅》則專選清詞。賦選則有陳元龍《歷代賦彙》。觀乎明清以來選本，琳瑯滿目，亦足以窺見文學家派之眾，作品之多。

　　然則自梁以迄清末，基本上所有的選本對其所選作品之作者都相當注意。以作者為主的選集固不論矣，即使以體裁為主的選集皆標明作者，如《文選》、《文章正宗》等。分體之詩選、文選甚至往往附有詩文作者略傳，如《唐詩品彙》、《古文辭類纂》等。綜而言之，詩選、詞選比較重視作者，而文選中的詔、令、策、議之類，頌、讚、銘、誄之篇，似較難體現作者的面貌、風神。而章、

---

[25]　周濟於〈宋四家詞選目錄序論〉（《宋四家詞選、譚評詞辨附介存齋論詞雜著》，台北：廣文書局，1962 年 11 月初版）云：「問塗碧山，歷夢窗、稼軒，以還清真之渾化。」

表、書、論、序，看來比較容易見到文章後面作者的影子。選文者對作者的重視是研究者所難以忽視的。觀乎鍾惺〈詩歸序〉：「內省諸心，不敢先有所謂學古不學古者，而第求古人真詩所在，真詩者，精神所為也。」可見也有編選者從精神層面來認定考量作者，並非只是蒐集作品而已。因此這種批評方式雖以作品為主，目的在提高讀者的鑑賞能力與指導寫作，卻也沒有忽略作者。

四、眉批評點：

所謂「眉批」，即指在書眉上加批語。批語的體例或型態並不固定，或長或短、或詳或略、或駢或散，亦間有出之以韻文者，隨評者之興致而發揮。「評」即評論，有列之於書前，就全書加以評論者；有置之於篇後，對一篇文章加以評論者，又稱為「尾批」；有夾於行間，對遣詞用字造句加以評論者，又稱為「夾批」。亦有將評論置於文章中的段落之後者。其批語或短短一、二字，或長篇大論；或就文本析述，或言世態人情，林林總總，不一而足。

而評點之「點」，與中唐以前所用之意不同。漢魏至唐宋，所謂「點」乃指書寫或校訂時，將文字以黑墨塗改抹去（或有誤，或不佳），用以滅字[26]。而評點之「點」，乃泛指以非文字之符號樣

26　《爾雅·釋器》第六云：「『不律』謂之『筆』，『滅』謂之『點』。」郭璞注云：「以筆滅字為『點』。」邢昺引郭璞注文後云：「今猶然」，可見到宋朝猶有以「點」為滅字者。《後漢書·彌衡傳》云：「攬筆而作，文無加點，辭采甚麗。」《世說新語·文學第四》云：阮籍「宿醉扶起，書札為之，無所點定。」李商隱〈韓碑〉詩云：「點竄〈堯典〉、〈舜典〉字，塗改〈清廟〉、

式對書中所述表示意見。其可見者，約略有「點」、「圈」、「雙圈」、「重圈」、「實圈」、「三角圈」、「長劃」、「短劃」、「撇劃」、「密密圈」、「密密點」……等等，甚至還有以各種顏色來做區分者。或以分章、或以斷句、或以示語氣之暫頓、或以表明美辭麗藻之所在、或以明示文中精妙奧義之處、或以強調一篇之重點、或以之說明作者筆法……不一而足。質而言之，南宋以來評點家所用符號各有其所示之意，宜就各家所釋而解其所用符號之意義，不能一概而論。

這種批評型態在明朝中期（嘉靖年間）到清朝中期（道光年間）頗爲盛行，是中國古典文學批評不能忽視的一種主要型態。有的學者將之推源於漢儒的《詩經》訓詁與史書贊論，而云《詩序》──尤其是「小序」──與文學評點有：「一種難以言喻的微妙關係」[27]；又申言史書「贊」、「論」乃「創造了在文章後加評這樣一種文學形式和批評形式」[28]，這都是過當的推臆與附會。

夷考其實，漢朝經師的分章段句有類於點（但並不完全是），而六臣注中的某些注語有類於評（但它卻不是評的形式）。然若逕謂評點源起於西漢章句之學與《文選》注釋，則未可也。事實上，

〈生民〉詩。」可見「塗去文字」才是「點」的原始意義，修改則是其引伸義，從漢魏六朝一直到唐代皆如此，入宋猶有用之者。明清之後的圈點，若要用唐以前的話來講，謂之「句讀（逗）」，即分章斷句明語氣之謂。韓愈〈師說〉云：「句讀之不知，惑之不解。」指此而言。當然宋、元、明、清之後的發展更形複雜多樣，其義已非分章斷句所能涵蓋。

[27] 孫琴安，《中國評點文學史》（上海：上海社會科學院出版社，1999 年 6 月），頁 4-5。

[28] 孫琴安，《中國評點文學史》，頁 10。

這二者的目的都在於解文釋義，應歸於注解箋釋的型態。

　　眉批評點為中國古典批評各種型態中最為後起者，其盛行要到明代中晚期後；嘉靖到萬曆、天啓年間方始大盛。若推其始，南宋呂祖謙的《古文關鍵》已具評點之體[29]。他在書前先列總論，標舉讀文章要注意的四點，再分別提示讀韓愈、柳宗元、歐陽修、蘇軾等作家文章的方法。又提出自己進行評點時所用的語彙，並舉出「深」、「晦」、「怪」、「冗」……等等十九種文章之病告誡學文者。所選文章，幾乎每篇都有總評，句旁亦有批語。其所具之體，固已不讓明、清兩代的評點名家如李贄、金聖歎……等等。

　　後於呂祖謙的南宋散文評點者，有樓昉、真德秀、謝枋德等。他們都自編文選並加以批點。樓昉編《崇古文訣》、真德秀編《文章正宗》及續編、謝枋得編《文章軌範》及續編，皆與呂祖謙同屬自編自評之作。他們或出於教學上的需要，或欲示年輕學子以學文門徑，選錄其文而加以抹批評點，寖假而發展成一種文學批評的型態。而時少章評王安石《唐百家詩選》[30]、謝枋得評《注解章泉、澗泉二先生選唐詩》，便非自選自評之作，則異於上述四種。

　　最早有心將這種閱讀批評方法推廣到各種文類的要推南宋的劉辰翁。他除了歷評唐、宋詩人約五十家之外，也評《老子》、《莊子》、《列子》、《世說新語》等子書及《史記》、《漢書》等史書，然皆出之以文章寫作之思維，而非出之以「褒貶是非，紀別異

---

[29]　葉德輝云：「大抵此風濫觴於南宋，流極於元、明。」信實可從。見《書林清話》，（台北：文史哲出版社，1988年），頁85-87。

[30]　時少章所批《唐百家詩選》今佚，元代吳師道的《吳禮部詩話》及明代胡應麟的《詩藪·雜編》卷五中皆有引錄，故可略知時少章之見。

同」[31]之史學及「以立意爲宗」[32]之子學。進入元代,方回的《瀛奎律髓》以江西詩派爲宗;他也評六朝詩,有《文選顏鮑謝詩評》。范梈選批杜詩,今人爲之刊行,名爲《杜工部詩范德機批選》。自元至明初,評點似乎已趨沈寂,不如南宋興盛。一直要到嘉靖年間的顧璘、楊慎、歸有光、茅坤、李贄等才紛放異采。其中顧璘就元朝楊士宏所選的《唐音》進行評點,有《批點唐詩始音》;楊慎所批點的《文心雕龍》、歸有光所批點的《史記》、茅坤所批點的《唐宋八大家文鈔》等都是當時著名的評點。而由李贄的《四書評》、《忠義水滸傳》等可以看得出來明代評點家已經不限於詩文史冊,經、子之作及章回小說亦在評點之列。

在李贄之後,明代的評點更爲盛行,評點名家輩出。有些評點家本身就是文壇上有名的作者,像湯顯祖、袁宏道、鍾惺、譚元春等人。湯顯祖對小說的評點,多散佈在《豔異編》、《虞初志》、《續虞初志》中;在詞的方面,也評點過《花間集》。袁宏道也評點過筆記小說《虞初志》,不過他比較特別的是對同時代作者的文集也進行評點,有《袁中郎評點徐文長全集》一書。鍾惺、譚元春的評點主要在詩,其著名者有《古詩歸》、《唐詩歸》(合稱《詩歸》)。而像馮夢龍以編撰筆記小說聞名,亦有評點留傳,如《情史》、《智囊》中的文章都有他的批語。真正能全面發揚評點這種文學批評型態,而形成像李贄那樣風潮的評點家,當屬萬曆時期的孫鑛。經書方面,他有《書經評點》、《春秋左傳批點》;史書方

31　蕭統:《昭明文選·序》
32　同上。

面，他評《史記》；子書方面，他有《莊子南華經評》、《評點荀子》、《韓非子批點》；總集方面，他評過《文選》；詩則有《朱批唐詩苑》、《唐詩排律辨體》，劇曲則評《西廂記》。可以說是針對經、史、子、集中的重要典籍，進行有計劃的評點。書商因為他名氣大，故往往刻印「孫月峰評」於書上，以廣銷路。

　　關於詞的評點，明代自湯顯祖以後各家，如李廷機、翁正春、董其昌、沈際飛等人都針對《草堂詩餘》作評點，《花間集》一時沈寂。而散曲則未見評點者，劇曲評點則多集中在《西廂記》、《琵琶記》及《牡丹亭》三本。

　　眉批評點的文學批評型態在明末清初可以說臻於全盛，出現了許多名重一時的大家。首先應該注意到的是金采，即金聖歎。除了評〈離騷〉、《莊子》、《史記》、《杜工部詩》、《水滸傳》、《西廂記》等為人所知的「六才子書」之外，他的《貫華堂選批唐才子詩》亦甚著名。另外他還有《唱經堂古詩解》、《才子必讀古文》、《唱經堂批歐陽永叔詞》、《左傳釋》、《釋孟子》……等等，可以說評遍經、史、子、詩、詞、戲曲、章回小說。從：「宵深不寐，勤心從事。乃伏案三月，未終一卷。」[33]、「貫華堂中，書如獺祭。心血耗盡，白髮星星矣。」的記載，可見金聖歎於眉批評點用力之勤。他的評點以文本為主，常有破除俗見、定見，意在翻案的見解。而其評釋文章時，更常常條分縷析，不厭其詳。針對「六才子書」的評點，在書前都有一篇「讀法」。這是南宋呂祖謙

33　蔡冠洛，《清代七百名人傳》第五編。（轉引自孫琴安《中國評點文學史》，頁 204）。

在《古文關鍵》中的創制，然而自元至明的評點家都不再使用；金
聖歎復用之於才子書的評點中。而觀其《水滸傳》、《西廂記》中
書眉有眉批、每一回有總評、分段又有批評、行間有夾批、在字句
上還有圈點，可謂詳盡。

　　然其所論，則往往擬設作者臨筆為文之際所思所為。例如《才
子杜詩解》中，在〈冬日懷李白〉題下云：「先生欲李侯之去，凡
四見矣。而其心愈切，其言愈婉。如此篇，何其真而善人也。」擬
設杜甫之心境；在〈北征〉詩題下云：「北征，先生自行在奉詔還
鄜州，迎看家室也。」擬設杜甫所遭遇的情境。不只詩、文之類的
作品，即如小說、戲曲等代言體，金聖歎也會自其作者的角度進行
評點。例如他在《水滸傳》的評點便道：「作《水滸傳》者，真是
識力過人。某看他一部書，要寫一百單八個強盜，卻為頭推出一個
孝子來做門面，一也；三十六員天罡，七十二座地煞，卻倒是三座
地煞先做強盜。顯見逆天而行，二也；盜魁是宋江了，卻偏不許他
便出頭，另又幻出一晁蓋蓋住在上，三也；天罡地煞，都置第二，
不使出現，四也；臨了收到『天下太平』四字作結，五也。」從作
品的內容，推求作者的寫法、表現方式；再由作者的表現方式，論
其識見膽力。

　　金聖歎的評點，不惟詳析文法，深探文意，且其遣詞用字生動
活潑，宛在目前。評至得意處意氣風發，評至酣暢處淋漓盡致；有
故高姿態之語，無含蓄扭怩之狀。若云眉批評點之批評型態由他總
其大成，固所當也。

　　在小說評點方面，金聖歎之後，以毛宗崗評改的《三國演義》

及張竹坡評的《金瓶梅》最為著名。毛宗崗評改《三國演義》實始
於其父毛綸，毛綸後來失明，便口授其子毛宗崗。而由宗崗加以筆
錄及潤飾。他們父子以羅貫中的《三國演義》為底本，加以評點改
寫，甚至連章回目錄都不吝更替。而張竹坡是藉評《金瓶梅》來宣
洩自己窮愁潦倒之慨與世情炎涼之感[34]。他們跟金聖歎評《水滸傳》
一樣，書前都各有一篇〈讀三國志法〉、〈批評第一奇書金瓶梅讀
法〉，每回有總評，文中有夾批，書眉有眉批。這樣的精讀細評，
在當時似已成為慣例。

　　時代較後的脂硯齋評《石頭記》，也是著名的評點，其中有回
前總批、回目後批、回首詩、雙行批註、行間夾批、眉批、回末總
評。還有寫在特殊位置的批評，寫在圖畫說明的空白處或正文行末
尚未寫盡的空白處。提供了不少研究讀者感受的原始材料。

　　在詩的評點方面，有馮舒、馮班兄弟評唐代韋縠所選的《才調
集》，王夫之的《古詩評選》、《唐詩評選》、《明詩評選》，紀
昀評《玉谿生詩集》及《瀛奎律髓》[35]……等等。而在文章評點方
面，儲欣有《唐宋十大家全集錄》，乾嘉時期桐城派諸家所為之各
種古文評點，為數最多；針對駢文的評點，蔣士銓也有《評選四六
法海》；在詞的方面，張惠言、周濟在他們選的《詞選》、《宋四
家詞選》中都有評語；晚清譚獻也評過周濟所選的《詞辨》，都是

34　見附刻於《金瓶梅》卷首之《竹坡閒話》。張竹坡所評點者乃是以明朝崇禎年
　　間刊行《新刻繡像批評金瓶梅》為底本；與明朝萬曆年間刊本《金瓶梅詞話》
　　有所差異。
35　〔元〕方回編，共四十九卷，自登覽至傷悼，先依主題分類；再依五、七言體
　　編次。

著名之作；劇曲方面的評點，多集中在《西廂記》。金聖歎之後其著名者有李漁及毛奇齡。李漁有從演出角度來加以批評者，不似金聖歎專主於文詞；毛奇齡之評，也往往能在細節處見關鍵。其他戲曲名作，如高則誠《琵琶記》、湯顯祖《牡丹亭》、孔尚任《桃花扇》、洪昇《長生殿》等風行一時的劇本，也都有評點之人。可見從明末至清，評點眉批這種文學批評的型態愈來愈精緻細膩，已經走向專業化了[36]。有時作者與評者合作，新作甚至與眉批評點一起刊行。閱讀大眾對評點的興趣，甚至比對作品文本的興趣大得多。

眉批評點的批評型態所呈現的形式及內容，取決於評點者。有時短述，有時長論；有時析述文法，有時僅提整體風格印象；有時訓釋字詞，有時申講文意；有時感慨世態人情，有時考證史事；有時評論書中人物個性，有時分析書中天下局勢。讚譽時褒上了天，而貶斥時棄之於地。評點者很隨機地，順其興之所至地介入文本，甚至有時發發牢騷，抒解其忿懣不平之氣，江湖寥落之感。對作品而言，除了文論專著的「詩話」、「詞話」之類著作外，可以說是讀者面目最鮮明的一種批評方式。而這種批評型態也並未忽略作者的存在，甚且有時還得虛擬一下作者寫作時的處境、寫作過程、寫作心態……等等，因此可見「作者」在評點時也是揮之不去（或許他們當時根本也沒有想揮去），常常會被帶進來講的要素。

上述這四種型態普遍存在於中國古典文學批評中，它們並非各

36　這固然與商業經濟在這個時期的蓬勃發展，印刷工具及技術的改進、書肆的興盛、書貴的需求，甚致科舉功名之念的深入人心有關。然而此非本文所欲闡明之重點，為免損枝，故剪繁華。

自區分而沒有關聯的。注解箋釋及選文摘句之作，前面的序及後面的跋也往往也可以當做文論專篇來看，前者如王逸的《楚辭章句·序》及朱熹《詩集傳·序》，後者如蕭統的《文選·序》、高棅的《唐詩品彙·序》。而選文也常常與眉批評點結合呈現，像南宋的《古文關鍵》、《崇古文訣》、《文章正宗》、《文章軌範》等書都是選、評結合的。而明朝的《古詩歸》、《唐詩歸》、《唐宋八大家文鈔》等亦然，並且是選、評、論三者相結合的型態。至於注解箋釋，有時也會將論、評都收進去，彙集起來，像仇兆鰲的《杜詩詳注》、馮浩的《玉谿生詩集箋注》都是如此。宋朝洪興祖的《楚辭補註》已把《文心雕龍·辨騷》全篇收入，可見並非清儒才這麼做。因此這四種型態有其獨立存在的面貌，也有交互迭見，並存於同一著作的現象。由於它們並非方法上的範疇區分或意識型態方面的區隔，所以能並攝涵容、冶於一爐，雖云紛雜，但並不具排他性。

第三節　中國古典文學批評中關於「作者」的思考

　　從上述中國古典文學批評的四個型態來看，注解箋釋以能解作者之意為目標；文論專著也會強調作者「為文之用心」，或直接研

究、評論作者；選文摘句也不忘標明作者，甚至以作者為綱來編排所選作品；眉批評點中更常能看到評點者對作者的強調。所以「作者」在中國古典文學批評理論中，是被重視而且普遍使用的，每一種批評型態都會注意到它。但是自漢魏至民國初，批評者雖常使用它，卻不認為這個概念及其相隨而來的觀念會有什麼問題，好像自然而然就應該要去處理、去熟悉關於它的一切，而且往往以此做為建構文學史的基礎材料。

事實上從兩漢以來，中國古典文學批評受到《孟子》中「知人論世」、「尚友古人」的影響，一直對作者保持高度的關注。《詩經》中的作者多數不詳，鄭玄仍堅持依詩之時代編列《詩譜》；對屈原的關注、考證，更普遍存在於《楚辭》的評論註釋中。漢末魏晉至南北朝，對文學的自覺意識也反映在對作者的重視上。《典論·論文》基本上是以作者（建安七子）為基礎構論的，曹丕云：

> 年壽有時而盡，榮樂止乎其身，二者必至之常期，未若文章之無窮。是以古之作者，寄身於翰墨，見意於篇籍。不假良史之辭，不託飛馳之勢，而聲名自傳於後。

藉著寫作可以留名後世，翰墨、篇籍皆可以託身。若非當時的文化環境對文學及文學作者相當重視，必不至有此論述。西晉摯虞《文章流別志》乃是關於《文章流別集》中所選錄作者的生平記載，南齊張騭《文士傳》亦屬同性質著作，東晉李充《翰林論》及蕭梁鍾嶸《詩品》也是以作者為基礎進行論述的。而《文選·詩·樂府·

古樂府三首》、《文選·詩·雜詩·古詩十九首》未題作者之名，並非不重視作者，乃闕疑之意。其中〈飲馬長城窟行〉（青青河畔草），《玉臺新詠》屬之蔡邕；〈傷歌行〉（昭昭素月明），《玉臺新詠》則屬之魏明帝曹叡；其中九首古詩，《玉臺新詠》屬之枚乘。由以上這些例子，我們可以了解編《玉臺新詠》的徐陵盡量想去推求、確定作品的作者。可見在當時，人們閱讀文學作品時，會期望把它與作者關聯起來解釋。佚名的文學作品就好像是在被解釋的過程中留下一個令人遺憾的空白，解釋者總要試圖將之填滿。

　　一直到宋、元、明、清，分體分派大體上是就作者而論的（時代、地域都是作者構成的羣體），文壇上的論爭也常以作者風格為標目。大體上而言，南朝至唐代喜歡強調作者心境及其特殊遭際，宋、元至明喜歡講作者為文之法，明末至清喜歡考證作者的仕履交遊，並詮解作者人格及用心。「作者」觀念的影響，可以說通貫整個中國古典文學批評史。

　　雖然中國古典文學批評有強調體裁、法度、格律的一面，但是這些語言藝術上的要求，還是要訴諸作者來實踐。而往往評論家在提出這些要求之時，也還是從歷史上作者的寫作成果提煉出來的。像江西詩派之標舉杜甫，明代李夢陽、李攀龍之崇尚盛唐詩人，清代神韻派以王、孟為宗，北宋初西崑詩人之承襲李商隱……等等，無不訴諸歷史上的作者。因此研究中國古典文學批評——尤其是詩文批評——，如果忽略了「作者」問題，將難以掌握中國古典文學批評中一大部分的論述。

　　「作者」的影響如此之普遍與深入，若溯其源，則春秋以前並

不特別重視個別文學作者，此思維滋息於戰國中期至西漢，而漸為後世依循，乃成為文學批評之習見方式（此論題所涉亦廣，將於本書第二章中詳論）。

　　然而這樣的思維習慣在面對作品佚名時便出現第一個不合理之處，像《詩經》中大部分篇章及〈古詩十九首〉這些無法確定作者的作品是否可以詮釋它的意義？對中國古代的文學批評者來講顯然是可以的。而如果可以，作品的意義就不一定要依附作者而存在。作者對作品的意義就不見得一定居於主導地位。中國古代的文學批評者面對這種狀況時，有一種處理方式，那就是先推求作品所處的時代，再就那個時代的背景來詮解、評論作品。然而這只是放寬範圍，退一步進行評論，並沒有真正解決問題。

　　再者，雖然知道作者是誰，卻無法得知其生平時，便往往以文學作品為材料為基礎，加以引伸、補充，來建構作者的生平遭遇及思想感情，這就產生了第二個不合理之處。在詮釋作品時，目的若是為了增加對作者生平的了解，如此一來，則作品成為了解作者生平的依據，而不是真的靠作者來確定作品的意義並評價作品。

　　像秦嘉〈贈婦詩〉三首及徐淑〈答秦嘉〉之詩，《詩品》云：「漢上計秦嘉　嘉妻徐淑詩」，只知秦嘉為州郡推舉為上計吏，而徐淑為秦嘉之妻；《玉臺新詠》選錄這幾首詩，云：「秦嘉，字士會，隴西人也。為郡上掾。其妻徐淑，寢疾還家，不獲面別，贈詩云爾。」則知秦嘉之字號、籍貫及仕履，並明言夫妻作詩之背景。《隋書·經籍志》則云：「梁又有後漢黃門郎秦嘉妻徐淑集一卷」知秦嘉曾為黃門郎，而且其妻徐淑也有詩集一卷。僅僅依靠這些生

平資料，對這幾首詩的意義將是難以詳詮的。而能架構出秦嘉夫妻之間的感人情事，乃是將詩中所具之情感內容與兩夫妻生平背景相結合的結果，並非訴諸生平背景來詮釋作品意義。

其三，雖知作者，亦能得知其生平，卻沒有足夠堅強的論據指明作品的時間。這或者無法由作品題目、文字得到線索，或者由相關文獻材料也無法尋繹。（有時也可能是作者故意隱去，不欲其作品與生平活動被明確指認。）而批評者則窮極文獻功力，欲突破障礙，將作品安放在作者生平之適當位置。如此一來，作者生平與作品的詮釋、批評間亦無法找到一個確切的關連，有如解謎者各依謎面推想謎底。這是第三個不合理之處。例如馮浩之箋注李商隱詩，對於像「無題」、「錦瑟」、「一片」、「促漏」……等等難以找到與義山生平事蹟確切關連者，僅憑一、二詞語便牽附於其生平遭際，進而確定詩旨[37]，這就好比自己去設定密碼的意義，再自己表演一套解碼的過程。適足以呈現用作者生平解釋文學作品這種方法的局限與捉襟見肘之處，而難以呈現這種方法的解釋效力及成果。

事實上，唐宋之後的中國古典文學批評亦並非全以作者之意或對作者生平的了解來引導批評，有時也著重在讀者志意的感發。南宋劉辰翁及劉將孫父子曾分別寫道：

> 凡大人語不拘一義，亦其通脫、透活、自然。舊見初寮王履道跋坡帖，頗病學蘇者橫肆逼人。因舉「不復知天大，空餘

---

[37]　例如僅就「思華年」及下文的「追憶」，便將此詩定為「悼亡詩」，尚待更有力證據補充說明。

見佛尊」二語。乍見極若有省。及尋上句本意，則不過樹密天少耳。「見」字亦宜作「現」音，猶言現在佛。即「見」讀如字，則「空餘見」殆何等語矣？觀詩各隨所得，別自有用。……同是此語，本無交涉，而見聞各異。但覺問者會意更佳。……從古斷章而賦詩皆然，又未可訾爲錯會也。[38]

古人賦詩，猶斷章見志，無不可以取節。況大宗師之所識鑒，雖未免失眞，然豈無什四、五存者？選文章難，詩尤難。評得選意難，選得作者意愈難。選者各自有意，眾共稱好者，作者或不謂然。人見之無味，而中有可感者，乃倍覺深長。固有本語本意若不及此，而觸景動懷，別有激發。[39]

這是鬆動戰國、西漢以來所建立的那種以尋覓、詮釋作者本意為中心的批評方式，把批評者從論世、知人的論述結構中鬆動、解放出來。然而他們並非不尊重作者，只是將批評重心移到讀者自身，讀者仍舊可以藉著作品「尚友古人」、「知人論世」。然而後世末學若不明其本，則將面對文學批評成為個人主觀感受興發的記錄，充滿著隨意與不確定的特質。這樣的觀念，與袁枚的：「作詩者以詩傳，說詩者以說傳。傳者傳其說之是，而不必盡合於作者也。」[40]論

38　劉辰翁〈題劉玉田選杜詩〉，見《須溪集》（收入四庫全書珍本四集，台北：台灣商務印書館，民國 62 年），卷六，頁 49-50。

39　劉將孫〈王荆公唐詩選序〉，《永樂大典》第 907 卷「詩」字下引文。

40　袁枚，〈程綿莊詩說序〉，《小倉山房文集》（上海：上海古籍出版社，1988 年 3 月）卷二十八，頁 1764。

點是相通的。不能說他們特別貶低作者，只能說他們更重視讀者的感受體悟。

然而如此一來，批評便不必商較詩、文作品的高下之分、優劣之別。因此「傳者傳其說之是」，雖說是對讀者詮釋的一種鼓勵與肯定，然所謂「是」者，推至極處，亦不過為各是其所是，各非其所非[41]。如此「批評」最多亦僅能稱之為「批」，而不能謂之為「評」。他們的批語大多屬於印象式的描述，或基於個人生活經驗的體會興發。欲求其何以致如是之印象？為何有此興發？於其文中常付諸闕如。或許這些批評家認為只要將自己的感受興發或獨見特解闡述出來即可，不必深究其源。

故此批評取徑難以與中國古典文學批評傳統中之作者中心批評取徑相頡頏。事實上他們也常援引作者生平及其寫作意圖來詮釋作品，但與中國古典文學批評傳統中以作者為中心的文學批評不同的是，他們特別講究批評者個人特質的突顯。

也許正是為了突顯自己，而強調閱讀欣賞過程中「觸景動懷，別有激發」、「各隨所得，別自有用」。然而他們卻也忘了在詮釋過程中，這樣的觀念及做法便是自居於作者，雖然不是寫出原初文本的那位作者，然而他們只是以不同形式存在於文本之中而已。

而明末的王夫之亦於《薑齋詩話》中云：「作者用一致之思，

41　也許這派的批評家們體認到文學的本質、功能、目的不是在講是非、斷真偽，所以對批評文學的所有準則，認為都各「傳其說之是」，僅供參考。然這樣一來，看似肯定所有準則，但也否定準則所具有的意義及它們所能發揮的功能。因此筆者認為文學批評的準則對他們而言，是沒有意義的，他們所進行的文學批評其實是某種程度的創作。他們與文學作者的關係比較像作者與作者間的關係，而不像作者與讀者間的關係。

讀者各以其情而自得。」[42]認爲作者寫作時雖有其想法，但是讀者
由於自身特有的情境，對此詩會有獨特的體會和解釋。王夫之在此
強調的是讀者自身所處的情境，他的理論立基於對孔子：「《詩》
可以興、可以觀、可以羣、可以怨」[43]的詮釋。《薑齋詩話》中云：

> 「可以」云者，隨所以而皆可也。於所興而可觀，其興也深；
> 於所觀而可興，其觀也審；以其羣者而怨，怨愈不忘；以其
> 怨者而羣，羣乃益摯。出於四情之外，以生起四情；遊於四
> 情之中，情無所窒。[44]

從《論語·陽貨》篇的：「邇之事父，遠之事君」來看，孔子是在
談學《詩》（這裏不是指學寫詩，而是指誦習、閱讀《詩》而言。）
對讀者甚至現實世界的作用。王夫之從「可以」來分析，認爲「詩」
隨讀者所遇之情境而皆有可解。他將「興」、「觀」、「羣」、「
怨」稱爲「四情」，分爲「興」、「觀」，「羣」、「怨」兩兩一
組來分析。「深」是深刻有味，「審」是仔細詳盡，「不忘」表其
入情之深，「摯」表其發情之真。王夫之認爲引起所興之物能有可
觀（察照研究），這樣的「興」是深刻有味的；而所觀之物能引起
其興（興發感受），這樣的「觀」是仔細詳盡的。「興」與「觀」
之間的互相生發，形成一種循環，使得「深」、「審」的效果不斷

42　王夫之，《薑齋詩話》，收入丁福保編《清詩話》（台北：藝文印書館，民國
　　66年5月再版），頁8。
43　見《論語·陽貨》篇。
44　王夫之，《薑齋詩話》，見《清詩話》，頁7-8。

增強。「怨」若是為羣體而發，那種關懷往往廣泛深入，令人難以忘懷；「羣」若是能包納有怨者，則成員間的感情是真摯誠懇的。「羣」與「怨」二者的相互發用，使得個人與團體間的感情更深、更真。讀詩所引發的這四情是立基於讀者個人經驗之上而生起的，讀者如能不拘泥於其中一情，隨其所變而適，交互感發，便不會被限制住而覺室礙。

　　就王夫之所論，作者、作品對讀者的心思、性情、修養、人格等的影響不限於某些特殊方面，也不見得有固定的類別或型態。總之讀者由此體會到了自己的人生，察照了自己的生活。

　　這與前述劉辰翁父子及袁子才「觀詩各隨所得，別自有用」、「傳者傳其說之是」那種特重讀者，甚至有凌駕文本之勢的持論是不同的。王夫之所論在一定的程度上解消了中國古典文學批評中追尋作者之意、作者之心的傳統，轉而要求讀者觀照自身的人生處境與心性修養。這可以說他從理論上爭取了讀者的空間，而不能說他在理論上否定或除去作者用意、用心。

　　至於晚清譚獻在《復堂詞錄·序》所云：

　　其諸樂失，而求之詞乎？然而靡曼熒眩，變本加厲，日出而不窮，因是以鄙夷焉、揮斥焉。又其為體，固不必與莊語也。而後側出其言，旁通其情，觸類以感，充類以盡。甚且作者之用心未必然，而讀者之用心何必不然？言思擬議之窮，

而喜怒哀樂之相發，嚮之未有得於詩者，今邃有得於詞。[45]

他提出「作者之用心未必然，而讀者之用心何必不然？」的說法，每每被現代的文藝批評者引以為藉口，認為不必去顧慮作者用心。然夷考譚獻所論，他是在講述自己學詞過程對「詞」態度的改變。本來是覺得詞太過靡麗炫目且不正經，所以不能接受；後來可以由此中讀出言外之意，而且能引伸、旁通於各種物態人情，所以覺得「詞」比詩、文更能感發喜怒哀樂之情，接受而且肯定了「詞」。

所以這個說法一則是為詞體辯護，認為那些靡麗且不正經的語言要看讀者用怎樣的目的和心態解讀它們，不用特別去考究作者的心態。此用意乃是在推尊詞體，而非不顧作者。二則是說明「詞」的影響，不只在語言層面、事物認知層面、情感引發層面，並且進一步及擴及心思的層面。而譚獻認為在「用心」這一層面重要的是讀者之用心，事實上正好說明他是了解作者寫詞之用心並非皆合於道德風教。

所以即使作者沒有想到「忠君」，讀者也可以「離騷初服」[46]之意來解讀溫庭筠的詞。他在周濟《詞辨》所選的蘇軾〈卜算子·雁〉上評道：

　　皋文《詞選》以〈考槃〉爲比，其言非河漢也。此亦鄙人所

45　唐圭璋編：《詞話叢編》（台北：新文豐出版公司，民國77年2月台一版），頁3987。
46　〔清〕張惠言選錄，《詞選》（台北：廣文書局，68年6月），頁9。

謂「作者未必然，讀者何必不然」。

將此首比之為〈考槃〉，乃刺君之微過，使賢者在野。然蘇軾詞中並未言及此意，張惠言以此解之，譚獻認為恰當，並且自引其論為張惠言之解護持。

譚獻並非不注重作者或不了解作者，他在《復堂詞錄·序》中云：

> 二十二病旅會稽，乃始為詞。然喜尋其惝於人事，論作者之世，思作者之人。三十而後，審其流別。乃復得先正緒言，以相啟發。年踰四十，益明於古樂之似在樂府，樂府之餘在詞。昔云：「禮失而求之野」，其諸樂失而求之詞乎？然而靡曼熒眩，變本加厲，日出而不窮。因是以鄙夷焉，揮斥焉。又其為體，固不必莊語也。而後側出其言，旁通其情，觸類以感，充類以盡。[47]

所以開始學詞時，他是以作者為中心的；後來區分流派，也是以對作者作品的認識為基礎；到最後對「詞」的整體性質有所體認，便能對「作者之用心」進行反思。以譚獻所提的論點來講，他並非反對讀者去追尋作者用心、研究了解作者，而是強調讀者之用心的重要。而從其《復堂詞錄·序》：「其大意則折衷古今名人之論，而

非敢逞一人之私言，故以《論詞》一卷附焉。」可知他不是一個主觀之文學批評者，其理論基礎不類於二劉、袁枚。

二劉、袁枚的立論並未提出鑑別作品或各種詮釋優劣良窳之方法，王夫之的立論基點則在於政教道德等社會風氣及心性修養的層面，譚獻所論反而揭示了他對作者的重視。因此衡諸中國古典文學批評論者，這些不欲依循作者之意來解讀作品的批評家，並沒有提出能夠和以作者為基礎來詮釋作品的中國傳統文學批評論述相抗衡的論述系統。

中國的讀者及詮釋者如此重視作者，固然有諸多原因：或基於歷史考據的喜好、或由於對作者的好奇、或出於對作者的仰慕、或與作者神交、甚或為了顯揚其先祖之文才……等等，不一而足。然而不論何種原因，可以看得出來中國古代的文學批評者或詮釋者在探討文本背後的精神時，往往以作者為中心展開論述。「作者」是中國古代文學批評者及詮釋者所關注，也花下許多精力進行研究而取得不少豐碩成果的領域。然而這可以說是自戰國、西漢開其端，東漢延續之，漢末魏晉時期已經普遍於文學評論者之觀念中。到了後世，自唐、宋至清，甚至到現今，它轉而沈澱為一種對文學作品進行理解與詮釋的基本結構。中國古典的文學批評型態都與它有關聯或牽涉，可以說在現代以前它還未受到理論上真正的挑戰。

第四節　西方文學批評論述對作者論的質

疑與思考

　　雖云近代（二十世紀以來）西方文論興起一股反作者中心傾向的思潮，然而遠溯西方思想史，第一個拒斥詩人的理論家是希臘大哲柏拉圖（Plato）。他認為事物是模仿理型（idea）的，文藝則模仿事物。所以文藝是模仿的模仿，與理型隔著兩層。而創作文藝的人既非由於自身的智慧，亦非來自其學問或道德，僅憑「靈感」或「如有神助」；此不只無助，甚且有害於哲學家所領導的王國——烏托邦（Utopia）。所以柏拉圖在其對話錄的〈伊安〉（"Ion"）篇對詩人的創作已致否定之意[48]；而於其《理想國對話錄》卷二至卷三，甚至主張將詩人逐出烏托邦；又於卷十數落詩人之罪狀[49]。

　　可以看得出來，柏拉圖排斥詩人的態度，是站在哲學、道德、政治，甚至有一點宗教意味的立場。但從反面來看，未嘗不能說柏拉圖也間接承認詩或詩人有能力破壞哲學家王國的完整及純粹。這反而是對詩及詩人能力的另一種肯定方式。

　　而在近代，艾略特（T. S. Eliot）於其名著〈傳統與個人才能

---

[48]　《柏拉圖文藝對話集》（朱光潛選譯，台北：蒲公英出版社，1986 年），頁29-51。中譯者朱光潛依據布德學會（Association Guillaume Bude）法譯本並參照詩人雪萊（Shelley）英譯本翻成中文。

[49]　《柏拉圖文藝對話集》，頁 53-135。中譯者朱光潛依據林德塞（Lindsay）英譯本，並參照其他諸家英譯，翻成中文。

〉（"Tradition and Individual Talent"）一文中[50]則認為一個成熟的詩人寫詩不是在成全或表現自己的「個性」（characters），而是在犧牲自己以成全詩。他説：「詩不是放縱感情，而是逃避感情；不是表現個性，而是逃避個性。」這是把詩看做神聖而超乎個人的，已經近乎一種宗教情懷了。但艾略特的持論是否可以合理地解釋所有的詩？恐怕反而只是徒增讀者閱讀時一種先入為主的成見而已，不見待有助於對詩的理解與詮釋、評價。因此以之為一個流派，宣布其主張則無妨；以之為文家、評家公允之論，則勢有所難立。

理查斯（I. A. Richards）則以科學實驗的精神寫下他在劍橋大學（Cambridge University）的觀察分析報告。他讓學生自由評詩，發現在隱匿作者姓名之後，這些第一流學生的賞析結果與傳統文學史上的論述大異其趣。因此理查斯覺得大部分的閱讀者都受到先入為主觀念的影響，而這將讓讀者無法客觀地了解作品。他在《實用批評》（*Practical Criticism*）的序言中指出：

> 詩人（儘管絕不是所有詩人，也不是任何時候都如此）是否可以總的來說被認為是具有超乎尋常的形象化能力；而一些讀者出於本性也傾向於在閱讀中強調形象的地位，對形象非常關注，甚至全憑一首詩中所運用的形象來評定詩的價值。但是形象無常，一行詩在一人心中喚起的一些生動的形象，可能與它在另一個人心中所引起的同樣生動的形象全無共同

50　Hazard Adams ed., *Critical Theory Since Plato* （U.S.A: Harcourt Brace Jovanovich, Inc.），pp.784-787.

之處；而這兩組形象可能又與詩人心中原有的形象風馬牛不
相及。

從這裏我們可以知道，如果讀者與作者不能在同樣的基礎上，對相
同事物有可以溝通的感知，反作者中心傾向文論所追求的客觀的文
學批評將很難達成，文學批評的結果將很難有共識。

同書中他又說：

> 不論什麼時候，若是我們竭力從外表上評判詩歌，只注意技
> 術上的細節，那麼我們便把手段放在目的之前了。並且（這
> 就是我們對於詩中的因果茫然無知）若是我們沒有做出更壞
> 的錯誤，那麼我們還算幸運了。我們必須竭力避免以鋼琴家
> 的頭髮來評判鋼琴家的優劣。

他認為技巧、手法是為表達服務的，是一種手段。如果一種技巧、
手法用得成功，就以為所有用這種手法的作品都成功；或者一種技
巧、手法用得失敗，就以為用這種手法的作品都失敗。這種把技巧、
手法當成判斷一部作品的標準，其實是錯誤的。技巧、手法只是作
品外部的細節，它是我們分析、了解作品的手段。如果只著眼於這
些細節，是無法正確評價作品的。

由理查斯實驗的結果，却剛好讓學者了解，如果沒有作者當線
索，讀者在解讀作品時，會陷入一個多麼深而複雜的迷宮之中。所
以不能說他是一位反作者的批評家，相反地，從他的文章中常常可

見想要推究作者創作過程之表述。在其所著《文學批評原理》
（*Principles of Literary Criticism*）中，他說：

> 因此，詩人經驗如何非同一般地爲其所用？這個問題至少有
> 了部分答案：那就是他在經歷這個經驗的時候，通過他非同
> 一般的靈敏的作用，這個經驗得到了非同一般的組織。各種
> 聯繫對他說來已經確定了，而在普通人的心靈中這些聯繫從
> 未產生。因爲普通心靈在對待衝動時更加古板，也更多排斥；
> 正是通過這些原有的聯繫，詩人過去的大量經驗，在需要的
> 時候，就會無拘無礙地復蘇重現。[51]

理查斯為了研究文學活動中創作與閱讀，取用實證心理學的方法，
然而也止於當時實證心理學所能探求之處。不過他對於創作過程及
詩人的特質相當關注，在《文學批評原理》中有許多章是專論詩人
（即作者）的。上述引文出自本書中〈詩人經驗為其所用〉一章，
而同書中另有〈藝術家的正常狀態〉、〈交流與藝術家〉、〈想像
力〉等章亦專論作者的寫作活動。但是他的研究將文學及文學活動
導向心理學研究的一個分支；而專事文學批評的學者，其心理學的
訓練，一般而言畢竟不盡如專門從事心理學研究學者來得專業。所
以從方法上來講，理查斯的研究取徑無法使文學批評成為一個獨立
學門。雖然他也曾在〈交流與藝術家〉中說：「批評注重的不是藝

---

[51] 《文學批評原理》中譯本（I. A. Richards 著，楊自伍譯。南昌：百花洲文藝出
版社，1992 年 2 月），頁 162-163。

術家表態及未表態的動機。」[52]而且也否定心理分析對詩人的心理
過程所從事的研究，而云：「無論心理分析學家會確認什麼，詩人
的心理過程都不是一大有收益的探究領域。這些過程為任意揣測提
供了盡情馳騁的獵場。……即使我們對精神活動的經過的認識遠遠
超過現在，試圖單憑作品為佐證展示藝術家精神的內在活動，那樣
就會遇到極其嚴重的危險。」[53]而且認為依照這樣的方法，「心理
分析學家就不免是特別無能的批評家」[54]。這表明他並非不了解心
理分析學與文學批評的區畛界域。但從論述內容來看，他只是否定
心理分析學家對作者的研究，並沒有偏廢文學批評對作者的研究。

　　而由理查斯所討論的內容來看，他有很多部分是用心理學的方
法來解釋十八、九世紀文學批評家的論題，顯見十八、九世紀文學
家及文學批評家對他的影響很大，著作中亦沒有明顯反對十八、九
世紀文學批評家的觀點。故視之為反作者中心傾向的文學批評家，
未免有些冤枉他了。

　　上述皆為至二十世紀初期為止，西方思想史及文學批評史中所
謂反對以作者為文本之詮釋、評價中心的意見。其中柏拉圖著重在
理型、道德及社會秩序，不在文學藝術方面，固屬另一學科領域之
問題；而就理念上來講，艾略特的論述並沒有普遍化的保證；從實
證上來看，由理查斯在劍橋大學實驗的結果，反而可見了解作者的
重要。並且按諸理查斯的論著中所持觀點，沒有足夠的理由將之歸

52　《文學批評原理》中譯本，頁 22。
53　《文學批評原理》中譯本，頁 22-23。
54　《文學批評原理》中譯本，頁 23。

屬為反作者中心傾向的文學批評家。

質實而言，這些文學批評家或者並非反作者中心論者（如理查斯），或者未能真正從理論上面對作者中心論去思考其得失。

而從西方文學批評史上來看，真正最早自理論上駁斥作者中心論的，應該要算是興起於美國的所謂「新批評」（The New Criticism）學派。

針對傳統的文學教學與研究進行方法上的反省，英、美文學界在二十世紀中期標舉了以「新批評」為名的理論與實際批評。在歐陸地區與之取徑相類而時代稍前者，亦有起自前蘇聯之「俄羅斯形式主義」（Russian Formalism）批評。這個派別是從「莫斯科語言學學會」[55]及「詩歌語言研究會」[56]發展出來的，強調文學作品的藝術性應該從技法上進行判斷和評價。其主要成員有什克洛夫斯基（Viktor Shklovsky）[57]、迪尼亞諾夫（Yury Tynyanov）、雅克布遜（Roman Jakobson）、艾亨鮑姆（Boris Eichenbaum）、托馬舍夫斯基（Boris Tomashevsky）以及普洛普（Vladimir Propp）……等等。當時他們都是青年，多數成員還是在大學求學的學生。史達林掌權後，他們受到馬克斯主義文論者的政治壓迫，其重要成員或為文自我批判、或轉趨沈默。而出走者如雅克布遜，乃移居捷克首都布拉格，並於 1926 年依仿「莫斯科語言學學會」的模式，結合俄國及捷克的文學批評、語言學、美學的研究者，成立「布拉格語言學學會」。

---

[55] "Moscow Linguistic Circle" 1914 年到 1915 年冬成立。
[56] "OPOJAZ" 又音譯爲「奧波亞茲」1917 年初成立。
[57] 本書所引歐洲各國文學評論家及機構名稱皆用英譯。

他們的研究成果經由法國文學批評家茲維坦·托多洛夫（Tzvetan Todorov）的譯介而進入法國文化圈，再與以瑞士語言學家索緒爾（Ferdinand de Saussure）的語言學觀念為基礎所發展出來的結構主義（Structuralism）結合。後來布拉格語言學學會的成員雅克布遜及韋勒克（Rêne Wellek）移居美國，也成了新批評運動的推手。

　　「新批評」興起於美國南方。田納西州（Tennessee State）梵得比爾特大學（Vanderbilt University）蘭塞姆教授(Professor John Crowe Ransom)和他的三個學生艾倫·退特(Allen Tate)、克林思·布魯克斯(Cleanth Brooks)、羅勃·潘·沃倫(Robert Penn Warren)在詩刊《逃亡者》（*The Fugitives*）停刊後，仍相互討論文學，而將心力轉向文學批評，發表論文。後來布魯克斯與沃倫到耶魯大學（Yale University），與其同事維姆薩特（Willam Kurtz Wimsatt）及韋勒克（Rêne Wellek）被稱為紐海文批評學派（New Haven Critics）。

　　大約此時，蘭塞姆在俄亥俄州（Ohio State）則興辦肯庸英文學院（The Kennyon School of English），並且出版了《肯庸評論》（*Kennyon Review*）。為那些對文學有興趣，但無法接受沈悶無聊的傳統大學英文課程的學生們提供一個講習的場所，定期邀請講師講學。他們的課程多開設於暑假時，盡量避開傳統大學上課期間，提倡專注於文本自身的閱讀與評論。幾年後成為印地安納大學文學院（the Indiana School of Letters）中的研究所課程[58]。

---

[58]　參見莫瑞·克里格〈批評與理論學院的寓言史〉（"An Allegorical History of the School of Criticism and Theory"），收入《近代美國理論》（*The Ideological Imperative: Repression and Resistance in Recent American Theory*）中，頁83-98，作為此書之第四章。中文版由單德興先生編譯，台北書林出版公司出版。引介

1941 年蘭塞姆發表《新批評派》（*The New Criticism*）一書，評論艾略特（T. S. Eliot）、理查斯（I. A. Richards）、溫特斯（Yvor Winters）等三位英國文學批評家，認爲他們的批評方式不同於傳統的文學批評，許之爲「新的批評」。但蘭塞姆並不認同這三個批評家的批評，而以「徵求本體論的批評家」當做本書的結語[59]。雖然如此，但「新批評」這個名稱卻反過來加諸到蘭塞姆他們自己身上。雖然蘭塞姆認爲稱他所提倡者爲本體論批評（"The Ontologic Criticism"）比較恰當，但「新批評」之名已被叫開，便也成爲一種公認標誌。

什麼是「本體」呢？是指「文學」能成其爲「文學」，「詩」能成其爲「詩」的那種特質。蘭塞姆認爲：

> 詩歌的特點是一種本體的格的問題。它所處理的是存在的條理，是客觀事物的層次，這些東西是無法用科學論文來處理的。這並非不可思議；我們生活在這樣一個世界，它必須與我們在科學論文中所處理的那一個世界，或種種世界（因爲確有許多這樣的世界）區別開來。這種種世界只是我們這一世界的簡化的、經過刪削、易於處理的形式。
>
> 詩歌旨在恢復我們通過自己的感覺和記憶，淡淡地了解

內容見中譯本。

[59] 依據韋勒克所著近代文學批評史，蘭塞姆的《新批評派》評介三位批評家（但都不是美國的）。其中之一爲理查斯，蘭塞姆對他進行嚴厲的批評；第二個是艾略特，針對其關於傳統的觀點，蘭塞姆提出許多異議；至於溫斯特，他更以最強烈的字眼加以排斥。甚至以「廢話的剖析」爲文章之名。

那個複雜難制的世界。就此而言，這種知識從根本上或本體上是特殊的知識。[60]

他以科學為對比，認為科學是將現實世界簡單化、抽象化，注重其邏輯結構上的完整縝密；而文學或詩則將現實世界的複雜性、具體性呈現出來，注重其描述的生動、鮮明、奇特。他認為「詩」既存在於詞語之中，也存在於超乎詞語的世界。它存在於人們吐出的實在詞語中，也同時存在於人們對它的意義所作的闡釋及其論述中。而由於人們害怕失去詞語，所以就使詩有了韻律，讓人得以注意到它們。所以從本體論的角度來看，詩的目的是要把比較繁雜的世界及較為出人意外的世界帶入人們的經驗，讓人了解世界的複雜及奇特。而不是提供人們一個簡單化而充斥著各種定理、原則的世界。

　　由於提倡認識詩的特質，他們大多集中於研究文本。欲闡明文本自身的性質，重視「文本的質地」（texture）。故而對於語言、文字的手法和運用，有相當專門的分析和探索。他們提出一些「張力」（tension）、「密度」（density）……等等借用自物理學的概念，來講詩中的語言和文字，也分析了文本中悖論（paradox）、反諷（irony）、隱喻（metaphor）的特質。而在實際批評方面，他們則提倡細讀法（close reading），主張就文本加以分析。這種重視文本的文學批評理論可以說是以要求建立與維持文學本體為基礎的。

　　在歐陸，波蘭的英伽登（Roman Ingardon）亦著書說明對文學

---

[60]　蘭塞姆《新批評》結語，中譯收入趙毅衡編《新批評文集》（天津：百花文藝出版社，2001 年 9 月）頁 80-91。本段引自頁 82，依其中譯，略有更動。

藝術本體的描述與認識方式，其理論亦是為了說明文學藝術作品的性質及人們如何了解它。只是英伽登以胡塞爾式的現象學的方法為基礎，而美國「新批評」的主要論家們並未刻意從現象學的方法或途徑去看待或分析文學作品。

然而他們對文學本體的注重，轉而成為對文本之外其他論述的排斥。明白揭示這種觀點的論述，以〈意圖謬見〉（"Intentional Fallacy"）[61]及〈感受謬見〉（"Affective Fallacy"）[62]二文最具代表性。由於前者乃針對作者所衍生的問題，後者乃針對讀者所衍生的問題，維姆塞特和比爾茲利（Monroe C. Beardsley）二位認為唯有破除二者，才能護持住文學本體自身的純粹性，也才能使文學研究有一個正確的基礎。

〈意圖謬見〉指出：「就衡量一部文學作品成功與否來說，作者的構思或意圖既不是一個適用的標準，也不是一個理想的標準。」以此為出發點，他們提出以下四個原則來說明這個論斷，並開始對問題的討論：其一、「一首詩的出現不是偶然的。……一首詩的詞句是出自頭腦而不是出自帽子。」這是說明閱讀一首詩應該注意的是內在因素而非外在因素。其二、「如果詩人成功地做到了他所要做的事，那麼他的詩本身就表明了他要做的是什麼，如果他沒有成功，那麼他的詩也就不足為憑了。」這是以「詩」（亦即文學作品）本身為評價及判斷的依據基礎。其三、「一首詩只能是通過它

---

[61]　W.K.Wamsatt and M.C.Beardsley, "Intentional Fallacy",in *The Verbal Icon* pp.3-18.

[62]　W.K.Wamsatt and M.C.Beardsley, "Affective Fallacy",in *The Verbal Icon* pp.21-39.

的意義而存在……但是，我們並無考察那一部分是意圖所在？那一部分是意義所在的理由。」、「詩是一種同時能涉及一個複雜意義的各個方面的風格技巧，詩的成功就在於所有或大部分它所講的或暗示出的都是相關的。」這是闡述「詩」的存在特性。其四、「即使一首短短的抒情詩也是有戲劇性的……我們應當把詩中的思想、觀點直接歸於那有戲劇表現力的說話者。」這是認為「詩」對人的意義，包括其中的所含有的思想、觀點等，不屬於作者而屬於解釋或運用意義的那個人。

　　既可以且應當就「詩」本身來做評價，詩中意義亦不歸屬於作者；因此自無需用作者的構思或意圖來評斷一首詩，只就文本自身分析便足矣，而評價活動亦當回歸到文本自身的範疇。所以他們一開始便主張排斥作者意圖，而在排斥作者意圖的同時，也連帶著排除與作者有關的一切。這由〈意圖謬見〉中的陳述可以證明：

　　　　它要求對靈感、真實性、生平傳記、文學史、作者學識以及
　　　　當時詩壇傾向等都有許多具體而精確的了解。文學批評中，
　　　　凡棘手的問題，鮮有不是因批評家的研究在其中受到作者「意
　　　　圖」的限制而產生的。

除了技法、體裁、風格外，可以說關於作者的一切都在排除之列。而且簡直認為對作者意圖的研究是導致文學研究、批評進入無解的死胡同之元凶。他們還舉一個例子：將一場安排巧妙的謀殺和一首構思巧妙的詩來做比較。主張從作者意圖來考量的批評家們會認為

就其技法的巧妙而言，二者都是「藝術的」；巧妙的謀殺與巧妙的詩，只能就「道德」來衡量。而維姆塞特他們則認為只有從藝術本身，而非訴諸道德，才可以區分巧謀殺人與精思佳作之異，而這樣的區分也才有意義。

對文學批評者而言，詩不屬於批評家，也不屬於作者。詩是公眾的。這背後有一個預設立場：因為語言是公眾的，而詩乃透過語言來體現者，其內容也是人類所共同研究、理解的對象，所以詩也是公眾的。對學習寫作者而言，「使詩人受啓發的方法技巧，……都不屬於文學批評這門藝術，而屬於一種心理訓練，一種自行發展的體系。」所以作者雖能對他們起作用，但這卻無關文學批評。新批評家也承認研究作者生平的貢獻與價值，不過他們覺得這屬於作者心理學及史學範疇而非文學批評的工作[63]。

新批評家們强調文學本體的基本態度，導致他們發展出一種以文本研究為中心的理論型態及批評方法。這種批評方法認為，不管是作者的意圖或者是讀者的感受，皆不能用來詮釋及評價作品的意義；作品的意義只能從對文本的閱讀及理解的過程中獲得。他們追求一種客觀的文學批評，甚至把文學看做「知識」[64]，視為「客體」[65]。但是他們所講的「知識」，不同於實證科學的「知識」，而

---

[63] 維姆塞特在〈意圖謬見〉中也説：「當人們指出在文學研究的大雅之堂上，關於個人身世的研究同關於詩本身的研究有明顯區別時，也不必就抱著貶抑的態度。」

[64] 艾倫·退特〈作爲知識的文學〉，中譯本收入《新批評文集》頁 139-175。選譯自 1955 年版《現代世界中的文人》（*The Man of Letters in Modern World*）。

[65] 維姆塞特〈推敲客體〉（"Battering the Object"）。收入《豹的日子》（*Day of the Leopards*）pp.183-204.

是指一種「體驗」（具體可感的經驗），其「完整性」是指被體驗到的狀態。他們認為詩的價值不是感情性的（emotive），而是認知性的（cognitive），它揭示了一個具體的、有血有肉的世界。而他們所謂的「客體」，是認為：「藝術作品是一個單獨存在的，並就某種意義上說是自足的或自有目的的實體。」[66]這並非指其為物理性質的實體存在，亦非指其為形而上的絕對實體，而是指它做為一種語言文字的存在。可以說「新批評」派所堅持的，便是這種屬於語言文字的存在，他們所謂的「客體」奠基於此。而語言文字的存在，不唯指其聲音、節奏、韻律、句法的構成……等等，也針對詞語、句子、篇章本身的意義內涵而言。「新批評」認為這些都存在於作品文本之中，不屬於作者，也不屬於讀者。

若依「新批評」所提出的論點，則中國古典文學批評裏佔一大半數量的關於作者的研究及史事考證，皆不能被承認是有價值的文學研究，或甚至被排除到文學研究領域之外。而風格的提舉只淪為印象式的批評，或對某個及某類作者的綜合性概述，隻言片語，任憑解者刻意深求，而莫得其衷。唯印心以解，暢解者之懷，各求其是而已。體裁分類的準則又多隨機例舉，不論語言形式、作品主題、文中情緒、行文情境，甚至朝廷機構單位（如「樂府」等）也可立為體裁名稱。形成體裁之各種因素雜揉交錯，連帶影響到與體裁相關的論述也顯得治絲愈棼。不唯體裁與風格方面，就連中國文學中最常見的用典，也不應憑典故去訴求作者想到什麼或理解了什麼？

---

[66]　同註 61。

只能就典故本身與文本的關係去解釋。

如此一來，中國文學批評中唯有關於技巧方面的提舉與論述，以及對語言、文字上避忌、規範的原則之析述或有可取者。然所謂「詩法」者，雖然觸及創作方面的討論，但此既非神思玄解之本，更非文運風會之資，難以提振一代文學。因此若以「新批評」的論述衡之，乍看之下，中國古典文學批評似乎難以在理論上找到一個足以自立的空間。

但是細究「新批評」所提出來的問題，可以了解他們所關心的乃是「作品的意義」，所扣問者乃「作品意義如何獲得？」；而大多數中國古典文學批評著重在討論「作品的優劣」，所扣問者乃「如何寫出一部好作品？」。二者表面上雖然都涉及「作者」，然而實質上的問題卻是不同的。因此中國古典文學批評中關於作者的論述，不至於因「新批評」的提問而在理論上站不住腳，反而更突顯其自身的論述特色。

「新批評」派關於去作者中心的論述，可說已經很顯著地排斥作者了。法國思想家羅蘭‧巴特（Roland Barthes）所撰之文更以〈作者之死〉（"The Death of the Author"）為名，直接宣布以作者為主的寫作時代已經告終。他以寫作本身乃符號的不斷作用為立論基礎來申述其觀點：

> 一旦一個事實得到敘述，從間接作用於現實的觀點出發。也就是說，最後除了符號本身一再起作用以外，再也沒有任何功能。這種脫節現象就出現了：聲音失去其源頭，作者死亡，

寫作開始。然而這種現象的意義各不相同；在部族社會中，擔任敘述工作的人從來都不是一般的人，而是中間人。薩滿教巫師，或敘事者。人們可能欣賞他的『表演』，……但從不欣賞他們個人的「天才」。[67]

在他的論述中，作者退位給寫作，作者只是世界與讀者或理念與讀者的一個中間媒介，一個敘事者，一個傳達故事的人。而真正在起作用的是符號。所以對於「作者」的意義是什麼？當我們說起「作者」時，它真正的內涵是什麼？巴特提出了他的看法：

從語言學上說，作者只是寫作這行為。就像「我」不是別的，僅是說起「我」而已。語言只知道主體，不知個人為何物。這個主體，在確定他的說明之外是空洞的，但它卻足以使語言「結而不散」。[68]

他認為說到「作者」，並不代表什麼，只是代表「在寫作」而已。而它的功用也只是能使語言「結而不散」。所以在他的論述中，作者沒有個性，屬於作者特有所謂的天才、靈感也不重要。

巴特並認為「作者」這一觀念的存在並非普遍的，他說：

作者是現代人物，我們社會中的產物。它的出現有一歷史過

67　*The Death and Resurrrection of Author* ,pp.3.
68　*The Death and Resurrrection of Author* ,pp.5.

程：它帶著英國的經驗主義、法國的理性主義，到基督教改
革運動的個人信仰，從中世紀社會產生出。它發現了個人的
尊嚴，把人尊稱爲「萬物之靈長」。因此，在文學中應有這
種實證主義……，它賦與作者「個人」以最大的重要性，這
是合乎邏輯的。作者在文學史、作家傳記、訪問記和雜誌中
仍處於支配地位，因爲文人渴望通過日記和回憶錄把個人跟
作品連在一起。一般文化中可見到的文學形象，都一概集中
於暴君般的作者，作者的人性、生平、情趣和感情；……批
評家總是從產生一部作品的男人或女人身上尋找作品的解
釋，……作者個人的聲音，最終把秘密吐露給「我們」。[69]

可見就算沒有作者，論述依然存在。但是取消了作者之後，對寫作
活動的認知也會跟著改變。巴特了解這個道理，繼續論述道：

在相信作者的時代，……人們設想是作者養育了書，也就是
說，作者在書之前存在，爲書而構思，心力交瘁，爲書而活
著。……現在的撰稿人跟文本同時誕生，沒有資格說先於或
超於寫作。[70]

從這段引文，我們可以了解巴特主張一種以寫作為本、以寫作為主
的論述。但是他為什麼非得否定，甚至除去作者呢？從下面兩段論

---

[69] *The Death and Resurrrection of Author* ,pp.4.
[70] *The Death and Resurrrection of Author* ,pp.5.

述，可以知道巴特如此主張的原因：

> 作者一旦除去，解釋文本的主張就變得毫無益處。給文本一個
> 作者，是對文本橫加限制。是給文本以最後的所指，是封閉了
> 寫作。[71]

這是認為作者的存在限制了對文本意義的詮釋空間，讓文本不得自
由，也讓寫作無法舒展。而巴特所説的：

> 古典的批評從來不管讀者，對它來説，作家是文學中唯一的
> 人。……我們懂得，要給寫作以未來，就必須推翻這個神話；
> 讀者的誕生必須以作者的死亡爲代價。[72]

這是針對西方古典傳統文學批評的反彈。巴特認為唯有作者死亡（亦
即失去、忽略、解除他的影響力），讀者才有可能走進作品中，新
時代的寫作才有可能發生。

　　羅蘭·巴特直接從「寫作」這個論題上否定了作者，可以説是
比「新批評」更徹底反對作者的一種論述[73]，在此論述中充滿著反
權威、反宰制的精神。若依巴特所論，中國古典的文學批評也只有

---

[71]　*The Death and Resurrrection of Author* ,pp.6.

[72]　*The Death and Resurrrection of Author* ,pp.7.

[73]　新批評至少還承認作者傳記對解決文學史問題及作家用典的幫助。見韋勒克
　　　《文學論》（王夢鷗、許國衡譯，台北：志文出版社，1992 年 12 月再版）第
　　　七章。

劉辰翁父子及袁枚所主張的實踐與論述還可以存在。但在前面已經
提過，他們的批評法意在標舉與突顯個人的體會甚至性情，而巴特
所論，並不注重張揚個人特質。所以與巴特的理論相較，中國古典
文學批評可以說與之並不同調。

　　而米歇爾·福柯（Michel Foucault）則從作者的功能爲出發點[74]，
構思一個在沒有作者的社會中，閱讀與賞析的運作過程。他首先從
作者被當做一個特殊名詞所具有的一般作用來看：

> 作者的名字……它的出現……作用就在於它是分類的手段。
> 名字可以把若干文本歸集在一起，從而把這些文本跟其他文
> 本區別開。名字也建立起文本間不同形式的關係。……但一
> 些文本屬於一個名字，這一事實意味著這些文本間有著：同
> 質的；親緣的；由其他使用者所提出的，屬於某些文本之確
> 證的；互相解釋的；使用相同的等關係。最後，作者的名字
> 說明了講述以某種方式存在的特點。事實上，有作者名字的
> 講述，也就是人們能說：「這是某某人寫的」或者「某某人
> 是它的作者」，就是表現了這種講述並非只是日常生活中那
> 些來來去去的話語[75]，也不是那些立刻就會被消費掉的東

---

[74] 他提出一個名詞"author-funtion"，意思是把「作者」當做一種在社會中確定的
講述之存在、流通、發生作用的特別模式，被譯爲「『作者-功能』體」。

[75] 此文參照英譯本，略異於朱耀偉先生及林泰先生的中譯。此處林先生譯：「擁
有作者名字的講述是馬上就耗盡、遺忘的；對平庸易逝的詞語，人們只是讀過
就忘，上述講述却不能這麼說。」朱先生譯：「論述有作者的名字……等等事
實顯示出這種論述不單是來去及轉眼消逝的普通日常語言。」參諸英譯本，朱
譯於義爲近。然二者皆未有未足之處，今遷改之。見 William Irwin ed., *The Death*

西。相反，它是必須在一種特定的模式中被承認的講述；而
且在特定的文化中，必須擁有一個確定的地位。

由此可知福柯認為作者的名字不僅具分類的意義，而且使得論述得
以在文化中以一種特定的方式被接受，並且可以獲得一定的地位。
　　他認為作者有以下幾種功能：其一，有作者的文本是專屬之物
，它是一種特別的財產形式。如果推到文明的起源之初，文本並非
一種物品、產品或所有物，它是被置於神聖與世俗、合法與非法、
敬神與瀆神等二極領域中的行為。它許久之後才成為具所有權的事
物。一直到十八世紀末十九世紀初，作者成為我們社會中文本的所
有權人，並以文本為其財產，得到法律上的承認與保障。其二，遠
古時期（大約希臘、羅馬時代）文學的流傳不需要作者的身分被確
立才會被接受，反而是科學的論述要加上作者名字。而近代（十七
、八世紀以後）則相反過來，科學文本的作者功能消失，即使它匿
名，其所述之公理、定律仍具重覆性及普遍性。而文學文本則只有
在被賦與「作者─功能」時才會被接受。如果一篇文本是匿名的，
那將會引發一場尋找作者的遊戲。所以在今天，「『作者─功能』
體」在我們對文學作品的認識中扮演一個重要角色。其三，就閱讀
批評而言，作者乃是從文本中被建構出來的合理之實體。其四，「『作
者─功能』體」有自我多重性。在序言中說明寫作過程的「自我」，
與在正文中的「自我」並非同一個人。

and Resurrrection of the Author, pp.13.。

福柯並將此四種功能加以總結，並發表他的看法：

（1）「『作者—功能』體」跟限制、確定、連接論述領域的
法律和公共慣例制度緊密相關；（2）它在各種各樣的論述、
各個時期、各個文化中起作用的方式，並不整齊劃一；（3）
它不是把文本自然地歸屬於其創作者就可以確定的。它的確
定，要經過一系列準確而複雜的過程；（4）在「『作者—功
能』體」同時產生幾個自我，同時產生一系列任何種類的個
人都可占領的主觀地位的範圍內，它並不純粹而簡單地指一
個實在的個人。[76]

福柯從歷史上的考查與功能的分析，揭示了「作者」概念存在的底
蘊及其在文本的閱讀、流傳過程中並不具必然性。冷靜而敏銳地將
中世紀以來到近代的作者概念拆解，並且重新思考「『作者—功能
』體」的作用。他不認為要完全拋棄作者，而認為應該重新考慮作
者在論述中的干預作用及其從屬系統。要問：「它在什麼條件下？
通過什麼形式在論述中出現？」、「它有什麼地位？」、「它起什
麼作用？」、「在每種論述中它遵循什麼規則？」[77]這些都可以幫
助我們了解論述的體制及作者所依存的社會關係，福柯肯定這些方
面。但他卻認為：「必須剝奪主體的創造作用，把它作為論述的複

---

[76]　William Irwin ed., *The Death and Resurrrection of Author* ,pp.17-18.
[77]　見〈什麼是作者？〉中文翻譯收於《符號學論文集》（趙毅衡編選，天津：百
　　花文藝出版社，2004 年 5 月），頁 513-524。譯者林泰先生對原文有所刪節。

雜而可變的功能體來分析。」因為在過去的歷史上它並非不可缺少，在未來也將會出現「是誰在說話？那又有什麼關係」的社會。

若依福柯的看法，中國古典文學批評中那些強調才氣、獨創的論述皆應在擯除之列。這樣一來，或許只有政教社會的文學批評文獻還稍具參考價值。

可以看得出這些論述所共同反對的一點，就是把「作者」當做詮釋文本唯一的或客觀的依據。它們解消了起源的重要性，轉而重視文本在社會中的效用。在這種論述下，對作者的研究被他們劃歸傳記學（biography，屬於歷史學的領域）或心理學（psychology）的範疇，不承認它在文學研究中的地位及價值。而歷史主義及心理主義，正是這類所謂客觀的文學研究力圖要排除的兩大要素。以此審視中國古典文學批評，除了道德批評及風格批評之外，大部分也都可算是歷史傳記研究或心理分析式的推測，似乎無法在西方反作者中心傾向文論的嚴格理論及其所謂客觀性的要求下自立。

然而這種立基於文本的客觀主義思潮在西方亦非全然沒有反對者，像大衛·布萊克便寫《主體批評》（*Subjective Criticism*）標舉文學批評中意義的形成必須有主體的參與。但書中的論述著重在強調「讀者」，並不是為了「作者」進行辯護或捍衛。所以可以看得出來在西方文論的發展中，除了赫許（Eric Donald Hirsch）於其《解釋的有效性》（*Validity in Interpretation*）中真正為作者辯護之外，正呈現一步步遠離作者的傾向。

第五節　商討過去的研究成果

　　「作者」的問題如此廣泛而影響重大，可以説是直接關連於人們對文學存在方式的認知。而在中國的研究，民國初年（大約民國二十年）以前的中國古典文學批評家的處理方式，大多屬於對其風格型態的描述與評價、對其生平的遭際感受做歷史考證、對其立身處事衡之以道德規箴三類。第一類例如鍾嶸《詩品》、嚴羽《滄浪詩話》、張惠言《詞選》、周濟《宋四家詞選》、《介存齋論詞雜著》……等等，第二類例如錢謙益注《杜詩》，馮浩《玉谿生詩集箋注》……等等，第三類例如程頤、朱熹等道學先生們對於詞人、詩人及文章家們的批評。風格型態的描述、評價，自然也包含對藝術技巧的掌握及對體裁要求的實踐；對生平的遭際感受做歷史考證及對立身處事衡之以道德箴規，當然也不能忽略對作者所處時代的社會、政、經情況及文化風氣的了解。而結合三者來論述的，有的像殷璠《河嶽英靈集》，往往以後二類來解釋第一類；有的像仇兆鰲《杜詩詳注》，把所有的意見全部兜籠在一起。然而若就大方向來看，近、現代關於中國文學史著作的内容大體上也是結合這三方面來敘述、評論的。只是第三類的成分漸漸減少、淡化。當今尚有許多研究者依第二類之途徑研究文學者，雖識博文洽，長於考述，

然於理論問題則不免微缺深省，足致憾也[78]。

　　有些學者受到現代西方文學批評中反作者中心論的影響，乾脆在文學理論中不提作者問題。像王夢鷗先生雖然在他的論文中常常分析、研究作者，而且對史籍、文獻的造詣都很深，可是他在《文學概論》中涉及討論歷史與作者的段落或章節，就少到幾乎沒有；若稍有涉及也都是與對作品的寫作手法、欣賞批評有關係的。可見王先生把考述、評論與文學理論分開來處理。就「新批評」的論述標準來講，這可以說是分則兩全的做法；但就中國古典文學批評來講，則並未為「作者」在文學理論中找到合理的立足點。亦有學者只研究文本，而對作者只順筆簡單帶過。如高友工、梅祖麟關於唐詩的論文。然而這已經是用西方文學批評的方法來析述中國文學作品，不屬於中國古典文學批評。

　　面對「作者」問題，從理論觀念進行探討的，較早則有徐復觀先生、葉嘉瑩女士、楊牧先生等學者，後來則有龔鵬程先生、顏崑陽先生……等等學者。

　　徐復觀先生並非他自己所形容的那種缺少西方系統地理論訓練的「土包子」[79]。相反地，他很明白西方現代文論的趨勢。在〈文心雕龍的文體論〉中他曾經寫道：

78　較早期者如陳寅恪《元白詩箋證稿》、陸侃如先生對中國文學史的研究，近者則如蘇雪林女士的《玉溪詩謎》、李辰冬先生《陶淵明評論》、曹道衡先生《中古文學論集》正、續編、張可禮先生《東晉文藝繫年》、陳文華先生《杜甫傳記唐宋資料考辨》……等等。除此之外，許多研究論文、著作皆屬此類。

79　徐復觀：〈從顏元叔教授評鑑杜甫的一首詩說起〉，收於《中國文學論集續篇》（台北：學生書局，1984 年 9 月）頁 185-200。

> 在西方很長的傳統中，對文學的研究，過分誇大了一個文學
> 家的傳記，文學作品中所用的語言，及對作品的註釋等的作
> 用；尤其是受了語言學的壓制、歪曲；常把文學的東西變成
> 非文學的東西。現在則將這類的研究，左邊爲屬於文學的「外
> 的研究」，只能當作是補助的手段；並且應將「以爲沒有這
> 些外的研究，便不能對文學作健全研究」的觀念，加以排除。

雖云簡略，可謂得其綱領[80]。

但是徐先生雖然從文體研究的角度認同這種潮流，却非主張持
這種將客觀式的論點來看待文學寫作與閱讀、批評活動的西方反作
者中心的文學評論家。他在〈環繞李義山（商隱）錦瑟詩的諸問題〉
中，提出「追體驗」的方法，並且對此方法概念加以解釋：

> 但讀者與一個偉大作者所生活的世界，並不是平面的，而實
> 是立體的世界。於是，讀者在此立體世界中只會佔到某一平
> 面；而偉大的作者，卻會從平面中層層上透，透到我們平日
> 所不曾到達的立體中的上層去了。因此，我們對一個偉大詩
> 人的成功作品，最初成立的解釋，若不懷成見，而肯再反覆
> 讀下去，便會感到有所不足；即是越讀越感到作品對自己所
> 呈現出的氣氛、情調，不斷地溢出於自己原來所作的解釋之

---

[80]　徐復觀：《中國文學論集續篇》，頁 73。

外、之上。在不斷地體會、欣賞中，作品會把我們導入向更廣更深的意境裏面去，這便是讀者與作者，在立體世界中的距離，不斷地在縮小，最後可能站在與作者相同的水平，相同的情境，以創作此詩時的心來讀它，此之謂「追體驗」。在「追體驗」中所作的解釋，才是能把握住詩之所以爲詩的解釋。[81]

從這段關於「追體驗」定義的陳述，可以了解徐先生對主觀意識、感知、情感的重視。可見他在批評方法上，是取徑於主觀體悟這一方面，而不傾向如美國新批評家那樣的講求批評的客觀性。

但他也並不全然排除寫作與欣賞的客觀性因素，同樣在〈環繞李義山（商隱）錦瑟詩的諸問題〉中，徐先生表示：

詩由典故景物所呈現出的形相，是客觀的。……從創作的精神過程講，是這些客觀的東西，先沈浸於自己的主觀感情之中，與感情融和在一起，經過蘊釀成熟後而始將其表達出來；此時的典故、景物，本是由感情所湧出，因之，它是與感情同在；所以客觀中有主觀，主觀中有客觀。[82]

從這裏可以顯示出徐先生認為文學之產生與存在乃是主客觀相融合而成，在寫作與欣賞時，不能只訴諸其中某一面。然而徐先生在論

81　徐復觀：《中國文學論集續篇》，頁 254。
82　徐復觀：《中國文學論集》（台北：學生書局，1985 年 1 月），頁 251。

述上畢竟比較強調主觀感情的作用，所以他認為客觀物要經過主觀感情的「蘊釀」。在〈詩詞的創造過程及其表現效果──有關詩詞的隔與不隔及其他〉徐先生解釋「蘊釀」說：

> 蘊釀不僅是記得熟，而實是因爲與一人的生命力不斷地接觸，受到生命力的鼓蕩浸漬，而漸漸爲生命力所消化，以成爲新的生命力。……詩人詞人的生命力，是表現在創作的衝動上面。江西派諸人，多不能把工力化掉，而杜甫能把它化掉，不是他們讀的書沒有杜甫記得熟，而是他們的創造衝動，沒有杜甫的大，沒有杜甫的強，所以在他們的生命中，不能發出像杜甫那樣的消化力。[83]

可見這「蘊釀」的過程及其動力，徐先生也是訴諸作者本身的「生命力」。因此可以說徐先生並不避主觀感情及生命特質在文學創作上的作用，甚且張而揚之。主要是他認為抒情言志作品或抒情詩乃中國文學之起源，相對於西方文學的悲劇、史詩，可以代表中國文學的特質[84]。葉嘉瑩教授、蔡英俊教授及其他許多學者亦在此論點上建構其中西文學比較理論，學者們甚至建構起所謂「抒情傳統」

---

[83]　徐復觀：《中國文學論集》，頁132。

[84]　徐先生在〈從顏元叔教授評鑑杜甫的一首詩說起〉中說：「當希臘的悲劇壓倒一切時，中國則抒情詩壓倒一切；中國既不必以抒情詩的發展而自傲，也不必以缺少希臘性的悲劇作品而自卑。周初的史詩，被史官的『百國春秋』所取代，所以這一方面沒有進一步的發展。但經過楚詞而出現漢代體制雄偉的詞賦，這是西方所無的。何以因爲中國沒有由綴輯而成的荷馬史詩，便發生對中國詩的悵情緒。」（《中國文學論集續篇》，頁188。）

的論述。然而這樣的區分及認定是否符合事實，是有待商榷的，下文將有所述評。

　　葉教授在她的〈略談多年來我對古典詩歌之評賞及感性與知性的結合〉一文中，提出中國文學的特質並檢討西方文學理論中反作者傾向，認為這不適宜於詮釋中國文學。在文中她說：

> 西方新批評中之「泯除作者個性」與「作者原意謬論」諸說而言，這些理論用之於評賞中國之古典詩歌，就未免有不盡相合之處。這主要是因為中西方所謂詩歌之範疇及寫作之傳統，原來就有不盡相同之處的緣故。西方之所謂詩歌（poetry），在西方古代傳統中原是兼指史詩與戲劇而言的，其內容所敘寫自然不必與作者之性格生平有什麼密切的關係。[85]

葉教授此論已經表明了她不了解在反作者中心傾向文論中，艾略特所重在玄言詩，而新批評的細讀式批評最初也是針對詩，而且是篇幅結構並不長的短詩或抒情詩之類。布魯克斯先是與沃倫在西元一九三八年出版《讀懂詩》（*Understanding Poetry*）來當做細讀法的教本之後，才出了《讀懂小說》（*Understanding Fiction*）的。而《讀懂戲劇》（*Understanding Drama*）則是與羅伯·B·海爾曼（Robert B. Heilman）合撰的。《讀懂詩》中也多選抒情詩或短詩當做被分

---

[85]　葉嘉瑩：《迦陵談詩二集》，頁 211-212。

析的作品，基本上沒有史詩[86]。所以他們的「客觀」批評雖反對浪漫主義風潮，但並非立基於戲劇、小説、史詩這類代言體文學才發展出來的。在他們實際批評的作品中，英國（England）詩人華滋華斯（William Wordsworth）和愛爾蘭（Ireland）詩人葉慈（William Butler Yeats）的詩是被分析的重點作品。細讀派對文本的解析並非葉教授所論的那種以史詩及戲劇為背景的批評方法，它們反而擅長於解析短篇小詩而不擅於解讀長篇小説。因此葉教授想為中國文學批評的特質立論，然而卻建立在誤解西方文學批評之上。同時這樣的論述，也忽略了中國文學中那些擬作、代言、應詔、聯詠，或表演性質的樂府詩以及擬襲樂府舊題……等等類型的作品，這些都未必是作者自身經歷，或屬於呈現自己感情的寫作活動[87]。這些作品若用抒情自我來詮釋，猶如欲適燕地而執轡南行，窮終生之力將難以至焉。

　　楊牧先生曾著〈驚識杜秋娘〉一文，意在以實際批評分析的例子説明「新批評」論述的限制及其不足。他在文中説：

　　　　所謂新批評，有時也變成不學無術的現代人的逋逃藪。所謂不
　　　　藉外在知識讀詩，雖然可以免除我們隨意附會的危險，也可能
　　　　剝奪我們深入文學的機會。典故的把握固不待言，作品寫定的
　　　　時代和環境，也往往不可不深究。向秀〈思舊〉、杜甫〈秋興〉、
　　　　馬威爾「百慕達」（Andrew Marvell:*Bermuda*）、柯爾雷基〈忽

86　此據 1950 年在紐約所印版本，布魯克斯等人 1938 年原版如何？後來有沒有更
　　動，未敢妄臆。然而至少這些批評家在 1950 年時仍以選析抒情詩及短詩爲主。
87　蔡英俊先生在《語言與意義》一書中緒論及第一章所論大抵與葉教授主張同調
　　，而論述分析則更加細密。

必烈汗〉（Samuel Taylor Coleridge:"Kubla Khan"）的寫作年代和環境都與其文學指意蘊涵大有關涉。[88]

他藉著分析杜秋娘的〈金縷衣〉一詩，來說明在詩的賞析過程中，對考古成果的了解及對「金縷衣」的認識能夠發揮很重要的作用。然而從〈意圖謬誤〉文中曾提出「內部根據」而云：「它是通過一首詩的語義、句法，還有通過我們熟知的語言，通過語法、字典及字典所取源於的全部文獻而被發現的。」所以對「金縷衣」一詞所含意義的確認與考察並不會為「新批評」所排斥。這表明楊牧先生可能對「新批評」獲得文本意義的方式未加細察[89]，才會有這樣的判斷。然而楊牧先生基本上是立足於寫作來進行批評的，他在《傳統的與現代的·序》曾自述：

> 我曾經信仰過形式主義的文學批評，也曾自以為是一個「新批評」的信徒。但在過去兩年內，我忽然覺悟：一個人在創作的時候，不僅時時遭受社會歷史因素的左右，還有許多更不可告人的顧慮，這些因素和顧慮，都是我們在閱讀分析時，

---

[88] 本文收入楊牧《傳統的與現代的》中。

[89] 維姆塞特在〈意圖謬見〉中曾針對「詞語意義就是詞語的歷史，而作者的身世，他的用詞和這個詞給作者帶來的聯想則是這個詞的歷史和意義的一部分」加注云：「還有那種隨著詩的寫作而來的詞語的歷史，可能對相關的或原初型態的意義有所貢獻或幫助，就不應該由於意圖上的顧忌而將它排除。」原文引錄如右："And the history of words after a poem is written may contribute meanings which if relevant to the original pattern should not be ruled out by a scruple about intention."

　　所不能不探索追蹤的。

可以說他從自身的寫作經驗出發，省思關於寫作主體可能面臨到的一些內心或外在的情境。從這個取徑所引發的思索，更完整地表現在《一首詩的完成》這本由十八封書簡組成的書中。他在近期發表的〈時空之外〉[90]也說到善讀書者「揣摩作者謀篇的理路」、「接近了原初的創作動機」，顯見他認爲可以尋繹到作者寫作時精神及意識運作的狀態，而最主要的依據還是文本。

　　可以看得出來，楊牧所述是從反省自身創作經驗出發，統合了文學活動的各個層面。然而依照這樣的陳述來看，從自身創作經驗出發來看待「作者」與寫作活動，最多只是從實例上說明對作者及其生平與歷史背景的了解與掌握，有助於閱讀、詮釋作品，並未自文學理論上爲作者辯護。也未更進一步的評析或建構中國古典文學批評的作者觀及其理論。但是從寫作經驗的反省出發，楊牧先生的確提供了許多值得參考的資料，可供研究者發掘與深思。

　　龔鵬程先生提出了〈論作者〉[91]一文，認爲在中國古代有集體式作者與個人式作者兩種型態。集體式作者不專斷文本，只是加以講述、流傳。這背後有一種「神聖性作者觀」，即認爲意義的來源是天神或聖王，而人們只是加以講解、傳述而已。這種「神聖性作

---

[90]　見 2005 年 10 月 19 日中國時報人間副刊。
[91]　本文發表於《中國文學批評》第一集（呂正惠、蔡英俊主編，台北：台灣學生書局 1991 年 8 月），修改後又收入龔鵬程先生所著《文化符號學》（台北：台灣學生書局，1992 年 8 月）第一卷〈文學、文學與文人〉第一章〈中國文人傳統之形成：論作者〉中。

者觀」經過儒家推尊孔子後，便漸啓「所有權的作者觀」，從漢朝的文獻可以看到兩種作者觀消長變化。

由版本的整理確定、解經的傳統、今文經學對孔子的推尊為作者，可以看到所有權的作者觀逐漸普及。普及之後，「作者」的神聖性降低，不再高高在上，降到世俗中來，「文人」乃應運而生。文學除非徵聖、宗經，否則便淪為一種技術，微不足道。此時作者個人成為創作的來源，創作成為極個人化的活動，因此作品成為了解作者內在心靈的依據。文人也期望自己能藉著作品而「不朽」，企求有如聖王般的作者地位。

龔先生指出從先秦到兩漢、魏、晉作者觀的發展，先由神聖性的解消而漸趨世俗化，使人得到作者的榮耀；再由人的地位之上升，以使其合於天、道、聖。

這種說法可以解決一些詮釋上的問題，因為有些作品並非都是所有權式作者觀下的產物（如民間文學、音樂、戲曲的演出……等等），所以並不適合用所有權式的作者觀來詮釋它的意義（像《詩序》對《詩經》中某些詩的詮釋，便明顯地不恰當。）。但這樣將所有權的作者觀與神聖性作者觀區分開來，就理論上而言，似乎反作者中心傾向的文論可以納入後者範疇，將前者的空間讓出來，給作者生平、個性、意圖一個理論上可以容納的區域。可是若依前節所述，這些恰好就是反作者中心論在理論上不能接受的，因此也不能以分開對待加以處理的方式有效地反駁他們。

顏崑陽先生是在解讀李商隱詩時，遇到一些歷來注釋家面臨的困難，因而反省「作者」問題的。在《李商隱詩箋釋方法論》一書

中，顏先生從反省「知人論世」、「以意逆志」批評方法的功能與局限，觸及作者問題。他首先針對詩的意義做出界定：

> 詩意義的構成，在內容上是以主觀情志爲必要條件，它表現了人對自身存在的感受經驗與價值判斷。[92]

這已經說明了在面對「詩」的意義時，他採取主觀主義的立場[93]。因此對「詩」的詮釋是爲了藉著理解別人來更理解自己，這個理解是就主體心靈經驗，亦即內在情志而言。顏先生並將此範疇推而之於所有的人文活動，不囿於「詩」（也許他是從人文活動的廣度來觀照詩）。而從：「人文活動中，終極意義的失落，也就在於我們迷信有所謂『絕對客觀、確定、唯一、可檢證，如同自然科學或數理邏輯的知識』」[94]的敘述，可知他並不主張用理念原則的客觀性來看待人文活動的意義；而他認爲：「外緣史料所獲致有關作者的種種認知……對於詩意義的理解，都不是必要的因素。」[95]則已然宣言解詩時歷史實證的客觀性將被邊緣化，或表示它必然被邊緣化。

至於「作者本意」，顏先生認爲應該解消「作者本意」是由客觀事實決定的說法，而讓「作者本意」回到作品的語言意義結構自身，並且將「本意」修改爲「情志」，避免「本」字暗示「原始意

---

[92]　《李商隱詩箋釋方法論》，頁 68。
[93]　重視主體者未必便採取主觀主義的立場，像海德格、加達默爾等便是；同樣，持客觀主義的立場也未必否定主體的作用，像赫許便是。顏先生此論是由對主體的強調而走入主觀主義的立場。
[94]　《李商隱詩箋釋方法論》，頁 71。
[95]　《李商隱詩箋釋方法論》，頁 74。

義」的存在[96]。以此為基礎，他反思「作者」的意義，提出了「箋釋效能性作者」這概念：

> 對詩意義之箋釋具有效能的「作者」，並不是那個行爲事實性的作者，而是那個精神經驗性的「作者」。這個「作者」，因爲他對詩意義之箋釋，具有供給參考性經驗材料與相對價值意義的效能，故可稱之爲「箋釋效能性作者」。……現實存在中的作者，對作品意義的箋釋具有效能的，只是構成其生命經驗與價值觀念而對作品之創造產生作用的那一部分而已。這一部分的「箋釋效能性作者」，往就是作者的氣質性格與文化性格的特徵，以及其常態性或特殊性的經驗和觀念。因此他不是行爲事實的主體，而是精神經驗的主體。[97]

他並提出獲致對「箋釋效能性作者」的認識之方法，主要是通過對歷史語言文本的閱讀與解悟。先行揀選，再安置矛盾，接著進行整合。其結果是一個「既是在作品之內，又是在作品之外，乃歷史事實、心理經驗與作品語言意義的辯證融合，而以情志為實質的人格存在者。」[98]

可以看出面對現代西方文學批評關於文學問題的反省和思考，顏先生努力為中國文學的箋釋尋找出路並且加以改造、提煉的構論

---

[96]　《李商隱詩箋釋方法論》，頁 169。
[97]　《李商隱詩箋釋方法論》，頁 171。
[98]　《李商隱詩箋釋方法論》，頁 173。

企圖。然而他認為文學以精神經驗為本質是屬於主觀領域的，只是由於做為箋釋對象才有與箋釋主體相對的客觀性。這種觀念與西方反作者中心論對文學的認知有根本上的不同，而比較接近西方十八、九世紀時期浪漫主義文論的觀點。

在這種基礎上，其實並不需要為了對應他們所提的「意圖之謬誤」及客體化的文本所衍生的種種問題，為了替文本存在的來源辯護，再去建構一個「箋釋效能性作者」的觀念。事實上，「文本中的作者」已足夠說明及保障文本精神生命之來源矣，「箋釋效能性作者」的設置反而顯得疊床架屋。

值得思考的是顏先生從主體出發的取徑如果實現，文學批評的客觀性還能成立嗎？簡言之，評論文學作品的優劣或分析各種評論的得失，既然各有體會，各存標準，那這種工作是否還有存在的必要？如果有，這種論述的判斷標準及其基礎是否太過於個人化，而難以展現一種可驗證、說明、分析、駁斥的理論型態。

由以上的析述可以明白，在現代西方反作者中心傾向的文論語境中，大多數中國古典文學批評的文獻及論家將難以自理論上解決與作者有關的問題。因為它們在構論伊始，便以作者為中心，而把詮釋活動視為接近作者心靈的過程，所以可能很難接受一種忽視作者或貶抑作者的論述。

事實上，在中國古典文學批評的著作裏，《文心雕龍》對作者及其寫作活動的論述可以提供研究者一個思考的起點。但是歷來的《文心雕龍》研究者在這方面的研究，不是考證劉勰所論作者之生平，就是將劉勰所提的論述印證於現存作品。要不然就是籠統地說

一些才情、靈感……等等這些被西方浪漫主義習用的詞彙來詮釋或論述劉勰對作者的觀念（見第二章第五節）。這些都不足以在理論上與現代西方反作者中心文論對文學的思考對話，也不能表彰劉勰在《文心雕龍》中對於「作者」的論述並衡定其在文學批評上的價值。所以對於「作者」的論述，尚有待研究者的鑽研與思考。

第六節　發現中國古典文學批評中「作者」論述的意義與價値

　　若依現代西方反作者中心傾向文論家們所思考的問題及其所提出的論述，中國古典文學批評中注解箋釋的型態將往往流於對作者的歷史考證研究，在理論上首先失去堅實的基礎。而文論專篇及眉批評點也多屬印象式批評及政教道德方面的實用批評，也將因失去客觀性及方法上的基礎而難以成立。但是實情真是如此嗎？我們面對現代西方反作者中心文學批評的討論，在檢討了他們理論內部的問題之後，可以了解二點：一、他們自己的立場和意見經過論辯也有所調整；二、雖然都同樣針對「作者」，他們所提出問題與中國古典文學批評是站在不同層面的，因此這並不足以破除大多數中國古典文學批評以「作者」為中心的論述。然而必須將這個問題表明

清楚，如此方能給中國古典文學批評中以「作者」為中心發展出來的論述一個合宜的理論空間，也才能衡定它的意義與價值。

現代西方文學批評中的新批評及形式主義等派別中，雖然有一些批評家標舉文學本身獨立與純粹的特質，主張文學的批評與研究應針對文本進行細部的分析和深入的探討，捨棄外在環境與文學的關聯。然從文學批評的歷史發展來看，十九世紀以來的歷史傳統批評法長期特別注重作者生平及社會環境[99]，往往讀傳記資料的數量遠多於讀作品，文學批評家也因而忽略對作品本身的閱讀分析。

新批評及形式主義中的某些人為矯此枉，故其主張難免有偏執之處。維姆塞特在批評詩人用典及注釋時竟然會說出：「如果艾略特和其他當代詩人有什麼他們自己所特有的錯誤，那可能就在於『謀劃』（planning）得太多了。」這樣不尊重文本的話來。這已經將理論凌駕到作品之上，與其理論中的文本中心原則相悖了。如果說要為文本自身爭取獨立地位，護持出自文學本位的文學批評，力求文學批評之客觀性，是新批評的基礎立場及其信念的話；那麼有些新批評文論家的實際分析，正顯示出他們乃是基於他們的立場，刻意切除掉原本應該與文學有關聯的部分。這樣的做法反而讓人更肯定作者的寫作活動及其作品與其所處的外在環境之間是息息相關的。

事實上，即使是美國新批評派及俄國、捷克的形式主義者所主

99　歷史實證主義的文學批評在西方有兩個基礎：一是浪漫主義風潮，隨著詩人自我的膨脹，他們也不斷地將詩膨脹，如雪萊及華滋華斯等人；而批評家則重視詩人本身的情感特質及其遭遇。一是實證主義風潮的盛行，要求文學作品對所見所感都要求在文中如實呈現，如左拉、阿諾德等人；而批評往往持作品以拓展或印證自己對現實世界的了解。

張的文學批評研究，也並未完全忽略外在環境與文學的關係。並且隨著時間的進展，其理論的構建與接觸到的問題就更全面。韋勒克（Rêne Wellek）的《文學論》（*Theory of Literature*）便在書中第三部分「文學研究的外在取徑」（The Extrinsic Approach to The Study of Literature）中論述文學與社會、文學與思想、文學與其他藝術的關係。而維姆塞特亦寫作《文學批評：簡史》（*Literary Criticism:A Short History*），雖說要證明新批評派的理論家們並非不關心或不了解文學或文學批評的歷史，然而也或多或少要觸及文學的外部研究。布魯克斯在〈新批評〉（"New Criticism"）一文中回憶當年論戰，他引維姆塞特的話來說明新批評家們對「作者」的讓步：

> 實際上如果我們願意的話，利用傳記材料可以相對可靠地發現有些作品中人物與作者相似或者近似，而有的人物則大不相同。[100]

可見如果對作品的解釋有幫助，他們也能認同訴諸可靠的傳記、歷史資料。布魯克思自己對作者生平傳記資料就不反感，也曾認為軼聞閒話比起某些作品來，要有趣得多。這種讓步更令人看到新批評家們的反省與成長，也可以了解他們並非全部都是以封閉的態度來面對及回應挑戰的。

　　凡此種種，皆說明新批評派的理論家們到後來並未迴避、忽視或排斥外在環境對於文學的影響。立場鮮明的新批評派如此，後來

---

[100]　Cleanth Brooks,"New Criticism",*Sewanee Review*, 1979 Fall, pp.599.

者如接受理論、新歷史主義批評、女性主義批評等已直接涉入對外
在環境的研究並加以深化，更不用説像文學社會學、馬克斯主義文
學批評等這些專門著意在文學外部研究的論述了。既然對文學的研
究終究要面對文學與外在環境的關係[101]，就新批評派和韋勒克等人
的論述，也包括了對文學作者生平傳記、歷史、寫作過程等等的研
究。布魯克思於文中承認這些研究的價值，並不特別加以貶抑。

　　而像羅蘭·巴特及福柯的論述，基本上是把「作者」看成一個
宰制文本、限制文本意義發展的權威因素。如果「沿著」他們論述
的「空隙與裂縫的分佈」[102]來看：取消「作者」意味著把寫作自被
宰制中解放出來；但他們強調寫作的自由其實是為了釋讀的自由。
雖然巴特一直在強調符號本身的作用與功能，但他在「讀者的誕生
必須以作者的死亡為代價」一語中已經透露出他的理論將以讀者對
文本的解讀為歸趨，但符號在讀者間的流傳、組合、變異也是一種
產生過程；這樣一來，讀者與作者已經沒有分別，也不必分別了。
所以他們傾向於從文本的擴散與影響來考慮，不認為文本的産生過
程有什麼重要性。對「作者」的看法，也傾向從社會結構、成習和
功能作用方面來考慮，不從文本的起源上去強調「作者」的意義。

　　西方文學理論中這種反作者中心的傾向正逐步把文本意義轉移
到讀者手上，這使得對文本進行任何方面的解讀都有可能。而對文
本意義之任何特定的理解，説到底都是權力（政治、社會、文化上

---

[101]　這所謂的「外在」者，意指外在於文本，並非外在於作者。本書所析述的「作
　　　者與外在環境」，是指外在於作者，並非外在於文本，與此處所指不同。

[102]　Michel Foucault ,"What Is an Author ?" in William Irwin ed.,*The Death and
　　　Resurrection of the Author?*,pp.12.

的）競逐結果的顯示。福柯從他們所面對的主流論述中尋找空隙與被遺忘的角落，並以之為基礎建構論述。發現許多為人所忽略的現象，也改變了很多人的成見。

但是當他們專注於從縫隙與空白建立論述之際，是否反而忽略了那更大的一片「空隙」與更寬廣的「裂縫」呢？這個裂縫就是文本產生的過程。福柯致力於描述在一個沒有作者的世界中，閱讀與欣賞如何運作？未曾顧及討論文本產生過程。巴特則構想了一種「白色的，擺脫了特殊語言秩序中一切束縛的寫作」[103]，風格「退位」，寫作保持中性（沒有任何立場預設）。但似乎這種寫作似乎迄今未能完全實現。

事實上西方現代文論中也不全是反作者中心傾向的，像赫許在《解釋的有效性》（*Validity in Interpretation*）一書中就提出反對觀點。他首先指出批評家分析、解讀本文，在邏輯上不必然一定要拋開作者。而且拋開作者之後造成學院的文學批評任意武斷與隨心所欲的結果，也造成學術研究充滿懷疑主義與混亂狀態，解釋的有效性也就因而喪失了。所以想要解救解釋的有效性，必先拯救作者。

赫許提出一個觀念：「意義」（meaning）不會改變，而「意味」（significance）則隨時、隨地、隨人而變。他認為「意義」是由一個文本所表現的東西，它是作者藉著某種特殊符號序列的使用而已經意指出來的東西，它是符號所表現出來的東西；意味則是在意義與某一個人、某一概念、某一情境，或事實上任何可以想像得到的

103　羅蘭·巴特，〈寫作的零度〉。

事物間的關係。針對「意義」，赫許作出了解釋和説明：

> 意義是一種意識的事情，而不是一種物理的符號或事物。其
> 次，意識只是一種個人的事情。在文本的解釋中，這被捲入
> 的個人是作者與讀者。讀者所實現的意義既是與作者共享
> 的，又單獨屬於讀者。[104]

所以他認為作者對文本的修改或後悔，其實是「意味」在改變，並
非作者表現在文本中的意義在改變，並不能以此證明文本意義的不
確定性。

其次，他認為評價作品要就作者欲傳達某意義之意圖與其傳達
效果之間來做衡量，因此若不顧作者意圖則無法達到恰當地評價。

再者，他提出如果認為文本的意義是屬於社會大眾的，那是將
一個穩定的意義建立在一個不穩定的描述性觀念上，難以成立。赫
許認為文本只是一串符號序列，它所説的東西並沒有確定的存在，
這個由文本所説的東西一定是由作者或讀者所説的。

而他主張作者的意義是可以被認知、被掌握的。針對「經驗無
法回復，作者的意義不能複製，甚至作者自己也辦不到」[105]的觀點，
赫許提出不能複製的是「意義經驗」（meaning experience），不能
與意義本身相混淆。而反作者中心傾向文論中：「作者的文字意義

---

[104] Eric Donald Hirsch, *Validity in interpretation,* pp.23.
[105] Eric Donald Hirsch, *Validity in interpretation,* pp.16.（按：原文過長，此處乃驟
括其旨而譯述。）

是不可接近的」論斷，既不能被證成也無法否證。

　　赫許並不認為自己的理論在非文學作品中較為適用，經過對文類概念的探討，他覺得凡是對語言及文字所建構起來作品所做的解釋，都涉及到意義的認知。而對所有作品的有效性解釋則是建立在對作者所意指之內容的再認知之上。

　　赫許的主張得到當代某些中國學人的認同，如余英時、黃俊傑等皆援引其論做為詮釋詩文、經典時的理論依據[106]。但赫許只是在理論上批駁反作者中心論述的不當及其所引起的不良後果，並未析述構成「作者」概念的內涵及其意義，也沒有提供或設計如何能了解作者的方法。若究其論，他是就意識的層面來談意義的，所以這個「作者」是以其意識而存在的。而對了解作者的方法，他則主張作品是一個線索，並參考可靠的作者生平資料。

　　這表現出兩點：一是並未在反作者中心論述之外，提出更深刻而廣泛的作者觀；二是對於作者的了解研究，並未提出更具體而有

---

[106] 余英時先生在《猶記風吹水上鱗》（台北：東大圖書公司，1991 年）中寫道：「經典之所以歷久彌新，正在其對於不同時代的讀者，甚至同一時代的不同讀者，有不同的啓示。但是這並不意味著經典的解釋完全沒有客觀性，可以興到亂說。『時代經驗』所啓示的『意義』是 significance，而不是 meaning。後者是獻所表達的原意；這是訓詁考證的客觀對象。即使『詩無達詁』，也不允許『望文生義』。significance 則近於中國經學傳統中所說的『微言大義』；它涵蘊著文獻原意和外在事物的關係。這個『外在事物』可以是一個人、一個時代，也可以是其他作品，總之，它不在文獻原意之內。因此，經典文獻的 meaning『歷久不變』，它的 significance 則『與時俱新』。」（頁 165-166）雖說將赫許的 meaning 與 significance 的概念區分比附爲中國學術中「訓詁考證的客觀對象」與「微言大義」的分別，未免太過，有待斟酌與推敲。然亦可見赫許的理論和觀念已被華裔學者所引用。黃俊傑先生在《孟學思想史論卷 2》（台北：中央研究院中國文哲所，1997 年 6 月）中論中國詮釋學的特質時，亦認同並主張赫許的看法。（頁 466-467）

效的方法。所以赫許的貢獻主要在破論；而在立論的方面，往往又回到反作者中心論述所批評、反對的那一套歷史傳記批評的理論和方法上了。

必須承認，中國古典文學批評有太多耽溺於歷史考證及流於印象式批評及政教道德評論的成分，導致有些批評家忽略或蒙蔽了對文學本身的認知。但是它基本上是把文學看成作者「情志」的顯現，以「情志」爲文學的本質，所以自然會對作者特別重視。而現代西方反作者中心傾向文論強調客觀主義的精神，把文學看成語言文字返回自身的指涉，是符號聚合、變化的結果。認爲如果受到心理主義或歷史主義等方法的影響，就會失去文學批評的客觀性。而對於「作者」的研究，往往會把文本的解讀帶上這兩個途徑。所以現代西方反作者中心論者即使在詮釋抒情詩時，也力圖排除「作者」，把它放在傳記學、文學心理學、文學社會學的範疇中來研究。

通過上面幾節的整理，可以了解現代西方反作者中心主義從閱讀及批評作品的問題出發，他們的基本中心問題是：「衡量一部文學作品成功與否？」其目的是爲了讓人能成功地閱讀及評價作品，當一個好的或「合格的」讀者。這涉及到意義的詮釋及價值判斷，而屬於文本與讀者間的關係。從這樣的問題探究下去，可推至「作品意義產生於何處？」的問題。所以當他們在思考作品意義的來源時，「作者」在理論上便須讓位，就情、理而言，它不能獨占意義。

然而中國古典文學批評對作品產生過程的重視及關注，卻是爲

現代西方反作者中心傾向文論所忽視的部分[107]。中國古典文學批評把它放在對作者的論述中，並且認為作品的特質主要來源於此。這主要是因為大多數中國古典文學批評的基本中心問題在於：「如何才能創作優秀的作品？」其目的是為了讓人寫出好的作品，當一個好的作者。這涉及到創作活動的各個層面，包括構思、謀篇、布局、立意、擇體（裁）、選（題）材、運筆（語言技巧）、成體（風格的形成）……等等，是屬於作者與作品間關係的。從這個問題推究下去，可推至「文人應具備怎樣的素養？」的問題。因此「作品的意義產生於何處？」在此並非問題的重心，表達與呈現才是他們所關心的。所以當他們在思考「如何表達與呈現？」時，自然便以作者為考量的中心。

可是大多數的中國古典文學批評文獻卻很少陳述它論述中「作者」所包含的特質；更何況中國傳統文化的思維習慣，對於客觀性的要求並沒有那麼強烈，也少見分析的表述，所以很多文學批評者只將自己的體會說出，直接表述結果或結論，並不注重推理或論證的過程。

然而在中國古典文論專著中有一部作品──《文心雕龍》──非常特別，它不只權衡眾文，而且把自己分析與判斷的根據甚至方法都表明出來。雖然它的實際批評大部分以體裁為綱，然而卻是以作者作品為其論述構建的基礎。它的作者論述相對於中國古典文學

---

[107] 誠如維姆塞特在〈意圖謬見〉中已經聲明：「就衡量一部作品的成功與否來說，作者的意圖不是一個好的及適用的標準。」可見現代西方反作者中心傾向文論重視的是批評或閱讀作品，而非創造作品。

的其他文論，理論分析的意味較強，也提出了它觀察作者的面向。

　　若以《文心雕龍》爲基礎，便不能説中國古典文學批評中關於作者的論述沒有論證或理論建構。而且在對比之下，可以讓人了解中國古典文學批評的作者論述所關注的問題焦點和現代西方反作者中心傾向的文論是不同的。中國古典文學批評往往意在指導創作，故常以作者爲中心，並非因爲所謂「抒情言志」的傳統才重視作者；現代西方反作者中心文論則旨在引人了解、評讀作品，故或以文本、或以讀者爲中心，也不是因爲西方文學多虛構作品才忽視作者。兩者所面對的問題不同，故衍生出對「作者」相異的態度。二者相互對照，可以更深入而切實地明白中國古典文學批評思考「作者」問題的立場及底蘊。《文心雕龍》雖然理論分析的意味較強，然而它也是立基於創作層面來談論作者問題的。

　　本書欲以《文心雕龍》爲對象，整理其關於作者的論述，希望爲屬於文學範疇的作者論做一點奠基的工作。當然，這只是開始，而不是結束。

第二章　中國古典文學批評中的「作者」觀

　　中國古典文學批評雖然沒有像西方現代文學批評的反作者中心文論那樣，從批判的角度，自各個層面提出他們關於作者的觀點、論述，並且加以論證。但是由於在批評實踐中對作者的長期關注，在整個文化脈絡裏也漸漸形成了對「作者」的觀念和看法。而這些對「作者」的觀念和看法在文學的寫作以及閱讀、解釋上也發生了不小的影響。因此探討中國古典文學批評的「作者」觀，有助於了解中國古典文學活動的特性。將這些特性歸結起來，提出一個主流傾向；這或許能與西方文學做對比，顯揚出二者真正的特質，找出雙方文化的底蘊。然而本論文並非意在揭示及闡明二者的特質及文化底蘊，此論題過於龐大而複雜，非本論文所能承擔者。然而吾人亦應了解《文心雕龍》的「作者」論述在中國古典的文化土壤中養成，自然與之有千絲萬縷的關聯，因此要從整個文化脈絡來看，才能準確地衡量及評價其得失。

　　本章通過文獻考察及歷史發展脈絡，擬出儒經中的「作者」觀與文章傳統的「作者」觀，做為影響中國古典文學批評「作者」觀

的兩大觀念。先對此進行疏通與介紹，明其發展流衍、相互滲透之跡，再提出劉勰在這兩大「作者」觀中，所持的態度、立場、處理方式。如此則可明白《文心雕龍》的「作者」論述是前有所源，後有所繼的；並且亦能彰顯劉勰所構之論，相較於其他諸家論述之獨特性。

第一節　儒經中的「作者」觀

所謂「經」，本書所指乃為宋朝以前中國儒家所認定的「經書」。將這些經書的形成過程及其傳承與源流整理出來，清儒或曰：「經學歷史」[1]，或言：「漢學師承」[2]，或以「經學源流」[3] 稱之。由於儒家經書源遠流長，在中國歷史中，自先秦以來綿亙兩千多年，研究其形成、傳承、流變則成為所謂「經學」。而儒經中所記載的作者觀，就成為影響中國古典文化最早的作者觀。

本文所謂「儒經傳統」，指的是先秦儒家典籍的內容，以及歷代對儒家相傳的典籍所進行的整理、詮釋及研究，並經過傳承而逐

---

[1]　〔清〕皮錫瑞著：《經學歷史》（台北：漢京文化事業有限公司，1983 年 9 月）。

[2]　〔清〕江藩著：《漢學師承記》（台北：世界書局，民國 92 年 10 月）。

[3]　〔清〕顧炎武：《亭林詩文集·與友人書》（顧炎武著，劉九洲注譯：《新譯顧亭林集》，台北：三民書局，民國 89 年 5 月）。

步形成的學術系統而言。這套典籍並非一成不變，然而大體以「五經」範圍。若稱之以「經學源流」、「經學歷史」，則主述其發生與演變，而難以顯其整體結構與及其與文化特質間之關聯；稱之以「漢學師承」，則以人為主，而典籍乃居於副。故取「儒經傳統」一詞，不惟彰顯其於中國歷史中形成、流衍、變化之跡，亦以明其整體結構沈澱於文化中恆存之態[4]。

　　唯現代研究漢學者，亦多以「經學傳統」指稱由儒家五經系列典籍的發衍出來的學術研究及價值理念。要特別說明的是，「經學傳統」這個詞，清代咸、同以前的學者並未用過。事實上它是來自西方「解經學」，乃研究西方聖經學者所述之"Biblicaltradition"一詞的漢譯。他們所指的對象——「經」——，是指舊約及新約《聖經》（*The Bible*）而言。沿用到中國來，漸漸地以研究儒經為主的「經學傳統」乃獨占其名，卻反而以「釋經學傳統」或「解經學傳統」來指稱對譯西方宗教信仰所傳習之「聖經」的研究與詮釋。

　　以故本文不用「經學傳統」這個概念，一來是避免歧義，二來是針對解經而言，操筆為文者乃釋經者，這不同於儒經中所指的「作者」，也不是產生、造出儒經的人。所以以「儒經傳統」來說明本文所欲討論範圍乃針對後者，而主要集中在「儒經」內容之中。

　　所謂「儒經」中的「經」，應始於春秋時期，孔子以《詩》、《書》、《禮》、《樂》、《易》、《春秋》教弟子，《漢書·藝文志》將這些書及其經師解說列於「六藝略」，故知此六經又名「

---

[4]　亦有謂「傳統經學」者，此詞應與「非傳統經學」或「現代經學」對待而言，不能指「儒經傳統」整體。

六藝」[5]。

　　孔子亡後，弟子流傳，有儒分爲八之說[6]。秦代焚書，典籍散亡；阿房一炬，官藏亦燼。漢興，自惠帝屢次求書於天下，迄於武帝尊崇儒學，五十餘年間[7]，只見《詩》、《書》、《禮》、《易》、《春秋》等五經。所謂「樂」者，《禮記》中有《樂記》十一篇，傳注中云爲公孫尼子所作，然亦非《樂經》。孔穎達《禮記正義》亦云：「制氏但能記其鏗鏘鼓舞之節，不能言其義」，可見原本儒家所傳《樂經》已亡[8]。

　　漢武帝時就五經置十四博士，皆屬今文之學。孔壁古文，由學者私下傳習，至西漢末猶不得立於學官，劉歆於〈移太常博士書〉中尚爲之惜閔嗟痛[9]；然東漢傳習古文經學者漸多矣。至於《論語

5　「六藝」之名，《漢書·藝文志》以之指六經；而春秋時期孔子教弟子，則以
　　之稱「六種技能」——即禮、樂、射、御、書、數。若依此義，則「六經」者
　　，孔子取以教弟子之典籍；而「六藝」者，孔子期望弟子具備之技能。而「六
　　經」之名，在典籍上則始於《莊子·天運》篇：「丘治《詩》、《書》、《禮
　　》、《樂》、《易》、《春秋》六經，自以爲久矣。」班固〈六藝略〉中實包
　　含《易》、《書》、《詩》、《禮》、《樂》、《春秋》、《論語》、《孝經
　　》、《爾雅》九種。訓詁之書列入經部，此實其端。

6　見《韓非子·顯學》篇。

7　漢惠帝四年除「挾書律」，鼓勵民間進獻典籍；漢武帝建元五年置五經博士，
　　建元六年竇太皇太后崩，遂罷黜黃老刑名百家之言，而延文學儒者。這其間經
　　過大約五、六十年。

8　皮錫瑞《經學歷史》周予同注云：「古文學家以爲古有《樂經》，因秦焚書而
　　亡佚；今文學家則以爲古無《樂經》，《樂》即在《詩》、《禮》之中。」此
　　乃今、古文家對六經存在方式主張之差別。可以看得出來今文學家比較偏向於
　　認可當代已存在之事實或現象。然則記、傳多因「經」而爲，《樂記》既尚存
　　，則《樂經》當時亦應與《詩》、《書》、《禮》並存。不過是否亡於秦火，
　　尚待確考。

9　劉歆在〈移太常博士書〉中云：「此乃有識者之所惜閔，士君子之所嗟痛也。
　　」（見《漢魏六朝百三名家集》第一冊，頁367。）

》、《孟子》，西漢時雖有「齊」、「魯」、「張侯」三《論》，東漢時雖有趙歧作《孟子章句》，魏、晉時雖亦有何晏著《論語集解》、皇侃著《論語義疏》、郭璞著《爾雅音義》……等等，但在當時並不屬於經書之列。

　　而先秦至兩漢以來，《禮》有《禮記》、《儀禮》、《周禮》等「三禮」，《春秋》有《左傳》、《公羊傳》、《穀梁傳》等「三傳」。唐朝孔穎達修《五經正義》，《禮》取《禮記》，《春秋》取《左傳》，以此五經開「明經」科；然於《儀禮》、《周禮》、《公羊傳》、《穀梁傳》，則唐太宗貞觀之時亦不廢講；而唐玄宗開元之際，從李元璀之建言，亦就此數經亦開科取士。故唐代科舉「明經」科所指「經書」實有九經，此乃沿五經衍化而來。宋代因之[10]，後來再加上《論語》、《孝經》、《爾雅》、《孟子》[11]，於南宋時而成「十三經」之名。

　　「七經」之稱，始於東漢。張純以《詩》、《書》、《禮》、《樂》、《易》、《春秋》再加上《論語》，合稱「七經」。而宋劉敞《七經小傳》則以《尚書》、《毛詩》、《周禮》、《儀禮》、《禮記》、《春秋公羊傳》及《論語》為「七經」。清朝康熙皇帝的《御纂七經》，則以《易》、《書》、《詩》、《周禮》、《儀禮》、《禮記》、《春秋》為七經。民國劉師培寫作《經學教科

10　曾昭旭先生在《中華大百科全書》電子版「十三經」條下云：「宋九經指的是《易》、《詩》、《書》、《春秋左氏傳》、《周禮》、《禮記》、《孝經》、《論語》、《孟子》」，與馬宗霍等所述不同。

11　《孟子》一向被列入「子書儒家類」，到南宋光宗紹熙年間方始加入儒經。

書》，則以五經之外加上《論語》、《孝經》爲七經。

可以看得出這些典籍以五經所分出來的《易》、《書》、《詩》、《周禮》、《儀禮》、《禮記》、《春秋公羊傳》、《春秋穀梁傳》、《春秋左氏傳》爲基礎，再加上《孝經》、《論語》、《爾雅》、《孟子》而有十三經之名。「儒經傳統」即指這些典籍的形成、流衍、研究與應用而言。

然而既以儒家相傳典籍爲主，爲何不言儒家傳統、儒學傳統？因爲歷代以來，研究儒家典籍者並不只有儒家學者。戰國時代的各家諸子，兩漢的論家，魏晉南北朝時期的刑名法術之士及清談家；甚至是釋氏，如六朝至隋、唐時期的高僧……等等，皆對儒家典籍或言論有所研究或評論。所以在學術研究發展上，儒經傳統以典籍爲主，不必然囿於儒家或由此而發展出來的儒學傳統。而在文化影響的層面上，它廣及於思想、政治型態、經濟與社會結構、法律、軍事、藝術……等等各個層面。以言乎「經典之學」，則研究的對象爲典籍，目的是明其意、發其旨，而闡其恆常不變之理；以言乎「經世之學」，則涉入的對象爲世務，目的是濟亂理紛，進而能開務成物。故中國古代學者致力於此者，其懷抱甚大，所慮亦多方。近代[12] 以來，某些學者爲求所謂「進步」、「現代化」，而加諸於「中國」傳統的守缺抱遺、崇古賤今、懷舊棄新、膠柱鼓瑟之既定印象，反而成爲了解與深會先秦以來儒經傳統之理障，並轉而隔絕

---

[12]　歷史學者於此斷限多有研議，或有受政治影響者。而鴉片戰爭以後至一九一九年五四運動爲中國近代，五四運動以後爲中國現代。則是以文化、思潮更替之事件爲分期之原則，今從此說。

學者研究、體會中國古代聖賢之用心及深衷的可能。

　　春秋時期中國古典之文學批評，主要是針對詩、樂、舞。三者合一之呈現方式，應屬當時習俗。《左襄二十九年傳》中季札在魯觀樂及《論語·述而》篇中孔子在齊聞〈韶〉的記載，並未提及作者，表明了當時注重的是欣賞者之體會；至於作者為誰，並不那麼重要。春秋時期各國君臣及外交使節引詩、賦詩的風氣，他們也不必說明此詩出自何時？為何人所作？其作意為何？會有這種現象的原因，一、乃在於當時並不將這些作品視為有著作權保護下之私有物；二、乃在於不以己意專居於作品之意旨。以故「切磋」、「琢磨」在《詩·衛風·淇澳》文脈中指玉匠攻玉，而孔子贊賞子貢將之引伸為品德修養之提升；「素以為絢兮」在《詩·衛風·碩人》文脈中指繪畫之前先粉地為質，子夏將之引伸為「人有美質然後可加文飾」。而孔子聞之，皆頗覺一新耳目。當時也未嘗要求學生引證，說明詩人確有此意。

　　以上的例子都可以說明當時對文本的解釋是開放的，解釋者並不專斷於某義，隨其語境而適變；甚且可以不顧文本脈絡而「斷章取義」。所以作品在被流傳、引用、抄錄時也不必指明其來源，它也未必是一時、一地、一人所作。在這樣的作者觀中，只有敘述者及傳唱者，是一種集體創作的型態。可能里巷謳謠、山歌俚曲等皆屬此類，它們是在人們日常生活中被傳唱的。清人勞孝輿《春秋詩話》云：

　　　　風詩之變，多春秋間人所作……然作者不名，述者不作，何

歟？蓋當時只有詩，無詩人。古人所作，今人可援爲己詩；
彼人之詩，此人可廣爲自作，期於「言志」而止。人無定詩
，詩無定指，以故可名不名，不作而作也。[13]

既然「變風」的流傳在當時是「作者不名，述者不作」，那麼後世
也就無從考證它的作者，不知勞氏何據而推其多爲春秋間人所作？
不過當時「詩」的創作、欣賞、閱讀、應用並不爲個人所專，以《
左傳》及《論語》的記載爲證，的確是符合實情的。此時詩的生命
存在於解讀及應用上，所以作品起始的歷史來源沒那麼重要。作品
也往往被更動、改寫、添加、刪減，在流傳的過程中不斷地變化。
因此它的作者可以說是集體式的。

　　然而這個時期的另一類文本——《易》及對占卜結果的解釋，
就被視爲天神啓示或聖王所爲，不屬於衆人的集體創作。龔鵬程先
生在〈論作者〉一文曾說：

此一作者觀認爲：一切創造性的力量及創造的根源，均來自
神或具有神聖性的「東西」。人是靠著神的給予，才獲得了
這一力量。所以，作品固然是由我所製造的，創作者卻……
不是我。[14]

表明了這種作者觀並非個人私有的，也不是集體的，而是來自另一

13　〔清〕勞孝輿著：《春秋詩話》（台北：廣文書局，民國 60 年）
14　《中國文學批評》第 1 集，頁 55。

個未知的神秘力量。這種力量有時直接顯現，有時藉著人來顯現。直接顯現時人們謂之為「天神」、「帝」；而被它所挑中並賦與使命的人，在中國就叫「聖王」。

　　上述這兩種作者觀都不是個人所有權式的作者觀。到了戰國中期，孟子評高子論《詩》之失，提倡自己「知人論世」及「以意逆志」的讀詩態度，「詩人之旨」、「作詩之意」才漸被注意，但也還沒將「詩」視為詩人所獨有。而詩人做為一個作者，也不單指聖王，有時是卿、大夫，有時是諸侯，也有寺人（宦官）、夫人甚至平民百姓。個人所有權式的作者觀被注意並被標舉的現象，由諸子類典籍中，可知春秋末期就已出現，《孫子兵法》十三篇及《吳起兵法》是其著者[15]；戰國時期，孟子與弟子手定其書，荀子、韓非之學說著述亦以己名為書名。然而在文章作者中，則要到西漢時期才被提舉。賈誼、枚乘、司馬相如、枚皋、朱買臣、嚴助……等等皆其著者。在此之前，李斯、陸賈雖有文名，不過朝廷所關注的並非他們的文學作品，而是他們的政論；因此應算是諸子之流。

　　事實上在儒經傳統中，大部分對於「作者」的認知是被詮釋者（眾多讀者中的一種）建構起來的。它並不單指文章寫作，也不見得就是指文人。伏羲畫卦[16]，倉頡作書[17]，周公制禮作樂[18]……等

15　見《韓非子·五蠹》篇。

16　《周易·繫辭下傳》云：「古者包犧氏之王天下也，仰則觀象於天，俯則觀法於地，觀鳥獸之文與地之宜，近取諸身，遠取諸物，於是始作八卦，以通神明之德，以類萬物之情。」許慎《說文解字·序》在解釋文字初起歷程時，援用這段說法。而相傳為孔安國所作的《尚書·序》中亦云：「古者庖犧氏……始畫八卦，造書契，以代結繩之政。」與許慎將八卦視為文字初起歷程的態度相同。雖然清朝閻若璩在《古文尚書疏證》認為此篇為偽作，然而

等，凡於人文化成有所創獲之行爲或能提供其貢獻者，皆被一般人目之爲「作者」，這可稱之爲聖君賢臣型態的作者。而於民間集體之作，詮釋者常常力圖指實其爲某一特定作者所作。而當無可考察時，則往往歸諸當時社會環境及生活態度，這可稱之爲隱藏於社會或民間中的作者。儒經傳統的作者，除了《春秋》外，大抵爲這兩類。而要注意的是，這些「作者」的性質、特色，既多由詮釋者所建構，則與詮釋者的認知型態、學術背景及價値系統是分不開的。

關於「作者」之「作」，《爾雅·釋詁》中云：「淖、肩、搖、動、蠢、迪、俶、厲，作也。」又同書〈釋言〉亦云：「作，造、爲也。」「淖」有興盛的意思[19]，「肩」有「勝」、「克」的意思（在《爾雅·釋詁》中釋「勝」、「克」之詞皆有「肩」。），「搖」、「動」、「蠢」皆有行動、作爲之意；「迪」訓爲「進」、「道」，亦近於行動、作爲之意；而「俶」訓爲「始」，見《毛

17　《韓非子·五蠹篇》有：「古者蒼頡之作書也，自環謂之厶，背私謂之公。」《世本·作篇》亦謂：「沮誦、蒼頡作書。」皆有創爲文字之意。《呂氏春秋·君守篇》亦有：「奚仲作車，蒼頡作書，后稷作稼，皋陶作刑，昆吾作陶，夏鯀作城」之說，六者並列，時代不同。《淮南子·本經訓》亦有：「蒼頡作書，而天雨粟，鬼夜哭」的說法。文字繁夥，明非一人所能獨造。而中國古代相傳以蒼頡爲作書之人，其實際貢獻，亦甚渺難明。然則古來咸引之，以倉頡爲發明文字之代表者。然則「作」乃指創立文字，非指寫作文章之謂也。

　觀乎許愼所談，則知漢朝之時，一般學者將八卦之作，視爲人類脫離結繩記事，以漸進於使用文字之開端。故此非文章寫作之謂，明矣。

18　《禮記·明堂位》有「周公踐天子之位，以治天下。六年，朝諸侯於明堂，制禮作樂，頒度量，而天下大服。」的說法。雖則周公是否踐祚？學者久論而未決。然則制禮作樂，亦見於伏生所傳之〈尚書大傳〉，可知爲漢代以來之成說。此說或沿自先秦東周，甚至更早。故漢朝時儒生對「作」的了解，顯然不限於執筆爲文，而及於政治制度、典章儀節，甚至人文型態層面了。

19　《孟子》趙歧注及《廣雅》。

詩·大雅·生民之什》：「令終有俶」《詁訓傳》文；「厲」訓為「為」，見《方言》，亦有作為之意。在典籍中「作」曾經被訓為「興」[20]、「起」[21]、「始」[22]、「為」[23]、「變」[24]等義，若欲統於一義而論其旨，過於勉強，且無此必要。然此所謂「作者」之「作」，比較接近「始」、「為」之義。孔穎達《周易正義·序》云：「凡言作者，創造之謂也。神農以後便是『述』、『修』，不可謂之『作』也。」明白地以「創造」來定義「作」。然則從典籍的記載上來看，「作」在單用時並不限於聖人賢者，只要是一般人有所動作、有所作為、有所開創都可稱為「作」。而它也未必都是正面的意思，例如大臣謀反則被稱為：「作亂」[25]，發生災害則以

---

[20]　《老子·道經》第二章云：「萬物作而不為始」（王弼注本作「萬物作焉而不辭」，與河上公本同。易順鼎引十七章王弼注文「萬物作焉而不為始」，蔣錫昌引三十章及三十七章王弼注文「為始者務欲立功生事」、「輔萬物之自然而不為始」，皆認為「不辭」；而判為後人據河上公本經文妄改王弼本。以故當從敦煌本及傅奕本「萬物作而不為始」之文。今從其說。又帛書乙本作「萬物昔而弗始」，高亨認為「昔」乃「作」之假借字，但未言其所據。）

[21]　《周易·乾卦·文言》「聖人作而萬物睹」，唐朝陸德明《經典釋文》云：「鄭云：『作，起也』」。可知漢朝鄭玄曾以「起」訓「作」。

[22]　《毛詩·魯頌·駉》：「思馬斯作」，傳云：「作，始也。」疏云：「謂令此馬及其古始，如伯禽之時也。」「作」有「始」義，實來自《爾雅·釋詁》「俶，作也，始也。」之文。「作」與「始」皆可以釋「俶」，二者其義可通。

[23]　《毛詩·鄭風·緇衣》云：「予又改作兮」，箋云：「作，為也。」「為」的意思，又有「經營」、「實行」、「成就」、「制作」等多種解釋。例如《論語·憲問》篇子曰：「賢者辟世」時，最後便提到「作者七人」，何晏集解引包咸云：「作，為也」，便是指實行、實踐而言。

[24]　《禮記·哀公問》載：「孔子愀然作色，而對曰……」鄭玄注云：「作，猶變也。」《史記·蘇秦張儀列傳》：「韓王勃然作色」，亦可以鄭玄注文解之。

[25]　見《論語·學而》篇。

「作孽」[26] 稱之……等等。而特別突出它的「始」、「創」之義，並且予以正面的肯定，是當它與「述」對舉之時。《周禮·冬官·考工記》載：

> 知者創物，巧者述之，守之世，謂之工。百工之事，皆聖人之作也。

可見聖人爲智者，有創物之能；工匠爲巧者，善循聖人之所創，並代代守之。

　　或者有學者會據《後漢書·馬融傳》所載：「劉向子歆校理秘書，始得序列於《錄》、《略》。然亡其〈冬官〉一篇，以〈考工記〉足之。」及陸德明《經典釋文》引鄭玄所說：「此篇司空之官也，〈司空〉篇亡，漢興，購千金不得。此前世識其事者記錄，以備其大數爾。」指出〈考工記〉非《周禮》原文，如此則以〈考工記〉所載爲據，只能說明漢代對於「作」的觀念中，有此用法及區別。然則《中庸》引孔子的話則有：

> 子曰：「無憂者，其惟文王乎？以王季爲父，以武王爲子。父作之，子述之。」[27]

這是講王季開創而文王能依循，武王亦不離其道。則可說明「作」

26　見《僞古文尚書·商書·太甲·中》。
27　朱熹注：《中庸集注》（收入《四書集注》中）

之「開創」義矣。

　　然而從《論語‧憲問》篇所載：

　　　　子曰：「賢者辟世，其次辟地，其次辟色，其次辟言。」子
　　　　曰：「作者七人矣。」[28]

亦可知「作」在單獨使用時未必皆可釋為「始」、「創」之義。然
而此處的「作者」，指的是對當時政治、社會、人事失望，起而隱
去者，與「始」、「創」之義很難連得上關係，而與文章寫作更是
一點關係也沒有。並非本文要討論的「作者觀」範疇。

　　與「述者」對舉，而言乎「作者」，可以說是特別標舉創始與
經營之功。而在古代，往往以聖賢當之。如〈說卦〉中之「昔者聖
人之作易也，幽贊神明而生蓍」、「昔者聖人之作易也，將以順性
命之理」，其中「作易」皆指創造、發明或發現「易」（包含卦爻
之象與辭）而言。在典籍記載中，能「作」者通常為帝王或聖哲，
至少也要是賢臣之類的人物。其實這除了稱頌與表彰某人的功績之
外，還有為後世子孫樹立典型，以為勉勵或訓誡的功用。

　　以故上古時期至周、秦之際，中國對於「作者」的觀念雖已有
意識，如歷來相傳伏犧「作」八卦、周公制禮「作」樂者，皆指創
造。然其乃廣溥於政教、社會、人倫、科技各個層面，未嘗特限於
文史（或許當時對於生活及知識之範疇未嘗有這樣的區分）。而用

---

[28]　朱熹注：《論語集注》分「子曰作者」以下為一章，何晏《論語集解》不另
　　　分章。按：此處不分章，其義乃顯，今從何晏。

此詞語者，幾乎皆屬於解釋者或闡述者的身分，作者本身多不自言其為「作者」。而解釋者或闡述者則往往用此詞語表明作品意義之蘄向與作者心志之歸宿。故聖君賢臣型態之作者觀，非由創造者所發，乃由解釋者在其解釋過程中所提出。而對於民間集體創作的作品，在解釋時也往往擬設一個作者來統合全篇的意義。這可以認為是為了解釋的方便與實用的需求而發展出來的「虛擬作者」，若欲於史籍中實指其人，則未免膠柱矣。

事實上不論聖君賢臣作者觀或集體作者觀，其背後都蘊含了一個觀念，即語言是屬於社會的，其效用也應該針對社會。章學誠於《文史通義·言公上》篇例舉《書》、《詩》、《論語》、諸子、《史記》、《漢書》、漢初經師等所為，而認為：「古人之言，所以為公也，未嘗矜於文辭，而私據為己有也。」就是從典籍之中觀察到這種現象的結論。

《尚書》各篇序文中常常提到「作」，孔穎達《尚書·金縢》疏云：「凡序言『作』者，謂作此篇也。」可見「作者」一詞，至少在漢朝時已經習用，而且已用於文章寫作者身上。事實上在《論語·述而》篇已有：

> 子曰：「蓋有不知而作之者，我無是也。多聞，擇其善者而
> 從之；多見而識之，知之次也。」

這裏的「作」，根據何晏的集解：「包曰：『時人有穿鑿妄作篇籍者，故云然。』」無論是孔子的慎「作」或他人的妄「作」，春秋

時期在一般觀念上，已經把「作」當成撰寫典籍的活動，並非西漢才開始有這種用法。而從《左襄二十九年傳》所載的「季札觀樂」及戰國中期孟子所提的「以意逆志」、「知人論世」等讀詩、知言之法，這些言論都指向文本所含意義與文本形成之際，作者與外在環境之間的互動及關聯，亦可知寫作活動在當時被關注的情形。然則春秋戰國時期對「為文者」的關注，目的並非在於自作品中發掘及探索作者微妙深細的情感特質，也不在於強調作者個人出類拔萃的語言和修辭能力[29]，主要是就「為文者」的內在抱負及外在成就加以評述。這些內在抱負與外在成就是集中在社會、政治、文化、道德等方面的。所以講「退而著述」，就是把自身的抱負與理想寄託在文章中，流傳後世。他們認為只要文章能流傳，理想的火種便不會息滅。「退」字表明了他們從事著述，並非意在展現文章寫作的才能，而是因為理想無法在現實世界中實現，不得已而求其次，才「見諸文章」。所以「作」雖亦用以指文章，然其價值位階自不如「制禮作樂」的「作」了。

　　然而儒家的創立者——孔子——却不自居於「作者」[30]，而且把「作」的標準看得很崇高而偉大。在《論語·述而》篇中記載：

　　　子曰：「述而不作，信而好古。竊比我於老彭。」

---

[29]　孔子曾經表達對語言及修辭才能的重視，《左襄二十五年傳》載孔子稱讚子產，曾經有：「言之不文，行而不遠。」的話，但他是為了傳達與溝通的需要，把語言及修辭看成一種工具。

[30]　從前面《論語·述而》篇所載來看，他也不認同當時某些人「作」出來的結果。

邢昺疏曰：「此章記仲尼著述之謙也。作者之謂聖，述者之謂明。老彭，殷賢大夫也。老彭於時但述脩先王之道，而不自制作。篤信而好古事。」認為只言「述」而不自居於「作」，乃孔子自謙，不以聖人自居之詞。事實上孔子的態度也是如此，在〈述而〉篇中他說：「若聖與仁，則吾豈敢？抑為之不厭，誨人不倦，則可謂云爾已矣。」此乃自評之語。而別人推崇他時，他也不以「聖」自居。《論語·子罕》篇載：

> 大宰問於子貢曰：「夫子聖者與？何其多能也！」……子聞之曰：「大宰知我乎？吾少也賤，故多能鄙事。君子多乎哉？不多也。」

他認為他的多能、博學是環境加上自身努力養成的，並不承認這是天生的「聖」。

以此為基礎來看朱熹的《論語集注》：

> 述，傳舊而已；作，則創始也。故作非聖人不能，而述則賢者可及。……孔子刪《詩》、《書》，定「禮」、「樂」，贊《周易》，修《春秋》，皆傳先王之舊而未嘗有所作也。故其自言如此。然當是時，作者略備，夫子蓋集群聖之大成而折衷之。其事雖述，其功則倍於作矣。

從前面分析過的文獻來看，「作」並非一定要聖人才能著手；而是能將「作」做好的人，才有資格稱為聖人。如果不能做好，那還不如整理過去優良的「作」，當一個優良、稱職的「述者」，總好過當一個胡搞瞎扯的「作者」。

所以孔子自稱「述者」，雖云自謙，但並非自貶，此其一；而後世儒者極力尊崇孔子，認為：「其事雖述，其功則倍於作者」，則是誤以性質不同的兩種作為放在同一層面上比較，此其二。故以「聖」、「賢」分領「作」、「述」之業而限定之，並非合宜之論。事實上，「述」有「述」之功，「作」有「作」之效，取徑異，成果亦不同。比較合理的說法應該是：「『作』能達到孔子認可的標準，則為聖人；而『述者』則為能闡明聖人行事用心的人。」所以「述者」所需具備的語言能力要更強，詮釋能力要更好。

而什麼是「述」呢？此處的「述」指的是遵循、說明、記述之義。《禮記‧中庸》云：「夫孝者善繼人之志，善述人之事者也。」這是講周武王、周公能依循王季、文王之意以治國。而針對孔子，《禮記‧中庸》亦云：「仲尼祖述堯、舜，憲章文、武」，這也是遵循、實行之意。

至於《禮記‧中庸》所記錄的：

> 子曰：「素隱行怪，後世有述焉，吾弗爲之矣。君子遵道而行，半塗而廢，吾弗能已矣。君子依乎中庸，遯世不見；知而不悔，唯聖者能之。

及《論語·陽貨》篇所載的：

> 子曰：「予欲無言。」子貢曰：「子如不言，則小子何述
> 焉？」子曰：「天何言哉？四時行焉，百物生焉，天何言
> 哉？」

則一方面可解釋爲「遵循」，而另一方面也可以解釋爲「説明」、
「記述」的意思。因此「述者」是指依循者（比較偏重實際與抽象
的行爲方面）及記述者（比較偏重語言、思想方面），他首先要明
白作者的意義，這包括掌握作者文本、了解作者處境、體察作者用
心等三個基本要素。其次要能善於應用與轉化，這才能因應「述者
」自身所處的世界。再者要能傳達給他人，讓人知曉實行，才能恢
弘其效用。所以「述者」之業，未必就比較簡單。而「述者」的貢
獻跟「作者」是不一樣的，不能放在同一個層面來比較。不過在典
籍中講到「述」，似乎沒有負面的意思。不同於「作」這個詞，一
旦與負面詞語連繫起來便表示負面的意思。落實到文獻記載上講，
「述」也就是一種詮釋行爲的表徵。聖人詮釋天地之道，則「道」
爲「作者」，聖人爲「述者」；而其後有詮釋聖人之意者，則聖人
爲「作者」，詮釋者爲「述者」。以此推之，乃至於無窮。故知「
作者」、「述者」之分，是一種被詮釋者與詮釋者的區分，隨其處
境而可能改變身分，並非絕對的。

　　對於「作者」與「述者」的分別與定義，《禮記》中有一段説
明多爲歷來釋經者及學者所引用，可供參考：

> 知禮樂之情者能作，識禮樂之文者能述，作者之謂「聖」，
> 述者之謂「明」。「明」、「聖」者，「述」、「作」之謂
> 也。

這裏所謂「作」、「述」，是針對「禮」、「樂」而言。而「知」，是指能夠明白、體會；「識」，是指能記住它的內容而無所遺漏。知其情者能制禮作樂，識其旨者能闡明其意。「作」者指開創，「述」者指闡明，其功不同，其效各異。

儒經中的「作者」，有這麼崇高的地位，固與孔子對它的高標準及高期待有關。然則欲加以稱頌表彰或以之訓勉後來者，皆屬其事之所為者與所實行者，固當以「事」為主。孔穎達《周易正義·說卦》疏中亦云：「凡言『作』者，皆本其事之所由。」然則後世何以謂之曰：「某人所為」、「某人所造作」而歸之於「人」，且稱之為「聖」？其中或許蘊含兩個意思：

其一，注意到人類在天地宇宙間的位置：人在天地宇宙之中，固為萬物之一，然常以與萬物同朽為懼。遠古時期，人、猿初分之際，世遠難明，未知彼時之人是否有此意識。然三代之後，越漢及宋，迄乎明、清，史冊所載，子、集所錄，關於人在天地宇宙之間地位之思考者，不絕於書。孔子標「立德」、「立功」、「立言」以為「三不朽」之目，魏文帝《典論·論文》及歐陽修〈送徐無黨南歸序〉，除了表明他們已經意識到人類在天地間拔出於萬物之中的獨特地位，也表明了個體生命相對於眾人的價值取向。故可以分

兩層表之：一爲人與萬物之不同，二爲做爲個體之人與衆人之不同。前者多就人本身固有之能力而立論，後者則就人將能力實踐的結果立說。故前者乃屬於普遍性[31]者，後者乃是個殊性的。而所謂聖人者，即個殊性之一例，謂足以實踐天帝之意旨者。

　　其二，對於人類創造與實踐能力的肯定。自遠古以來，人類生活與文明即因其善於利用與適應環境而迭有創改。然或歸之曰「天啓」、「天功」，或云乃假乎鬼、靈之力。似所成者皆由天與之，而人之相贊者有限。至於「作者」之提舉，則表明參與創造與實踐的活動之人的重要性。古來凡於人類社會及文明影響極大者，若就史籍及文獻所載，多能與天神相通或得天神之助，甚或有半人半神的身分。如黃帝、炎帝、后羿、鯀、禹……等等。然則此並非意在崇人以抑天，乃藉天以重人；非黜鬼、靈之虛而陟人事之實，乃託人事之驗於鬼、靈之化。故知其於人類在天地之間的創造與實踐能力，已致肯定之意；不可謂其以人類爲中心全無主宰，於成敗皆仰諸天命及鬼神，不能亦不敢居任何功過者。

　　而這都指向人文化成，亦即提舉人於世中之種種正面作爲設施及其所具之能力。更包含人對世界萬物及人類社會的解釋觀點與其因應態度。故「作者」概念的提出，可云實乃人文醒覺之初步，人類肯定自身能力之嚆矢。此雖未如清代章學誠所論：

---

[31]　普遍性並非平均或中等之謂，而是指理論上凡作爲「人」的存在，對於所認定的價值標準，皆有實踐的可能而言。故可分兩層而說：一爲價值標準本身是普遍的，一爲人實踐此標準的能力是普遍的。

> 天地生人，斯有道矣，而未形也。三人居室，而道形矣，猶
> 未著也。人有什伍而至百千，一室所不能容，部分班分，而
> 道著矣。[32]

以為「天」因「人」而著，「理」附「氣」而存，將「人」及其所
組成的社會提至中心位置。「道」因人而存，而有其體，而大明於
天下。然而章學誠此論中帶著極強烈的人文氣息，蘊含著人類對自
身社會結構的創造與生成能力的肯定。可以說明儒經傳統作者觀中
對「人」的重視。

　　此種重「人」之思想、觀念，影響到對典籍的態度。於是特別
標舉著述典籍之人，所以漸漸地會將作品歸於某人。這在儒家經書
中屢見，略為引述如下：《左僖二十四年傳》中載：

> 召穆公思周德之不類，故糾合宗族于成周而作詩曰：「常棣
> 之華，鄂不韡韡。凡今之人，莫如兄弟。」其四章曰：「兄
> 弟鬩于牆，外禦其侮」。而是則兄弟雖有小忿。不廢懿親。

將〈常棣〉詩歸於召穆公所作。而《左文十八年傳》載：

> 先君周公制周禮曰：「則以觀德，德以處事。事以度功，功
> 以食民。」作〈誓命〉曰：「毀則為賊，掩賊為藏。竊賄為

32　〔清〕章學誠著，葉瑛校注：《文史通義·原道上》（台北：仰哲出版社，翻
　　印自北京中華書局，無出版資料），頁119。

　　盜，盜器爲姦。主藏之名，賴姦之用，爲大凶德。有常無赦
　，在九刑不忘。

則以《禮》中文字及〈誓命〉歸於周公所作。而《左宣十二年傳》
所載的：

　　武王克商，作頌曰：「載戢干戈，載櫜弓矢。我求懿德，肆
　于時夏，允王保之。」又作〈武〉。其卒章曰：「耆定爾功
　」。其三曰：「鋪時繹思。我徂維求定」。其六曰：「綏萬
　邦，屢豐年」。夫「武」：禁暴、戢兵、保大、定功、安民
　、和、豐財者也，故使子孫無忘其章。

則以〈武〉詩歸諸周武王所作。而《左昭七年傳》所載的：

　　吾先君文王作僕區之法曰：「盜所隱器。與盜同罪。」

則以僕區之法爲文王所作。而《左昭十二年傳》所載的：

　　祭公謀父作〈祈招〉之詩，以止王心。……其詩曰：「祈招
　之愔愔，式昭德音。思我王度，式如玉，式如金。形民之力
　，而無醉飽之心。」

則以〈祈招〉詩乃祭公謀父所作。而《尚書·虞書·益稷謨》有：

> 帝庸作歌，曰：「勑天之命，惟時惟幾」。乃歌曰：「股肱
> 喜哉！元首起哉！百工熙哉！」

則以此歌及序言為舜所作。而其後云：

> 皋陶……乃賡載歌曰：「元首明哉！股肱良哉！庶事康哉！
> 」又歌曰：「元首叢脞哉！股肱惰哉！萬事墮哉！」

則認為皋陶接續舜歌而作，乃續歌之作者。

　　以上這些作者，其中召穆公、祭公謀父並不屬聖人之列，周文
王、周武王、周公雖被尊為聖人，亦屬個人式的作者。從這些典籍
中的記載可以了解，儒經中的作者觀並不因為尊崇聖賢而排除一般
個人作者，只是聖賢型態與集體型態的「作者」與後世所認定的文
章「作者」有較大的差異，現代研究者好新驚奇，故特顯言之[33]。

　　但考察一下上述所引文獻，凡有所作，皆有其寫作之背景或特
定目的。而且他們的作品，有歌詩、法條、禮儀文字……等等，並
沒有類別的限定。以故可知在儒經傳統之中的一般個人作者，於詩
文之作，大抵皆有所為而為。古人能瞭於此，故云：「凡文之不關
於六經之指、當事之務者，一切不為。」[34]、「惟文章以明道適事

33　龔鵬程先生〈論作者〉文中即特舉其別異而大書特書。
34　〔清〕顧炎武：〈與人書三〉，見《顧亭林詩文集》，卷四。

，無當於理與事，則無所用文。」[35] 而只要文章能發揮實效，理想能實現，作者個人文名的高下盛衰並非最重要的問題。

這種作者觀及其所代表的文學觀成了中國文化傳統的一部分，不因文學獨立於其他學科或門類而有所斷絕，在中國歷史上每個時代都不斷地被強調。但是隨著寫作環境與寫作觀念的改變，聖賢型態的作者已經不復存在，（如果在唐宋以後的文章中提到他們當代的某人自居聖賢，那常常是當做貶抑或攻擊的意思在使用。除非是同一門派的師生。）而集體式的作者也往往只存在於吳歌、西曲、漁歌、樵歌、山歌等民間作品中，士大夫縱然有注意到的，但也未曾如《詩經》那個時代將之置於廟堂辟雍之上，宴饗朝覲之列。所以這種作者觀下的作者也逐漸隱退。

經過戰國時代，到漢代之後，政治文化菁英階層所認知與描述者，大多數針對這種個人型態的作者，一直延續到民國初年。而可以説它起源於孔子對經典的整理及詮釋活動，漸漸形成一個解釋的傳統。這個由儒經傳統建構出來的作者觀，原本是由詮釋者主導及建構的，東漢之後乃漸影響到士人心態，進而也影響了文章寫作活動，使得文章寫作者往往有一種以「道」自期的心態。班固著《漢書》、張衡作賦、蔡邕欲成「後漢史」、曹操的：「周公吐哺，天下歸心」[36]、曹丕的：「經國之大業，不朽之盛事」[37] ……等等，無論從其做法及其文字皆可看出這種心態。雖然齊、梁間文人有認

---

[35]　〔清〕魏禧：〈惲遜庵先生文集序〉，見《魏叔子文集》，卷八。
[36]　見曹操：〈短歌行〉。
[37]　見曹丕：〈典論論文〉。

為文學不同於經學，為人與為文應分開為兩個範疇者；然自唐、宋古文家之以回復三代兩漢之文為期許，明朝前後七子之標舉「文必秦、漢」，皆可見這種心態在文學創作上的顯現，而中國古典文學中的復古運動，其心中內在的文化因素便在於此。

第二節　文章傳統中的「作者」觀

　　儒經傳統的作者觀繫屬於儒經的形成及其傳承與解釋，這可以說是由詮釋者的立場加以闡述的。而在古代中國有一種人，他們以寫作為畢生志業。高遠者追求著書立說，流傳後世；其次或者欲以此干求世主，立功顯名；至不濟亦可為專業文人，藉文謀生。他們不是儒者，也不是經生，更加稱不上是什麼聖君賢臣。他們的作品被稱為「篇什」、「篇翰」，也就是我們現在所看到的詩、賦、文……等等。這個範疇可以將之統稱為「文章」，其中的作品可稱之為「文章作品」。而寫作文章的人歷來便有多種稱呼，可籠統地將之稱為「文人」或「文士」。從戰國晚期的屈原、宋玉以來，中國文士便相續不絕。雖未必宗尚同一種風氣或風格，然其專志於寫作則一也，故以「文章傳統」泛稱之。雖然這個範疇是否有一個「傳統」還待討論，但本書想從寬鬆一點的義界看，用「傳統」這個詞來指稱各代文人的變創、襲用、派別、源流……等等在時空中展現

的縱橫關係。

　　歷史上專事於寫作之人留下名氏，可以說自孔子「退而著述」之後，以此稱者方漸孳漸繁。前此所謂「小雅詩人」、「采詩之官」……等等對於《詩經》的形成有所影響者，皆不屬於專門爲文者或不特著其姓名者。如《毛詩・小雅・巷伯》中的寺人孟子、〈節南山〉中的家父、《毛詩・大雅・崧高》、〈烝民〉中的吉甫[38]，以及《毛詩・國風・鄘風・載馳》中的許穆夫人[39]、《毛詩・國風・豳風・鴟鴞》中的周公[40]……等等[41]，皆非專門爲文之人。而一些在朝廷中改編詩歌文句之官員，可謂專門爲文者矣[42]，但於《詩經》中卻不著其名氏。《尚書》中所記之作者像伊尹、周公、秦穆公……等等亦非專門爲文之人，而專門執筆記言記事之人，雖其文藉文獻以傳，然其名則不傳。

　　孔子之前，「作」並不特別限定聖賢方能稱之，其「創始」之義乃相對於「述」而言。孔子首先重視並突顯了「作」的地位，把它與聖者、仁者相結合。孔子之後，著書立說者漸漸孳繁，稱派分家。各家派徒眾祖述師說，「作」之名乃爲著書之人所取，則不特

38　　這些是《毛詩》詩文中直接提及作者的。

39　　見《左閔二年傳》。

40　　《尚書・金縢》云：「周公居東二年，則罪人斯得。于後，公乃爲詩以貽王，名之曰〈鴟鴞〉。」

41　　李曰剛先生於《中國詩歌流變史》（台北：文津出版社，民國76年2月，頁10-13。）中廣搜博採，列舉各種典籍及《詩序》中所載作詩者，用力甚勤。今取其中確信而可從者之數例述之，疑不能明者姑存之。

42　　屈萬里先生：〈論國風非民間歌謠之本來面目〉，認爲《國風》中的詩，是經過朝廷專門人員重新編寫之後的成果，並非民間歌謠之原貌。本文收入羅聯添編：《中國文學史論文選集》第一冊。（台北：台灣學生書局，民國67年5月），頁55-74。

別指聖人、帝王而言。

　　戰國晚期，楚臣屈原賦〈騷〉抒憤，特以發藻揚葩、情采並茂名家。觀其《九章》諸作，則知其戮力為文，積時累日，非一朝一夕偶或為之者。然屈原於其寫作活動，或曰：「陳情」[43]、或云：「陳辭」[44]、「賦詩」[45]，則未嘗自稱為「作者」，然而文學寫作之足以專門名世，則自此始。故漢代常提到屈原「作」〈離騷〉諸文，如淮南王劉安、司馬遷、班固、王逸等人，則已將「作者」用之於文章寫作。

　　對文章傳統的記載可以將司馬遷《史記・屈原賈誼列傳》當做一個起始點，班固也將漢時善為文者如嚴助、朱買臣、吾丘壽王、主父偃、徐樂、嚴安、終軍、王褒、賈捐之等合傳，這些人不同於經生，他們並不專事於儒經的鑽研與詮釋。事實上像西漢時的吳王劉濞、梁孝王劉武等，對這些專門從事文章寫作者就非常禮遇；像枚乘、鄒陽、司馬相如……等等都被待為座上賓，這些文人的客遊活動並非始於漢武帝時。

　　對於寫作文章，司馬遷的發憤著書之說強調的是外在環境對精神心靈的刺激，尚未接觸到對「作者」本身內在的分析說明。葛洪《西京雜記》乙卷中引述一段司馬相如的故事，可以讓我們對當時寫作狀況有概略的了解：

43　《楚辭・九章・惜往日》：「願陳情以白行兮」，（〔宋〕洪興祖撰，《楚辭補註》，台北：藝文印書館，民國 75 年 12 月 7 版），頁 252。
44　《楚辭・九章・抽思》：「結微情以陳辭兮」，《楚辭補註》，頁 228。
45　《楚辭・九章・悲回風》：「竊賦詩之所明」，《楚辭補註》，頁 259。

> 司馬相如爲〈上林〉、〈子虛〉賦，意思蕭散，不復與外事
> 相關。控引天地，錯綜古今。忽然如睡，煥然而興。幾百日
> 而後成。其友人盛覽，字長通，牂柯名士，嘗問以作賦。相
> 如曰：「合綦組以成文，列錦繡而爲質。一經一緯，一宮一
> 商，此賦之迹也。賦家之心，苞括宇宙，總覽人物，斯乃得
> 之於內，不可得而傳。」覽乃作〈合組歌〉、〈列錦賦〉而
> 退，終身不復敢言作賦之心矣。

雖然《西京雜記》爲東晉葛洪所作，其中記載未必盡合西漢史實。
但是這段記載至少可以代表魏晉時期人們對賦史及賦家的認知，也
可以說明他們並非囿於自己的時代來標榜當世作者。而所傳之事皆
屬相傳之西漢故事，也可能有所依據。這段記載說明了三個要點：
其一是文人作賦之時是「不復與外事相關」的，也就是此時他內遊
於心，不接於物。而從外表上看起來是「意思蕭散」，即不甚整束
，沒有精神的樣子。「忽然如睡，煥然而興」，時睡時起沒有一定
的時候。其二是賦家之心與賦家之迹的分別。賦家之迹即表現爲辭
賦文章，而賦家之心則萬物衆類無所不涵，宇宙天地無所不具。從
這段說明可以看得出來，作者之「心」已經被明顯地強調，且居於
寫作的主導地位，這也就是盛覽不敢言「作賦之心」的原因。其三
是盛覽以當時名士而問作賦，可見賦在當時被重視的程度，這也連
帶使得賦家地位的漸漸提昇。從第二點來看，他們與經生那種持守
章句，發揮大義的寫作方向是不同的。

  但如果以爲他們這種寫作不必持守章句，發揮大義，可以輕輕

鬆鬆地一揮而就，便能悠遊足歲以享暇年，那就太不了解這些賦家的實際寫作情形了。作賦者劬勞於心力的例子，在文獻記載中最顯著的要算是西漢揚雄了。根據桓譚《新論·祛蔽》的記載：

> 子雲亦言：「成帝時，趙昭儀方大幸。每上甘泉，詔令作賦，爲之卒暴，思慮精苦。賦成，遂困倦小臥，夢其五臟出在地，以手收而内之。及覺，病喘悸，大少氣，病一歲。」[46]

從這裏可知作賦者要動「思慮」，「思慮精苦」亦令人體虛氣弱。則「思慮」亦可謂「賦家之心」的實際運作機制了。

　東漢王充，已經很清楚地將寫作文章與説解經書分為兩類，在《論衡·案書》篇中云：「著作者為文儒，説經者為世儒」，當時一般人有以為文儒不如世儒者，王充辯之曰：

> 夫世儒説聖情，□□□□□，共起並驗，俱追聖人。事殊而務同，言異而義鈞，何以謂之文儒之説無補於世？世儒業易爲，故世人學之多，非事可析第，故官廷設其位。文儒之業，卓絕不循，人寡其書，業雖不講，門雖無人，書文奇偉，世人亦傳。彼虛説，此實篇，折累二者，孰者爲賢？案古俊乂著作辭説，自用其業，自明於世。世儒當時雖尊，不遭文儒之書，其跡不傳。周公制禮樂，名垂而不滅；孔子作春秋

46　〔清〕嚴可均編：《全後漢文》，卷14，頁6。

，聞傳而不絕。周公、孔子，難以論言。漢世文章之徒，陸
賈、司馬遷、劉子政、楊子雲，其材能若奇，其稱不由人。
世傳詩家魯申公、書家千乘歐陽、公孫，不遭太史公，世人
不聞。夫以業自顯，孰與須人乃顯？夫能紀百人，孰與廑能
顯其名？

所以王充在當時尊經崇聖的作者觀中，替寫作文章的「文儒」爭取
地位，與班固、王逸等對屈原的作品仍執經學的觀點加以評價，以
治經的方法治《楚辭》的態度是迥然不同的。王充可謂在論述中標
舉、肯定文章著作的價值及地位的第一人，後世文學批評論述中，
文章傳統的作者觀之價值確立實肪於此，此段所論已有曹丕於《典
論·論文》所云：「不假良史之辭，不託飛馳之勢，而聲名自傳於
後。」之意。

　　然則王充並未否定儒經傳統的作者觀，在《書解》篇中他說：

聖人作其經，賢者造其傳，述作者之意，採聖人之志，故經
須傳也。俱賢所爲，何以獨謂經傳是，他書記非？

可見他也認為聖人作「經」，賢人述其意而造「傳」。但他只是否
定以經、傳為是非之唯一標準，並未否定或貶低經、傳的價值。然
而當別人以經、傳的分別來批判他著書的行為時，他也會加以反駁
，在〈對作〉篇中他說：

　　或曰：「聖人作，賢者述，以賢而作者，非也。《論衡》、《政務》，可謂作者。」曰：「非作也，亦非述也，論也。論者，述之次也。五經之興，可謂作矣。太史公書、劉子政序、班叔皮傳，可謂述矣。桓君山《新論》，鄒伯奇《檢論》，可謂論矣。今觀《論衡》、《政務》，桓、鄒之二論也，非所謂『作』也。造端更爲，前始未有，若倉頡作書，奚仲作車是也。易言：『伏羲作八卦』，前是未有八卦，伏羲造之，故曰作也。文王圖八，自演爲六十四，故曰『衍』。謂《論衡》之成，猶六十四卦，而又非也。六十四卦以狀衍增益，其卦溢，其數多。今《論衡》就世俗之書，訂其眞僞，辯其實虛，非造始更爲，無本於前也。儒生就先師之說，詰而難之；文史就獄卿之事，覆而考之，謂論衡爲作，儒生、文史謂作乎？」

　　他區分「作」、「述」、「論」之異，認爲「作」是「造端更爲，前始未有」，亦即以「創造」之義釋「作」。而由其所擧之例來看，「述」乃偏指傳述其事之義，與「詮釋」之義有所不同。至於「論」，則是以「訂其眞僞，辯其虛實」爲任務，並非由無至有之創作，亦非依「作」敷事之「述」。由此區分，可知非「作」、「述」所能盡，亦爲文章傳統作者觀引發之端。

　　所以王充進一步打破傳統上將「述」、「作」分別歸於「賢」、「聖」的觀點，在〈對作〉篇云：

> 古有命使采爵，欲觀風俗，知下情也。詩作民間，聖王可云
> ：「汝民也，何發作？」囚罪其身，殄滅其詩乎？今已不然
> ，故詩傳亞[47]今。論衡、政務，其猶詩也，冀望見采，而云
> 有過。斯蓋《論衡》之書所以興也。且凡造作之過，意其言
> 妄而謗誹也。

這種論述雖未必符合《詩經》實情，王充可能已經習於個人所有權
型態的作者觀，而不甚了解古代那種集體公有的作者觀。然而上古
以來所遺留的作品，的確非皆出於聖賢之手。所以可以看得出來王
充心裏根本認爲他寫《論衡》就是「作」。

而王充對「作者」的體認，以「才」爲主，他說：

> 好學勤力，博聞強識，世間多有。著書表文，論說古今，萬
> 不耐一。然則著書表文，博通所能用之者也。……衍傳書之
> 意，出膚腴之辭，非俶儻之才，不能任也。[48]

可見王充認爲「學」不是能否著述的主要條件，「才」方爲必要條
件。在《論衡·超奇》篇他舉周長生爲例子說：「周長生者，文士
之雄也……長生之身不尊顯，非其才知少而功力薄也。二將懷俗人
之節，不能貴也。……長生之才，非徒銳於牒牘也。作《洞歷》十

47　劉盼遂案：「『亞』字因與『至』字形近而致誤。」此說是也，應改「亞」
　　爲「至」。（《論衡校釋》附劉盼遂集解，頁 1185）
48　《論衡·超奇》篇

篇，上自黃帝，下至漢朝，鋒芒毛髮之事，莫不紀載，與太史公『表』、『紀』相似類也。」對周長生的推崇和肯定，也是在他的「才」。

漢末魏晉南北朝時期，襲東漢用語之習，對操觚為文者，或曰「作者」，如：曹丕〈典論論文〉稱：「古之作者，寄身於翰墨，見意於篇籍」，曹植〈與楊德祖書〉云：「然今世作者，可略而言也」、「劉季緒才不能逮於作者」，蕭子顯《南齊書·文學傳·論》亦云：「今之文章，作者雖眾」，《昭明文選·序》云：「至於今之作者，異乎古昔」、「作者之致，蓋云備矣」；亦有特別標舉他們遣詞用字之能者而曰：「辭人」、「詞人」，如沈約《宋書·謝靈運傳·論》云：「自漢至魏，四百餘年，辭人才子，文體三變」，《昭明文選·序》云：「詞人才子，則名溢於縹囊」。

至於《詩品·序》中所謂：「故詞人作者，罔不愛好」、「宮商與二儀俱生，自古詞人不知之」[49]，則「詞人」與「作者」為同義異名而並用之矣。或曰「詩人」，則延續先秦之稱呼；或曰「才士」，則標舉其寫作之美才。如陸機《文賦》：「余每觀才士之所作，竊有以得其用心」、鍾嶸《詩品·序》：「詩人之風，頓已喪缺」。

而以「文士」稱之者，則見於《文心雕龍·才略》篇：「戰代任武，而文士不絕」、《金樓子·立言》篇：「曹子建、陸士衡，皆文士也」。其實這種種異名都不脫〈典論論文〉中「文人」的意

---

[49]　此乃《詩品·序》引王元長（即王融）之說，可見齊梁之時稱「詞人」以泛指為文者，乃當時文評界之通稱。

思。而從名稱如此之多樣，可知難以某一個過去習用的詞語來指稱
他們，也或許有可能他們不願被某一詞語所包含的意義簡單地限制
住，所以刻意化簡爲繁，以多詞表一義[50]。

魏文帝曹丕之〈典論論文〉、陳王曹植之〈與楊德祖書〉，都
是以對作者的品評爲基礎來陳述他們的觀點的。前者以評「建安七
子」爲主幹，而云：

> 古之作者，寄身於翰墨，見意於篇籍。不假良史之辭，不託
> 飛馳之勢，而聲名自傳於後。

這種論點雖自王充已有之，然而曹丕藉著聖人來提高文學作者的地
位，藉著經國大業來提高文學的價值，其用心是很明顯的。因爲漢
代以來，一般的觀點認爲文章之事乃是「雕蟲篆刻」[51]，無益於進
學修道，經世濟民之務。曹丕想藉著儒家傳統價值來提昇文章寫作
的地位並強調它的重要性。

後者亦言及王粲、徐幹、陳琳、劉楨、應瑒、楊修等人，亦觸
及改文及評文的問題。然其云：「建永世之業，流金石之功。豈徒
以翰墨爲勳績，辭賦爲君子哉？」可見聖君賢臣式的作者觀仍存在
於他的觀念中。而於著述一道，曹植也以孔子、司馬遷自期，希望
自己的文章能流傳後世。至於對作者內涵的認知，曹丕提出「氣」

50　在《文選·序》中，也有故意化簡爲繁的例子：「篇什」、「篇翰」、「篇
　　章」一義而有三詞，或爲避重覆而云爲。
51　〔西漢〕揚雄著：《法言·吾子》篇（四部叢刊影印宋本《法言》卷二）。

，認為：「文以氣為主，氣之清濁有體，不可力強而致。……雖在父兄，不能以移子弟」，這是強調作者內在氣質性的構成對文章寫作的影響。曹植強調「才」，認為「以孔璋之才，不于閑於辭賦，而多自謂能與司馬長卿同風」、「劉季緒才不能逮於作者」，則是以「才」來決定寫作表現的高下。由王充、曹丕、曹植兄弟之論文，可以看到源自於詮釋者所建構的以個人為主的作者觀已經被寫作者接受，並轉化為對自我寫作活動的期許，而且關注到作者的內在能力及其寫作表現的關係。文章傳統的作者觀乃於此而有更深入發展的契機。

西晉之時，摯虞編纂《文章流別集》，亦因此集中之文章作者而編寫《文章流別志》，可見當時從事文章寫作活動已經相當興盛並被視為一種志業。而陸機〈文賦〉，更從自身的寫作經驗及其觀察所得來說明寫作歷程，是出自一個寫作者對文章寫作的觀察及反省的重要文獻。他從蘊釀、構思、敷辭、設體到權衡利害、避除文病等方面皆有所論及。首先他說：

> 佇中區以玄覽，頤情志於典墳。遵四時以歎逝，瞻萬物而思紛。悲落葉於勁秋，喜柔條於芳春。心懍懍以懷霜，志眇眇而臨雲。詠世德之駿烈，誦先人之清芬。游文章之林府，嘉麗藻之彬彬。

這表明了陸機認為四時景物的遞嬗對人心之激感，典墳文章的陶冶對心志之凝鑄，都能使作者有執筆為文的衝動，這是文章寫作的培

養與蘊釀的時期。接著就開始構思。在這個階段，陸機説：

> 其始也，皆收視反聽，耽思傍訊。精騖八極，心遊萬仞。其
> 致也，情瞳曨而彌鮮，物昭晰而互進，傾羣言之瀝液，漱六
> 藝之芳潤。浮天淵以安流，濯下泉而潛浸。於是沈辭怫悦，
> 若遊魚銜鈎，而出重淵之深；浮藻聯翩，若翰鳥纓繳，而墜
> 曾雲之峻。

從「收視反聽，耽思傍訊」可以看得出來，進行構思之時是與外在
現實世界隔離的。但是這種内在的思維運作卻可以不受空間環境的
限制，無論八荒之遠或萬仞之高都能在放在心中遊歷。到了「情瞳
曨而彌鮮，物昭晰而互進」之時，想要表達的思想、情感愈來愈鮮
明，事物的形象也清楚地呈現出來，此時已經可以掌握要寫的東西
了。所以可以融會羣言，參酌儒經，廣求文意。即使如天淵之高，
亦可順流而安浮於其上；又或若下泉之深，亦能穿透而潛浸於其下
，而「沈辭」可致，「浮藻」可得。或隱或顯，紛至沓來。作者構
思從内在心靈的冥求耽思開始，而後能得其象，取其意，致其思，
用其言。超越了時空的限制，能「觀古今於須臾，撫四海於一瞬」
，將古今四海，皆收在當下那一點。到了此時構思才告一段落，然
而在這個階段作者尚未落筆。

對於開始執筆寫作的情形，陸機陳述如下：

> 選義按部，考辭就班。抱景者咸叩，懷響者畢彈。……始躑

蹈於燥吻，終流離於濡翰。

所用的詞語及其所含意義，都能恰如其分，使它發揮最好的作用。
陸機描述下筆寫作時，剛開始時因為考量各種安排，所以一直停在
口吻之間難以下筆；而到後來對文詞的去取安排已經決定之後，就
能很流暢地寫下去。而陸機也描述作者在安排詞句篇章結構之時的
一些狀況，他說：

> 或因枝以振葉，或沿波而討源；或本隱以之顯，或求易而得
> 難；或虎變而獸擾，或龍見而鳥瀾；或妥帖而易施，或岨峿
> 而不安。

有時是先言主意，再加以鋪敘；有時是先取其一端，再循之以致其
主旨。也有先幽隱其旨而漸趨顯豁，或者從平易之語而得到平時不
容易發現的意義。有的以主旨為綱，依照文脈，循序寫去；也有突
起一意，各種詞語句式奔迸而出。這些情況，有的看來服服貼貼，
順順當當，很容易安排。而有的就相互鑿枘，怎麼安排都不恰當。
面對這些情況，要好好安排文章中的各種要素，陸機提出了方法：

> 罄澄心以凝思，眇眾慮而為言，籠天地於形內，挫萬物於筆
> 端。

亦即能盡用澄靜之心以凝思，能仔細考慮各種說法而下筆。天地雖

大，可以包含在文章之中；萬物雖多，亦皆能安排於筆下。這是陸機對寫作時心靈意識運作的理想狀態所進行的描述，當然不意味著每個作者都如此。他提到作者臨文之際的差異時曾説：「或操觚以率爾，或含毫而邈然。」意思是有的作者提筆為文，成之甚易；有的作者拿著筆想了半天，還是寫不出來。可見陸機明白作者的表現並非一致，寫作時每個人的情況也各異。

但總的來講，陸機是肯定寫作的，並且藉聖賢來説明他對寫作活動的看重。在〈文賦〉中他説：

> 伊茲事之可樂，固聖賢之所欽。課虛無以責有，扣寂寞而求音。函緜邈於尺素，吐滂沛乎寸心。

從「課虛無以責有，扣寂寞而求音」可以了解陸機認為寫作是一種創造活動，天地中的事物，雖有「遠」者，人能夠將它們表現在文章之中；雖有「大」者，人也能納之於方寸之間。陸機認為這種創造的快樂是連聖賢都很羨慕的。事實上不少作者以作文為樂，不獨陸機、陸雲兄弟，像曹植寫給丁廙的信中就寫道：「故乘興為書，含欣而秉筆，大笑而吐辭，亦歡之極也。」[52] 可見有些作者是因為能在此中發現樂趣，不同於有些作者是為了承擔文化責任而黽勉從事；而前者才是能讓文章傳統中的作者源源不斷寫出作品的主要動力。

---

[52] 嚴可均編：《全三國文》，卷 16（收入《全上古三代秦漢三國六朝文》，台北：世界書局，民國 71 年 2 月四版），頁 7-8。

陸機也注意到論述上的說明與創作的實踐是有差距的，他說：

> 彼瓊敷與玉藻，若中原之有菽。同橐籥之罔窮，與天地乎並
> 育。雖紛藹於此世，嗟不盈於予掬。患挈缾之屢空，病昌言
> 之難屬。故踸踔於短垣，放庸音以足曲。恆遺恨以終篇，豈
> 懷盈而自足。懼蒙塵於叩缶，顧取笑乎鳴玉。

他認為前世偉大優秀的文章很多，可惜自己所得有限。而由「故踸
踔於短垣，放庸音以足曲。恆遺恨以終篇，豈懷盈而自足。」的說
法來看，陸機常常不能滿意自己的創作。這一是以自己所提的理論
標準來衡量，得知理論與創作實踐之間的差距，一是與古今優秀的
作品相比，知道自己還有很大的努力空間。

對於靈感，陸機也從作用上加以描述：

> 若夫應感之會，通塞之紀，來不可遏，去不可止。藏若景滅
> ，行猶響起。方天機之駿利，夫何紛而不理。思風發於胸臆
> ，言泉流於脣齒。紛葳蕤以馺遝，唯毫素之所擬。文徽徽以
> 溢目，音泠泠而盈耳。及其六情底滯，志往神留，兀若枯木
> ，豁若涸流。攬營魂以探賾，頓精爽而自求。理翳翳而愈伏
> ，思乙乙其若抽。是故或竭情而多悔，或率意而寡尤。

「應感之會」即是「物」感動於我，我從而應之，云「物」與我之
交會也；「通塞之紀」即文思通暢或阻滯之端，云我與「意」、「

言」間之往來也。「應感」在心，或起於無象；「通塞」有時，常難覓其跡。這就是後代所說的「詩興」，現代所說的「靈感」。陸機是作者，體會過這種情況；漢代經生在詮釋儒經時未必有實際的體會，所以就講不到這個層面。靈感的來去通常不是作者自身所能掌握的，所以陸機以「來不可遏，去不可止」來形容。而其出現時是實實在在的，離開時則無跡可循。陸機以「藏若景滅，行猶響起」來形容，講的就是當它消失時，就像陽光消逝，一點跡象也找不到；當它來臨時，就像聲音響起一樣那麼明顯。這是靈感的存在方式。而「天機駿利」就是靈感來臨之時，這時思想、言語都能順暢地流於筆端，寫出來的文章既好看又好聽。「六情底滯，志往神留」講的就是靈感消逝之際，這時即使用盡精神冥搜求索，反而更無法找到要寫入文章的內容，而思想的表達卻顯得那麼困難。後者即是陸機所謂「竭情而多悔」，前者便是指「率意而寡尤」的情形。所以文章寫作並非努力就有成果，有時輕輕鬆鬆就能寫出好作品，有時辛苦了很久還是寫不出滿意的文章。而從「雖茲物之在我，非余力之所戮」可以看得出來陸機認爲靈感是來於作者自身的，並非存於外物。可是這個屬於人類自身的反應或能力，卻非作者自己所能控制，因此陸機對寫作歷程的陳述也只能在這個地方留下空白。

陸機不只以作文爲樂事，而且把寫文章看得非常盛大而鄭重。在陸雲寫給陸機的信中，常對陸機的作品發表意見，或者提到自己的寫作計劃，可見他們兄弟都是重視文章寫作的。而有時陸機也會看不起他認爲不夠資格的作者，像左思要寫〈三都賦〉，他就曾寫信與其弟陸雲說：「此間有傖父，欲作〈三都賦〉，須其賦成，當

以覆酒甕耳。」[53] 後來左思〈三都賦〉寫完，陸機讀到，才表示歎服。這表示文學作者已經被相當重視，而從作者立場建構的文論已經能相當深入而詳細地描述寫作歷程。這比西漢司馬相如、枚皋、朱買臣等人所受的對待及社會形象，是不可同日而語的。所以西漢時雖然注意到文章寫作，但文學作者的地位不高，文學作者地位的明顯提昇在東漢時期[54]，而到了魏晉，文章傳統的作者論述已經非常成熟了。

此後的文學批評者幾乎皆以作者為主來發表或建構論述，例如李充《翰林論》[55]、檀道鸞《續晉陽秋》[56]、沈約《宋書·謝靈運傳·論》、蕭子顯《南齊書·文學傳·論》、鍾嶸《詩品》……等等，都是直接批評作者或以作者為銜來指陳或評論作品。而范曄著《後漢書》專列〈文苑傳〉，可知作史者已經將以文章名世者歸於整個羣體，而將其名目獨立出來，此後史書多援例立〈文學傳〉。

而從《詩品·序》云：「輕薄之徒，笑曹、劉為古拙，謂鮑照『羲皇上人』，謝朓古今獨步。而師鮑照，終不及『日中市朝滿』；學謝朓，劣得『黃鳥度青枝』」，可見當時為文者評論與學習，

53　〔唐〕房玄齡等編撰：《晉書·左思傳》（《新校本晉書并附編六種》，台北：鼎文書局，民國81年11月七版），卷92，頁2377。
54　雖然從漢武帝之後漢朝的作者們很重視辭賦，並且努力寫作，但他們多是為迎合在上位者的喜好。而在上位者也往往對專門的辭賦作者「以俳優畜之」，所以實際的地位比不上詮釋儒經的經生及專研法條的文史。朝中大臣之所以「朝夕論思，日月獻納」，基本上是為了配合在上位者的興趣，恢宏自己的仕途，鮮有志於此道者。
55　〔清〕嚴可均編：《全晉文》，卷53，頁9。
56　《世說新語·文學》（余嘉錫撰：《世說新語箋疏》，台北：華正書局，民國78年3月，頁262）第85則劉孝標注引。

都是以作者為標目及參考對象的。這種評述方式，在《南齊書·文學傳·論》及梁簡文帝蕭綱〈與湘東王書〉也一樣。前者云：

> 建安一體，《典論》短長互出；潘、陸齊名，機、岳之文永異。江左風味，盛道家之言，郭璞舉其靈變，許詢極其名理。仲文玄氣，猶不盡除；謝混情新，得名未盛。顏、謝並起，乃各擅奇。休、鮑後出，咸亦摽世。

後者謂：

> 但以當世之作，歷方古之才人。遠則揚、馬、曹、王，近則潘、陸、顏、謝。而觀其遣辭用心，了不相似。……至如近世謝朓、沈約之詩，任昉、陸倕之筆，斯實文章之冠冕，述作之楷模。張士簡之賦，周升逸之辯，亦成佳手，難可復遇。[57]

可見以作者為主進行批評，乃是當時文學批評的普遍現象。

自王充申論以來，文學作者的地位日益崇高。再經過魏、晉、宋、齊、梁等數朝君主及諸侯王的加意提倡，乃至於形成梁時「纔能勝衣，甫就小學，必甘心而馳騖焉……膏腴子弟，恥文不逮。終朝點綴，分夜呻吟」[58] 的盛況。文學作者愈來愈受到崇敬甚至被奉

---

57   〔清〕嚴可均編：《全梁文》，卷11，頁3-4。
58   〔梁〕鍾嶸著：《詩品·序》

為學習的對象，君主也不再像漢武帝時期那樣待之以俳優，年輕子弟想藉文章顯名之心益切。這種現象，顏之推在《顏氏家訓·文章》篇中有生動的描述：

> 今世文士，此患彌切。一事愜當，一句清巧，神屬九霄，志凌千載。自吟自賞，不覺更有傍人。

所以顏之推能看得開，不要子弟當文人。他說：

> 學問有利鈍，文章有巧拙。鈍學累功，不妨精熟；拙文研思，終歸蚩鄙。但成學士，自足爲人；必乏天才，勿強操筆。吾見世人，至於無才思，自謂清華，流布醜拙，亦以眾矣。

從這段陳述看，作者為文，以研思為主。然而文章之成就，則要靠「才」。顏之推認為「才」是天生的，如果缺乏的話則寫不出好文章。因此雖然很多人想操筆為文，徒然自暴其醜及其短而已。

可以看得出來，對於作者的寫作，以運思為主要機制，這應該是自揚雄到顏之推都認同的；劉勰在《文心雕龍》中也特立〈神思〉篇來闡述為文運思的現象。然而決定文章的優劣妍媸，卻在於作者之「才」，曹植也依重「才」之旨來批評作者。但是曹丕則提出「氣」，則於「才」之外另立一個衡量作者的範疇（或者與「才」結合並論）。曹丕以此為基礎為作者的文章風格及其優劣立論。這是到南北朝為止，文章傳統作者觀的持論者們大致上所認為的作者

內涵。

不過從唐代杜甫提出:「讀書破萬卷,下筆如有神」,可以看得來文章傳統對於作者的「學」愈來愈重視,而唐、宋古文運動,更對這方面加以強調。雖然早在《文心雕龍》中就常常將「才」、「學」並舉,而且以「學」為「濟貧之糧」[59],但當時整體風氣還是重「才」的。到了唐朝,韓愈説他自己:「始者,非三代兩漢之書不敢觀,非聖人之志不敢存」[60],又托言學生之問以表自身之勤學曰:「口不絕吟於六藝之文,手不停披於百家之編」[61],可見其積學之勤。而北宋的歐陽修在〈與樂秀才第一書〉中説:

> 聞古人之於學也,講之深而信之篤。其充於中者足,而後發乎外者大以光。譬夫金玉之有英華,非由磨飾染濯之所爲,而由其質性堅實,而光輝之發,自然也。《易》之「大畜」曰:「剛健篤實,輝光日新」,謂夫畜於其內者實,而後發爲光輝者日益新而不竭也。[62]

這是典型的積學於內,而外發成文的論調。執此論者多主張自然外發,而鄙斥刻意為文。然而學無止境,以「學」為寫作的前題,中國古典文學批評者從未提出「學」到什麼境地,方足以為文而無憾

59　《文心雕龍·神思》篇。
60　〔唐〕韓愈:〈答李翊書〉,《韓昌黎文集校注》(馬其昶校注,台北:漢京文化事業有限公司,民國 72 年 11 月),頁 99。
61　〔唐〕韓愈:〈進學解〉,《韓昌黎文集校注》,頁 26。
62　〔北宋〕歐陽修著:《居士外集》卷 19,(收入《歐陽修全集》,北京:中國書店,1986 年 6 月第 1 版,1991 年 9 月第 2 刷),頁 506。

。或許他們所強調的是一種態度，而不是要提出一套標準吧。

對文章傳統中重「學」的風氣，南宋嚴羽《滄浪詩話》有一段描述與批評：

> 近代諸公乃作奇特解會，遂以文字爲詩，以才學爲詩，以議論爲詩。夫豈不工？終非古人之詩也。蓋於一唱三歎之音，有所歉焉。且其作多務使事，不問興致，用字必有來歷，押韻必有出處，讀之反覆終篇，不知著到何在？

從嚴羽對這種作風的強烈反對，可以看得出來當時以「學」為詩之盛。宋朝文家雖然主張有諸內形諸外，強調積學的重要。然依嚴羽所述，詩人至此已近乎以詩炫「學」了。

清人亦強調「學」在寫作上的重要性。毛奇齡在〈東陽李紫翔詩集序〉云：

> 天下惟雅須學而俗不必學，惟典則須學而鄙與弇不必學，惟高其萬步、擴其耳目，出入乎黃鐘、大呂之音須學，而裸裎袒裼、蚓呻而釜憂即不必學。[63]

這是從價值上來肯定「學」的重要性。如果相信不需要「學」便能為文成藝，那將成為俗、鄙、弇、裸裎袒裼、蚓呻釜憂之人。

63　〔清〕毛奇齡著：《西河集》（收入文淵閣《四庫全書》），卷57。

朱彝尊《靜志居詩話》云：

> 好學若是，故其詩典雅清穩，屏去猥浮淺俚之習……以此知
> 興觀羣怨，必學者而後工。今有稱詩者，問以七略、四部，
> 茫然如墮雲霧。顧好坐壇坫說詩，其亦不自量矣。[64]

這是對學問不好的作詩者及說詩者直接表示鄙視了。

所以中國古典文學批評對作者內涵中「學」的部分也未忽略。

然而對於「學」之入於詩，明朝謝榛曾提出他的看法，在《四溟詩話》卷三中，他以食事為喻：

> 作詩有專用學問而堆垛者，或不用學問而勻淨者，二者悟不
> 悟之間耳。惟神會以定取捨，自趨乎大道，不涉於歧路矣。
> 譬如楊升庵狀元謫戍滇南，猶尚奢侈。其粳、糯、黍、稷、
> 脯、醢、殽、饈，種種羅於前，而筯不周品，此乃用學問之
> 癖也。又如客游五台山訪禪侶，廚下見一胡僧執爨，但以清
> 泉注釜，不用粒米，沸則自成饘粥。此無中生有，暗合古人
> 出處。此不專於學問，又非無學問者所能到也。[65]

他認為作詩不能不積學，無學問者不能到達「無中生有，暗合古人

64　〔清〕朱彝尊著：《靜志居詩話》（北京：人民文學出版社，1998年2月）
，頁549。

65　〔明〕謝榛著：《四溟詩話》（收入丁福保輯：《歷代詩話續編》，台北：
木鐸出版社，1988年7月），卷三，頁1201。

出處」的妙境。也不能專主於學，因為這將陷入堆垛而失其生氣。至於要怎麼用，謝榛認為要靠作者的「神會」。這又有似於嚴羽的妙悟說，嚴羽認為「悟」才是詩家的當行本色。讀書積學能成學者，窮理盡性能成哲人，皆非詩人。嚴羽在《滄浪詩話·詩辨》說：

> 詩有別材，非關書也；詩有別趣，非關理也。然非多讀書、
> 多窮理，則不能極其至。[66]

在讀書、窮理的基礎上，還須一層「悟」的工夫，方足以為詩人。然而「悟」則非理之所能推，意之所能到，與陸機所云的「應感之會」、靈感的現象相類，若欲討論，往往陷於心理學式的分析。而此又事涉主觀，難以驗證。

　　清朝王士禎在《師友詩傳錄》中也引述了此段嚴羽之論並加以評之曰：

> 嚴羽滄浪有云：「詩有別材，非關書也；詩有別趣，非關理
> 也。」此得於先天者，才性也。「讀書破萬卷，下筆如有神
> 」、「貫穿百萬眾，出入由呎尺」，此得於後天者，學力也
> 。非才無以廣學，非學無以運才，兩者均不可廢。有才而無
> 學，是絕代佳人唱〈蓮花落〉也；有學而無才，是長安乞兒

66　〔南宋〕嚴羽著，郭紹虞校釋：《滄浪詩話校釋》（台北：里仁書局，1987
　　年 4 月），頁 26。

著宮錦袍也。[67]

沒有「學」，則「才」無所運；沒有「才」，則「學」無法廣其
用。所以「才」與「學」要相互配合，不能偏廢。

　　明朝中期之後，文壇有些論家特別強調「情」。如湯顯祖云：

> 情不知所起，一往而深。生者可以死，死者可以生。生而不
> 可與死，死而不可復生者，皆非情之至也。夢中之情，何必
> 非真？天下豈少夢中人耶？[68]

這是強調人生中「情」的重要性及其作用。而袁宏道在〈敘小修
詩〉中云：

> 大概情至之語，自能感人。是謂真詩，可傳也。而或者猶以
> 太露病之，曾不知情隨境變，字逐情生，但恐不達，何露之
> 有？

所以作者的「情」是寫作的重要依據。然而他們強調的「情」偏指
情感，比之漢魏六朝「文采所以飾言，而辨麗本於情性」[69]的說法

67　〔清〕王士禎著：《師友詩傳錄》（收入丁福保編：《清詩話》，台北：藝
　　文印書館，1977 年 5 月），頁 155-156。
68　〔明〕湯顯祖著：〈牡丹亭題詞〉（《牡丹亭》，台灣商務印書館人人文庫
　　本），頁 7。
69　《文心雕龍·情采》篇。

要來得狹隘。晚清魏源在《默觚下·治篇一》闡發「才生於情」之
論，把「情」提到比「才」還要本源的位置：

> 人有恆言曰：「才情」，才生於情，未有無情而有才者也。
> 慈母情愛赤子，自有鞠赤子之才；手足情衛頭目，自有能捍
> 頭目之才。無情於民物，而能才濟民物，自古至今未之有也
> 。小人於國、於君、於民，皆漠然無情，故其心思不以濟物
> 而專以傷物，是鷙禽之爪牙，蜂蠆之芒刺也。[70]

他把「才」看成是結果而「情」才是源頭，而這裏所講的「情」，
就是那種出自內在的，真誠的感動與關心。以之為本，可以催生人
的各種能力。

　　清代詩論家之於作者，有主於「才」、「學」兼濟者如王士禛
者，有重「學」如沈德潛、翁方綱者，有沿明朝中期之後重「情」
之習而倡之以「性靈」如袁枚者。而專門就作者的內涵提出最具系
統性的主張者，厥推葉燮。他在《原詩》[71]中提出「才」、「膽」
、「識」、「力」四者，表明他對詩人的體認：

> 曰「才」、曰「膽」、曰「識」、曰「力」，此四言者所以
> 窮盡此心之神明。凡形形色色，音聲狀貌，無不待於此而為

70　〔清〕魏源著：《魏源集》（台北：鼎文書局，民國67年11月），頁35。
71　〔清〕葉燮著：《原詩》，收入《清詩話》（丁福保編，台北：藝文印書館
　　，1977年5月）頁693-頁766。

之發宣昭著。此舉在我者而爲言，而無一不如此心以出之者
也。以在我之四，衡在物之三，合而爲作者之文章。[72]

在物之三者即「理」、「事」、「情」。葉燮認爲文章乃是在我之
「才」、「膽」、「識」、「力」等四者權衡於在物之「理」、「
事」、「情」的結果。

前四者可以説是他對於作者內涵的認知，他加以析論道：

在物者前已論悉之，在我者雖有天分之不齊，要無不可以人
力充之。其優于天者，四者具足，而才獨外見，則羣稱其才
，而不知其才之不能無所憑而獨見也。其歉乎天者，才見不
足，人皆曰才之歉也，不可勉強也。[73]

在這裏可以看得出來葉燮認爲「才」是外顯的，所以一般的批評家
都注意到「才」。寫得好是「才」的表現；寫得不好，主要原因在
於缺乏「才」。而一般人大多認爲「才」是天生的，與生俱來的，
所以文章優劣是無法勉強的。但葉燮所論不僅止於此，他繼續説：

不知有識以居乎才之先，識爲體而才爲用。若不足於才，當
先研精推求乎其識。人惟中藏無識，則理、事、情錯陳於前
，而渾然茫然，是非可否，妍媸黑白，悉眩惑而不能辨，安

72　〔清〕葉燮著：《原詩》，見《清詩話》，頁 714。
73　〔清〕葉燮著：《原詩》，見《清詩話》，頁 714。

望其敷而出之爲才乎？文章之能事，實始乎此。[74]

「識」就是見識，就是能發現事物要點並加以分辨掌握能力。有「識」者則知所抉擇，知所適從。他提出「識」當做「才」的根本，認為從起源上講是先有「識」，「才」方能藉之以生，而從理論上講是以「識」為體，屬於基礎點；以「才」為用，乃其成就處。所以如果「才」有不足，可以藉著培養「識」以增進其「才」。而培養「識」並非徒藉博學，葉燮認為：「且夫胸中無識之人，即終日勤于學，而亦無益。俗諺謂為兩腳書櫥，記誦日多，多益為累。」[75]，不應不加判斷地加以記誦，而是應該：

> 如《大學》之始於格物，誦讀古人詩、書，一一以理、事、情格之，則前後中邊，左右向背，形形色色，殊類萬態，無不可得。不使有毫髮之罅，而物得以乘我焉。如以文爲戰，而進無堅成，退無橫陣矣。[76]

從這裏可以知道「識」是建立在對人、事、學問的見解和洞察之上，是通過仔細的分辨、考量與不斷的實地考驗而充實起來的。

有了「識」之後也會有「膽」，葉燮云：「識明則膽張」[77]。反面來說，「因無識，故無膽，使筆墨不能自由。」[78] 至於「膽」

74　〔清〕葉燮著：《原詩》，見《清詩話》，頁 714-715。
75　〔清〕葉燮著：《原詩》，見《清詩話》，頁 717。
76　〔清〕葉燮著：《原詩》，見《清詩話》，頁 722-723。
77　〔清〕葉燮著：《原詩》，見《清詩話》，頁 717。

的作用，他申言如下：

> 昔賢有言：「成事在膽」，文章千古事，苟無膽，何以能千
> 古乎？吾故曰：「無膽則筆墨畏縮」。膽既詘矣，才何由而
> 得伸乎？惟膽能生才，但知才受於天，而抑知必待擴充於膽
> 耶？[79]

所以有「膽」方能放得開，寫得出，也方能盡展其「才」。所以「膽」是「才」能實現、擴充的條件，而「膽」是「識」明之後的自然表現。因為看得清，所以自然放膽做去，不會顯得畏畏縮縮。

至於「力」，葉燮有論曰：

> 吾嘗觀古之才人，合詩與文而論之，如左丘明……之徒，天
> 地萬物皆遞開闔于其筆端，無有不可舉，無有不能勝。前不
> 必有所承，後不必有所繼，而各有其愉快。如是之才，必有
> 其力以載之。唯力大而才能堅，故至堅而不可摧也。歷千百
> 代而不朽者，以此。昔人有云：「擲地須作金石聲」，六朝
> 人非能知此義者。而言金石，喻其堅也。此可以見文家之力
> 。力之分量，即一句一言，如植之則不可仆，橫之則不可斷
> ；行則不可過，住則不遷。[80]

78　〔清〕葉燮著：《原詩》，見《清詩話》，頁 717-718。
79　〔清〕葉燮著：《原詩》，見《清詩話》，頁 718。
80　〔清〕葉燮著：《原詩》，見《清詩話》，頁 719。

由「天地萬物皆遞開闔於其筆端……各有其愉快。」可以了解，葉
燮認為「力」是一種創造的能量。這種創造的能量體現在人身上是
一種生命力，生命力展現在文章中則讓文章堅實有力。此與《文心
雕龍》之論「風骨」，韓愈之論「氣」之旨是相合的。葉燮認為大
「才」要能真正表展現出來，則要有大「力」來承載。大「力」可
使文章堅實，乃至於使之流傳千古而不被磨滅。

　　至此可以了解，在葉燮的闡述中，以「才」為顯於外者，「識
」以生「才」，「膽」以充「才」，「力」以載「才」。葉燮說：

> 夫內得之于「識」而出之而爲「才」，惟「膽」以張其「才
> 」，惟「力」以克荷之。得全者其「才」見全，得半者其「
> 才」見半，而又非可矯揉跂至之者也，蓋有自然之候焉。[81]

這是認為在文章寫作中，四者各有功能。而葉燮認為此四者以「識
」最為重要：

> 大約「才」、「識」、「膽」、「力」，四者交相爲濟，苟
> 一有所歉，則不可登作者之壇。四者無緩急，而要在先之以
> 「識」。使無「識」，則三者俱無所託。無「識」而有「膽
> 」，則爲妄、爲鹵莽、爲無知，其言背理叛道，蔑如也；無

---

[81]　〔清〕葉燮著：《原詩》，見《清詩話》，頁721-722。

「識」而有「才」，雖議論縱橫，思致揮霍，而是非淆亂，
黑白顛倒，「才」反爲累矣；無「識」而有「力」，則堅僻
妄誕之辭，足以悞人而惑世，爲害甚烈。若在騷壇，均爲風
雅之罪人。惟有「識」則能知所從，知所奮，知所決，而後
「才」與「膽」、「力」，皆確然有以自信。舉世非之，舉
世譽之，而不爲其所搖。[82]

「識」是「才」、「膽」、「力」方向的主導，價值的保證，葉燮
詳細地説明了屬於作者的這三者種特質，如果缺乏「識」會是怎樣
的後果[83]。

而葉燮將這四者皆連結到作者之「志」。他説：

「志」也者，訓詁爲心之所之，在釋氏所謂種子也。「志」
之發端，雅有高、卑、大、小、遠、近之不同，然有是「志
」，而以我所云「才」、「識」、「膽」、「力」四語充之
，則其仰觀俯察，遇物觸景之會，勃然而興，旁見側出。才
氣心思，溢於筆墨之外。「志」高則其言潔，「志」大則其

82　〔清〕葉燮著：《原詩》，見《清詩話》，頁 722。
83　重「識」在中國古典文學批評中最早爲嚴羽標舉，他在《滄浪詩話·詩辨》
　　中云：「學詩以識爲主，入門須正，立志須高。」而明末許學夷在《詩源辯
　　體·總論》（杜維沫校點，北京：人民文學出版社，1998 年 2 月）卷三十四
　　中云：「學者以識爲主，以才力爲輔初、盛唐諸公識見皆同，輔之以才力，
　　故無不臻於正。元和、晚唐諸子識見各異，而專任才力，故無不流於變。」
　　又云：「學者以識爲主，則有階級可循，而無顛躓之患。」、「學者以識爲
　　主，造詣日深，則識見益廣矣。」

辭弘，「志」遠則其旨永，如是者其詩必傳，正不必斤斤爭
工拙于一字一句之間。[84]

所以前所云屬於作者內涵之四種特質，是為了將「志」實現出來的
。而作詩的重點乃在於體現作者之「志」。

葉燮認為：「作詩者在抒寫性情」[85]、「作詩有性情，必有面
目」[86]，所以云：

> 詩而曰：「作」，須有我之神明在內。如用兵然。孫、吳成
> 法，懦夫守之不變，其能長勝者，寡矣。驅市人而戰，出奇
> 制勝，未嘗不愈于教習之師。故以我之神明役字句，以我所
> 役之字句使事。如此，方許讀韓、蘇之詩。[87]

可見葉燮重視作者的獨特性，也強調其文中應表現自身之獨特性。
而他也認為詩人或文學家是有條件的：

> 必其人具有詩之性情，詩之才調，詩之胸懷，詩之見解，以
> 為其質。如賦形之有骨焉，而以諸法傅而出之。[88]

---

[84]　〔清〕葉燮著：《原詩》，見《清詩話》，頁 737。
[85]　〔清〕葉燮著：《原詩》，見《清詩話》，頁 740。
[86]　〔清〕葉燮著：《原詩》，見《清詩話》，頁 740。
[87]　〔清〕葉燮著：《原詩》，見《清詩話》，頁 742。
[88]　〔清〕葉燮著：《原詩》，見《清詩話》，頁 736。

可見他認為作者有其特具之文學內涵,才能成就某種特殊之文學風格。這是他論點之中值得肯定的部分。

然而他提出:「詩是心聲,不可違心而出,亦不能違心而出」[89]的論斷。以「心聲」釋「詩」,以之為詩的本質。基本上是從創作的立場構作論述。故此可視之為文壇上一家一派的意見,足以觸發作者,而難以成為文學批評家批評作品的有效準則。他論述中:「古人之詩,必有古人之品量」[90],這種即其詩以見其人的說法,還得做條件的限制及理論的補充才能說服專業的文學批評家。

清代有些詩論家將唐朝劉知幾《史通》中「史才」、「史學」、「史識」的說法過渡到詩、文理論之中,而建立起以「才」、「學」、「識」為作者內涵的論述。其說始於袁枚,而朱庭珍及劉熙載皆有所論。袁枚在《隨園詩話》卷三中說:

> 作史三長:「才」、「學」、「識」缺一不可。余謂詩亦如之,而「識」最為先。非「識」,則「才」與「學」俱悮用矣。北朝徐遵時指其心曰:「吾今而知真師之所在。」其識之謂歟?[91]

這可以說是在「才」、「學」的基礎上提另一個更高的概念,然而其於「識」之析論,則承襲自葉燮而不及其細密深廣。他在《續詩

89　〔清〕葉燮著:《原詩》,見《清詩話》,頁 742。
90　〔清〕葉燮著:《原詩》,見《清詩話》,頁 743。
91　〔清〕袁枚著:《隨園詩話》(台北:漢京文化事業有限公司,民國 73 年 2 月),卷三,頁 87。

品·尚識》中亦云：

> 學如弓弩，才如箭鏃，識以領之，方能中鵠。善學邯鄲，莫
> 失故步。善求仙方，不爲藥誤。我有禪燈，獨照獨知。不取
> 亦取，雖師勿師。[92]

可見他所認爲的「識」乃爲作者的獨知特見，而以此獨知特見引領
「才」、「學」，但卻未析述「識」與「才」、「學」如何關聯起
來？而在〈答蘭垞第二書〉中說：

> 作者有識，則不徇人，不矜己，不受古欺，不爲習囿。杜稱
> 多師爲師，《書》稱主善爲師。自唐、虞以來，百千名家，
> 皆同源異流，一以貫之者也。[93]

這是從作用上論「識」，也未亦及「識」的情狀及它如何產生。可
見袁枚對「識」的分析與見解，不如葉燮來得精密深刻。甚至比不
上章學誠在《文史通義·內篇·文德》篇中所提出之論點：

> 夫識，生於心也；才，出於氣也；學也者，凝心以養氣，鍊
> 識而成其才者也。心虛難持，氣浮易弛；主敬者，隨時檢攝

---

[92]　〔清〕袁枚著，郭紹虞輯注：《續詩品注》（與〔唐〕司空圖著，郭紹虞集
　　　解之《詩品集解》合刊，北京：人民文學出版社，1998 年 2 月），頁 155。

[93]　《小倉山房文集》卷 17。收入〔清〕袁枚著，周本淳標校：《小倉山房詩文
　　　集》（上海：上海古籍出版社，1988 年 3 月），頁 1507。

> 于心氣之間，而謹防其一往不收之流弊也。夫緝熙敬止，聖
> 人所以成始而成終也，其爲義也廣矣。今爲臨文，檢其心、
> 氣。以是爲文德之敬而已爾。[94]

章學誠能顧到「識」的來源，且能自其來源而言其缺弊。並且提出「凝心」來培育「氣」，這是從根源上下工夫；「鍊識」來提昇「才」，這是從能力上來培養、提昇。這樣的論點、主張，雖非針對詩，但亦勝於袁枚。

同、光年間的朱庭珍，在《筱園詩話》卷一中云：

> 作史者以「才」、「學」、「識」爲三長，缺一不可。詩家
> 亦然。三者并重，而「識」爲先。非「識」則「才」與「學
> 」恐或誤用，適以成其背馳也。……故積理養氣，用筆運法
> ，使典取神，皆仗「識」以領之。「識」爲詩中先天，「理
> 」、「法」、「才」、「氣」爲詩之後天。有先天以導其前
> ，有後天以赴於後。以先天爲天功，以後天爲人力，能合天
> 功人力，并造其極，斯大成矣。[95]

為了突出「識」的重要性而將它界定爲「先天」，這恐怕會與歷來認爲「識」是可以「鍊」，可以「養」的說法相牴牾。而「理」、

---

94 〔清〕章學誠著：《文史通義》，頁279。
95 〔清〕朱庭珍著：《筱園詩話》，收入郭紹虞編：《清詩話續編》（台北：藝文印書館，1985年9月），頁2337-2338。

「法」的內容比較偏向詩文結構原則，「才」、「氣」則屬於作者內涵層面，混二者而言之，恐亦未為當。

　　清末民初劉熙載在《藝概‧文概》中亦說：

> 文以「識」為主，認題立意，非「識」之高卓精審，無以中要。「才」、「學」、「識」三長，「識」尤為重，豈獨作史然耶？[96]

這是將「識」置於實際寫作中，在認題立意之際，「識」是文章能特出於眾、價值高出其他文章的保證。

　　整體上而言，文章傳統對作者的認識，就觀念內涵上以「才」、「思」、「心」先被提出來，既而隨之以「氣」，「氣」之不可強，「才」之不可待，乃轉而提出「學」。「學」難以自使，乃捻出「識」，而終歸於以「識」為先導，役使「才」、「學」的論述。其中「思」與「氣」被轉入「才」中，合而成為「才思」、「才氣」，而「識」與「志」有相合之處，「志」成為詮釋者閱讀與解釋的指標，「識」則被標舉為文章所以能特別優秀的主要因素。亦有詩文將這些綜合起來講，而總稱為作者之「心」（如前所提之葉燮）。從歷史淵源及其演變過程上來看，可以說它發自於創作傳統，而影響了詮釋與閱讀。

---

[96]　〔清〕劉熙載著：《藝概》（台北：漢京文化事業有限公司，民國74年9月），頁38。

第三節 「儒經中的作者觀」與「文章傳統中的作者觀」對寫作和批評的影響

　　從儒經中的作者觀到文章傳統的作者觀，從參贊天地到制禮作樂，乃至於爲文操觚；在古代中國的典籍中，作者由介乎神、凡之間的角色漸漸成爲凡人。而凡人中亦有一些作者志向高遠，企慕「聖人」者。因此不論是儒經傳統或是文章傳統，其論述都立基於「人」。「聖」乃是「人」的理想面，成就處；凡人則是「人」的現實面，生活上所須面對者。

　　這個現象反映了中國古代的思想觀念中，存在著以「人」爲主、強調人文精神的傾向。從現存文獻所載的內容來看，這種對人文精神的強調，可以說是從儒家開始倡導的。春秋時期，孔子已云：「未能事人，焉能事鬼？」[97] 可見在孔子的觀念裏，人與人之間的關係比人與鬼重要；在《論語·衛靈公》篇中更云：「人能弘道，

---

[97]　《論語》（收入〔清〕阮元於嘉慶二十年南昌府學開雕之《重刊宋本十三經注疏》），頁 97。

非道弘人」，在「道」與「人」的關係中，強調「人」的重要性。也就因為強調「人」的重要，所以對名物制度、道德操守、語言文字等都以「人」當做背景來觀察、評價。反映在文學解讀上，則孟子主張：「說詩者不以文害辭，不以辭害志。以意逆志，是為得之。」[98]「志」之位階高於「文」、「辭」，以其出於作者本心之故。但是為何孟子如此強烈地關懷作者本心？從心理經驗、情感需求這方面來說，孟子提出「尚友」，可以讓讀者了解他對作者本心的關懷其實是出自對知音的渴求以及對自己素來所堅持信念的強烈自信[99]。「尚友」之說與「言志」之旨結合，前者針對讀者，後者針對作者與作品，對中國古典文學批評影響深遠。所謂「尚友」，事實上就是讀者透過文字的記載、語言的流傳來跟作者交游。此詞出自《孟子·萬章下》篇，孟子對其弟子萬章說：

> 一鄉之善士，斯友一鄉之善士；一國之善士，斯友一國之善士；天下之善士，斯友天下之善士。以友天下之善士爲未足，又尚論古之人。頌其詩，讀其書，不知其人，可乎？是以論其世也，是尚友也。[100]

98　見《孟子》（收入〔清〕阮元於嘉慶二十年南昌府學開雕之《重刊宋本十三經注疏》），頁 164。

99　這種自信可以讓孟子說出：「盡信書，則不如無書」的話。由於文獻中「血流漂杵」的記載，在他「仁者無敵」的觀念下不可能出現，所以孟子選擇了後者而否定了前者。見《孟子·盡心下》篇（《重刊宋本十三經注疏·孟子》），頁 249。

100　《重刊宋本十三經注疏·孟子》，頁 188。

何謂「友」？在《孟子·萬章上》篇孟子説明了他對「友」的界定
：「友也者，友其德也，不可以有挾也。」可知孟子是從德行、操
守、修養方面來界定「友」，而否定地位、財富、年齡、親戚關係
等爲「友」的因素。再者趙歧注云：「尚，上也。乃復上論古之人
。」他並加以解釋道：「在三皇之世爲上，在五帝之世爲次，在三
王之世爲下：是爲好上友之人也。」可知「尚友」，在孟子的論述
中，乃是善士之間相互吸引，並且可以超越時代限制的一種行爲。
若就經驗事實看，自古以來，人皆有死，未聞長生者；如此而言，
如何突破時代的限制而「尚友」呢？孟子提出了「頌其詩，讀其書
」的途徑。詩、書屬於語言文字的記載，人的所行、所思、所感藉
著語言文字的記載，通過時間，可以讓不同時代的人知道。而後代
的人想要了解古人的思想、懷抱與行事，在「頌其詩，讀其書」之
餘，還得要「論其世」，這就是「尚友」。若依趙歧所注，孟子在
這裏所講的「尚友」是以三代以前的聖賢爲對象[101]，屬於道德及政
治方面的砥礪及要求，故其所謂「作者」乃是指堯、舜等聖君及其
輔佐賢臣而言，並非專指文學作者。他仍是聖君賢臣型態的作者觀
，這種聖賢作者觀使得閱讀者以一種崇慕、景仰的態度來看待作者
，而想接進追隨作者。所以寫作活動便成爲被賦與重大責任的神聖
使命。

　　事實上，不單是孟子。由於閱讀作品而想了解作者的讀者，在
歷史上所在多有，其中最有名的要算秦王嬴政讀到韓非的著作與漢

101　　若依《孟子》書中所論，孟子最嚮往、最想「尚友」的人乃是孔子。

武帝劉徹讀到司馬相如的著作這兩個了。《史記·老莊申韓列傳》載：「秦王見〈孤憤〉、〈五蠹〉之書，曰：『嗟乎！寡人得見此人，與之游，死不恨矣！』李斯曰：『此韓非所著書也。』秦因急攻韓。」同書〈司馬相如列傳〉中載漢武帝讀〈子虛賦〉後之感歎：「朕獨不得與此人同時哉？」由此可見讀者只要接觸到能先得其心的作品，往往會擬想作者的神情、風采、人格、思想……等等。亦可見此不獨於詩、賦等篇什之類的讀者為然，思想類的、實用類的、歷史政治文獻的讀者皆如此。因此雖說在儒經傳統中的閱讀與批評展現出對作者的一種景仰，期待、企望能了解、接近作者，但恐怕這也是一種普遍存在的閱讀心態，不單單是只有研讀儒經或受儒經影響的人才會有的。它反映了讀者的人文追尋，注意到作品背後，那個可稱之為作品來源的人。

　　在中國，即使寫作者酒醉或顛狂，最多是說他「如有神助」，而不會將藝術創作的現象及其過程歸諸神靈附體。而更常見被肯定的，是「筆補造化天無工」[102]的境界，以人的力量而能趨近於天地自然所生成者。所以「作者」在中國古典文學的傳統中是一個上可參贊天地化育，下能申寫人心者。

　　儒經傳統雖立基於詮釋活動，然而它對「作者」的觀念卻影響了寫作活動。經書中的「作者」們多出於春秋戰國至漢朝經生的詮釋與建構（《春秋》一經除外）。甚至於他們創造的過程、寫作的過程，也是由詮釋者加以建構的。以《詩·小雅·節南山之什·小

102　〔唐〕 李賀著：〈高軒過〉（上海：上海人民出版社，《李賀詩歌集注》，1977 年 12 月），頁 290-292。

弁》爲例,《孟子·告子下》篇載孟子評此詩,趙歧於《孟子章句》中便曰:「〈小弁〉,《小雅》之篇。伯奇之詩也。」先將這首詩歸於尹吉甫之子伯奇所作[103]。而針對伯奇,趙歧釋曰:

> 伯奇仁人,而父虐之。故作〈小弁〉之詩,曰:「何辜於天?」親親而悲怨之辭也。[104]

可以説是就作者之生平遭遇來論述詩文中之情感。至於爲何會以伯奇爲此詩之作者?則或許本諸其師之説,或許別有文獻爲證。不過重點在於伯奇這個人物是詮釋者找出來,並將此詩的作者身分賦與他的。於是關於他的孝行記載,就對此詩發揮解釋的作用了。至於他怎麼會寫出這首詩來?依漢儒的觀點則將之歸於情感的作用。主要是因爲父親冤枉他,苛虐他,使他感到悲傷而哀怨。又因爲敬愛父親,只好將委曲往腹中吞。

同樣對這首詩,《毛詩詁訓傳》則曰:「〈小弁,刺幽王也。

---

103 《文選·長笛賦》李善注引《琴操》曰:「尹吉甫,周上卿人也,有子伯奇。伯奇母死,更娶後妻,生伯邦。乃譖伯奇於吉甫曰:『見妾有美色,然有邪心。』吉甫曰:『伯奇爲人慈仁,豈有此也?』妻曰:『試置空房中,君登樓而察之。』後妻知伯奇至孝,乃取毒蜂綴衣領,伯奇前持之。於是吉甫大怒,放伯奇於野。宣王出遊,吉甫從。伯奇乃作歌感之於宣王。宣王曰:「此放子辭。」吉甫乃求伯奇,射殺後妻。」《樂府詩集·琴曲歌辭一》引《琴操》曰:「《履霜操》,尹吉甫之子伯奇所作也。伯奇無罪,爲後母讒而見逐,乃集芰荷以爲衣,採楟花以爲食。晨朝履霜,自傷見放,於是援琴鼓之,而作此操。曲終,投河而死。」以此知典籍所載,以伯奇爲尹吉甫之子也。
104 《重刊宋本十三經注疏·孟子》,頁 210-211。

大子之傅焉。」[105]認為這首詩是太子的老師寫的。至於太子的老師為何要寫這首詩呢？《毛詩詁訓傳》認為太子太傅是替太子的遭遇抱不平：

> 幽王取申女，生大子宜咎。又説褒姒，生子伯服。立以爲后，而放宜咎，將殺之。[106]

宜咎既非作者，而成為整個寫作事件中的主角。太傅為代言申説之人，才是真正的作者。

　　同一首詩，不同的詮釋者會依其對歷史的了解和對詩中意義的掌握，建構出一個或一種他們所認為合理的「作者」。因此這種「作者」乃是存在於閱讀與解釋之中，也是由閱讀與解釋衍生出來的。但是由於閱讀、解釋與寫作活動是相互為依的。這種由詮釋者擬構出來的「作者」便會影響到當時及後世的寫作者，凝塑成他們的寫作觀。其中最顯著的例子便是揚雄，當他在説：「童子雕蟲篆刻」、「壯夫不為也」[107]的時候，便表明了他的寫作觀已經放棄文章傳統，而選擇儒經傳統了。這種影響與轉變和個人的生活體驗、學術背景及時代風氣都有關係。曹丕雖站在文章傳統立論，其作者觀屬於文章寫作的，可是也受到儒經詮釋傳統的影響。

105　《毛傳鄭箋·小雅·節南山之什·小弁》〈序〉，《毛傳鄭箋》（台北：台灣中華書局，民國72年12月台五版），卷12，頁13。

106　《毛傳鄭箋·小雅·節南山之什·小弁》詩，「民莫不穀，我獨于罹」下《毛詩詁訓傳》文，《毛傳鄭箋》，卷12，頁13。

107　〔西漢〕揚雄著：《法言·吾子》篇（四部叢刊影印宋本《法言》卷二）。

其實它對寫作者的影響在中國文學史上一直未曾間斷過。中唐時韓愈在〈答李翊書〉中說他:「行之乎仁義之途,游之乎詩書之源。無迷其途,無絕其源,終吾身而已。」北宋歐陽脩在〈梅聖俞詩集序〉說:「內有憂思感憤之激,其興於怨刺,以道羈臣寡婦之所歎,而寫人情之難言。」都可以看得出來他們的觀念受儒經傳統的作者觀所影響。事實上不唯唐、宋古文運動的作者們,詩人李白也在〈古風〉第一首中說:「我志在刪述,垂輝映千春。希聖如有立,絕筆於獲麟。」杜甫在〈自京赴奉先詠懷五百字〉中亦云:「許身一何愚,竊比稷與契。」這些文學作者的抱負與理想,受儒經傳統作者觀影響的跡象是很明顯的。

而在這些文學作者的論述中,涉及到歷代文學的流衍、變遷,也構成了一個作者序列。中唐時裴度〈寄李翱書〉中有云:

> 厥後周公遭變,仲尼不當世,其文遺於冊府,故可得而傳也。於是作周、孔之文。荀、孟之文,左右周、孔之文也。理身、理家、理國、理天下,一日失之,敗亂至矣。騷人之文,發憤之文也。雅多自賢,頗有狂態。相如、子雲之文,諷諫之文也,別為一家,不是正氣。賈誼之文,化成之文也,鋪陳帝王之道,昭昭在目。司馬遷之文,財成之文也,馳騁數千載,若有餘力。董仲舒、劉向之文,通儒之文也,發明經術,究極天人。[108]

---

[108]　轉引自郭紹虞、王文生編:《中國歷代文論選》第二冊(上海:上海古籍出版社,1990 年 3 月),頁 158。

從周公、孔子到孟子、荀子，裴度所在意的是儒經傳統下經世、理政、修身的文章。而自屈原以下，他分為：發憤、譎諫、化成、財成、通儒之文，前三者從寫作動機考量，後二者從作者自身特質考量，如此論列作者，其所屬年代自西周到西漢而成為一個序列。而論屈原「雅多自賢」、論司馬相如及揚雄「不是正氣」，明顯地以儒經傳統的價值標準來論定作者的成就與地位。

　　這種影響，不是古文運動之後才出現的，與陳子昂同時的盧藏用，就在〈右拾遺陳子昂文集序〉中道：

> 昔孔宣父以天縱之才，自衛返魯。迺刪《詩》、《書》，述《易》道而修《春秋》，數千百年，文章粲然可觀也。孔子歿二百歲而騷人作，於是婉麗浮侈之法行焉。漢興二百年，賈誼、馬遷為之傑。憲章禮樂，有老成之風。長卿、子雲之儔，瑰詭萬變，亦奇特之士也。惜其王公大人之言，溺於流辭而不顧。其後班、張、崔、蔡、曹、劉、潘、陸，隨波而作。雖大雅不足，其遺風餘烈，尚有典型。宋、齊之末，蓋顛頓矣。逶迤陵頹，流靡忘返。至於徐、庾，天之將喪斯文也。後進之士，若上官儀者，繼踵而生，於是風雅之道掃地盡矣。[109]

---

[109]　轉引自郭紹虞、王文生編：《中國歷代文論選》第二冊，頁57。

對於司馬相如、揚雄之後的作者及文學發展的方向，顯然相當地不滿。到了南朝蕭梁，以至隋、唐，甚至有「天之將喪斯文」、「風雅之道掃地盡矣」的感慨，就是從儒經傳統的作者觀來評價的結果。而於同篇中對陳子昂的評論：

> 諫諍之辭，則爲政之先也；昭夷之碣，則議論之當也；國殤之文，則大雅之怨也；徐君之議，則刑禮之中也。……庶幾見變化之朕，以接乎天人之際者，則〈感遇〉之篇存焉。

則在盧藏用的看法中，陳子昂的寫作顯然受到儒經傳統的影響。

從儒經傳統的作者觀來看，自周朝至陳、隋，歷代文學的作者正往瓊敗的方向走，而文學也墮落已極，不可復言，只能等待繼起的有志之士重振之。事實上，這種「重振」已經不單純是回復儒經傳統中的問題了，而是要將儒經傳統引入文學寫作觀念中。這樣的思考，南北朝時的劉勰[110]、裴子野[111]、顏之推[112]都曾提出過，而以劉勰所論最爲全面。劉勰將儒經傳統中的論述發展爲其文論基礎，

---

[110] 劉勰在《文心雕龍》中首列〈原道〉篇、〈微聖〉篇、〈宗經〉篇。

[111] 裴子野在〈雕蟲論〉中云：「古者四始六藝，總而爲詩，既形四方之風，且彰君子之志。勸美懲惡，王化本焉。後之作者，思存枝葉，繁華蘊藻，用以自通。」

[112] 顏之推在《顏氏家訓·文章》篇云：「夫文章者，原出五經：『詔』、『命』、『策』、『檄』，生於《書》者也；『序』、『述』、『論』、『議』，生於《易》者也；『歌』、『詠』、『賦』、『頌』，生於《詩》者也；『祭』、『祀』、『哀』、『誄』，生於《禮》者也；『書』、『奏』、『箴』、『銘』，生於《春秋》者也。朝廷憲章，軍旅誓誥，敷顯仁義，發明功德，牧民建國，施用多途。至於陶冶性靈，從容諷諫，入其滋味，亦樂事也。行有餘力，則可習之。」

用以申論文學的特質及文學的起源。而在評價歷代文學作者的寫作與發展時，對其中合於儒經傳統者，例如二班（班彪、班固）、兩劉（劉向、劉歆）、馬融、摯虞、傅玄……等等，大多持正面與肯定的態度。可以看得出來儒經傳統的作者觀，自魏晉南北朝到唐、宋，一直在影響著文學作者的寫作觀念。元、明、清各代，對這種作者觀雖迭有反對意見，然而它對於文學作者的影響一直存在，其內在巨大的力量不容忽視。可以說其影響直透明、清兩代之後的作者，在中國古典文學史及批評史中，都找得到它的影子或餘緒。

而文章傳統的作者觀雖源於寫作活動，在它發展的過程中，卻也影響了詮釋活動。最主要表現在對《詩經》的詮釋之中。南宋黎靖德所編《朱子語類》中即載有朱熹關於讀《詩》、解《詩》的意見，與漢、唐儒者有所不同。一般學者皆歸納成朱熹對漢、唐儒者依〈序〉解詩有所不滿，而將重點集中在朱熹對《詩序》的看法及意見。事實上根本問題不在於朱熹與漢、唐儒者對《詩序》的研究及其態度，而在於他們對解讀《詩經》的方法和態度上，存在著根本的分歧。在《朱子語類·詩一》中朱熹就說過：

> 聖人有法度之言，如《春秋》、《書》、《禮》是也，一字皆有理。如《詩》亦要逐字將理去讀，便都礙了。

> 問：「聖人有法度之言，如《春秋》、《書》與《周禮》，字較實。《詩》無理會，只是看大意。若要將理去讀，便礙

了。」[113]

可以了解朱熹認為解《詩》與解其他儒經不同。不同處在於其他儒經可以依字繹理，循而漸明其道，而《詩》之意非依字繹理可得。若以此法讀《詩》解《詩》，反而成為阻礙。這已經可以看出朱熹不依傳統經學的方法來解讀《詩經》了。

而他又說明讀《詩》的方法：

> 讀《詩》正在吟詠諷誦，觀委曲折旋之意；如吾自作此詩，自然足以感發善心。[114]

由「如吾自作此詩」可以看得出朱熹對《詩經》的解讀態度受文章傳統作者觀的影響。所以他認為會寫詩的人比較能夠解《詩》：

> 毛、鄭，所謂山東老學究。歐陽會文章，故《詩》意得之亦多。[115]

歐陽脩是文學作者，有《詩本義》傳世。朱熹不拘於儒經傳統的解釋權威，而能說他「《詩》意得之亦多」，這更明顯地呈現出文章

---

[113]　〔南宋〕黎德靖編：《朱子語類·詩一·論讀詩》（台北：文津出版社，1986年12月），頁2082。按：此處校讀者注云：「此無答，據上條，似非問。」則應該是朱熹回答學生的話，而非學生的提問。

[114]　〔南宋〕黎德靖編：《朱子語類·詩一·論讀詩》，頁2986。

[115]　〔南宋〕黎德靖編：《朱子語類·詩一·解詩》，頁2089。

傳統作者觀的影響。然而歐陽脩卻也是位受儒經傳統作者觀所影響的文學作者，可見在歷史的進程中，到了一定的時期，兩種文學觀所發揮的影響是相互涉入、滲透的。

而文章傳統作者觀對詮釋活動所發生的影響在眉批評點中更為明顯。且看金聖歎這段《孟子解》中，針對〈梁惠王上〉篇：「孟子見梁惠王。王曰：『叟，不遠千里而來，亦將有以利吾國乎？』孟子對曰：『王，何必曰利，亦有仁義而已矣。』」的尾端批文：

> 看梁王口中有一個「亦」字，孟子口中連忙也下一個「亦」字，真是眼明手疾。蓋梁王「利吾國」三字，全是連日耳中無數游談人說得火熱語，今日忽地多承這叟下顧，少不得也是這副說話。故不知不覺，口裏便溜出這一字來。孟子聞之，卻是吃驚：「奈何把我放到一隊裏去？我得得千里遠來，若認我如此，我又那好說話？」遂疾忙於「仁義」字上也下他一個「亦」字。只此一個字，早把自己直接在堯、舜、禹、湯、文、武、周公、孔子之後也。看他耳朵裏，箭鋒直射進去；舌尖上，箭鋒直射出來。是何等精靈！何等氣魄！後來經生，只解於「利」字、「仁義」字，赤頸力爭，卻全不覷見此二個字。[116]

金聖歎的這種詮釋方式及其內容，明顯地與儒經傳統有所不同。而

---

[116]　金聖歎著：《孟子解》，收入《唱經堂才子書》（台北：啓明書局，民國50年4月），頁200。

「孟子」在他的解讀之下，也成為一個文章傳統式的作者了。

所以文章傳統的「作者」觀雖立基於寫作，然而在歷史發展上也影響到詮釋的層面。李贄的《四書評》、金聖歎的《孟子解》等都是以文學的態度解讀儒家經典的實踐與成果，有其異於儒經傳統中專門學者之解釋方式。而由此亦可見文章傳統對儒經詮釋的影響。這樣的影響，在明、清兩代不難發現。像晚清龔自珍、魏源雖為文學作者，但對儒家經典也有他們自己的解釋。梁啓超雖非經生，然《清代三百年學術史》中所論內容有老師宿儒所不能及者。新文學運動之後，一些新文學的作家朱自清、聞一多等人從事《詩經》研究，使用西方文學批評觀念及方法，亦得到不少創獲。

文章傳統的「作者」觀在歷史的發展上曾被文學家、文學批評家與儒經傳統連結起來，此後純粹的文學觀念以及屬於詩、賦傳統的作者，在價值判斷上一直被否定。但也由於他們與儒經傳統連結起來，反而促成了他們對儒經傳統的刺激，實踐一種屬於文章傳統作者觀的解經方式。這也許不為經學家所認同或重視，但是不妨參考一下李贄在〈童心說〉中所說的：

> 夫六經、《語》、《孟》，非其史官過為褒崇之詞，則其臣子極為贊美之語。又不然，則其迂闊門徒，懵懂弟子，記憶師說，有頭無尾，得後遺前，隨其所見，筆之於書。後學不察，便謂出自聖人之口也，決定目之為經矣。[117]

---

[117]　轉引自郭紹虞、王文生編：《中國歷代文論選》第三冊，頁118。

可知換一個角度看，可以明白文章傳統的寫作者也未必能接受儒經傳統的詮釋方式及其價值觀。

　　事實上魏晉南北朝時期也是文章傳統「作者」觀正在建構並被接受的時期，由於一時大盛，故引來反對聲浪與改革呼籲，而這種作者觀的效果到盛唐時期才真正顯現出來。

　　南北朝時期文章傳統的論述，目前所見以《文心雕龍》及《詩品》最具代表性。就所討論的文類而言，《詩品》只針對「詩」，論述漢魏以來一百二十三位詩人的風格及其源流。《文心雕龍》則遍及當時各類體裁，歸納出其特質及要求規範。並且從創作的角度綜合性地提出為文之原則。

　　因此劉勰在《文心雕龍》中已經將儒經傳統的「作者」觀與文章傳統的「作者」觀在其論述上做出安排，也將二種觀念陳述於書中。所以若欲整理中國古典文學批評的「作者」觀，以《文心雕龍》為論述的起始點及基礎，將不會導致偏廢任何一方，而可以得「圓照之象」[118]，進行全面的觀照。

第四節　《文心雕龍》對中國古典文學批評「作者」觀的貢獻

118　《文心雕龍·知音》篇。

　　《文心雕龍》乃是一部以討論、批評文章為主題的綜合性著作，在中國古典文學批評中，可以説是首部對各種文類、各種寫作原則及方法，以及文學活動的各個層面都進行深廣探討的巨著。論文而勒為專書，前此未有比之更規模宏備者。全書五十篇，真正進行文學批評論述的建構與闡述者則為四十九篇。劉勰在第五十篇〈序志〉曾説明他作如此安排的原因：「位理定名，彰乎大易之數。其為文用，四十九篇而已。」可見他是師法《周易·繫辭上傳》所云的：「大衍之數五十[119]，其用四十有九」的揲蓍取卦之法。

　　至於何篇為四十九篇之外者？劉勰並未明言，而由〈序志〉篇中：「長懷序志，以馭羣篇」的説法來看，這「不為文用」（不作文章批評的論述）的一篇當屬〈序志〉篇。在此篇中劉勰已經説明他怎麼安排這四十九篇：

　　　　蓋文心之作也，本乎道，師乎聖，體乎經，酌乎緯，變乎騷，文之樞紐，亦云極矣。若乃論文敍筆，則囿別區分，原始以表末，釋名以章義，選文以定篇，敷理以舉統。上篇以上，綱領明矣。至於割情析采，籠圈條貫。摛神性，圖風勢，苞會通，閱聲字，崇替於時序，褒貶於才略，怊悵於知音，

119　按照〈繫辭傳〉：「天一，地二，天三，地四……天九，地十」的天地之數加起來，應該是五十五，然而十三經版本的《周易》皆作「五十」，而這個版本又自《五經大義》而來，上推曹魏王弼、東漢馬融，咸認為其數為五十而未之疑，此蓋劉勰所以取資也。

耿介於程器，長懷序志，以馭羣篇。下篇以下，毛目顯矣。

按書中所列篇名，則自〈原道〉至〈辨騷〉等五篇屬於「文之樞紐」，是講述中國古典文學形成與演變之基本理論依據的部分。前三篇〈原道〉、〈徵聖〉、〈宗經〉在理論上以「立」為主調，屬於建立基本理論的論述；後二篇〈正緯〉、〈辨騷〉則可連繫於〈宗經〉篇的「文麗而不淫」，是針對「文麗」做鋪陳，可以說文學自此漸啓其變。

前三篇是以「道」──「聖」──「文」的關係為基礎建構出來的，劉勰認為：「道沿聖以垂文，聖因文而明道」。即云「道」順著聖人留下人文，而聖人則藉著人文闡明道。這樣就可以使「道」實現於人間，廣溥於天下。劉勰在〈原道〉篇中講明文學的起源及其存在的基礎，就表明了他認為文學的起源及存在都是依存於「道」的。而在〈徵聖〉篇中談聖人的文章，則說明了聖人以其生知睿哲寫出文章。這可說是「道」的自然表現之一，為文者皆應該徵而師之。〈宗經〉篇則直接論五經之文，這個「文」是聖人所留下來的，可以藉此闡明「道」。從「六義」的提出到「建言脩辭，鮮克宗經」的感慨，可以看出劉勰以儒經貞定文學方向的苦心。這表明了《文心雕龍》的價值觀及其基本觀點。

至於後二篇，雖然劉勰對屈原及其作品非常推崇，但「辨騷」之「辨」，即說明了他要指出屈原及《楚辭》系列的作品不合於儒經所述的部分，而這些部分也許形成《楚辭》的特色及優點，然而後代體之不深，學之不善，不能參酌屈原對儒經的吸收及轉化的方

式，卻也往往成為文學缺陷的源頭。文章就從「麗」而至於「淫」
了。而〈正緯〉篇雖對緯書圖讖有：「事豐奇偉，辭富膏腴，無益
經典，而有助文章。」的肯定，然其旨卻在「正」緯書圖讖之「偽
」。二篇都意在指出《楚辭》、緯書圖讖之「雜」，不純粹依準於
儒經之處；從而讓當時從事文學寫作者了解其弊之所源。也可以說
從反面來說明歷史上不完全依準儒經的兩種情況：緯書圖讖是盲目
崇拜並曲解儒經及其中內容的結果，雖表面上信服儒經，推舉尊崇
儒經，但其內容及思想則未必合於儒經。《楚辭》則本就不全依儒
經，其中有「取鎔經意」者，亦有「自鑄偉辭」之處。也許劉勰認
為在表面態度上緯書等依順儒經，而內容和精神上則常有不合者；
《楚辭》等則往往自述其旨，但卻偶爾在內容和精神上取資於儒經
。但可以說二者皆不全依準於儒經。

　　〈明詩〉以下到〈書記〉二十篇，劉勰就各體裁分論。先論有
韻之文，次及無韻之文。而其中〈雜文〉三類及〈諧讔〉兩類，則
介乎有韻無韻之間。至於〈書記〉中的「譜」、「籍」、「簿」、
「錄」、「方」、「術」、「占」、「式」、「律」、「令」、「
法」、「制」、「符」、「契」、「券」、「疏」、「關」、「刺
」、「解」、「牒」、「狀」、「列」、「辭」、「諺」等，或為
制式化的文書記錄，或者根本只是當做信符使用而已，則已屬文章
的邊緣。劉勰會將之列入，一方面以示文用之廣；另一方面從〈程
器〉篇云：「士之登庸，以成務為用」，可以讓人了解劉勰列出這
二十四種制式文書或非正式化的歌辭，是要將文學與兵、刑、政、
禮以至於算術、占卜……等等生活、文化各方面連結起來。所以他

並非純粹就文學來看文學或討論文學的，他的文學觀是廣義的。他期待於作者的是：在朝執政，有經世濟民之能；執筆為文，有充益軍國、流傳後世之效。

而從〈明詩〉、〈樂府〉、〈詮賦〉、〈頌贊〉、〈祝盟〉、〈銘箴〉、〈誄碑〉、〈哀弔〉、〈雜文〉、〈諧讔〉、〈史傳〉、〈諸子〉、〈論説〉、〈詔策〉、〈檄移〉、〈封禪〉、〈章表〉、〈奏啓〉、〈議對〉、〈書記〉來看，這二十篇總論「詩」、「樂府」、「賦」、「頌」、「贊」、「祝」、「盟」、「銘」、「箴」、「誄」、「碑」、「哀」、「弔」、「對問」、「七」、「連珠」、「諧」、「讔」、「史傳」、「諸子」、「論」、「説」、「詔」、「策」、「檄」、「移」、「封禪」、「章」、「表」、「奏」、「啓」、「議」、「對策」、「書」、「記」等三十五種體裁[120]，占全書篇數的五分之二。這可以説是從〈宗經〉篇開啓的，因為〈宗經〉篇中以儒經為文類之源，下開各種文學體裁。

至於下篇則從〈神思〉至〈序志〉等二十五篇屬之。除〈序志〉之外，〈時序〉以文學與時代政治、社會環境的關係為主題，〈物色〉以文學寫作與自然環境關係為主題，〈才略〉則標舉作者之才，〈知音〉以讀者的閱讀及評價為主題立論，〈程器〉説明作者在社會的處境，這五篇都沒有針對寫作方法立論，所以真正論「文術」的部分，應只有〈神思〉、〈體性〉、〈風骨〉、〈通變〉、

---

[120] 其中「史傳」、「諸子」之類，皆獨立成書之著，非單篇文章之屬。故劉勰論史書，重在闡明其體例及歷代史書記載之得失；論諸子，則歸納並評述其思想。此皆就整部著作而論，非論單篇也，與其他論體裁之篇章不類。因此就單篇文章而論，劉勰所評述體裁應為三十三種。

〈定勢〉、〈情采〉、〈鎔裁〉、〈聲律〉、〈章句〉、〈麗辭〉、〈比興〉、〈夸飾〉、〈事類〉、〈練字〉、〈隱秀〉、〈指瑕〉、〈養氣〉、〈附會〉、〈總術〉等十九篇[121]，而〈體性〉、〈風骨〉、〈通變〉、〈定勢〉、〈情采〉及〈物色〉則涉及文體的形成、結構、變化⋯⋯等等問題，〈神思〉篇及〈鎔裁〉、〈聲律〉、〈章句〉、〈麗辭〉、〈比興〉、〈夸飾〉、〈事類〉、〈練字〉、〈隱秀〉、〈指瑕〉、〈養氣〉、〈附會〉、〈總術〉則是針對如何能「言文辭巧」加以申述。可以說其中直接論及作者之情志思慮者，則唯〈神思〉、〈體性〉、〈風骨〉、〈情采〉、〈養氣〉、〈總術〉諸篇。難怪有學者會認爲《文心雕龍》是文體批評的著作，說：「劉勰代表六朝的文學批評觀念，終而另外發展出一套評估文體優劣的批評進路。」[122]

---

[121] 范文瀾先生《文心雕龍注》（台北：學海出版社，1991年2月再版）云：「《文心》上篇剖析文體，爲辨章篇製之論，下篇商榷文術，爲提挈綱維之言。」（頁495）張嚴先生《文心雕龍文術論詮》（台北：台灣商務印書館，1980年12月4版）也將〈神思〉以下二十五篇歸屬於「論文術」的部分。然而細究〈時序〉至〈序志〉等六篇，實非針對「文術」而發，故將此六篇區隔開來。筆者認爲《文心雕龍》的「術」並非專指爲文技法方面，還包含構思的過程、靈感的培養、風格的形成、對文學傳統的參酌與運用⋯⋯諸方面，因此以此十九篇爲書中專門論「文術」之處，而隨俗名之以「創作論」云。

[122] 顏崑陽先生：《李商隱詩箋釋方法論》，頁70。至於其實際內容，顏先生在〈文心雕龍知音觀念析論〉（收入《中國文學批評》第1集，台北：學生書局，1991年8月，頁195-229。）中曾加以敘述：「研究這一段文學批評史的學者，應該都會同意六朝文學批評的主要趨向就是：文體論的批評。所謂『文體論的批評』，即是以文學知識作爲批評的主要理論依據，而其批評的終極標的也是在乎詮釋或評價作品是否完滿地實現某一文體的美學標準。因此，當時的文學家在批評方面最卓著的表現大約有二個層次：一是文體知識的建構，二是運用文體知識實際地對某一作品予以批評。」

　　果真如此，要從·《文心雕龍》中找出其關於作者之理論，豈非
如對天網魚、入水捕雀。反而不如由以作者風格為立論主幹的鍾嶸
《詩品》入手來得相應。然而《詩品》雖以論評作者來著述，卻是
直接批評，未嘗揭示其藉以觀察分析作者之理論或觀念。其〈序〉
中云：「搖蕩性情，形諸舞詠」，可知其所體認於作者，乃在於「
性情」。又云：

> 若乃春風春鳥，秋月秋蟬，夏雲暑雨，冬月祁寒，斯四候之
> 感諸詩者也。嘉會寄詩以親，離羣託詩以怨，至於楚臣去境
> ，漢妾辭宮；或骨橫朔野，或魂逐飛蓬；或負戈外戍，殺氣
> 雄邊，塞客衣單，孀閨淚盡。或士有解佩出朝，一去忘返；
> 女有揚娥入寵，再盼傾國。凡斯種種，感蕩心靈。非陳詩何
> 以展其義？非長歌何以騁其情？[123]

可以看得出來鍾嶸所認知者，乃在於作者之性情、心靈。而由於性
情、心靈之感激乃發而成文。而其於寫作方法則對「賦」、「比」
、「興」加以重新闡釋。因此可以從《詩品》中整理出其「論作者
」的內容，然而若探求其關於「作者論」的論述，則相對而言顯得
單薄而缺乏理論性。

　　《文心雕龍》雖然表面上呈現出文體論的批評型態，然其藉以
架構書中論述內容者，卻處處顯出劉勰對個別作者或作者集團的倚

賴與借重。姑不論〈才略〉、〈程器〉二篇被學者認為是代表「《文心雕龍》作家論」的主要篇章[124]，即如〈時序〉篇，亦以作者為主構論。而其屬於「總論文術」之十九篇，亦多援引歷來作者為例加以說明。〈體性〉篇主論十二家，〈通變〉篇列舉五家之文句，〈鎔裁〉篇以謝艾、王濟為風標；此其顯而著者也。至於「論文敘筆」二十篇中，更明顯表現出以作者為文學批評單位的傾向。〈明詩〉篇之論「雅」、「潤」、「清」、「麗」云：

> 平子得其雅，叔夜含其潤；茂先凝其清，景陽振其麗。兼善則子建、仲宣，偏美則太沖、公幹。

即以各家所表現之詩風為例，來說明體裁理想與作者創作實踐之間的關係。

而〈詮賦〉篇亦標舉先秦至漢的「辭賦英傑」十家及「魏晉賦

---

[124] 牟世金在《文心雕龍研究》（北京：人民文學出版社，1995 年 8 月）中即云：「《文心雕龍》的作家論集中於〈才略〉、〈程器〉兩篇，但分散在各有關篇章的評論甚多。」（頁 452）張少康等合著的《文心雕龍研究史》（北京：北京大學出版社，2001 年 9 月）則認爲：「《文心雕龍》的〈才略〉和〈程器〉兩篇，被多數研究者視爲作家專論。……但是在具體的研究過程中，『作家論』的內涵又往往被縮小，更多的時候則是被拓展。前一種情況如王運熙、楊明的《魏晉南北朝文學批評史》：『〈時序〉、〈才略〉兩篇，更是概括評述了歷代文學的發展和著名的作家，是簡要的文學史和作家論。』後一種情況比較多見，如牟世金雖然認爲〈才略〉、〈程器〉兩篇是作家專論，但又指出《文心雕龍》文體論、創作論中關於作家的評論甚多，『把所評作家各個方面集中起來，便可構成許多相當全面的作家論』。」（頁495）

首」八家來評論。此種構論方式遍於此二十篇，俯拾皆是。可知劉勰在評論文章時基本上也以「作者」當做他構論的基礎及依據。但要進一步說明的是，以作者為指陳目標的批評方式在中國古典文學批評中早已慣見而成習，尚不能說這是劉勰所獨見特立者。

事實上應該考慮在整個文學活動的環節之中，劉勰究竟將「作者」擺在什麼樣的位置？從〈原道〉、〈徵聖〉、〈宗經〉三篇的編排次第來看，以「聖」為作者，則它應該處於「道」與「經」之間。而〈原道〉篇亦云：「道沿聖以垂文，聖因文而明道」，「道」欲垂示人文，則以「聖」為媒介；「聖」欲闡明「道」，則以文為憑藉。所以做為「作者」的「聖」，他的功能是將「道」呈現出來，而他的主導性則表現在藉「文」來闡發解釋「道」的過程之中。這並非天機特發，自無而有的「創始」之「作」。而是承之於「道」，以其所得於「道」者示之於人。這種「作」，對「道」而言是「述」，然針對於「道」得未曾有、未曾或見的人們而言，亦可稱視之為「作」。

而綜合〈程器〉篇所指的「文士之疵」及子夏、王戎的「名崇而譏減」來看，文學作者的修養操守頗受質疑，他們在整個社會、歷史、文化之中似乎沒有那麼顯著的地位及影響力。

這是否表示劉勰對「作者」地位的認定及判斷是否有矛盾之處？基本上，聖人式的「作者」可以說是劉勰對於文學作者的理想及價值所在，然而歷代以來的文學作者是否執此理想？能否完成此理想？這就得從事實上去核驗。而依據劉勰的觀察，似乎現實與理想差距頗大。文學作者在理想抱負及修養操行上漸趨墮落，而他們的

墮落則引致文學這個領域，在整個社會結構環節中被邊緣化。使得整個社會、歷史評論不再重視文學的表現，甚至將負面的批評歸諸文學作者。所以劉勰認為文學作者應該自我提振以契於道，甚至期望作者能擔任聖人的角色，負起聖人的任務。如此一來，文學就能被肯定、被重視，而社會、歷史的評論也會重新調整其觀點，把文學放在重要位置。

中國古代重視史籍的著述及對於儒家經典的詮釋，其次乃為能顯示自己獨特見解及博識多聞之子學著作，王充雖提舉文士的地位，但他乃是針對子學及史籍著述的地位，《論衡》全書所論，不及司馬相如，而對於揚雄、劉歆亦但云其文章之美，未曾對其辭賦作品直接加以評論。曹丕雖云：「蓋文章，經國之大業，不朽之盛事」，仍要藉政治及道德來拉抬文章地位；而且他所提的例子還是儒經之中演《易》、制禮的成就。可見文學作者要合於儒家的標準，才能為曹丕所肯定。而由揚雄、曹植之視辭賦為小道，可知一直到魏晉時期，文學作者雖被注意到，但並不放在重要的位置。

因此相對來說，劉勰是就文學的範疇表現出他對文學作者的寄望。而這種寄望是從「文章之用，實經典枝條」為起點，溯源於「道」。揉合了聖君賢臣型態的作者觀，子、史典籍的著述觀，從本質上肯定文學的地位及文學作者的貢獻。由〈程器〉篇的內容可以明白，劉勰是將文學寫作與政治成就、道德操守分開來處理，而強調文學在各個層面（無論文臣、武將、婦人、丈夫）的重要性，讓人了解忽視文學是不合理的。這已經突破了漢、魏以來關於文學批評論述的觀點和格局。

　　從全書的內容上來講，首先是劉勰在評論作品時往往不離作者。有時以作者為背景，如〈明詩〉篇：「江左篇製，溺乎玄風。嗤笑徇務之志，崇盛忘機之談。袁、孫以下，雖各有雕采，而辭趨一揆，莫能[125]爭雄。所以景純仙篇，挺拔而為俊矣。」這是說明當時玄言詩的盛行，袁宏、孫綽為首，雖也有不錯的作品，但難以與其他作家爭雄長。袁宏、孫綽就是引來說明玄言詩盛行的背景。

　　也有以作者領篇，像〈祝盟〉篇：「臧洪歃辭，氣截雲倪；劉琨鐵誓，精貫霏霜。」以臧洪、劉琨之名指其篇章。這種敘述方式在《文心雕龍》中相當常見。

　　甚至直接評論作者，像〈時序〉篇：「茂先搖筆而散珠，太沖動墨而橫錦，岳、湛曜聯璧之華，機、雲標二俊之采，應、傅、三張之徒，孫、摯、成公之屬，並結藻清英，流韻綺靡。前史以為運涉季世，人未盡才。誠哉斯談，可為歎息。」就是對西晉的作者如：張華、左思、潘岳、夏侯湛、陸機、陸雲、應貞、傅玄、張載、張協、張亢、孫楚、摯虞、成公綏的文才及其時代遭際做說明。

　　或標舉作者風格，如〈體性〉篇之列舉十二家。或比較作者的高下異同，如〈才略〉篇：「孟陽、景陽，才綺而相埒，可謂魯衛之政，兄弟之文也。」此以張載、張協兩兄弟為例說明二人文學成就不相上下。〈銘箴〉中云：「張載劍閣，其才清采。迅足駸駸，後發前至，勒銘岷、漢，得其宜矣。」即是以張載「銘」文高於馮

125　至正本、黃叔琳本皆作「莫與爭雄」，唐寫本作「莫能爭雄」，前者指的是玄言詩作者們無法與孫綽、許詢爭雄，後者指的是孫綽、許詢以及眾玄言詩作者們不能與名家作手爭雄。審下文「景純仙篇，挺拔而為俊」之文脈，當從後者，以唐寫本為是。

· 195 ·

衍、崔駰、李尤、曹丕等人。至於〈才略〉篇:「孔融氣盛於為筆，彌衡思銳於為文」，此言其異也。而〈頌讚〉篇:「崔瑗〈文學〉，蔡邕〈樊渠〉，並致美於序，而簡約乎篇。」此言其同也。

所以從《文心雕龍》中可以看出劉勰對於連繫作者來批評作品的表達方式相當習慣而純熟，所以當遇到作者不明、時代不明的作品時，他就會想確定其時代及作者。這種想法很明顯地表現在〈明詩〉篇中:

> 古詩佳麗，咸稱枚叔;其〈孤竹〉一篇，則傅毅之詞。比采
> 而推，兩漢之作乎?

〈古詩十九首〉的作者，文學史上一直難以確指。劉勰也了解當時以枚乘為作者的說法是不可靠的，他自己就舉了屬於傅毅作品的「冉冉孤生竹」（筆者按:《文選》、《玉臺新詠》皆不明此詩作者，未知劉勰從何得知?）來說明這十九首詩並非皆出於枚乘。然而在無法確認作者之餘，他還是努力去推測其時代大約是在兩漢，再進行作品的批評。不過從〈祝盟〉篇:「黃帝有祝邪之文，東方朔有罵鬼之書」、〈諸子〉篇:「昔風后、力牧、伊尹，咸其流也。」、〈封禪〉篇:「成、康封禪，聞之《樂緯》」來看，劉勰似乎都依據文獻所載而論，並沒有很強烈的辨偽觀念。因此對於作偽、假託、冒名的作品，其破綻、跡象如果沒有很明顯的錯誤，劉勰是直接加以批評而很少對其真偽進行詳細考證的。可以說劉勰雖然重視歷史上的時間環節，但是基本上他是依據文獻所載而述評。用在

品評分析方面的工夫多，考證方面的工夫相對較少。這是劉勰與兩漢經生在做法上的差別。

在今古文經學的論辯中，很重視經文及其內容來源的真實性與正確性。支持今文經的學者指陳孔壁古文為偽造，支持古文經的學者也認為習今文經者：「信口說而背傳記，是末師而非往古」[126]。為了論究闡明詩的世次，鄭玄作了《詩譜》；為了《尚書》各篇的真偽，馬融、王肅以下的儒者亦迭有所論。這些工作，在儒經傳統中被認為有其重要性，而也用以建構他們關於歷史的論述。劉勰並沒有像經生那樣去詳考文獻真偽，這表示劉勰把重點放在對作者、作品的批評，他做的是文學批評的工作而非歷史研究的工作。

其次是劉勰並非單純把作者當做指陳或批評作品的標幟而已，亦非如福柯在〈什麼是作者？〉中所說：「作者的名字……它扮演一個敘說論述的角色，保證一種分類的功能。這一種名字允許人們把一定數量的文本歸集在一起，定義它們，從而把這些文本跟其他文本加以區別或對立。」[127]從《文心雕龍》中可以找到劉勰對「作者」意義內涵的陳述脈絡與線索，並進而建構其關於「作者」的者理論。

在〈原道〉篇所述的內容中，真正的「作者」是「道」，因為它生成天地萬物。「人」與「天」、「地」並而為「三才」，因此「人」亦與於「作者」之列。在〈徵聖〉篇中則以「聖人」為「作

---

[126]　劉歆著：〈移書讓太常博士〉，《劉子駿集》（收入〔明〕張溥編，《漢魏六朝百三名家集》，台北：松柏出版社，民國53年8月），頁367。

[127]　Michel Foucault, " What Is an Author? " in William Irwin ed., *The Death and Resurrection of the Author?*, pp.13.

者」，標舉了「文」對「人」的重要及聖人所為之「文」的指導性地位，希望為文者能「徵聖立言」[128]。

所以〈原道〉、〈徵聖〉、〈宗經〉三篇所論的作者，基本上並非一般的作者，而是能體察天道、了解天道、闡明天道的特殊作者，而這些作者也代表著人文本源以及與本源相連的一系列重要人物。自「玄聖」至「素王」，也就是從伏犧到孔子，劉勰對他們相當推崇景仰而至於無以復加。他完全肯定這些聖人，而不以一般文學作者的理論來分析與評論，幾乎都是籠統、總括式的稱讚。在《文心雕龍》中討論這些特殊「作者」所形成的儒經，劉勰視之為建構文學的基本理論和一般作者從事文學活動應該共同遵守的原則。所以這屬於聖人的特殊作者論是其價值觀念的核心，也是劉勰在評論一般作者及作品時的終極依據。

在〈辨騷〉篇中以屈原為主，聖人式的作者轉而為實際生活中可觸及的人，從本篇中：「驚才風逸，壯志煙高；山川無極，情理實勞」的評述，可以了解劉勰在此提出「才」、「志」、「情」、「理」為「作者」內涵，而「氣往轢古，辭來切今」中的「氣」與「辭」可以說是作者表現於文章中者，參考「顧盼可以驅辭力」則知此非謂作者內涵，乃指文章而言。所以〈辨騷〉篇中的作者論表示作者不徒為聖人，聖人式作者在此往一般生活中的人過渡，而以屈原為代表。人有想像、有欲望、有各種不同的情感，這些都不盡合於儒經中所描述的聖人。所以其寫作活動自然就不同於聖人，聖

---

[128]　《文心雕龍·徵聖》篇。

人的寫作是純粹的，上接天道，下應人事，皆依理而行，可以將其語言文字歸諸人類社會。而屈原的寫作就摻雜了個人抒情與遭際，然其心志磊落、情感深厚、含忠履節，所以劉勰對屈原的化「正」為「奇」，還是肯定其「驚才」、「偉辭」，並未否定。

　　而〈正緯〉篇則涉及劉勰對於作者不明或無法確定時，他所持的態度及其處理方式。緯書圖讖大多作者不明或有所假託，劉勰除證其偽妄之外只肯定其：「事豐奇偉，辭富膏腴。無益經典，而有助文章。」[129]一點。這也可以看出劉勰對於文章系統的價值判斷和對儒經系統的價值判斷上仍知其有所區別，不因以儒經為價值標準就將文學範疇當作經學範疇來處理了。

　　從〈明詩〉到〈書記〉這二十篇體裁論，基本上是以作者當做論述時舉例為證的對象，而這些實際的例子大多分布在「原始以表末」、「選文以定篇」的原則下。劉勰從上古聖賢式的作者一直舉到東晉時期的作者，論其演變，述其源流，舉其重要篇章，都是以作品為基礎來構論的。所以從實際評論中有時可以看到劉勰所持以評論作者的概念。

　　在〈明詩〉篇中又以「志」與「情」為主要內涵。以「情」為人與生俱來，能感受、能體會的特質，「情」受外物所感，將其「志」吟詠出來乃為「詩」。在〈銘箴〉篇云：「蔡邕銘思，獨冠古今」，則又加入「思」於「作者」中。在〈雜文〉篇云：「宋玉含才，頗亦負俗。始造對問，以申其志。放懷寥廓，氣實使之」、「

偉矣前修，學堅多飽」則「氣」、「學」亦加入「作者」。

　　而從〈神思〉到〈總術〉等十九篇所謂「創作論」[130]的部分，則詳細分析討論了文學作者的寫作能力及這些能力如何運作，其中並寄寓了劉勰對文學作者從事文學寫作的典範，這可以說是建立《文心雕龍》作者理論的核心部分。

　　〈神思〉篇以「文之思」為主題立論；〈體性〉篇標舉「才」、「氣」、「學」、「習」等概念，並兼及由「氣」而來的「性」；〈風骨〉篇明「重氣之旨」。而〈通變〉、〈定勢〉、〈情采〉、〈鎔裁〉、〈聲律〉、〈章句〉、〈麗辭〉、〈比興〉、〈夸飾〉、〈事類〉、〈練字〉、〈隱秀〉、〈指瑕〉、〈養氣〉、〈附會〉諸篇所言及之作者內涵，大抵不出「才」、「氣」、「學」、「習」、「思」、「情」、「志」、「意」，而「意」有時指文中之意或用意，在當做作者內涵時又往往與「志」同義，故可折而入於「志」中。〈總術〉篇明文術之要，則知「術」亦為作者所當掌握者。而所謂「文術」，則屬於前述各篇所論原則的統合運用，可藉學習加以操持，是以並非作者內在結構的一部分。然唯〈隱秀〉篇所提到的「心術」較近乎作者內涵（可惜〈隱秀〉篇殘佚，看不到劉勰對「心術」的進一步解釋。），「文術」則屬於寫作方法及體裁要求的層面，乃作者要掌握的對象，非其所屬內涵，因此不列入作者內在寫作能力的概念來探討，而在其寫作活動的具體實踐中

130　其實這些篇章所提的原則也可以用於批評，沒理由只以「創作論」對待。這只是研究角度和方向的問題。由於大部分學者皆以「創作論」爲此十九篇之總名，在此姑且隨俗用之。

詳述。

　　至於〈時序〉篇描述、析論文學、文學作者與時代政治、社會環境間的關係；〈物色〉篇析論文學、文學作者與自然環境的關係；〈知音〉篇論讀者與作者的溝通問題；〈程器〉篇描述並澄清社會和文化上對文學作者的看法；這些都屬於外在環境與作者之間的互動關係，在研究《文心雕龍》的作者論述時，亦應加以探討。而〈序志〉篇中則時見劉勰自述其著作之由及全書的基本架構與觀念，亦提供研究者析述《文心雕龍》作者論述不少值得參考的材料。

　　綜而論之，《文心雕龍》對作者內涵所提舉的有效而明確的概念有「才」、「氣」、「學」、「習」、「思」、「情」、「志」七者，雖未對其間關係有專門篇章加以申論，然而已將中國古典文學批評對「作者」的主要內涵都提出來了，並且以「心」將此七者綜而攝之。唐宋後中國古典文學批評所提出關於作者內涵的概念，如：「識」、「悟」、「境界」、「膽」、「力」、「趣」等幾乎皆由其中以出，「識」以「學」為基礎，「悟」以「思」為先導，「膽」、「力」的基於「氣」以發，「趣」與「情」合。「境界」為綜合之呈現，可與《文心雕龍》所提出之「心」相通。因此若欲整理中國古典文學批評的「作者」理論可將《文心雕龍》當做一個參考基點，先將「作者」概念的內涵表述出來，而尋繹其間關連。

　　《文心雕龍》對「作者」的陳述不止於將這些概念表出並加以分析，還說明這些要素的培養及運作過程。針對「思」的培養，劉

勰提出「虛靜」[131]，對「氣」則講「節宣」、「調暢」[132]，對「才」則講「酌理以富才」[133]、「因性以練才」[134]，對「學」則講「積學以儲寶」[135]、「學業在勤，功庸弗怠」[136]，對「習」則講「摹體以定習」[137]。而「情」乃天生所稟，非待培養而得；「志」爲心之所向，乃是以「性情」爲基礎陶鑄出來的結果，亦不全賴培養。對於「思」在寫作上的運作，則言「意授於思，言授於意」，表明由「思」以立「意」，因「意」而成「言」的關係。而〈體性〉篇中：「氣以實志，志以定言。」則將「氣」、「志」、「言」間的運作明顯陳述出來。於「才」、「學」則云：「才爲盟主，學爲輔佐。主佐合德，文采必霸。才學褊狹，雖美少功。」[138]認爲二者相互爲用時，功效方能適當發揮。而「情」則是「應物斯感」，「習」則爲環境所染。後者乃潛移默化之結果，前者爲對外界之感受反應；此其運作過程之大較也。

可以了解劉勰對這些概念的掌握及運用是有其完整性及系統性的，雖然他沒有像葉燮那樣以一整大段來析述他提出的概念及其間的關係，並表明其功能，然而通過《文心雕龍》各篇的內容也可以把它們整理出來。

---

131 《文心雕龍·神思》篇。
132 《文心雕龍·養氣》篇。
133 《文心雕龍·神思》篇。
134 《文心雕龍·體性》篇。
135 《文心雕龍·神思》篇。
136 《文心雕龍·養氣》篇。
137 《文心雕龍·體性》篇。
138 《文心雕龍·事類》篇。

　　而劉勰在《文心雕龍》中不只表達他對「作者」內涵的認知，對於「作者」與文章傳統、作者與時代社會、作者與自然環境之間的關係也有所論述。針對歷代以來作者才能的畛域區分及高下之別，劉勰也立〈才略〉篇對九十八個作者加以品評。而對於讀者與作者的溝通更專立〈知音〉篇來說明，也在〈程器〉篇中表明社會對作者的看法及自己對作者的期許。在中國古典文學批評的傳統之中，若與文章傳統的作者觀相較，他對「作者」內涵的掌握以及作者與外在環境關係之析述比其他批評家更全面而深入。唐、宋以後雖研析愈細，就全面性而言，未有出其右者。

　　他對作者的期望是從儒經傳統中衍生出來的，集體式作者沒有辦法將作品來源落實於個人，個人式作者又沒有那麼絕對而強烈的影響力，儒經傳統中的聖人式作者便是劉勰對寫作活動的理想與期望。劉勰的聖人式作者之理想來自儒經傳統，然而他並非將之鋪陳於對儒經的詮釋中，要求人們要上契於道，要通曉聖人，當聖人的「述者」；而是連結到文章寫作活動，認為這種寫作活動也是聖人制作的流衍。所以寄望寫作者能溯源於儒經，不要受到當時觀念的拘泥，以為務於為文就不同於為學、修身與從政。劉勰認為文學作者應多從儒經中汲取養分並培育自己，並且期望他們能了解寫作活動的重要及其影響。這是儒經傳統作者觀對《文心雕龍》文學作者論述的影響，它有一定的理論意義及其深刻內涵。

　　然而在針對實際寫作過程和批評進行討論之時，劉勰以文學為本位的立場是很鮮明的。他講「運思」、講「養氣」、講「役才」都立說於儒經之外，只有針對「情」、「志」講「課學」、講「習

染」等還保持與儒經連繫而論。所以他是持文章傳統的作者觀來立論的。而從劉勰在〈序志〉篇中云：

> 詳觀近代之論文者多矣。至於魏文述〈典〉，陳思序〈書〉，應瑒〈文論〉，陸機〈文賦〉，仲洽[139]流別，弘範翰林，各照隅隙，鮮觀衢路。或臧否當時之才，或銓品前修之文，或汎舉雅俗之旨，或撮題篇章之意。

可見劉勰是在文學批評的範疇中思考立論的，雖然在他的觀念裏，「唯文章之用，實經典枝條」，在價值傾向上還是儒經的傳統觀點，但是劉勰是將二者相聯結合，而非如當時有些文論家分開二者，單獨就文學立説。然質實而言，就創作論方面，劉勰從文章傳統的「作者」觀所參考、吸取以入其作者內涵者，實多於儒經傳統之「作者」觀。

依此而言，《文心雕龍》實內具一豐厚堅實的作者論內容，它屬於心理學的成分很少，大抵於〈神思〉、〈養氣〉二篇見之。而於〈知音〉篇涉及到讀者心理，〈程器〉篇略為涉及社會心理的層面，大體而言並非直接針對作者。它雖重視「尋根」、「索源」，習慣從歷史的發展演變來歸納、分析，卻不從事歷史文獻資料的堆垛。整體來看，其立論基點仍在於文學，即其所謂「文章」。若以

139　《晉書‧摯虞傳》云：「摯虞字仲洽」，依鄧國光：《摯虞研究》（香港：學衡出版社，1990 年 12 月）所考結果，「洽」當作「治」，以形近而致誤。（頁 6-8）

此為基礎來建構作者理論，則無近代西方論述所指之失，且能矯盤桓無度、游離無根之論。使應屬於「作者」範疇者回歸作者，而屬於「讀者」範疇者置於讀者，各盡其宜，各適其當，方能如《尚書·堯典》中所說的：「八音克協，無相奪倫」，而明文學之作用於天下矣。

第五節　回顧《文心雕龍》「作者」論述的研究成果

　　歷來對《文心雕龍》的作者論或作家論進行思考、整理及研究者，大多最先注意到〈才略〉、〈程器〉二篇，如牟世金在《雕龍集》中即云：「〈才略〉和〈程器〉是作家論，〈才略〉從創作才能方面評論作家，〈程器〉從品德修養方面評論作家。《文心雕龍》對作家作品的評論，是既集中，又分散。如作家才華和品德，是各以專篇評論一個問題，就才、德來說，是集中的；就作家來說，又是分散的。」[140]陳思苓在《文心雕龍臆論·論作家第八》中即云：「劉勰卻在篇〈程器〉與〈才略〉等篇，集中地評論作家的德行

140　　牟世金著：《雕龍集》（北京：中國社會科學出版社1983年5月），頁283。

與文才,所謂『褒貶於才略,耿介於程器』,從作家的兩個側面分別論述。」[141]一方面是因為這兩篇明顯地以論人為主,另一方面是「才」、「德」兩個項目容易成為月旦人物的主題。針對這兩篇提出論文,登載於《論劉勰及其《文心雕龍》》論文集者,尚有李景濚的〈《文心雕龍・才略・程器》合觀〉[142]及孫蓉蓉的〈《文心雕龍・程器》篇辨析〉[143],可見其影響之大,入人之深。擴而廣之,繆俊杰則在《文心雕龍美學》中提出:「其中〈神思〉、〈體性〉、〈通變〉、〈事類〉、〈養氣〉、〈養氣〉、〈總術〉、〈知音〉等篇均涉及到作家的修養問題,提出了許多精辟的見解。」[144]且將書中所有對作家的評論皆視為作家論的內容。這與牟世金在《文心雕龍研究》中所說:「這些不同角度的論述,有的本身並非作家論,但把所評作家的各個方面集中起來,便可構成許多相當全面的作家論。」[145]的觀點相合。很明顯地他們並未區分「作家論」(就理論本身而言)與「論作家」(針對實際評論而言)的不同。

　　也有針對作者的某種內涵加以析述者,如陳謙豫在《文心雕龍學刊》第四輯所發表的〈劉勰的「才」、「學」說及其影響〉[146]及

141　陳思苓著:《文心雕龍臆論》(成都:巴蜀書社,1988年6月),頁331。
142　中國文心雕龍學會編:《論劉勰及其文心雕龍》(北京:學苑出版社,2000年2月),頁533-540。
143　中國文心雕龍學會編:《論劉勰及其文心雕龍》,頁541-555。
144　繆俊杰著:《文心雕龍美學》(北京:文化藝術出版社,1987年7月),頁258。
145　牟世金著:《文心雕龍研究》(北京:人民文學出版社,1995年8月),頁452。
146　中國文心雕龍學會編:《文心雕龍學刊》第4輯(濟南:齊魯書社,1986年12月),頁96-105。

《文心雕龍學刊》第七輯所刊載郭德茂〈「才性之辨」與劉勰的風格論和作家論〉[147]及王明志〈「才鋒」常利繫於「養氣」——劉勰論文學人才主體的自我調節〉[148]，寇效信則在《文心雕龍學刊》第六輯發表〈釋作家之氣〉[149]。他們分別都注意到作者內涵中的「才」、「氣」、「學」等部分。詹鍈在《文心雕龍的風格學》中收錄〈《文心雕龍》論風格與個性的關係〉[150]及〈《文心雕龍》論才思與風格的關係〉[151]，前者以〈體性〉篇為基礎申論，後者則偏重於〈才略〉篇。楊明在《劉勰評傳》第三章第五節中「摹體以定習，因性以練才：論作家個性與文章風貌」[152]亦以〈體性〉篇為立論基點。雖注意到作者內涵，然未能暢盡其旨，亦未針對《文心雕龍》所論環境與作者間的關係加以申論。

　　至於對劉勰所評論之作者加以整理分析者，在淡江中文系編輯印行之《文心雕龍研究論文集》中則有傅錫壬所著〈劉勰對辭賦作家及其作品的觀點〉，其中針對〈詮賦〉篇所標舉出來的東漢以前十家及魏晉八家特別列舉其傳略並整理劉勰對各家之批評。

---

[147]　中國文心雕龍學會編：《文心雕龍學刊》第 7 輯（廣州：廣東人民出版社，1992 年 11 月），頁 257-268。

[148]　同註 145，頁 269-277。

[149]　中國文心雕龍學會編：《文心雕龍學刊》第 6 輯（濟南：齊魯書社，1992 年 1 月），頁 281-301。

[150]　詹鍈著：《文心雕龍的風格學》（台北：木鐸出版社重排翻印，民國 73 年 11 月），頁 4-23。

[151]　詹鍈著：《文心雕龍的風格學》，頁 105-113。

[152]　楊明著：《劉勰評傳》（南京：南京大學出版社，2001 年 5 月），頁 141-151。

　　而沈謙則在《文心雕龍之文學理論與批評》的第七章[153]中分為「總評十代文士」、「褒貶作家人格」、「衡鑒作家才略」三節來立論，皆針對實際批評之例申述。認為劉勰於〈程器〉篇中要求作者「文行兼備」[154]，〈才略〉篇中則劉勰「評騭之語，不出性情學術、才能識略、辭令華采諸端。」[155]而義例則有三：「單論」、「合論」、「附論」，「合論」則分為二人合論及多人合論。

　　李瑞騰發表於《文心雕龍綜論》中的〈陸機：理新文敏、情繁辭隱──《文心雕龍》作家論探析之一〉[156]亦屬針對劉勰對作家實際批評之研究。牟世金在《文心雕龍研究》第七章第三節[157]中則舉揚雄做為劉勰實際批評的例子來析述。

　　陳志誠在《文心雕龍研究》第二集發表之〈《文心雕龍》對作家評論的一個基本準則〉[158]則標舉了劉勰是以文學立場做為評斷的基本原則。而在〈從《文心雕龍》對作家的批評看文學評論的一些要則〉[159]則在文學立場的基本原則外，又提出了「確立評論的標準和對作家風格構成的探討」兩個主要方向。前者以〈知音〉篇為主，後者以〈體性〉篇為主，而亦論及時代背景對風格形成之影響。

---

[153]　沈謙著：《文心雕龍之文學理論與批評》（台北：華正書局，民國70年5月），頁239-286。

[154]　沈謙著：《文心雕龍之文學理論與批評》，頁260。

[155]　沈謙著：《文心雕龍之文學理論與批評》，頁268。

[156]　中國古典文學研究會主編：《文心雕龍綜論》（台北：學生書局，民國77年5月），頁157-172。

[157]　牟世金著：《文心雕龍研究》，頁452-457。

[158]　中國文心雕龍學會編，《文心雕龍研究》第2輯，（北京：北京大學出版社1996年9月），頁251-256。

[159]　國立台灣師範大學國文系主編：《文心雕龍國際學術研討會論文集》（台北：文史哲出版社，民國89年3月），頁661-682。

　　而卓國浚的碩士論文《文心雕龍之建安七子論》以「建安七子」為範圍立論，實際評論了孔融、陳琳、王粲、徐幹、阮瑀、應瑒、劉楨各種體裁的寫作及劉勰對他們的批評，還對劉勰評語的義含加以詮釋。方元珍的《《文心雕龍》作家論研究——以建安時期為限》所評則遍及曹操、曹丕、曹植、孔融、阮瑀、王粲、劉楨、陳琳、應瑒、徐幹、彌衡、路粹、潘勗、繁欽、楊脩、丁儀、邯鄲淳、劉廙、王朗、衛覬等，不只於七子矣。與其他相類著作比較，此書在緒論中提出「劉勰作家論批評方法」，而認為「劉勰採用以下數種的作家評論方法，予以交互、綜合運用」，其中包括：「微觀式評論」、「宏觀式評論」、「比較式評論」、「歸納式評論」、「演繹式評論」、「徵引式評論」、「印象式評論」等七式，有反省劉勰評論作家方法的企圖。本書特色在於以歷史考證及實際作品與劉勰對作家之批評相互印證闡發，而以實際作品為基礎，以歷史考證為背景，再裁斷於劉勰之作家批評。

　　如果綜合穆克宏《文心雕龍研究》及繆俊杰《文心雕龍美學》來看，已經學者整理過而曾以論文發表之劉勰所評作家有：孔子、屈原、司馬相如、司馬遷、揚雄、曹操、曹丕、曹植、孔融、阮瑀、王粲、劉楨、陳琳、應瑒、徐幹、彌衡、路粹、潘勗、繁欽、楊脩、丁儀、邯鄲淳、劉廙、王朗、衛覬、阮籍、嵇康、左思、陸機、潘岳等三十位。其中被關照最多者為曹植，計有穆克宏、繆俊杰、卓國浚、方元珍、廖美玉[160]、李瑞騰[161]等六位學者專文特論《文

160　廖美玉著：〈文心曹植說〉，收入國立成功大學中國文學系主編：《魏晉南北朝文學與思想學術研討會論文集》（台北：文史哲出版社，1990年）。

心雕龍》對曹植的評論。而建安時期似乎是研究者最喜好處理的時代，牟世金的《文心雕龍研究》第七章第一節[162]即專論建安時期，卓國浚及方元珍亦以劉勰對建安時期作家之批評勒爲專著。此乃學者於《文心雕龍》所評作家研究之大較。

然而正如李瑞騰所曾提過的：

> 所謂「作家論」……此對象既稱「作家」，即是寫作之人，而我們慣常對寫作一事特指從事文學創作，所以所評論的內容當是其人及其創作之事，包含其創作成果——即那被稱爲是「文學作品」的東西，而在對作家本人的評論時，特別著重在和文學創作有關的條件上面。[163]

上述所舉述者大抵上都將作者視爲歷史上存在而可以實指之人物來看待，而較少從「作者」內涵加以論述。如此則易流於歷史人物傳記式的研究，將漸沒其文學批評之旨趣。

眾多《文心雕龍》「作者」論的研究者之中，涂光社則比較特別，他在〈「文之樞紐」的創作主體論——有關〈徵聖〉的思考〉[164]一文中提出：「具有完美人格的『聖人』，早已不是具體的歷史人物了，不過是抽象化了的帶有理念意味的『人』而已。」而且這

---

[161] 李瑞騰著：〈曹植：思捷才俊，詩麗表逸——《文心雕龍》作家論探析之二〉，收入香港中文大學中國語言文學系編：《魏晉南北朝文學論集》（台北：文史哲出版社，民國83年11月）

[162] 牟世金著：《文心雕龍研究》，頁422-437。

[163] 中國古典文學研究會主編：《文心雕龍綜論》，頁158。

[164] 中國文心雕龍學會編：《文心雕龍學刊》第6輯，頁124-141。

種人，「只能令後人仰止興歎，而不可企及。」這是在討論作者的
論文中，唯一一篇認為「作者」是抽象化了的理念存在，而不將「
作者」當做具體歷史人物來對待的。郭預衡在〈《文心雕龍》評論
作家的幾個特點〉[165]中提出：一、「劉勰對於作家的評價比前人更
加全面」；二、「劉勰在全面論作家的同時，也并沒有忽視作家的
特點」；三、「劉勰論作家，還注意了從史的發展觀點看作家在思
想上和藝術上所達到的新的成就」；四、「把作家的思想和藝術、
政治實踐和創作實踐統一起來……對作家的社會作用作了充分的肯
定。」則從大方向上著手進行論述，而能將重點掌握住，不流於浮
泛之論。徐季子〈劉勰的作家論〉[166]指出劉勰作家論的體系共由四
個部分組成：「論作家的自然觀」、「論作家的社會觀」、「論作
家的才學觀」、「論作家的功名觀」。雖然其中的區分適當與否尚
待衡量，但此文已將劉勰關於作家的理論，初步作系統式地呈現。

　　綜合來看《文心雕龍》作者研究的歷程，就劉勰實際批評作家
的材料加以整理的學者比較多，從理論上對「作者論」加以思考、
反省、分析者少。而前者被選擇當做專門論述主題的歷代作者大約
是三十人上下，這與劉勰所論及的三百多名作者委實不成比例。

　　而研究者們所論，多集中於建安年間至魏晉時期，對先秦兩漢
及東晉之後這兩個時期的作者的關注較少。其實，忽略了先秦兩漢
作者，將無法了解《文心雕龍》論文章之起源、演變；不顧東晉之

165　甫之、涂光社主編：《文心雕龍研究論文選 1949—1982》下冊（山東：齊魯
　　　書社，1988 年 1 月），頁 931-956。
166　《古代文學理論研究》第十二輯，頁 83-96。

後作者，亦懵於劉勰論文章之流衍及遞化之跡。後者大多就作者才能、環境對作者的影響、作者的社會責任加以析論，亦多未思及「作者」概念的內涵構成之研究。即使其研究成果可納入「作者」概念之內涵構成，研究者亦未必有此意識或企圖。這或者與大多數的研究者將「作者」視爲歷史實存人物，而不視其爲一個概念、甚或爲一個「精神經驗的主體」[167]看待有關（雖然「精神經驗的主體」以「主體」爲强調對象，有走入心理主義式的主觀性傾向。但其所反省者，畢竟比此處衆家對《文心雕龍》作者論所發表之意見更具理論化的企圖）。

因此欲建構作者理論，不妨暫時先將「作者」視爲一個概念，它有其意義及其所指。由此出發，將整個理論建構起來，再落實到個別而具體的人方面加以論述。如此與西方現代反作者中心傾向的文學批評理論相對照下，當能指出一個了解、詮釋作者的新方向，而文學批評理論就理所當然地應該具備中國文論的成分或內涵了。雖然劉勰在書中未將「作者」當做一個概念來處理，然而在書中卻對一位「作者」所應具備的特質及他對「作者」的期望都有所陳述，對於「作者」已有初步概念化的表述。這些都值得研究者深入掘發，從而提煉成爲作者理論的材料。

本書將整理、建構《文心雕龍》關於「作者」的論述，並不是以爲劉勰視「作者」爲一個概念，而是欲透過整理、提煉，表明劉勰所認爲的「作者」之內涵和特質及其與文學研究領域中各部分的

---

[167] 顏崑陽先生：《李商隱詩箋釋方法論》，頁171。

關係。這不是《文心雕龍》或劉勰的作家評論，因此實際的作家批評並不在本書研究及表述的範圍之內。然而通過《文心雕龍》全書，可以看得出來劉勰關於作者的論述乃是在實際批評的歷程中建構起來的，而非先有一套完整精密的理論，再依這套完整的理論去述評文學作者。本書雖只整理、建構，將《文心雕龍》的「作者」論述呈現出來，但這只是表明其論述的基本型態，並不表示它是一套不會衍生、發展、變化的固定而僵化論述。

第三章　《文心雕龍》論作者的基本條件及其能力

　　《文心雕龍》中首度言及「作者」，見乎〈徵聖〉篇：「作者曰聖，述者曰明」。就全書脈絡而言，此實承自〈原道〉篇中所述之：「道沿聖以垂文，聖因文而明道」，對「作者」加以定義並闡述之，以使後世知為文立言，應徵於聖。據劉勰的看法，若能徵聖立言，則為文能知繁、簡、顯、隱之要，而循以臻於雅麗相得，文質彬彬之境地。故知此處所云之「作者」，與〈宗經〉篇相呼應，乃指儒經傳統中之聖人而言[1]。此乃先秦兩漢經學範疇中之命題，劉勰作《文心雕龍》，施之於文章寫作範疇，乃借而用之以示世人為文之重要耳，並非混淆二者之界域而為言。

---

[1]　關於這個問題的討論，可以參考龔鵬程先生〈論作者〉、林衡勛先生《道、聖、文論——中國古典文論要義》（北京：中國社會科學出版社，2001 年 12 月）第三章及陳麒仰先生的碩士論文《漢代解經學中之作者論及其運用方式之含義》，而本論文第三章第一節也曾針對其中的細部問題加以析述。

　　事實上〈序志〉篇中說：「敷讚聖旨，莫若注經……唯文章之用，實經典枝條」、〈宗經〉篇亦云：「勵德樹聲，莫不師聖；而建言脩辭，鮮克宗經」，則知劉勰已將儒學經典、研究儒學經典的活動（敷讚聖旨，莫若注經）和文章作品、寫作文章的活動（建言脩辭）二種範疇加以區分。這樣的區分並非劉勰首創，乃是當時的普遍觀念。不過劉勰以儒經作為文章寫作之價值標準，乃是他覺得當時「文」的價值標準失落，有必要重新加以建構。他的思考不只在「分類」這個層面，他還考慮到對文章的價值判斷、文章寫作的發展、文學活動的意義與價值……等等層面，比同時代其他文論家所述更加深廣周備。

　　劉勰在討論文章寫作時引入經學範疇之命題，基本上可解讀出兩種意義：其一，此乃對寫作活動的肯定與讚賞，自傳統文化的層面來肯定體認寫作活動的意義與價值；其二，為了鼓勵當時文人重新體認儒經傳統的意義與價值。就前者而言，因為有了「聖人」做為前導，所以寫作活動顯得任務重大而意義非凡，因此就不會蒙受「雕蟲篆刻」、「壯夫不為」[2]之譏，作者會更嚴肅地看待它。這與曹丕《典論·論文》中：「蓋文章，經國之大業，不朽之盛事。」的想法相通。就後者而言，儒經傳統的意義與價值若能在寫作上發揮作用，對當時文壇風氣的革新則能發揮正面的影響。這種主張若能於東晉南北朝時真正落實，裴子野就不至於有機會感歎南朝劉宋

2　〔漢〕揚雄著：《法言·吾子》篇。汪榮寶注：《法言義疏》（北京：中華書局，1996 年 9 月），頁 45。

文壇以來那種「深心主卉木，遠致極風雲。其興浮，其志弱。」[3]的寫作風氣，劉勰也就不必為矯時弊而撰著《文心雕龍》了。

自陳子昂以來，中國古典文學史上李白、杜甫、韓愈、柳宗元、歐陽修等文章大家都是能重新體認儒經傳統的意義，而發揮在創作上，革新文壇風氣的人；故儒經傳統與文章傳統的分合，常為中國古典文學寫作者及批評家所注意並加以論述。魏晉南北朝的文論對於文學特質的思考，使得文學有自立的存在空間，然而也由於門類劃分而與儒學斷裂。故此可說劉勰在因門類劃分而斷裂的儒學與文學二者之間找到合理的關係；並藉著他的論述，將二者間的合理關係重新加以接續。而其起始點，便是借用來自儒經傳統的作者觀；然其所論則總括文章寫作者，故知其歸結乃在於文章，而非經學範疇之論述也。所以應該了解劉勰對「作者」的基本要求乃是文章寫作的能力及水準，至於所謂成聖成賢、經國濟民、治軍理政……等等，都是除此基本條件之外附加的。

做為一個文章的寫作者，其基本條件及能力就是能運用文字，寫出好文章。而作者運用文字的能力，歷來都被視為自然而然的事，少有針對這方面做分析和探討者。寖假而流於印象式的批評與籠統概括的論斷，又或者轉而為對作者生平資料的蒐集分析以及綜論作者所處時代社會環境的外部批評。印象式批評無法清楚地說明作者的寫作能力包含那些方面，而外部批評則已然選擇不單單從文學的角度去看待及處理這一問題，轉向其他範疇來討論關於作者的問

3　〔梁〕裴子野著：〈雕蟲論并序〉，收入〔清〕嚴可均輯：《全梁文》，卷53，頁15-16。

題了。故依此二取徑來研究、討論「作者」，常常無法取得效度及信度，可以說並不恰當。

《文心雕龍》是中國文論中，首度集中地對文學作者運用文字的基本能力進行分析的一部著作，本章便是針對其中有關作者寫作能力的論述，加以探討與分析。至於作者寫作能力如何發揮？寫作時應該依據怎樣的原則與標準？《文心雕龍》所認定的作者典範為何？作者與外在環境的關係是怎樣的？……等等問題，都與作者的寫作能力及其是否能成功的展現有關，將於下述章節中一一分述。

劉勰之前，中國對寫作活動未曾產生如此深入的論述；劉勰之後，唐宋以迄於清代，道德批評及社會、歷史傳統批評盛行。間或有論及寫作者，例如：元朝范德機《木天禁語》、《詩家一指》、《詩學禁臠》，楊載《詩法家數》[4]等，又往往流於技巧的分析與對前代作品的擬襲。否則便如南宋嚴羽《滄浪詩話》所標舉的「妙悟」、清代王士禎所力主的「神韻」，往往涉入神秘不可究詰之域。以故能繼其音而提出特見者，明、清時代亦僅寥寥數人而已[5]。《文心雕龍》能有如此成果，值得後人承繼與發揚。

第一節　《文心雕龍》中的「作者」與非

4　這些書都彙刻在明朝萬曆年間朱紱等人所編的《名家詩法彙編》（台北：廣文書局依明朝萬曆丁丑年潛川朱氏自刊本影印發行，民國 62 年 9 月）中。其中《木天禁語》、《詩學禁臠》、《詩法家數》等書，清乾隆年間何文煥所編《歷代詩話》均有收錄，但在文字上有一些出入。

5　如明代徐禎卿的《談藝錄》、謝榛的《四溟詩話》及清代葉燮的《原詩》。

「作者」

　　《文心雕龍》所列引的作品，姑不論作者佚名[6]或不能指認其名者[7]，據前輩學者研究的統計成果，其中作者總共三百多人[8]。但這些由學者們所統計出來的「作者」並非全都可以列為文學上，或者至少是劉勰在詞語使用上所指的「作者」[9]。《文心雕龍》提到「作者」這個詞共五次[10]，其中唯〈徵聖〉篇中所提者是用來說明「聖」

6　例如對〈古詩〉中的一部分，《文心雕龍·明詩》篇面對不能全然肯定作者的情形，下了：「比采而推，兩漢之作乎？」的寬泛結論。而對於《毛詩·秦風·黃鳥》，《文心雕龍·哀弔》篇也只泛泛地稱：「黃鳥賦哀，抑亦詩人之哀辭乎？」，並未指明詩人爲誰？

7　例如《文心雕龍·時序》篇中所提到的「野老」、「群臣」，〈明詩〉篇中提到的「孺子」，雖有詠者身分，卻無法指認其名。即知其名，亦只知詠者；而於作者仍昧不能明也。

8　據沈謙先生統計，去除掉「無關乎評文者」、「姓名難考者」與僅言及姓名無關乎作者所爲之文者三類不錄之外，得二百八十一人。而以〈時序〉、〈程器〉、〈才略〉三篇所論者爲多。（見《文心雕龍之文學理論與批評》，頁239-240）而周振甫先生則於《文心雕龍辭典》一書中〈作家釋〉之部列釋了二百零七人。據本書中周先生序言，此部分由趙立生撰寫。趙先生未針對排除或選錄之原因加以說明，而周先生在序言中也僅提及「所論作家作品見於不同篇的一一加以注明，再來作釋」並說明其陳述或評論不盡依劉勰的看法而已。形式上較沈先生爲疏略。然其資料收集及敘述內容則多於沈先生。繼沈先生提示的方向而進行作家研究的則有李瑞騰先生的論文〈陸機：理新文敏，情繁辭隱〉（收於《文心雕龍綜論》，頁157-172）。筆者以寬泛角度全面統計了《文心雕龍》所提及的作者，除去並提合論者如「太康五弟」、「有戎二女」之外，共得301人。

9　劉勰在《文心雕龍》上篇探討文類的時候，接納了史傳、諸子甚至諧、讔、譜、籍、簿、錄……等等，可見他對文學的觀念，相對於幾乎同時代的《昭明文選》，是較爲廣義的。而由此也可知，他對文學作者的認定，是採取廣義的。並非如《昭明文選·序》中爲了保持文學的純粹性而用排除的方式加以定義。

10　分別見於〈徵聖〉、〈雜文〉、〈諸子〉、〈定勢〉、〈情采〉諸篇。

的，其謂：「作者曰聖，述者曰明」，乃引自《禮記・樂記》，而觀念亦同於此。並未因其著作本旨是針對文章評論及寫作，而不在於詮釋儒經，即對其義有所更易或變創；此亦《文心雕龍・序志》篇中所云：「有同乎舊談」者也。可見劉勰深知「作者」一詞在儒經傳統中的神聖性地位。雖然未說明這是由編述者及解說者的詮釋所加以定位而推尊的，但至少也能表明其重要性及作用。

然則正如前章曾討論過的，漢魏六朝時，「作者」的觀念已經普遍用在談論與批評文章的範疇中。訓解經書者雖能明曉此詞之先秦舊義，然而在目前所見的文獻中並未發現持舊義以排斥新義者。然而若執神聖之義以探究《文心雕龍》所謂「作者」，則唯堯、舜、禹、湯、周文王姬昌、周武王姬發、周公姬旦、孔子足以當之[11]。推至遠古傳說，或可再加上伏犧、葛天氏及黃帝軒轅氏等。但這些三代以前甚或是傳說中的聖人「作者」，其貢獻是普及各層面，超越特定範疇的，固不能亦不宜專以文章寫作之事務限囿之。

觀乎曹丕《典論・論文》及曹植〈與楊德祖書〉，則「作者」已爲文士之通稱。故就「作者」一詞而言，在儒經系統之外，漢魏六朝已常用來指文章篇什的寫作者，而劉勰在《文心雕龍》中亦以之指涉其所論及之文士或才人，並不拘於此詞在〈徵聖〉篇中的用

11　〈原道〉篇云：「爰自風姓，暨於孔氏。玄聖創典，素王述訓。」指的是自伏羲（《史記》司馬貞補〈三皇本紀〉云：「太皞庖犧氏，風姓」。）到孔子以來的聖人們。黃叔琳注引班固〈典引〉李善注文曰：「玄聖，孔子也」，紀昀於眉批中駁之云：「此玄聖當指伏犧諸聖，若指孔子，於下句爲複。且孔子亦非僻典也。」案：紀評可從。《莊子・天道》篇云：「玄聖素王之道」，玄聖指老子，故「玄聖」本非孔子之專名。而劉勰用則《莊子》之辭，以指孔子以前創典之聖人。

義。〈雜文〉篇中：「自〈七發〉以下，作者繼踵」、〈諸子〉篇中：「迄至魏晉，作者間出」，皆未有明顯之貶辭；至於〈情采〉篇所謂：「後之作者，采濫忽真」云云，則直評「作者」之失矣。〈定勢〉篇引陳思王曹植評述云：「世之作者，或好煩文博采，深沈其旨者；或好離言辨白，分析毫釐者。所習不同，所務各異。」則說明劉勰是認同曹植這段論述的。但也並未特就〈徵聖〉篇中的「作者」意義而申言之。故知劉勰也了解並使用漢魏六朝論文者常用的「作者」義，而不拘於儒經傳統中的「作者」意義。

　　至於為何劉勰不逕棄儒經傳統中的「作者」意義而要將它保存在樞紐論中，或許這表明一種對文學的推尊或是對寫作活動的本源追溯（不論是心理的、社會的等學理所觀察推測的起源，還是歷史事件的事實起源）的態度，只是他在《文心雕龍》中並未明顯述及。然由此亦可看出劉勰融儒經系統於文學創作論述中的理念及態度。

　　故論《文心雕龍》中的作者，宜就漢魏六朝文論所述，單指寫作活動的行為主體而言。應先暫置其神祕及神聖之端而不論，方不至於混雜儒經傳統與文學論述而致失檢無次。

　　《文心雕龍》中所列名的人物並非皆能稱為「作者」。姑且將這些人物統稱為文學活動的參與者或影響者，則有：寫作者、被述者、被徵引者、受文者、評論者、倡行或抑制者。而就〈序志〉篇「為文之用心」一語所云，可知劉勰所關注者為寫作活動及寫作主體。在《文心雕龍》中，「作者」，或稱為才人、才士、詞人、詩人等，所指乃文章之寫作者，其餘則不足以當「作者」之名。就書中所述，例舉如下：

如〈頌贊〉篇：「昔帝嚳之世」、〈時序〉篇：「昔在陶唐」、「大禹敷土」、「成湯聖敬」、「幽、厲昏而〈板〉、〈蕩〉怒，平王微而〈黍離〉哀」、「施及孝惠，迄於文、景」、「自元暨成」、「自哀、平陵替，光武中興」、「自安、和以下，迄至順、桓」、「降及靈帝」、「逮晉宣始基，景、文克構」、「至武帝惟新」、「降及懷、愍」等等，這些政治及文化上的人物，或為帝王，或為輔政大臣，劉勰舉政要名人以指明時代，他們或為被述者，或只是標舉出來代表一個時代，雖然他們的決定也可能影響文學活動之興衰，然而皆非作者。

又如〈頌讚〉篇：「子雲之表充國」、「孟堅之序戴侯」、「相如屬筆，始讚荊軻」、〈祝盟〉篇：「潘岳之祭庾婦」、〈誄碑〉篇：「揚雄之誄元后」、「陳思……文皇誄末，旨言自陳」、「殷臣誄湯」、「傅毅之誄北海」、「觀楊賜之碑，骨鯁訓典；陳、郭二文，詞無擇言」[12]、「張、陳兩文，辨給足采」[13]、〈哀弔〉篇：「霍嬗暴亡，帝傷而作詩」、「後漢汝陽王[14]亡，崔瑗哀辭，始變前式」、「相如之弔二世」、「胡、阮之弔夷齊」、「彌衡之弔平子」、「陸機之弔魏武」、〈史傳〉篇：「及孝惠委機，呂后攝政

12　皆蔡邕所作。
13　孔融所作，張文殘缺，陳文亡佚。
14　「王」，宋本《御覽》作「主」。范注云：「崔瑗仕當安、順朝，皆未有子封王。哀辭本文又亡，無可考矣。」據宋本《御覽》，則崔瑗所作哀辭乃爲公主，非諸王。據《後漢書‧皇后紀》（北京：中華書局，2001 年 5 月據 1965 年版重印）載：「和帝四女……皇女廣，永和六年封汝陽長公主。」（頁 462）可知汝陽主名爲劉廣，當與殤帝、安帝同輩分。崔瑗於元興元年遇赦令，作〈和帝誄〉，又於明年作〈清河王誄〉，後爲鄧遵、閻顯所辟，皆在安帝時。則〈汝陽主哀辭〉極有可能作於此段時間。

」、〈奏啓〉篇：「孔光之奏董賢，路粹之奏孔融」等等，其中趙充國、竇融、荊軻、庾婦、元后、曹丕、成湯、後漢北海靖王興、楊賜、陳寔、郭泰、張儉、霍去病、後漢汝陽主、胡亥、伯夷、叔齊、張衡、曹操、呂后、漢惠帝、董賢、孔融等人乃是文中頌主、讚主、誄主、哀主、弔主、傳主、被奏者，此乃作者所為文章中之主角，亦非作者。

　　而文中之用典或徵引偶涉者，如〈諸子〉篇中：「湯之問棘」、「惠施對梁王」等，出自《莊子》，湯、棘、惠施、梁王等皆非作者。同篇中引《歸藏》而云：「羿弊十日，嫦娥奔月」，則羿、嫦娥亦非作者。〈麗辭〉篇引宋玉〈神女賦〉：「毛嬙鄣袂，西施掩面」、王粲〈登樓賦〉：「鍾儀幽而楚奏，莊舄顯而越吟」、孟陽〈七哀〉詩：「漢祖想枌榆，光武思白水」，〈比興〉篇中：「馬融〈長笛〉云：『繁縟絡繹，范、蔡之說也』」，〈指瑕〉篇中：「崔瑗之誄李公，比行於黃、虞；向秀之賦嵇生，方罪於李斯」；其中毛嬙、西施、鍾儀、莊舄、劉邦、劉秀、范雎、蔡澤、黃帝、虞、舜、李斯等，亦非作者。

　　至於推薦者、評賞者或受文者，如〈樂府〉篇：「師曠覘風於盛衰，季札鑒微於興廢」、「河間薦雅而罕御，故汲黯致譏於天馬」，〈論說〉篇：「至於鄒陽之說吳、梁……敬通之說鮑、鄧」，〈詔策〉篇：「制詔嚴助」、「賜太守陳遂」、「敕責侯霸」，〈書記〉篇：「繞朝贈士會以策，子家與趙宣以書，巫臣之遺子反，子產之諫范宣」、「史遷之報任安，東方朔之難公孫，楊惲之酬會宗，子雲之答劉歆」、「張敞奏書於膠后」、「崔寔奏記於公府」

等；其中的師曠、季札、汲黯等人是評賞者，河間獻王劉德是推薦者，而嚴助、陳遂、侯霸、士會、趙盾、子反、范宣子、任安、公孫弘、孫會宗、劉歆、膠東王太后、梁冀等人是受文者，皆非作者。

　　另外還有一種代擬的作品，如〈詔策〉篇云：「和、安[15]政馳，禮閣鮮才。每爲詔敕，假手外請。」則知皇帝詔策，鮮有出於己手者，多由他人代擬。甚至禮部中無具備文采之人時，還得另外去找能寫的人來捉刀。如〈封禪〉篇：「秦皇銘岱，文自李斯」、「光武勒碑，則文自張純」，其中的秦始皇、漢光武帝等，皆非作者。

　　由以上所舉之例來看，《文心雕龍》中所謂的「作者」，則以文必操於己手，思必由乎己心者，足克當之。因此就《文心雕龍》而言，「作者」一詞用在論述實際寫作時，已經跟儒經系統的神聖性作者觀脫鉤，屬於描述性的詞語，不是評價性的詞語。所以《文心雕龍》是以文章作者爲現實世界中的人物，爲「經驗作者」。而非儒經傳統中的聖人。「寫作」則是這類人物的活動之一，所謂「心生文辭，運裁百慮」[16]、「心慮言辭，神之用也」[17]、「精慮造文，各競新麗」[18]、「五性發而爲辭章」[19]、「綴文者情動而辭發」[20]，

15　王利器在《文心雕龍校證》（台北：明文書局，1985 年 10 月）中云：「『和安』原作『安和』，今從《御覽》乙正」（頁 139）按元至正本亦作「和、安」。後漢和帝在安帝之前，依世次則稱「和、安」爲當，范曄《後漢書》及袁宏《後漢紀》皆舉舉記之。故應從《御覽》及至正本。〈時序〉篇所述之誤亦同，可據此例而改之。

16　《文心雕龍・麗辭》篇。

17　《文心雕龍・養氣》篇。

18　《文心雕龍・總術》篇。

19　《文心雕龍・情采》篇。黃叔琳本作「五情」，下出校語云：「疑作性」。按：當做「五性」。楊明照、王利器均出校語，引王惟儉本爲證，並旁引經史之

便說明這種活動是出自人的內在精神，主要為情感及思慮。「作品」則是寫作活動的成果或留下的痕跡，〈程器〉篇所謂：「窮則獨善以垂文」，便是說政治上沒有機會表現的人，可以藉寫作成果以留傳後世；至於〈時序〉篇所云：「九代之文，富矣盛矣；其辭令華采，可略而詳也」，講的便是歷代以來這種活動所累積的成果。

在《文心雕龍》中，作者乃是文章作品的產生者，是文術的掌握者，是文章意義的來源，是讀者神往交流的對象，也是讀者進行評論時的重要參考。作者藉著作品彰顯自己的心志、抱負、能力、理想、情感；故可以說對作者而言，寫作是生命存在的一種型態。〈情采〉篇說：「況乎文章，述志為本」，「述志」一語，承自《尚書》：「詩言志」，也就是藉著寫作來表現生命中所蘊含的價值、理想。〈序志〉篇說：「君子處世，樹德建言。豈好辯哉？不得已也。」、「文果載心，余心有寄」，正是劉勰對自己寫作《文心雕龍》的反思與期待。也可以說是他對歷史上眾多寫作者觀察、分析、評論的立足點。

〈知音〉篇云：「世遠莫見其面，覘文輒見其心」，則劉勰認為讀者閱讀的目的，乃在於能與作者交流，能體會作者之「心」。劉勰在〈辨騷〉篇中所引漢朝各家的評論，都是針對作者屈原；而引〈離騷〉、〈九章〉、〈招魂〉之文以覈其論，雖自文本出發，也歸諸作者。〈辨騷〉篇贊語云：「不有屈原，豈見離騷」，可見其論評仍以作者為歸宿。然其旨乃以「文」為人心所寄，故讀者對

例，詳實可從。

20　《文心雕龍·知音》篇。

作者的深入了解有助於對文本的公允評論；而讀者對文本意義的掌握也有助於對作者用心的體會。作者是透過文本顯現心志的，即所謂：「情動而辭發」[21]；在這個前題之下，讀者可以透過文本，了解作者，也就是所謂的：「觀文者披文以入情」[22]。

但是讀者欲心會於作者，文本並非唯一的途徑。舉凡典籍所論、史書所載、鄉里所言，甚或友朋之說，如〈才略〉、〈程器〉兩篇所述者，皆為間接之途徑。而如曹丕之論七子，曹植之評文士，陸雲之言張華，鍾嶸之品評及於齊、梁時期詩人如沈約等，皆身遇親接之；此乃直接之途逕。然而如此並不能保證評論的公正無私，正所謂：「會己則嗟諷，異我則沮棄」[23]。而如何保證評論的公正無私？劉勰對此早已提出解決的方法：便是自心態上去除偏私之心與愛憎之情，所謂：「無私於輕重，不偏於愛憎」[24]即指此；並加深自己的素養，即：「豈成篇之足深，患識照之自淺」[25]之用意。這可分為兩層：一為理解，即掌握作者表現在作品中的深意；一為評價，即將作者的寫作成果與其他作品，在「六觀」的前題下相較。所以在劉勰的觀念中，針對作者所展開的理解與評價，還是要收攝到文本中來。文本是寫作活動的成果及表現，所以是評論的基礎與根據。而目標則在於闡發作者「為文之用心」[26]。

然而〈史傳〉篇中的編述史書者，例如袁山松之於《後漢書》、

21　《文心雕龍·知音》篇。
22　《文心雕龍·知音》篇。
23　《文心雕龍·知音》篇。
24　《文心雕龍·知音》篇。
25　《文心雕龍·知音》篇。
26　《文心雕龍·序志》篇。

張瑩之於《後漢南記》，〈諸子〉篇中的論述代表，例如鬼谷之於
《鬼谷子》、墨翟之於《墨子》，雖文未必皆成於己手，繹事述論
則或由己身成之，或由弟子、後學足成之後歸諸其師尊，此亦可謂
之作者。又如傳、注之依經立義，然亦體現個人的理解與詮釋、評
述，《文心雕龍・論說》篇中提到：「毛公之訓詩，安國之傳書，
鄭君之釋禮，王弼之解易」，毛公、孔安國、鄭玄、王弼等人，雖
為《詩》、《書》、《禮》、《易》之述者、傳著、注者，然對其
所完成之傳、注而言，皆屬作者之列。

　　事實上「作者」的認定與文學的觀念有關。評者認定何種作品
為文學之屬，則作品在名義上的產出者——作者，才有資格被文評
家論列。現代文論家常將「文學」一詞劃分作廣義和狹義的[27]，學
者述論廣義之文學觀，多據章太炎先生於《國故論衡・文學總略》
中所言：「文學者，以有文字，箸於竹帛，故謂之文；論其法式，
謂之文學。」[28]以為最廣之文學界義莫甚於此。事實上章先生並非
不知道以藝術化為標榜之狹義文學觀，他認為：「前之昭明，後之
阮氏，持論偏頗」[29]，皆悖離先秦時期「文章」、「文學」之義，
故規模隴括先秦兩漢之文學觀而論之，認為此乃廣義之文學觀。

　　至於狹義者，乃是以詩的特質及其定義為核心發展出來的藝術

27　王夢鷗先生，《中國文學理論與實踐》（台北：時報文化出版企業有限公司，
　　1995 年 11 月）第二章及其注文，頁 42-49。
28　章太炎著，《國故論衡・文學總略》（轉引自郭紹虞、王文生編《中國歷代文
　　論選》第四冊），頁 302。
29　同註 29，頁 307。

化文學[30]，即美文之屬。劉師培先生在〈廣阮氏文言說〉中云：「文也者，別乎鄙詞俚語者也。《左傳》曰：『言之無文，行之不遠』，又曰：『非文辭不爲功』。言語既然，則筆之於書，亦必象取錯交，功施藻飾，始克被以文稱。」[31]可説是爲美文的正統性張目。然而從他説：「故三代之時，凡可觀可象，秩然有章者，咸謂之文」[32]，可知左盦先生亦非不知廣義文學觀。他是認爲典冊與文字二者不應跟文章混淆而言，否則「文」與鄙詞俚語亦無所別。與章先生所論相比，劉師培先生著重在以「文」爲修飾，章太炎先生著重在以「文」爲記錄。

　　《文心雕龍》的文學觀是「廣義」的文學觀，在此所謂的「廣義」，並非如前述單指其義界之廣、狹而爲言。而是指《文心雕龍》選擇與評論文學作品時用的是含容兼收，分別評述的方法；相對於《昭明文選》以「篇什」、「篇翰」、「篇章」來做爲區別義界的態度，是有所不同的。如以《文心雕龍》的做法，則文學能收納各領域以自廣，乃日增其實用性，故謂之「廣義」；持《昭明文選》的觀念，則文學將因區分排除其他畛域而漸狹，則日堅其純粹性，故謂之「狹義」。故此處「廣義」、「狹義」之別，並非指固定已然的現象，而是理論落實在文學的演變上所可能産生的，影響文學認知和定義界域的傾向。即此而言，《文心雕龍》的文學觀是「廣義」的。

30　同註 28。
31　轉引自郭紹虞、羅根澤主編，《中國近代文論選》（台北：木鐸出版社，民國 77 年 1 月），頁 533。
32　同註 31。

　　既然「作者」的認定牽涉到文學的觀念，而劉勰又持廣義文學觀的話，則《文心雕龍》中提到的「作者」就不單單只限於「文士」這個身分。他們有時是經師、有時是將軍、有時是謀士，也可以是聖人、帝王、隱者、思想家……等等。凡能「精慮為文」者，即足以與於《文心雕龍》所謂「作者」之林。故知《文心雕龍》所評之三百餘人，實由廣義文學觀而加以察照收錄者，非持狹義文學觀以檢亂而得者。

第二節　「作者」與寫作有關的內在特質及其能力

　　在魏晉南北朝的文學批評論述中，「作者」既漸漸被用於指稱文人、才士、詞人……等等為文之士，且漸脫其儒經傳統中的神聖意味。因此單純從儒經傳統的立場及其詮釋的系統來解讀《文心雕龍》的作者論述，會導致認知上的偏差。從而認為路粹、孫楚[33]等輩既是文人，便為「作者」，轉而成了儒家聖賢及其學術的傳人。如此論斷，則將遺笑於千載之下矣。

　　從前節的分判中可知，劉勰對作者的基本認定，是以提筆屬文的能力當做實際驗證的，並非訴諸其道德、學問的修養。〈知音〉

---

[33]　《文心雕龍·程器》篇所云：「路粹餔啜而無恥」、「孫楚狠愎而訟府」，可見劉勰對此二作者的人品及其行為，評價甚低。

篇中劉勰雖引班固嗤笑傅毅及曹植排擊陳琳之事，意甚鄙之，卻仍未將班、曹二人排除於文士之外。似乎只要具備提筆屬文之能力，劉勰便以之爲作者，非關乎社會地位之高低與學術成就之深淺。這在語言用法上是比較偏向描述的而非評價的。而樞紐論中：「作者之謂聖」這種來自儒經系統的評價意味的作者觀，乃是劉勰宗經原則之下的產物，只是標舉他的立場，並未將此概念普遍運用於體裁論及創作論中。

　　但以《文心雕龍》中所述，也並非能拿起筆來寫就算是「作者」。文學活動是人類行爲之一，它是建立在屬於人類心靈及精神層面的思想及感情的基礎上，而非立基於外顯之提筆爲文的書寫行爲上。篇章文字的寫作活動，其基礎與本質乃在於內在的思想與感情。在劉勰的論述中，這是「沿隱以至顯，因內而符外」[34]，二者實是不可分的。劉勰雖廣其討論的作者義界至於能提筆屬文者，然仔細觀察其敘述，所謂「作者」，實指藉文筆以寄心者[35]。故《文心雕龍》仍是以「心」爲基礎來論述作者的。可是在劉勰的觀念裏，這個「心」不是道德意義的，也不是實用意義的，更與所謂的意識型態無涉。而是指對外在事物的觀察能力及對內在思想與情感的省察能力而言。故劉勰所論的作者，包含歷代聖人、賢人自不待言，卻也有狠愎剛戾的孫楚、希旨承風的華歆、望車拜塵的潘岳……等等一些於德行有虧的人物。而忠貞不移的屈原、堅忍持志的司馬遷、風致特標的嵇康……等等令人景仰的名士也在其論列。故所謂的文

---

[34]　見《文心雕龍·體性》篇。
[35]　《文心雕龍·序志》篇云：「文果載心，余心有寄。」

人，在劉勰的論述中，就不限於承續儒家聖人風教或與聖人心志相合者。也就是說，一個作者至少要能以辭達心，寄心於文；而非渾渾噩噩，胡書亂寫。所以對作者特質的認識，主要由心靈及精神層面來決定。而如果要討論文學作者相對於其他人物的特質，自然首先也要由心靈及精神方面來考量。

　　其實中國的文評家很早就明白點出這個方向了。前章曾引《西京雜記·百日成賦》[36]載玤柯名士盛覽問作賦，司馬相如所答便強調「賦家之心」；揚雄在《法言·問神》篇亦云：「言，心聲也；書，心畫也。聲畫形，君子、小人見矣。聲畫者，君子、小人之所以動情乎！」東漢王充在《論衡·問孔》篇中更明言：「聖人之言與文相副，言出於口，文立於策，俱發於心，其實一也。」可見兩漢時期，文家及論者是將寫作看做心靈及精神上的活動，然而未見對其出於心靈及精神中的何處及如何運作加以詳析，而從「斯乃得之於內，不可得而傳」[37]之語所透露出來的訊息，若非對自身的寫作體驗敘述有所保留，則必是置之於神祕領域。

　　對這方面探討，魏晉南北朝的文論家有更進一步的闡述。曹丕在〈典論論文〉中稱：「文以氣為主，氣之清濁有體，不可力強而致。」他將文章所表現出的特質歸諸寫作者的「氣」，這是指受先天所稟的條件影響者而言。而這些包括血氣的強／弱、通／塞、滯／動，情感的凝塑及其抒發的方式，思考的方式及其特質，對內在

36　見《西京雜記》（龍谿經舍據盧文弨抱經堂校本刊），卷上。若據葛洪〈序〉所分，本條在乙卷。
37　〔晉〕葛洪著，《西京雜記·百日成賦》司馬相如答盛覽語。

及外在環境觀察的敏銳度及反應的速度……等等。曹丕指出文學創作的能力出於「氣」，代表了他已經開始探討創作原理，不是將之視爲兩漢時期那種「得之於內，不可得而傳」的神秘領域。雖然王充在《論衡·紀妖》篇中曾云：「刻爲文，言爲辭，辭之與文，一實也；民刻文，氣發言，民之與氣，一性也。」、〈論死〉篇中亦嘗云：「生人所以言語吁呼者，氣括口喉之中，動搖其舌，張歙其口，故能成言；譬猶吹簫笙，簫笙折破，氣越不捨，手無所弄，則不成音。」已經接觸到藝文表現時「氣」的作用，不過觀其所述，似皆僅以「氣」爲人身自然血氣之稟賦，非如曹丕以之爲決定文章特質的基礎，並進而擴之於作者實際存在的整體面向來加以立論。

在曹丕之後，陸機的〈文賦〉曲述寫作的甘苦，也注意到了寫作是心靈層面的活動。他提出：「罄澄心以凝思，眇衆慮而爲言。籠天地於形內，挫萬物於筆端。」然而陸機這裏的「心」，從〈文賦〉的內容來看，它包含了構思與想象[38]、體裁的選擇與調控[39]、語言的凝塑與鍛鍊[40]、意義的經營和構作[41]、靈感的特質及其在寫作方

---

[38] 例如〈文賦〉：「其始也，皆收視反聽，耽思傍訊。精騖八極，心遊萬仞」、「然後選義按部，考辭就班」。

[39] 例如〈文賦〉：「詩緣情而綺靡，賦體物而瀏亮。碑披文以相質，誄纏綿而悽愴。銘博約而溫潤，箴頓挫而清壯。頌優遊以彬蔚，論精微而朗暢。奏平徹以閑雅，說煒曄而譎誑。雖區分之在茲，亦禁邪而制放。要辭達而理舉，故無取乎冗長。」

[40] 例如〈文賦〉：「其會意也尚巧，其遣言也貴妍。暨音聲之迭代，若五色之相宣。」、「或藻思綺合，清麗芊眠。炳若縟繡，悽若繁絃。」。

[41] 例如〈文賦〉：「或仰逼於先條，或俯侵於後章。或辭害而理比，或言順而義妨，離之則雙美，合之則兩傷。考殿最於錙銖，定去留於毫芒。苟銓衡之所裁，固應繩其必當。或文繁而理富，而意不指適；極無兩致，盡不可益。」「雖杼軸於予懷，怵他人之我先；苟傷廉而愆義，亦雖愛而必捐。」。

面的作用[42]……等等方面，比諸漢魏時期的論家要詳細精密得多。陸機説這些「辭條」、「文律」，都是「濬發於巧心」的，又擬出「思」、「理」、「情」為「心」的内容。可見陸機更進一步發揮了以「心」為基礎的創作論。

　　《文心雕龍》後出於〈文賦〉，如前所論，對於「心」在文學創作上的作用也非常重視。陸機所談的主題及觀點，可以在《文心雕龍》的〈神思〉、〈體性〉、〈情采〉、〈物色〉、〈養氣〉等篇找到更進一步的發揮。除此之外，劉勰更將之引入比較偏重文章技法方面的〈聲律〉、〈章句〉、〈夸飾〉、〈事類〉等篇。可見劉勰在論文時，比之前代學者文人，更擴大了心靈及精神方面的作用。且以寫作者的「為文之用心」來詮釋自己專著的名稱，更可見他是以心靈及精神為基礎來看待文學創作的[43]。

　　此後中國的文學批評論著，如鍾嶸《詩品》、皎然《詩式》、嚴羽《滄浪詩話》，以及明清時代的種種詩論、文論的單篇著作或專著，除了專論文章體裁者漸趨於討論語言形式之外，只要涉及到情志及作者方面的批評，幾乎都會由人「心」來立論。而這裏所謂的「心」，雖各有所指，然都可説是指心靈及精神的範疇而言。

42　例如〈文賦〉：「若夫應感之會，通塞之紀。來不可遏，去不可止。藏若景滅，行猶響起。方天機之駿利，夫何紛而不理？……及其六情底滯，志往神留。兀若枯木，豁若涸流，攬營魂以探賾，頓精爽於自求。理翳翳而愈伏，思乙乙其若抽。」云云。

43　此處所言之「心」，指情意及思考而言。「心」在《文心雕龍》中的各種意義，可以參考王金凌先生：《文心雕龍文論術語析論》（台北：華正書局，1981年6月），頁 111-128。然王先生分析至以「心」為木髓，則未免乎碎細矣。事實上，若能易「本原」之目而題為「內在」，不僅可含「詩為樂心，聲為樂體」之意，亦足以盡「竹柏異心而同貞」之旨矣。

　　由此可知中國文論家很早便體會到文學活動是屬於心靈及精神層面的，而對此活動進行剖析或檢討亦應針對這個方面。若徒以外在的語言文字組織結構來論述及規範中國文論，則無法契合且不可能達到相應的理解。既然中國的文學論述往往立基在心靈及精神的層面來論文學，對作者的研究及評論，無論是做為神聖的作者、一般世俗的作者、現實生活中的作者、文本中的作者、集體作者，也應該從心靈及精神方面來理解和詮釋，不宜只從物質上的點點滴滴及為生活、社會地位而蠅營狗苟的一面來看待及評價文學作者。

　　《文心雕龍》便處於此傳統中，也未曾自外於此傳統。從〈序志〉篇：「文心者，言為文之用心也」，可以看得出來他特別將心靈及精神層面標舉出來當做論述的主軸。而透過《文心雕龍》的各篇論述，也可以了解劉勰認為文學作者們在心靈和精神方面是有些共同性質的。他雖未針對「作者」這個主題明立章節加以申論[44]，然書中各篇所述，往往有針對作者及創作活動而發者。故可依此探討下述問題：就文學創作活動而言，劉勰認為作者共具之特質及能力究竟為何？而這也就是劉勰所認定的文學作者之「心」的內容。

　　從《文心雕龍》中可以整理出來，劉勰針對作者本身的特質與能力，提出「才」、「氣」、「學」、「習」、「思」、「情」、「志」等七個方面，並且都有不少論述。這幾個方面也可以說是建構劉勰如何認知作者之「心」的要素。本書將沿著從「心」來認知「作者」，從七大要素來建構《文心雕龍》對文學之「心」的認知，

---

[44]　〈才略〉篇之敘述雖以作者為主，然其旨乃在綜評九代以來的文章，而非從歷來作者的創作活動及其成果中構論，故嚴格而言亦不能以之為專篇之作者論。

來闡述文學作者本身需具備的基本條件及寫作能力。

　　基本上，簡單來說，「思」代表「心」的思考運作，「情」代表「心」的感受知覺，「志」代表心的意圖及方向。這三個維度交互影響，有時相互增強，有時相互節制，而它們都是「心」的基本功能。而「氣」則是將這些功能的結果具體實現的特質或能力，「才」則是決定它們所呈現的效果高下優劣的要素。此二者乃發之於內而藉寫作形之於外者。至於「習」，則是「心」受到環境陶染所凝塑出來的一種思考與表達的慣性；而「學」，則是「心」在成長、發展的過程中向外吸取經驗的過程。此二者乃得之於外而化之於內者，若欲形諸文字，還得加上一段外化的過程。所以「學」足以決定「心」的內涵豐不豐富，「習」則決定「心」受文化環境影響的程度。無「才」則思庸文凡；無「氣」則難以運筆；無「學」則語貧事乏，文思益窘；無「習」則無法掌握自己所寫的文章性質。因此這四者乃是就內、外兩個維度來增強文章的表現力，使文章寫作能更加成功。而四者之影響，也是整體層面的，文章的優秀與否要看它們。所以這四者是調控「心」的三種基本功能之發用及其效果的因素。

　　故欲明《文心雕龍》中「作者」之「心」的內涵及其「作者」論述的基礎，宜先將之析述整理。

第三節　「才」之析論

　　從統計上來看，《文心雕龍》中用「才」字凡一百二十次，使用機率不可謂不高。學者辨明其中的含義則有：正氣、個性、典型、才能、才人等[45]，而其中唯「才能」屬於解釋作者寫作能力的術語。從《文心雕龍》的用例來看，「才能」泛指寫作能力及作者的特性。如〈銘箴〉篇説：「張載劍閣，其才清采」，「清采」以言張載文章之特性；〈鎔裁〉篇説：「至如士衡才優，而綴詞尤繁」、〈事類〉篇説：「夫以子雲之才，而自奏不學」，這是指陸機與揚雄的寫作能力而言。而從《文心雕龍》來看，「才」作為專用術語，主要是指運用語言文字的能力。而其具體表現在構思能力與想象能力兩端：在〈神思〉篇中，「酌理以富才」是指加強構思能力而言；「登山則情滿於山，觀海則意溢於海，我才之多少，將與風雲而並驅矣」指的則是想像力的發用。而「人之秉才，遲速異分」，則綜合二者而言之，以論作者為文遲速之理。〈體性〉篇中的「才有庸儁」、〈事類〉篇的「將贍才力，務在博見」、〈養氣〉篇的「弄閑於才鋒，賈餘於文勇」、〈附會〉篇的「才分不同，思緒各異」等都是綜合構思能力與想像力二者，泛指寫作能力而言的。

　　而寫作能力則具體表現在文章之中，所以欲論作者之「才」，必徵於其「文」，方有確據，而不陷於憑空鑒論。〈風骨〉篇所謂：「才鋒峻立，符采克炳」者，即云「才」與文章是相應的。而〈才略〉篇中提到的：「李尤賦銘，志慕鴻裁。而才力沈膇，垂翼不

---

[45]　王金凌先生：《文心雕龍文論術語析論》（台北：華正書局，民國70年6月）第一章第三節，頁33-54。又胡緯先生：《文心雕龍字義通釋》（香港：文德文化事業有限公司，1997年2月）第十五章，頁219-229，亦論及此，然與王先生所述大體相同。

飛」、「潘勗憑經以騁才，故絕群於錫命」，都是就文章作品而言的。所以劉勰持論的基礎，是觀「才」於文，而非空論其「才」。

既然「才」指的是寫作能力，每個作者由於先天所具備或後天養成，其寫作能力都有所差異。這方面曹丕將之歸攝於其文氣論中，其《典論‧論文》云：「文以氣為主，氣之輕濁有體，不可力强而致。」「氣」有輕有濁，則決定了寫作能力的高下。輕者靈活，重者遲滯。在曹丕的觀念裏，前者寫作能力較强，後者則較弱，這是曹丕所認定寫作能力的優劣之別。由曹丕所述，可以看得出來他的觀念受到兩漢時期以先天氣質稟賦論才性的風氣所影響[46]。而同時代的劉劭，在《人物志‧體別》篇中提到：

> 夫學，所以成材也；恕，所以推情也；偏材之性不可移轉矣。
> 雖教之以學，材成而隨之以失。雖訓之以恕，推情各從其心。
> [47]

雖說已注意到「學」的影響，但他認為「材」是有所偏的，所學者與其「材」相違，「材」還是會順性自然發展；當它發展完成時，「學」亦隨之失去其主導作用矣。由此段文獻可知當時並非曹丕個人獨持此論，乃是魏至西晉時期的一般看法。劉昺在「體別」二字

---

46 見《白虎通‧情性‧總論性情》，《論衡》亦持此論，可參〈氣壽〉、〈初稟〉所述。這是普遍存在於兩漢時期的觀念，也許源自戰國時期。因爲《呂氏春秋》也有關於這方面的論述。

47 〔魏〕劉劭著，李崇智校箋：《人物志校箋》（成都：巴蜀書社，2001 年 11月），頁 61。

之下注云:「稟氣陰陽,性有剛柔。拘抗文質,體越各別。」[48]可以幫助後人更進一步了解「材」的形成,背後因素在於「稟氣陰陽」。所以我們可以明白這是承襲自兩漢而來的思想觀念,並不是曹丕個人獨特的或具有劃時代特殊意義的革命論點。

而曹丕提到的「才」,所謂:「能之者偏,唯通才能備其體」者[49],乃是指「人才」而言,與陸機〈文賦〉所云之「才士」,於義相同。劉勰在《文心雕龍》中用「才」這個術語來指寫作能力,則包含了兩個方面:其一、〈體性〉篇所謂:「才有庸儁」者,便是指高下優劣而言,這涉及到作者是否能寫出好文章。其二則用來指作者所善於表達出來的文章特質,可籠統歸之於風格的要素。如〈明詩〉篇所云:「四言正體,則雅潤為本;五言流調,則清麗居宗。華實異用,唯才所安。」〈銘誄〉篇的:「張載劍閣,其才清采。」〈史傳〉篇所謂:「實錄無隱之旨,博雅弘辯之才,愛奇反經之尤,條例踳落之失」……等等,都與作者所表現出的風格特質有關。但劉勰不只與此,他還承續曹丕的論述,將這些特質與體裁的特性相結合,而有:「傅毅所製,文體倫敘。孝山崔瑗,辨絜相參。觀其敘事如傳,辭靡律調,固誄之才也。」[50]、「潘岳為才,善於哀文」[51]的論點。因此「才」決定了一個作者的寫作能力及其所呈現出來的風格,也間接決定他所適合的體裁。

然而劉勰所持之論,比較傾向於寫作能力的高下這一面,也就

---

[48] 同註48,頁41。
[49] 《典論·論文》。
[50] 《文心雕龍·誄碑》篇。
[51] 《文心雕龍·指瑕》篇。

是操縱語言文字的能力。如果「才富」或「才高」，就像〈風骨〉篇中的「才鋒峻立，符采克炳」、〈才略〉篇的「賈誼才穎，陵軼飛兔」與「仲宣溢才，捷而能密」，可知具備「才」即能在寫作方面有所表現。如果缺乏「才」，就像〈才略〉篇的「桓譚……集靈諸賦，偏淺無才。故知長於諷諭，不及麗文也。」、「李尤賦銘，志慕鴻裁。而才力沈膇，垂翼不飛」等現象；故知「無才」或「才淺」者，寫不出好作品。劉勰認為文章便是這些內具之「才」的外顯。〈事類〉篇裏「才餒者劬勞於辭情」，可見乏「才」之人在語言文字的運用與表達方面是有困難的。〈體性〉篇云：「辭理庸儁，莫能翻其才」，以「庸儁」一語而言「辭理」，評「才」兼論文。不論是「辭理」或「辭情」，都是針對文章寫作方面，表達能力的適當掌握而言。所以「才」與語言文字的運用分不開，它直接影響文章的優劣。而就文章方面而言，除了優劣之外，它也影響語言的形式與內容所表現出來的整體特質，也就是風格的形成。以故言乎「才」者，內具於人而顯之於文，這不只是作者寫作能力良窳的證明，也是作者表現在寫作特殊體裁或風格方面的能力。

　　劉勰相當重視「才」，認為它是一個作者能否有成就的關鍵。〈才略〉篇中所論述的作者，都是憑著他們的「才」，方能「一朝綜文，千年凝錦」[52]，而留下不朽的文名。劉勰認為在寫作的過程中，「才」發揮主導作用。〈事類〉篇說：「凡屬意立文，心與筆謀。才為盟主，學為輔佐。」「才」既為盟主，便是文章寫作活動

---

[52]　《文心雕龍·才略》篇。

的主導者。但文章的成敗或描寫的難易並不完全由「才」來決定，〈夸飾〉篇中：「神道難摹，精言不能追其極；形器易寫，壯辭可得喻其真：才非短長，理自難易耳。」這說明了有些對象本來就難以描寫，不能責咎於「才」這個因素。因而可知，劉勰認為人所具備的「才」是不能超越「道」及「神理」的，「道」與「神理」便是作者「才」之疆界。

所以綜合來說，劉勰擴大和深化了魏、晉以來文論中「才」的意含。首先，劉勰認為「才」是內具的，在寫作過程中，它藉文章呈顯出來，並且對文章的成敗與特質發揮主導作用。即〈事類〉篇所謂：「才自內發」、「才為盟主」者也。其次，在劉勰的觀念中，它並不是無可轉移的天然稟賦，〈神思〉篇所謂：「酌理以富才」、〈體性〉篇所謂：「因性以練才」、〈總術〉篇所云：「才之能通，必資曉術」者，都說明後天的學習與鍛鍊對「才」的影響。「才」既能「富」，表明它可以累積；可「練」，表明它可以精鍊和提昇；可「通」，表明它可以掌握和熟練；則其所論與曹丕《典論·論文》的：「雖在父兄，不能以移子弟」那種決定論的觀點有別矣。劉勰能注意到後天的學習與鍛鍊，顯見他對作者寫作才能的觀念已經不是單純地承續兩漢以來的氣質稟賦說與先天決定論，而能注意到與「才」的培養、成長相關的種種內、外在的因素。其三，劉勰主張適當培養，讓「才」配合作者的特性，自然而然地發展。並不主張特別去改變或更動一個作者個別殊異的「才」；或認為只有完整表現他心目中理想風格的作者才是合格的作者。他在〈體性〉篇中所說的「因性以練才」，即表明「練才」要配合作者之稟

性。由此可知劉勰能欣賞不同作者所呈現出來的風格上的差異，不囿於某種特殊風格來評價論斷作者。

第四節　「氣」之析論

對作者的寫作能力，劉勰在《文心雕龍》中還提出「氣」來做為其中一個要素。「氣」在《文心雕龍》中總共出現了八十一次。根據學者的分析，它有十種含義：其中有指景物的氣勢者，也有指北風、風尚者[53]。然而與文章寫作直接有關的，則屬聲氣、元氣、情意、個性、才能、正氣、生命力等方面。其中「聲氣」指文章本身的音韻以及所配的樂音，這也不是《文心雕龍》用「氣」這個詞的主要意義。而「情意」云者，劉勰另有「情理」、「情志」之辭，與「氣」之用法有所區分。《文心雕龍》中所云之「氣」，以元氣、個性、才能、生命力為主要意義，而可暫以「生命力」做為統括之義。然此亦有兩個層面：其一乃指作者自身的生命力，其二乃

---

[53] 王金凌先生：《文心雕龍文論術語析論》第一章第二節，頁 13-33。然此處所詮解關於「氣」之各種意義，實有斟酌的必要。「景物的氣勢」，王先生舉「氣貌山海，體勢宮殿」為例，而究此句之意，乃是指作者所體現出來的文氣而言，與文章內容間的關係比較強，並非直指景物本身的氣勢，故宜歸之於「元氣」、「情意」、「生命力」來詮解。而「北風」這個含義，王先生舉「朔風動秋草，邊馬有歸心。氣寒而事傷，此羈旅之怨曲也」之例，此「氣」應歸之於「元氣」之義，乃指天地自然，四時變化之氣。而「元氣」在王先生的詮釋中，乃是「生命存續的關鍵」，而偏指人身之元氣。此義與「生命力」一義相重過其，故宜省並。以「元氣」為詮詞，而落於生命體，則偏指其生命力而言。以「風尚」來解釋「因談餘氣」，可通，但對文章寫作而言，乃是外緣的關係。

為文章的生命力。前者劉勰於《文心雕龍》中特立〈養氣〉篇加以專論,而〈書記〉篇的「調暢以任氣,優柔以懌懷」、〈神思〉篇「方其搦翰,氣倍辭前」、〈風骨〉篇「鷹隼乏采而翰飛戾天,骨勁而氣猛也」、〈聲律〉篇「聲含宮商,肇自血氣」……等等,皆屬此意。後者乃就文章而言,如〈祝盟〉篇的「臧洪歃辭,氣截雲蜺」、〈諸子〉篇「百氏之華采,辭氣之大略」、〈檄移〉篇「聲如衝風所擊,氣似欃槍所掃」、〈章表〉篇「文舉之薦禰衡,氣揚采飛」……等等皆屬之。

　　文章的生命力藉語言文字表現出來,在劉勰的理論上來講,正是作者生命力的具體呈現。故二者範疇雖異,然關聯實密。作者的生命特質,呈現在語言文字之中,而表出為文章,其本身即不能或免地帶著作者的個人特質。即使如譜、籍、簿、錄、律令、法制[54]……等等制式文書,其行文造語,也不免會隨個人的特質或嗜好、習性而改變。劉勰相信二者是有關聯的,並對之加以闡述。最表面的關係,便是〈聲律〉篇中所表明的:「聲含宮商,肇自血氣」。劉勰追溯語言文字的聲律,是奠基於人的發音器官。但能讓發音器官發出各種不同的聲音,就要追溯到「血氣」——生理上各種不同的稟賦及其運作過程的個殊性——這個源頭。對人類而言,與其說「血氣」是先天的或與生俱來的,倒不如說它是內在的。因為它也是會隨著時間而成長、茁壯、衰頹、消亡,像劉勰於〈養氣〉篇中所說的:「凡童少鑒淺而志盛,長艾識堅而氣衰」;也可以藉著學

54　《文心雕龍·書記》篇論列這類文書共舉二十四種,當然制式文書的種類並非僅止於此。

習、培養來調整甚至改變它的運作過程，〈養氣〉篇也提到「胎息」、「衛氣」……等等概念，也勉勵文學作者：「元神宜寶，素氣資養」，這些都是屬於後天的範疇。所以就「血氣」的本質來講，它是內在於人的；而就「血氣」的形成及發展過程來講，它包含了先天及後天的因素。不能簡單地認為內在的就是屬於先天的；而外在的就得歸諸後天。但這一層的意思是普遍的，只要是提筆為文的人，甚至可以說只要是人，都具備了「氣」。因為基本上沒有了「氣」，就表現不出任何具有生命特徵的行為，遑論寫作？

自曹丕《典論·論文》提出「文以氣為主」的論述來說明作者作品的特質以來，這種說法在魏晉南北朝時期便頗為一些重要的文論家所接受，且並加以闡發。像陸機也有：「誇目者尚奢，惬心者貴當，言窮者無隘，論達者唯曠」[55]的說法；鍾嶸在《詩品·序》中亦云：「郭景純用俊上之才，變創其體；劉越石仗清剛之氣，贊成厥美。」而在魏晉南北朝時期將此論點闡述得最深入及最全面者，當屬劉勰《文心雕龍》。

曹丕能從「氣」來評斷作者，認為：「氣之清濁有體，不可力強而致」，顯示了文學評論者不只把「氣」當做普遍存在於生命體中的一般性質來看。承襲自前代的觀點，曹丕固然認為每個人所具的「氣」有多有寡；而其多寡，就決定了「才」可以發揮的程度。但曹丕之論不只於此，他以「清／濁」來區分「氣」的性質，這就代表著他能從「氣」反省到文學創作活動的個殊性。所以徐復觀先

55　陸機：《文賦》。

生在解釋「氣之清濁有體，不可力強而致」這兩句話的時候説：

> 成功的文學作品，必成爲某種「文體」。若追索到文體根源
> 之地，則文體的不同，實由作者個性的不同。必個性之自身，
> 有不同的形體、體貌，然後才透過文字的媒介以形成各種不
> 同的文體。文學、藝術的個性，不應僅由理性的立場加以規
> 定；因爲理性一定是有普遍性的；所以不同的個性，只能認
> 爲是來自生理地生命力，也即來自這裡之所謂氣。氣之或清
> 或濁，各有其形體。故氣由文字的媒介以表現爲文學，也各
> 有其形體氣的生理構造，每一個人，一生下來，便決定了的；
> 因此，由氣所形成的文體，乃出於自然而然，所以説「不可
> 力強而致」。[56]

徐先生從優秀成功的文學作品之個殊性開始探討，認爲它們都來自
於作者各自相異的個性，而這不是屬於理性範疇的，是來自生理生
命力的。所以文學、藝術的個殊性是作者生理生命力的具體實踐及
發用的結果。這樣的説法固然掌握了東漢末年建安時期以來「以氣
質爲體」的綱領及脈絡，然而排斥理性在文學創作中的效用或其呈
現的結果，則非曹丕之本意。吾人深味「書論宜理」[57]一語即可知
曹丕並不排除理性，甚且認爲條理分明，具説服力也是「文體」的

56　徐復觀先生，〈中國文學中的氣的問題〉，收錄於《中國文學論集》，頁 297-349。
57　《典論·論文》，「理」可以説是條理分明，具説服力的意思。而這與講求理
　　性是相通的。

一種特質[58]。其次，以「氣由文字的媒介以表現為文學，也各有其形體」來詮釋曹丕「文以氣為主，氣之清濁有體」的意思，雖能表達出曹丕重視生命特質，並以之為文章特質的主要構成因素。然而徐先生一味表彰文學、藝術的「個性」，並以文學的「個性」與「藝術性」相提並論，卻不是曹丕本意。在曹丕的論斷中，「奏議宜雅，書論宜理；銘誄尚實，詩賦欲麗」裏所用到的「宜」、「尚」、「欲」等詞還是有規範意味的。所以並非所有能展現「個性」的作品，曹丕都會給予正面的評價。他明確地表達了對文學、藝術作品所呈現出來的美感要求，對沒有達到或踰越這種要求的作品，他或多或少都給予負面的評價或修正的意見。

曹丕立論既已將生命力跟文學作品的特質連起來說，劉勰則在前者的基礎上更深密地闡發二者間的關係。《文心雕龍·風骨》篇直接引用《典論·論文》、〈與吳質書〉的內容來說明文論家及作者對「氣」這個要素的重視，劉勰說：

> 故魏文稱文以氣為主，氣之清濁有體，不可力強而致。故其論孔融，則云「體氣高妙」；論徐幹，則云「時有齊氣」；論劉楨，則云「有逸氣」。公幹亦云：「孔氏卓卓，信含異氣，筆墨之性，殆不可勝」並重氣之旨也。

其中劉楨論孔融之旨，端賴《文心雕龍》引用才得以保存傳世，然

---

[58]　由文體特質乃生命特質之具體顯現而言，可推斷「理性」亦屬生命特質之一端。

已莫能明其出於那篇文章或那一段談話了。而劉楨正是建安時期參
與南皮之遊[59]的作者之一，可以說與曹丕同屬一個文學集團。從劉
勰論述中引劉楨之評，可知文論中對「氣」的論述和觀點，是受到
他們影響的。在把「氣」當做生命力，而此生命力可以具體表現在
文章的寫作活動這一點上，劉勰與曹丕、劉楨等是一致的。

　　但是劉勰還進一步探究「氣」的來源及其性質，由他在〈物色
〉篇中說到：「陽氣萌而玄駒步，陰律凝而丹鳥羞」、「珪璋挺其
惠心，英華秀其清氣。物色相召，人誰獲安？」可見體現、具備在
人身上的「氣」是由天地之間自然賦與的。〈徵聖〉篇的贊語提到
：「精理爲文，秀氣成采」，便是講聖哲們所體會到和感受到的那
種存在於天地之間的「精理」、「秀氣」，而這本身就自然具備文
采，也體現在人爲的文章之中。〈原道〉篇中的：「爲五行之秀，
實天地之心」[60]，更直接說明了人所具備的「氣」是在天地之間自

59　曹丕〈與吳質書〉云：「每念昔南皮之遊，誠不可忘。妙思六經，逍遙百氏
　　。彈棋閒設，終以六博。高談娛心，哀箏順耳。馳騖北場，旅食南館。浮甘瓜
　　于清泉，沈朱李于寒水。白日既匿，既以朗月，同乘竝載，以遊後園。輿輪
　　徐動，參從無聲，清風夜起，悲笳微吟。樂往哀來，淒然傷懷。」則對「南
　　皮之遊」敘述頗詳。而另一封〈與吳質書〉則云：「昔年疾疫，親故多離其
　　災。徐、陳、應、劉一時俱逝，痛可言邪？昔日遊處，行則連輿，止則接席，
　　何曾須臾相失？」可知劉楨亦參與「南皮之遊」。

60　根據楊明照先生：《文心雕龍校注》（北京：中華書局，2000 年 8 月）對黃
　　叔琳本校語「一本實上有人字，心下有生字」的解釋：「《禮記·禮運》：
　　『故人者，其天地之德，陰陽之交，鬼神之會，五行之秀氣也。……故人者，
　　天地之心也，五行之端也，食味、別聲、被色而生者也。』爲舍人此文所本。
　　疑原作『爲五行之秀氣，實天地之心生』。」（頁 6-7）反對楊明照校注者則
　　有陳拱，他在《文心雕龍本義》（台北：台灣商務印書館，1999 年 9 月）中
　　云：「秀，即指秀氣，何必加一氣字以爲累？」（頁 7）則「秀」爲「秀氣」
　　之省文，乃「氣」之範疇。李曰剛先生則在《文心雕龍斠詮》（台北：國立

然而然形成的。故依劉勰所見，人所具備之「氣」乃由天地自然而然賦與；而存在於天地間之「氣」，則來自於「道」或「神理」。

來自天地自然稟賦之「氣」，有多寡的區別，「氣」多者則勢強勁猛，〈時序〉篇裏論建安時期的作者「梗概而多氣」、〈風骨〉篇所謂：「鷹隼乏采而翰飛戾天，骨勁而氣猛也」、〈定勢〉篇引劉楨之論：「文之體指實強弱[61]，使其辭已盡而勢有餘，天下一人耳，不可得也。」而評之曰：「公幹所談，頗亦兼氣」，則可知劉勰認為「氣」盛則文勢亦強。然則「氣」寡的情形又如何呢？劉勰在〈風骨〉篇中提到：「思不環周，索莫乏氣」、〈神思〉篇中也提到：「王充氣竭於思慮」，可知「氣」寡則不利於構思及寫作，寫出來的文章亦無生命力。這是「氣」多與「氣」寡在文學創作上不同的表現。

而根據劉勰在〈體性〉篇中所述，他也將「氣」的性質大別為「剛」、「柔」二者。「氣」剛者文章亦剛健明斷，即〈檄移〉篇

編譯館，1982 年 5 月）中，贊成「五行之秀氣」一句，而認為「天地之心生」之「生」字，乃涉下句之衍文，應作「實天地之心」為確（頁 17-19）。則李先生亦贊同「秀氣」之說。按：無論是「秀」或「秀氣」，都是由天地之氣鍾毓而成。

[61] 此句有誤，校勘諸家皆已指出。唯各家所推定者有所不同。若參酌諸家所論，則以黃侃先生《文心雕龍札記》（香港：新亞書院出版，台北文史哲出版社發行，1973 年 6 月）云：「文之體指貴強」（頁 110）以及劉永濟《文心雕龍校釋》（台北：華正書局，1981 年 10 月）云：「文之體勢貴強」（頁 112）、楊明照先生《文心雕龍校注》云：「文之體勢，實有強弱」（頁 412）較值得參考。其中楊先生的「有」字乃據臆斷而增者，故不取。而更動最少者為黃先生，然而「體指」兼有文內主旨之意，觀乎劉勰所引曹植之論「或好煩文博采，深沉其旨者」一句，〈定勢〉篇對「主旨」是以「深／淺」來形容的，不是以「強／弱」來形容的。亦有微瑕。唯劉先生以「勢有剛柔」推斷，更「體指」為「體勢」較為合理。

所云:「插羽以示迅,不可使辭緩;露板以宣眾,不可使義隱」,而其中的:「劉歆之移太常,辭剛而義辨」便是劉勰所認定的剛健之文。「氣」柔者,文章亦柔美深詳,〈明詩〉篇評西晉作者云:「采縟於正始,力柔於建安。或析文以為妙,或流靡以自妍」、〈才略〉篇稱:「劉向之奏議,旨切而調緩」、「子桓慮詳而力緩」則是劉勰所認定的柔美之文。〈體性〉篇中:「風趣剛柔,寧或改其氣?」之說,即是指「氣」的剛柔會體現在文章的風韻情致上,乃形成「文體」的條件之一。就文中之「勢」而言,「勢」亦有剛柔,而這是由「文體」所形成的。所以〈鎔裁〉篇講:「剛柔以立本」、「立本有體」,亦即一篇文章主要的調性、韻味是由「氣」的性質來掌握的。亦可由此知劉勰的剛柔立本之論,乃是源自《周易·繫辭下傳》:「剛柔者,立本者也;變通者,趨時者也。」但用於文論方面,乃指作者所具之「氣」的性質及其體現於文章者而言,與《周易·繫辭下傳》的「剛」、「柔」之義有所不同。然由此亦可知劉勰在〈體性〉篇中將「氣」分為「剛」、「柔」不同於將「才」分為「庸」、「雋」。這裏所提到的「才」是一元的,它是寫作能力高下的差別[62];而「氣」是二元的,它除了因多、寡之差異所造成的影響外,還有因「剛」、「柔」等性質的不同所造成的影響。

　　對人所稟之「氣」,劉勰與魏、晉時期的論者不同;他不像後

---

[62] 如前所述,劉勰所謂的「才」,還有自作者特質進而論及文章風格的一面。但在〈體性〉篇中則只有高下之分,像「自然之恆資,才氣之大略」、「因性以練才」、「才性異區,文辭繁詭」……等等,都是與「氣」、「性」結合起來論斷的,如此方有性質的差別。

者只論「氣」之多寡清濁，他還注意到「氣」在個人身上的消長變化。在〈養氣〉篇中劉勰説：「率志委和，則理融而情暢；鑽礪過分，則神疲而氣衰。」〈神思〉篇中也説：「王充氣竭於思慮」，可見劉勰認為用思過度，會令素具之「氣」衰竭。並且他還進一步解釋其原因説：「若夫器分有限，智用無涯。或慚鳧企鶴，瀝辭鐫思，於是精氣内銷，有似尾閭之波；神志外傷，同乎牛山之木：怛惕之盛疾，亦可推矣。」可知劉勰認為人所禀受的生理、心理條件是有限的，如果勉强自己做能力所不及的事，必導致傷氣損命。

　　另一方面，劉勰認為人身所具之「氣」，也會隨著年齡的變化而變化。在〈養氣〉篇中他説：

　　　　凡童少鑒淺而志盛，長艾識堅而氣衰……斯實中人之賞資，
　　　　歲時之大較也。

劉勰認為就一般而言，年輕者「氣」較為强盛，年齡漸長則「氣」隨之而衰。可見他已注意到「氣」在人的身上並不是固定不變的，它會隨著使用的情況、年齡的變化而有消長變化的[63]。

　　也就因為如此，劉勰在《文心雕龍》中提出了〈養氣〉篇，來

---

[63]　〔周〕列禦寇著，〔晉〕張湛注：《列子·天瑞》篇（台北：藝文印書館，民國 64 年 9 月）云：「人自生至終，大化有四：嬰孩也，少壯也，老耄也，死亡也。其在嬰孩，氣專志一，和之至也，物不傷焉，德莫加焉；其在少壯，則血氣飄溢，欲慮充起，物所攻焉，德故衰焉；其在老耄，則欲慮柔焉，體將休焉，物莫先焉，雖未及嬰孩之全，方於少壯閒矣；其在死亡也，則之於息焉，反其極矣。」（頁 11-12）也就人生的各階段説明了「氣」的變化，可資參照。則知劉勰非唯一持此論之學者也。

說明作者從事寫作活動的期間如何養「氣」？將養「氣」用在文論之中，可說是劉勰在文論上獨特的創舉。前乎此者，未見於曹丕、曹植、陸機、摯虞、沈約等人的專門文論；後乎此者，鍾嶸、裴子野、蕭繹、顏之推等人的文論也未嘗得見。劉勰將養「氣」置入文論的架構，代表著他已經能注意到作者自身的生命力與寫作之間的關係，並試圖對二者之間的調和與平衡提出一個適當的模式。

前已論之，劉勰認爲「鑽礪過分」、「瀝辭鎸思」等對思慮的過分使用都會損傷「氣」。因爲思慮是精神的發用，思慮超過自己所能負荷的程度會過度地損耗精神，而精神的過度損耗則會斲喪自身的生命力。於是寫作變成〈養氣〉篇中所謂：「銷鑠精膽，蹙迫和氣，秉牘以驅齡，灑翰以伐性」的事，這是與養生之理及其效果背道而馳的。所以劉勰提出在寫作活動期間的養「氣」之方，根本要點在於「從容率情，優柔適會」[64]。在這裏他提出「率情」，是與「逐文」相對而言的。不論是「率情」或「率志」，都要作者順著自己的能力與感受來從事寫作，所謂：「適分胸臆，非牽課才外也。」[65]，即是對從事寫作活動者的綱領性說明。而「逐文」者則將流於〈養氣〉篇中所云：「辭務日新，爭光鬻采，慮亦竭矣」的窘境。前者足於內而發於外，文采乃生命之自然呈顯；後者內有不足而求於外，以有限之生命追逐無限之文采。相較之下，後者之蹙迫勞情自足以傷「氣」；而前者之悠遊從容，便足以養「氣」。

而就實際寫作的方面，劉勰慮及人的思考狀態，他在〈養氣〉

64　《文心雕龍·養氣》篇。
65　《文心雕龍·養氣》篇。

篇中説：「且夫思有利鈍，時有通塞。沐則心覆，且或反常。」在
〈神思〉篇中説：「樞機方通，則物無隱貌，關鍵將塞，則神有遯
心。」都是就單一作者寫作時的不同心理狀態而言。作者應該認清
楚自己的思慮是處於「利」時或「鈍」時，是「樞機方通」，能將
語言文字流暢而自然的運用呢？抑或是「關鍵將塞」，内心中的感
受無法充分表達呢？劉勰認為寫作這種活動涉及心靈的運作，當心
靈處於昏昧的時候，再怎麼用心、努力，就是無法產生出滿意的作
品；這不像學問的累積，努力就可以達到期望的成果。寫不出讓自
己滿意的作品時，勉強自己寫再多也沒有用。他在〈養氣〉篇説：
「神之方昏，再三愈黷」，當心神昏昧時還要進行寫作，只會愈寫
愈差，愈寫愈讓自己失望而已。而這正足以傷「氣」，因為思慮是
會動用到「氣」的。

　　針對專門寫作的人，劉勰藉〈養氣〉篇中的這段文字表達了他
對如何養「氣」的看法：

> 是以吐納文藝，務在節宣。清和其心，調暢其氣。煩而即捨，
> 勿使壅滯。意得則舒懷以命筆，理伏則投筆以卷懷。逍遙以
> 針勞，談笑以藥倦。常弄閑於才鋒，賈餘於文勇。使刃發如
> 新，腠理無滯。

在這裏劉勰提出了「節宣」做為作者進行文藝創作時，兼顧保養自
己生命力的重要原則。而什麼是「節宣」呢？有研究者引《抱朴子
·内篇·釋滯》之文云：

> 人復不可都絕陰陽，陰陽不交，則坐致壅閼之病；故幽閉怨
> 曠，多病而不壽也。任情肆意，又損年命。唯有得其節宣之
> 和，可以不損。[66]

認爲這是道家常用語，其意或謂劉勰引此語以論養「氣」[67]。然則
葛洪此段之論，實乃針對欲藉房中之術而成仙者發論，批其妄謬，
未曾移以論文。其次，葛洪的「節宣」之意，是指人們不能「都絕
陰陽」，亦不宜「任情肆意」，他提出宣洩精元、調和陰陽應有所
節制，其重點在適當節制；而劉勰之論，未見特別強調節制之意。
故劉勰或取此處「節宣」之語，以成其文，然未必皆全用其義[68]。
而學者也注意到荀悅《申鑒·俗嫌》有：「君子節宣其氣，勿使有
所壅閉滯底」[69]這句話，則是講生命之氣的通暢流轉，亦著重在
「宣」。

　　然而「節宣」一詞，早已在儒家五經中被用過。劉勰在《文心
雕龍·序志》篇中既然說：「敷贊聖旨，莫若注經」，那我們何不
從儒經所述，來詮釋劉勰文中之義呢？據《左昭元年傳》記載：

66　〔晉〕葛洪著，王明校釋：《抱朴子內篇校釋》（北京：中華書局，2002 年 3
　　月據 1985 年 3 月版印刷），頁 150。
67　〔日本〕斯波六郎著：《文心雕龍范注補正》，轉引自詹鍈：《文心雕龍義證》
　　（上海：上海古籍出版社，1989 年 8 月），頁 1581。
68　由〈養氣〉篇：「雖非胎息之邁術，斯亦衛氣之一方也」來看，「胎息」一語
　　亦來自《抱朴子·內篇·釋滯》，然而「衛氣」則來自《素問》、《靈樞》等
　　中國醫學古籍。可以看得出來劉勰的「養氣」之論有藉用中國古代醫學理論的
　　知識來說明從事寫作時作者身心變化的企圖。
69　詹鍈：《文心雕龍義證》，頁 1581。

晉侯有疾，鄭伯使公孫僑如晉，聘且問疾。……僑聞之：「君
子有四時：『朝以聽政，晝以訪問，夕以脩令，夜以安身。
於是乎節宣其氣，勿使有所壅閉湫底，以露其體。茲心不爽
而昏亂百度。』今無乃壹之？則生疾矣。」

子產這段話是對叔向分析晉平公的疾病，不是因為日月山川的神祇
作祟所導致，而是在於晉侯自己的飲食哀樂不能好好調節。因此這
裏「節宣」是要掃除「壅閉湫底」──就是血氣閉塞集滯──的狀
況，所以重點在「宣」，即是宣洩或宣散。但一昧地宣洩或宣散會
使元氣盡失，故亦應加以調節。依此而言，「節宣」的意思乃是藉
著適度地宣洩或宣散來調節人身體的機能[70]。《左傳正義》中對於
為何要「節宣」的解釋，大體上不失其旨，可以發明劉勰之意；茲
引述如下：

凡人形神有限，不可久用。神久用則竭，形大勞則散，不可
以久勞也；神不用則鈍，形不用則痿，不可以久逸也。固當
勞、逸更遞，以宣散其氣。

這與劉勰所云：「意得則舒懷以命筆，理伏則筆以卷懷」的意思相

---

[70]　《左傳正義》解釋「節宣」云：「以時節宣散其氣也。」這是將「節」理解爲
一年中的四個季節。然依經文内容，四時指的的朝、晝、夕、夜，乃一日之
四個時段，其非一年之四時，明矣。故「節」不應理解爲時候、季節之「節」。

合。像寫作這種勞心勞力的事，若一段時間懈怠不爲，則原本的能力也會隨之降低其表現水準。但若所爲超乎自己身心的負荷，則會造成無法彌補回來的損耗。所以劉勰主張在適當的時機使氣用思，不要太過勉強，當用則用，當止則止，便是所謂「節宣」。

而「節宣」要達到怎樣的效果呢？就是要做到能「清和其心，調暢其氣」，心境能清靜平和，氣息能暢達自然。此即〈神思〉篇中所説的：「陶鈞文思，貴在虛靜；疏瀹五藏，澡雪精神。」王金凌先生在《文心雕龍文論術語析論》中提到：

> 清和其心即神思篇所説「虛靜」的方法，若要虛靜，必得體先安適。體要安適，必得氣息調暢。氣息不暢，則體不安適，體不安適，心則分想而不能虛靜，文思自然壅滯不通。[71]

甚得其意。但王先生將「氣息調暢」、「體先安適」、「虛靜」視爲一連串相關的步驟，而從《文心雕龍》中，實在看不出來劉勰是否也如此設想？然則這兩句與〈神思〉篇所述，其理路是一貫的。

由此亦可知劉勰是主張創作時要保持沖虛冷靜心態的文論家，不同於司馬遷「發憤著述」及韓愈「不平則鳴」那種偏重以情緒滿溢爲主導的著述觀。劉永濟先生《文心雕龍校釋》云：

> 細繹篇中示戒之語……言外蓋以箴其時文士，苦思求工，以

71　王金凌先生：《文心雕龍文論術語析論》，頁18。

罵聲譽之失也。蓋古人爲文，或以明世要，或以抒幽情，皆
發憤而作，如不得已。[72]

　　雖然要說明劉勰是反對文人「苦思求工，以罵聲譽」，然以「發憤
而作」當做對立面來說明，容易讓人誤判劉勰是主張以情緒做為創
作主導的文論家，而忽略了他所提出的以「虛靜」為中心的創作論
旨。雖然在〈情采〉篇中云：「風雅之興，志思蓄憤」，〈比興〉
篇也講：「蓄憤以斥言」，但劉勰是將之視為寫作動機（此動機亦
可成為主題及題材內容），而非寫作之際為文構思之原理、法則。

　　但是從反面來講，如果做不到「清和其心，調暢其氣」，也就
是當心煩意亂，文思不通時，劉勰認為作者在此時應該暫時停下筆
來，「逍遙以針勞，談笑以藥倦」，讓自己心神放鬆，不要太過勉
強。等心神調適好了，再進行創作。這樣一來，創作活動就不會傷
「氣」，反而能「申寫鬱滯」[73]，讓「氣」的運行更加順暢無礙。
用思慮、寫文章就不至流於「困神」、「傷命」，反成為「衛氣之
一方」，可以藉此保「氣」、養「氣」，使人精神更好、更健康。

　　前面已經討論過劉勰對「氣」的來源、「氣」的性質、「氣」
的變化，以及在寫作過程中如何養「氣」等問題的觀點，足見他對
文論中與「氣」有關的概念；相對於東漢以來至南北朝的其他文論
家，討論得更加全面且更加深入。所以可說劉勰對於「氣」在文章
上的作用所提出的看法，比其他文論家更複雜。

72　劉永濟先生：《文心雕龍校釋》，頁162。
73　《文心雕龍·養氣》篇。

另外，他也在〈風骨〉篇中提出「守氣」之説：

> 是以綴慮裁篇，務盈守氣。剛健既實，輝光乃新。其爲文用，
> 譬征鳥之使翼也。

「守氣」一詞出自《左昭十一年傳》晉臣叔向觀察單成公之語：

> 單子會韓宣子於戚，視下，言徐。叔向曰：「單子其將死乎？
> 朝有著定，衣有襘，帶有結。會朝之言，必聞于表，著之位，
> 所以昭事序也。視不過結襘之中，所以道容貌也。言以命之，
> 容貌以明之，失則有闕。今單子爲王官伯，而命事於會，視
> 不登帶，言不過步，貌不道容，而言不昭矣。不道不共，不
> 昭不從，無守氣矣。」

《左傳正義》解釋爲：「守身之氣」，而竹添光鴻《左傳會箋》則
曰：「神氣不守其體」。陳拱先生《文心雕龍本義》以倒裝修辭解
釋〈養氣〉篇中的「務盈守氣」爲「務守盈氣」，與竹添光鴻之解
相合。然而由《左傳正義》可知「守氣」爲古人所用之成詞，故劉
勰在此應不是以倒裝修辭爲文。若將「守」當做動詞，如祖保泉先
生在《文心雕龍解説》中以「調養精神」爲「守氣」之解，則「盈」
應解爲副詞，用來形容「守」。

事實上，欲解其義既不必以倒裝求之，亦不必如竹添先生之增
字爲釋，更不必以「盈」字爲副詞，使讀者在閱讀理解上又再隔一

層。針對「守氣」一詞，依《左傳正義》之釋自然可通。然而「守氣」、「志氣」皆屬於作者本身之「氣」，劉勰並未在此進一步解釋「守身之氣」如何轉化為「文氣」。有論者以為此乃就「文氣」而為言者，則不必涉及轉化矣。然而吳聖昔先生已於《劉勰文學思想建構與精髓》一書中加以辯明[74]，故此仍應理解為作者之「氣」。

至於作者之「氣」作用於文章的過程，劉勰也在《文心雕龍·體性》篇中加以分析：

> 才力居中，肇自血氣。氣以實志，志以定言。吐納英華，莫非情性。

「才」在創作過程中處於主導地位，而「氣」在這個過程中，擔負著推動「才」的責任。「才力」之所以能發揮，能運作，是由「血氣」開始的。由此可見劉勰認為生理的生命力——「血氣」——是實踐創作活動起源，但是起主導作用的是「才」。這異於曹丕「文

---

[74] 吳聖昔在《劉勰文學思想的建構與精髓·第四篇　創作才華篇·15　綴慮裁篇，務盈守氣》（台北：貫雅文化事業有限公司重排翻印，1992 年 10 月）中寫道：「對於這個『氣』，過去有論者或釋為『文以命意為主』，或『文以情志為主』，甚至釋為『沒有一種不得不抒發的情感，文章就缺乏氣』。這都是只從情意、辭采，即內容、形式的關係上著眼來分析，而沒有抓住和突出這個『氣』的特殊含義。這個『氣』，當然不僅泛指一般的人的氣質，主要是指作家創作個性的重要因素之一的氣質，它與作家的才能、情志、性格、藝術修養等具有密切的關係，共同決定著、影響著作品的藝術特點和藝術風格。」（頁 182）雖然未注意到「氣」作為生命力來解釋，有其特質的不同及多寡的差別，而含混籠統地以「氣」為氣質，並連繫到作家的才能、情志……等等方面；但至少他指出了劉勰在這裏所使用的意義是屬於作者本身範疇的概念，而非作品範疇的概念。

以氣為主」的觀點，曹丕是把起主導作用的因素與起源因素混為一談，所以其所論之「氣」便包含了生成、構思、寫作實踐……等等因素。而劉勰認為關鍵乃在於「才」，「血氣」則是負責推動作者之「才」，使「才」得以展現的要素。它有生成的意義，但要進一步落實到作品，還要經過「氣以實志，志以定言」的步驟。

在此所謂「志」，便是指內在於心的意向而言。它有時體現為文章的內容，與文辭相對。例如：〈辨騷〉篇的「依彭咸之遺則，從子胥以自適，狷狹之志也」、〈體性〉篇的「辭為膚根，志實骨髓」、〈樂府〉篇的「志不出於滔蕩，辭不離於哀思」。有時又指心中的目標或標準而言，如「孫綽為文，志在於碑」[75]，〈才略〉篇「孫盛、干寶，文勝為史，準的所擬，志乎典訓。」但皆不離內在於心的意向這個基本意義。所謂「志在山水，琴表其情」[76]、「水火井灶，辭繁不已，志有偏也」[77]、「休璉風情，則百壹標其志」[78]都是這個意思。值得注意的是，劉勰所提出的「志」，並不是像學者所說的：「是理性或照明作用的」[79]，它常常是與情感相結合的。且不云〈明詩〉篇的「人秉七情，應物斯感；感物吟志，莫非自然」是出自於《禮記·樂記》的說法，即便如〈辨騷〉篇云：「騷經九章，朗麗以哀志」，〈物色〉篇的：「天高氣清，陰沈之志遠」等，其「志」都不離乎情感，而非單純地作為理性照明的意

---

[75] 原作「志在碑誄」，據唐寫本《文心雕龍殘卷》改。
[76] 《文心雕龍·知音》篇。
[77] 《文心雕龍·銘箴》篇。
[78] 《文心雕龍·才略》篇。
[79] 徐復觀先生：《中國文學論集》，頁304。

思來用。至於〈附會〉篇講的：「情志為神明」，更是將「情」、「志」合起來講而不特別加以區分了。

　　「志」既然指內在於心的意向而言，它是隱而未發的。〈明詩〉篇便引《毛詩‧大序》：「在心為志，發言為詩」來說。而要如何才能「發言」，讓「志」呈顯呢？劉勰雖未在〈明詩〉篇闡述，但是在〈體性〉篇這裏，他認為「志」要呈顯為「言」，必須經過一個具體化、現實化的過程。「氣」就是這個過程重要因素。有了血氣生命之力，便可以將「志」具體化，而落實於寫作中，便構成了語言文字作品。這便是「氣以實志，志以定言」的意思，反過來說，若「氣」不足以實「志」，則「言」亦不能確立。然值得注意的是，「言」是表達「志」的，「氣」只是讓這個過程得以實現，而「氣」所發生的影響卻也因之而體現於語言文字之中。

　　因此「氣」雖然指廣泛而普遍的生命力，但從作者的生命力到文章的生命力之間的轉換機制，劉勰認為是通過作者的意向與性情來達成的，並非直接而無礙地貫通的。所以〈神思〉篇才會有：「神居胸臆，而志氣統其關鍵；物沿耳目，而辭令管其樞機。樞機方通，則物無隱貌，關鍵將塞，則神有遁心。」的說法。這表明了在「志」、「氣」、「物」、「辭」之間，有一套機制。它的運作如果順利，表情達意就無障礙；它的運作若失靈，則無法用語言表達正確訊息。相較於曹丕，劉勰的觀察更加周到細密，並且可說已接近現代文藝心理學對藝術品創造生成過程的描述[80]。

[80]　童慶炳、程正民編著：《文藝心理學教程》（北京：高等教育出版社，2001年7月）提到：「在藝術家的心理體驗與藝術品的外在形式之間就必然有一個

　　所以「氣」乃是寫作活動得以進行的源頭，就因爲每個人所秉的「氣」不同，呈現在作品中的特質也相異。這是隨機的，沒有固定原則可循。演繹或歸納的方法在此失靈，定律或法則也往往出現例外。在〈體性〉篇的論述中，劉勰便不以前段所歸納出來的「八體」來範圍「情性」[81]，而是用列舉的方式來說明每一個作者獨特的生命氣質以及與此氣質相應的文章風格。「八體」可藉「學」、「習」而獲致，「情性」乃依「才」、「氣」內發而成。每個人的「情性」各異，各異的「情性」發而爲不同風格的文章。若依劉勰的講法，在這中間發生影響的最主要因素就是「氣」[82]。

第五節　　「學」之析論

　　《文心雕龍》中，闡述作者寫作能力的構成要素還有「學」。劉勰對「學」也非常重視。這個詞，在《文心雕龍》裏用了五十二次。若依研究者分析，它大體上有三種意思。其一就事而言，指學

　　中間環節，這就是『內在形式』。」（頁 169）
[81]　〈體性〉篇所提的「八體」，劉勰基本上是把它們當做創作學習過程中有助於作者的文學表現成熟的風格模式。而這是從歷來作者作品中歸納而得的，它並沒有預示著未來的作品只能在這「八體」之中。
[82]　《白虎通·性情》篇（東漢·班固撰，清·陳立疏證。北京：中華書局，1994年 10 月）云：「性情者，何謂也？性者，陽之施；情者，陰之化也。人稟陰陽氣而生，故內懷五性六情。」（頁 381）又以「魂」、「魄」分別爲「少陽」、「少陰」之氣而各主於「情」、「性」。（見《白虎通疏證》，頁 389-390。）劉勰以情性與「氣」合論，雖未必便本於此，然其用語亦與之相符。足以說明將情性與「氣」合論自漢代即有之，非始於劉勰也。

問，如：〈神思〉篇「積學以儲寶」、「若學淺而空遲」，〈事類〉篇「有學飽而才餒，有才富而學貧」、「學貧者迍邅於事義」、「以子雲之才，而自奏不學」、「魏武稱張子之文為拙，然學問膚淺，所見不博」、「綜學在博，取事貴約」，〈練字〉篇「非博學不能綜其理」……等等皆是；其二就人而言，指學者，例如：〈正緯〉篇「平子恐其迷學」、〈風骨〉篇「明者弗授，學者弗師」、〈定勢〉篇「新學之銳，則逐奇而失正」……等等皆是；其三就行動而言，指學習，如：〈論說〉篇「通人惡煩，羞學章句」、〈附會〉篇「夫才童學文，宜正體製」、〈體性〉篇「若夫八體屢遷，功以學成」……等等皆是。另外還有專有名詞者如〈練字〉篇「宣、成二帝，徵及小學」、「前漢小學，率多瑋字」、「暨乎後漢，小學轉疏」。如果要討論作者之寫作能力，應落實在學問、學習二者來闡明。

而劉勰對於「學」的判斷有兩個標準，一為「貧／博」，一為「淺／深」。從以上所列的例子來看，可知劉勰認為博學對文章寫作來講是重要的，是正面的；相對而言，學貧則被劉勰認為是負面的，有待調整的。所以在〈神思〉篇中説：「博見為饋貧之糧」。故以所學而言，劉勰認為宜博不宜貧。在〈知音〉篇他説：「凡操千曲而後曉聲，觀千劍而後識器；故圓照之象，務先博觀。」可見不只是針對文學創作，對於文學批評他也主張論文者應盡所有能力研讀所有的例子再下結論。而首先要具備的條件，就是「博觀」。

至於「淺／深」這個標準，劉勰則主張深勝於淺。他在〈神思〉篇裏貶「學淺而空遲」者云：「以斯成器，未之前聞。」在〈體

性〉篇裏也提到：「事義淺深，未聞乖其學」；「學」的「淺」、「深」表現在文章中所運用的事義上，所以可知劉勰貶低「學問膚淺，所見不博」[83]之「淺」文，而推重「涯度幽遠，搜選詭麗」[84]的「深」文。從〈指瑕〉篇所提「中黃育獲」與「疋馬」之例，可見劉勰對「學」的講究，已經深入到可與專業學者相比，也間接可見他對「深」學的重視。然而不論作者是多麼「深」、多麼「博」的學，劉勰主張用在文章中都應該「理得而義要」[85]。也就是學問在文章中要能發揮適當的說明效果，不能亂用，反使文意不明。

　　前面已經提到，在〈神思〉篇、〈事類〉篇和〈練字〉篇中提到的「學」，都有當做學問的意思。但〈神思〉篇中所提出的「積學」、「酌理」、「研閱」都是自外界吸收的過程，其所儲之「寶」、所富之「才」、所窮之「照」方屬於內在的能力。將「學」當做學問，它本來是外在的，經過吸收，儲之於內，便成為有助於文章寫作之「寶」，成為內在的能力了。劉勰常常將「才」、「學」對舉而論，認為二者要相互配合，才能在文章寫作上達到最佳的效果。可見得他並不因重視出之於內之「才」，而忽略了由外部吸收進來的「學」。在〈神思〉篇中他說：「若學淺而空遲，才疏而徒速，以斯成器，未之前聞。」已經透露才疏學淺是寫不好文章的，不管寫得快或寫得慢都一樣。但是劉勰提出：「博見為饋貧之糧，貫一為拯亂之藥，博而能一，亦有助乎心力矣。」則偏重在「學」

83　《文心雕龍·事類》篇。
84　《文心雕龍·時序》篇。
85　《文心雕龍·事類》篇。

這一方面而言。

　　學問對文章寫作所發生的影響如何呢？有的文論家認為文章寫作要取得出類拔萃的成果，主要是靠才氣，不是靠學問[86]。對嚴羽等某些文論家而言，學問是把文章寫好的充分條件，而非必要條件。這裏的「學問」是廣義的，指凡是能被取資為文章內容的知識而言，而非限定於個別專業領域的特殊方法所研究出來的學術成果。

　　但從劉勰的敘述來看，他雖以「才」為主，也不刻意降低「學」的作用。劉勰在〈事類〉篇中說：

> 薑桂同地，辛在本性；文章由學，能在天資。才自內發，學以外成。有學飽而才餒，有才富而學貧；學貧者迍邅於事義，才餒者劬勞於辭情，此內外之殊分也。是以屬意立文，心與筆謀。才為盟主，學為輔佐。主佐合德，文采必霸；才學褊狹，雖美少功。

由這一段說明可以看出「學」在《文心雕龍》中的位置。首先，「文章由學，能在天資」，說明了學問是文章養分的來源，寫作文章的能力若想要成長、茁壯，豐厚而深入的學問便是它的基礎和取資的對象。但文章的造詣要達到水準之上，要寫出自己的特色，就得靠作者本身內具的寫作才能。雖然劉勰認為寫作才能很重要，但他

---

[86] 嚴羽著，郭紹虞校釋，《滄浪詩話·詩辨》（台北：里仁書局，民國 76 年 4 月）云：「孟襄陽學力下韓退之遠甚，而其詩獨出退之之上者，一味妙悟而已。」（頁 12）又云：「夫詩有別材，非關書也；詩有別趣，非關理也。然非多讀書，多窮理，則不能極其至，所謂不涉理路，不落言筌者，上也。」（頁 26）

也認為如果只有發自於內的「才」而缺乏「學」，文章便會顯得淺薄、內容貧乏。劉勰以「學貧者迍邅於事義」來批評，也就是缺乏「學」的人，在寫文章之時，面臨取事用義之際會有障礙。

這可分兩點來說，第一點是所用事義的正確與否，這又可以分為兩個方面來看：其一、〈事類〉篇批評曹植引事之謬云：「按葛天之歌，唱和三人而已。相如〈上林〉云：『奏陶唐之舞，聽葛天之歌，千人唱，萬人和。』唱和千萬人，乃相如推之。然而濫侈葛天，推三成萬者，信賦妄書，致斯謬也。」這是所用之事義本身就是誤傳或誤解。其二、如〈夸飾〉篇：「子雲羽獵，鞭宓妃以饟屈原；張衡羽獵，困元冥於朔野。變彼洛神，既非罔兩；惟此水師，亦非魑魅。而虛用濫形，不其疏乎！」這是作者取用不合適的事義所造成的結果。以上這兩種疏失，皆由於學問未臻精熟所致。

第二點是取事用義的深入程度，如〈比興〉篇云：「關雎有別，故后妃方德；尸鳩貞一，故夫人象義。義取其貞，無從於夷禽；德貴其別，不嫌於鷙鳥。」取「關雎」以象徵后妃之德，是因為它們雌雄有別，不會亂配，以此而言后妃行為之守禮與舉止之合度。取「尸鳩」以象徵夫人，是因為它們專一地守著對方，以此而言夫人貞定不移，守節從一的操守。這都不是表象的比附，而是經過鍛鍊，提出作者所觀察及所理解的意義，再依此意義結合起來的結果。反面的例子像〈事類〉篇裏提到的：「魏武稱張子之文為拙，然學問膚淺，所見不博，專拾掇崔、杜小文。所作不可悉難，難便不知所出。斯則寡聞之病也。」這就是用事不深，只取其浮詞淺義，不經深入推敲的結果。劉勰在〈事類〉篇提出「理得而義要」為取

事用義的標準，從其《文心雕龍》書中所舉的例子看來，可知這是包含了正確性與深入性兩個層面所下的結論。所以學問不精到，文章很難寫得通順合理。

而從「才為盟主，學為輔佐。主佐合德，文采必霸；才學褊狹，雖美少功。」來看，劉勰將「才」、「學」分屬於寫作的內在因素與外在因素，他以內在因素的「才」為主，而以外在因素的「學」為輔。但這並不意味著劉勰認為「學」是不重要的，可以取消的。這是就其對寫作所發揮的功能而言，「學」是「才」得以發揮的憑藉。輔者，佐也、助也。「學」的功能就在於佐「才」、助「才」，雖云為輔、為佐、為助，但它的功效非常強大，關乎作者的成就與文章的整體評價。失去了「學」，「才」的發揮將極有限；有了豐厚的「學」，「才」方得以縱橫馳騁。〈事類〉篇的「將贍才力，務在博見」、〈才略〉篇的「潘勗憑經以騁才」，「才」都是藉著「學」方得以充分表現的。

但劉勰知道「學」在文章寫作中的地位及作用畢竟不是主導者，他在〈養氣〉篇中說：「夫學業在勤，功庸弗怠。故有錐股自厲，和熊以苦之人。志於文也，則申寫鬱滯，故宜從容率情，優柔適會。」可知劉勰明白專力於「學」，並非文人之業，而是學者之志。他很明顯地區分此二者，但他只是以文章寫作為構論主題，所以重視文人。這並不表示說他在價值判斷上以文人為高而學者為低。

以「學」為主導乃為「學者」，顏之推在《顏氏家訓・文章》篇中說：「學問有利鈍，文章有巧拙。鈍學累功，不妨精熟；拙文研思，終歸蚩鄙。但成學士，自足為人；必乏天才，勿強操筆。」

說明了「學士」與「文人」的區別，主要是看其能力及成就置於「學問」或是「文章」。顏之推認爲「學士」以其學問爲世所重，通過努力累積而能精熟，此乃確實可見之功。「文人」以其文章見重於人，若無才力，兼無識見，徒留笑柄於後世耳。故有「學」而乏「才」，可成爲學者，而難成爲文人；徒「才」而乏「學」，非但不能成爲學者，連文人都當不成。

在劉勰的觀念裏，問題重點不在於「才」和「學」何者比較重要？而是在寫作過程中，二者之間如何配合？如何調整各自的角色位置？所以劉勰認爲「才」與「學」是互補的關係，有相助相乘的效果；而不是相互排斥、相敵相損的關係[87]。在文章寫作上，二者合則兩美，有所偏蔽則兩傷。劉勰把「才」、「學」二者的結合對文章寫作的成就可以說提到最高的位置，此處所謂「主佐合德，文采必霸」，即是二者的結合可以爲文壇之霸主、盟主。可見他對這兩個因素的成功配合多麼重視。而與「才」並舉，也可見在劉勰論述中「學」的重要性。從〈麗辭〉篇：「徵人之學，事對所以爲難」的判斷來看，劉勰認爲在文章寫作中要徵引適當的學問是比徒然

---

[87] 劉勰常將一般人會認爲對立的兩個概念融合來看，並依其功能加以會通，而不是用矛盾和排斥的觀點來探討概念。例如〈風骨〉篇：「若風骨乏采，則鷙集翰林；采乏風骨，則雉竄文囿，唯藻耀而高翔，固文筆之鳴鳳也。」其中「風骨」與「采」的概念。以及〈定勢〉篇：「奇正雖反，必兼解以俱通，剛柔雖殊，必隨時而適用。」其中「奇、正」、「剛、柔」的概念；和〈情采〉篇：「夫水性虛而淪漪結，木體實而花萼振：文附質也。虎豹無文，則鞹同犬羊；犀兕有皮，而色資丹漆：質待文也。」其中的「文」、「質」概念。對於以上這些概念，劉勰不認爲它們兩兩之間是相互對立而排斥的，而是爲它們的特質找到合時、合宜的位置，讓它們兩兩之間的相互對待產生相互補足的效果。劉勰論「才」、「學」的關係也不例外地用這種方法。

的敘述難度更高的。這也就表明「學」在文章寫作中擔負了將文章水準、難度提昇的任務；所以並非因其居於輔佐的地位就不重要。

若將「學」當學習講，它不只是學問的獲得，也指能力的培養而言。〈體性〉篇中「學有淺深」的說明及「事義淺深，未聞乖其學」的判斷固然是以學問而論，然而「八體屢遷，功以學成」、「才有天資，學慎始習」卻應該當做學習來解讀的。劉勰認為學習操觚為文，最重要的是一剛開始的時候。他屢屢提到：「童子雕琢，必先雅製」[88]、「才童學文，宜正體製」[89]，都重視作者一開始學習寫作的幼年時期。劉勰認為幼年時期若學偏了方向或學得不好，日後很難再調整回來。〈體性〉篇中所謂：「斲梓染絲，功在初化。器成綵定，難可翻移。」所以最初的學習很重要，要選擇能持續發展並足以廣納各種內容的風格，方能有助於寫作智慧的成長。劉勰特別指出在眾多作品中，若要加以學習，應該以「典雅」的作品為優先，因為自「典雅」的作品中學出來，不會讓文章寫作走入死胡同，限制了作者自我情性的發展。

而從「八體屢遷，功以學成」這個說明來看，劉勰認為若要成就〈體性〉篇中的「八體」，要靠作者努力地去學習，這包括來自生活經驗的閱歷，不只是對作品的閱讀、學習。像〈物色〉篇提到的「喓喓學草蟲之韻」，就是從大自然中觀察而得的。「八體」是歸納的結果，它們可以當做文章寫作的參考，讓作者藉此發展自身獨具的風格。要學習「八體」之中的那一「體」？是由作者自己選

---

[88]　《文心雕龍·體性》篇。
[89]　《文心雕龍·附會》篇。

擇的,每個作者都不一定,故云「屢遷」。但劉勰未嘗說明他所指的是不同的作者在學習時所表現出來的不同風格?還是指單一作者在創作歷程中風格的變化?從〈體性〉篇所述,劉勰列舉了十二個作者來討論風格的多樣性,則知應指各個作者所展現的不同風格而言。在此可以推測劉勰可能認爲還在變化中的風格並不穩定,也不足以做爲一位作者的代表風格。所以像梁、陳之際的庾信,自年少時的「綺豔」[90]之作變爲中年之後的「老成」[91]之篇,這種例子在劉宋、南齊之前未必沒有,但劉勰並未論及[92]。而事實上,這並不影響或減弱他重視作者後天學習的論旨。

可以看得出來,劉勰認爲就文章寫作而言,不能缺乏學問。沒有學問則寫不出內容豐富的好文章。但並不是將所有學問都一股腦兒搬入文章中;〈事類〉篇云:「綜學在博,取事貴約」,「約」就是精要的意思。用在文章中的事義,應該精要,去除那些徒騁博學,無關其旨的事義。而如何做到「約」呢?劉勰在同篇中也做了說明:「校練務精,捃理須覈。眾美輻輳,表裏發揮。」也就是對事義的考校、推敲要很精到,選用時要很嚴格,而能將文章的外顯和內涵都充分表達出來。而劉勰也認爲「學」對文章寫作來講很重要,是「才」的輔佐。作者必須經過不斷的「學」及累積,並且要

90　〔唐〕李延壽撰,《南史·庾信傳》(台北:鼎文書局,民國80年4月)。

91　〔唐〕杜甫〈戲爲六絕句〉:「庾信文章老更成,凌雲健筆意縱橫。」

92　詹鍈《文心雕龍義證》云:「一是通過後天的學習,作家的文章風格可以逐漸變化,繁縟的可以變爲精約,新奇的可以變爲雅正。一是同在一個作家中,通過思想的修養,藝術的鍛煉,風格可以多樣化。」(頁1022)即認爲劉勰此句有兩方面的意義,事實上勉強來說,劉勰只有前者一種意義。

善於選擇方向，不要被既定的風格限制了自己的發展潛力，才能在文章寫作方面有所成就。

第六節　「習」之析論

「習」在《文心雕龍》中的探討和運用的例子較少，只出現十一次。然而〈體性〉篇將之專門提出加以分析，可見劉勰在探討作者的寫作能力時，也考慮了這個要素。而〈體性〉篇中：「習有雅鄭」、「體式雅、鄭，鮮有反其習」、「學慎始習」、「摹體以定習」、「習亦凝真」中的「習」，便是指為文者或主動、或被動地受到或有形、或無形的感染而言。這又可衍申為習慣的意思，也包含經由不斷重覆地「學」而內化成為一種自然而然的習慣性反應。另外也有「嫻熟」的意思，如〈程器〉篇云：「豈有習武而不曉文也？」亦有作「沿用」來解的，像〈詔策〉篇：「遠詔近命，習秦制也。」在這些例子之中，「習秦制」指的乃是沿用秦朝的制度，「詔」、「命」做為體裁名稱，這無關乎文章寫作能力。唯有「習染」、「習慣」、「嫻熟」等意義與文章寫作能力有關，而這三者實際上是相通的。

「習」與環境有關，與「學」相類，亦屬於由外影響於內的因素，和「才」、「氣」、「情」、「思」、「志」這些單純由內而發諸於外的因素不同。「習」與「學」的差別在對於所學的事物和方式，「學」是經由主觀意識地加以選擇與接受；而在「習」這方

面,主觀意識比較沒那麼明顯,偏向半自覺或不自覺而得到的能力或感染到的行爲特質。是全然地接受,而非經過批判、加以選擇的接受。「習」比較被動,更依賴於環境,可見劉勰相當重視環境對作者的影響。他在〈體性〉篇中説:「習有雅、鄭」,這是指整體生活環境之偏雅或偏俗而言。而〈風骨〉篇的:「于是習華隨侈,流遁忘返」、〈比興〉篇的:「習小而棄大,所以文謝于周人也。」〈練字〉篇的:「時並習易,人誰取難?」等等都是指創作風氣對作者的影響而言。

如果一個時代大部分的作者都認同並以某種特殊的審美標準或技巧進行創作,那就會形成一種創作風氣。像建安時期的「造懷指事,不求纖密之巧;驅辭逐貌,唯取昭晰之能」[93];齊、梁時期的「文貴形似,窺情風景之上,鑽貌草木之中」[94],一般作者就容易受到影響而表現在文章中。齊、梁時期作者的「習華隨侈」,戰國晚期到兩漢作者的「日用乎比,月忘乎興」[95]或追逐華辭麗藻,或習用於某種寫作技巧,這都是受到創作風氣影響的例子。所以劉勰認爲在寫作方面,「學慎始習」、「摹體以定習」,讓一個作者去習慣或熟練某種風格是很重要的。它甚至讓一個作者產生根本的變化,〈體性〉篇中:「習亦凝真,功沿漸靡」便是這個意思。但是大部分的作者都是根據自己所好,選擇性地接受某一種表達方式,未必同於時代風氣;這也就是劉勰在〈定勢〉篇所提到的:「所習

93　《文心雕龍·明詩》篇。
94　《文心雕龍·物色》篇。
95　《文心雕龍·比興》篇。

不同，所務各異」，亦即喜好、習慣不同的話，所寫出來的作品也
會不同。

　　不只是創作風氣會影響作者，一個時代或一個地區的生活方式
和語言習慣也會影響作者。〈聲律〉篇的：「張華論韻，謂士衡多
楚。《文賦》亦稱取足[96]不易。可謂銜靈均之聲餘，失黃鍾之正響
也。」這是語音影響作者寫作的例子，〈風骨〉篇的：「論徐幹，
則云時有齊氣」[97]，這是一個地區生活環境風俗習慣影響作者的例
子。創作風氣之所以影響於作者，乃在於它是由一整套審美標準經
過一段時間蘊釀形成的，它與表達及思考的方式有關，甚至與可被
接受的情緒與態度有關。作者既認同這種風氣，並願意在這種風氣
下進行創作，就會去配合它，受它的影響，順著它的要求去寫作。

---

[96]　王利器先生，《文心雕龍校證》，頁217，云：「『取足』二字，原作『知楚』。
黃侃曰：『案《文賦》云：「亮功多而累寡，故取足而不易。」彥和蓋引其言
以明士衡多楚，不以張公之言而變。「知楚」二字乃涉上文而訛。』案黃說是。
『知楚』二字即『取足』形近之訛，今據改。」《文賦》中並未提到『知楚』，
而「不易」是與「取足」連著講的，所以黃、王二位先生雖無板本當做佐證，
然其推測合於情理，故信而從之。

[97]　劉文典《三餘札記》中引《三國志·魏志·王粲傳》注，而云：「『幹時有逸
氣，然非粲之匹也』，……李注、翰注並以齊俗文體舒緩釋之，亦是望文生義，
曲爲之解耳。魏文帝〈與吳質書〉：『公幹有逸氣，但未遒耳。』雖言逸氣，
然謂劉楨，非謂徐幹也。」郭紹虞認爲：「李注有根據，並非望文生義。……
《左襄二十九年傳》載公子札來觀周樂……服虔注：『泱泱，舒緩深遠，有太
和之意』這是說齊詩有舒緩的風格。《漢書·朱博傳》說：『齊部舒緩養名』，
顏師古注：『言齊人之俗，其性遲緩，多自高大以養名聲。』《論衡·率性》：
『楚越之人，處莊嶽之間，經歷歲月，變爲舒緩，風俗移也。故曰齊舒緩，楚
促急』這都是說舒緩是齊地特殊的風俗習慣……由於齊俗舒緩的生活環境，影
響到作家的個性和作品風格，所以說『徐幹時有齊氣』。逸氣是讚美之辭，齊
氣乃是不足之稱。……李善注符合文義……則本文當依《文選》作齊氣爲是。」
（《中國歷代文論選》第一冊，頁160-161）

而生活環境、風俗習慣之影響於作者，乃在於作者所取資的生活內容，甚至生活的習性、思考的習慣、說話的方式、態度、語氣……等等，都會或有意或無意地影響文章寫作，表現在作品之中。所以〈體性〉篇說：「習有雅、鄭」、「體式雅、鄭，鮮有反其習」，也就是文章所用的表達方式，有的偏向雅，有的偏向俗，這與生活環境、風俗習慣有關。

這與現代語言學或心理語言學所討論的「習得」（Language acquisition）有很大的不同。劉勰將「學」與「習」分別而論，也不是基於他已經意識到二者之間存在著如現代語言學家們所強調的「learning」與「acquisition」的差別。故不宜將之比附混同而論，而以之解釋《文心雕龍》的論述內容[98]。

然而「習」也有不斷重覆學習、揣摩而臻於熟練的意思，這是「習」的主動面。作者可以選擇自己想要成就的風格類型，通過不斷地練習，而內化成為自己在從事文章寫作時，自然而然表現出來的那一個部分。這可以說是通過「學」，到了某一個境界的結果。所以從這個意義上講，「學」而熟練乃成為「習」，二者是相通的。而也是「習」能夠突破環境薰染及風氣影響，讓作者走出自己特色的契機。

但從大方向來看，文章寫作中的「習」大體上是順著環境與風氣，受其長期的感染與影響而形成。除非作者自己選擇某種風格，經過不斷重覆地學習、揣摩而熟練它，否則所「習」者不免是被動

---

[98]　胡緯著，《文心雕龍字義通釋》，頁 198-200。

的由外界所決定。而「學」在學習這個意義上，意味著作者是有自覺而主動地去吸收，並深入而精到地講求其內容的。所以「學」可以不同於環境與風氣，甚至逆著生活環境與創作風氣。在劉勰所論述關於作者本身的特質與能力中，與外在環境的關係方面，只有「習」是大體上屬於順著外在環境，其他都是可以獨立於外在環境甚至逆著外在環境的。像〈明詩〉篇：「正始明道，詩雜仙心。何晏之徒，率多浮淺。唯嵇志清峻，阮旨遙深，故能標焉。」嵇康、阮籍之所以特出，在於他們能不受當時正始時期浮淺風氣的影響。但是能具卓越之識，寄獨往之才的作者，畢竟只是少數。大部分的作者或多或少都不能免於其時代風氣與生活環境的影響，這也許是劉勰特別標出「習」做為作者特質的原因。

第七節　「思」之析論

《文心雕龍》論文章寫作，很重視「思」的功能。劉勰特立〈神思〉篇來加以說明。而「思」在全書中共用了一百○一次，出現的比例也不算低。除了專指人名的「陳思」、「思王」、「左思」、「子思」等十八次之外，其義約有如下幾端：一指寫作文章時的感受、構思及作者的構思能力而言，像〈神思〉篇「雖有巨文，亦思之緩也」、「雖有短篇，亦思之速也」、〈體性〉篇「沿根討葉，思轉自圓」、〈風骨〉篇「思不環周，索莫乏氣」、「潘勖錫魏，思摹經典」、〈鎔裁〉篇「思緒初發，辭采苦雜」、〈指瑕〉篇

「或精思以纖密」、〈養氣〉「瀝辭鐫思」、「思有利鈍」、〈樂府〉篇「辭不離於哀思」者屬之；二則泛指注意、考慮而言，像〈徵聖〉篇「文章可見，胡寧勿思」、〈樂府〉篇「俗稱乖調，蓋未思也」、〈諸子〉篇「漢成留思，子政讎校」、〈定勢〉篇「秉茲情術，可無思耶？」者屬之；三則指想念、思念，像〈章表〉篇「思庸歸亳，又作書以讚」、〈麗辭〉篇「光武思白水」者屬之；四則單純指思考、計慮而言，〈論說〉篇「銳思於幾神之區」者屬之。其中與文章寫作有直接關係的，乃是第一種意義，指寫作文章時的構思及作者的構思能力而言。第二種至第四種屬於一般用法，並不專門用在文章寫作範疇之中。所以本書只針對第一種加以討論。

對「思」的討論及分析，在中國開始得很早，戰國時期的荀子已有：「心之官則思，思則得之，不思則不得」的說法。「思」用在文章寫作上，西漢已有其例，並非劉勰創始。桓譚《新論·祛蔽》篇已有「思精苦，賦遂成」[99]的描述及「盡思慮，傷精神」[100]的論斷。西漢時期認爲作賦要用「思」，用「思」太過會損耗內在生命元氣；但未討論到「思」用在文章寫作上的特點。王充《論衡·自紀》篇已言及：「幽思屬文，著記美言」，可見東漢時的學者已經注意到寫作文章時的思考活動。而從王充用「幽思」一語，可知他認爲這種思考活動的性質是獨立且內在的，不是在日常事務的處理或溝通的過程中進行並完成的。

而陸機〈文賦〉更以「思」爲創作的重要因素，在創作的各個

99　〔清〕嚴可均編：《全後漢文》，卷 14，頁 6。
100　同註 99。

階段中都發生作用。從一開始的「瞻萬物而思紛」，到漸漸能靜下來「耽思旁訊」；而到了「馨澄心以凝思，眇眾慮而為言」則能提出自己的看法，形成主旨。接著將之生動地表達出來，則「思涉樂其必笑，方言哀而已歎」。整個過程中都有「思」的作用。陸機在〈文賦〉中常將「思」與「言」並陳，除了前面所舉的例子之外，尚有「言恢之而彌廣，思按之而逾深」、「思風發於胸臆，言泉流於脣齒」，可知陸機認為「思」是內具於心者，未涉及物理形式；而「言」是顯之於外的，它是表達的結果。這個說法仍在王充所論之內，並未提出突破性的見解。但是陸機提出「藻思綺合」，這代表他特別考慮到辭藻方面的問題。在此之前，先秦兩漢時期論「思」，重心並不放在辭藻上，而是以文章中的意義為主的。

　　劉勰認為「思」是創作活動的重要部分，由其在《文心雕龍》全書中「剖情析采，籠圈條貫」[101]的「創作論」部分以〈神思〉篇居首可知。而從劉勰常常將「思」與「文」並提，像〈神思〉篇裏的「思表纖旨，文外曲致」、〈時序〉篇「溫以文思益厚」、「文思光被」等，可見劉勰將「思」當成文章寫作的一部分。他甚至直接稱寫作為「綴思」，稱作者為「研思之士」，這都代表「思」在寫作歷程中的重要性。推到極點，可以說寫作活動就是將「思」具體化的結果。

　　「思」做為寫作文章構思活動的意思，現代學者已多就此加以闡明。然從〈明詩〉篇「詩有恆裁，思無定位」、〈總術〉篇「思

無定契,理有恆存」、〈物色〉篇「物有恆姿,思無定檢」來看,
體裁(裁)、創作方法(理)、描寫對象(物)⋯⋯等等都是比較
明確而固定的,而「思」則是游離、多變,不確定的。也就因為視
「思」為創作活動進行過程的主導因素,劉勰在《文心雕龍》中特
別以「神思」為題立篇加以專門討論,而將「文思」(依劉勰的用
法:「文之思也,其神遠矣」,「文思」即「神思」。)的蘊釀和
陶冶視為「馭文之首術,謀篇之大端」[102]。

　　事實上這並非劉勰個人獨特的看法,漢末魏晉及南朝的文學批
評家大多有此共識。即以「神思」一詞而言,曹植〈寶刀賦〉已有
「攄神思而造像」之語,蕭子顯更於《南齊書·文學傳論》直云:
「屬文之道,事出神思」。建安年間、三國時期,孔融、魚豢也都
用過「思若有神」這個詞語;前者以言彌衡,後者以言曹植,而都
用在文學方面。雖然這幾個地方所言及之「神思」,乃指思慮之獨
特、精到,如有神助者;未必如劉勰那般廣推「神思」的用義,但
他們都認為「神思」是文藝(尤其是文學)創作的主導因素。

　　從上面的分析和統計來看,可以說劉勰把「思」當做寫作文章
時,作者在意識上可以進行運作的精神能力之總稱。所以有些研究
者從「靈感」的角度來論述、有些研究者從「想像力」的角度來論
述、有些研究者從「構思」的角度來論述[103]、也有些研究者綜合二
種以上的角度加以論述[104],事實上都可說合於劉勰的説法,但也可

---

[102]　《文心雕龍·神思》篇。

[103]　例如周振甫先生在〈劉勰談創作構思〉中便以構思的角度來討論。見《文心
　　　雕龍學刊》第一輯(濟南:齊魯書社,1983 年 7 月),頁 236-244。

[104]　像詹鍈先生即在《文心雕龍義證》中云:「『神思』一方面是指創作過程中

説都不充分。

　　劉勰既與魏晉南北朝其他文學批評家同樣，認為「思」很重要；而同時在剖析「思」的性質時，又認為「思」既不明確且不固定。那麼「思」是無法探討、難以掌握的要素嗎？就《文心雕龍》來看，劉勰針對「思」，至少就寫作現象及其過程説明了以下幾點：

　　一、「思」的表現有遲、速，〈神思〉篇中提到：「人之秉才，遲速異分」，而以「張衡研京以十年」、「左思練都以一紀」等為「思之緩也」的例子；以「淮南崇朝而賦騷」、「禰衡當食而草奏」等為「思之速也」的例子。並且進一步解釋道：「若夫駿發之士，心總要術，敏在慮前，應機立斷；覃思之人，情饒歧路，鑒在疑後，研慮方定。」可見「思」就是「心」的功能之一，它的遲、速是由「心」決定的。也就是説寫得慢是因為下筆之際決定得慢（這並不代表想得慢），寫得快是因為下筆之際決定得快（這也不代表想得快）。而由「人之秉才，遲速異分」，可見「才」與「思」的關係乃在於「才」決定「思」的快慢。而也由於「才」的關係，所以「思」的快慢有來自天份上的限制，很難更改。所以〈附會〉篇也説：「才分不同，思緒各異」，可以説「思」便是「才」在寫作過程的具體表現。

　　二、「思」有利、鈍。劉勰在〈養氣〉篇中説：「且夫思有利鈍，時有通塞。沐則心覆，且或反常。神之方昏，再三愈黷。」正

───────────────

聚精會神的構思，這個『神』是『興到神來』的神，那就是感興，類似於現代所説的靈感，另一方面也指『天馬行空』似的運思，那就是想象，類似於現代所説的形象思維。」（頁975）就綜合了靈感與想像二個角度來解釋「思」、「神思」的意義。

是說明了〈神思〉篇所述:「樞機方通,則物無隱貌;關鍵將塞,則神有遯心」的現象。「思」利之時,則對「意」與「言」的構成與表達皆無所礙,劉勰形容三者在此時的關係是「密則無際」[105];「思」鈍之時,則難以構「意」、成「言」,劉勰形容三者在此時的關係是「疏則千里」[106]。這正與〈文賦〉:「方天機之駿利,夫何紛而不理。思風發於胸臆,言泉流於脣齒……及其六情底滯,志往神留。兀若枯木,豁若涸流……是以或竭情而多悔,或率意而寡尤。」的描述相合,可算是劉勰「有同乎舊談者,非雷同也,勢自不可異也。」[107]的例子。事實上有實際創作經驗的文學批評者大多能體會到這點,魏晉時期陸機所論者及其他南北朝文評家的文獻,都能表達出他們對這方面有一定的了解。

三、「思」有疏、密,像〈體性〉篇:「孟堅雅懿,故裁密而思靡」,「靡」釋為「細緻」,「思」而能「靡」,代表能周贍,能照顧到細節,此唯「思」密者方能致此。而〈鎔裁〉篇云:「士龍思劣,而雅好清省。」則是「思」疏的例子。因「思」的能力不足,所以寫得少,只能就重點寫一寫。但這也可能使得文章簡約、要言不煩,未必是負面的。

劉勰往往將「才」、「思」並論[108],以之代表寫作活動,可見他認為寫作的內在活動以此二者為主。也可知「思」在他文學論述

105　《文心雕龍·神思》篇。

106　《文心雕龍·神思》篇。

107　《文心雕龍·序志》篇。

108　略而言之,則有〈鎔裁〉篇:「思贍者善敷,才覈者善刪。」、「士衡才優,而綴辭尤繁;士龍思劣,而雅清省。」、〈事類〉篇:「才思之神皋」、〈才略〉篇:「子雲……竭才以鑽思」。

中，佔有不可忽視的地位。

第八節　「情」之析論

　　「情」在《文心雕龍》中非常普遍，幾乎隨處可見。統計結果，共用了一百四十九次。綜合學者研究，其義有五：一指人之情緒而言，如〈明詩〉篇「人秉七情，應物斯感」、〈物色〉篇「獻歲發春，悅豫之情暢」者也；二指事實情況而言，亦引申為真正的狀況。如〈章表〉篇「表體多包，情偽屢遷」、〈書記〉篇「張湯、李廣，為吏所簿，別情偽也」、「明白約束，以備情偽」、「陳列事情，昭然可見」、〈物色〉篇「並以少總多，情貌無遺矣」、「窺情風景之上，鑽貌草木之中」、「屈平所以能洞監風騷之情者，亦江山之助乎」、〈論說〉篇「及班彪〈王命〉、嚴尤〈三將〉，敷述昭情，善入史體」、「范雎之言事，李斯之止逐客，並煩情入機，動言中務」等例；三指思慮而言，如〈神思〉篇「含章思契，不必勞情也」、「覃思之人，情饒歧路」、〈養氣〉篇「率志以方竭情」等例；四為作者的思想、情感，這通常以「情理」並稱，亦有單言「情」者。例〈徵聖〉篇「情信而辭巧」、〈辨騷〉篇「山川無極，情理實勞」、〈雜文〉篇「景純客傲，情見而采蔚」、〈體性〉篇「士衡矜重，故情繁而辭隱」、〈情采〉篇「情者，文之經；辭者，理之緯」、〈鎔裁〉篇「情理設位，文采行乎其中」、〈章句〉篇「控引情理，送迎際會」、〈宗經〉篇「情深而不詭」

、〈辨騷〉篇「其敘情怨，則鬱伊而易感」、〈誄碑〉篇「至於序哀情，則觸類而長」、〈雜文〉篇「身挫憑乎道勝，時屯寄於情泰」〈神思〉篇「登山則情滿於山，觀海則意溢於海」、〈風骨〉篇「怊悵述情，必始乎風」、「情與氣偕」、〈養氣〉篇「率志委和，則理融而情暢」等例；五指作者的生命特質，常與「性」並用。如〈體性〉篇「吐納英華，莫非情性」、〈養氣〉篇「此性情之數也」等例；六則泛指人情、俗情，如〈史傳〉篇「雖定、哀微辭，而世情利害」、〈時序〉篇「文變染乎世情」、〈才略〉篇「俗情抑揚，雷同一響」等例。而用以論及文章寫作者，則有事實情況、作者思想及情感、思慮、作者的生命特質等四者。後三者直接具備於作者內在生命，而前者乃指外在環境而言。

　　由是可知，在寫作活動方面，「情」有屬於作者本身範疇者，亦有屬於外在環境範疇者。而屬於外在環境範疇的「情」，仍需藉由作者加以涵容深會方能見之於文。否則亦徒爲〈情采〉篇所謂「五色之文」、「五音之文」，而非語言文字所構成之「文章」。但屬於外在環境的「情」，無論是講事物的「情貌」，還是分辨真假是非的「情僞」，皆非作者內在之特質，乃爲作者所要表達的外在對象。

　　劉勰非常重視「情」，在〈情采〉篇中說：「情文者，五性是也。」、「五性發而爲辭章」，這也就是認爲辭章的本質及其構成的基礎在「情」。劉勰基本上是沿用儒者所云之「五性」來解釋「情」的；但如果他以《大戴禮記·文王官人第七十二》篇中：「民有五性，喜、怒、欲、懼、憂也。」來理解「五性」，這就比較偏

向「情感」甚至「情緒」的意味了；如果他以《白虎通・性情》：「五性者何？仁、義、禮、智、信也」及翼奉《齊詩》學之中的：「五性不相害，六情更興廢」[109]來理解「五性」，這就較具濃厚的道德意味。但《白虎通》及翼奉是把「性」、「情」分為兩個範疇來解釋的，劉勰在這點區分上沒那麼明顯，他有時會把二者並舉。例如「吐納英華，莫非情性」[110]、「辯麗本於情性」[111]，可見「情性」是文章寫作的根本，也是決定風格的要素，而且不論多麼華麗的辭藻，都應以「情性」為本。所以用《大戴禮記》來解釋劉勰的說法，在論述《文心雕龍》的內容上會比較一致。

既然文章自「情」而來，那麼可進一步探問「情」的來源。由〈明詩〉篇「人秉七情」及〈序志〉篇「性秉五才」來看，劉勰認為這是由天地所賦與的；有的學者認為它來自「氣」[112]，這二種說法並不衝突。但劉勰在《文心雕龍》中卻未直接加以說明，所以研究者只能以漢儒的說法為根據來印證。然就《文心雕龍》之內容而言，人既然「為五行之秀，實天地之心」[113]，則不如說他所具備之「情」亦來自天地。但這並不意味著劉勰認為它無關乎道德，〈徵聖〉篇云：「陶鑄性情，功在上哲」，可見這天生具備的情感及人格特質可以經過培養、陶冶而成為有道德意味的情感和情操。這也表明了劉勰並不排除道德意味的解釋，但畢竟還是要以天生具備的

109　《漢書・翼奉傳》。
110　《文心雕龍・體性》篇。
111　《文心雕龍・情采》篇。
112　王金凌先生於《文心雕龍文論術語析論》云：「七情既是秉賦，則其產生當有根源……據漢儒的說法，這個根源是『氣』。」（頁88）
113　《文心雕龍・原道》篇。

·281·

情感及人格特質爲基礎。所以在劉勰論述中，這種決定文章本質及內涵的「情」是屬於作者內在特質的部分，而它與作者自身的情感及人格、生命特質的意思較爲接近。

而由〈明詩〉篇「持人情性」、〈總術〉篇「控引情源」來看，可見「情」是可以控制、約束、轉化的；由〈情采〉篇「爲文而造情」來看，表現在作品中的「情」可以依照文章的需要而「造」出來，則「情」未必爲眞；由〈史傳〉篇「任情失正，文其殆哉！」來看，可見「情」的主觀性讓它不宜做爲對事物進行判斷的依據。這些説法都指向同一個特點，就是隨著作者的意志，「情」是會變化的。

「文」以「情」爲本質，所以「文」也是會變化的。「文」的變化也代表「情」的變化，故〈明詩〉篇云：「鋪觀列代，而情變之術可監」、〈神思〉篇云：「神用象通，情變所孕」、〈風骨〉篇云：「洞曉情變，曲昭文體」、〈隱秀〉篇云：「文情之變深矣」、〈總術〉篇云：「列在一篇，備總情變」；這都是從「情」隨時會變化的一面來看文章寫作。所以劉勰會要求作者「情深」、「情眞」，除了在〈史傳〉篇中反對「任情失正」之外，他並未明顯地限制或界定作者表現在文章裏的「情」應屬何種性質。無論是「怨怒之情」[114]，還是「痛傷之情」、「悲苦之情」[115]，或者是「豫悦之情」[116]，劉勰都沒有對作者加以限制；但如果「矯情」或「虛

114　《文心雕龍·諧讔》篇。
115　《文心雕龍·哀弔》篇。
116　《文心雕龍·物色》篇。

情」，他就要跳出來反對了。

　　而要論到「情」的變化，也不能不注意到「情」、「物」、「辭」的關係。劉勰在〈物色〉篇中加以說明道：「情以物遷，辭以情發。」也就是以「情」（即情感思想）為「辭」（即語言文字）的來源，而「物」（泛指外在環境）又會讓「情」變化。由「物」及「情」而至「辭」，前者主導後者，這串連起來的關係是不可逆的。當「辭」會影響「情」之時，它已轉化為一種以符號存在的「物」，而準備藉「情」折射出其他更新的「辭」了。這與〈明詩〉篇：「人秉七情，應物斯感。感物吟志，莫非自然。」是相合的，但〈明詩〉篇對這種現象的原因更進一步提出「自然而然」來做為解釋。所以基本上劉勰認為「情」是語言文字的基礎，凡能影響於「情」者，都會使語言文字發生改變。

第九節　「志」之析論

　　「志」在《文心雕龍》中用了八十二次，除了表示「情感」之外，約而言之，其義有四：一指意向、心意而言，亦引伸而言作者的胸懷、抱負及修養，如〈祝盟〉篇「利民之志，頗形於言矣」、〈諸子〉篇「身與時舛，志共道申」、〈比興〉篇「席卷以方志固」……等等例子；其二指作者所專心致力者而言，例如〈風骨〉篇「李尤賦銘，志慕鴻裁」、〈誄碑〉篇「孫綽為文，志在於碑」、

〈養氣〉篇「志於文也」、〈才略〉篇「孫盛、干寶，文盛為史。準的所擬，志乎典訓」；其三指文章的內容而言，例如〈宗經〉篇「婉章志晦」、「辭清而志顯」、〈體性〉篇「志隱而味深」、「辭為肌膚，志實骨髓」……等等例子。其四則指作者的見解、判斷而言，例如〈哀弔〉篇「胡、阮嘉其清，王子傷其隘，各其志也」、〈論說〉篇「唯君子能通天下之志」、〈章句〉篇「賈誼、枚乘，兩韻輒易，劉歆、桓譚，百句不遷；亦各其志也」、〈比興〉篇「隨時之義不一，故詩人之志有二也」……等等例子。

《文心雕龍》中用得最普遍的是指意向或心意。至於第二種與第四種，其實是當做動詞用或當做名詞用的差別。第三種則是作者之意向、心意、理想、抱負表現於文章內容，故亦可視為第一種意義之延伸。第二種與第四種的「志」是指某個確定目標或可供選擇之數個目標，第一種與第三種則是泛言意向、理想、抱負，並不固定在某種目標上而論。由此可以看出，「志」做為作者內在特質的一部分，具體而直接地表現為作者的意願、想法或企圖。而這些意願、想法或企圖則由作者平生抱負、胸懷、理想等方面而來，這正是構成作者人格並影響其行為的一部分基礎。《孟子・萬章上》的「以意逆志」，就是以對作者整體的了解為基礎，從文章中來料想作者之「志」，而「對作者整體的了解」便是指對作者人格的了解而言。所以若排除做為「情感」與「思考」兩方面的意義，「志」則突顯了作者的意向。落實在個別作者身上，它比其他內在能力更突顯了作者內心的方向性及目的性。與「情」、「思」不同的是，在《文心雕龍》之中，「情」是應「物」發「辭」的，「思」是辨

「物」構「辭」的；至於「志」，嚴格說起來還不是發言成辭的充分條件，但是它卻有擇「物」、定「情」、理「思」的功能。

從〈明詩〉篇來看：「詩言志」源自《尚書》，劉勰已直接徵引「大舜」之言；「在心為志，發言為詩」則源自《詩·大序》，今所見之本乃毛公所傳；「感物吟志」之說則本於《禮記·樂記》的：「感於物而動，故形於聲」、「人生而靜，天之性也；感於物而動，性之欲也」；至於「言以足志，文以足言」者，則全錄《左哀二十五年傳》所引孔子對子產的褒讚之語。可知劉勰對「志」的想法和觀點，是本於儒家經典的。儒家「詩言志」之說，「志」所指者乃作者之意。這可以是一時、一地、為一事而發者，也可以是綜合作者生平懷抱而言者，然皆指某種意向。文本既然能，而且已經表達作者之意向，那麼藉著文本，讀者也可以在某個程度上或多或少地尋繹出作者之意。如此一來，差別便是在解讀方法上及讀者個別的領悟力上。

故就創作層面而言，「志」者，具於作者之內心，發之於文章篇什，亦因作者之別異而轉移，其個殊性非常明顯。〈辨騷〉篇稱：「依彭咸之遺則，從子胥以自適，狷狹之志也」，可見「志」有激切褊狹，並非皆屬平和中正者；〈銘箴〉篇稱：「水火井灶，辭繁不已，志有偏也」，可見「志」有受到個人習慣或喜好的影響者；〈樂府〉篇稱：「志不出於惆蕩，辭不離於哀思」[117]，可見「志」

---

[117] 此處「惆」原作「淫」，唐寫本作「惆」，元至正本及兩京本作「滔」。今依楊明照先生《文心雕龍校注》改。按《尚書·湯誥》有「無從匪彝，無即惆淫」，傳曰：「惆，慢也。」則「惆」有懈怠荒墮之義。而楊先生所引《說文》、《玉篇》、《廣韻》，「惆」皆有喜悅之義，此蓋由《左昭元年傳》：

有「惱蕩」，即放蕩快意者，並不全指循規蹈矩者而言；〈明詩〉篇稱：「嗤笑循務之志，崇盛忘機之談」，則晉代文士對於循規蹈矩，有持否定態度者。可見每個人甚至每個時代的「志」都有所不同，未必皆合於禮義的要求，也未必都是平和中正的。因此，學者乃有以「志」爲偏於理智、思想者，遂謂「志」爲人類進行客觀理性思維的能力，並以之與「情」或「氣」對舉；此實乃對「情」、「氣」、「志」這幾個範疇的誤解所致[118]。

　　去除掉「文章內容」這個不屬於作者內在能力範疇的意義，可知《文心雕龍》對「志」的概念，基本上是承襲自儒家傳統的說法。劉勰甚至直接取用《尚書》、《詩・大序》、《禮記・樂記》及《左傳》的內容[119]。而若依儒家傳統的說法，當「志」、「詩」、「言」、「文」的功能都能充分發揮之時，它們基本上是同一種事物的不同存在狀態。「志」乃是意向，用來統合各種紛紜複雜的感受；「言」乃形諸於口，是用來表達「志」的；「文」則筆之於書，是用來表達「言」的。而在儒家的論述中則特別突出「修飾」之義，則「文」乃是語言經過修飾而呈現者，故「文」的意義蘊含著

　　「非以惱心也」之注而來。此篇論樂府，應從楊先生之釋，以「悅」爲「惱」之義。

118　徐復觀先生：《中國文學論集》，頁303-304。王金凌先生亦於《文心雕龍文論術語析論》云：「傳統上對志的了解都以情意爲主，劉勰亦然。」（頁90）此義雖融而未明，然已指出方向。但王先生又判斷云「心爲思之官，則志與認知當有密切關係」，則又岔出根本意義矣。故乃將二者略作調和而又引《左昭二十五年傳》「以制六志」進一言：「疏：『情動爲志。』據此則志是感物時的認知。」徐先生、王先生都從理性思惟這樣的進路來詮釋「志」，乃有此微瑕。

119　這也可說是〈序志〉篇中所云：「同乎舊談」的部分。

修辭。「詩」做為歌詠便是「志」的語言化，把它們整理紀錄下來便是「志」的文字化。《左哀二十五年傳》記載孔子所説的：「言以足志，文以足言」，可知在儒家的論述裏，「言」的功能是要傳達「志」的，「文」的功能是要來傳達「言」的，它們的功能若可完全發揮，則「言」、「文」的内容與「志」是一致的；若不能完全發揮，則其内容便與「志」有所差距。

　　劉勰完全同意這一點，他在〈徵聖〉篇以「修身貴文」為例，説：「然則志足而言文，情信而辭巧，迺含章之玉牒，秉文之金科矣。」便是以這套論述為基礎而總結出來的原則。他也屢屢提到「寫志」、「序志」、「述志」[120]、「發憤以表志」、「始造對問，以申其志」[121]、「百一標其志」[122]……等等，可見劉勰對「志」的重視，認為「文」的任務便是要成功地表達「志」。而其立論基礎，皆源於傳統儒家的經典。

　　然而劉勰對這套論述並非單純的繼承與接受而已，他在理論上更反省到「志」如何落實並體現在語言文字上的問題，而於〈體性〉篇中提出「氣以實志，志以定言」的説法。這表明了劉勰知道「志」只是某個意向、某個願望而已，它是虛的，形成並存在於意識之中。無論它多麼高遠宏偉，要將它落實並體現，就得藉助人身具有的生命力──「氣」。

120　〈詮賦〉篇：「鋪采摛文，體物寫志」、〈章表〉篇：「序志聯類，有文雅焉」、〈通變〉篇：「序志述時，其揆一也」、〈情采〉篇：「述志為本」皆以之為文章寫作的重要性質。
121　見《文心雕龍·雜文》篇。
122　見《文心雕龍·才略》篇。

首先，所謂「氣以實志」，便是以「氣」將「志」實化。他提出「志」要如何發用，在什麼條件下才能實現出來的問題。因為「志」如果無法表達出來或只能有限度地表達出來，則「言」、「文」、「詩」都不能足「志」，這套理論的效度就不得不降低了。

其次，不同於儒家傳統理論以「志」為語言文字表達的鵠的，他關注到「志」在語言文字表達過程起怎樣的作用。「志以定言」便是以「言」為目的，「志」要用來發揮「定言」的作用。語言文字在未經組織、尚未被具體化之時，常呈現出斷裂、游移、若隱若現……等等不完整性及不確定性的現象，有呈現為各種狀態的可能性；但是卻無任何一種可能性在完全沒有組織的狀態下可以實現。「志」指出方向，作者能藉此將游移不定的語言文字進行選擇及組合，在某個層面確定其意義及其所指，而達到表達的目的。可見劉勰已經在論述「氣」、「志」、「言」的關係與文章風格的成因之時，透露了他更深一層的理論思考。

從以上的分析來看，劉勰不只承繼了儒家傳統的論述，以「志」為語言文字所要表達的內容、表達的目的之內在來源。他更以表達本身為目的，論及了「志」在表達過程中所發揮的功能及效用。這一點是先秦兩漢的儒家論述尚未觸及的。

上述七者屬於作者的內在特質及其寫作能力，其間的關係表述如下：從《文心雕龍·事類》篇：「才自內發，學以外成」的區分來看，「才」是由作者內在直接發生的，而「學」是藉由對外界環境的學習、體認而得來的。「才」在文章寫作的過程中可以主導「學」的運用，然而二者都要藉著「思」方能進行。所以藉由「思」

，可以展現「才」並運用「學」。但是這尚未具備作者個人的性格特質，若作品要具備作者個人的性格特質，則形諸語言文字之際還得加上「氣」的作用。《文心雕龍·風骨》篇云：「情與氣偕」，〈體性〉篇云：「情動而言形」，可見由「氣」而動「情」，進而形之於「言」。而〈體性〉篇亦云：「氣以實志，志以定言」，因此可見「氣」能充實「志」，將「志」體現出來。「志」能體現，就能形之於「言」。

藉由「思」去展現「才」、運用「學」，這是每個作者在寫作時都要進行的，關係到作品的優劣成敗。藉由「氣」而影響「情」與「志」，進而形之於「言」，作者在這個過程之中表現了自我人格的特質，是形成作品風格的主要原因。而上述的過程，都不能脫離環境的習染及影響。所以無論是不斷地練習以臻於嫻熟之境，或者是環境的習染、影響，「習」在這個體系中是在暗中不斷地發生作用的。其效用之大，甚至可以改變作者所呈現的作品風格；也可能將作者的寫作表現帶入一個與其本具之「才」、「氣」相異的境界。劉勰在這方面，已經突破了劉邵《人物志》及魏晉時期論才性的觀點，而提出自己的心得及看法。

第十節　小結

　　劉勰在《文心雕龍》中所提出的:「才」、「氣」、「學」、
「習」、「思」、「情」、「志」七者,在經過整理敘述之後,我
們可以藉以了解作者的内在特質及其寫作能力的内容。基本上,從
《文心雕龍·序志》篇提到:「爲文之用心」;而且劉勰特別標榜
「心」,認爲:「心哉美矣,故用之焉」[123]。我們可以知道劉勰所
要説明及闡釋的是一種出於意識範疇内的寫作,不包括無意識的寫
作、潛意識的寫作或自動寫作……等等出於意識之外,不屬於意識
中的寫作。而這七個方面,則以「心」主導,統合於「心」。

　　如前所析述,可知這七個方面分爲兩個部分,「思」、「情」
、「志」是「心」的基本功能,而「才」、「氣」、「學」、「習
」則與「心」的發用及其效果有關。如果把「作者」當做一個實存
的人來了解,只要就「思」、「情」、「志」加以分析解説即可。
然而若欲從文學創作的觀念來了解「作者」,則除了解析一個文學
創作者的「思」、「情」、「志」之外,非深入剖析其「才」、「
氣」、「學」、「習」等要素不能知其隱曲,究其底蘊。

　　由於這是《文心雕龍》針對「作者」進行評析的理論基礎,故
特加詳論。也就是因爲如此,《文心雕龍》對作者的評論才可以於
單純的印象式批評與歷史社會批評和傳統道德批評之外,走出一條
獨特的道路。而劉勰對作者的特質與能力所進行的反思,可以説爲
中國文學批評中的「作者」論述建立了理論上的基礎。

---

[123]　見《文心雕龍·序志》篇。

第四章 《文心雕龍》論外在環境與作者的關係

上一章說明了劉勰在《文心雕龍》中對於作者寫作能力的探究與分析，這是從作者內具的能力及其發揮與展現的歷程來看作者的寫作活動。可以看出劉勰將當時學術思想探討的成果運用於建構寫作能力的論述，繼曹丕、陸機之後，取得了更深廣的成果。

然而，外在環境對作者的影響也是研究作者時應該重視的，如果沒有外在環境的配合，作者內具的能力則無法發揮，更難以達到劉勰對寫作所要求的理想和標準。雖說魏文帝曹丕曾於《典論·論文》云：「不以隱約而弗務，不以康樂而加思」，表明了作者應該一心一意志在創作，不受窮達的影響；也於同篇之中勉勵作者不要「懾於饑寒」，不要「流於逸樂」，要用自己的意志來克服外在環境的限制。這些論述，看來都意在重視內具能力而排除外在環境的影響。但這只是表明批評者自己對寫作活動的態度及期望，對客觀環境和寫作之間的真正關係，則缺乏深入析述。而陸機所寫的〈文

賦〉也偏重於自然界變化對作者的影響，對於文學與政教的關係，全篇中則唯「濟文、武於將墜，宣風聲於不泯」二句足以當之。所以他主要也是關注於寫作的內在層面。然而處於齊、梁時期的劉勰，並未因魏晉以來文論家著力於探析作者內具的寫作能力便忽略了闡述外在環境對作者的影響。在先秦、兩漢論述的基礎上，他對於外在環境與作者的關係，進行更全面而深入的闡述，這些成果都記載在《文心雕龍》中，我們可以看到劉勰怎麼描述作者與外在環境的互動。

作者本身的性格特質及其寫作能力是屬於內在的，它關乎一個人能不能成為作者以及他成為一個怎樣的作者。換句話說，也就是他能否寫出夠水準的以及具有自身特色的文章。內在條件存於自身之中，固然是一個作者的基本功力及必具的能力，然而它的培養、陶鑄與發揮則與外在環境息息相關。如果在討論文學時，忽略了外在環境對作者的影響以及作者如何影響外在環境，就沒有辦法了解作者究竟是如何具備及如何發揮他的寫作能力的，甚至也沒有辦法準確地解讀及判斷作品的意義。即使是文學信念受到俄國形式主義、結構主義（structurism）、美國新批評影響的當代文學批評家如韋勒克（Rêne Wellek）者，在他與華倫(Austin Warren)合著的《文學論》(*Theory of Literature*)中，也不免論及文化、歷史、社會、思想觀念、其他藝術與作者的關係。而如果往前溯至十九世紀，當時泰恩(Hippolyte Taine)所提出的「種族」、「時代」、「環境」三元論，可以説是完全著重於外在環境的論述。

二十世紀二〇年代以來五十年左右的時間裏，雖説為了標舉文

學本身的性質，這種以外在環境為主導的文學研究方法在文學批評界漸漸失去其主流地位。但文學作者基本上是一個活動著的人，除了少數特例之外，他必然與其環境有所互動。環境會形塑他，而他也會影響環境。所以有的文學批評家重視文學本體，往往大聲疾呼不應受到環境因素主導。然而討論文學作者與討論文學本體不同，基本上不能不顧及環境因素與作者間的互動。

中國文學一向未曾忽略環境因素的作用。相傳上古時期伏犧畫卦，《周易·繫辭傳下》便有：「古者包犧氏之王天下也，仰則觀象於天，俯則觀法於地。觀鳥獸之文與地之宜。近取諸身，遠取諸物，於是始作八卦。以通神明之德，以類萬物之情。」的記載。伏犧是否真的仰觀俯察，於今已不可得而知之。然而從這段記載可以說明，〈繫辭傳〉的作者認為伏犧乃是受到自然環境的影響而創立八卦的。

類似的例子也發生在關於黃帝史官倉頡的傳說上：「黃帝之史倉頡，見鳥獸蹏迒之跡，知分理之可相別異也，初造書契。」（《說文解字·序》）從對文字起源的論述可見中國的語言文字學者非常注意環境因素的作用，而文字便是文學重要的表達工具之一。有了文字之後，或以之祭祀山川神靈、或以之問卜釋象、或以之處理政事、或以之發布文告、或以之定立法則、或以之吟詠山川……種種活動，皆與環境相繫，而作者身處其間，也會受到環境的影響。

至於像《尚書·禹貢》所載：「禹敷土，隨山刊木，奠高山大

川。」[1]，則可以説明記載並流傳此事的人，在觀念上則認爲人是能改變自然環境的（但恐怕也得具備幾分「神」的能力才辦到）；《禮記·明堂位》云：「周公相武王以伐紂。武王崩，成王幼弱，周公踐天子之位以治天下。六年，朝諸侯於明堂，制禮作樂、頒度量，而天下大服。七年，致政於成王。」[2]也説明了古人認爲人可以改變其所處的社會環境。所以古代中國人認爲人類不只受其所處環境的影響，也會影響其身所處的環境。

中國的詩、樂、舞[3]等文藝在堯、舜、夏、商、西周時期受到政治的影響，强調社會教化的作用，則早已見於《尚書·堯典》[4]：

> 帝曰：「夔，命汝典樂，教冑子。直而溫，寬而栗，剛而無虐，簡而無傲。詩言志，歌永言，詩依永，律和聲。八音克協，無相奪倫，神人以和。」

---

[1] 王國維《古史新證》認爲：「……〈禹貢〉……或係後世重編；然至少亦必爲周初人所作。」而根據衛聚賢的研究，則認爲〈禹貢〉當作於西元前316年之後，290年之前。那麼此篇已是晚周時期的作品了。但不論此篇爲何時所作，都已經代表了在先秦時期有這種觀念。

[2] 周公是否踐天子之位，學者曾致其疑。然於制禮作樂一端，則未曾有疑之者。

[3] 從《左襄二十九年傳》關於季札觀樂的記載可知，至少春秋時期之前，詩、樂、舞的呈現與欣賞是沒有被特別加以區分的。

[4] 若依《尚書正義》，這段話在〈舜典〉之中。而參諸孫星衍《尚書今古文疏證》，則知於《今文尚書》，這段話則在〈堯典〉之中。《古文尚書》爲東晉梅賾所上，清閻若璩力證其僞，已成爲學者共識。雖劉勰所因者爲《古文尚書》，而有間採《今文尚書》中材料的傾向。然吾人仍依學界共識，本諸《今文尚書》，將此段歸諸〈堯典〉。其實《古文尚書》中的〈舜典〉，不過是將〈堯典〉下半篇分出，再加二十八字而成。所以這與歷史文獻方面的問題關聯較大，而對思想及理論方面的問題，比較沒那麼深重的影響。

「典樂」，即管理或制定詩樂舞的目標。這是結合了施行教化，調合天神與人事的。所以作者除了是教化的施行者之外，也是維持社會秩序和調和社會氣氛的人，他必須考慮其作品對社會整體的影響。而來自政治上的要求，本來是針對教育王公貴族子弟，養成他們正面良好的人品、心性。如：正直卻不失溫和，寬宏卻不失莊重，剛強而不流於暴虐，不過分計較細節而不流於傲慢等。而這也會影響作者的創作活動及其作品所呈現的風格。

從《論語》中：「智者樂水，仁者樂山」、「逝者如斯夫，不捨晝夜」的敘述，可知自然環境對孔子的影響；而從其中：「周兼於二代，郁郁乎文哉！吾從周。」的敘述，可知社會環境對孔子的影響。孔子也認為人可以改變環境，尤其是人文方面。《論語·子罕》篇載：

> 子欲居九夷，或曰：「陋，如之何？」子曰：「君子居之，何陋之有？」

孔子認為人憑著人格修養，是可將其所處社會人文環境改變的。

戰國時期孟子提出「知人論世」之說，作者與其所處時代的關係已被重視並加以闡述。而莊子的「物化」之論，更揭示了作者與外在環境的創作素材之間在精神上連繫的現象。兩漢時期大抵上承續儒家社會教化論與知人論世觀，再加上諷喻勸諫的論述、物感說與天賦氣稟說的提出；綜其論述，則比較集中在文學作者與社會、

政治及時代的關係，而也間或注意到自然環境對作者的影響[5]。像樂府詩及政論文便是社會、政治、時代的曲折反映；此其一。再者，由司馬遷的「發憤著述」之說與桓譚的「輔佐」[6]之論，亦可知漢人已注意到作者個人遭遇對其寫作活動的影響。司馬遷是就「反激」的一面來立論，認為環境的困厄激出作者的情志，而令其有著述之心；而桓譚則在司馬遷的立論上再補充「順成」的觀點，認為在安逸的環境下進行著述，亦可得其助力。桓譚之論乃曹丕《典論·論文》所述：「文王幽而演易，周旦顯而制禮。不以隱約而弗務，不以康樂而加思」的先聲。而班固的〈離騷序〉，也注意到文學傳統對後代作者的影響。可見自先秦以來論者便注意到這個現象了。

漢末魏晉時期，曹丕、曹植的評論顯示他們除了注意到時代、社會、政治環境與作者的關係之外，還注意到了作者與讀者間的關係[7]。而陸機〈文賦〉所提到的：「遵四時以歎逝，瞻萬物而思紛；悲落葉於勁秋，喜柔條於芳春」，則揭示了作者從事寫作活動，心中的情感會受到自然環境的影響。這是漢朝雖已注意到但較少深入闡發的部分。但是從《楚辭》的內容來看，其中作者如屈原、宋玉、

5　這可能是由於天人相應的學說在漢朝被廣泛接受，而促進了漢人對自然現象的觀察、研究。

6　桓譚《新論·求輔》篇云：「賈誼不左遷失志，則文彩不發；淮南不貴盛富饒，則不能廣聘駿士，使著文作書；太史公不典掌書記，則不能條悉古今；揚雄不貧，則不能作玄言。」其所舉人物，所面臨的環境，有反激而成者，有順勢而爲者。

7　讀者也可以進行寫作，作者也常閱讀他人作品，這是文學活動進行過程中，角色扮演的問題。中國文學家常常是作者也是讀者。像曹植也會請丁廙修改文章，也批評陳琳的賦。作者也可以批評，讀者也可以寫作。這些角色在他們那個時候都是互涉的。

賈誼等則明顯蠻容易受自然環境影響。兩漢作者們承續《楚辭》傳統的而寫作的辭賦，在他們心裏也許不免也烙下受自然環境影響的印記。但這在兩漢時期的文論中是隱而不顯的，並未被明白揭示於其文論之中。

與陸機同時期的摯虞，在〈文章流別論〉中云：「文章者，所以宣上下之象，明人倫之敘，窮理盡性，以究萬物之情者也。」其要點則承自〈兩都賦・序〉中所提的：「或以抒下情而通諷諭，或以宣上德而盡忠孝。」這種代表兩漢時期的觀念。然而隨著世局的紛亂及道家思想的興起，有些詩人受到大自然的影響，山水、田園的內容及隱居的主題漸漸成為主流，這就不是政教社會在措施、制度、習俗上可以全然籠罩的了。

作者除了受到政教社會的影響之外，或受文學傳統、或受當代思想觀念、或受流俗、或受其他作者、或受自然環境……等等因素的影響，不一而足；可以說各種外在因素都存在著發展的可能性。而《文心雕龍》的作者劉勰，面對如此複雜多端之情境，仍為之條分縷析，縱觀歷代以來的現象及其問題，提出其見解。

綜上所述，可知中國的文學批評自先秦以來便重視外在環境和作者間的關係，而且隨著時代的進展，所討論的問題也隨之擴展而更加深入。然而目前所見，有些只是吉光片羽，例如前面所提到的桓譚《新論・求輔》篇，只是舉幾個例子而已，甚至稱不上一段完整的論述；而有些只點出問題，如班固〈離騷序〉及曹植〈與楊德祖書〉，注意到政教與文學的關係，但並未深入加以討論。至於《典論・論文》雖以「經國之大業」推尊文章，而其所論則仍落於現

實政治的價值標準上來衡量，藉「經國」以云文章之「不朽」，可見其文學觀仍不純粹。〈文賦〉有注意到自然環境及人文環境影響作者創作的層面，但只是舉出現象，至於理論上的探討仍嫌不足。

《文心雕龍》則是真正能將歷來有關作者與環境間關係的問題與論述加以整合，並進行有理論意味的，全面而更加深入的論述。它不僅面對前代所提到過的各個層面，並且還提出文學作者的社會地位及社會責任的問題，更進一步蘊含了對作者勉勵的積極意義和現實意義。就當時而言，其析述可以說是全面而周到的。即使置諸現代，劉勰提出的問題也有很多值得我們深入思考的地方。

《文心雕龍》在〈原道〉篇中提到：「玄聖創典，素王述訓，莫不原道心以敷章，研神理而設教。取象乎河洛，問數乎蓍龜。觀天文以極變，察人文以成化。」可見劉勰也認為文學的產生與創作是受到自然環境影響的。〈神思〉篇裏的「物沿耳目」、〈體性〉篇提到「學」、「習」，都是取諸外而形諸內，直接受到外在環境影響的。甚至劉勰自己捨注經而就文論，也是因為在經學上「馬、鄭諸儒，弘之已精。就有深解，未足立家」[8]。可以說經學、思想的環境影響了他的選擇。所以劉勰對作者與環境因素間的互動關係有他深入的觀察與體會。

本章將説明《文心雕龍》所論述到，關於作者與其所處環境間的關係。依所論述的主題分為五節：前三節分別論及文學傳統與作者、自然環境與作者、時代環境與作者。作者做為一個感受者及發

---

[8]　《文心雕龍·序志》篇。

言者，會受環境的影響，並且也影響他所處的環境。首先，文學傳統屬於文學範疇內的因素，作者的創作活動要跟它發生互動才能產生屬於文學史上的意義。而時代社會環境雖然重要，但劉勰視自然環境為文學之本源，故本章所論，列自然環境於時代環境之前。後兩節則論及讀者與作者的溝通、社會對作者的論評。作者做為被閱讀、被批評、被研究的對象，可以說是環境對作者創作活動的某種程度的回饋。因為作者如果沒有讀者，社會也不可能對他的創作有所批評、論述，故置讀者與作者的溝通於社會對作者的論評之前。

第一節　文學傳統與作者

作者的寫作活動，固然由其內具之能力所外發、所展現。表面上看，乃為作者個人才性及學識之發揮，無關乎文學傳統；甚或可說正是要突破傳統、反對傳統，方可突顯其創作之能。若從另一個角度來看的話，也可以說只有能以其「才」、「學」新創一個文學傳統，方能稱得上是真正偉大的作者。職是而言，必導致兩種結論：其一、文學傳統為作者寫作之限制、禁錮；其二、文學傳統的重要性在作者之下。然而事實真的是這樣嗎？《文心雕龍》從創作的角度提出不同於前述的看法。

劉勰的基本態度是尊重文學傳統的，他立〈通變〉篇來說明作

者對文學傳統應該持有的態度。首先，他在〈通變〉篇中説：

> 綆短者銜渴，足疲者輟塗，非文理之數盡，乃通變之術疏耳。

這表明劉勰體認到文學傳統是不會斷絶的。文學會衰微，是因為作者自己力有未逮，無法接續文學傳統並發揚之的結果，而不是文學傳統的氣數已盡。作者如能曉得「通變之術」，便不虞創作來源有所匱乏。而這「通變之術」的基礎，便是文學傳統。劉勰認為文學傳統對創作有正面的作用，作者應該多加參酌。

他解釋當時的文章，愈到近代愈無味，所謂「彌近彌澹」[9]的原因，實是由於「競今疏古」[10]。也就是只會追求當下流行的作品而不去參考古人的佳作。他更進一步說：

> 今才穎之士，刻意學文。多略漢篇，師範宋集。雖古今備閱，然近附而遠疏矣。夫青生於藍，絳生於蒨，雖踰本色，不能復化。桓君山云：「予見新進麗文，美而無採；及見劉、揚言辭，常輒有得」，此其驗也。故練青濯絳，必歸藍蒨，矯訛翻淺，還宗經誥。

認為當時作者在學習文章之時把重點放在劉宋時期之文，忽略了漢代的作品。劉勰以提煉顏色為比喻，認為顏料色彩雖比提煉它的原

9　《文心雕龍·通變》篇
10　同上。

始材料亮麗，但難以再有新的變化。引伸到文章來看，漢代的文章是原料，而劉宋的文章乃是被後代文人所提煉出來的色彩；後代的作者如果要寫出與劉宋以來不同而有變化的文章，且更勝於它們，則要從漢代以前的文章中去參酌、提煉。如果以劉宋的文章為基礎進行寫作，就好像只能在已經固定配好的色彩間進行搭配變化，這將無法創新，而且也無法產生更勝於劉宋的文章。所以自傳統中取用材料，目的是要創新。

　　這似乎有點弔詭，但若能明白劉勰的宗旨是在「矯訛翻淺」，便知曉在他的觀念中，創新並非為了反傳統，而是替當代文章及文壇把脈，為它的發展找到新的出路。所以創新與傳統在此並不相違，劉勰甚至明確主張要「還宗經誥」，這可算是回到傳統中最基本最核心的部分了。

　　劉勰認為文學自黃帝、唐、虞、夏、商、周、秦、漢以來所形成的傳統，皆已存在於歷史之中。無論成功或失敗，或者與作者的審美趣味是否相合，都是已發生的經驗。善於參酌、選擇，不僅能獲取前人成功的經驗，也能避免重蹈前人的覆轍；這對作者都能產生的正面影響。所以限制當時作者的，是當代一些不良的寫作風氣及觀念、習性等因素。他主張回到傳統，看看不同的作品，藉此突破當代的限制及框框。

　　至於文學傳統，其內涵有那些方面呢？依照《文心雕龍》的陳述，可約為體裁的成立與發展、對寫作活動抱持的態度、時代整體風格的呈現等三方面。而若究其源，在實際發展過程中又可兩分為儒家五經傳統與楚騷傳統。就其體類大別而言，儒家五經傳統涵蓋

詩、文，楚騷傳統兼及詩、賦。本文擬就其理論內涵的三個方面，對《文心雕龍》中涉及作者與文學傳統的關係進行論述，以明文學傳統與作者間相互影響的關係。

首先言及體裁的成立。體裁的形成與確立，其實便表示一個文學傳統的存在。各類文學的寫作經過一段時間的發展，累積了相當的優秀作品，並且一直有作者在學習和創作新的作品，這便可謂為一個傳統。一種文學體裁的成立，不論是基於語言形式方面的特色，如：詩、賦等；或是基於特殊的內容主旨，如：封禪、哀辭等；亦或由於使用的情境不同而區分，如：章、奏、表、議等，皆代表已經存在合於體裁自身要求的作品。這並非一蹴可幾，是需要一段時間來累積的。

《文心雕龍》自〈明詩〉至〈書記〉等二十篇即專門討論各種文學體裁，劉勰謂此為「囿別區分」的部分。在這個部分，他論述了主要有詩、樂府、賦、頌、銘、箴等三十四種體裁（如果要詳列〈書記〉篇中所舉各類名目，自不只三十四種）的起源、演變、規範及評價標準。他自己擬定的綱領是：

> 原始以表末，釋名以章義，選文以定篇，敷理以舉統。

「原始以表末」，就是說明這個體裁的起源、流變；「釋名以章義」，就是解釋這個體裁的名號及闡明其意義；「選文以定篇」，就是選定作品來當做實際例子；「敷理以舉統」，就是說明這個體裁所依循的寫作原則及評價標準。由這四者可以看出劉勰在論述一個體裁

時，也正在説明一個寫作傳統。事實上這些已經存在的體裁會影響作者的實際寫作活動，它們會對作者起一定的規範作用，這是有形而可檢驗的影響；而其累積下來的作品，也是作者參考、斟酌、取資的對象，這種影響有時却是無形而難以驗證的。有時經過作者的提煉，或許我們可能已經看不出它所受到的影響了。但是細心繹求之下，才知其所源所本。所以若非於作品十分詳熟精到，是難以察覺這方面影響的。

劉勰於《文心雕龍》中屢屢言及體裁對寫作的影響：〈定勢〉篇云：「情致異區，文變殊術。莫不因情以立體，即體而成勢」，這裏所提的「體」，除了已被歸納的風格類型的意義之外，也指體裁而言；〈附會〉篇云：「才童學文，宜正體製」，正是建議初學者應該以體裁的規定及要求為基礎進行寫作。

在〈通變〉篇中也詳細説明體裁與寫作的關係：

> 夫設文之體有常，變文之數無方。何以明其然耶？凡詩、賦、書、記，名理相因，此有常之體也；文辭氣力，通變則久，此無方之數也。名理有常，體必資於故實；通變無方，數必酌於新聲；故能騁不窮之路，飲不竭之源。

他以體裁的規範與作者個人的獨特變創對比來看。體裁經過歷史的發展，成為傳統的一部分，有其固定的名號及其基本要求。作者若不依其名號的基本含義及基本要求來寫作，便不容易被認同；相對而言，若僅止於恪遵體裁的寫作原則，文章也不容易有個人特色。

如此一來，體裁的規範與作者的獨特性便對立起來了。但劉勰並不認為二者之間是完全對立的。體裁雖有一定的原則及規範，但沒有作者的寫作實踐也不能有新的好作品；作者的獨特性雖能創新作品，然若不能為體裁的原則所接受，則作品只限於作者個人領域，無法延續創作生命及發揮文學上的影響力。因此在劉勰的論述中，二者皆有其重要性，是不可或缺的；但若徒偏於其中一面，則反見其害。因此「有常之體」中的「有常」，不能沒有彈性空間；「無方之數」中的「無方」，也不能全然不可理解，以至於「無跡」。這樣二者之間才能持續不斷地互動、互補，而不會僵化。

一種文章體裁不是一朝一夕突然形成的，它必須經過一段時間的試驗、變動，累積優秀作品，進而被認同才能成立。而這些歷史的累積，正可為作者創作的資助與憑藉。此即「名理有常，體必資於故實」。所以體裁對作者的正面影響，主要在於讓作者了解文章基本的表達方式、相應的規範要求及適當的應用情境等。作者了解了這些並能適當地掌握，自然會反饋到實際的寫作活動中。

但是作者有其所遭的特殊情境，也有其想要表達的獨特主旨及新而獨特的表現手法。體裁中的限制及規範若過於僵化，必遏制這些創新的方面，而使得文章陳陳相因，無法對應世變。劉勰也體認到體裁對作者的負面影響，所以他認為要避免僵化就要體認到當代的環境變化，為文章注入作者獨特的生命力。所以〈通變〉篇云：「通變無方，數必酌於新聲。」他認為作者一定要創新，文學才能有進展。但我們可以進一步反思，所謂的「新」，也是在傳統的基礎上進行判斷；若無傳統，則無新、舊之分矣。

　　然而劉勰對體裁與傳統間的關係，其探討並不僅只於此。他進一步將各種體裁與儒家的五經相互連繫，並建構其論述，具體實踐了其「宗經」的理念。在《文心雕龍・宗經》篇中，他說：

> 論、說、辭、序，則《易》統其首；詔、策、章、奏，則《書》發其源；賦、頌、謌、讚，則《詩》立其本；銘、誄、箴、祝，則《禮》總其端；紀、傳、移、檄，則《春秋》為根。

劉勰利用追本溯源的方式，將各種體裁的發生源頭追溯到儒家五經。這重點應不在於各體裁是否真的從儒家五經分化出來，而是劉勰想藉著歷史起源強調各種體裁背後的儒家傳統文化基礎，間接表彰文學的重要性。然而從他的論述方式可以看出劉勰認為文學傳統是文化傳統衍生而來的，所以作者在面對文學傳統時也離不開文化傳統。而文學傳統如果偏差或衰微時，作者則應向文化傳統汲取養分來導正或重振文學傳統。

　　其次，就寫作的態度而論，不同的文學傳統所建構起來、呈現出來的寫作態度是不同的。《文心雕龍・情采》篇中便說：

> 昔詩人什篇，為情而造文；辭人賦頌，為文而造情。何以明其然？蓋風雅之興，志思蓄憤，而吟詠情性，以諷其上，此為情而造文也；諸子之徒，心非鬱陶，苟馳夸飾，鬻聲釣世，此為文而造情也。

這裏所謂的「詩人」，是指《詩經》中的作者。「爲情而造文」的寫作態度是以心中的感受爲前提，發諸文章的。所以劉勰說他們是「志思蓄憤，而吟詠情性，以諷其上」；從其發端而言，是「志思蓄憤」，即胸中已累積了志意思慮，甚至到了憤慨不平的田地；從其本質而言，是「吟詠情性」，即所言所詠皆以情性爲根基；從其作用而言，是「以諷其上」，想要讓在上位者了解問題的所在，期望他們能積極面對並解決問題。所以「爲情而造文」的寫作態度，把「情」擺在第一位，若無「情」，則「文」也失去存在的理由。

而「諸子之徒」，指的就是一些寫賦、頌的辭人。這些辭人的寫作態度是「爲文而造情」，即是以寫作文章爲目的，爲了寫文章而尋找或凝鑄情志。所以劉勰說他們「苟馳夸飾，鬻聲釣世」，其心理動機是在展示文采，其本質是馳說夸飾，其目的是博得世間聲名。所以在這個系統之下「情」是爲了「文」能動人而存在，沒有了「情」，作者還是可以用其他的方法來動人（如修辭技巧、篇章設計、風格摹擬……等等），「文」不會因此而失去存在的理由。

「爲文而造情」影響於作者的，是追逐辭藻的華麗及講究修辭方法。正是〈明詩〉篇所謂：「驅辭逐貌，唯取昭晰之能」、「情必極貌以寫物，辭必窮力而追新」的作風。〈詮賦〉篇所提到的十家中，西漢晚期到東漢之後的作家，自王褒、班固、張衡、揚雄、王延壽等，莫不受到這種作風的影響。「爲情而造文」所影響於作者的，是情真義實以及表達的適切性。正是〈哀弔〉篇所謂：「義直而文婉」、「隱心而結文則事愜」的作風。除《詩經》中的作者外，若〈明詩〉篇所提到的古詩（劉勰尚未完全確定其作者）、嵇

康、阮籍、應璩等,便是受到這種作風的影響。

又如〈明詩〉篇所云:「造懷指事,不求纖密之巧;驅辭逐貌,唯取昭晰之能」、「或析文以為妙,或流靡以自妍」、「情必極貌以寫物,辭必窮力而追新」,這分別代表了建安時期、西晉、東晉末劉宋初的寫作態度,而其中的作者,如建安時期的王粲、徐幹、應瑒、劉楨等人,西晉時期的張華、潘岳、左思、陸機等人,東晉末劉宋時的謝靈運、顏延之等人,基本上或受到這些寫作態度的影響,或其本身便是推動這些寫作態度的名家作手。

可以說對寫作所持的態度屬於文學傳統的一部分,它代表著一個時代的語文美學觀念和語言文字的表達習慣。

其三、就時代風格的呈現而言,它是文學傳統的整體表現。在〈通變〉篇中劉勰立論說:

> 黃、唐淳而質,虞、夏質而辨,商、周麗而雅,楚、漢侈而豔,魏、晉淺而綺,宋初訛而新。從質及訛,彌近彌澹。何則?競今疏古,風末氣衰也。今才穎之士,刻意學文,多略漢篇,師範宋集,雖古今備閱,然近附而遠疏矣。

從黃帝、唐堯的淳厚質樸到劉宋時期新巧多變,文學在時間的軸線上表現出不同的風貌,而從〈體性〉篇的論述來看,這風貌並不單指呈顯於外的一切,也包含文章的取材、主旨及作者蘊藏於其中的深心密意。雖然不是所有的作品盡皆如此呈現,但它也概括出每一個時代的總體趨向。劉勰提出:「黃帝、唐堯時,文風淳厚質樸,

虞舜、夏朝時，文風簡要而明晰；商朝、周朝時，文風華麗典雅；而楚辭、漢賦的文風是過度誇飾而豔麗；魏、晉時期的文章淺近綺靡；劉宋初期則追求新奇變異。」來説明各時代的總體趨向。

對於這些風貌的陳述，陳拱先生在《文心雕龍本義》中每每以某字指「體要」、某字指「體貌」分別疏理，如釋「虞夏質而辨」云：

> 辨，明也……質，指文辭，文采。辨質，亦文體名辭：辨，爲體要之體；質，則體貌之體也。

這種區分，欲指實某字於某範疇中加以詮釋，反使義理愈貲，實爲不必要之增繁。劉勰在用這些描述「文體」的詞語時，應是綜合觀察、加以概括、提煉而出的，實非將某個詞語先限定在一個範疇中再來使用。準此而言，配合各個時代，這裏的「文體」實是總括某個時代的文學風氣來看的，可謂之爲「時代文體」。而劉勰便是經由比較各個時代的文體所産生的變化，提出其見解。認爲楚、漢以前，文章由質樸而漸趨華麗，乃至往「侈豔」的方向發展。楚、漢以後，文章漸變而趨俗務今，乃至於乏韻味、鮮深意，不耐咀嚼。

他曾在〈時序〉篇中説：「時運交移，質文代變。古今情理，如可言乎？」所謂的「質文代變」，廣泛來講，便是就文化的整體呈顯而言，樸素的風尚與文飾的風尚是隨著歷史的各個時期的變化而變遷的現象。文學是文化活動之一，劉勰用這個論斷來點明他對

文學變遷的觀察[11]。他基本上是認為歷史上文學有「質」的時期與「文」的時期。從大方向上來看，是由「質」向「文」變遷的，從「文」的角度來看，後代超越前代；然而這個過程可分兩段：自上古至商、周，文章由樸素而漸趨文飾，但這些文飾往往獨具創意，能超越前代；而由楚、漢至東晉，是「文」的傳承與學習，前代是後代師範的依據，後代依據前代的創作踵事增華，甚至當代名家亦為同時習文者所效法。這時期的「文」就逐漸失去了前代那種獨具創意、馳騁想像力的風味，無法與前代相比了。這種現象，劉勰在《文心雕龍·通變》篇中有所表明：

> 是以九代詠歌，志合文則。黃歌斷竹，質之至也；唐歌在昔，
> 則廣於黃世；虞歌卿雲，則文於唐時；夏歌雕牆，縟於虞代；
> 商周篇什，麗於夏年。至於序志述時，其揆一也。暨楚之騷
> 文，矩式周人；漢之賦頌，影寫楚世；魏之策制，顧慕漢風；
> 晉之辭章，瞻望魏采。

此處所謂「廣」、「文」、「縟」、「麗」等，都說明了文學在一段長時期中，是向「文」的方向發展的。劉勰認為這一段時期文學的演變，總體而言是向「文」逐步提升的。而到了商、周時期，便達到了他論述中典範的地位。後者所謂「矩式」、「影寫」、「顧

11　從《文心雕龍·時序》篇中：「古今情理，如可言乎？」一語可知，劉勰是透過他的觀察，從經驗中找到一些類似規律性的準則，但他只是點出有這些現象，並未強勢地認為所有的現象必依他所歸納出來的準則發生。

慕」、「瞻望」云云，都是學習和參考的意思，雖云皆爲「文」的進展，其中不無借巧於前代的意味。這也說明了自從楚、漢以來這一段長時期的文學表現風氣。然而對這段時期文學的總體變化，劉勰所感歎的是文學的墮落，創造力的減退、降低。到了他自身所處的時代，他深唷曰：「今才穎之士，刻意學文，多略漢篇，師範宋集」[12]。作者們從近代取資，大多是用其他作者已經用過的素材，難以再有新的更好的變化。而由此也可以看到齊梁時期的文學作者，也是像漢、魏以來一樣，以前代爲學習、參考的對象；而這正是創造力長期衰退的表徵。創造力的長期衰退，會使得文學衰亡，不再有偉大的作品出現。〈通變〉篇說的：「彌近彌澹」、「風末氣衰」，所指的便是文學的消亡，並非由「文」返「質」，而是連「質」也夠不上資格談了。

　　這樣看來好像文學時代風格的演變是相互接續，平順發展的。但是從〈時序〉篇細究劉勰所認知的文學演變歷程，則非沿此途徑步驟踵接，平順演變。而是時有阻撓、分歧的曲折歷程。《文心雕龍·時序》篇中提到的：「韓魏力政，燕趙任權。『五蠹』、『六蝨』，嚴於秦令。」、「高祖尚武，戲儒簡學。雖禮律草創，詩書未遑。」、「哀平陵替，光武中興。深懷圖讖，頗略文華。」、「晉宣始基，景文克構。並跡沈儒雅，而務深方術。」等現象乃是文學的停滯甚至倒退。而同篇提到東漢時期：「磊落鴻儒，才不乏時。而文章之選，存而不論。」、東晉時期：「因談餘氣，流成文體」

---

[12]　《文心雕龍·通變》篇。

等現象則是因經學、玄學、子學的發展，文學受到它們的影響而衰落或轉變。所以可以更清楚地了解，在劉勰的認知中，歷代文學的變遷雖是由「質」到「文」，再承「文」適變，但並非平順無波，而是往往會出現停滯、倒退、分歧的現象。而綜合各個時代的作品來觀察，可以看到時代總體風格的演變。作者處於這樣的演變之中，其寫作歷程會受到影響，也影響了他的作品風格。

　　每一個時代的特色，雖然是當時作者所共同呈現的面貌，但也影響了其他的作者。它形成一種循環，過種簡述如下：

　　作者提倡某一種文學特質或具備某一種特質之文學（配合時代文化環境及文體演變）──得到其他作者直接或間接呼應──凝塑成一整個時代的文風──時代文風影響作者文學風格──作者文學風格漸為時代文風所限──時代文化環境變化又引起另一批新作者倡導不同文風。

　　所以作者與時代風氣交互影響，其主導因素是隨階段而變的。

　　從以上所述可以看得出來，文學傳統與作者之間有一種互動關係存在。它影響於作者非常深巨，體裁甚至決定了作者的主題及其表現方式，傳統上的寫作態度影響著作者的文學觀，而時代文風所呈現出來的風氣則對作者所表現的風格也會產生影響。但是作者的寫作也會影響到體裁的發展、變化，作者的文學觀也會改變傳統的寫作態度，時代風格也會因作者的提倡而改變。因此這三種與文學傳統聯繫緊密的要素與作者的寫作是息息相關的。

第二節　自然環境與作者

　　從文獻記載的內容可以得知，自然環境給了漢民族祖先創作的靈感，但是災害、疾疫、饑荒也來自於自然環境。大部分的人被動地受自然環境的影響，只有少數具有特殊「神」力者能部分地改變自然環境。姑不論這些文獻內容是否爲中國遠古之實錄，至少先秦時期，這些說法是存在的，並且有一定數量的信服者。而這些記載正足以加強他們的信念。

　　先秦思想家對自然的態度基本上與其立論重心有關。如果以流派來分，道家主張回復原始質樸的天性，所以認爲人應該順任自然，不宜對自然做任何改變；儒家重視禮樂，提倡仁義，所以認爲對自然界中的事物應該因勢順取，在不傷和諧的前提之下，使人類生活更方便、更幸福；墨家尚儉，故反對浪費物資；又由於兼愛，所以也主張制器利用。法家、兵家都是主張利用自然的；名家則是對人類的自然常識提出質疑，讓人思考；陰陽家則是觀察自然而對於當時未知之問題提出推論。總而言之，大方向有三：順任自然、制器利用，以及純粹的觀察、思考、推論；但這三者間又有相互關聯。這些觀點，到了戰國後期的《呂氏春秋》，已經在某種程度上做了一些整合。

　　兩漢時期的思想家也注重觀察自然，研究自然。漢初推行黃老之術，強調無爲。《淮南子·天文訓》及〈墜形訓〉、〈說林訓〉

諸篇中就記載了不少材料，董仲舒也提出天人相應之説，王充在《論衡》中也泛論自然現象。然而他們在論述自然與人的關係時，總離不開政教道德與實用功利這兩方面；而對性情與感思的這一部分，不是略而不論，就是在價值觀上將其貶抑[13]。所以兩漢思想家在言災異，述禎祥之時，基本上是關聯於人事的。但其內容未必都合於當政者所欲推行的政教。尤其是以董仲舒而言，可以看得出他立論的主要目的，是在藉由自然界的偉大與神秘的力量，來限制當政者藉著政治地位無限膨脹自身之權力。雖然終究不敵掌權者的野心及在位者所展現的個人意志，但在一定的程度上也影響了漢朝思想界對自然的觀念。至於王充，從《論衡·自然》篇：「天地合氣，萬物自生。……萬物之生，含血之類，知饑知寒。見五穀可食，取而食之；見絲麻可衣，取而衣之」、「夫天無為，故不言災變。時至，氣自為之。」的説法來看，他是比較偏向荀子這一派的。

　　到了漢末，國事多變，兵馬倥傯，建安至曹魏前期的論家，皆主於人事，鮮有及於自然者。至正始時，清談風盛，王弼、何晏、阮籍、嵇康等對這方面的問題皆有所論。其中王弼對「自然」這個詞的解釋是「自然而然」，他對宇宙萬物的看法是：「物無妄然，必由其理。統之有宗，會之有元。故繁而不亂，眾而不惑。」[14]，

13　例如董仲舒在《春秋繁露·深察名號》篇中説：「吾以心之名，得人之誠。人之誠，有貪有仁。仁貪之氣，兩在於身。身之名，取諸天。天兩而有陰、陽之施，身亦兩有貪、仁之性。」這是説明人性中的貪、仁與自然界中的陰、陽相應。而同篇中云：「天之禁陰如此，安得不損其欲而輟其情以應天。天之所禁而身禁之，故曰身猶天也。」則貶抑陰、貪而拔擢陽、仁，其意甚明。

14　〔魏〕王弼：《周易略例·明象》（收入樓宇烈校釋：《王弼集校釋》，台北：華正書局，2006年8月）

他是認為萬物的發生、演變及其間的關係必然有一個法則，而這個法則的實際運作常與表象相反。嵇康對自然的看法比較接進王充，他認為：「天地合德，萬物資生。寒暑代往，五行以成。章為五色，發為五聲。音聲之作，其猶臭味在於天地之間。」[15]、「元氣陶鑠，眾生稟焉」[16]，可見他以「氣」為各種生物的發生根源。

西晉時陸機在〈文賦〉開頭便提到：「遵四時以歎逝，瞻萬物而思紛。悲落葉於勁秋，喜柔條於芳春。」時間的消逝、季節的替換、萬物的姿態……等等因素，在在影響著作者的情感與思想。而這些情感與思想，正是形成文章主旨、題材，甚至構成風格的主要因素。

而郭象在《莊子・齊物論》注文中云：「無既無矣，則不能生有；有之未生，又不能為生。然則生生者誰哉？塊然而自生耳。」則以「自生」來回答萬物起源的問題，認為天地萬物皆自生自化，在此之外沒有負責生化萬物者。

西晉時吳人楊泉的〈物理論〉，以漢代元氣說為本，提出他對自然現象的觀察與說明。處於東、西晉時期的葛洪，推始自然，歸之於「玄」；推原萬殊，歸之於「道」。事實上，「玄」、「道」之所指是一樣的，「玄」是強調其神妙，「道」則是就其性質、功能……等等各方面加以論述。葛洪認為天地及萬物感氣而生，是自然而然的，並非「道」的有為造作。

15　〔魏〕嵇康：〈聲無哀樂論〉。（魯迅校注：《嵇康集》，香港：新藝出版社，1970 年 10 月）
16　〔魏〕嵇康：〈明膽論〉。

　　到了東晉、劉宋時期，清談的風氣延續前代，但從作品內容上看，文學作者對山水田園等自然環境的描寫，漸漸重視，甚至成為一種風氣，謝靈運、陶淵明、吳均、謝莊……等等，許多作者都有佳作傳世。

　　由此而言，自然環境對文學作者的影響便不獨在思想、情感的觸動及陶凝上面，而是直接成為作者寫作時的主題和題材了，甚至也影響與改變整個文學風氣。

　　流行於兩漢之際的緯、讖之說也多有取資於自然景物之處，劉勰在〈正緯〉篇中也提到：「或說陰陽，或序災異。若鳥鳴似語，蟲葉成字。篇條滋蔓，必假孔氏。」可見他了解緯、讖的形成及其論述也受到自然景物的影響。但是在〈正緯〉篇中，他除了對「事豐奇偉，辭富膏腴。無益經典，而有助文章」這點有所肯定之外，基本上對緯、讖是持反對態度的。所以他在〈正緯〉篇中列舉反對緯、讖的桓譚、尹敏、張衡、荀悅，並認同他們，而云：「四賢博練，論之精矣。」但事實上劉勰並非藉此否定自然環境與作者的關係。他於《文心雕龍》中立〈物色〉篇來說明自然景物與作者之關係，足見他注意到了這一方面的問題，並且提出他的看法。

　　首先，劉勰考慮的是自然景物在創作上所發揮的功能及其影響，這是基本問題。在〈物色〉篇中他提出回答：

　　若乃山林皋壤，實文思之奧府。略語則闕，詳說則繁。然屈平所以能洞監風騷之情者，抑亦江山之助乎？

可見他認爲自然景物可以提供作者靈感。作者如果能善於觀察、體會自然景物，便會有源源不絕的素材可以當做文章的主題或題材。這方面的效果，以騷、賦、詩等體裁尤爲顯著。

至於爲何自然景物可以提供作者靈感呢？主要是因爲劉勰認爲人能感知、能思考、具有情感。他認爲人是「有心之器」[17]，就表示人有感覺思考的能力。而由〈明詩〉篇裏說：「人稟七情」，可知劉勰認爲人的情感則是天生具備的。人的內在有了這些條件，對於自然環境的變化便能體會感受、深入思考。所以才能「應物」、才能有所「感」。劉勰認爲「情」因「物」而動，「文」因「情」而發，從「物」到「情」到「文」，是最自然不過了。所以他在〈明詩〉篇中說：「感物吟志，莫非自然」。而從這裏也可以看出，在「感物」與「吟志」之間，「心」、「情」居樞紐地位，是連結二者的橋樑。這個說法與〈物色〉篇的：「情以物遷，辭以情發。」是相通的。

「心」、「情」既然會被外物所影響，自然景物當然也不例外[18]。劉勰在〈物色〉篇中提到：

> 春秋代序，陰陽慘舒。物色之動，心亦搖焉。

四時的變化引起景物的更替，景物的更替則影響人的感受，進而影

---

17 見《文心雕龍·原道》篇。
18 從這個角度來看，〈物色〉篇的主旨並不在於事物意象、象徵的掌握與轉化等這些寫作技巧的議題上，而是在論述自然景物對創作所發生的影響。所以不宜列於〈總術〉篇之前。

響了情感、思想。而劉勰也更詳細地加以說明：

> 若夫珪璋挺其惠心，英華秀其清氣，物色相召，人誰獲安？是以獻歲發春，悅豫之情暢，滔滔孟夏，鬱陶之心凝。天高氣清，陰沈之志遠；霰雪無垠，矜肅之慮深。[19]

他把春、夏、秋、冬的景物分別與人們快樂、困悶、消極、嚴謹等情感相連結。這個說法與〈詩大序〉中所說的：「情動於中而形於言」、《禮記·樂記》裏的：「感於物而動」、「應感起物而動」及《荀子·樂論》的：「樂者，樂也。人情之所必不免也」、「樂則必發於聲音，形於動靜。而人之道，聲音、動靜，性術之變盡是矣」是相通的。

　　而從沈約《宋書·謝靈運傳·論》中：「民稟天地之靈，含五常之德……夫志動於中，則歌詠外發」、鍾嶸《詩品·序》的：「氣之動物，物之感人，故搖蕩性靈，形諸舞詠」、《文鏡秘府論·南卷·論文意》的：「自古文章，起於無作。興於自然，感激而成。都無飾練，發言以當，應物便是。」可見這個觀念在六朝乃常彈之調，為一般文論家所接受。《文心雕龍》以此為基礎，闡述了關於「物」、「意」、「言」（「文」）的關係。

　　其次，要了解劉勰是如何看待大自然的，才能解釋上述功能及影響在《文心雕龍》中的理論意義。事實上，劉勰以文學的角度來

19　見《文心雕龍·物色》篇。

看待大自然，故自然環境在他的論述中皆帶著文學的色彩。在〈原道〉篇中他説：

> 玄黃色雜，方圓體分。日月疊璧，以垂麗天之象；山川煥綺，
> 以鋪理地之形，此蓋道之文也。仰觀吐曜，俯察含章，高卑
> 定位，故兩儀既生矣。惟人參之，性靈所鍾，是謂三才。爲
> 五行之秀，實天地之心。心生而言立，言立而文明，自然之
> 道也。傍及萬品，動植皆文。龍鳳以藻繪呈瑞，虎豹以炳蔚
> 凝姿。雲霞雕色，有踰畫工之妙，草木賁華，無待錦匠之奇。
> 夫豈外飾，蓋自然耳。至於林籟結響，調如竽瑟，泉石激韻，
> 和若球鍠，故形立則章成矣，聲發則文生矣。

日、月、山、川的位置及天地運行的規律……等等，都是「道之文」；萬事萬物，如：龍、鳳、虎、豹、雲、霞、草、木……等等，亦皆有「文」。「文」不只在於顏色與形態，也在聲音；所以林中的風聲、石間的泉聲都是「文章」。這體現了劉勰以「文」來觀自然環境，因此從各個方面都能發現「文」的存在。當然這也影響到人，劉勰認爲人與天、地並列而稱三才，乃因人爲天地靈氣所會聚而生者。所以人雖亦屬自然界萬物之一，但却是最特別的。劉勰以「五行之秀」、「天地之心」稱之，即突出人在萬物中之特殊性，謂人可以參與造化。在劉勰的觀念之中，由於有了人，於是有了語言，而有了語言，天地之「文」因而得以闡明。所以闡明自然環境之「文」，也是作者的任務之一。

　　劉勰在此表明人亦屬於自然界。由此可知，文學作者既為人，亦不能自外於自然界。所以語言、文字等人類的能力原本就是從自然界中孕育出來的，與自然界當然息息相關。「道之文」既無所不在，推而言之，「人之文」亦為其一。而劉勰認為「人之文」特出於萬物者，是能夠反思天地之道，並且以語言文字的符號表達出來，加以說明。由此可知劉勰認為人受自然的影響而具備此能力，並且以此能力回饋自然。此乃劉勰論述中，人與自然關係之基本形態。

　　有以上的論述為基礎，便可以合理地解釋自然界對創作活動所發揮功能及影響。從〈物色〉篇所述：「陽氣萌而玄駒步，陰律凝而丹鳥羞。微蟲猶或入感，四時之動物深矣。」自然界萬物都受到寒往暑來氣候溫度變化的影響，像螞蟻[20]、螳螂[21]那樣的小昆蟲都不

---

[20]　《大戴禮·夏小正》載：「十二月……元駒賁。元駒也者，蟻也。賁者何也？走於地中也。」(清人為避聖祖康熙皇帝之諱，注解編輯時將書中「玄」字改為「元」字)蟻即螞蟻。可知劉勰用《大戴禮》之意，以「玄駒」來稱呼螞蟻。

[21]　《大戴禮·夏小正》載：「八月……丹鳥羞白鳥。丹鳥者，謂丹良也。白鳥，謂閩蚋也。其謂之鳥，何也？重其養者也。有翼者為鳥。羞也者，進也，不盡食也。」所謂「丹良」，孔穎達疏云：「未知丹良竟是何物？皇氏以為丹良是螢火，今按《爾雅·釋蟲》，郭氏等諸釋皆不云螢火是丹良，未聞皇氏何所依據。云『二者文異，群鳥、丹良，未聞孰是？』者，〈月令〉云『群鳥養羞』，〈夏小正〉云：『丹鳥羞白鳥』，是二者文異。……故云：『未聞孰是』。」所以孔穎達並不認為「丹良」是螢火蟲，但他畢竟也不知道丹良為何物？而螢火蟲在春、夏之交的季節才比較容易看到它們成群出現，八月時幾乎看不到它們了。且其成蟲乃是以露水、蜜露、花粉、花蜜等為食。其幼蟲雖以軟體動物為食，然無翅膀，不可能吃蚊蚋。所以崔豹《古今注》以「丹良」為螢，恐怕是誤信訛傳或誤記了。而范文瀾先生以音之轉釋「丹良」為螳螂，在典籍上又無法找到證據。所以對於「丹良」所指目前只好存疑，而姑取范注以釋之。(但是吾人認為劉勰可能依〈夏小正〉當時的注解，認為丹鳥便是螢火蟲。因為劉勰並非專職於蟲、魚、鳥、獸之學者，自不能將書中所載之事具按之於自然界後再著論。)

能免。劉勰認爲這種影響不只廣泛而且是深入的。依照他的論述方式，既然連小小的動物、昆蟲都不能免，那麼聚天地之靈氣而生的人，更會有所感觸了。所以才會因著春、夏、秋、冬等季節的變化而有不同的感覺。而如前所述，劉勰在此，是就情感範疇來立論的，著重於外在景物對作者情感的影響。故云：

> 歲有其物，物有其容。情以物遷，辭以情發。一葉且或迎意，蟲聲有足引心。況清風與明月同夜，白日與春林共朝哉？[22]

無論是葉、蟲、清風、明月、白日、春林，都會對作者產生影響，讓作者意搖心動，而作品便是將這些感觸表達出來的結果。〈神思〉篇云：「觀山則情滿於山，觀海則意溢於海，我才之多少，將與風雲而並驅矣。」其意亦同於此。所以〈明詩〉篇中所說的：「人稟七情，應物斯感。感物吟志，莫非自然。」作者從應物有感到感物吟志，在劉勰的論述中乃屬自然而然的過程。

作者既以「文」來看待自然界，而自然界的各種事物也給與作者或多或少的靈感。則自然環境透過作者影響作品，在理論上應該成立。而實際上最直接、具體的表現，則是在作品中對自然景物的描寫。劉勰在〈物色〉篇中列舉《詩經》、《楚辭》、漢賦之例來說明，從「以少總多」到「重沓舒狀」以至於「詭勢瓌聲」，這一方面除了「物貌難盡」，只好不斷擴增語言的描寫功能之外，也間

22　《文心雕龍·物色》篇。

接表明了作者們關於自然景物寫作觀念的改變。這些現象表明了自周秦至兩漢以來，作者在創作過程中對自然景物的化用，也可以讓人了解自然景物對創作的影響。而從漢末歷魏、晉至宋、齊之際，則不同於漢賦的「詭勢瓌聲」。事實上畢竟並非所有的景物都是那麼令人驚訝聳動的，一味地「詭勢瓌聲」不免予人浮而不實、過度誇張的印象。

　　自漢末以來，文學作者對自然景物的描寫觀念漸漸有所轉變，根據劉勰在〈比興〉篇中的描述，東漢中期至漢末：「揚、班之倫，曹、劉以下，圖狀山川，影寫雲物，莫不織綜比義，以敷其華。驚聽回視，資此效績。」這還延續西漢以來賦作的誇飾傳統。可是到了左思，就已經在〈三都賦·序〉中說：「玉卮無當，雖寶非用；侈言無驗，雖麗非經」[23]，這已經明白表示風氣在逐漸轉變中了。

　　至於宋、齊時期，劉勰在〈物色〉篇中對當時風氣描述如下：

> 自近代以來，文貴形似。窺情風景之上，鑽貌草木之中。吟詠所發，志惟深遠，體物爲妙，功在密附。故巧言切狀，如印之印泥。不加雕削，而曲寫毫芥。故能瞻言而見貌，即字而知時也。

可見當時以「形似」為價值標準。所謂「形似」，不是特意誇張，也不是雕琢刻劃，而是如實將事物呈現出來。即「巧言切狀，如印

---

[23]　見《文選》（據清嘉慶十四年胡克家依宋淳熙本重刻之《文選李善注六十卷》，台北：藝文印書館，1983 年 6 月），卷四。

之印泥。不加雕削，而曲寫毫芥。」連細節部分都不放過。而其效
果則是要讀者「瞻言而見貌，即字而知時」。語言和事物在此密切
結合起來，而媒合二者之要素，即爲作者的精神、氣力，此即「密
附」。這比起前代來，自然景物在寫作上的份量和地位有加重的趨
勢。所以當時作者才會「窺情風景之上，鑽貌草木之中」，在自然
界中搜索創作素材。〈明詩〉篇云：「莊老告退，而山水方滋」、
「情必極貌以寫物，詞必窮力而追新」，可以説明這種新的寫作風
氣正是以其著力於自然景物而有別於前代。上述便是劉勰對文學與
自然關係的變遷之觀察與描述。

　　針對這種風氣，劉勰指出其中的問題在：「物有恆姿，思無定
檢」[24]，由於物態有形象可以讓人觀察、體會，心思則是飄忽不定
難以掌握的。所以「或率爾造極，或精思愈疏」[25]，心思有時可以
毫不費力地將物態精巧地呈現出來，有時用盡心力去構思卻難以傳
達物態。此乃〈養氣〉篇：「思有利鈍，時有通塞」的具體描述。

　　從劉勰的敘述，可以看出寫作思維充滿不確定性，因此劉勰呼
籲作者參考《詩經》、屈原作品。但這並非主張抄襲成作，對此劉
勰提出「善於適要」[26]做爲判準，即是把握自然事物的主要特點加
以描寫。能做到這個地步，便如〈辨騷〉篇所云之：「敘情怨，則
鬱伊而易感；述離居，則愴怏而難懷；論山水，則循聲而得貌；言
節候，則披文而見時。」及〈明詩〉篇所云之：「婉轉附物，怊悵

24　《文心雕龍・物色》篇。
25　《文心雕龍・物色》篇。
26　《文心雕龍・物色》篇。

切情。」；也就是文學作者的內在情感與外在事物間能相互協調，而做出最恰當的表現。

但是〈詮賦〉篇有一段文字如下：

> 至於草區禽族，庶品雜類，則觸興致情，因變取會。擬諸形容，則言務纖密。象其物宜，則理貴側附。斯又小制之區畛，奇巧之機要也。

與「鴻裁之寰域，雅文之樞轄」[27]相比，這種「小制之區畛，奇巧之機要」顯然在價值上要略遜一籌。這可以得知劉勰雖然認同在作品中直接描寫自然界的事物，但他認為自然環境與文學的關係並不止於提供主題或素材這一層。而如果僅止於這個層面，以物為主，則作品的價值也有限。

在劉勰的論述中，自然環境主要是能提供作者靈感，使作者豐富作品的內容、拓展作品的造境。以情為主，才能提昇作品的價值及境界。這方面，劉勰在〈物色〉篇及〈比興〉篇都有舉例，但性質不同。先看〈物色〉篇的例子：

> 灼灼狀桃花之容，依依盡楊柳之貌，杲杲為日出之容，漉漉擬雨雪之狀，喈喈逐黃鳥之聲。喓喓學草蟲之韻。皎日嘒星，一言窮理，參差沃若，兩字連[28]形。並以少總多，情貌無遺

27　《文心雕龍·詮賦》篇。

28　「連」，黃叔琳注本作「窮」。楊明照先生《文心雕龍校注》歷引元本、弘治

矣。

盛開的桃花、款擺的楊柳、明亮的日光、紛飛的大雪，乃至於蟲鳴
聲、鳥啼聲……等等景物及聲音，都能刺激作者、引發靈感。爲了
形容它們，作者對語言的運用與創造必須更活潑且更有創意，才能
將它們的特點表現出來。由於對事物有貼切而深入的觀察，所以也
從事物中得到靈感，而有助於寫作能力的提昇。將使作品內容更豐
富，造境更廣闊、多元。所謂：「以少總多，情貌無遺」，就是以
最精簡的語言、文字，將事物的情貌（簡略來講，「情」、「貌」
都是指事物所顯於外而可以由人類所領略、觀察、描述者，「情」
偏向內在特質的部分，「貌」偏向外在形體的部分。）完全表現出
來。能夠達到這個境地，必定是能掌握事物最精要的特徵，而不是
只從細節上用許多語言去加以誇張、描述。若能做到以更少的語言
達到更完整的表達，語言、文字的功能及其表現技巧必因而進展。
另一方面，可以再看〈比興〉篇所舉的例子：

關雎有別，故后妃方德。尸鳩貞一，故夫人象義。

金錫以喻明德，珪璋以譬秀民，螟蛉以類教誨，蜩螗以寫號
呼，澣衣以擬心憂，席卷以方志固：凡斯切象，皆比義也。

本、《四六法海》等二十二種版本及八種相關引文云：「按『連』字是。『參
差』、『沃若』皆連語形容詞，故云。上云『窮理』，此云『窮形』，殊嫌重
出。黃氏從何校改『連』爲『窮』，非是。」今從楊說。

至若麻衣如雪，兩驂如舞：若斯之類，皆比類者也。

從睢鳩的關關和鳴、摯而有別，聯想到后妃能夠和輯眾人，守禮尚義；從鳲鳩入於鵲巢而能與鵲鳥一起生活，聯想到諸侯夫人對諸侯家中的人都能公平無私地對待。至於用金錫來比喻君子光明的德行，用珪璋來比喻賢人、吉士，用螟蠃之教螟蛉來比喻君子之教萬民[29]，用蟬鳴來比喻吵雜熱鬧，用尚未洗濯的的髒衣服來比喻難以除去的憂心，用席之能卷反比心志之不移，以及用雪來比喻麻衣的白，用舞來比喻駕馭馬車的動作……等等，這些素材都取之於自然界。從上述劉勰取自《毛詩》來說明的例子來看，自然界景物對寫作的影響主要是在表達過程方面，劉勰對此的重視勝於直接以自然景物為作品主題或題材。

就寫作心理歷程來講，有從自然界事物得到寫作的靈感，因而形成作品主題者；有已經有了主題，而藉著自然界事物將它生動地表達出來者。然此皆有賴於文學作者對自然界獨特而深入的觀察、體會，才能豐富、充實所表達的內涵，也才能寫出與眾不同的作品。

所以劉勰才會稱讚傅毅云：「至於序述哀情，則觸類而長。傅毅之誄北海，云：『白日幽光，霧霧杳冥』。始序致感，遂為後式。」最主要的原因是傅毅能「觸類而長」，利用自然界景物的變化來比喻、襯托、渲染那種哀傷的感覺，而且能掌握得恰到好處。

29　事實上螟蠃是將螟蛉的幼蟲背去，放在它所產的卵旁邊，再將未孵化的卵及螟蛉的幼蟲封在巢中，孵化之後，螟蠃的幼蟲就將螟蛉的幼蟲吃掉。古人便以為螟蛉的幼蟲長成後變成螟蠃了。

事實上〈物色〉篇已經揭示了作者與自然世界之間的關係：

> 詩人感物，聯類不窮。流連萬象之際，沈吟視聽之區。寫氣
> 圖貌，既隨物以宛轉；屬采附聲，亦與心而徘徊。

「萬象之際」、「視聽之區」都是作者能「感物」、「聯類不窮」
的憑藉。在這裏，劉勰揭示「心」與「物」關係的兩個層面。「寫
氣圖貌，既隨物以宛轉」者，是心隨物而變，即所謂「情以物遷」
者；「屬采附聲，亦與心而徘徊」，是言依心而成，即所謂「辭以
情發」者。「心」雖受物影響，但它可以決定隨不隨物，也可以決
定語言，所以它不是完全被動的。「物」雖能影響「心」，但它也
非完全主動的。二者之間處於自然而然交互感發的狀態。

文學作者觀察、體會自然界的事物及其變化的態度及視角，不
同於科學研究者、商人或工匠，朱光潛先生在《談美》中曾舉「古
松」為例來說明審美活動與其他活動的不同，讓讀者能了解審美活
動的特質。事實上，劉勰在〈物色〉篇中已經提出：「目既往還，
心亦吐納」、「情往似贈，興來如答」，正可以說明他在《文心雕
龍》中所認為的文學作者體會、觀察自然界的方式。

所謂「目既往還，心亦吐納」，其中「目」可泛指感官之能接
於外者。感官注意到外在景物的存在並能觀察到它們的特質，這可
以稱之為「往」；外在景物引起感官及思維、情感的種種反應，這
可以稱之為「還」。此可曰「由物及我」者，精確一點的說法應該
是「自外而內」。「心」則可泛指內在感受、思想、情感等，將此

表達出來可謂之「吐」;「納」則是將事物放在心中並且加以思考、感受、體會,此乃「由我及物」者,亦可謂曰「自內而外」。這與〈神思〉篇中:「物以貌求,心以理應」[30]及〈比興〉篇中:「觸物圓覽」、「擬容取心」的說法是相通的。而也正是劉勰〈神思〉篇所云:「神居胸臆,而志氣統其關鍵;物沿耳目,而辭令管其樞機」的簡化描述。

但若就作者與自然環境的關係而言,〈物色〉篇所表述的理論層次是高於〈神思〉篇的。所謂:「情往似贈,興來如答」,「情往」者謂以己心投注於物,「興來」者謂外物引起興會趣致。以己心投注於外物,有如將內在的東西送出去;而外物引起興會趣致,正如外物給予己心的回報。此中一往一來,「心」與「物」在交會之中乃構成一審美境界。「物」因「心」而活化(即具人的生命特質),「心」因「物」而感動(即「感而動之」之謂),二者相互循環影響,以臻於「心物交融」之境,創作源頭便生生不息。

因此可以說文學作者觀察、體會自然界景物的方式乃是以生命的感受為基礎,而將此生命感擴充於自然界,然後感受、體會自然界各種事物的生命,並進而發現其特質及其間之關聯。這與科學家之研究態度及商人的計算價格和工匠的器物利用,甚至政治家深慮

---

[30] Stephen Owen(宇文所安)在他所寫的 *Reading in Chinese Literary Thought*(中譯書名《中國文論:英譯與評論》)一書中云:「在〈神思〉篇裏,他(劉勰)所使用的『物』是更寬泛的哲學意義上的『物』,指精神之旅所遇到的一切事物。這裏(〈物色〉篇)的『物』主要指自然界的有形物,也就是可感的存在。」(中譯本頁 289)事實上〈神思〉篇站在抽象面來講,而〈物色〉篇自具體面而言,二者並不衝突。然若執後者所述,恐難盡前者之旨;而以前者為論基,則可以闡後者之奧。故特意將二者分開,並沒有理論上的必要性。

利弊得失的態度都不同，因爲他們不將「物」人化或賦與「物」靈性，所以只能「以我觀物」（此處的「觀」也已不同於文學藝術的「觀」了），無法體現「心物交融」。

　　然而自然界的事物那麼多種，變化那麼多樣，若以「心」逐「物」，極「辭」狀「物」，必致緒煩意亂，豈是「心物交融」之際所表現的心境？針對創作者與外物之間的來往交互，劉勰提出：

> 四序紛迴，而入興貴閑。物色雖繁，而析辭尚簡。使味飄飄而輕舉，情曄曄而更新。……物色盡而情有餘者，曉會通也。

以閑情逸致來應對複雜多變的四季景物，方能「率爾造極」；以精簡辭語來描寫各種各樣的自然界事物，方能「以少總多」。因此，「心物交融」的狀態是以「閑」、「簡」的心境統攝紛繁的物象，如此才能「物色盡而情有餘」，不只將物色精確地描述出來，在物色中還含蘊不盡之情致。如此的作品方讓讀者覺得有味而耐咀嚼，才有新的創意。由於作者能「入興」以閑、「析辭」以簡，所以才能不斷創新描寫，使物態更鮮明。而能令讀者不覺繁重，與作者共遊於精神之鄉。這也就是劉勰認爲作者創作過程中理想的「心」、「物」關係，如此方能不勉強、不造作，而臻於他所說的「自然」[31]之境。因此，屈原能「洞監風騷之情」的「江山之助」，指的應該是自然景物幫助他引起靈感、觸發他的想像力，而不是針對可以「圖

---

[31]　此「自然」乃「自然而然」之意，〈明詩〉篇云：「感物吟志，莫非自然」、〈隱秀〉篇云：「自然會妙，若譬卉木之耀英華」皆主此意。

狀山川，影寫雲物」的那種幫助。

　　所以在劉勰的觀念裏，自然景物會影響作者內心，因而觸動了寫作的機制。而他所重視的乃是作者被自然景物所引發的創作力、想像力的那一面，對於當時文壇重視追求「形似」的風氣，劉勰持保留態度。並舉《詩經》與屈原的作品為例來矯其枉，亦可見他不同於流俗的美學觀和文學觀。

第三節　時代環境與作者

　　時代環境與作者的關係，中國的思想家很早就注意到了。《孟子·萬章下》篇中云：「友天下之善士為未足，又尚論古之人。頌其詩，讀其書，不知其人，可乎？是以論其世也，是尚友也。」雖然這是從讀者的角度表明了對於與作者進行交流的嚮往，並非直接論述作者與時代環境的關係。而且它的主旨是針對道德修養的增進及政治教化的培育，並非針對文學的欣賞與批評。然而孟子至少提出了「論世」，代表他已注意到時代環境。他提出「論世」的目的雖在「知人」，可說僅是一種方法，工具性的目的明顯。但亦可知早在戰國時代，孟子已經提出要透過作者所處時代環境來了解其所呈顯於書中的想法了。也就是說孟子認為不能單獨就作品來看作者的思想、情感、觀念，一定要結合作者所處時代環境，才能了解作

者真正的用心。這也說明了孟子認爲作者不可能與其時代環境割裂而獨存，每一個作者都有其自身所處的時代環境。

事實上從寫作的歷史來看，在現存的作品裏，不待孟子的標舉，作者無不於其中透露著時代環境對他的刺激。《毛詩·國風·周南·汝墳》：「魴魚赬尾，王室如燬。雖則如燬，父母孔邇。」作者憂國念家而又對時局無奈之情，見於文中。《毛詩·國風·鄘風·載馳》：「載馳載驅，歸唁衛侯。驅馬悠悠，言至于漕。大夫跋涉，我心則憂。」作者對於衛君的弔念，對於衛國的關心憂思，溢於言表。更不用說屈原的〈離騷〉、〈九章〉各篇作品與楚國局勢的關聯之緊密了。

就論述上而言，由於儒家思想強調道德修養與政治教化，影響了相關文學論述也多從政教層面來看問題。因此儒家學者很早就針對時代環境與文學間的關係進行思辨，提出了不少意見。像〈詩大序〉[32]中就寫道：

> 治世之音安以樂，其政和；亂世之音怨以怒，其政乖；亡國
> 之音哀以思，其民困。

雖然所論爲音樂，但一來周人行禮時往往詩、樂、舞並用，二來詩常常是配合著樂來呈現。並且《文心雕龍·樂府》中亦云：「詩爲

---

[32]　〈毛詩序〉的作者及時代，歷來各家爭訟不休，自南北朝以迄近代猶未有定論。然而若非在戰國晚期就已成篇，便應爲西漢中期之作。不至於完成於秦朝至西漢初。戰國晚期成篇者，或爲有心人士收藏，避秦火而倖存；西漢中期之作，則孔壁《詩經》既發，詩家加以解讀詮釋之作。

樂心，聲為樂體」，可見劉勰亦將二者合觀。而從〈樂府〉篇中：「昔子政品文，詩與歌別。故略具樂篇，以標區界。」的敘述來看，他所以特立〈樂府〉篇，只是為了尊重西漢劉向將「詩」和「歌詩」分開成二類的處理方式[33]。因此論樂的觀點亦可移之於論詩，甚至在一定的理論層次上亦可用以論文。而〈詩大序〉在此提到三種不同的時代處境：治世、亂世、亡國，一個比一個等而下之，更加不堪。人民生活在這三種時代處境中的感受是不同的，而這些感受會表現在詩樂之中。處於治世的人民，他們的詩樂是安逸和樂的；處於亂世的人民，他們的詩樂是歡怨憤怒的；處於亡國的人民，他們的詩樂是哀傷懷念的。而人民的感受即是當權者所作所為的反應。當人們感到安逸和樂時，表示當權者施政調配得當，沒有偏差；當人們感到歡怨憤怒時，表示當權者施政悖離常道，損害人民；而當國家已亡，徒留憑弔之跡時，再多的怨怒責備也無法挽回，人們只能哀傷懷念了。這些感受都是直接受到時代環境影響，有其情乃發之於辭，形之於樂。

　　〈詩大序〉是將文學與政治緊緊結合起來的，在主論「風」、「雅」之義時它有如下的陳述：

> 一國之事，繫一人之本，謂之風；言天下之事，形四方之風，謂之雅。雅者，正也：言王政之所由廢興也。政有小大，故

33　《漢書・藝文志・六藝略》列「詩」類，所列者為與《詩經》有關之典籍；而〈詩賦略〉中的「歌詩」則指各地歌謠，所列者皆為趙、代、秦、楚之謳的歌詞。

　　有小雅焉，有大雅焉。

可見依〈詩大序〉的觀點，「風」、「雅」雖屬詩篇，但卻是在上
位者施政教化的反映。

　　然而〈詩大序〉不只論述時代環境對文學作者的影響，它還強
調文學對時代環境的作用：

　　上以風化下，下以風刺上；主文而譎諫。言之者無罪，聞之
　　者足以戒。

這是解釋「風」這類詩的作用。可以看得出「風」是當權者與人民
溝通的管道，而其主要作用是藉著溝通來調整及改變社會環境。

　　至於〈詩大序〉中所提到的：

　　國史明乎得失之迹，傷人倫之廢，哀刑政之苛，吟詠情性，
　　以風其上，達於事變而懷其舊俗也。

這是解釋「變風」、「變雅」的成因。當權者已經被蒙蔽，無法教
化人民。可以藉著文學將當時的社會環境加以呈現，讓在上位者了
解，並記錄下時代的變化。與「正」詩對比，變「詩」只有「下以
風刺上」的功能而已，並且是否真能「無罪」還不知道呢？

　　由以上的說明可以看出在〈詩大序〉中往往藉著文學與時代環
境相互連結的論述，透露出以文學改變時代社會環境的期望。

　　這樣的影響一直延續到兩漢時期，中國的文學批評者多持社會教化的觀點來看文學的功能。對作品的解釋往往賦與一定程度的社教政治的意含。例如《毛詩・國風・召南・葛覃》首章：

　　葛之覃兮，施於中谷，維葉萋萋。黃鳥于飛，集于灌木，其鳴喈喈。

就字面來看，皆是描述景色之文。但鄭玄就不用寫景的角度來看這幾句，他說：「葛延蔓于谷中。喻女在父母之家，形體浸浸日長大也。葉萋萋然，喻其容色美盛。」又說：「飛集藂木，興女有嫁于君子之道，和聲之遠聞，興女有才美之稱，達于遠方。」將葛比喻為一位女子，於是葛之生長、蔓延，葛之茂盛，黃鳥之聚集喈鳴，皆暗指此女之成長、遭際。究其源，實由於毛亨用「興」法來解讀此詩[34]，鄭玄遂將之引伸於人事，進而往往與社會、教化、政治結合而論詩。這是兩漢時期解《詩》很明顯的偏向，雖有純述古之政教者，亦有以古喻今者，然其關注的焦點，都在社會政教的一面。

　　《詩譜・序》更列舉周代文王、武王、成王、周公、厲王、幽王時的詩來說明當時時代社會環境的變化，結合歷史，以史說詩；將這種詮釋方式更加精密而完整地呈現出來。今文學派的齊、魯、韓三家詩的解讀和詮釋方式大抵也屬於這個傾向，但齊詩與陰陽五

---

[34]　毛亨在訓詁《詩經》之時，凡是用「興」法解讀之處，皆於句下注明「興也」。這方面學者已有詳細的研究，可參考吳盈靜女士〈毛詩鄭箋、孔疏「興」義之比較〉（《嘉義大學學報》，原《嘉義技術學院學報》第 68 期，第 155 頁）。

行之說結合，魯詩多引詩義施用於當時，此乃其區別大較，然而皆屬於讀者的衍生應用，而與作者的時代環境，關係並不那麼大了。

　　當然不只關於《詩經》的論述蘊含明顯的社會政教意義，關於《楚辭》的論述亦然。司馬遷於《史記·屈原賈誼列傳》中云：

> 上稱帝嚳，下道齊桓，中述湯、武，以刺世事，明道德之廣崇，治亂之條貫，靡不畢見。

他從〈離騷〉中看到了屈原對歷史、時代、政治、社會、人性的觀點。這是西漢早期（西漢建立後約七、八十年）的〈離騷〉論述，可以看出他們視〈離騷〉為屈原生平及其所處時代的反映與記錄。

　　班固〈離騷贊序〉中亦云：

> 屈原初事懷王，甚見信任。同列上官大夫妒害其寵，讒之王，王怒而疏屈原。屈原以忠信見疑，憂愁幽思，而作〈離騷〉……是時周室已滅，七國並爭。屈原痛君不明，信用羣小，國將危亡，故作〈離騷〉……以風懷王。終不覺悟，信反間之說，西朝於秦，秦人拘之，客死不還。至於襄王，復用讒言，逐屈原在野。又作《九章》賦以風諫，卒不見納，不忍濁世，自投汨羅。

這一段敘述說明了屈原所處時代、生平遭際與其寫作活動之間的關係，東漢時期的學者能相當自然地將二者結合起來論述，說明其歷

史意識已經很強了。

王逸〈離騷經序〉所述略同於班固，而他在〈楚辭章句·序〉
提到：

> 屈原履忠被譖，憂悲愁思，獨依詩人之義而作〈離騷〉。上
> 以諷諫，下以自慰。遭時闇亂，不見省納。不勝憤懣，遂復
> 作〈九歌〉以下。凡二十五篇。

此處提到屈原之作乃是依「詩人」之義，也就是認定屈原的創作與
小雅詩人反映時代、憂國憫亂的用心是相通的。而這也是時代環境
下的產物。參照王逸於《楚辭章句》中對其他各篇的詮釋，也是依
照同樣的方法來陳述的[35]。

從這些例子可以說明，在兩漢時期，文學批評的論述已經相當
注意到時代環境對作者寫作的影響了。即使連《詩經》中大多數沒
有表明作者為誰的篇章，詮釋者偶爾也會擬構一位作者來進行他們
的析述[36]。

但是到了漢末魏晉，鄭玄之後，文論之中漸少見到時代環境對

---

[35] 如〈九章·序〉云：「九章者，屈原之所作也。屈原放於江南之壄，思君念國，
憂心罔極，故復作九章。」〈遠遊〉前序云：「遠遊者，屈原之所作也。屈原
履方直之行，不容於世。上爲讒佞所譖毀，下爲俗人所困極。章皇山澤，無所
告訴。」都是結合屈原所處時代及其生平而論的。

[36] 像《毛詩·國風·衛風·淇奧·序》云：「美武公之德也。有文章，又能聽其
規諫。以禮自防，故能入相於周。美而作是詩也。」《毛詩·國風·唐風·無
衣·序》云：「美晉武公也。武公始并晉國，其大夫爲之請命乎天子之使，而
作是詩也。」這樣預設一個作者來解釋文本的例子，在《毛詩》小序中比比皆
是，由於不是以《毛詩序》爲研究主題，故不待繁舉。

作者影響或緊密結合二方面關連的論述。〈典論論文〉雖云:「蓋文章,經國之大業,不朽之盛事」,然其意在提昇、抬舉文學的地位,並非針對時代環境對作者的影響而論。〈與楊德祖書〉雖志在時局政治,而曹植將之與文學活動分述,正足以顯示曹植認爲文學是純粹而獨立的,難以對當時政治大局發生影響。但是此時文學作者的出處進退無不受到時局左右,也影響了他們作品的主題內容,更足以說明文學作者或文學活動難以擺脫時代環境的影響。

　　當時文論漸少關注到這一方面的問題,並非無視於當時作者的遭際,其主要原因,一來是由於建安時期曹魏文學集團[37]注重情性[38],而對環境因素較少注意,比較強調個人的遭遇與內在的感受;二來是當時論者在以政教爲中心的漢代經學思潮陵夷之後,文學論述的重心也漸漸遠離政教道德。而這也正表現出文人及文評家們對時代局勢環境的無力感。

　　然而西晉時就不同於建安時期了。陸機〈文賦〉提到寫作文章前的準備時有:「詠世德之駿烈,誦先人之清芬」,這可以看作文章寫作受到歷史的影響;而提到文章之用時則云:「濟文、武於將墜,宣風聲於不泯」,這是講文章能影響甚至扭轉時代局勢。可以說將文章與時代環境關係的兩個綱領都含蓋了。而摯虞的〈文章流別論〉一開頭就說:「文章者,所以宣上下之象,明人倫之敘」,幾乎把文章視爲政治社會道德的傳播工具。由〈文章流別論〉中:

37　以當時文壇上的重要作家及評論家來看,政治上雖云三足鼎立,然文學則大多集中在曹魏。因此曹魏之許都、洛陽乃當時文學重鎮。

38　沈約《宋書·謝靈運傳·論》曰:「子建、仲宣以氣質爲體」,「氣質」即指人身具的情性而言。

「王澤流而詩作，成功臻而頌興，德勳立而銘著，嘉美終而誄集。」可以看得出來，他認為文章是時代社會環境的產物。因此才會有：「古者聖帝明王，功成治定而頌聲興。」[39]這樣的論斷。

但是整個經學思潮在漢末的陵夷並非一朝一夕之事，因此當西晉當權者想要藉著強調名教來鞏固自身的統治地位時，反而受到更大的反彈。文學論述中雖涉及到時代環境與文學的連繫，但自魏之正始至晉之太康，許多代表性的文人則不願意配合當道，欲自外於政事時局。這主要是因為在西晉時期，當權者雖提倡名教，但與之合作的人物，如何曾、賈謐、石崇、王衍……等，卻任情自縱，所做所為違反名教。弔詭的是，一些強調自然，在言語上看輕名教的名士，反而是名教的實踐者（如阮籍之守禮不犯當壚少婦，嵇康誡子以守志……等等例子，不遑多舉。）。故此際時代思潮對文學作者的影響從表面上看不出來，甚至從作品中也似乎沒有痕跡。就像《文心雕龍·時序》篇所講的：「世極迍邅，而辭意夷泰。」，世局與文情似乎兩不相關。但事實上，這種情形正是政治造成的。自高平陵之變以來，當朝名士文人看到司馬懿父子的殘酷殺戮，大多求全自保，遠離政治，這也影響了他們的作品[40]。而那種追求老、莊清靜無為的內容，間接反映了對當時世局混亂生命無常的感慨。

39　〔晉〕摯虞：〈文章流別論〉，收入〔清〕嚴可均編：《全上古三代秦漢三國六朝文》之《全晉文》（台北：世界書局，民國71年2月），卷77，頁7。

40　陸侃如先生於《中國詩史》中云：「正始名士的領袖何晏既於二四九年為司馬懿所殺，竹林七賢的領袖嵇康又於二六二年為司馬昭所殺。其他文人之不得善終者尚多。」（頁260）又列出晉朝至劉宋間被殺的有名文人自張華至鮑照等十家（頁334~335），可見當時混亂濁惡的時代造成文學作者消極避世的傾向，由於現實上的不能自由，遂嚮往心靈的自由。

由此而言，文學作者的出處行為還是不免受到時代環境的影響。

　　但是齊、梁時期在文論中明顯注意到時代環境與文學關係的要推《文選·序》與《文心雕龍》。前者論《楚辭》、論《詩經》、論漢詩，乃至於各體文章篇什，莫不結合時代環境而論。劉勰的《文心雕龍》乃是這個時期的文論巨著，對於時代環境與文學作者的關係曾提出詳細而深入的論述。在齊、梁時期，用這麼大的篇幅來論述時代環境與文學的關係，劉勰的作法無疑是與當時文論思潮唱反調。然而也由於他的論述，讓研究者對當時關於時代環境與文學作者間關係的論述能有進一步的了解。

　　這有兩方面，一者為作者受到時代環境及創作風氣的影響，二者為作者影響甚至改變時代環境及創作風氣。自兩漢以來，雖有《詩經》博士欲藉《詩經》以導正諸侯王子心性操守的作法[41]，而今文經學家也多有致力於改變現實政治者；然而這些都是學者，並非文學作者。他們的專長在於解讀作品。所以看來文學作者很少能改變時代環境及風氣，除非他們同時也是當權者。因此關於這方面的論述，訴諸史例實證則偏重第一方面，第二方面大多在強調文學的重要性時才會被述及，也就是魏晉之後才漸起這方面的論述。然而揆諸史冊所述文學作者，多受時代環境影響，罕有以文學變革時代

---

[41]　《漢書·儒林傳》載：「王式……為昌邑王師。昭帝崩，昌邑王嗣立，以行淫亂廢，昌邑羣臣皆下獄誅，……式繫獄當死，治事使者責問曰：『師何以亡諫書？』式對曰：『臣以《詩》三百五篇朝夕授王，至於忠臣孝子之篇，未嘗不為王反復誦之也；至於危亡失道之君，未嘗不流涕為王深陳之也。臣以三百五篇諫，是以亡諫書。』使者以聞，亦得以減死論。」王式欲以《詩經》導正昌邑王心性，期望他有所覺悟，不要淫亂誤國，要當一個明君。

環境者。

　　劉勰針對這方面的論述，主要表述於《文心雕龍・時序》篇。在此篇中他也是針對文學受時代環境影響而論，但是他的觀點比較複雜，將之析述於下。

　　在〈時序〉篇中，劉勰具體敘述了自唐堯至周平王的詩樂，云：

> 昔在陶唐，德盛化鈞；野老吐「何力」之談，郊童含「不識」之歌。有虞繼作，政阜民暇，「薰風」詩於元后，「爛雲」歌於列臣。盡其美者，何乃心樂而聲泰也！至大禹敷土，「九序」詠功；成湯聖敬，「猗歟」作頌。逮姬文之德盛，〈周南〉勤而不怨；大王之化淳，〈邠風〉樂而不淫，幽厲昏而〈板〉、〈蕩〉怒，平王微而〈黍離〉哀。故知歌謠文理，與世推移。風動於上，而波震於下者。

「野老」[42]、「郊童」[43]的作品，乃是抒發自己對生活的感受，並無特殊的針對性，表現出自在而自由的人生態度。而從文獻記載他們的身份來看，這也可以代表平民百姓對現實生活的理解與感受。這種自由與自在讓人們感受不到絲毫政治教化的力量，卻能自然而然處於這樣的教化中，受其影響而不自知。而〈南風〉詩、〈卿雲〉

---

[42]　《論衡・藝增》篇引傳：「擊壤者曰：『吾日出而作，日入而息。鑿井而飲，耕田而食。堯何等力！』」（黃暉《論衡校釋》冊二，頁388）此所謂「野老之談」的內容。

[43]　《列子・仲尼》篇云：「堯微服游於康衢，聞兒童謠曰：『立我蒸民，莫匪爾極。不識不知，順帝之則。』」此黃叔琳、范文瀾「郊童之歌」的內容。但據文獻言其地乃「康衢」，似非郊外。

詩,根據記載,也是舜時君臣相互酬答之作,不見得特別針對某些人或某些事。但表現出君臣上下齊心,關懷天、地、人民的施政用心。到了夏禹、商湯、公劉太王及文王（周之先王）之時,便將生活穩定有秩序的功德恩惠歸諸當政者。以上這些都是對當政者正面的肯定及歌頌,屬於「治世之音」。

但是〈板〉詩、〈蕩〉詩就表現出對當政者的不滿與憤怒了,這是由於周厲王、周幽王不能維持政治清明,穩定人民生活的結果,屬於「亂世之音」。而到了周平王時期,〈黍離〉所表現的哀思則已屬於「亡國之音」了。所以文學作者並非只是附和當政者、稱頌當時而已,他們也以作品反映時代,吐泄心聲。

劉勰將上述提到的文學作品與寫作當時的政治、社會環境結合起來看,提出了:「歌謠文理,與世推移。風動於上,而波震於下者」[44]的論斷。這表明他認為文學作品是跟著時代變動的,而政教上當權者的決策及施政會影響人民,轉移整個時代社會的風氣。

乍看之下,劉勰的論斷分為當權者、社會、文學作品三層,當權者影響社會,社會影響文學作品。這似與〈原道〉篇:「《易》曰:『鼓天下之動者存乎辭』,辭之所以能鼓天下之動者,乃道之文也。」的說法相違。但是只要明白劉勰乃是將「文」置於「道」之下,「文」的產生亦由於「道」的自然顯現,再從他在〈原道〉篇所講的:「原道心以敷章,研神理而設教……然後能經緯區宇,彌綸彝憲,發揮事業,彪炳辭義。」來看,便知道文學與社會都是

44　《文心雕龍·時序》篇。

受到「道」的影響，而「道」在人類社會的落實與踐行，便有賴於當政者的施為了。

因此從劉勰的基本理論來看，文學與社會屬於同一層，「道」在二者之上，而當權者理應輔佐「道」、實踐「道」。這是兩層的架構。所以有時劉勰會強調文學影響於社會的一面，有時他會比較著重在社會影響文學的一面。在〈時序〉篇中由於主旨是政治、社會、時代環境對文學的影響，因此只針對這一面加以述論。

然而天下一統時，這樣的影響論述尚能說得通；而天下分裂，群雄並起時，劉勰就不得不將影響的來源分散，就各國一一加以檢論。他描述春秋戰國時代是：

> 六經泥蟠，百家飈駭。韓、魏力征，燕、趙任權。〈五蠹〉、〈六蝨〉，嚴於秦令。唯齊、楚兩國，頗有文學。齊開莊衢之第，楚廣蘭臺之宮，孟軻賓館，荀卿宰邑，故稷下扇其清風，蘭陵鬱其茂俗，鄒子以談天飛譽，騶奭以雕龍馳響，屈平聯藻於日月，宋玉交彩於風雲。

以戰國七雄為主，劉勰將這七個國家一一檢論，認為只有齊、楚二國比較重視文學，其他國家都著重在政治、軍事、法令上面。所以學者、文人較願意集中到這兩國來，也造成其國文學興盛的現象。因此當天下之勢由合而分，文學風氣也隨各國執政者的態度而有所不同。也因為作者選擇環境的自由度增加，所以在語言的表現上便更自由、更多樣。但這也造成文風上盛者愈盛，衰者愈衰的現象。

而由：「暐燁之奇意，出乎縱橫之詭俗。」[45]的論斷來看，劉勰於
〈時序〉篇中仍然秉持社會風氣影響文學的觀點。但不同於西周以
前的是，當權者是有意識地直接提倡文學，直接影響文學，並非在
社會及其施政的過程中無意間產生的間接影響。

　　自此以下，〈時序〉篇便以當權者對文學的態度為綱，展開敘
述，從漢高祖說起：

> 高祖尚武，戲儒簡學。……施及孝惠，迄於文、景，經術頗
> 興，而辭人勿用。賈誼抑而鄒、枚沈，亦可知矣。

則是說明了當權者不重視文學，文學作者無法展露頭角的現象。整
個時代風氣及環境在漢高祖時比較偏向草莽，對文學作者不只輕視
，甚至有些粗魯；而到了文帝、景帝時比較偏向實用，雖不似高祖
粗魯，但仍未能加以重用。一直要到「孝武崇儒，潤色鴻業」之時
，文學才有大興的機會。劉勰描述當時盛況是：「禮樂爭輝，辭藻
競騖」[46]。此時由於皇帝本身的喜好及提倡，因此形成一股風氣，
作者蠭起。這個風氣一直持續至西漢末。劉勰又云：

> 越昭及宣，實繼武績，馳騁石渠，暇豫文會。集雕篆之軼材，
> 發綺縠之高喻；於是王褒之倫，底祿待詔。自元暨成，降意
> 圖籍。美玉屑之談，清金馬之路。子雲銳思於千首，子政讎

45　見《文心雕龍·時序》篇。
46　《文心雕龍·時序》篇。

校於六藝，亦已美矣。

可見石渠閣之議雖論儒術，然亦使文人會聚，間接促成文學興盛。

東漢時期，光武帝還「頗略文華」，他喜好圖讖，並不那麼重視文學。真正提倡儒術，重視文學的是漢明帝。由於明帝提倡儒術，在白虎觀召開經學會議。和西漢宣帝時期一樣，也因此使文士聚集而令文學興盛，一直延續到順帝、桓帝之時。因此漢朝的文人大多具儒家學者的習性及風範。

建安末到三國時期，曹魏父子喜好、提倡文學，一時著名文學作者皆歸之。使得三國雖云鼎立，文學則唯曹魏獨盛。這個時期戰亂頻仍，然卻文風鼎盛。如果依照劉勰所提的原則，文學乃是因為有在上位者的提倡而得以興盛的，則此時期的文學興衰似不受戰亂影響。但是劉勰在〈時序〉篇中曾說明：「獻帝播遷，文學轉蓬。建安之末，區宇方輯。」可見他認為戰亂的時代使得文學不穩定，不會讓文學興盛；所謂「建安文學」是要到相對安定，也就是「區宇方輯」的時期之後才有發展的。而這個時期之前不久的戰亂紛爭，正好提供了作者寫作的主題及題材等內容要素，因此劉勰在〈時序〉篇中說這個時期的文學是：「觀其時文，雅好慷慨。良由世積亂離，風衰俗怨。並志深而筆長，故梗概而多氣也。」這是強調由時代環境影響的一面。而〈明詩〉篇中說他們寫的作品是：「憐風月，狎池苑。述恩榮，敘酣宴。慷慨以任氣，磊落以使才。」這是強調來自當權者影響的一面。而最大的特徵就是「慷慨」，亦即感慨、感歎。顯然地這時候作者容易感歎、感慨，仍不免於時代環境

的影響。此風一直延續至正始年間，在司馬懿的勢力控制朝廷後，當權者對文學的興趣雖然不再，但文壇作者仍多，文風依舊興盛。

　　劉勰在〈時序〉篇中順時敘述至此，時代環境與文學及文人的關係基本上是吻合他在本篇中所提出的：「風動於上，波震於下」的原則。但到了司馬懿掌握朝政之後，一直到整個西晉時期，若非「跡沈儒雅，務深方術」[47]，便是「膠序篇章，弗簡皇慮」[48]，再不然就是流爲裝飾，「綴旒而已」[49]。這時的當權者不喜好也不提倡文學，可是劉勰却認爲這個時期的文學相當興盛，他說：「晉雖不文，人才實盛」[50]講的是文學作者之多，非指其他方面的人才。一直敘述到東晉，晉元帝、明帝、簡文帝都是愛好文學的當權者，因此東晉文壇也不寂寞。然而劉勰面對這樣一個矛盾，已經不再堅持強調當權者的影響力，而轉移到就整個時代環境的變遷來看。他認爲像西晉時期，雖說文學人才很多，但畢竟：「運涉季世，人未盡才」[51]，雖然文學仍然興盛，作者也不乏其人，但可惜整個時代環境抑制文學興盛發展，否則他們會達到更高的成就。

　　可以看得出來劉勰的論述中時代環境雖非主導文學興衰的絕對條件，但卻是影響相當大的因素。針對時代環境對文學的影響，他提出：「文變染乎世情，興廢繫乎時序」[52]的原則來做說明。就是說將文學的變遷及興衰連結到時代環境，當整個時代對文學有利時

47　同上。
48　同上。
49　同上。
50　同上。
51　同上。
52　同上。

它便興盛，不利於文學時它便衰微。而當整個時代要求、召喚或演變到有助於文學向某種特殊方向發展的時候，文學便往那個方向傾移。因此時代環境的演變，不只決定文學的興衰，還決定它演變的方向。

但是西晉末到東晉「世極迍邅，辭意夷泰」[53]的現象，又使劉勰「文變染乎世情，興廢繫乎時序」的原則受到挑戰。因為自西晉懷、閔二帝之後，紛亂的時局、多變的政治環境並沒有讓文學傾向離亂、悲憤、哀愁的主題發展，反而是：「詩必柱下之旨歸，賦乃漆園之義疏」這類平淡無為內容的作品當道。這種「溺乎玄風」[54]的現象似乎難以「文變染乎世情」來直接解釋。事實上，當時的文學會往崇尚平淡無為的玄言風氣演變也是與時代風氣有關係，只不過不能從政治、軍事層面的變化來判斷。

當時的思潮由於儒家傳統理念的瓦解以及被偽用，人們漸漸轉而追求一種「自然」的態度。談玄論道，到了西晉以來變成一種社會風尚，影響整個時代思潮的氛圍，進而構成當時士人基本心態。他們崇尚超脫於現實世界，因此在面對時危世窮之際，情感的表現便沒有那麼明顯而激烈。這基本上也是受時代環境反激的結果。

劉勰易於為人所誤解之處，在於他只陳述文學會受到時代的影響，而沒有陳述時代是如何影響文學的。事實上時代環境對文學的影響並非兩層相互對應的關係，它是透過人心而作用於文學的，真正的關係至少是三層。人心受到時代環境的波動及影響，而這種影

---

[53] 同上。
[54] 同上。

響會以各種方式呈現於文學之中。所以「世極迍邅」之時，人心以道家清靜無爲的思想、態度去面對，乃是當時思潮使然。事實上這樣的態度也反映在當時文學作品的主題及題材之中。

而劉勰認爲自劉宋之後，文學又因爲當權者的提倡而興盛，因爲時代的混亂而衰亡。他在〈時序〉篇中陳述：

> 自宋武愛文，文帝彬雅，秉文之德。孝武多才，英采雲構。自明帝以下，文理替矣。

宋武帝劉裕即位後便下詔：「博延胄子，陶獎童蒙，選備儒官，弘振國學。」[55]，宋文帝劉義隆也：「好文章，自謂人莫能及。」[56]，宋孝武帝劉駿更是：「讀書七行俱下，才藻甚美。」[57]，宋明帝劉彧則是：「好讀書，愛文義。」[58]，大都是喜好文學且能著述的帝王，在他們的提倡下，劉宋文學相當興盛[59]。然而宋後廢帝及宋順帝時，時局一亂，文風亦衰。一直到南齊興起至梁，文學都因在上位者的提倡而興，由於時代的亂離而衰。可以看得出來劉勰在此又回到「風動於上，波震於下」的原則來看東晉以後的文學變遷。

〈時序〉篇從唐堯述論到南朝蕭齊，表明文學變遷受到時代環境的影響。這說明劉勰已經注意到這個主題，並對它有相當成熟的

55　《宋書·武帝紀下》。
56　《南史·臨川王義慶傳》。
57　《南史·孝武紀》。
58　《南史·明帝紀》。
59　其中隔了一個宋少帝及宋前廢帝，然而他們在位時間都很短，都不到兩年。所以不見顯著政績，影響也不大。

看法。對於時代環境與文學間的關係，他透過歷史的觀察，所陳述者偏重在文學受時代環境影響的一面。但這容易令人誤解他的論點，若不參照〈原道〉、〈程器〉、〈序志〉及文章體裁論中諸篇，很容易忽略《文心雕龍》以文學為重心的論述主旨。

劉勰認為文學所能發生的功效事實上非常大，足以改變整個時代環境。〈徵聖〉篇認為古來明德君子，「政化」、「事蹟」、「修身」皆能「貴文」，就是體認到「文」的重要及其影響之大[60]。而〈序志〉篇中更云：

> 唯文章之用，實經典枝條。五禮資之以成，六典因之致用，君臣所以炳煥，軍國所以昭明，詳其本源，莫非經典。

可見劉勰認為文章的作用非常大，它可成就禮制，也可使古代典籍發揮作用。可以用在政治、軍事方面而能使國家治理得井井有條，它的作用與儒家經典相類。而為什麼會有這功用呢？就是因為文章的本源在儒家經典，文章可以把儒家經典的力量發揮出來的。

前面已經表明儒家思潮在漢末魏晉已經陵夷，《文心雕龍》又為何標舉儒家經典呢？在此應該提出兩點說明：

其一、儒家思潮的陵夷並不代表儒學結構及其思想體系的瓦解。當時還是有人覺得儒家經典很重要而致力研習之，然而已非，亦難以如兩漢那樣能藉此干祿了。就心態而言，反而在此時專力研

---

[60]　在《尚書》、《春秋》中，「文」亦指禮儀與修飾而言，意思較廣泛。劉勰在這裏以論文章寫作之故，則將其意轉化為言語文辭。

習儒經者，才是真正對儒家經典之價值有所體認的學者。

其二、劉勰在此特別強調儒經，乃是有感於當時文人浮詭訛濫之風，欲以儒家經典矯此時弊。而儒家經典中有關政治、社會、教育、文化、道德修養諸方面的論述，確也能對時代環境發生影響（東漢便是歷史上的實際例子）。文學透過這些經典，便能轉而對時代環境發生作用。所以劉勰期待作者能夠：「素蓄以彌中，散采以彪外。梗柟其質，豫章其幹。摛文必在緯軍國，負重必在任棟梁。」能夠發揮他們的能力，對時代環境發揮正面作用及影響。由此而言，劉勰並非認為文學作者只是被時代環境影響而已，他們還可以創造、改變時代環境（只是未必以文學憑藉）。

所以劉勰認為時代環境及文學其實都受到「道」的影響，有時時代環境會影響文學，然而文學也有可能改變時代環境。然而時代環境及文學的興衰或發展傾向，「道」的作用才是最主要的關鍵。而所謂「道」，便是化生天地，形成宇宙的基本原則。所以它會表現為一種趨勢、傾向，而所有的人、事皆循此而進，時代環境與文學作者皆無法自外其影響。

第四節　讀者與作者的溝通

先秦時期的中國學者，在論述上比較偏重對象的源頭及發生過

程，往往自起源立論。而對於做為選擇、接受、轉化及傳播過程，則特別注重其結果及成效。而對於其中過程，便較少著墨。而後者於文學活動中乃屬於讀者層面，所以讀者雖一直存在，其重要性及特色在中國古典文學批評中卻很少被標舉。然而文學批評實屬讀者活動之一，即使作者在對自己的作品進行批評時，其角色也已轉成為讀者了。因此在中國古典文學批評中，這個環節雖不顯豁，卻相當重要。劉勰能提出〈知音〉專篇論之，足證其見識之過人及理論之周備。

　　有關批評與欣賞方面的記載，中國先秦時期的文獻中便時有所見。有對全書加以概括論述者，如《論語·為政》篇的：「子曰：『詩三百，一言以蔽之，曰：「思無邪」。』」，也有對書中的某一部分提出意見的，如《左襄二十九年傳》有關季札觀樂於魯的記載；也有對單篇加以闡述者，如《孟子》中所載孟子對〈小弁〉、〈凱風〉所發表的意見，《論語》中所載孔子對〈關睢〉的看法。而就文獻所載看來，春秋戰國時期讀者多以自己的體會、感受及判斷為基礎發表評論，唯獨孟子針對作者的處境、心情進行探求。孟子這種說解《詩經》的取徑，與《詩序》及兩漢經學家的解詩方式相合，他們都意在探求作者心志、情意。孟子的動機是在「尚友古人」[61]，兩漢經學家的則往往訴求「先王」，希望對現實政教有匡扶、導正的效果。此乃二者在動機上的些微之別。在此取徑的基礎上，讀者閱讀作品的目的是指向作者的。（或許也可以藉由對作者

61　《孟子·萬章下》篇。

心境的體認,來轉化、昇華自己。但未見這方面的文獻,故不便妄臆。)

　　而此風漢末魏晉猶然,並不因朝廷中儒家經學之陵夷而有方法上或目的上的改變。只是由於社會政治環境的變遷,其內容由了解古聖先賢對政治教化的用心轉為對作者個人情性或個人際遇的體認。但以現有文獻而言,尚未見及當時文學批評者關於文學批評活動本質的深入論述。漢末魏晉時期,這方面的論述有出自批評者對自身批評方法的反省及批評論述的建構,如曹丕〈典論論文〉所提的:「貴遠賤近」、「向聲背實」、「闇於自見,謂己為賢」;也有從批判他人的文論及文評中呈現出來的,如曹植〈與楊德祖書〉所云:「劉季緒才不能逮於作者,而好詆訶文章,掎摭利病……劉生之辯,未若田氏;今之仲連,求之不難,可無歎息乎?」、「人各有好尚……豈可同哉?」。可謂開劉勰〈知音〉篇所論之先河。

　　劉勰承自曹丕所論,也有取諸曹植者。他提出「知音」來說明他心目中讀者與作者的理想關係,可見他認為讀者的目的也是在與作者溝通,了解作者,這與戰國以來至兩漢的基本態度無異,都是以作者為中心的論述。「知音」一詞之出典及其意義,已經學者詳論之[62]。事實上它包含了讀者與作者兩方面的期望,讀者希望自己成為作者的「知音」,作者也期望得遇「知音」的讀者。而這除了學識相當、興趣相投、抱負相類之外,還要性格相契。可以看得出來都是訴諸個人經驗的個殊性,劉勰說:「會己則嗟諷,異我則沮

---

[62]　見蔡英俊:〈知音探源〉(收入《中國文學批評第1集》,頁127~143)及顏崑陽:〈《文心雕龍》「知音」觀念析論〉(《中國文學批評第1集》,頁195~229)。

棄」，可見他也看出這一點，並且也能了解「知音」之難遇。他在〈知音〉篇一開始便道：

知音其難哉？音實難知，知實難逢，逢其知音，千載其一乎！

「音實難知」表明了讀者要了解作者的困難，「知實難逢」表明了作者對於被了解的渴求與長期不被了解的處境。所以不管是讀者往作者尋繹或是作者對讀者的期望，都存在著困難。這困難來自於它是一種偶然的機遇，各方面的條件都要配合得剛剛好才能實現。

　　就專業文學作者而言，在整個社會中的本屬相對寂寥的一羣，不被了解、不被認同本是常態。就讀者而言，要真正了解一個人的想法、行為本就不易，更不用說這個人往往是素未謀面者，更何況常常是只能透過語言、文字去了解他。正所謂：「形器易徵，謬乃若是；文情難鑒，誰曰易分？」[63]從作者的角度來想像其中困難的程度，劉勰才會講：「千載其一」，才會引屈原〈九章‧懷沙〉之文而云：「昔屈平有言：『文質疏內，眾不知余之異采。』見異，唯知音耳。」這是與〈序志〉篇中：「茫茫往代，既沈予聞；眇眇來世，倘塵彼觀。」的感慨相呼應的。由此可見，《文心雕龍》雖屬論文之作，但劉勰在書中也難免流露對自身遭際的感慨。

　　讀者要了解作者既然存在這麼多障礙，那麼與作者溝通是否已屬不可能實現之事呢？劉勰對此並不抱持悲觀的態度，他認為：

---

[63]　《文心雕龍‧知音》篇。

> 夫志在山水，琴表其情。況形之筆端，理將焉匿？故心之照理，
> 譬目之照形。目瞭則形無不分，心敏則理無不達。[64]

琴音無實象、無定形，其中的心志情意既能為人所知；文字是書寫心志情意的工具，有形有質，要進行相對確切的解讀自然不會比琴音更難。所以讀者想要了解作者，與作者溝通，只要條件具足，便能做得到。而其中最關鍵的就在於「心」，「心」能夠了解、體會人的意志、感情、想法，它是用「觀照」來做到的。劉勰認為「心敏則理無不達」，即認為要了解作者，與作者溝通的主要條件便是「心」能靈敏。從這個論述可以看得出來對於與作者溝通的各方面條件中，劉勰重視的是內在的條件而非外在的條件，是心靈的範疇而非物質的範疇。

雖然劉勰對於讀者與作者的溝通抱持著樂觀的看法，但縱觀古今，他提出了讀者與作者溝通的實際障礙，也可說是作者不被讀者接受的部分外在原因，總括為「貴古賤今」、「崇己抑人」、「信偽迷真」等三個屬於讀者的盲點，並於〈知音〉篇分別舉例加以申述，首先是「貴古賤今」，即推重古代的作者而輕忽當代的作者：

> 夫古來知音，多賤同而思古。所謂日進前而不御，遙聞聲而
> 相思也。昔〈儲說〉始出，〈子虛〉初成，秦皇、漢武，恨
> 不同時；既同時矣，則韓囚而馬輕，豈不明鑒同時之賤哉！

---

[64]　《文心雕龍·知音》篇。

劉勰指出「賤同而思古」這種現象來說明讀者總是輕忽與他同時的作者而看重古代的、以往的作者，但他並沒有進一步解釋其成因。事實上，前代作者由於只有著作存留下來，讀者就其著作及相關記載進行解讀，可以只考慮理想面，文字在心靈中的力量便能發揮出來。而同時代的人有相互接觸、直接交往的機會，就難免於現實上的糾葛及人事上複雜的考量，因而也就稀釋、減弱文字的力量了。

　　進一步說，既處於同時或同地，就會覺得相見非屬難事，因此便不見得會特別珍惜。劉勰以：「日進前而不御，遙聞聲而相思」生動地說明了這種現象，他以韓非、司馬相如的遭際為例子來補充他的敘述。當秦王嬴政讀到韓非的文章時，以為古人已先得我心。及知作者乃在韓國，因急攻之而求韓非。韓國不得已，乃遣韓非為使，與秦議和。嬴政與韓非相見之後，卻因李斯、姚賈之言而將韓非囚禁起來，甚至加以鴆殺。當漢孝武帝劉徹讀到〈子虛賦〉時，以為只有古人才能寫出這樣的作品。等知道作者是司馬相如，召來朝廷，卻只給他一次機會派遣到蜀地，其餘時間則「俳優畜之」。在偌大的漢帝國與雄心勃勃的武帝面前，文采斐然的司馬相如卻未見加以重用。

　　「貴古賤今」可以說明「距離」對欣賞及接受所造成的影響，這不只適用於時間的距離，也可推諸空間的距離。過近的「距離」往往對作者的被接受造成反效果，遠的「距離」不只可以「去功利化」[65]，還能由於神秘感引起讀者的好奇心，只要不是遠到讓讀者

65　見〔德國〕康德著，宗白華、韋卓民譯：《判斷力批判》（北京：商務印書館，1996 年據 1964 年譯本重印）。

無法索解，往往對作品的欣賞與接受有正面的效果。

其次說的是「崇己抑人」，即是推重與自己立場相同的人，排斥立場相異的他人，此時讀者往往也是一個能爲文著述的作者，不是單純進行閱讀活動的人：

> 班固、傅毅，文在伯仲，而固嗤毅云：「下筆不能自休。」及陳思論才，亦深排孔璋；敬禮請潤色，歎以爲美談；季緒好詆訶，方之於田巴，意亦見矣。故魏文稱文人相輕，非虛談也。

劉勰以建安時期的文論爲資料，舉出了班固輕視傅毅，以及曹植排斥陳琳、劉脩[66]等例子來證實〈典論論文〉中「文人相輕」結論，而更進一步直指這種現象的背後因素乃在於「崇己抑人」的心態。

其三是「信僞迷真」，即是相信謬誤之事而不能分辨真假：

> 君卿脣舌，而謬欲論文，乃稱史遷著書，諮東方朔。於是桓譚之徒，相顧嗤笑。彼實博徒，輕言負誚，況乎文士，可妄談哉？

---

[66] 見《典論·論文》及〈與楊德祖書〉。劉季緒即劉脩，見《文選·牋·楊德祖答臨淄侯牋》、《文選·書中·曹子建與楊德祖書》李善注分別引《魏志》與摯虞《文章志》。不過此處云其官至樂安太守，《三國志·魏書·陳思王植傳》裴松之注云其官至東安太守，亦曰引自摯虞《文章志》。按譚其驤《中國歷史地圖集》（北京：中國地圖出版社，1996年6月），三國時期有「樂安郡」，而「東安」在東莞郡內，故宜從李善注。至於裴注之誤，或因二字草書字形近似而致，未必出自裴松之本人。

劉勰舉樓護當例子，認為他沒有真才實學，僅憑著口才而想議論文章。連真假都無法分辨，又怎能指陳得失呢？像這樣的人遇到學問好、文才高的人就自然顯出本身的狹識陋見了。

　　劉勰認為上述〈知音〉篇所提出的三項原因，都是欣賞及接受作者、作品的障礙。

　　事實上劉勰並非全然否定秦皇、漢武、班固、曹植、樓護等人，他也在〈知音〉篇中說：

　　　　鑒照洞明，而貴古賤今者，二主是也；才實鴻懿，而崇己抑
　　　　人者，班、曹是也；學不逮文，而信偽迷真者，樓護是也。

劉勰認為秦皇、漢武是「鑒照洞明」的君主，班固、曹植也是具鴻大深美之才，能寫出傳世佳作的人，樓護和陸賈、張釋、杜欽等人一樣，是能夠「頡頏萬乘之階，抵噓公卿之席」[67]的人；這些讀者不能說不優秀，可是仍未能免於上述三種缺失，而無法了解作者用心，更何況一般讀者？因此劉勰舉出以警示讀者。但是去除上述三種缺失就能了解作者，明其用心嗎？那倒也未必。因為二者的交會是偶然的，必待因緣具足始能實現，而非避免了幾個障礙它就一定能實現。

　　就一般而言，每個人都有他的偏好或熟習的方面，因此這便影

---

[67]　《文心雕龍·論說》篇。

響了他對作者作品的選擇。劉勰也注意到這一點，並且將其因歸於各種性格特質。〈知音〉篇云：

> 夫篇章雜沓，質文交加，知多偏好，人莫圓該。慷慨者逆聲而擊節，醞藉者見密而高蹈，浮慧者觀綺而躍心，愛奇者聞詭而驚聽。

就作品而言，它呈現出各色各樣的風格，而讀者則依其喜好進行選擇。劉勰舉四個例子：慷慨豪邁的人喜歡激越昂揚的作品、含蓄醞藉的人喜歡細密深沈的作品、聰明愛表現的人喜歡詞藻華美的作品、喜愛新奇的人會特別注意不依傳統的新作。這四例僅是舉其大端，可以看得出來他主張相類或相同的生命氣質會相互吸引。雖然並非包含所有情況[68]，然而至少說明了讀者本身的個性也會影響他們對作者、作品的選擇與判斷。劉勰認為每個文學作者都有其生命氣質，他稱之為「性」，並在〈體性〉篇中加以詳述。由此處所述來看，劉勰這種析論方式並不限於文學作者，也用於讀者。這可以說是劉勰對人的基本觀念。

---

[68] 依劉勰所述內容，他並未考慮到相異或甚至相反的生命氣質之間由於互補也能契合的情況。這可能是受到《周易·繫辭上傳》所云：「物以類聚，方以羣分」的說法所影響。然而他在〈定勢〉篇中曾云：「奇正雖反，必兼解以俱通；剛柔雖殊，必隨時而適用。若愛典而惡華，則兼通之理偏。」可見他了解這種互補相助的道理，但是他將這種道理放在創作過程中對題材的選擇及處理和對表達技法的掌握及操作來分析論述。對作者、讀者的生命氣質層面，他就不用這種觀念來論述了。這可能是劉勰認為生命氣質、作品風格都是要就其整體來看，相異或相反的生命氣質自然無法契合。

　　作者的生命氣質表現在作品中，讀者選擇閱讀與自身的生命氣質相契合的作品。無論從寫作或閱讀來講，這樣的說法都是在標舉主觀的一面。〈定勢〉篇引述桓譚云：「文家各有所慕，或好浮華而不知實覈，或美眾多而不知要約。」又引陳思云：「世之作者，或好煩文博採，深沉其旨者；或好離言辨白，分毫析釐者：所習不同，所務各異。」雖云是為了說明文勢各有所異，然而也間接表明了作者的主觀選擇對行文方式及風格所發生的影響，可見劉勰也同意這樣的見解。

　　如此一來，似乎讀者已可藉此與作者溝通了，但劉勰認為這樣的讀者並非真正地了解作者，只是附和作者，不能與作者進行深入的對話。因此劉勰在〈知音〉篇中批評這樣的讀者是：「各執一隅之解，欲擬萬端之變。所謂東向而望，不見西牆也。」

　　他認為真正一個能深入了解作者、與作者溝通的讀者，是不會受限於自身主觀因素來評判文章的。因此他在〈知音〉篇中強調：

　　　圓照之象，務先博觀。閱喬岳以形培塿，酌滄波以喻畎澮，
　　　無私於輕重，不偏於憎愛，然後能平理若衡，照辭如鏡矣。

「輕重」、「憎愛」都是出於私心、偏心，若能博觀各種文章，知道各類作者，了解各種風格，見識既廣，便不至受其限制。

　　在說明讀者與作者的溝通障礙時，劉勰曾云：「文情難鑒，誰曰易分？」可見在他的觀念裏，讀者是藉著文章了解作者，而所了解的也是呈現於文章中的作者。所謂「文情」，仍是指文章所呈現

的各個面向，也包含內蘊於其中的情感、思想而言。所以對文章的解讀就影響了讀者對作者的了解，反過來講，讀者對作者的了解也影響了讀者對文章的解讀。由於文章是了解作者的主要憑藉，劉勰針對析讀文章提出「六觀」，他說：

> 將閱文情，先標六觀：一觀位體，二觀置辭，三觀通變，四觀奇正，五觀事義，六觀宮商。斯術既形，優劣見矣。[69]

「文情」雖不容易了解，但是劉勰指出「六觀」做為入門之徑。可見「文情」雖云「難鑒」，但劉勰並非認為它「不可鑒」或「不能鑒」。「六觀」的內容中：「位體」講的是文章的主題與它所呈現的風格、體裁之間是否配合適當；「置辭」講的是遣辭用字的修辭技巧；「通變」講的是能夠會通歷代各家而自出機杼，有所新變；而「奇正」講的是不同風格的文字材料之間，在寫作上如何兼用、加以調和；「事義」講的是作品中所舉的例子、所用的典故是否得宜？能發揮最佳效果；「宮商」講的是文中聲律是否調配得當？使文章讀起來悅耳動聽。

總括這「六觀」，都是就文本而論，未逸出文本範疇之外。「置辭」與「宮商」偏於語言形式方面；「事義」與「位體」則牽涉到主題與題材的範疇；而「通變」從作者寫作和文學演變的關係來立論，「奇正」從作者對寫作素材的運用與風格特質來加以說明，

---

[69]　《文心雕龍·知音》篇。

一縱一橫，推動文學的變化及新風格的誕生。無論是內容、形式、風格等方面，都屬於文本的範疇。這也可以說明劉勰論文是以文本為分析對象而引伸到其他主題的。

在劉勰的觀念裏，理想的文本就是情志的合理顯現，因此通過文本，就能直達作者的情志。劉勰對此是樂觀的，他甚至說：「夫志在山水，琴表其情；況形之筆端，理將焉匿？」[70]對於文本呈現情志、傳達情志的功能有很高的信心。亦可由此看出劉勰認為最能讓人一目了然的是形器（即事物的外在形象），其次要用心解讀的是文章，而最難了解的乃是琴音。其中隱然蘊含著從具象到抽象的層次，而有愈抽象愈難解讀的意味。但是劉勰也注意到讀者自身的能力在解讀活動中的作用，所謂：「目瞭則形無不分，心敏則理無不達」[71]，讀者若目昏心鈍，也無法對作品進行有效的解讀。

就因為劉勰認為理想的文本是情志的合理顯現，所以下列這段〈知音〉篇的論述在他理論系統中是可以成立的：

> 夫綴文者情動而辭發，觀文者披文以入情，沿波討源，雖幽必顯。世遠莫見其面，覘文輒見其心。豈成篇之足深，患識照之自淺耳。

「綴文者情動而辭發」正呼應了〈情采〉篇：「作者為情而造文」與〈物色〉篇：「情以物遷，辭以情發。」的論述，這是劉勰假設

70　《文心雕龍·知音》篇。
71　《文心雕龍·知音》篇。

的理想景況，也是他認為有文學價值的作品之通則；而這是就作者之所以寫作來講。作者既以其情為基礎而發乎文辭，文辭便自然蘊藏解讀作者之情的線索，讀者則能循其文而得其情；此乃「沿波討源」之法。讀者欲與作者溝通，欲了解作者，這恐怕是最信而有徵的方式了。

由此可以看出劉勰是著重在「情」、「理」等作者内心世界的要素上，而文本乃其波，對讀者而言，只是進入作者内心世界的工具。但通過由波至源的比喻，可以了解劉勰認為文本與情志是相應相符的。所以答案是一定存在的，差別只在其為難尋或易覓而已。透過文章，可以穿越時空的距離，隔代神交，跨空往來，了解不同時期、地區作者的内心。當然時代或地區愈遠者，便愈難以索解。

而從劉勰：「豈成篇之足深，患識照之自淺耳」的説法來看，他認為解讀是讀者的問題，讀者應自負成敗的責任。面對無法解讀的作品，讀者應該自我反省是否自身修為還不足以了解作者，而非對自己尚未曉然者隨意加以指摘。

劉勰這種文學批評的態度是健康而開放的，唯有如此，讀者方能突越己限而有成長的可能。若讀者只限於自身所知、所好的作者作品，他的眼光及境界是難以提升的。而事實上這也是讀者要與作者溝通的最終目的。

所以劉勰感歎一般讀者，他在〈知音〉篇中有云：「俗監之迷者，深廢淺售，此莊周所以笑折楊，宋玉所以傷白雪也。」深刻的作品無人相顧，淺露的文章往往有大批讀者，這正顯示出讀者的墮落；而墮落的讀者會造成一股力量，讓作者沉淪。只有那些堅持自

身理想的完美主義者，才能矯矯不羣地發光發熱照耀文學史。

但是不隨流俗的他們，會被埋沒嗎？劉勰認為不會的。他提出以下的論述來說明：

> 夫唯深識鑒奧，必歡然內懌。譬春臺之熙眾人，樂餌之止過客。蓋聞蘭為國香，服媚彌芬；書亦國華，翫繹[72]方美。

這段論述牽涉到閱讀樂趣的產生。劉勰認為能了解作品中特別深刻的部分，才會有發自內心的真正快樂。他以配蘭與翫書為例，只有通過不斷的思考與賞玩，才能感受到它們的芬芳和美好。閱讀的樂趣以及能夠吸引高水準讀者的不在那種一覽無遺的易解之文，而在於能挑戰讀者認知的極限、擴展讀者視域的文章。這種文章通常具一定的難度，亦非人人都能解讀，必須花時間去鑽研、賞玩，才能發現它的精髓，而閱讀的樂趣也就在這不斷發現的過程中被引發出來。因此劉勰云：「揚雄自稱心好沈博絕麗之文，其事浮淺[73]，亦可知矣。」只有心好沈博絕麗之文的讀者，方能得到閱讀樂趣；一般只接受浮淺之文的讀者，是無法領略這一層次的樂趣的。而真正有資格當作者的知音，發現作者的特質、與作者溝通的，只有前一

---

[72] 「繹」原作「澤」，翰墨園本出校云：「王惟儉作『懌』」，可見黃叔琳及姚培謙也不同意作「澤」。但據楊明照先生考證，「懌」乃翰墨園本誤刻，王惟儉訓故本中作「繹」。取王惟儉本校之，確然。今從楊說。

[73] 「其事浮淺」，劉永濟先生認為應作「匪事浮淺」；楊明照先生《文心雕龍校注》云：「『其』下，訓故本有一白匡……『其』下疑脫一『不』字」，依此說當作「其不事浮淺」；而王利器先生《文心雕龍校證》認為應作「共事浮淺」。若與敘述屈平一段文字對比而言，當從王說。

種讀者。

　　可見劉勰認爲文學的閱讀與欣賞不能從俗，讀者應該自我要求提昇本身的鑒賞能力，才能了解那些留名青史的偉大作者，當他們的知音。而當讀者的鑒賞能力提昇時，當代作者也會提昇自己的文學藝術水準，創作出更完美的作品。

第五節　社會對作者的論評

　　文學作者處於社會之中，其活動與整個社會或多或少會產生關係。而《文心雕龍》論及時代、政治、社會對文學的影響，在本章第三節中已經述明。事實上文學作者既難以、亦不能自外於社會，社會對作者的看法，直接影響到文學作者的社會地位。劉勰注意到這一點，可見他並不只由文學本身來看寫作活動及其相關人、事、物。他在《文心雕龍》中特立〈程器〉篇，詳細説明分析歷來社會對文學作者的看法，可以説是由社會的角度來看文學作者。劉勰注意到社會對作者的看法，在文論中是很特別的角度。因爲在此之前的文論，都是以作者及作品爲主，強調他們對社會的影響及責任。但劉勰以社會爲主，檢討社會對作者的批評論述及其合理性，並爲文學作者辯護，澄清自魏、晉以至齊、梁時期對文學作者的成見。

　　首先，他以魏文帝曹丕及孫吳的韋誕對文學作者的批評爲例，

說明文學作者被輕視的事實：

> 近代辭人，務華棄實。故魏文以爲古今文人，類不護細行。
> 韋誕所評，又歷詆群才。後人雷同，混之一貫，吁可悲矣。[74]

這段文字至少包含三個訊息：一、劉勰認爲近代文人確有「務華棄實」的缺失，但這並不代表從古到今所有文人都有同樣的缺失。二、延續第一點的說明，就可以說明曹丕與韋誕從道德操守上整體否定文人的論述未經逐一驗證，是有待檢討的。三、後代的人由於曹、韋的名氣大，所以將這種不完全合乎事實的論斷認爲是真的，而未深入加以檢討。從這三點可以知道劉勰認爲發生在文人身上的缺失被放大、擴張了。

劉勰認爲有些文人在道德操守及行爲上的缺失是個別的，可以一一加以檢討。而這些他也不特別隱諱，在《文心雕龍·程器》篇中一一點出：

> 相如竊妻而受金，揚雄嗜酒而少算，敬通之不循廉隅，杜篤之請求無厭，班固諂竇以作威，馬融黨梁而黷貨，文舉傲誕以速誅，正平狂憨以致戮，仲宣輕脆以躁競，孔璋偬恫以麤疏，丁儀貪婪以乞貨，路粹餔啜而無恥。潘岳詭禱於愍懷，陸機傾仄於賈、郭，傅玄剛隘而詈臺，孫楚狠愎而訟府。

---

[74] 《文心雕龍·程器》篇

並且認爲：「諸有此類，並文士之瑕累」[75]。上述所舉的這些作者都有文名，而也的確有這些過失。但是持平而論，這些缺失一般人身上也有，只要略翻史書，是隨時隨處可見的。劉勰的辯護冷靜而公允，他舉管仲、吳起、陳平、周勃、灌英等人爲例，說明這些道德行爲操守上的缺點：「文既有之，武亦宜然。古之將、相，疵咎實多。」若云文人有這些缺失，武人同樣也不能免。貪財好貨、徵逐聲色、好進讒言、賣官鬻爵、藉酒使氣……等等要講究起來，那些武將跟政治人物在行爲操守上的缺點，只有比文人更多，不會更少的。這樣一提，便點出真正的問題在於批評者的選擇及其偏見，而不是來自文學作者的本質。

但是批評者的選擇及其偏見所造成的既定印象，挾其地位及權威，畢竟造成社會對文學作者的普遍看法。這些批評者雖欲維持其權威地位，建立公正客觀的批評形象，一直力圖避免偏見及成見，然終究亦不能免於此失。觀乎曹丕雖於《典論‧論文》舉：「貴遠賤近」爲論文者之失，然於本文中亦不免力贊殷末周初之文王、周公而看輕東漢之班固；又云：「向聲背實」，而文中評孔融則曰：「及其所善，揚、班儔也」。揚雄、班固以賦知名，孔融所作，多爲書、論。則此評亦不免乎「背實」之旨矣。

劉勰看到其中的問題，所以針對曹丕〈與吳質書〉中：「古今文人類不護細行，鮮能以名節自立。」的說法，替文人提出：「古

---

[75]　《文心雕龍‧程器》篇。

之將、相，咎疵實多。」的辯護觀點。劉勰並非否認文學作者沒有道德行為上的缺點，他將這些缺點也用來觀察及檢驗非專屬於文學作者之人物，擴大受檢驗的範圍，結果發現這些缺點同樣也發生在他們身上。因此問題的重點便是：為何這些缺點會在文學作者身上被放大，甚至加以扭曲、醜化？這是印象方面的問題，而不是本質方面的問題。至於為何會留下這種印象？同樣在操守行為上有缺失的將相何以不會蒙此譏評？劉勰在〈程器〉篇中這樣解釋：

> 孔光負衡據鼎，而反媚董賢……王戎開國上秩，而鬻官囂俗……然子夏無虧於名儒，濬冲不塵乎竹林者，名崇而譏滅也。……將相以位隆特達，文士以職卑多誚。此江河所以騰湧，涓流所以寸折者也。名之抑揚，既其然矣；位之通塞，亦有以焉。

這可以看得出劉勰認為原因來自於聲望的卑崇與政治地位的高低。他以孔光、王戎為例，說明二人在行為操守上都有明顯的缺失。然則一為名儒，一為名士，他們沒有受到絕對的貶抑、譏評，是因為聲望崇高。而將相位高權重，所以多蒙特殊禮遇；文士職位低下，所以頗受譏評。因為將、相掌握了許多人的前途甚至生命，為了現實利害，人們往往比較願意為其文過飾非而全其美名。而文士在現實的折衝之下，往往成為犧牲品，人們便毫不留情地加以批判而不顧及其名聲。劉勰用江、河與涓流分別比喻將、相與文士。前者勢力龐大，吸引者眾多支持者，而這些支持者又容易拉到更多的支持

者，所以陣容更加龐大，在現實事務方面便更加順利。後者勢單力薄，支持者寡，所以在現實上便多有曲折。劉勰認爲這些批評都受到名聲、地位的影響，二者之間交互爲用，有增強的效果。名聲地位高者容易得到助力，故不費力而能增名益位；無名無位者不易得人所助，故苦心鑽研仍沒沒無聞。這些批評受到名、位的影響，雖然不足以呈現文學作者的特質，然卻代表著也影響著當時社會對文學作者的一般看法。

　　劉勰認爲當時社會對文學作者充滿負面批評，多是受到作者名之不顯、位之不達的影響。而論及名、位，便與個人的際遇有關，這就不能針對做爲一個羣體的所有文學作者加以概括論述了。所以文學作者中有現實政教名、位者，就算行爲操守有所缺失，所受的批評也不會那麼強烈。劉勰注意到了這一點，足見他並不認爲文學是完全獨立而與社會無涉的。相反地，他認爲文學與文學作者處於社會之中，因此有必要爭取文學作者的社會地位。

　　因此劉勰認爲就當時的社會環境而言，文學作者的社會地位是相對低落的，社會對文士的評論較容易集中於負面的例子。而由於這些負面例子的傳播及影響，社會對文學作者就更加貶抑了。而正面的例子卻不容易得到大多數人認同，劉勰也舉出：「屈、賈之忠貞，鄒、枚之機覺，黃香之淳孝，徐幹之沈默」[76]等例來作說明。然而對於屈原、賈誼、鄒陽、枚乘、黃香、徐幹等人的正面評價，同樣不是屬於文學方面的，而是屬於道德修養、社會、政治等方面

---

[76]　《文心雕龍·程器》篇。

的，所以人們在提出這些正面評價時，並不將之歸於文士一區。至於在道德修養、政治社會實務上有缺點或評價不高的人，人們便將評論眼光轉移到他們的文學方面，如此就難免文人無行的印象了。

　　事實上如果對比其他文獻的描述，當時的文學作者是相當被重視的。鍾嶸《詩品·序》云：「今之士俗，斯風熾矣。纔能勝衣，甫就小學。必甘心而馳騖焉。於是庸音雜體，人各為容。至使膏腴子弟，恥文不逮。終朝點綴，分夜呻吟。」梁元帝蕭繹《金樓子·立言》篇甚至將「文」獨立出來，成為古、今所學者之一端；顏之推於《家訓》中告誡其子弟：「必乏天才，勿強操筆。」裴子野於〈雕蟲論〉中亦云：「閭閻年少，貴游總角，罔不擯落六藝，吟詠情性。」這些說法，或正面或負面，都表現了文學及文學作者的被重視。劉勰的看法，似乎不與其相近時期文論同調。然質而言之，劉勰能不囿於文學範疇來看這個問題，其觀點比當時文論家更深、更廣。

　　以齊、梁時期而言，文風之盛、作者之多，這點劉勰也不能否認。然而多數的作者藉著文學取得權貴的賞識，以此為取名之路、晉身之階。這並非代表文學地位的提升，反足以說明文學正在向政治現實屈服，甚至是一種墮落，所以可以說當時文學作者的社會地位還是有賴於政要權貴的支持與宣揚。若與漢代之前相比，建安以後至齊梁時期，文學作者的地位和文學被社會重視的程度是有所增加的，但劉勰能剝落這些外在光環來看當時文學作者的處境及所受的待遇，其眼光有別於同時代的文學批評家。很明顯地，在當時無名無位者單純地靠文學寫作是難以通顯的。而文風的盛行、文名的

標舉，仍有待於顯貴的喜好與拔擢。這樣的文學基本上是談不上有獨立的社會地位的，而文士成為被譏評的對象也就不足為奇了。

但劉勰並不因為替文學作者辯護，就完全忽略文學作者的缺失而不論。在這一點上，可以看得出來他並不限於文學的角度來看問題。他並不否認其所引述的各種文士缺失，在分析了社會何以如此論評文士之後，他並不因同情文士而捨棄或改變了批評的角度。相反的，他要求文士參與社會，對社會要有正面貢獻。由此可以看得出來劉勰並不將文學與社會對立而論，在他的論述系統中，文學、社會、政治、軍事都是可以並存而調和的。他在〈程器〉篇中舉了四個例子來說明，下列將加以引述並說釋之：

> 魯之敬姜，婦人之聰明耳。然推其機綜，以方治國。安有丈夫學文，而不達於政事哉？

可見能為文章者在政治上未必不能有所表現。劉勰是把政治看成是一般人都能了解而參與意見的，至於文學則被劉勰認為是需要長久時間的練習方能養成的專業技能。此其一例。

> 昔庾元規才華清英，勳庸有聲，故文藝不稱。若非台岳，則正以文才也。

這可見從事政治的人也未必便沒有文學才能。而也可以看出劉勰認為在當時政治上的名聲比起文學上的名聲，一般來講更易被人注

意。此其二例。

> 郤縠敦書，故舉爲元帥。豈以好文而不練武哉？

這說明文士亦具統軍才能，故有武將之用。此其三例。

> 孫武兵經，辭如珠玉。豈以習武而不曉文也。

這是舉孫武為例，說明即使武將著書，亦有具文采者。此其四例。

　　推此四例，劉勰認為文士並非徒務執筆為文，亦非以隱世絶俗為高。他不同於當時一些文學作者及文論家，認為文學是超凡脱俗的。他也不認同當時從事文學寫作者，在某種程度上視政事為「俗務」的態度，所以他主張：「士之登庸，以成務為用。」可以看得出他對文士的期許，並不認同他們做一個超然歸隱的世外高人，而是要求他們能經世濟民，成其大用。所以他藉著《尚書·周書·梓材》中所說的：「若作室家，既勤垣墉，惟其塗墍茨；若作梓材，既勤樸斲，惟其塗其丹臒。」[77]引伸而論文士，即是「器用而兼文采」之人，亦即具備負責實際事務的能力而文章也能寫得好的人。如果只有文章寫得好，卻缺乏處理實際事務的能力，在現實政治、社會環境中仍是弱勢的。所以就算是對於揚雄、司馬相如，劉勰也

---

[77]　《尚書》所述，原是以種田、建屋、製木器來比喻治國應該一步一步完成計畫的道理。劉勰援此文加以引伸，用來說明治國之器用與寫作文章的能力應該結合。也就是治國能力佳者亦應善於為文。

説：「彼揚、馬之徒，有文無質，所以終乎下位也。」[78]認為他們處於下位的原因乃是「有文無質」。

然而這已非文學本身的問題，而劉勰評論的標準也從文學轉移到政治、社會等實務方面。他覺得一個人要培養自己的才能（這是指實務上的），對社會要有正面的貢獻，而文章正是以此為基礎所散發出來的。這就是〈程器〉篇中：「君子藏器，待時而動，發揮事業；固宜蓄素以弸中，散采以彪外。」的道理。如果對社會、政治、道德上有正面的表現，社會上對文學作者的負面批評也就會減少，以至於無。這也可見，面對社會的批評，文學作者並非都處於被動的地位，他們可以主動改變外界基於既定印象的負面批評。也就因為劉勰認為文學作者可以主動改變外界對他們的批評及固定刻板印象，所以他期許文學作者在現實事務上有所表現。

而從以上的析述可以看出劉勰面對文學與社會實務之時，是以社會實務為先的，在價值上他也是比較肯定後者。《文心雕龍》論文至此，似乎黜落、貶低了文學價值。漢末以來與文學的存在、獨立與自覺的相關論述在此似乎被解消了，而回到西漢至東漢中期以前那種用比較重視實務的觀點來看待文學，以文學為附庸之品、無用之物。

事實上劉勰與兩漢文學觀是有差別的，他認為文學並非政治、實務的附庸，而且它對現實世界的影響甚至還大過這些層面。他在〈序志〉篇中説：

---

[78]　《文心雕龍·程器》篇。

唯文章之用，實經典枝條。五禮資之以成，六典因之致用。
君臣所以炳煥，軍國所以昭明。詳其本源，莫非經典。

此處所謂「經典」指的是儒家的典籍，這關係到修身、治國、平天
下的課題。而文章正足以幫助說明這些存於經典之中的道理，因此
它並非無用之物，亦非附庸之品。如果忽略了它或將它放在不適當
的位置，就會「離本彌甚，將遂訛濫」[79]。因此在劉勰的觀念中，
只要好好發揮，文章的實際效用是非常大的。這樣的觀點比較接近
曹丕〈典論論文〉中所提出的：「蓋文章，經國之大業，不朽之盛
事。」[80]，而不像兩漢時期的政教實用觀。

　　明乎此，便可了解劉勰在〈程器〉篇云：「摛文必在緯軍國，
負重必在任棟梁。窮則獨善以垂文，達則奉時以騁績。」是要文學
作者當一個能擔負國家大事的棟樑之才，而不是一個碌碌庸庸隨時
俯仰之輩。當一個人能擔負國家大事之時，便能發揮文章廣大的效
用。在現實上如果沒有機遇成就功業，則可以留下文學作品；而有
了機遇也可以盡展所長，有所表現。

　　這種說法不同於司馬遷「發憤著述」，也跟東晉劉宋時期謝靈
運、陶淵明的希慕高隱之旨趣不同調；亦異於唐代韓愈〈柳子厚墓

79　《文心雕龍·序志》篇。
80　當然曹丕是將文史結合，欲藉文章傳之後世而不絕。從《文心雕龍·序志》篇：
　　「形同草木之脆，名踰金石之堅。是君子處世，樹德建言」的說法來看，劉勰
　　雖亦認同曹丕之說，但劉勰也認為「茫茫往代，既沈予聞；眇眇來世，倘塵彼
　　觀也」（〈序志〉篇），可見他對於文章是否真能傳於後世，不像曹丕那麼有
　　信心。這是他們稍微有差別的地方。

誌銘〉之所論，也不同於宋人「文窮而後工」的說法。劉勰在《文心雕龍》中認爲文學與世務是可以相輔相成，並不違背的。文才也可以幫助處理世務，使得傳達與溝通活動更加迅速、精確而有效率之餘；還有美化文書，使文書更具可讀性的效果。

而一個文學作者在執筆爲文之際同時也能操持世務，甚至往往由於操持世務的能力太高而掩其文名（如前所舉庾亮之例）。這不同於晉朝名士那種「不以事物自嬰」[81]、「不豫世事」[82]，甚至鄙夷政事，視之爲俗務的態度。基本上，劉勰是反對「嗤笑徇務之志，崇盛亡機之談」[83]的，這可以看出他的美學觀亦非去功利的純粹美學觀。所以他一方面鼓勵文學作者修養人品、參與世務，一方面強調文章的效能之大及其作用之廣。如此方能改變社會對文學作者的偏見及成見，進而提昇文學作者的社會地位。

第六節　小結

由上面幾節所述，可以了解在劉勰在《文心雕龍》中還注意到了作者與外在環境的關係，這也是他作者論述中不可忽視的一環。

---

[81] 《世說新語·輕詆》篇注引《八王故事》。
[82] 《晉書·列傳·王戎傳》附從弟王衍傳。
[83] 《文心雕龍·明詩》篇。

基本上，外在環境提供了作者寫作的內容，如：主題、素材……等等；也是培養作者，讓作者成長的重要憑藉與資助；更是作者的人生參與場域，難以自外於其間。

從劉勰所述，可以知道他注意到了文學傳統、自然環境、時代環境（包含政治、社會、思潮……等等）、與讀者、社會的關係等方面。從作者與文學傳統的互動，可以了解無論是體裁的選擇、寫作態度的形成、時代風格的變遷等因素，在在都牽動著作者的寫作活動。而作者的寫作活動也在某種程度上促成它們的變動。

至於自然景物對作者的刺激、感發，除了提供作者靈感以及寫作素材之外，甚至成為作者的寫作動機。放大到天地宇宙的角度來看，這可以說是「文」的起源。而作者以文學藝術的眼光觀察、體會自然景物，也將自然景物「文」化了。

時代環境所作用於作者的，除了影響文學活動的興衰之外，還主導著作者的命運與遭際，構成作者的經歷與見聞，甚至作用於作者的思想；或者成為其思想內涵的一部分。這與其文章中的題材、主題、表現方式、情感特質都有關聯。而依照劉勰的論述，作者的文章有時也可能發揮與儒家經典類似的效果，對於禮教、儀節、軍事、政治、社會……等等方面都發生作用，影響一個時代的事務，甚至有可能創造一個時代的環境。

而讀者與作者的溝通雖存在重重障礙，但對其可能性，劉勰基本上是樂觀的。他認為讀者主要是以文章為媒介，經由文章了解作者。所以要了解作者之「情」（這不是指情感，而是總括作者所有的情境而言。），首先要了解「文情」，故提出「六觀」來做為深

入了解「文情」之準則。而能去除成見，深入文情，自能明瞭作者之「情」。至於社會對文學作者的評論多趨於負面，劉勰則博采歷史上的實例為證，認為這是片面而不公平的；但他也希望文學作者能在道德人格及政治實務上自我砥礪，做個對社會有正面貢獻的人。不要因為機會少就放棄，因為至少還能獨善垂文；也不要在機會來時，因為沒有準備而手足無措或胡作非為，畢竟能留名青史的機會不多，佳名美事能流傳千載，才值得後世人們寶愛珍重。

文學作者做為一個人（而且可算是人中的精英）以其自身能力與特質，對外在環境發生影響，這自然是因為人乃「性靈所鍾」，是天地間靈氣所匯聚而生者。因此他本身不是被動的，他會運用他的思考、發揮他的能力，作用於他所處的環境，對其環境發生反饋作用。這是由內而外發的，其運作機制相當明顯。

而環境如何影響文學作者？參照文學作者的各種能力，可以看得出來最主要是透過「學」、「習」二端。「學」、「習」乃由外而內，因此藉著「學」，可以吸取外在環境的種種有用的事物，以培養、充實文學作者自身的能力，並濟其不足。而「習」本身就是在外在環境下陶染凝鑄的結果，所以由於「習」，文學作者便在不知不覺中為外在環境潛移默化。從《文心雕龍·神思》篇：「物沿耳目，而辭令管其樞機。」的「物沿耳目」，可知劉勰明白其機制乃是外物透過人類的感覺、知覺而在內心形成的。而若欲表現在文章上，則還要形成意向，再以意向為指歸，化為語言。這是外在環境透過作者影響文學的機制。藉此，作者的內在能力方得與外在環境往來紛迴，而無所滯礙。

第五章 《文心雕龍》論理想的寫作

如前二章所云，每個作者隨其自身的稟賦與特質、所處的社會環境、對事物的認知方式……等等層面的不同，在文學上會有不同的展現。劉勰在《文心雕龍》中已經一一指出，並析述其間的關係。然而在這些各有特色的文學家之間，文評家會依其認知與評價標準，提選一些正面的、具代表性的作者。劉勰認為這些作者的創作成果足以為後來作者進行創作活動時的準則與範式，這不只是針對學習創作，也包含了批評的層面。而那些被文評家所提選的，足以說明其論述，具代表性的作者，便可謂「典範型作者」。而文評家在進行理論的陳述及實際的批評時，會提出自己心目中的理想文學型態及其對作者成果的要求，並且指出一些原則，以使作者能加以掌握和依循，此之謂「作者的典範」。簡言之，「作者的典範」是論述中所揭示的理想文學型態及對作者創作成果的要求；而「典範的作者」則是指其創作活動值得其他作者依循、取法者。

劉勰在《文心雕龍》中對文學作者是寄與厚望的，所以批評也相對嚴格。漢、魏、西晉等歷來文章大家，無不蒙其責難。這當然

是由於其心目中的標準極高，而也在某部分藉著現實面的不足，自反面來勾勒其理想中的作者。故《文心雕龍》對「典範的作者」的態度是求全責備的，非一味推崇備至，認爲他們全無缺點。本章針對「作者的典範」而論，並非指實際作者而言。乃是指劉勰所認定的理想文學型態及其對寫作成果的要求與標準。

至於這些理想要如何落實，則有賴於實際寫作活動。劉勰對實際寫作活動，也提出了他的具體建議與要求。從這些具體建議與要求可以看出，劉勰心目中理想的寫作包含了那些層面？是怎麼落實和如何進行的？本章分別從「寫作前的準備與構思」、「寫作時應注意的原則及標準」、「成篇後的檢討與調整」來整理、敘述這些具體建議及要求。而這牽涉到思想、情感的引發，文術的運用、修辭技巧的掌握、對全篇佈局的考量與調整……等等許多方面，劉勰在《文心雕龍》中都曾提出他的見解。可以看出他對寫作活動有實際經驗，並能深刻反省其中過程，所以能提出許多值得參考的意見。

而對於寫作的心理歷程，劉勰也提出他心目中的理想。亦即藉由「虛靜」，而能「神與物遊」，以臻於「情文合一」之境。「虛靜」是心靈的空明澄淨，是一種靜的狀態；「神與物遊」是精神的運作，是動的狀態；而「情文合一」則是精神與文章合而爲一，是心靈、精神在文字上的具體顯現。文章寫作到達「情文合一」的境界，即悠遊任心，宛轉無礙，再無任何拘執、扞格。可以說無辭不達，無意不現，得之於心而應之於手了。

第一節 作者的典範——自風格傾向而論

　　劉勰論文，「本乎道」、「徵乎聖」、「體乎經」[1]，所以在《文心雕龍》中所提出，足以為「作者的典範」者，除了其心目中理想的文學型態及對作者創作成果的要求之外，應當結合其根本的精神來論述。

　　基本上，劉勰對作者所明示的典範有「正」、「變」兩面。所謂「正」，是指可以為文學作者所普遍依循的；而「變」者，是指文學演變過程中，值得作者參考、斟酌的變化。「正」以貞定文章寫作的基本方向，揭示作者所應遵循的途徑；「變」以濟「正」之窮，以通文章之源，以導眾作之流。「正」的典範，其論述是以儒家的五經為基礎建構起來的，而「變」的典範，則是以屈原在《楚辭》中的作品為基礎進行闡述的。

　　在寫作方面，劉勰提倡宗經。他感歎當時文壇：「建言脩辭，鮮克宗經」[2]，所以才會造成「楚豔漢侈，流弊不還」[3]的現象。劉勰認為不只修身及德行操守要以聖人及儒經為典範，寫作文章亦應「宗經」。這與梁簡文帝蕭綱〈誡當陽公大心書〉的：「立身先須

---

[1]　見《文心雕龍·序志》篇。

[2]　見《文心雕龍·宗經》篇。

[3]　出自《文心雕龍·宗經》篇。要補充說明的是，「楚豔漢侈」是指後代學楚辭及漢賦所產生之流弊，而不是對楚辭與漢賦的全然否定。重點在批評後代（尤指劉勰當時文壇）只學到它們「豔」、「侈」的部分，而忽略它們合於經典的部分。

謹重，為文且須放蕩。」[4]、「未聞吟詠情性，反擬〈內則〉之篇；
操筆寫志，更摹〈酒誥〉之作；遲遲春日，翻學《歸藏》；湛湛江
水，遂同《大傳》。」[5]的儒、文分隔之論述是根本不同的；與蕭繹
《金樓子・立言上》篇之區分古之「儒」、「文」二類學者以及當
時之「儒」、「學」、「文」、「筆」四類學者也有別。二蕭皆區
「文」於儒經之外，而劉勰則以儒經為文章之極則。所以以儒家五
經為基礎，來建構並闡述他所認為的文學「典範」，要作者依循。

在〈宗經〉篇中劉勰表明：

> 文能宗經，體有六義：一則情深而不詭，二則風清而不雜，
> 三則事信而不誕，四則義直而不回，五則體約而不蕪，六則
> 文麗而不淫。

首先，要說明的是，此處所提之「六義」固然由於宗經所致，但也
是劉勰道出他心目中理想的文學特質，而希望作者加以體現的。然
而即使儒家五經也未必都體現這「六義」，這點劉勰自己也知道；
像《禮記・儒行》，劉勰便說它：「縟說以繁辭」，這就與「體約
而不蕪」不合了。所以這只是一個理想，而以儒家五經做為包裝。
這「六義」可以說是指宗經的效果，並不是說所有儒家經書都包含
這六種特質。其中「情深而不詭」、「事信而不誕」、「義直而不

4　〈誡當陽公大心書〉，〔清〕嚴可均輯：《全梁文》，卷11，頁1。
5　〈與湘東王書〉（吾筆亦無所遊賞），〔清〕嚴可均輯：《全梁文》，卷11，
　　頁3。

回」偏重於表現在文章中的內容和意義的部分；「體約而不蕪」、「文麗而不淫」則偏重於全篇的體裁及修辭方面等語言形式的部分；至於「風清而不雜」則就文章的整體表現效果而言。

即此可知，就內容和意義方面，劉勰分為「情」、「事」、「義」三個方面來討論理想的文章。而「深」可解為「深奧」、「深刻」，「信」可解為「可徵驗的」、「可靠的」，「直」唐寫本作「貞」[6]，可解為「堅定」、「正確」、「專一」的意思。故知劉勰針對文章內容提出的理想，是思想情感深刻真摯、引事據實可信、義旨堅正不移者；而反對「詭」[7]、「誕」、「回」[8]，即情感虛矯、誇大事實、扭曲義旨的內容。

其次，就全篇體裁和修辭方面，劉勰分為「體」、「文」來說明他心中理想的文章。其中關於體裁方面他的標準是「約」，這裏的「約」是「精要」、「簡練」的意思，屬於正面的；不同於〈附會〉篇的「約則義孤」那種負面的「簡乏」之意。「約而不蕪」，也就是能掌握住要點而不蕪雜的意思。至於修辭方面他提出「麗」的標準，此處的「麗」是指詞藻的華麗而言。劉勰主張文章要具備

6　楊明照先生《文心雕龍校注》云：「按：唐寫本是也。〈明詩〉篇：「辭謫義貞」，〈論說〉篇：「必使時利而義貞」並其證。」

7　關於此處之「詭」字，詹鍈先生《文心雕龍義證》以「詭詐」為解，周振甫先生《文心雕龍今譯》以「偏邪」為解，皆未能與「情」之特質相應，亦不合劉勰兼通奇正之旨。唯陸侃如、牟世金先生《文心雕龍譯注》以「虛假」解釋為得之，祖保泉先生《文心雕龍解說》亦同乎陸、牟之釋。

8　此處之「回」，各家均以「邪」釋之，然多未詳細說明。此乃本諸《毛詩‧小雅‧小旻之什‧鼓鐘》及南昌府學本《僞古文尚書‧周書‧泰誓下》之傳文。按「邪」有不正、枉曲之意，劉勰所云：「辭雖傾回，意歸義正」、「述遠則誣矯如彼，記近則回邪如此」等，皆以「回」為「邪」、為「不正」，且與「義」作為價值標準之性質互相對照。故以為「回」之釋文，於義可通。

華麗典雅的詞藻，〈情采〉篇便云：「聖賢書辭，總稱文章。非采而何？」又舉老子不棄美、君子常文言，以及莊子、韓非子的「辯雕」、「豔采」爲例，來説明古來哲人亦未輕棄美辭麗藻。但是他要求「麗而不淫」，「淫」就是超過「情志」、「事義」應具的本相。正所謂：「文采所以飾言，而辯麗本於情性」[9]，劉勰認爲文辭的「麗」要與「情志」、「事義」相合才是正面的，才符合美；否則就流於負面的「淫麗」，就不美了。

其三，劉勰提出「風」做爲文章整體的表達效果，以「清」爲其理想境界。這裏的「風」，用以指文章，是專門的用義；又不與「賦」、「比」、「興」、「雅」、「頌」連言，則知與〈風骨〉篇的：「情之含風，猶形之包氣。」用義相同。故知「風」所指的是文章的思想感情對讀者的感染力。劉勰以「清」爲標準，而以「雜」與之相對。若就〈風骨〉篇：「意氣駿爽，則文風清焉」[10]、「若能確乎正式，使文明以健；則風清骨峻，篇體光華。」來看，前者指作者內心的意向及生命氣質快利爽朗，那麼文風就會「清」；後者「文明以健」的「明」，指的便是「風清」。這都可以讓讀者了解「清」即是「鮮明」之意。所以劉勰才會下：「深乎風者，述情必顯」[11]之判斷。因此能夠掌握「風」的文章，一定鮮明、生

9　《文心雕龍·情采》篇。
10　「清」有作「生」者，據詹鍈先生《文心雕龍義證》引斯波六郎《文心雕龍范注補正》及王叔岷《文心雕龍綴補》皆主「生」字爲是，李曰剛先生《文心雕龍斠詮》亦同之。然考元至正本《文心雕龍》則作「清」字，諸校者之版本未有早於元至正本者，故宜慎之，從「清」字爲是。
11　《文心雕龍·風骨》篇。

動。故知劉勰要求文章給讀者的感受要明晰、生動而不混淆駁雜，此即「風清而不雜」。

上述「六義」，乃源自儒家五經。而劉勰尊儒經為：「性靈鎔匠，文章奧府。淵哉鑠乎，羣言之祖。」[12]故知「六義」乃劉勰所標舉典範之「正」者。但若純守於「正」，必難以適時，以至於有窮乏之虞；故宜濟之以「變」。而〈離騷〉、〈九章〉……等等屈原之作，正是變化儒經而出者。劉勰夷考其文，稱其有「典誥之體」、「規諷之旨」、「比興之義」、「忠怨之辭」等四者同乎儒經；而異乎儒經者，則有「詭異之辭」、「譎怪之談」、「狷狹之志」、「荒淫之意」等四者。即此二端，可知《楚辭》有因有革，有常有變，而非墨守儒家經文之作。故劉勰云其：

> 體憲於三代，而風雜於戰國[13]。乃《雅》、《頌》之博徒，而辭賦之英傑也。

12　《文心雕龍·宗經》篇。
13　此處「憲」原作「慢」，「雜」原作「雅」。今據劉永濟先生《文心雕龍校釋》及楊明照先生《文心雕龍校注》改之。二位先生皆引唐寫本為據，信而可從。李曰剛先生《文心雕龍斠詮》駁張立齋先生《文心雕龍註訂》所云：「猶言戰國之有〈離騷〉，似同三代之有〈風〉、〈雅〉也。」條，辨之最詳盡，今略加引錄如下：「望文生義。上文指屈原『同於風雅』者四事，『異乎經典』者亦有四事……今曰『體憲於三代』者，即指『同於風雅』之『典誥』而言；曰『風雜於戰國』者，即指『異乎經典』之『夸誕』而言。『憲』與『典誥』，『雜』與『夸誕』，兩相針對，若作『風雅於戰國』，非惟理脈不貫，亦且命義兩歧。〈時序〉篇云：『屈平聯藻於日月……觀其豔說，則籠照雅頌。故知煒燁之奇意，出乎縱橫之詭俗也。』所謂『出乎縱橫之詭俗』，即『風雜於戰國』之異辭耳。此處『雜』字，與〈明詩〉篇『正始明道，詩雜仙心』、〈頌贊〉篇『至云雜以風雅而不變旨趣』及〈雜文〉篇『揚雄解嘲，雜以諧讔』等『雜』字之用法同。」故知此處「雅」字當作「雜」。而乃「交錯混雜」之義。

「憲」釋為「法」，當動詞用，即依循之義；「雜」釋為「混」，即交會錯雜之義。這是說《楚辭》之文以夏、商、周三代為法，然而也受到戰國時期風氣的影響。劉勰在這裏很明顯地以時間為軸來看待《楚辭》的性質，「三代」是屈原之前，戰國乃屈原之時，而辭賦之盛行，則在屈原之後。故此乃云《楚辭》善於取法前修之優點，適應當世之變化，開創將來之文局。劉勰認為能以三代為法，可算是《雅》、《頌》的末流；而能開創將來辭賦之盛，乃是辭賦中的豪傑。說屈原：「骨鯁所樹，肌膚所附，雖取鎔經意，亦自鑄偉辭」，也就是屈原的文章能深入儒經之中，亦能從其中發展變化出來。而這種變化，劉勰覺得值得作者效法，所以認為它是「變」的典範。

在分析屈原作品各篇的特色時，他說：

> 故〈騷經〉、〈九章〉，朗麗以哀志；〈九歌〉、〈九辯〉，綺靡以傷情；〈遠游〉、〈天問〉，瓌詭而惠巧；〈招魂〉、〈招隱〉[14]，耀豔而深華；〈卜居〉標放言之致，〈漁父〉寄獨往之才。[15]

14　依楊明照先生《文心雕龍校注》，「招隱」應改爲「大招」。

15　此處所舉，未以屈原作品爲限。如〈九辯〉、〈招魂〉，《楚辭集注》及《楚辭補註》皆謂其爲宋玉作品，即使〈大招〉，亦有謂爲景差所作者，各注家多闕疑而不能明之。更何況現代學者亦多有致疑於〈卜居〉、〈漁父〉，謂其非屈原所作者。由前所舉例可知，劉勰蓋以屈原爲主，而未以之爲限。

其中「朗麗」、「綺靡」是結合「情志」而言，也就是説其哀傷之志表現得很顯著而華麗，傷感之情亦表現得柔美多姿。「瓌詭」、「耀豔」是針對文辭而言，「惠巧」言其手法巧妙有效，「深華」指其文辭華麗而有深意。也就是在文辭方面，與眾不同而有巧妙手法，光豔照人而亦有華麗且蘊含深意的辭藻。而「標放言之致」、「寄獨往之才」，由「標」與「寄」可知其乃就作者所託之事義而言。「放言之致」、「獨往之才」皆是劉勰認為屈原特出於眾人，而不能為人所了解或認同者；亦即表示作者藉著所託之事義以明其獨特之胸懷。這六者較之於「六義」，唯「朗麗」、「耀豔」能合，而皆由「文麗而不淫」開出。故知《楚辭》之變，不唯體法儒經，且兼有本身獨特之風貌。

　　劉勰認為作者宜參究《楚辭》對儒經之所以變、所宜變、所能變，並不是只要變其本而加其厲，徒然追求「變」。像蕭子顯在《南齊書·文學傳·論》中所説的：「在乎文章，彌患凡舊，若無新變，不能代雄。」那樣棄舊取新的求變觀，便徒成〈宗經〉篇所謂的：「楚豔漢侈，流弊不還」，也是造成齊、梁時期「習華隨侈」[16]、「失體成怪」[17]的主要原因。所以劉勰要作者們回到《楚辭》，以《楚辭》對儒經的「變」為典範，讓文章寫作能由「變」中得到更正面的發展，而不是愈「變」愈奇詭，愈「變」愈浮弱。

　　也就是因為這個原因，劉勰對《楚辭》推崇到以之為作者典範的地位，在〈辨騷〉篇裏説：「屈、宋逸步，莫之能追」、「其衣

16　《文心雕龍·風骨》篇。
17　《文心雕龍·定勢》篇。

被詞人，非一代也。」其成就可以說爲後代的作者所難企及。

　　從以上的析述可知《文心雕龍》認爲足可以爲作者之典範者，在「正」的方面以儒家五經爲實際作品，而樹「六義」爲作者之標竿。也就是以深刻的思想情感、動人的感染力、可信的事實與不妄加扭曲的價值傾向，再加上精要而華麗的辭藻這些條件，綜合而爲作者的典範。

　　在「變」的方面以屈原的作品爲主，配合宋玉等人的作品，主要強調其於文辭上能夠適合作者情感與外在環境的變化，而有最適當的表現。在這方面，劉勰於〈辨騷〉篇中肯定「驚采絕豔」，認爲作者的典範在於能「取鎔經意，自鑄偉辭」，而著重在「自鑄偉辭」上。但他主張這是要有諸於其中而發出者，而非只是過分地夸飾華辭麗藻。如此，則可知其所以「變」者，目的乃在於濟「正」之窮，〈通變〉篇提到：「文辭氣力，通變則久」，可知是爲了讓文學能持續發展，才須要「變」。所宜「變」者，乃在於那些與時代脫節的陳辭舊章和缺乏表現力、思想感情不深刻的浮靡之作。所能「變」者，則是依作者個人的「才」、「氣」、「思」、「情」、「志」，在文辭及表達技巧上能有更強的表現力。而非轉「情深而正」爲「情淺而矯」，變「事信義貞」爲「事虛義曲」。所以在〈夸飾〉篇：「壯辭可得喻其真」的原則下，只要是能加強表現力者，皆屬能「變」之域。

　　因此，「正」以立文，使文有準而意有歸；「變」以通文，使文能適時。而不至於如〈通變〉篇所述之：「齷齪於偏解，矜激乎一致」，而漸趨窮乏。故無「正」則難以立文，無「變」則文漸窮

乏。此二典範即明示作者為文能正且有本，久且不乏之要，並舉實際作品以明之。劉勰用心之深，立意之遠，運思之周，於斯亦可見一斑。

　　就風格的範疇而言，劉勰也道出他對作者的期望。他希望每個作者各依其情性，而在文章中充分發揮他們的特色。他認為歸納而得的既定風格，即使它多變而雜揉，總可以藉「學」、「習」臻至。但作者獨特的文風，多半與其人之情性相合，這是由於「才」、「氣」的顯現。而每個人「才」、「氣」不同，情性各異，即使經由歸納或演繹而得到一個暫時的結果，也會有例外，未能全該所有的作者。所以〈體性〉篇便對這方面以例舉方式來說明：

　　　是以賈生俊發，故文潔而體清；長卿傲誕，故理侈而辭溢；
　　　子雲沈寂，故志隱而味深；子政簡易，故趣昭而事博；孟堅
　　　雅懿；故裁密而思靡；平子淹通，故慮周而藻密；仲宣躁競
　　　，故穎出而才果；公幹氣褊，故言壯而情駭；嗣宗俶儻，故
　　　響逸而調遠；叔夜儁俠，故興高而采烈；安仁輕敏，故鋒發
　　　而韻流；士衡矜重，故情繁而辭隱。觸類以推，表裏必符。
　　　豈非自然之恆資，才氣之大略哉！

歷舉賈誼、司馬相如、揚雄、劉向、班固、張衡、王粲、劉楨、阮籍、嵇康、潘岳、陸機等十二人為例證，以明作者性格與文風間之正面相應的關係。首先應該注意到的是，劉勰在形容作者性格時所用的「俊發」、「傲誕」、「沈寂」、「簡易」、「雅懿」、「淹

通」、「躁競」、「氣褊」、「俶儻」、「雋俠」、「輕敏」、「矜重」等詞語，都是著眼於由整體上刻畫一個人的精神面貌。不得不承認經由劉勰的語言文字點綴之後，這幾個作者可謂「鬚眉畢現」，給人相當深刻的印象。而這種對人物特質的品評，其起源比專門論文之作[18]早。在社會風氣上表現爲東漢的清議及月旦評，在制度上則形成九品中正的選官制度，在論述上則以劉卲《人物志》爲代表。這是一套以刑名法術之學爲基礎而漸漸發展出來的實用學問，足堪藉以架構一個新制度，推動一個新時代。然若脫離實用性，單就人物特徵、行爲、心理特質……等等方面來論其性格，也值得令人深味而有不少探研空間。

對人物的品評轉爲側重於對人物生命之美的純欣賞（這是綜合外在形體與內在精神兩方面的），而人物生命之美基本上是內在精神及修養的外現。由於內在精神及修養的外現各有不同，故人物生命之美也各有不同的發展傾向及其理想型態。而移之以論作者，各個作者也呈顯出各種不同生命的特質。劉勰認爲性格是內在的，文章是外顯的，所謂：「觸類以推，表裏必符」，「表」所指的是文章，「裏」指的便是性格，二者的相應，劉勰認爲是自然而然的。他在〈體性〉篇中闡述道：「夫情動而言形，理發而文見。蓋沿隱以至顯，因內而符外者也。」由此可知他所承續的乃是〈詩大序〉中：「情動於中，而形於言。」及〈樂記〉中：「情動於中，故形於聲；聲成文，謂之音。」那種物感說的藝術發生論。而這種文藝

18　指針對文章篇什之專論而言，非兩漢時期經史之論，亦非先秦時期諸子之書。

發自內在情感、思想的論述，正是儒家一貫的基本主張，亦與《文心雕龍・序志》篇中所述的：「文果載心，余心有寄」之意相合。

　　觀乎劉勰於此段論述文章（值得注意的是，劉勰在此是分就各作者來論述文章的。）的語言，有「文潔而體清」、「理侈而辭溢」、「志隱而味深」、「趣昭而事博」、「裁密而思靡」、「慮周而藻密」、「穎出而才果」、「言壯而情駭」、「響逸而調遠」、「興高而采烈」、「鋒發而韻流」、「情繁而辭隱」等，其中的「文」、「體」、「理」、「辭」、「志」、「味」、「趣」、「事」、「裁」、「思」、「慮」、「藻」、「穎」、「才」、「言」、「情」、「響」、「調」、「興」、「采」、「鋒」、「韻」等，大略可以分為針對內容主旨及針對語言的表達方式兩方面。前者如「理」、「志」、「趣」、「思」、「慮」、「情」、「興」等；後者如「文」、「辭」、「藻」、「事」、「言」、「響」、「調」、「采」、「裁」、「韻」等。而「體」與「味」者，乃屬整體之感受，殊未能以此二者囿之，然勉強歸之於語言整體表現之結果亦不致有謬差。

　　以此十二組評語而言，除了「響逸而調遠」、「鋒發而韻流」屬於語言的表達方式，「穎出而才果」涉及作者為文的習慣及其才氣之外，可以看出劉勰大體上是將這兩方面對舉，來概括一個作者的風格；而其中落在語言表達的層面仍較多。可以說明劉勰在面對作者時，能從他們文章寫作的實際表現來考慮他們對文術掌握的程度。從這些詞語的意義來看，關於內容主旨方面，劉勰注意到了作者在文章中所陳述之道理、抱負、情感、思想，以及由此而形成的

生命情調和性格傾向；而關於語言的表達方式，劉勰則注意到了辭藻的選擇及運用、典故的使用、篇章結構的安排、聲律的組合、情味的表達等方面。劉勰便以此爲兩大主軸，體現一位作者的風格。

再進一步來看，劉勰對這些作者所呈現的不同風格，並沒有特意去區分其高低優劣。如此一來，在風格的範疇中又有何作者的典範可言呢？值得進一步深入了解的是劉勰並不是對所有的風格都完全加以正面肯定。依照自身的情性寫出獨特的作品，是作者對自己寫作活動所應具備的基本要求。但是批評家及文論家也有權提出他心目中的理想風格。劉勰所提出的理想風格，有很濃厚的矯弊匡俗的意味，這是他對當時及後世作者的勉勵及要求，也可説是風格範疇之作者典範。

劉勰所提出的理想風格並不是針對某一位特定作家或某一個時代、某一種特定體裁的風格而加以概括描述的，而是通過全面的觀照歸納而得的。在〈體性〉篇中他提到：「若總歸其塗，則數窮八體。」這「八體」是研究歸納所得，也可以説是劉勰研究風格的結果。劉勰提出「八體」是表明一種形式上的風格分類方式，這些類別可以當做爲文者參考取資的對象，是可藉著學習而成就者。〈體性〉篇：「八體屢遷，功以學成」便是這個意思。但要注意的是，落實到作者的風格呈現，才氣與情性人各有別，就不應囿於「八體」的分類方式，而要從各個作者的特質來看。劉勰明白這點，所以在討論這方面時便列舉十二位作者進行描述，以明各個作者的特質因其情性而各異。而亦可知劉勰對各種風格都能廣採博納，此點前已析述，茲不煩贅。

　　然而風格的典範做為寫作學習的標竿，足以為作者所依循者，劉勰還是由「八體」中尋找。所謂「八體」者，乃是指「典雅」、「遠奧」、「精約」、「顯附」、「繁縟」、「壯麗」、「新奇」、「輕靡」也。劉勰在〈體性〉篇中對這「八體」分別加以闡述：

> 典雅者，鎔式經誥，方軌儒門者也；遠奧者，複采曲文[19]，經理玄宗者也；精約者，覈字省句，剖析毫釐者也；顯附者，辭直義暢，切理厭心者也；繁縟者，博喻釀[20]采，煒燁枝派者也；壯麗者，高論宏裁，卓爍異采者也；新奇者，擯古競今，危側趣詭者也；輕靡者，浮文弱植，縹緲附俗者也。

從《文心雕龍》全書的論述架構可知，前五體以「典雅」為首，下領「遠奧」、「精約」、「顯附」、「繁縟」的變化，這是由「宗經」的理念發展出來的風格；後三體以「壯麗」為首，而下開「新奇」、「輕靡」的變化，言後代騷賦之新變。

　　這是因「典雅」一體乃由效法儒經之文而致，所謂：「鎔式經

19　「複采曲文」原作「馥采典文」，劉永濟先生《文心雕龍校釋》云：「疑『馥』當作『複』，『典』當作『曲』，皆字形之誤。複者，隱複也；曲者，深曲也。談玄之文，必隱複而深曲，〈微聖〉篇論《易經》有『四象精義以曲隱』可證。舍人每以複、隱、曲、奧等詞連用，如〈原道〉篇『縣辭炳耀』、『符采複隱』，〈練字〉篇『複文隱訓』，〈微聖〉篇『精義曲隱』，〈總術〉篇『奧者複隱』，〈隱秀〉篇『隱以複意為工』又『深文隱蔚，餘味曲包』，〈序志〉篇『或有曲意密源，似近而遠』皆可證此篇所謂『遠奧』之義。」今從劉說改之。

20　「釀」原作「醲」，劉永濟先生《文心雕龍校釋》云：「按『醲』疑『釀』誤。釀，酒厚也，與『博』義相應。〈時序〉篇有『澹思釀采』句，是其證。」今從劉說改之。

誥,方軌儒門」、「模經爲式者,自入典雅之懿」[21],可見「典雅」之體乃是成功效法儒經的整體表現。而儒經的表達方式,劉勰曾在〈徵聖〉篇中析曰:「或簡言以達旨,或博文以該情,或明理以立體,或隱義以藏用」,並列舉《詩》、《書》、《易》、《禮》、《春秋》以明之,而綜論之曰:「故知繁、略殊形,隱、顯異術,抑引隨時,變通會適,徵之周、孔,則文有師矣。」此處所謂「簡言以達旨」者,即「精約」體之端也;「博文以該情」者,即「繁縟」體之端也;「明理以立體」者,即「顯附」體之端也;「隱義以藏用」者,即「遠奧」體之端也。故知「遠奧」、「精約」、「顯附」、「繁縟」皆由儒經之一端發展生成而來之風格,而「典雅」乃儒經所呈現之總體風格。所以從理論上講,「遠奧」、「精約」、「顯附」、「繁縟」皆由「典雅」分生而出之者。

　　而「壯麗」一體,依劉勰之論,實由《楚辭》而得。〈辨騷〉篇云:「驚采絕豔」,見其「卓爍異采」矣;而云:「壯志煙高」、「才高者菀其鴻裁」,見其「高論宏裁」矣。故〈定勢〉篇曰:「效〈騷〉命篇者,必歸豔逸之華」,這乍看之下與「繁縟」之體的「博喻釀采,煒燁枝派」相似,〈時序〉篇也說屈原、宋玉有「煒燁之奇意」。然「異采」足令讀者驚,「釀采」足令讀者耽。「煒燁」見其美藻雜出,如七彩之流光;「卓爍」知其光芒特出而耀眼,不可逼視。故自文辭方面即可知「繁縟」與「壯麗」之區畛,而「壯麗」之作較之「繁縟」之作,其內在精神生命強度及獨特性

21　《文心雕龍·定勢》篇。

則遠過之。而由〈辨騷〉篇:「馬、揚沿波而得奇」之「奇」,知「新奇」一體由此而出;再由〈辨騷〉篇的:「〈九歌〉、〈九辯〉,綺靡以傷情。」之「靡」,知「輕靡」一體亦由此化變而來。

　　而依前段所述,劉勰又認為〈騷〉(以〈離騷〉為《楚辭》諸作之代表,此乃「以部分代全體」也。)乃是參酌儒經,加以變化而來,故又可將「壯麗」以下三體歸入「典雅」之中。此所以「八體」之中,「典雅」為根,眾體為葉。其區分則得「遠奧」、「精約」、「顯附」、「繁縟」四者;其流變則得「壯麗」,而由之再流為「新奇」、「輕靡」二者。所以說劉勰研究歸納所提出的「八體」,是從他文學論述的基礎上架構起來的,與其基本理論相互援應,並非特別針對某位作者而構論。

　　顯然,這八體各自有其形成基礎,歷來學者也曾加以闡釋。詹鍈先生在《文心雕龍義證》中就曾寫道:

　　　　對於八體的解釋,有的是從思想內容方面來說明的,有的是
　　　　從表現方法方面來說明的。例如對於「典雅」、「遠奧」的
　　　　解釋,就包括思想和表現方式。就是對於「壯麗」的解釋「
　　　　高論宏裁」,對於「新奇」的解釋「擯古競今」,都不僅是
　　　　形式問題,而且也有思想問題在內。

詹先生已經看出劉勰在解釋「八體」的時候,有針對內容思想者,有針對表現方法者,不是一概而論、籠統言之的。然而詹先生仍囿於內容、形式二分的架構來解讀劉勰「八體」所含具的意義。若依

《文心雕龍·體性》篇而論,對「典雅」、「遠奧」、「新奇」三體的解釋側重於學習對象的思想及其語言對作者的影響,而對「精約」、「繁縟」的解釋則側重於表現手法的運用。而在「顯附」、「壯麗」、「輕靡」的解釋中,「辭」、「裁」、「文」乃是就語言結構的安排和經營方面講的,「義」、「論」、「植」則是從內容思想方面講的。「切理厭心」則從讀者內在的接受和體會而論,「卓爍異采」乃是文章外顯的姿態。「縹緲附俗」則是以文章爲工具,去迎合大多數讀者的口味。所以劉勰解釋這「八體」,做爲其文章風格論述的基本架構,其中包含應該學習的對象、語言技巧的使用、篇章結構的安排和經營、立論主旨的擬設與形成,甚至預設了讀者的感受等各個方面。而這些方面可以說便是劉勰所論文章中風格的組成要素,它們在作者身上整合之後,所呈現者便是文章的風格。但是這些要素在「八體」中,並不是在每一「體」都會全部將它們表現出來。它們依照本身的特質,在某些「體」中會特別顯著耀眼,而在另一「體」中就變得隱晦不彰。

　　劉勰認爲爲文者應該依照自己的本性,去發展適合自己的文章風格,所謂:

> 八體雖殊,會通合數,得其環中,則輻輳相成。故宜摹體以定習,因性以練才。[22]

---

[22]　《文心雕龍·體性》篇。

所謂「摹體以定習」，是指作者應該參考、學習各種風格，並且習慣、熟練它們，這是指對語言各方面的掌握，屬外在的；「因性以練才」是建議作者應該就自己的特質，發展其文才，這與對自我的了解有關，屬內在的。前者與文章專門能力的培養有關，後者與作者的獨特性關連較密切。這裏尚未對其中某一體提出特別負面的批評，黃侃先生亦云：「彥和之意，八體並陳。文狀不同，而皆能成體。了無輕重之見存於其間。」[23] 似乎這「八體」可以做為一整組「理想的風格傾向」而存在。但范文瀾先生在《文心雕龍注》中早已指出：「案彥和於新奇、輕靡二體稍有貶意。大抵指當時文風而言。」而以劉勰書中所論，如〈風骨〉篇的：「若骨采未圓，風辭未練，而跨略舊規，馳騖新作，雖獲巧意，危敗亦多。」〈聲律〉篇的：「夫吃文為患，生於好詭。逐新趣異，故喉脣糾紛。」很明顯地貶抑徒然地追求「新奇」。在〈通變〉篇中更直言：「競今疏古，風末氣衰」來指出文章越近他那個時代愈無味的原因；而〈情采〉篇對「諸子之徒」的批評，說：「為情者要約而寫真，為文者淫麗而煩濫。而後之作者，採濫忽真。遠棄風雅，近師辭賦。」、「志深軒冕，而汎詠皋壤；心纏幾務，而虛述人外。」〈才略〉篇云：「殷仲文之孤興，謝叔源之閑情，並解散辭體，縹緲浮音；雖滔滔風流，而大澆文意。」可見劉勰對「輕靡」的作品也沒什麼好印象。故這「八體」中，「新奇」、「輕靡」二體並非劉勰理想的風格。

---

[23]　黃侃著：《文心雕龍札記》（香港：新亞書院，台北：文史哲出版社，民國62 年 6 月再版），頁98。

　　至於「遠奧」、「精約」、「顯附」、「繁縟」四者，基本上
要看作者對它們的掌握的程度，也不能算是絕對理想的風格。在〈
總術〉篇所說的：「精者要約，匱者亦尠；博者該贍，蕪者亦繁；
辯者昭晰，淺者亦露；奧者複隱，詭者亦曲[24]。」「精約」、「繁
縟」、「顯附」、「遠奧」都有與其相應的負面風格，讀者容易失
察，作者稍不注意，即成流弊，因此不會是絕對理想之風格。而由
〈議對〉篇：「文以辨潔為能，不以繁縟為巧」、〈鎔裁〉篇說陸
機為文：「綴辭尤繁……其識非不鑒，乃情苦芟繁。」的敘述，可
知劉勰對「繁縟」的負面意見較多。再由〈隱秀〉篇：「或有晦塞
為深，雖奧非隱。」，則也非完全肯定「遠奧」。所以這四者不足
以為作者之典範。

　　劉勰心目中理想的風格，首先是「典雅」。其直接言明者，有
〈定勢〉篇：「章表奏議，則準的乎典雅」，這是從適合體裁的風
格標準而論；至於〈時序〉篇：「五子作歌，辭義溫雅，萬代之儀
表也。」，被推崇為「萬代儀表」的作品表現出「溫雅」的風格，
可見此風格在劉勰心目中的位置非常高。而間接表示的，亦有〈樂
府〉篇的：「赤雁群篇，靡而非典」、「河間薦雅而罕御」、「後
漢郊廟，惟雜雅章，辭雖典文，而律非夔、曠。」等，都是因為不
合「典雅」而受貶抑的。《文心雕龍》對「典雅」的推崇，與「宗
經」的基本理念是相通的。張可禮先生也說：

---

[24]　「曲」原作「典」，劉永濟先生《文心雕龍校釋》、楊明照先生《文心雕龍校
　　　注》皆以「曲」字爲確，今從二位先生之校而改之。

劉勰列典雅于八體之冠，在具體論述創作、分析作家作品時，凡是涉及典雅或近似于典雅的，他都充分加以褒贊。[25]

雖則劉勰論列之次序未必就是代表其所認定之價值次序，然揆諸《文心雕龍》書中所述，的確以「典雅」為宗。

既明劉勰以「典雅」為宗，而「典雅」所指，究竟何義呢？劉勰提出：「鎔式經誥，方軌儒門」來説明。「鎔式」也者，取範以凝塑之意；「方軌」也者，依循之意。也就是以儒家經書為文章的模範和寫作時的依循對象。以此意而言，「典雅」風格的塑成與對儒經的依循效仿存在著正相關。〈定勢〉篇也説：「模經為式者，自入典雅之懿」，可見文章的「典雅」取資於儒家經典。實際創作的例子，則見〈詔策〉篇：「潘勗〈九錫〉，典雅逸羣」，在〈風骨〉篇中則云：「昔潘勗錫魏，思摹經典。羣才韜筆，乃其骨髓峻也。」可見潘勗的〈冊魏公九錫文〉的「典雅」風格乃由於作者能「思摹經典」。若明劉勰此意，則知「典雅」乃鎔取於儒家經書而進行創作所呈現之風格，「宗經」之「六義」即為其實際內含。也就是説，「典雅」的作品，具備了深刻純正的思想情感內容、厚重可信的事實、合理的篇章結構，以及華麗而不過度修飾的詞藻。

而唐代司空圖《二十四詩品》以：「玉壺買春，賞雨茅屋。坐中佳士，左右修竹。白雲初晴，幽鳥相逐。眠琴綠陰，上有飛瀑。落花無言，人淡如菊。書之歲華，其曰可讀。」來詮釋「典雅」一

---

[25]　中國文心雕龍學會編：《文心雕龍學刊》第一輯，頁255。

品，比較接近竹林名士那種清新高雅的超俗風姿，這裏的「雅」是與「俗」對比而言的。而劉勰的「雅」是從風雅而來，指的是文質彬彬，達禮識體的士大夫特質，並非超然脫俗之「清雅」，故不與「野」、「俗」對比而論。因此以晚唐所詮釋的「典雅」來解釋劉勰《文心雕龍》中的「典雅」，則失其義矣。

　　劉勰「典雅」之義，較近於皎然在《詩式‧辨體有一十九字》中所提出的「德」。皎然云：「詞溫而正曰德」，劉勰於〈體性〉篇云：「雅與奇反」，又於〈定勢〉篇云：「辭反正為奇」，故「典雅」者，用詞必歸於「正」。而〈明詩〉篇云：「四言正體，雅潤為本」、〈樂府〉篇云：「雅詠溫恭，必欠伸魚睨」，則知劉勰所云之「雅」亦含「溫」意也。故皎然的：「詞溫而正曰德」反而比司空圖的「典雅」更接近劉勰「典雅」的意思。而觀乎《文鏡秘府‧南卷‧論體》云：「夫模範經誥，褒述功業。淵乎不測，洋哉有閑，博雅之裁也」，則知劉勰所論「典雅」之體，流而為《文鏡秘府》「博雅」之體。這就更清楚地點明了《文心雕龍》所論的「典雅」是蘊含著「博學於文」的要求的。

　　就因為劉勰以「典雅」為理想的風格，〈體性〉篇才會提出：「童子雕琢，必先雅製。沿根討葉，思轉自圓。」建議開始學習寫作的人從「雅製」入手，「雅製」即典雅的文章作品。先學習典雅的作品，再依此發展自己特殊的風格，就不至只偏於某一方面。依上述所論，劉勰提出這樣的論點，有來自他理論基礎架構上的根據。所以「典雅」的作品是「根」，而其他風格為「葉」，「葉」是由「根」發展分化而來的。故「典雅」之體在《文心雕龍》中，不只

是學習文章寫作的入手處，亦為作者在風格上的典範。

　　《文心雕龍》常常「雅」、「麗」並稱，在〈徵聖〉篇有：「聖文之雅麗，固銜華而佩實者也。」、〈明詩〉篇亦云：「四言正體，則雅潤為本；五言流調，則清麗居宗。」、〈詮賦〉篇則提到：「情以物興，故義必明雅；物以情觀，故詞必巧麗。麗詞雅義，符采相勝」、〈章表〉篇也說：「雅義以扇其風，清文以馳其麗」、〈通變〉篇亦道：「商、周麗而雅」，可見劉勰在標舉「典雅」風格時，還有一個他所推崇、欣賞的風格，那就是「壯麗」。究竟什麼是「壯麗」？劉勰說：「壯麗者，高論宏裁，卓爍異采者也。」分開來說，「宏裁」、「異采」屬於語言形式方面，而「高論」屬於表現內容，「卓爍」乃是傳達效果。也就是說這種作品，體裁宏偉，用語獨特，內容高超，令人覺得光輝卓絕。劉勰除了「典雅」之外，也推重這種風格。

　　〈辨騷〉篇〈贊〉云：「驚才絕豔，壯志煙高」，「絕豔」合於「麗」，「壯志煙高」合於「壯」，這是推重屈原「壯麗」的風格。他甚至在〈辨騷〉篇中說：「故能氣往轢古，辭來切今，驚采絕豔，難與並能矣。」可以說將屈原「壯麗」的風格推到文家典範的地位了。於〈雜文〉篇論〈七發〉云：「觀枚氏首唱，信獨拔而偉麗矣。」也是將枚乘的〈七發〉置於「七」體典範的地位。而於〈才略〉篇云：「蘇秦歷說壯而中，李斯自奏麗而動。若在文世，則揚、班儔矣。」也是分別肯定蘇、李的「壯」、「麗」。

　　由上述對「正」、「變」典範的討論中，可知「壯麗」風格的作品，是從「典雅」演變而來的，所謂變本而加厲者也。它有合於

「典雅」的一面，也有自己獨具的創意，並非盡循「典雅」之軌而無所變化。而劉勰對《楚辭》之變是持肯定態度的，因為它促進了文學的發展，使得：「枚、賈追風以入麗，馬、揚沿波而得奇。其衣被詞人，非一代也。」文學不至於停滯而流於引用與蹈襲。「自鑄偉辭」，也展現了文學作者在創作方面旺盛的企圖心跟生命力。

所以「壯麗」列為理想風格，有兩方面的意義：其一，肯定文學的發展與創造變化，這可以說明《文心雕龍》雖然標舉宗經之旨，然並非泥於儒經而反對新變者；其二，讓作者參考並了解文學上新變的原則。能從「典雅」變而為「壯麗」，乃是正面的新變，而由「壯麗」轉趨「輕靡」，或徒然在字詞表面上追求「新奇」，則不為劉勰所肯定，他認為這種「變」是負面的。

在文學上對「麗」的追求，劉勰並未加以否定。不只表現在對《楚辭》的極高評價中，對於「詩」、「賦」、「七」等這些體裁也屢讚其「麗」。例如前述所舉〈雜文〉篇：「觀枚氏首唱，信獨拔而偉麗矣。」，便是指枚乘〈七發〉而言；在〈諸子〉篇也讚賞：「淮南汎採而文麗」。〈情采〉篇裏感歎：「綺麗以豔說，藻飾以辯雕」而云：「文辭之變，於斯極矣。」尤其直接的是在〈宗經〉篇的「六義」之中，便提到「文麗而不淫」，這是對文章之「麗」的正面肯定。但他反對徒然追求文采，沒有內容的「麗」，〈情采〉篇云：「辯麗本於情性」，可見外在的「麗」由自身的特質發出來才是合理的，否則便偏於「淫」了。所謂的「淫」，是對文辭的「麗」片面追求，過度發展，以至違情逆實。在〈情采〉篇：「為文者淫麗而煩濫」、〈風骨〉篇：「采乏風骨，則雉竄文囿」中，

劉勰反對「淫」的態度都很明顯。這種脫離內容的「麗」，劉勰稱之為「淫麗」，是他所否定而不能認同的。而他認為「淫麗」之風由戰國時期開始，諸子之徒已經「淫麗而煩濫」[26]了。而戰國末期最明顯的就是宋玉，〈詮賦〉篇云：「宋發巧談，實始淫麗」，所以劉勰認為「壯麗」轉而成「淫麗」，關鍵在宋玉。但不能以為劉勰反對「淫麗」，就認為劉勰對文章之「麗」採反對態度，事實上劉勰是肯定「麗」的。他只是反對脫離「情」、「志」，虛夸太甚的「淫麗」。

　　由上可知，在風格範疇，劉勰以一個批評家及文論家的角度，提出「典雅」與「壯麗」為作者的典範。而「典雅」出自儒經（尤以《詩經》為代表），「壯麗」出自《楚辭》，則又分別來自前述所論作者典範中之「正」、「變」二者。能明乎此，則不至如某些學者以「新變派」、「復古派」、「折中派」劃分南朝文論家，而將劉勰硬生塞入其所分三派中之「折中派」裏[27]。主變未必皆趨於新變，宗經也不盡然就是復古，劉勰以儒經為「正」的典範，是為了矯正當時「淺」、「訛」之弊；以《楚辭》為「變」的典範，是希望當時作者不要徒崇新變而流於「新奇」、「輕靡」。這都是基於他自己對中國文學史的認識所提出來的特別見解，也有劉勰自己特別的用意在，實在不應以「折中派」將之論定。

26　見《文心雕龍・情采》篇。
27　王運熙、顧易生著：《魏晉南北朝文學批評史》（上海：上海古籍出版社，1989年6月），頁182-188

第二節 對作者實際寫作活動的建議與要求

上一節論作者的典範，是就《文心雕龍》所提，劉勰認爲足以當做寫作的理想，而爲作者所普遍依循者，可說是劉勰對寫作成果的理想。而對於實際寫作活動，劉勰也有一些原則性的要求。這些原則表明了他他認爲產生一篇好作品應該經過的歷程，也是作者內在寫作能力具體落實、發揮在寫作上的過程。

寫作乃作者之專職，故其心力及活動大半以上投注於此。寫作涉及想像力的發揮，若以剛性原則加以規定，翻成阻滯，難以產生優秀的作品。劉勰明白斯理，在《文心雕龍·養氣》篇云：「煩而即捨，勿使壅滯。意得則舒懷以命筆，理伏則投筆以卷懷」，可見他也體認到寫作活動本身就是拿起筆來，順著心情，隨性寫去。不必勉強，不用矯揉。如此一來，討論劉勰對寫作活動的原則及標準似屬多餘。然而事實上在《文心雕龍》中，劉勰也強調「研術」[28]的重要性。所以儘管寫作活動在過程中可以輕鬆一些，不必太過勉強（事實上太勉強的話也寫不出讓自己滿意的作品），保持心思的靈

---

[28] 《文心雕龍·總術》篇：「凡精慮造文，各競新麗，多欲練辭，莫肯研術。」、「才之能通，必資曉術。」可見劉勰並非完全否定寫作活動的方法或原則，只是他認爲有時太過重視這些原則反而造成寫作的限制和阻礙。

活。但態度則須嚴肅認真，方法也要仔細講求，但要注意的是不要被方法限制住。

從上一節的分析來看，劉勰對於寫作活動的成果，以能達到「作者的典範」為目標。然而「作者的典範」只是理想的標舉，劉勰對寫作活動也有非常具體的闡述和深入的原則性建議。通過它們，可以看到作品如何形成。本節擬分以下幾個階段加以論述：一、寫作前的準備與構思；二、寫作時應注意的原則及標準；三、成篇之後的檢討與調整。這只是為了說明的方便，依照寫作前、寫作時、寫作後三階段來分別論述，事實上這三個階段中的原則與標準是相互疊現的，寫作時應注意的原則及標準可預擬於寫作前，也可做為寫作後檢討之用；也有些作家一邊寫作一邊進行構思及調整。故實際上的寫作活動，未必依此敘述次第操作。在這裏所討論的，只是依照寫作的一般歷程加以說明並論述。

一、寫作前的準備與構思：劉勰在〈神思〉篇中云：

> 陶鈞文思，貴在虛靜。疏瀹五藏，澡雪精神。積學以儲寶，酌理以富才，研閱以窮照，馴致以懌[29]辭。然後使玄解之宰，尋聲律而定墨；獨照之匠，窺意象而運斤。

這裏把「虛靜」當做培養文思的首要步驟。何謂「虛靜」？黃侃先生《文心雕龍札記》疏解為：

---

[29]　楊明照《文心雕龍校注》云：「按『繹』字是。……『繹』，理也。尋繹也。『懌』，說也。此當作『繹』，始能與上句『研閱以窮照』相承。」，今從之。

《莊子》之言曰：「惟道集虛」；《老子》之言曰：「三十
幅共一轂，當其無，有車之用」。爾則宰有者無，制實者虛
，物之常理也。文章之事，形態蕃變，條理紛紜。如令心無
天游，適令萬狀相攖。故為文之術，首在治心。遲速縱殊，
而心未嘗不靜；大小或異，而氣未嘗不虛。執璇璣以運大象
，處戶牖而得天倪，惟虛與靜之故也。

可知黃先生以道家之論詮彥和虛靜之說。以「虛」為空無，歸之於
「氣」；以「靜」為止、停，歸之於「心」。而執老、莊「以無運
有」，「以靜應動」之旨以闡明《文心雕龍》「虛靜」之意。

　而後之注解者，如詹鍈《文心雕龍義證》，則雜列老子「致虛
極，守靜篤」及荀子「虛一而靜」之說。而亦有部分學者，如陳拱
於《文心雕龍本義》中，認為「虛靜」乃治心之工夫，本於道家，
而實屬：「儒、道之共法：儒家可盡，道家亦可盡；道家可說，儒
家亦可說。」認為劉勰「虛靜」之意，乃儒、道共有之觀念，可藉
二家之義理闡述之。

　實則道家雖以「虛靜」為法，亦以「虛靜」為生命本體之依歸
；而儒家的「虛靜」之法，在生命本體上卻以精神生命之充實光輝
來砥礪世人。所以就儒家而言，「虛靜」是工具，是過程。如《荀
子》的「虛一而靜」，乃是為了達到明確而無誤的認知境地之工夫
與歷程。詳彥和之意，亦以「虛靜」為文章寫作之工夫與歷程，故
知彥和此篇，乃秉儒家思維而為之者。因而所謂「虛靜」，用《荀

子》「虛一而靜」之義來理解，會比較貼切。事實上也不必下斷語說劉勰的「虛靜」說來自《荀子》[30]，因為劉勰是南朝人，以先秦兩漢各家派的學說來界定其論旨，未必適用。

　　劉勰論寫作，先不講如何積極地去覓意繹辭，而建議作者先讓自己的心靈先達到空明沈寂，不受內外干擾。能達到這個心境，再吸收各種與寫作相關的材料，此即下文所謂：「積學以儲寶，酌理以富才，研閱以窮照，馴致以懌辭」，此四者便是寫作的準備工作。在「虛靜」的狀態下，才能保障它們的效果。但值得注意的是，這四者不是並列的，它們有其階段順序。在足以保持內在虛靜之心的情境中，先吸收累積學識，儲之以備為文用，此之謂「積學以儲寶」；然則徒然累積，無法通達其間理致，只是淺見泛聞，故應再斟酌深入其精微之處，以通其理。其理能通，則運理之才，便可藉此生巧，日富一日了，此之謂「酌理以富才」。但人之執理，或有不能通化之處。要仔細研究，盡其可能地觀察，來通曉萬理之間，變化、虛實、情偽之端，此之謂「研閱以窮照」。到了這個地步，自然而然地將通達的理致施於文辭之中而無所礙，此之謂「馴致以懌辭」。從實際上而言，這四個階段在相互間的過渡期會有重疊的現象，所以有灰色地帶，並不是截然劃分的。然若在寫作過程中要越級躐等而進，文章會有缺失。這四者是作者平常就要持續進行的，不是等到執筆為文才來進行的。

---

[30]　王元化先生：〈劉勰的虛靜說〉（收入《文心雕龍講疏》（台北：書林出版有限公司，1993 年 11 月），頁 118-121。）一文中探求劉勰「虛靜」的來源及其意義，博採先秦各家之說，可以參考。而其結語推斷劉勰「虛靜」之義來自《荀子》，則未免太執泥於先秦各家之分別。

　　爲何寫作要有如此的準備工作？王夢鷗先生的一段話讓人對劉勰的論述有更進一步的認識：

> 他設定心靈所接納的是一連串的意思，要靠心語加以固定或現形。但是語言不是天生的，而爲經驗習成的。這樣，習成的經驗愈豐富，則其被轉化的對象愈確定而完整。因此在轉化過程依賴習成的經驗之處甚多。[31]

劉勰在〈體性〉篇裏講「童子雕琢，必先雅製」、〈附會〉篇裏又講「才童[32]學文，宜正體製」，可見他基本上不是像王充、曹丕那樣的氣質決定論者。劉勰在〈神思〉篇中論文章構思之時不講「氣質」[33]、「情性」[34]，而在〈體性〉篇中提，可見他認知到文章寫作不能脫離經驗的累積和提鍊，並非全然由天生決定的[35]。而經驗的累積和提鍊，正是文章寫作的重要準備工作。因此〈神思〉篇首提「積學以儲寶」及「酌理以富才」，都是强調經驗與學識的累積。如果學識愈廣、觀察愈多、體會愈深，則文章內容愈豐富，語言愈

---

[31]　王夢鷗先生：《古典文學的奧秘——文心雕龍》（台北：時報出版社，1982年12月），頁150。「語言不是天生的」這個論斷雖有待斟酌，但語言的學習與擴展卻是與經驗分不開的。甚至語言學習本身，對人而言也是一種經驗。

[32]　楊明照先生《文心雕龍校注》云：「『量』，宋本、鈔本御覽引作『童』。」又云：「御覽引作『童』，極是。『量』，其形誤也。」

[33]　沈約《宋書·謝靈運傳·論》云：「子建、仲宣，以氣質爲體。」「氣質」一詞用來講與生俱來的生命特質。

[34]　劉卲《人物志·九徵》篇云：「蓋人物之本，出乎情性。」可見魏晉時期認爲「情性」是人物特質的根源。

[35]　如前節及第三章所述，基本上劉勰認爲天生性情與個人風格的關係較深。

精確。而「研閱以窮照」者，則以所學、所聞及提鍊所得與經驗、閱歷相印證，讓自己能更澈底、更具體地了解這些經驗、學識。所以劉勰特別強調為文者平時累積學識，研求事理的準備工作。此乃表示劉勰認為心中先要有見解與感受，才能用適當的語言將之表述出來。學習語言的能力雖然來自於天賦，然而語言的學習與擴展實有賴於經驗。所以「馴致以繹辭」放在最後一個階段，亦即將心靈的意思轉化為語言，加以固定及形象化，也是要依賴習成的經驗。

但是在經驗的基礎上寫出文字，也不保證能成功地表達，劉勰認為要成功地表達，為文之前事先要做個規劃。他在〈鎔裁〉篇提出「三準」之說，以之為規劃的原則：

> 凡思緒初發，辭采苦雜。心非權衡，勢必輕重。是以草創鴻筆，先標三準：履端於始，則設情以位體；舉正於中，則酌事以取類；歸餘於終，則撮辭以舉要。[36]

所謂「三準」，乃是劉勰把寫作文章的構思過程分為三個步驟[37]來

36　《文心雕龍·鎔裁》篇。

37　周振甫《文心雕龍辭典》提出學者有認為「三準」是創作過程的表達階段者，如郭味蕖先生〈關於劉勰的「三準」論〉，有認為是準備階段者，如陸侃如先生、楊明照先生等；有認為是構思階段者，如寇效信先生；有貫穿於創作各階段者，如劉永濟先生、王元化先生等。事實上，早期的學者尚未將創作分為三階段，而讀陸先生、楊先生及范文瀾先生的文章，他們基本上將之列入構思階段。只是他們也把構思納入創作準備階段，才會導致辭典編者的誤解。此其一。將「三準」置於表達階段的學者是沒注到劉勰已經明講：「思緒初發，辭采苦雜」，「三準」之後才是：「舒華布實，獻替節文」的表達階段。由此可見執貫穿各階段之論的學者，若非誤解，便是不求甚解。

講，並分別提出應注意的原則。這已經不屬於累積，準備的階段，而進入實際寫作的構思，也就是要執筆臨文時對所要表達的思想、感情及其所使用的文辭、體裁先做規劃與整理：第一步是「設情以位體」，就是根據思想、感情之特質，來確立整篇文章的主旨，並且發展出合適的結構佈局[38]。其次是「酌事以取類」，亦即斟酌去取，選定與想要表達的思想、感情相關事例。所謂「事」，不是指與主題相同或類似的事例而言，有時用相反的事例反而更能達到效果。所以重點是衡量其「事」是否能盡「情」，亦即是否能將主旨

---

[38] 關於此處之「體」，學者多有異見。有以「體」爲體裁者，如陸侃如、牟世金先生云：「第一是『設情以位體』……『體』在這裡指體裁。要根據作者的情志來確定採用何種體裁。」（《劉勰和文心雕龍》，台北：國文天地出版社，民國80年2月，頁70。）有以「體」爲體裁、風格兼具者，如詹鍈《文心雕龍義證》云：「根據情感的性質對作品體制作不同的安排。」（頁1186）及周振甫先生云：「『設情以位體』，根據情理來確定體裁、風格。」（《文心雕龍注釋》，頁362。）也有以「體」指文章的結構安排者，如張少康先生說：「『設情以位體』，是強調文體的結構安排應當符合於表達思想感情的需要，應當服從於一定的主題要求。」（《文心雕龍新探》，頁205。）有以「體」爲全篇骨幹者，此實指「體要」而言。如劉永濟先生認爲「設情以位體」是：「作者内心懷抱著的某種思想感情的整個體系，首先要將他建立起來，作爲全篇的骨幹。」（〈釋劉勰的「三準」論〉，收入甫之、涂光社先生主編：《文心雕龍研究論文選》，頁731-739。）蔡鍾翔、成復旺、黃保眞先生的《中國文學理論史》附和之，郭晉稀先生的「作品基礎」之說同此。張長青、張會恩先生排除了體裁、風格的解釋，自文章要義立論，亦同此說。若依〈章句〉篇所述：「明情者，總義以包體」、「章總一義，須意窮而成體」，都是指依整篇文章的主旨所發展出來的佈局結構而言，則以劉永濟先生之解爲近。但主旨及其佈局、結構會影響到風格的呈現，也與體裁的特點有關，所以這未必便能完全排體裁、風格而論。只是體裁、風格是受到影響的部分，雖也會影響構思，然而不是構思時的主導部分。尤其是風格，它是文章寫成之後才呈現出來的整體風貌。所以說它受到主旨及其相關佈局的影響是沒有問題的，但在寫文章構思之初就要確立它，這樣的文論未免失之於膠柱鼓瑟了。

成功地表達出來，而不在各事例間的同一性[39]。最後是「撮辭以舉要」，就是精簡地寫下要表達的要點[40]。

　　從〈鎔裁〉篇云：「心非權衡，勢必輕重」來看，劉勰也了解心靈的認知和感受有其主觀的一面，由於受到主觀的影響，無法準確地衡量每一個地方，在判斷上也無法精準。所用的詞語、所選的體裁、所要達的思想、感情等，對整篇文章而言，可能不是最理想的。所以提倡為文之前的準備與規劃，才不至於「臘月三十日，依舊手忙腳亂」[41]。

　　從這三個階段來看，可知劉勰分為「情」、「事」、「辭」三個層面來討論構思的問題，從紛雜蕪亂到綱領明暢，作者此時已經成竹在胸了。劉永濟先生於《文心雕龍校釋》云：「撮辭必切所酌

---

[39] 關於「事」、「類」，根據周振甫先生《文心雕龍辭典》的歸納，對「事」的解釋有：素材、題材、事件、事例、典故等。對「類」的解釋有：與體裁成類，與內容成類，事件典故相互成類等。祖保泉先生雖力主：「這個事當指所寫的『事物』，而不是專指用古事。」但他說：「劉勰在《文心雕龍》中從來沒有說過寫作文章中的『事』只能是『古事』。」都是從反面取證。劉勰並未「事」、「物」連用，也沒有在書中說自己不是專指古事。比較可靠的解釋，還是從《文心雕龍‧事類》篇來看。所謂「據事以類義」，即依〈鎔裁〉篇：「酌事以取類」引申而來。從〈事類〉篇看，「事」有舉人事者，有引成辭者，亦即後代所謂事典、語典之謂也。所以這應該比較接近事件、事例、典故的意思。而「類」者，取其相近者加以比附、說明也，非聚集成類或物以類聚之謂也。呼應前面的「體」，應指可以說明主旨、內容者而言。

[40] 「撮辭」，陸侃如、牟世金先生認為是：「選取最適當的（文辭）來突出文章的要點」（《劉勰和文心雕龍》，頁70）、祖保泉先生認為：「指打算選擇恰當的言辭」（《文心雕龍解說》，頁631）都被後文「舉要」所影響而解釋不完全。此處「撮辭」有將詞語精簡、濃縮之意，「舉要」則是列出要點，這比較接近詹鍈先生所說：「撮取簡單的辭令來舉出文章的要領……就是擬出要點或者列出內容提綱」的意思。

[41] 借用薛雪之語。見薛雪著：《一瓢詩話》，收入丁福保輯《清詩話》（台北：藝文印書館，民國66年5月），頁851-906。此語見頁873。

之事,酌事必類所設之情。辭切事要而明,事與情類而顯,三者相得而成一體」將三個階段連貫起來講,可謂得彥和之旨。

而從以上的分析,也透露出劉勰對文章寫作的態度,可以說是比較冷靜而理性的。但這並不是說他反對或壓抑文章中的感情,而是主張表情達意的過程(包括性質及強度)應先經過規劃。不過若要實踐劉勰的意見,一般的作者必待感情沈澱,經過反覆咀嚼之後才做得到。這也再度證明前面所提過的,劉勰不是像司馬遷、韓愈那種主張以情緒來主導創作的文論家。

總而言之,在寫作之前準備與構思的階段,劉勰認爲一個理想的作者要做到內神與「志」、「氣」合一,外物與欲表達之言辭合一,達到「思」、「意」、「言」三者「密則無際」的地步,才能有好的文章。其次,在進行構思時,如果作者能夠依循「三準」,將「情」、「事」、「辭」融合爲一體,作品就能「首尾圓合,條貫統序」[42];若沒有依「三準」來規劃,只貪求美辭佳句,則作品必會「異端叢至,駢贅必多」[43]。

二、進行寫作時應注意的原則及標準:構思既成,則提筆爲文。在這個階段,首先要注意的是,劉勰並不在乎作者爲文的速度或過程,重要的是作者所呈現的結果(即作品)。〈神思〉篇云:

> 人之稟才,遲速異分。文之制體,大小殊功。……若夫駿發之士,心總要術。敏在慮前,應機立斷;覃思之人,情饒歧

42　《文心雕龍·鎔裁》篇。
43　《文心雕龍·鎔裁》篇。

路。鑒在疑後，研慮方定。機敏故造次而成功，慮疑故愈久
而致績。難易雖殊，並資博練。

可見不管文章的篇幅大小，不管寫得快還是寫得慢，重要的是看寫
出來的結果。黃叔琳評此段云：「遲速由乎稟才。若垂之於後，遲
速一也。而遲常勝速。枚皋百賦無傳，相如賦皆在人口，可驗。」
此評前半甚允，然云「遲常勝速」者，驗諸中國古典文學史，則未
必如此[44]。文章之事，非爭一時之意氣，亦非求眼前之短利，乃以
其成品垂之於後，此所謂「文章千古事」[45]者也。故為文不必計其
遲速，而宜以「博練」為要。「博」者足見其學理之富，「練」者
以成其才識之精。這雖未必能保證寫得出好作品，但至少對思考和
組織提供了一些幫助。故劉勰云：「亦有助乎心力矣」，已經點出
「才」、「學」的重要了。

　　而〈神思〉篇則針對寫作時作者「貧」與「亂」兩種現象，提
出「博」與「練」二者來當做糾正的準繩：

　　　　若學淺而空遲，才疏而徒速，以斯成器，未之前聞。是以臨
　　　　篇綴慮，必有二患：理鬱者苦貧，辭溺者傷亂。然則博見為
　　　　饋貧之糧，貫一為拯亂之藥。博而能一，亦有助乎心力矣。

---

[44]　李白為文倚馬可待，賈島二句三年方得，而前者文學成就卻高於後者。蘇軾能
　　　隨地出文，陳師道則閉門覓句，而蘇詩亦勝於陳詩。可見「遲」未必常常勝「速」，
　　　視其內在能力與其所處環境如何耳。
[45]　杜甫〈偶題〉詩句：「文章千古事，得失寸心知。」

因為學問豐富的文人，要寫作時可供參考及選擇的材料較多，所以容易「鑒在疑後，研慮方定」，成篇較慢。但若沒有累積學問還是寫得慢，這也寫不出好文章來。而才高的文人，他的想法形成得較快，能很快地掌握住重點，所以成篇較快。但是如果表現能力不夠，只是寫得快，則寫出來的文章沒有內容，是很空疏的。學淺的文人沒材料可用，道理講不出來，所以劉勰建議他們要「博見」，即增廣見聞。而才疏的文人沒有判斷、選擇和安排材料的能力，文章表達凌亂而無中心主旨，劉勰建議他們要「貫一」，即是貫通事辭而為一理。這是由反面說明「才」、「學」兩大因素的重要性。

所以作者運思的遲速，不能決定文章的良窳，作者的「才」、「學」才是文章成敗的關鍵。這可以說明劉勰文論的重點不在研究實際寫作的過程，他所重視的是寫作過程中影響作品呈現的因素。

而在寫作過程中「文術」乃影響作品呈現之一大因素，並且是可加以學習、掌握的。劉勰要求作者做到掌握「文術」，因為「才」與「學」是否能充分發揮，有賴於「文術」的掌握，所謂「才之能通，必資曉術」[46]，正說明了「術」在寫作過程中的關鍵地位。劉勰很重視作者執筆為文之際對「術」的體會和掌握，特於《文心雕龍》中立〈總術〉篇加以申論。所以可由對「文術」的分析來闡明劉勰對寫作時應注意的原則與標準的內容。

但綜觀〈總術〉篇所述內容，並未明言「術」這個詞語所指之義。它不像「神思」、「風骨」、「定勢」、「鎔裁」、「章句」、

46　《文心雕龍・總術》篇。

「比興」、「事類」、「隱秀」、「附會」等篇，會針對拿來當做篇目標題的字面含義，特別加以釋義或說明；而且篇中內容只是強調作者要「執術」、「曉術」，說明它的效果，也沒有提到明確的方法。前代學者因此多以此篇為難解，例如紀昀在評語中便屢言：「未喻其命意之本」[47]、「未喻其意」[48]。然若能配合《文心雕龍》其它篇中所提到的「術」來理解，對此將有更確實而全面的詮釋。故以下先討論其他篇章所提到的「術」。

〈定勢〉篇提到：「自近代辭人，率好詭巧。原其為體，訛勢所變。厭黷舊式，故穿鑿取新。察其訛意，似難而實無他術也。反正而已。」可見文術包含語言技巧的層面。準此而言，則〈聲律〉、〈章句〉、〈麗辭〉、〈比興〉、〈夸飾〉、〈練字〉等諸篇中所討論的內容都可歸入。而〈風骨〉篇亦云：「文術多門，各適所好。明者弗授，學者弗師。於是習華隨侈，流遁忘返。」則知文術有讓人為文「風清骨峻，篇體光華」[49]的，也有讓人為文「習華隨侈，流遁忘返」的；對執筆者而言，其影響並非全都是正面的。

在〈神思〉篇中劉勰提到「神思」乃「馭文之首術，謀篇之大端」，就知道這「術」指的是文章寫作的原理、原則，不只是寫作方法或技巧而已。這基本的原則，第一步就是要做到「虛靜」。這代表劉勰也體認到文章的寫作，不是藉由積極營求可以達到的，反而要先退一步，讓心靈保持虛靜的狀態，才可以鬯通無礙。這裏所

47　此據翰墨園本。此版本源自道光十三年盧坤刊刻之芸香堂本。
48　同上。
49　《文心雕龍·風骨》篇。

提的「術」，是指能夠駕馭文思，使文思保持暢通無滯的原則。

在〈風骨〉篇也提到：「能鑒斯要，可以定文；茲術或違，無務繁采。」特別強調「風骨」的重要。而由此可知劉勰也將「風骨」納入「文術」之中。這與作品的主旨及作者對此主旨的表達所持的態度有關。在〈風骨〉篇中，他認為要做到「結言端直」、「意氣駿爽」、「文明以健，風清骨峻」才算是好文章，這是劉勰在主旨方面對作者的期許和要求。

在〈通變〉篇中，劉勰説作者寫不出文章，其原因：「非文理之數盡，乃通變之術疏耳。」可見「通變」亦屬「文術」之一端。所謂「通變」者，乃借用《周易·繫辭下傳》：「通其變，使民不倦。神而化之，使民宜之。『易』[50]窮則變，變則通，通則久。」之説，施諸文章寫作範疇。故此篇首云：「變文之數無方」，而於其後加以解釋説：「文辭氣力，通變則久，此無方之數也。」就是把「通變」的觀念放到文章來，認為遣辭造句的特色和情態，要變化前人已成之説，才能流傳後世。而這並無一定之規範。根據劉勰的意見，如果能從各朝的作品來參考，就會明白應該怎麼變。他提出的原則是：

斟酌乎質文之間，而檃括乎雅俗之際，可與言通變矣。[51]

這不是折衷論或調和論，而是指作者在寫作文章之際，應該在「質

50　指「易道」。不限於《易經》或《周易》。
51　《文心雕龍·通變》篇

／文」、「雅／俗」中，因應當代的需求，或宜偏「文」、或宜從「俗」，做出理性的抉擇。而能明於文章「通變」者，在寫作時則能：「憑情以會通，負氣以適變。采如宛虹之奮鬐，光若長離之振翼」[52]，會寫出「穎脫之文」[53]。不至於有劉勰所批評的：「循環相因」[54]、「五家如一」[55]的情形。這是劉勰認為作者與文學傳統間的關係。

　　而〈鎔裁〉篇講：「術不素定」，所謂的「術」是指「三準」而言，已詳述於前段；這是寫作前構思的原則。在實際寫作時，便是〈鎔裁〉篇中所謂：「三準既定，次討字句」之際，劉勰認為辭意有不足者，應加以補充及引伸；辭意有駢贅者，應加以刪削及節縮。而其理想的狀態，要能做到〈鎔裁〉篇所謂：「善刪者，字去而意留；善敷者，辭殊而意顯。」，不論字句如何增減，文意不能被省略或模糊。黃侃先生曾在《文心雕龍札記》中寫道：

> 意多者未必盡可訾謷，辭眾者未必盡堪刪剟。惟意多而雜，詞眾而蕪，庶將施以鑪錘，加以剪裁耳。[56]

點出問題不是出在辭意之多寡，而是出在雜蕪。然此僅得彥和「善刪」之義，而於「善敷」之旨未有所申。就彥和「善敷者，辭殊而

52　同上。
53　同上。
54　同上。
55　同上。
56　黃侃先生：《文心雕龍札記》，頁112。

意顯」[57]之意而言，則敷言詳論，有能使文意更爲顯豁者，此乃彥
和雖以其爲「極繁之體」，然而並未加以深黜之因。而如果「字刪
而意闕」[58]、「辭敷而言重」[59]，劉勰則分別評之爲「短乏」、「
蕪穢」，毫不留情地加以反對。最主要的原則在於敷章裁句之時，
能掌握「修短有度」的標準，使「情周而不繁，辭運而不濫」，避
免「情」、「辭」的「繁」、「濫」，達到「繁不可刪」、「略不
可益」，才能説是鎔裁文章的理想境界。

其次是〈附會〉篇中的「附會之術」。劉勰認爲要使整篇的主
旨一致，得求助於「附會之術」。在《文心雕龍》中解釋「附會之
術」云：

> 凡大體文章，類多枝派；整派者依源，理枝者循幹。是以附
> 辭會義，務總綱領。驅萬塗於同歸，貞百慮於一致。使眾理
> 雖繁，而無倒置之乖；羣言雖多，而無棼絲之亂。扶陽而出
> 條，順陰而藏跡。首尾周密，表裏一體；此附會之術也。[60]

這裏提到「附會」的二大功能：其一乃是使文中所欲申明的主旨歸
於一致，不枝蔓，不矛盾；其二乃是使文中的辭語有順序、有條理
，不紊亂、不龐雜。而這首先要立定中心主旨，以爲文中之源、篇
中之幹，再依此修整文中辭意，而達到文章首尾相互吻合，内外一

57　《文心雕龍·鎔裁》篇。
58　《文心雕龍·鎔裁》篇。
59　同上。
60　《文心雕龍·附會》篇。

致不可分[61]的地步。使文章的整體表現看起來自然而然，一點都不勉強做作。〈附會〉篇提到：

> 夫能懸識腠理[62]，然後節文自會。如膠之粘木，石之合玉[63]矣。是以駟牡異力，而六轡如琴；並駕齊驅，而一轂統輻[64]。馭文之法，有似於此。去留隨心，修短在手，齊其步驟，總轡而已。

這是說理想的附會，能達到使文章各部分依其性質調配得很恰當。而調配的原則，在於能掌握「腠理」。所謂「腠理」，《後漢書·郭玉傳》注云：「皮膚之間」。本為醫者之辭[65]，劉勰以喻文章組織條理。即謂能了解文章之組織條理，則於聲調色彩與情志義理之間，就能密合無間。再者，劉勰覺得重點是在經營整篇所呈現出來的協調之美，而不是專力於文句字詞的細部修飾，所謂「棄偏善之

---

[61] 此處「表裏一體」之義，應以申述。表者，外也，現於外而為讀者所體味知覺者，文辭也；裏者，內也，藏於內而為讀者所深探窮究者，文意也。此乃指辭義二者之相合無間，混若一體。

[62] 翰墨園刊紀批黃叔琳本作「懸識湊理」，兩京本作「懸識腠理」。按「腠理」乃醫家成詞，宜從兩京本改之。

[63] 翰墨園刊紀批黃叔琳本作「豆之合黃」，批文已云：「俟考」。元至正本同黃本，宋本《太平御覽》作：「石之合玉」。按〈文賦〉有「石韞玉而山暉」之句，劉勰於〈總術〉篇中亦云：「落落之玉，或亂乎石；碌碌之石，時似乎玉。」宜從《御覽》改之。

[64] 「並駕齊驅，而一轂統輻」九字，宋本《太平御覽》及元至正本俱無，學者多疑其為後人所加。然此乃馭文之法之喻，存之固可，刪之亦無妨於本篇文義。

[65] 《素問·舉痛論》云：「寒則腠理閉」注云：「腠理者，肌肉之文理，寒氣客之，則腠理而氣不通。」

巧，學具美之績，此命篇之經略也。」[66]。其目的在於能「總文理，統首尾，定與奪，合涯際，彌綸一篇，使雜而不越」[67]，亦即講究文章全篇的整體性，使辭、意皆能連貫，讓文章「理得而事明」[68]。

另者，劉勰也曾在〈情采〉篇及〈隱秀〉篇以「心術」這個詞來指寫作歷程中的構思活動，但於書中未加深論。〈神思〉篇曾經提到「心總要術」，或許他認為這在〈神思〉、〈養氣〉二篇中已經提過，並且分別表達在書中其他各篇之中了。

《文心雕龍》中的「文術」包含了構思、主旨的經營、對文學傳統的運用、體裁的衡量與選定、題材的選擇與應用、語言技巧的呈現、刪補與整理的原則與方法等方面，所以它分佈在三階段中。而其體現於寫作時的階段，則以主旨的經營，對文學傳統的運用、體裁的衡量與選定、題材的選擇與應用、語言技巧的呈現諸項較為明顯，原則也較多。

在體裁的選擇與應用方面，劉勰認為作者寫作之時，面對各種體裁，應該達到與這些體裁相應的理想範疇，而這些範疇的區分是美學上的。像〈定勢〉篇所提到的：

> 章、表、奏、議，則準的乎典雅；賦、頌、歌、詩，則羽儀
> 乎清麗；符、檄、書、移，則楷式於明斷；史、論、序、注，
> 則師範於覈要；箴、銘、碑、誄，則體制於弘深；連珠、七

66　《文心雕龍·附會》篇。
67　同上。
68　同上。

辭，則從事於巧豔。此循體而成勢，隨變而立功者也。

表面上看，似乎只要求作者能實踐與體裁相應的美學範疇，而以之為準則。然而劉勰於此所標舉之更高層次原則，乃為以下〈定勢〉篇所述者：

> 淵乎文者，並總羣勢。奇正雖反，必兼解以俱通；剛柔雖殊，必隨時而適用。

也就是說要順勢隨時隨地運用各種適當的範疇，並且要做適當的調合與搭配，不應過分拘泥於自己的偏好或成見。但是不管參雜運用了多少種不同的型態，原則上不能悖離屬於這個體裁自身的美學要求。

至於題材的選擇與運用方面，〈事類〉篇云：「綜學在博，取事貴約；校練務精，捃理須覈；眾美輻輳，表裏發揮」，就是講文章中的題材要與主題相配合，能突顯主題，而要求能達到「理得而義要」[69]，產生與主題相互輝映的效果。

在語言技巧上，調聲和律要做到「聲轉於吻，玲玲如振玉；辭靡於耳，纍纍如貫珠」[70]、「滋味流於下句，風力窮於和韻」[71]，這是說若能依互補相救之法調和聲律，詩文讀起來會更清新流利，而

---

69 《文心雕龍·事類》篇。
70 《文心雕龍·聲律》篇。
71 同上。

寫下句子要讓人唸起來有味道、調聲和律要有感染力。

　　至於對偶的設計使用，劉勰於「言對」要求精巧，於「事對」要求允當[72]。精巧是精密巧妙，這可以單就語言來講；而允當則是合適恰當，這就要配合文中所蘊含事例來看了。而對偶的典範，是要「理圓事密，聯璧其章」，在於要求內容表達的完整，而與美辭妙句相互輝映。

　　而對於比喻的手法，劉勰提出「切至」的總原則，認爲「比以切至爲美」[73]。指的是語言能貼近被喻之事物而能準確傳達[74]。對這點紀昀有不同的意見，他說：「亦有太切轉成滯相者」。劉勰的說法，與劉向在《說苑·善說》篇中述論惠子善譬的故事相類。在此劉向藉惠子的口，而云：「夫說者，固以其所知諭其所不知，而使人知之。」可見劉勰的觀念同於兩漢學者，所重視的是比喻的傳達與說明的功能，而紀昀重視的是喻體和喻依間一種不即不離的美感意味。事實上前者的目的在清晰，而清晰未必就與美感相背；而後者講求一種耐人咀嚼，低迴尋思的餘韻，這也未必就完全合於美感的要求。其實紀昀所強調者，劉勰已於「興」義中有所闡述。由於後代學者往往以「喻」法通解「比」、「興」，不加深究，故易忽略誤解劉勰之論。

---

[72] 「言對」、「事對」之分，出於《文心雕龍·麗辭》篇，劉勰云：「言對者，雙比空辭者也；事對者，並舉人驗者也。」可見「言對」只是語言上的對偶，在語言對偶的基礎上將人與事放進來，則爲「事對」。

[73] 《文心雕龍·比興》篇。

[74] 郭紹虞、王文生先生〈論比興〉云：「『切至』就是準確，即是切」（轉引自詹鍈《文心雕龍義證》，頁1369），繆俊傑先生於《文心雕龍美學》，頁218亦云：「切至就是準確」，都只講到準確，而未注意到其中尚有「貼近」之意。

　　對於夸飾的手法，劉勰主張：「夸而有節，飾而不誣」，表現了他立基於「真」的為文態度；在練字方面，這是注意到字形的結構會影響到文章的觀瞻，所以要求：「一避詭異，二省聯邊，三權重出，四調單複」，後三個原則都意在避免單調，然劉勰仍然建議作者要「依義棄奇」，而以「避詭異」為練字首要原則。

　　以上是各篇中與「文術」有關的部分，可知劉勰講的不只是寫作方法或技巧而已，他是從寫作的規律和原則的層面來看待和論述「文術」問題的。

　　明乎此，再來看〈總術〉篇，則知劉勰為何要於此篇中先駁當時「文／筆」之論，因為這關係到對寫作活動的基本認知。如果只講究聲韻之有無，或在修辭層面上立論，都非劉勰在本篇中所欲討論的層次。紀昀評云：「此一段辨明文、筆，其言汗漫，未喻其命意之本。」事實上是以此篇為寫作方法或寫作基本原則[75]，所以才不懂劉勰為什麼要在此先破當時文、筆之分的觀念。他提出：

> 發口為言，屬筆曰翰。常道曰經，述經曰傳。經傳之體，出言入筆。筆為言使，可強可弱。六經以典奧為不刊，非以文筆為優劣也。

以「發口」來定義「言」，把「言」界定在語言層面；將「翰」與

75　紀昀在本篇之評語中有：「大旨主於意在筆先，以法馭題。」可知他以寫作基本原則來理解此篇。而未注意到此篇所欲闡明者，乃是寫作活動之性質；並不是要總合、綜論寫作方法，提出基本原則。

「筆」連結起來，把「筆」界定在文字的層面。他不執著於有韻、
無韻，因為這無關乎本質的區分。劉勰先將語言與文字分開來看，
認為用語言來表達跟用文字來表達是兩個不同的系統。而認為所謂
「經傳」者，乃是用文字來記錄語言，故其文字所表現之特色，直
接關聯於語言的表達與運用。（當然這也隱含著有些作品只是文字
的表達與書寫，不屬於語言的紀錄。）劉勰申明此意，說明了他注
意到要了解「術」必得先了解它所施用的層面，而這個層面為他那
個時代的文學界所普遍誤解。如果在有韻、無韻的區分基礎上來看
「文術」，則流於技巧的掌握與整合。

　　而劉勰認為「術」是可以通過學習加以掌握的，理想的作者應
該要掌握它。他從反面來立論，說明不講求「術」的結果：

　　　　凡精慮造文，多欲練辭，莫肯研術。落落之玉，或亂乎石；
　　　　碌碌之石，時似乎玉。精者要約，匱者亦鮮；博者該贍，蕪
　　　　者亦繁；辯者昭晰，淺者亦露；奧者複隱，詭者亦曲。或義
　　　　華而聲悴，或理拙而文澤。

這段說明不講求文術，發而為文，首先無法分別優劣，其次則失檢
亂次。

　　首先看無法分別優劣。在文章寫作表現上，有時優劣只有一線
之隔。「精要」、「博贍」、「明確」、「深奧」等四者出自〈徵
聖〉篇的「簡言以達旨」、「博文以該情」、「明理以立體」、「
隱義以藏用」，而合於〈體性〉篇「精約」、「繁縟」、「顯附」

、「遠奧」的風格特質，基本上都是正面的描述。「匱乏」與「蕪雜」，則於〈神思〉篇已有「理鬱者苦貧，辭溺者傷亂」之貶語，「淺露」亦蒙〈通變〉篇「矯訛翻淺」、〈定勢〉篇「綜意淺切者，類乏醖藉」之貶，「曲詭」亦蒙〈宗經〉篇：「情深而不詭」、「義直而不回」之糾正。因此都是負面的。然而若不明文術，在寫作的過程中這負面的四者很容易與正面的四者混淆。此乃與不明「體」、「勢」者相通，王禮卿先生《文心雕龍通解》云：「此取文術中體勢外貌易淆者，較而列之，以示疑似之實象。」可謂得之。

　　其次看失檢亂次的情況。《文心雕龍·總術》篇云：「或義華而聲悴，或理拙而文澤」，意謂內在含義與外在表現之間會出現缺失，無法協調。此可顯示不明「風骨」、「情采」、「附會」，而並「聲律」、「章句」、「麗辭」、「比興」、「夸飾」、「事類」、「練字」所述文術皆無法掌握。王禮卿先生《文心雕龍通解》析云：「蓋義、理為裏，聲、文為表。此取表裏差互者，糅而較之，更示得失之變象。」即是針對此點而言。此乃寫作之疏失所造成者，非成熟作者之常態，故云「變象」。

　　劉勰於此處申明寫作不講求「文術」之失，不只無法掌握及呈現適當的特質，也會造成表達過程中的缺失，事實上也間接説明了「文術」對寫作的重要。因此，劉勰用對比的方式，説明了「執術馭篇」的優點與「棄術任心」的缺點，在〈總術〉篇中他説：

　　　　執術馭篇，似善弈之窮數；棄術任心，如博塞之邀遇。故博
　　　塞之文，借巧儻來，雖前驅有功，而後援難繼。少既無以相

> 接，多亦不知所刪。乃多少之並惑，何妍媸之能制乎？若夫
> 善弈之文，則術有恆數，按部整伍，以待情會，因時順機，
> 動不失正。數逢其極，機入其巧，則義味騰躍而生，辭氣叢
> 雜而至。

寫作時若不講究「文術」，則寫得少時不知怎麼延伸、接續，寫得
多時也不知要刪去，這也就是不懂「鎔裁」。「乃多少之並惑，何
妍媸之能制」是兩個不同層次。「妍媸」是指可以較論美醜，而這
是要在已經完整呈現的層次上來講的；「多少之並惑」是文章無法
呈現出完整的樣貌，連完整的呈現都達不到，所以無法與論美醜。
而若能講求「文術」，則寫作文章的過程就像部隊行軍佈陣那樣，
已經都準備、規劃好，就等一聲令下。所以能在最適當的地方做最
適當的表達，便是「因時順機，動不失正」，即指能循用常法而不
失，是以靜制動，以常法應機變者。此乃「文術」運用之第一層。
而「數逢其極，機入其巧」則是指由於運用常法而觸及常法之最高
之處，由順其機變而能入其機變之巧妙者，則寫作時思想、感情、
詞語、句法……等等變化源源不絕而來。此乃「文術」運用之第二
層。因此可以達到：「視之則錦繪，聽之則絲簧，味之則甘腴，佩
之則芬芳」[76]各方面俱美之境，劉勰稱美道：「斷章之功，於茲盛
矣」[77]。可見通過講求「文術」，可以保障創作達到一定的水準。

　　因此劉勰說：「不截盤根，無以驗利器；不剖文奧，無以辨通

---

[76]　《文心雕龍·總術》篇。
[77]　同上。

才。才之能通，必資曉術。」也就是説只有藉著研習、了解並於寫作過程中善用「文術」，則「文才」的發揮方能無滯無礙。在寫作過程中，「術」能濟「才」、運「學」，不懂「文術」，則「文才」難以發揮。這是劉勰強調的，也是他認為作者應該掌握的。《文心雕龍》不惜花許多篇幅加以討論。然而卻有學者認為：「劉勰……以為創作條件，先是天才，其次是學習，又其次是『文術』」[78]，其實是只把「文術」當做「修辭技巧」來理解，貶低了劉勰「文術」論述的層次。

　　所以劉勰認為寫作時應注意的原則與標準，從「文術」來看，在主旨的經營（如何塑造及呈現主旨）方面，要明確、有特色及具感染力；在文學傳統的應用方面，要能參考歷代作者變化的方式，寫出自己的特色來；在體裁方面，要能掌握並表現與各個體裁相應的美學範疇，並且能靈活運用各個範疇所呈現出來的感性特質；在題材方面，要能結合所表達的主題，做最佳的選擇與運用；在語言技巧方面，要求語言技巧配合表達，能適切地呈顯主旨。而不是由語言技巧來引導主旨，特意去求奇、求怪，而故意聳人聽聞。這便是劉勰要作者在寫作時注意的原則與標準。

　　三、成篇後的檢討與調整：才分出眾的作者，固然可以援筆立就，文不加點，然而劉勰也強調作者應該不斷地檢討改善自己的作品。對於作品的改善和檢討，劉勰也在《文心雕龍》中提出看法，透露出他對作者的期望。這主要集中於〈指瑕〉篇。而事實上前段

---

[78]　吳林伯先生：《文心雕龍字義疏證》，頁76。

寫作時的原則與標準亦可施於此階段。在這個階段，作者的身分轉換爲讀者，對文章進行嚴格的批評。

〈指瑕〉篇所強調的主要是文辭運用的合適與得體。劉勰舉曹植、左思、潘岳爲例，説明：「禮文在尊極，而施之下流。辭雖足哀，義斯替矣」的道理，便是認爲〈武帝誄〉、〈明帝頌〉、〈七諷〉、〈金鹿哀辭〉[79]等文中皆有不得體的敘述。而舉崔瑗〈李公誄〉、向秀〈思舊賦〉，從反面來説明「君子擬人，必於其倫」的道理。因爲崔瑗以李部[80]爲黃帝、虞舜，李部的歷史地位及貢獻沒那麼高大；向秀以嵇康爲李斯，嵇康的人品秀異，心性高潔，也沒有李斯那麼不堪。這都是不合適的比擬。這是文章及其所處語言社會環境間關係的問題，劉勰要求爲文者在遣詞用字之時，要考慮到

---

[79] 「悲内兄」之文，范注云：「今已無考」。而左思的〈七諷〉，《全晉文》引《昭明文選》沈約〈齊故安陸昭王碑文〉：「慟興雲陛」下，李善之注文：「左思〈七略〉曰：『闇甲第之廣衰，建雲陛之嵯峨』」而加案語：「當從《文心雕龍》作〈七諷〉。」可知嚴可均認爲此乃左思〈七諷〉殘文。則至目前所見文獻，〈七諷〉僅餘此二句殘文。

[80] 「李公」所指何人？注家多示關疑。楊明照《文心雕龍校注》云：「按子玉誄文已佚。以其時攷之，『李公』未審爲李固否？固曾爲太尉，且有盛名，對瑗亦極推崇；見誄後，瑗爲之作誄，諒合情理。」（頁 506）周振甫《文心雕龍注釋》云：「李公當指李固，爲後漢大臣，以正論忤梁冀，被害。用他來比黃帝、虞舜，實非其倫。」（頁 446-447）陸侃如、牟世金《文心雕龍譯注》云：「『李公』指誰尚難定，與崔瑗（公元 78-143 年）同時的『李公』（姓李而爲三公者）有三：李修、李部、李固。李固卒於西元 147 年；李修爲太尉在公元 111 至 114 年，略早；李部在公元 117 至 26 年兩度爲司空、司徒，所以指李部的可能性較大。」（頁 493）而王更生《文心雕龍讀本》與楊明照、周振甫同主「李公」爲李固（頁 219）。張燈《文心雕龍新注新譯》與陸侃如、牟世金注同（頁 391）。由於崔瑗誄文已佚，又無相關資料傳世，若在有限的史料中要推定，只有「李部」較合理。除了陸、牟二位先生所提的年代、官階能吻合之外，李部乃李固之父，李固既：「美瑗文雅，奉書禮致殷勤」（《後漢書・崔瑗傳》），則瑗爲固父作誄，亦屬合情合理之舉。

當事者的地位、社會情境、道德人倫、歷史評價……等等方面，都得合適而得體。

　　劉勰舉出幾種當時常見的文章缺失，是應該避免及改正的。首先是遣詞用字意義不明，所謂「依希其旨」者。像「賞、際、奇、至」、「撫、叩、酬、即」等，劉勰認為「懸領似如可辯，課文了不成義」[81]，應於文中去除；其次是要注意同音字及反切音所引起的不當聯想，所謂「比語求嗤，反音取瑕」[82]者，其三是抄襲他人之美辭。所以劉勰才會説：「慮動難圓，鮮無瑕病」[83]，因為稍一不慎，即為言玷。

　　王禮卿先生《文心雕龍通解》歸納此篇所指諸瑕而舉出八類：「一、犯尊失體；二、反道違經；三、廢義失序；四、比擬不倫；五、字義依希；六、語音犯忌；七、襲人美辭；八、注謬斷妄。」[84]可以看得出來八者之中與文義有關者占有六，單純屬於文辭者，只有語音犯忌及襲人美辭二項，可見劉勰比較重視文義失當，認為這類缺失較為嚴重。

　　事實上寫作時的各種原則與標準，若非心有素定，腹稿天成，則必待成篇之後加以檢討和調整，方能成其佳構美文。因此前段關於「文術」的研討，換一個角度，亦可為此段之旨。唯「指瑕」必待文章已成，方有瑕可指，故本書置之於此段，而加以申論。

　　以上是從寫作歷程來看劉勰對作者的建議與要求，可以看得出

---

[81]　《文心雕龍·練字》篇。
[82]　同上。
[83]　《文心雕龍·附會》篇。
[84]　王禮卿先生：《文心雕龍通解》，頁 757。

來劉勰不是總括式地概論，他注意到作者進行寫作時的各種狀況及其可能會發生的問題，而一一加以討論。當然這也關係到作者的基本條件及寫作能力：「才」、「氣」、「學」、「習」、「思」、「情」、「志」等諸要素如何發揮，而也涉及環境如何配合。能明乎此，方能了解劉勰所認為的理想寫作之旨。

第三節　　理想的寫作心理歷程

　　從《文心雕龍》所論來看，寫作能力的充分發揮及與寫作相關的原則與理想目標，還有理想風格的標舉三端，乃是劉勰認為文學作者在寫作上所應追求的目標及引以為原則的，可稱之為劉勰心目中作者的典範。作者的典範是寫作時所企求的理想和目標，然而寫作做為一種活動，畢竟是動態的；而心靈在發用的時候，也隨時在變化中。將之視為一種心理歷程，針對其型態及過程進行描述，劉勰在《文心雕龍》中已取得成果。

　　〈神思〉篇中以：「駿發之士，心總要術，敏在慮前，應機立斷；覃思之人，情饒歧路，鑒在疑後，研慮方定。機敏故造次而成功，慮疑故愈久而致績。」來解釋不同作者文思遲速的現象；〈情采〉篇中亦以：「風雅之興，志思蓄憤。而吟詠情性，以諷其上：此為情而造文也；諸子之徒，心非鬱陶。苟馳夸飾，鬻聲釣世：此為文而造情也。」把「為情」及「為文」兩種寫作的心理歷程描述出來。可知作者因其主觀條件的不同，完成文章的歷程也各異。

　　不唯不同作者有不同的寫作心理歷程，同一個作者在不同的條件下，其寫作心理歷程也各異。在〈養氣〉篇中劉勰云：「凡童少鑒淺而志盛，長艾識堅而氣衰。志盛者思銳以勝勞，氣衰者慮密以傷神。」人在年輕時寫作的心理歷程不同於年長時；年少時觀點比較浮動，思考、表達直接而犀利；年長時觀點比較固定，思考、表達趨向周密而顯得成熟。同篇中亦云：「思有利鈍，時有通塞。沐則心覆，且或反常。神之方昏，再三愈黷。」可見同一作者的寫作心理歷程也因各種條件的不同而有所改變。這些都說明了劉勰認知到寫作心理歷程的各別殊異。然而劉勰也指出了寫作心理歷程的共同之處：

　　其一為「神與物遊」，劉勰在〈神思〉篇中云：「思理為妙，神與物遊」，可見他認為作者在進行構思的時候，其內在精神與外物交會，是一種很特別、很奇妙的現象。

　　其二、寫作開始時，各種想法紛呈。〈神思〉篇：「神思方運，萬塗競萌。規矩虛位，刻鏤無形。」、〈鎔裁〉篇：「思緒初發，辭采苦雜。心非權衡，勢必輕重。」都說明了在構思之初，各種想法紛呈。這些紛呈的想法會影響作者寫作的選擇與判斷。而寫作首先就是要從這些紛呈而未定的想法中進一步去構思、去描述，把它確定下來。

　　其三、衡量遣詞用字及其效果，並加以採擇。劉勰在〈附會〉篇中云：「才童學文，宜正體製。必以情志為神明，事義為骨髓，辭采為肌膚，宮商為聲氣。然後品藻玄黃，摛振金玉，獻可替否，以裁厥中。」此即在思想、情感的型態與傾向及其表達形式都決定

之後，實地去衡量辭藻、聲律並且進行去取的過程。劉勰認爲這是
「綴思之恆數」。可見這也是作者進行寫作構思的共通歷程。

　　劉勰在研究、比較各種寫作心理歷程的過程中，提出他所認爲
的理想寫作心理歷程。基本上，劉勰認爲它是透過「虛靜」而達到
「神與物遊」進而「情文合一」的境地。這是針對作者寫作時內在
心境而言，可以就一篇文章的完成過程來看，也可以從作者一生的
寫作過程來看。

　　「虛靜」之旨，前節已有所析述，而在寫作過程中「虛靜」的
目的，則是要保持最佳的精神狀態來進行寫作。所謂能夠「使玄解
之宰，尋聲律而定墨；獨照之匠，窺意象而運斤」[85]者，即是指寫
作的具體活動而言。劉勰認爲理想的寫作，有兩個相互關聯的層面，
其一是「神與物遊」，其一是「情文合一」。

　　所謂的「神與物遊」，是作者的精神涉入「物」中。《文心雕
龍》提到：「思理爲妙，神與物遊」，精神能跟外物交會，是文思
的特色。但是它並不總是能發揮這種作用的，所謂「關鍵將塞，則
神有遯心」便是無法發揮「神與物遊」作用的時候。劉勰認爲：

　　　思理爲妙，神與物遊。神居胸臆，而志氣統其關鍵；物沿耳
　　　目，而辭令管其樞機。樞機方通，則物無隱貌；關鍵將塞，
　　　則神有遯心。[86]

85　　《文心雕龍·神思》篇。
86　　《文心雕龍·神思》篇。

前者以「樞機」一辭代表「辭令」，要求語言文字能明晰地表達事物；此可謂辭令與對外物的感覺、知覺合一。後者以「關鍵」一辭代表「志氣」，要求作者的精神與肉體的生命力能貫徹與實踐他的意識；此可謂志氣與內神合一。當志氣與內神合一之時，即體現「氣以實志，志以定言」[87]，則用語言來表達內心的思想、情感不會有障礙。而當語言文字與心靈對外物的感覺、知覺合一之時，則是「情以物遷，辭以情發」[88]、「寫氣圖貌，既隨物以宛轉；屬采附聲，亦與心而徘徊」[89]，可知此際用語言來表達對外界的感受也不會有任何阻隔。而要達到這樣的境界，就有賴於「神與物遊」。

前面已經提過，「神與物遊」即精神與外物交會。這個意思，表面上看來很簡單，實際上蘊含許多複雜的問題。

首先，從〈物色〉篇的：「物色之動，心亦搖焉」、〈明詩〉篇的：「人稟七情，應物斯感」來看，「物」指的乃是自然界中的各種事物。從美學的角度來說，它們屬於審美對象[90]。但劉勰已經在〈原道〉篇說它們是「無識之物」了，人又怎能與之進行精神交會呢？原來在劉勰的論述中，天地山川、飛禽走獸、林木泉石、蟲魚花草……等等都是由於「道」的作用所產生的結果，人是「有心

---

[87] 《文心雕龍·體性》篇。

[88] 《文心雕龍·物色》篇。

[89] 同上。

[90] 審美對象即審美活動所作用的對象。根據《美學辭典》（台北：木鐸出版社）的說法，它「有多種形態。例如有空間的對象、有時間的對象、或空間與時間綜合的對象；有動態的、也有靜態的；有人類創造的藝術美、社會美，也有自然形態的美；有專供欣賞而生產的藝術品、也有既實用又美觀的物質產品等。」（頁 65，「審美客體」條）所以自然界的各種事物在此乃屬於審美對象其中之一。

之器」[91]，可以涉入其中去體會「道」、了解「道」，可以與造化相通。

人是藉著精神與之進行交會的，這精神的來源也是「道」。〈原道〉篇所謂：

> 高卑定位，故兩儀既生矣。惟人參之，性靈所鍾，是謂三才。
> 爲五行之秀，實天地之心。心生而言立，言立而文明，自然
> 之道也。

這裏的「心」指的便是精神。人是天地間性靈所會聚之物，可算是天地的精神。所以人的存在代表著天地精神的存在，人的精神生命也是天地精神的體現。只是人的精神生命有待擴充和實現，而語言即其工具及結果之一。因此人的精神涉入萬物之中，可以得到擴充與自我實現，從而體會與了解「道」。能達到這個境地，創造力就源源不竭，生生不息了。

其次是如何涉入呢？依照劉勰的意思，這種創作的涉入是不同於「圓鑒區囿，大判條例」[92]和「操千曲而後曉聲，觀千劍而後識器」[93]那種博觀於物，窮究其理的方式的；劉勰在此提出「遊」。有的學者從《莊子·逍遙遊》來解釋，認爲「遊」是精神的自由解放[94]。但是劉勰尚未論及被束縛之苦或是由於結構太過嚴謹所帶來

---

91 《文心雕龍·原道》篇。
92 《文心雕龍·總術》篇。
93 《文心雕龍·知音》篇。
94 徐復觀先生：《中國藝術精神》，頁 60-62。

的缺點，應該還不至於把精神的自由解放置於其論述的重點。劉勰
所云之「遊」，應該是指一種不含特殊目的的涉入，而不是一種精
神與肉體解離的自由出入之狀態。這比較接近《淮南子·精神訓》
所描述的：

> 甘暝太宵之宅，而覺視于昭昭之宇。休息于無委曲之隅，而
> 游敖於無形埒之野。居而無容，處而無所，其動無形，其靜
> 無體。存而若亡，生而若死。出入無間，役使鬼神。淪於不
> 測，入於無間，以不同形相嬗也。終始若環，莫得其倫。此
> 精神之所以能登假於道也。

由此描述可知只能知道「精神」是存在的，但是它無形、無體，也
無所托寄，所以不能由一般的感知得之。它就像個圓環，沒有起點
和終點。這裏講的是「精神」的特質，因為它不受拘束，故可「出
入無間，役使鬼神」、「淪於不測，入於無間」，涉入造化中最神
妙之處。

　　這樣的涉入是讓精神與物同處於一個角度，能讓人的精神體會
到造化中最玄妙的、最細微的、最廣大的地方，甚至明白造化的原
理。劉勰認為它是文思的特質，事實上就《淮南子》的論述來看，
它所呈現的意義未必只表現在藝術層面，《淮南子·原道訓》云：
「泰古二皇，得道之柄。立於中央，神與化游，以撫四方。」可見
它也表現在政治層面。劉勰「神與物遊」的構詞，與此處「神與化
游」相當近似，可以說劉勰的意思應該是比較近於《淮南子》的。

　　若以解離之態度來理解，乃是爲了求精神之解放與絕對自由；「神與物遊」只是精神與外物的偶然遇合，對於絕對自由的精神來講其意義並不深刻。劉勰重視「神與物遊」，認爲這是文思最神妙的特色。〈神思〉篇中云：「寂然凝慮，思接千載；悄焉動容，視通萬里。」如果單純解釋做想像力的作用，而忽視了精神對萬物的涉入作用，這是因爲不了解中國古代對精神特質的認識所導致的誤解。

　　「神與物遊」的前提是「虛靜」。由於「虛靜」，「神」才能明澈通透，明澈通透之「神」方能認識、涉入萬物而得造化之妙。但這是在作者內心中發生的作用，要呈現於文中，而達到「情文合一」，則須要經過一個轉化的過程。這個過程，劉勰在〈神思〉篇中講得很清楚：

> 觀山則情滿於山，觀海則意溢於海。我才之多少，將與風雲而並驅矣。方其搦翰，氣倍辭前，暨乎篇成，半折心始。何則？意翻空而易奇，言徵實而難巧也。是以意授於思，言授於意。密則無際，疏則千里。[95]

從「神與物遊」之「思」而形成「意」，從「意」而形諸於「言」。這個過程往往不是那麼順利的。從「思」形成「意」的時候常常會覺得沒什麼難的，但真正寫好了，才知道寫不出自己內心欲達之

---

[95] 同上。

「意」。劉勰解釋會這樣的原因是：意是虛的，可以憑空翻出多種奇特的設想，但語言是實際而有其固定含義的，很難配合奇特的設想做出巧妙的變化。所以要突破這個限制，巧妙地運用語言文字，才能達到「情文合一」。

而劉勰認為作者無法強求，只能「秉心養術，無務苦慮」，做最充分的準備和等待，不必太過勉強。等到「密則無際」之時，能自然無礙地表達真正的思想、感情，傳達最真切的事實，便是「情文合一」的境界了。

所謂「情文合一」，在《文心雕龍》中，其實應該分為兩個層面來看，而這牽涉到對「情」的理解。首先，劉勰認為作家應該把本身實際的人格、思想、情感表現在作品中。這是與《周易》「修辭立其誠」相互呼應的觀念。其次，劉勰認為作品所述應該切合於自然環境及人文社會的客觀事實。依第三章第八節所析之義，前者以「情」為作者之思想、情感，後者以「情」為事實之狀況。《文心雕龍·情采》篇中主張：「吟詠情性」、「述志為本」，及〈明詩〉篇中的：「感物吟志，莫非自然」，便是針對前者而言；至於〈物色〉篇中主張的：「巧言切狀，如印之印泥；不加雕削，而曲寫毫芥」、〈詮賦〉篇中提到的：「擬諸形容，則言務纖密；象其物宜，則理貴側附」，便是針對後者而言。劉勰雖不排斥後者，然其所著重則在前者。

「神與物遊」乃是針對外物方面，「情文合一」又著重於內在情志方面，那如何由「神與物遊」而能達到「情文合一」呢？這應該從精神、心理狀態來看。基本上，「神與物遊」是以不帶特殊目

的的角度涉入外物，而使自己的心靈、精神能向外物開放。而心靈、精神接觸、體會到外物，自會有所感發，此即「情以物遷」。〈物色〉篇裏提到：「一葉且或迎意，蟲聲有足引心」，即是由於外物引動，使心理狀態產生變化。而這心靈、精神的基礎，便是在作者的「情」、「志」方面。因此「神與物遊」不只是為了「體物」、為了「窺情風景之上，鑽貌草木之中」[96]，也是為了能夠「觸興致情」[97]，為了「起情」[98]，為了「吟志」，所以從「神與物遊」而影響到「情」、「志」。「神」既能與「物」遊，則能深會於物；「文」做為語言文字，亦具其形體、聲音、意義等特質。故「神與物遊」的機制發動，則「情」、「文」便有機會相合無間矣。

　　劉勰並非不知道人類在運用文字語言時往往會伴隨著虛構和夸張（見《文心雕龍》〈神思〉篇及〈夸飾〉篇中所論），他也視之為正常。只是他更關心它們被過度強調和發展所造成的負面效果。他在〈情采〉篇中說：

> 後之作者，採濫忽眞。遠棄風雅，近師辭賦。故體情之製日疏[99]，逐文之篇愈盛。故有志深軒冕而泛詠皋壤，心纏幾務而虛述人外。眞宰弗存，翩其反矣。

96　見《文心雕龍‧物色》篇。

97　見《文心雕龍‧詮賦》篇。

98　見《文心雕龍‧比興》篇。

99　楊明照先生：《文心雕龍校注》云：「按此『故』字不應有，疑涉上下文誤衍。」按下句「故有志深軒冕」，亦以「故」字開頭，若以語氣及其語義而言，則字涉重出而義則駢贅，楊說當可從。

「體情」與「逐文」之所以相互對立，其基礎乃在於寫作觀念之差異。而要從「情／文」間的表達方式與其結構關係來看。「體情之製」，以「情」為實，以「文」為華。若簡化地説，「情」為內容的一部分，「文」為形式的一部分，所以可説在結構上以「情」為主體，而「文」為「情」的裝飾。從表達方式的角度來看則是由作者內在的「情」外發而成「文」的過程。因此「文」本身不管多麼晦澀曲折，它會有一個內在含意或指向。做為一個讀者，便能「披文以入情」[100]。然而這是建立在作者「情動而辭發」[101]的前題之下才能成立，也是劉勰所寄望於作者的。如果作者不是因為「情動而辭發」而進行創作，讀者「披文」所入之「情」便不是作者之「情」，也就是假的「情」。

至於「逐文之篇」，以「文」為尚，因「文」構「情」。故「情」乃附「文」而生。所以可説在「情／文」結構上「文」才是主幹，而「情」乃「文」之附庸或點綴。但因「文」有跡而「情」無象，所以劉勰認為一般作者習文，總是注重「文」的經營，而少去探究「心」與「情」。重「文」的過度發展，造成文人徒飾文藻，鋪張誇揚的結果，乃至於產生與「情」、「實」悖離的現象。這種現象自西漢時期顯著起來，到後代愈來愈嚴重，乃至於影響了文人的創作觀及一般讀者對文章寫作的認知。像揚雄的「雕蟲篆刻」、「霧縠組麗」，「壯夫不為」、「女工之蠹」的評論[102]，可以代表這類

---

[100]　《文心雕龍·知音篇》。

[101]　《文心雕龍·知音篇》。

[102]　〔漢〕揚雄：《法言·吾子篇》：「或問：『吾子少而好賦？』曰：『然。童子彫蟲篆刻。』俄而，曰：『壯夫不為也。』或曰：『賦可以諷乎？』曰：

的看法。這反映出當時違「情」之「文」、悖「實」之「辭」已經很多，思想深刻、學識豐富的人並不認同這些作品的價值。隋朝時李諤上書，以：「連篇累牘，不出月露之形；積案盈箱，唯是風雲之狀。」[103]來評述江左齊、梁文風，可見這種情形在南朝時更甚。劉勰不能苟同當時文壇「情」、「文」悖離的現象，故其立論強調「情」、「文」之相稱。

《文心雕龍・情采》篇認為過於「文」或過於「質」都不是好文章，要善於調和其間的差異，使「文不滅質，博不溺心。正采耀乎朱藍，間色屏於紅紫。乃可謂雕琢其章，彬彬君子矣。」

但這只是就文辭各部的組成成分而言，〈情采〉篇中更深刻的含義，乃是指出在「情／文」關係架構中，作者用何種態度來面對才是正確的？也就是作者為文之時的態度，所選擇的是「逐文」還是「體情」？劉勰在《文心雕龍・通變》篇中認為魏、晉、劉宋時期的文壇「淺而綺」、「訛而新」，而貶之為「從質及訛，彌近彌澹」；從而論其原因為「競今疏古，風末氣衰」。可見他認為就當時的文壇風氣而言，「逐文」是不正確的，應該選擇「體情」的態度來創作。然而這只是針對當時文壇的不良風氣提出矯正方向，尚未觸及劉勰論文的底蘊。

劉勰所主張者乃在於「情」、「文」一體，涵容無間。「文」是能達「情」之「文」，「情」是由衷之真「情」，非為「逐文」

　　『諷乎！諷則已；不已，吾恐不免於勸也。』或曰：『霧縠之組麗。』曰：『女工之蠹矣。』」

103　〔隋〕李諤：〈上隋高帝革文華書〉。（郭紹虞、王文生編：《中國歷代文論選》第二冊，頁 5-6）

而設之偽「情」。他要將悖離已久的「情」、「文」關係重新拉回來，使久已公式化、固定形式化的文學重新注入生命，更要糾正當時作者片面追求詞語新巧華麗的認知。所以他藉著懷昔歎今來呼籲作者要「為情而造文」，而不要一昧地「為文而造情」。

　　他認為作者與文章之間，最基本的關係在於「述志」，在〈情采〉篇中說得很明白：「況乎文章，述志為本；言與志反，文豈足徵？」只要與「述志」這個原則相牴觸，便為劉勰所黜。

　　但這並非說劉勰反對語言文字中的誇張、虛構及技巧的講求。相反地，他很注重這些層面，因為他覺得這些有助於表達的精確和美感的經營。透過它們，能更澈底、更完整地「述志」。在劉勰的想法裏，它們與「述志」原則應該是相輔相成，而非互相割裂對立的[104]。所以從作品與作者的關係來看，劉勰要求作者能真誠地面對自己的內在感受[105]，並能夠用語言文字盡其所能、恰到好處地表達出來。如此一來，「作品」就是作者之內在感受的自然呈現，誠實而真摯。該質樸就質樸，該文飾就文飾，應物而動，因情而發，不用勉強或矯揉造作。所以他總認為作品和作者之間應該要內外相符、表裏如一，過與不及皆非所當。故於「虛靜」之心靈狀態下，透過「神與物遊」達到「情文合一」，方可稱為劉勰所認同之理想

---

[104]　胡緯在《文心雕龍字義通釋》中說：「『文麗』是為了更好表達思想，達到諷諫的目的。如果損害這個目的，作品裡只堆積著一些浮豔淫濫的華麗辭藻，有害於表達思想……舍人也是反對的。」（頁294）這段話除了「達到諷諫」只是針對某些特定的體裁，並不普遍，有待斟酌之外，大體上可以做為本論文的補充與參考材料。

[105]　這包括情感與意志，兩者都有屬於感性範疇的部分，但意志在某些成分上歸屬理性範疇。可參考第四章第三節至第九節所析述者。

的寫作。

第四節　小結

　　本章旨在説明劉勰所提出的寫作標準及他所認為的理想寫作。
劉勰所提出的，希望作者達到的寫作標準，本章稱之為「作者的典
範」。基本上，劉勰對作者所明示的典範有「正」、「變」兩面。
所謂的「正」，是指可以為文學作者所普遍依循的；而「變」者，
是指文學演變過程中，值得作者參考、斟酌的變化。「正」以貞定
文章寫作的基本方向，揭示作者所應遵循的途徑；「變」以濟「正」
之窮，通文章之源，導衆作之流。「正」的典範，其論述是以儒家
的五經為基礎建構起來的，「變」的典範，則是以屈原在《楚辭》
中的作品為基礎進行闡述的。在風格的呈現上，前者為「典雅」，
後者為「壯麗」。

　　其次論及劉勰對作者實際寫作活動的建議與要求。若無寫作活
動，再多再好的典範與理想也無法落實。因此便從具體寫作活動再
進行探討。而從劉勰對寫作活動的具體要求及建議，亦可以看出他
所認為的理想寫作在各層面運作的情況。本節説明劉勰對理想寫作
的意見，分為寫作前的準備與構思、寫作時應注意的原則與標準、
成篇後的檢討與反省來論述。討論時雖有區分，實際寫作時，三階

段是相互疊現的。寫作前的準備及構思,劉勰認為應持虛靜之心以待神思之啓,此時作者應致力於積學以儲寶、酌理以富才、研閱以窮照、馴致以懌辭的準備工作。在臨文構思之時,劉勰則提出「三準」作為事前規劃,以求成功地表達。先「設情以位體」,再「酌事以取類」,最後「撮辭以舉要」,以求表達時「情」、「事」、「辭」能融合為一體,作品能「首尾圓合,條貫統序」。寫作時劉勰認為作者應該掌握「文術」,善用各種修辭技巧以求情感、思想的適當表達;而成篇後劉勰認為作者應該注意文章的全局,對文章進行嚴格的批評,不放過任何一個小瑕疵,加以改定。

　　最後論及劉勰所描述的理想寫作活動。基本上,劉勰認為理想的寫作是透過「虛靜」而達到「神與物遊」進而「情文合一」的境地。這是針對作者寫作時內在心境而言,可以就一篇文章的完成過程來看,也可以由作者一生的寫作過程來看。「神與物遊」的前提是「虛靜」。由於「虛靜」,「神」才能明澈通透,而明澈通透之「神」方能認識、涉入萬物而得造化之妙。能深會於外物便能自然無礙地表達思想、感情,傳達最真切的事實,便是「情文合一」的境界了。

第六章 《文心雕龍》「作者」論述的價值及其地位

第一節 《文心雕龍》「作者」論述的基本架構

　　從上述三章的析論，可以了解《文心雕龍》對於文學作者的論述已經隱然形成一套有架構的理論，也可以看出劉勰構作理論的企圖心。而這是他經由對文獻的閱讀與思考後，所呈現出來的成果。這套關於作者的論述，是以「心」為基礎展開的。〈序志〉篇云：

> 「文心」者，言爲文之用心也。昔涓子《琴心》，王孫《巧心》，心哉美矣，故用之焉。

　　劉勰認為作者之所以能為文，乃在於「心」之發用。他在《文心雕龍》中所提出的「心」，可以說是個符號，它被用來指涉特屬於人之能知、能感的精神或意識。而從〈原道〉篇中所云：

· 441 ·

> 兩儀既生矣，惟人參之，性靈所鍾，是謂三才。爲五行之秀，
> 實天地之心。心生而言立，言立而文明，自然之道也。

可知這種能知、能感的精神或意識，在萬物之中唯人特具。劉勰認
為自天、地與人的關係而言，人乃天地間「性靈所鍾」者，文學作
者屬於「人」這個羣體，故亦為「性靈所鍾」的表現。因「人」乃
天地精華彙聚集中而形成者，故「人」之生也，特具其「心」（人
也是「天地之心」）。有「心」乃有「言」，有「言」乃生「文」。
這段論述確立了由「心」生「言」，因「言」成「文」三者相續而
生的關係。則人文的產生、創造乃是出自人內在的精神生命，並非
與「人」無關涉之事物或社會結構。劉勰提出此點，確立他對作者
的認定及判斷乃是基於其心靈內在特質，而非外在環境因素。

　　針對心靈內在特質，《文心雕龍》亦非籠統言之，從劉勰所提
的概念來看，其本之於內而外發者有「才」、「氣」等兩端；取之
於外而陶凝於內者有「學」、「習」二端。他有時也以「才」為本
之於內，自然外發者的總稱，以「學」為取之於外，凝塑於內者的
總稱。而從〈事類〉篇：「才為盟主，學為輔佐」看來，作者本之
於內的特質是主要部分，取之於外者乃是用以助成此內在本有之特
質，使之充分而適當地發揮。然而不能忘記劉勰曾在〈神思〉篇中
云：

> 若學淺而空遲，才疎而徒速，以斯成器，未之前聞。是以臨

> 篇綴慮，必有二患：理鬱者苦貧，辭溺者傷亂。然則博見為
> 饋貧之糧，貫一為整亂之藥。博而能一，亦有助乎心力矣。

「學」淺、「才」疏皆不能寫出佳作，可見「學」雖為輔佐，然不可輕忽而廢之。更何況「理鬱」、「辭溺」這兩大問題都出在「學」，前者是所學不足的結果，後者是所學雜亂的表現。劉勰提出「博見」來對治前者，亦是針對作者的「學」而言，此與「積學以儲寶」相呼應；提出「貫一」來對治後者，則是針對如何處理及運用作者已學的內容而言，這就牽涉到「才」，與「酌理以富才」相呼應。

取之於外的「學」、「習」，劉勰並未明指二者間的關係，然由〈體性〉篇「摹體以定習」之語，可以了解「學」經過凝定，成為一種自然而然的能力，便是「習」。二者是相通的，中間實存在著轉化機制。（但劉勰並未指出此轉化機制。）而「才」則直接關乎為文時，運「思」之遲速優劣；「氣」則關乎「情」、「志」的形成與表現。「思」因「才」而運，「才」藉「思」而顯，二者相依相生，可說是為文之基本條件。但「學」與「習」皆可以影響「思」，而以「學」的作用為大。第三章提過「思」代表「心」的思考運作，「情」代表「心」的感受知覺，「志」代表心的意圖及方向，「心」的這三個維度是相互影響的。而由〈體性〉篇所謂：「氣以實志，志以定言。吐納英華，莫非情性。」可知由於「氣」，「志」得以充實而顯現；「志」能顯，則文亦因而能定矣。所謂「情性」指的就是文章的個人特質，所以作者文章個人特色，主要決定於「氣」、「志」、「情」。當然「才」、「思」、「學」、「習」也有關係，

而且有時影響還滿大的，但它們是藉著影響「氣」、「情」、「志」而對文章個人風格發生作用的。

　　至於取之於外的「學」、「習」，都是針對這五者的培養與充實。憑藉取之於外的「學」、「習」，本之於內的「才」、「氣」二種要素方得以擴充、成長、改善；而「心」的思考才能成熟，感受、知覺方得擴充，意圖、方向才不至於薄弱或貧乏。如果「才」（「才」以兼「氣」而言）、「學」（「學」兼「習」而言）缺其一，很難寫出獨具特色的佳作。所以劉勰才會說：「主佐合德，文采必霸；才學偏狹，雖美少功。」[1]屬於內在條件的七要素是一個有機的整體，不能偏廢任何一面。

　　至於外在環境與作者間的關係，劉勰也有所闡述。從《文心雕龍》中可以看出他已經注意到文學傳統、自然環境、時代環境與作者的互動，並專篇討論「讀者如何了解作者？」（〈知音〉篇）、「社會如何論評作者？」（〈程器〉篇）的問題。文學傳統、自然環境、時代環境與作者內在條件的培養、成熟及充分發揮有關，是作者之「學」、「習」所取資的環境，也是他「才」、「氣」發揮的場所。

　　在〈物色〉篇中劉勰說：「屈平所以能洞監〈風〉、〈騷〉之情者，抑亦江山之助乎！」可見自然環境對文學作者的正面影響；而〈時序〉篇則認為張華、左思、潘岳、夏侯湛、陸機、陸雲等作者「運涉季世，人為盡才」，則見時代環境對作者的負面影響。至

1　《文心雕龍·事類》篇。

於對文學傳統影響於作者的描述，《文心雕龍》中更是常見。〈辨騷〉篇中云：「枚、賈追風以入麗，馬、揚沿波而得奇，其依被詞人，非一代也。」乃楚騷傳統對作者的影響；〈風骨〉篇中云：「潘勖錫魏，思摹經典」，可以説是文學作者取資於儒經傳統的實例。〈通變〉篇中劉勰説：「名理有常，體必資於故實；通變無方，數必酌於新聲。」乃立意於作者面對文學傳統時，如何進行創新與突破的問題。他覺得作者應該了解、熟悉文學傳統，以自己的特質為基礎而對傳統有所變創。如此一來，文學才會有越來越寬廣的發展、演變，生生不息，欣欣向榮。

　　三者之中，文學傳統是屬於文學内部的，與文學有直接關係；時代環境屬於人文世界，自然環境屬於自然世界，雖為文學外部因素，卻常是作品所描述的内容、意義所指涉的對象。所以如果作者的内在能力沒有得到這三者的幫助，不只無法充實、成長，可能連發揮才能的空間和機會都沒有。所以是外在環境影響了作者的寫作活動及其成果，以作者為主。

　　至於「讀者如何解作者」及「社會如何論評作者」，前者主論「讀者與作者間的溝通」，這屬於個別讀者的閱讀活動。後者針對「社會對作者的評論」發表看法，這是就社會整體來看了。事實上，文學作者在現實世界中從事寫作活動，對他們的成果進行理解及評價也是整體文學活動的一個環節，而且它也間接地促進並改善了寫作活動。

　　劉勰針對如何正確地解讀及評價文學作品，提出了消極與積極兩方面。消極面是指要儘量避免的，從「貴古賤今」、「崇己抑人」、

「信偽迷真」三者，可以看得出來劉勰要求去讀者除掉偏見、成見
及誤見，這都會妨礙文學解讀及批評的客觀性。如果讀者的態度能
保持公正客觀，劉勰則就積極面提出「六觀」做為閱讀門徑。從觀
「位體」、「置辭」、「通變」、「奇正」、「事義」、「宮商」
六者可以看得出來，劉勰是以文本為基礎進行批評的。〈知音〉篇
中「綴文者情動而辭發，觀文者披文以入情」，可見劉勰認為文本
乃是讀者與作者間的溝通憑藉。作者「情動而辭發」的寫作態度乃
是讀者能正確「披文以入情」，而不會導致錯誤或不相干之理解的
憑藉。

　　至於社會對作者的看法和批評，除了與當時整個社會對文學活
動的認定與評價有關外，也與當時個別文學作者的社會地位及個人
處境有關。與其說劉勰在〈程器〉篇中基本上是為文學作者辯護，
倒不如說他是為文學活動在社會結構中爭取合理的地位。無論是讀
者對作者的了解與社會對作者的評論，雖非直接涉及寫作活動，並
非理論架構中的核心部分，然而都與作者的遭遇和處境有關。而這
二者可以說是外在環境對作者寫作成果的反饋，以評者為主。

　　結合內在條件與外在環境兩方面，作者的寫作活動才得以成熟
而有揮灑的空間。然而劉勰並未止於陳述這些構成及影響作者的各
種要素及條件，他提出了他心目中理想的寫作，這是對文學作者寫
作活動的期許與寄望。

　　他提出「雅」與「麗」做為作者的典範。以「雅」為文章中「正」
的典範，學文者可以藉此「確乎正式」；以「麗」為「變」的典範，
作者可以自其中學習文章變化及發展的原則。可以說「正」的典範

確立了標準，「變」的典範指明了發展演變所應依循的方向。從風格型態上來看，「雅」可以說是「典雅」，「麗」則為「壯麗」，這是劉勰所推崇的二種理想的風格型態。

　　然而劉勰不止於在風格型態上作概括的描述而已。〈體性〉篇中云「典雅」乃「鎔式經誥，方軌儒門」而成，則知其以儒經為本。而由〈宗經〉篇之「文能宗經，體有六義」，可知劉勰是就「情」、「風」、「事」、「義」、「體」、「文」六個方面來析述的。所以「典雅」的內涵，可以說就是「情深」、「風清」、「事信」、「義直」、「體約」、「文麗」。亦即情感真摯深刻，給讀者的感受明晰而生動，引事據實可信，義旨正大而堅定，文章整體結構精要簡練，詞藻華麗而恰到好處。而「壯麗」乃由「高論宏裁，卓爍異采」所呈現，驗諸〈辨騷〉篇所述，則知此乃本於《楚辭》中屈原諸作。而「朗麗以哀志」、「綺靡以傷情」、「瓌詭而惠巧」、「耀豔而深華」，正是分別從文辭與作者表現於其中的內涵特質來析述的。這是劉勰期望文學作者在寫作活動上能依循並且達成的目標，也可以說是他心目中理想的寫作成果。

　　而理想的寫作成果必須落實在實際的寫作活動中才能完成，劉勰對實際的寫作活動則自如何培養思慮？如何規劃及安排作品主題及素材？……等等問題加以討論，進而對於文術的討論以及修改文章的原則……等等皆有析述；此亦足見他所舉的典範並非泛泛空談的理想，是可以通過實際的寫作活動，將之落實而體現的。值得注意的是劉勰論及作者寫作的精神狀態，這方面雖然陸機在〈文賦〉中亦有所論述，然而尚未提出他心目中理想的寫作活動是在怎樣的

精神狀態下進行的，希望作者所表現出來的能達到怎樣的境界？但劉勰對理想寫作的精神狀態已有所表述並提出他的論點。

　　劉勰在〈養氣〉篇中就表明「爲文」與「爲學」是兩種不同性質的活動，「學業在勤，功庸弗怠」，爲學是日積月累的活動，勤勞努力才會有成果；「志於文也，則申寫鬱滯」，爲文則是一種抒發胸懷的活動，孜孜矻矻未必見效。所以針對「爲文」主於抒發，不能强求而致，他建議作者保持「虛靜」的心理狀態；目的在培養有助於寫作活動的心理環境。在「虛靜」的狀態中，精神與心靈能達到與外物同遊的境界，彼此無滯無礙，劉勰稱之爲「神與物遊」，而通過「神與物遊」能達到「情文合一」的境地，可以說是劉勰所認爲理想的寫作活動。能夠「情文合一」，即是事物的本質得以如實呈現，作者的情感、思想與其語言文字自然而然相契。能臻於此境，劉勰所提舉的作者典範才能落實到作者的內在心靈層面，而非徒然繫於語言文字的表象。

　　「理想的寫作」是劉勰對作者的期許，也是他對寫作活動的一種期待。可以說是內在條件與外在環境都臻於成熟完備，所應表現出來的狀態。雖然「理想的寫作心理歷程」在論述上涉及心理歷程，不免帶有心理學的成分；但劉勰是就心靈的境界與狀態來提舉的，是內外因素發用的結果。就其作者論述的結構而言，基礎與根柢並不在此，所以無礙於他以客觀、無所偏私的態度來看待文學作品。

　　因此從《文心雕龍》中可以整理出來的「作者」論述，呈現爲內在條件、外在環境及理想的寫作三個部分。以內在條件爲核心，不斷與外在環境產生互動，而期望二方面好好配合，並進而能臻於

理想的寫作。亦即以理想寫作活動的心境、態度，從寫作上落實劉勰所要求於作者的典範，成為一個典範型的作者。

第二節　《文心雕龍》的「作者」論述在中國古典文學批評中的地位

　　如第一章所述，無論是注解箋釋、文論專著、選文摘句、眉批評點的型態，都可以看到中國古典文學批評對「作者」的關注。即使出現一些強調「讀者」，甚至降低「作者」重要性的論述，在理論闡述及實際批評的質、量上均難以與「作者中心」的立場匹敵。

　　然而我們檢視三代以前一直到春秋時期的古代文獻材料，像季札觀周樂於魯、子貢的「切磋琢磨」、子夏的「繪事後素」……等等對於詩文作品之理解詮釋，「作者」問題根本不是他們考慮的重心，他們也不會特意去尋繹這些作品的作者。如果會提到或注意到「作者」，那都是很明顯的指標性人物。像《論語》也曾提到堯、舜[2]、成湯[3]、周公[4]；《周易‧繫辭下傳》也提到包犧畫卦，且云：

---

[2]　〈堯曰〉篇載：「堯曰：『咨！爾舜！天之曆數在爾躬，允執其中！四海困窮，天祿永終。』舜亦以命禹。」

[3]　〈堯曰〉篇亦提到成湯之言：「曰：『予小子履，敢用玄牡，敢昭告於皇皇后帝：有罪不敢赦，帝臣不蔽，簡在帝心！朕躬有罪，無以萬方；萬方有罪，罪

「《易》之興也,其於中古乎?作《易》者其有憂患乎?」推求卦
爻辭作者的處境、心態(孔穎達疏則指明作者乃是文王、周公)。
這些被提到或注意到的聖君賢臣作者都是當時明顯的指標性人物,
與其所處時代的文化、歷史、社會、政治都有很密切的關係。

　　會特別關心並考慮到「作者」,就文獻上來講可以從戰國時代
《孟子》中「知人論世」、「以意逆志」的説法看出來。而這代表
著一種閱讀觀念的改變,從整體傾向來,可以説是由讀者的感受、
體會及應用這一方面往作者的情志、遭際、人品這一方面推移。戰
國時代諸子百家無論是退而著書,或是專力於著述,都是為了直接
或間接地推出以及留下自己的想法和做法。這樣一來,語言文字及
其中所蘊含的內容就不再屬於社會大眾,而漸漸成為個人或家派之
擁有物。再結合聖君賢臣式的作者觀對於「聖」、「賢」的標舉,
便使得著述者立意上企古人,垂名後世。因此作者愈來愈被重視,
著述者可以作者身分顯名,解釋者亦往往以作者為推求對象。「作
者」論述如果沒這樣的背景當前題,是不可能、也無必要存在的。

　　西漢時期,言語侍從之臣司馬相如、吾丘壽王、枚皋、嚴助、
朱買臣、主父偃、王褒等既能以文章作品見賞於君主,可見不唯作
經書的聖君賢臣、或獨構奇偉論述的諸子百家,能文之士、詩賦之
屬入於著作之林,則對文章篇什有興趣的讀者便會思求其作者。然
而這個時期文士們尚為朝廷所「俳優畜之」,政治地位不高,也許
社會地位也不怎麼高。而且這些詩賦創作,其他的公卿大臣亦能為

　　　在朕躬。』」。
4　　〈泰伯〉篇:「子曰:『如有周公之才之美,使驕且吝,其餘不足觀也已!』」

之，所以文士的地位及被重視的程度，與後代重視文學的時期是無法相比的。但是即使在這樣的環境下，文章作者也被注意並提舉；就不必說到東漢及漢末魏晉，文章作者地位普遍提昇且漸漸受到重視的時期了。

而從文獻中也可以觀察到，東漢時期則點出作者姓名、字號，以例舉或簡評顯出文苑蔚然盛況[5]；漢末魏晉則議論縱橫、品評褒貶，間或加以比較分析[6]。從這個時期一直到唐朝，當時的文學批評者基本上都是就文獻資料及作品加以討論，而目標是在評論作者的人格、遭際、語言風格、所精擅的體裁⋯⋯等等。從〈典論論文〉的：「王粲長於辭賦」、「琳、瑀之章、表、書、記，今之雋也。」、「孔融⋯⋯不能持論，理不勝辭」及〈與楊德祖書〉云：「以孔璋之才，不閑於辭賦」，可見各作者皆有所擅及其所不精的體裁。而從《文心雕龍·體性》篇歷論十二位作者、〈才略〉篇縱論九代作者及鍾嶸《詩品》中對作者的評語，可以看出來他們往往把作者的人格、遭際與語言風格結合起來談，並且論其得失，品其高下。

至於總集的編纂，可以看到自南北朝的《昭明文選》、《玉臺新詠》至唐代的《河嶽英靈集》、《國秀集》、《中興間氣集》、《極玄集》⋯⋯等等，將作品依類編次之後，都以作者領其銜。可見他們是以作者來做為區分、辨認作品的條件之一。

當然這個時期作者的意義不只於此，人們有時依據其人格、思

---

[5]　如桓譚《新論》及班固〈兩都賦·序〉。而會被加以詳細分析、評論的作者，像屈原那樣，其作品可以說已被尊爲「經」了。像王逸就直接稱屈原〈離騷〉爲：「離騷經」，並對屈原加以詳論。
[6]　如曹丕〈典論論文〉及曹植〈與楊德祖書〉等。

想、遭際來揣想作品中的精神，有時也依據作品的內容來建構對於作者的了解。中國古典文學批評的這種情形，恐怕不能以將作品視爲作者財產之一，或者是作者對作品擁有宰制、解釋權力……等等觀念來加以論定。

西晉之後，文家往往喜好舉前代作者爲典型，以其文學成就爲自己創作活動的標竿。事實上在西漢末，就有揚雄心慕司馬相如，而效其作賦的記載[7]。然而或許辭賦被視爲「小道」，所以亦未蒙普遍推崇。西晉後至劉宋，則推尊曹植；齊、梁時則崇尚謝靈運、謝朓等人。這不只是單純的論評而已，文家以之爲典型，爲習文練筆之資；論家以之爲標竿，以明各時期文學變化發展之狀。

而觀當時被崇尚的作者，亦可知當時文風傾向。如鍾嶸在《詩品·序》中云：「次有輕薄之徒，笑曹、劉爲古拙，謂鮑昭羲皇上人，謝朓古今獨步。」[8]可見梁代文風轉向，對曹植不似東晉、劉宋時那麼崇拜了。推舉作者並崇尚之，在中國歷代文學中皆隨處可見。唐、宋以後像杜甫云：「庾信文章老更成」[9]、「李陵、蘇武是吾師」[10]、「頗學陰、何苦用心」[11]，元稹之推崇杜詩，西崑詩人之崇尚李商隱，江西詩派舉杜甫爲一祖，永嘉詩人之崇尚姚合、賈島，

7 《漢書·揚雄傳》云：「先是時，蜀有司馬相如，作賦甚弘麗溫雅。雄心壯之；每作賦，常擬之以爲式。」（卷57，頁3515）而揚雄在辭賦方面還推崇屈原，認爲屈原「文過相如」。但他不能認同屈原的投江自盡。

8 〔梁〕鍾嶸著，曹旭集注，《詩品集注》，頁58。

9 〔唐〕杜甫著，〔清〕仇兆鰲注，《杜詩詳注》（台北：里仁書局，民國69年7月），頁898。

10 〔唐〕杜甫著，〔清〕仇兆鰲注，《杜詩詳注》，頁1514。

11 〔唐〕杜甫著，〔清〕仇兆鰲注，《杜詩詳注》，頁1515。

這都是中國文學史中明顯的例子。

　　至於《滄浪詩話》及《詩人玉屑》中「詩體」有以人而論者，《詩人玉屑》亦存錄楊誠齋說李、杜、蘇、黃體。而歐陽修得韓昌黎舊集，再啓古文運動；蘇軾崇慕陶潛，乃至於遍和陶詩；這在在都說明了宋朝的文壇重視作者，並希望於歷代作者中找到一種足以依託的典型。因此對作者的生平遭際、抱負理想、出處進退、文章風格、下語用字的習慣……等等各方面都會加以考究、討論。

　　就宋朝來講，從歐陽修〈答吳充秀才書〉所云：

> 蓋文之爲言，難工而可喜，易悅而自足；世之學者，往往溺之。一有工焉，則曰：『吾學足矣』，甚者棄百事不關於心，曰：『吾文士也，職於文而已。』此其所以至之鮮也。……聖人之文雖不可及，然大抵道勝者文不難而自至也。故孟子皇皇不暇著書，荀卿蓋亦晚而有作。若子雲、仲淹，方勉焉以模言語……後之惑者，徒見前世之文傳，以爲學者文而已，故愈力愈勤而愈不至。[12]

可以看出他以「道」爲本，以「文」爲餘事。而「道」，就人而言即屬於其生平理想抱負之範圍。故宋人往往以「言志」的角度來看待詩文作者（詞的作者則未必），將「文」視爲「志」在語言文字上的呈現。因此在閱讀時會抱著「尚友古人」的態度。歐陽修在〈讀

---

[12]　收入《居士集》，卷 47。見《歐陽修全集》（北宋·歐陽修，北京：中國書店，1991 年 9 月），頁 321。

李翱文〉中云:

> 最後讀〈幽懷賦〉,然後置書而歎,歎已復讀,不自休。恨
> 翱不生於今,不與之交;又恨予不得生翱時,與翱上下其論
> 也。……嗚呼!使當時君子皆易其歎老嗟卑之心爲翱所憂之
> 心,則唐之天下,豈有亂與亡哉![13]

這段話簡直可説是孟子「尚友」之説的具體實踐。他們相信從詩文
可以了解一個人。不單單是歐陽修這樣講過,黄庭堅於元符元年(西
元 1098 年)在〈書王知載朐山雜詠後〉[14]亦云:

> 詩者,人之情性也……故世相後或千歲,地相去或萬里,誦
> 其詩而想見其人。所居所養,如旦暮與之期,鄰里與之游也。

可以了解他們相信詩文足以觀人情性,經過精神上的揣摩想像,甚
至可以虛擬出一個朋友出來。北宋如此,南宋亦然。《苕溪漁隱叢
話前集》卷四一,胡仔在引蘇轍言蘇軾遭貶謫之後的生活及態度,
即加以評論:

> 凡人能處憂患,蓋在平日胸中所養。韓退之,唐之文士也。

13　〔宋〕歐陽修著:《居士外集》,卷 23。見《歐陽修全集》(北京:中國書
　　店,1991 年 9 月依 1986 年 6 月版重印),頁 532。
14　〔宋〕黄庭堅著:《豫章黄先生文集》(收入《四部叢刊初編》),卷 26。

> 正色立朝，抗疏諫佛骨，疑若殺身成仁者。一經竄謫，則憂
> 愁無聊，概見於詩詞。由此論之，則東坡所養，過退之遠矣。

把韓愈與蘇軾相較而論，從他們被貶謫後的反應。韓愈是苦悶無聊，而蘇軾能悠然自處，所以認為蘇軾的修養遠超過韓愈。

可以很清楚地看得出來，這基本上已經脫離了論文的範疇，而是在論人。並且是從道德修養、抱負襟期來論人。「文」只是個憑藉而已，因為他們相信詩文乃是人內在情志的自然呈現。朱熹的批評則更加細密地結合詩與人，他在《朱子語類》卷一百四十〈論文下〉曾道：

> 詩見得人。如曹操雖作酒令，亦說從周公上去，可見是賊。
> 若曹丕詩，但說飲酒。

這是說從曹操的詩，連酒令這種飲酒時所寫的詩句，都要講到周公等人、事，可以看出他竊國占位的野心。

> 樂天，人多說其清高，其實愛官職。詩中凡及富貴處，皆說
> 得口津津地涎出。

這是從詩的敘述方式及表現態度來看，白居易並非一個清高的人。

> 李太白詩不專是豪放，亦有雍容和緩底；如首篇：「大雅久

> 不作」多少和緩！陶淵明詩人皆說是平淡，據某看，他自豪
> 放，但豪放得來不覺耳。其露出本相者是〈詠荊軻〉一篇。
> 平淡底人如何說得這樣言語出來。

從所寫的詩來看，李白也有雍容不迫的氣度，陶淵明也有豪放的一
面。一般人對他們二人的了解並不全面。

像這樣標榜以詩為基礎來了解人，朱熹看到了詩中所述與作者
生平為人不符處，像曹操、白居易；也看到作者較不為人知的那一
面，像李白、陶淵明。但是對曹操就以歷史文獻為依據（「亂世之
姦雄」[15]）而不信其詩（「周公吐哺，天下歸心。」[16]），覺得曹操
自比為周公是顯露其野心；對白居易就信其詩而不信文獻上的評論
資料，覺得白居易不像記載上那麼清高。可見他心中早有定見。其
所據以為信，而加以採用者，看不出一定的準則。但整體來講，朱
熹還是比較相信詩，持「以詩觀人」的態度來批評作者。

而蘇軾則較常見從風格上來論作者，以他〈評韓柳詩〉為例：

> 柳子厚在陶淵明下，韋蘇州上。退之豪放奇險則過之，而溫
> 麗靖深不及也。所貴乎枯澹者，謂其外枯而中膏，似澹而實
> 美，淵明、子厚之流是也。若中邊皆枯澹，亦何足道？

他認為若以豪放奇險而論，柳宗元不如韓愈；而若講溫麗靖深，韓

15　《三國志·武帝紀》裴松之注，引孫盛《異同雜錄》許子將評曹操語。
16　曹操：〈短歌行〉。

愈比不上柳宗元。而若置於田園詩人中，柳宗元的成就也超過韋應物。以陶淵明為宗尚的田園詩，在風格上追求平淡，然而蘇軾認為真正好的田園詩應該外表平淡，涵蘊豐富，讓人不斷有新的體會。而到了金代，元好問作〈論詩絕句〉三十首，所論亦以作者為主。

其實這種以詩文觀人的觀念或方法（勉強以「方法」稱之）一直到明清都存在，方孝孺在〈張彥輝文集序〉中歷論戰國、兩漢、唐、南北宋、元各代文士（漢末魏晉及五代十國不在其內）云：

> 昔稱文章與政相通，舉其槩而言耳。要而求之，實與其人類。戰國以下，自其著者言之：莊周為人，有壹視天地，囊括萬物之態，故其文宏博而放肆，飄飄然若雲游龍騫不可守；荀卿恭敬好禮，故其文敦厚而嚴正，如大儒老師，衣冠偉然，揖讓進退，具有法度；韓非、李斯，峭刻酷虐，故其文繚繞深切，排搏糾纏，比辭連類，如法吏議獄，務盡其意，使人無所措手；司馬遷豪邁不羈，寬大易直，故其文崒乎如恆、華，浩乎如江、河，曲盡周密，如家人父子，語不尚藻飾而終不可學；司馬相如有俠客美丈夫之容，故其文綺曼姱都，如清歌繞梁，中節可聽；賈誼少年意氣慷慨，思建事功而不得遂，故其文深篤有謀，悲壯矯訐；揚雄齗齗自信，木訥少風節，故其文拘束慇懇，模擬竊窺，蹇澀不暢。用心雖勞，而去道實遠。……由此觀之，自古至今，文之不同，類乎人

者，豈不然乎？[17]

在方孝孺生動的形容背後，可以看得出來他認爲人的修養、思想、行爲、觀念的特質會表現在文章上，使文章呈現與之相應的特質。推此，則文章的特色與人的特色是相應的。所以觀人知文，觀文知人。而他們評文便是評人，亦由其人評述論斷其文。

歸莊在〈天啓崇禎兩朝遺詩序〉中更清楚地指出：

> 古人之詩，未有不本於其志與其性情者也。故讀其詩，可以知其人。後世人多作僞，於是有離情與志而爲詩者。離情與志而爲詩，則詩不足以定其人之賢否。故當先論其人，後觀其詩。夫詩既論其人，苟其人無足取，詩不必多存也。陸機失身逆藩，潘岳黨於賊后，沈約教梁武弒故君，昭明以其詩之工，選之特多。王維、儲光羲汙祿山僞命，皮日休受黃巢官，選唐詩者，顧津津不置。精於論詩而略於論人，此古今文人之通蔽也。

歸莊觀察到詩與人不能相合的現象，他認爲這是「作僞」，而這種「假」詩無法觀人，亦沒有存在的價值。所以憑詩而論作者會有誤差，應該先了解作者，才能正確批評他的作品。歸莊提出：「當先論其人，而後觀其詩」的説法。但是卻未提到：「要如何才能得知

17　轉引自郭紹虞、王文生編：《中國歷代文論選》第一冊（上海：上海古籍出版社，1988 年 2 月），頁 249。

其人？」而且他在評論時，以論人為優先，認為如果有人格上的污點、瑕疵，其詩文諸作即可廢棄。可以說是已經將這種觀念和方法推至極端了。

　　這樣的文學批評很容易轉入歷史研究及道德評論，批評者將進一步訴求與作者有同樣或類似的經驗。像清代的一些箋注評論，就意在多方考證推求，以明作者之心。（此「心」乃指生平之抱負、志意而言，與本文所論《文心雕龍》之「心」所指不同。）如趙殿成於《王右丞集箋注·序》云：

> 右丞崛起開元、天寶間，才華炳煥，籠罩一時。而又天機清妙，與物無競。舉人事之升沉得失，不以膠滯其中。故其為詩，真趣洋溢，脫棄凡近。麗而不失之浮，樂而不流於蕩。即有送人遠適之篇，懷古悲歌之作，亦復渾厚大雅，怨尤不露。……乃論者以其不能死祿山之難，而遽譏議其詩，以為萎弱而少氣骨。抑思右丞之服藥取痢，與甄濟之陽為歐血，苦節何殊？而一則竟脫于樊籠，一則不免於維繫者，遇之有幸有不幸也。菩施拘禁，凝碧悲歌，君子讀其辭而原其志，深足哀矣。即謂摬之致身之義，尚少一死，至于辭章之得失何與？而以波及以微辭焉，毋乃過歟？

連王維這種生活已經算單純的詩人，都要考其生平，觀其心志，解釋其行為。其他遭際更複雜的詩人文士，如：李白、杜甫、柳宗元、歐陽修、蘇軾、辛棄疾……等等可想而知。參照本書第一章所述，

清人往往花大半輩子，甚至一輩子的精力來從事這樣的工作，其實目的都是要以縝密的歷史考證方法，闡明作者心志懷抱。他們相信這樣就真的可以了解作者，尚友前代；暢作者之懷，抒千古之情。

　　而這些考證、推求，往往便是以歷史研究方法爲之，批評家甚至將詩文所描述的內容當做現實世界之真實事物，而以之爲歷史材料，罔顧其虛構的成分。這固然是出於他們對文學作者的信任，但這樣的信任，說真的其實是建立在相當薄弱的基礎上。

　　由於這種觀念的影響，風格上的認定也往往衍成人格甚至人品的認定。不過從風格上來看文學作者的批評家，雖然也不免以文觀人，但大多還是就文論文，較能不溢出文學範疇。像《滄浪詩話・詩評》云：「子美不能爲太白之飄逸，太白不能爲子美之沈鬱」、「玉川之怪，長吉之瑰詭，天地間自欠此體不得。」這是以風格來指陳作者。而云：「高、岑之詩悲壯，讀之使人感慨；孟郊之詩刻苦，讀之使人不懽。」則由風格而言及閱讀感受矣。

　　以風格來指陳作者，到後來便不免以某作者做爲某種風格的代表。然而這有時是透過比較而得，有時亦不免流於片面印象。像蘇軾之詞，多被認爲豪放派的代表，然檢視《東坡樂府》，真正屬於豪放之作者約僅兩成。則以豪放風格指稱蘇詞是否相宜？有待專家斟酌考慮[18]。

　　對作者風格的認定只是從風格來評論作者的工作之一，其次還

---

[18]　也許將蘇詞與他同時代其他詞人相比，豪放詞的比例仍算是高的。從這個角度來看可以說豪放詞是蘇詞的特色，但若說是他的「風格」則不宜。因爲風格的判斷是以作品整體的呈現爲基礎來下結論的。

有評其高下優劣。魏晉南北朝的批評者習慣先分體裁，再將作者置於某一體裁中論其高下優劣。前已言之，曹植評陳琳：「不閑於辭賦」、曹丕評王粲及孔融，都是講這些作者對某種體裁是否擅長。而觀《南史·沈約傳》云：「謝玄暉善為詩，任彥昇工於筆，約兼而有之。」、《金樓子·立言》篇云：「不便為詩如閻纂，善為章奏如伯松」、蕭綱〈與湘東王書〉云：「至如近世謝朓、沈約之詩，任昉、陸倕之筆，斯實文章之冠冕，述作之楷模。張士簡之賦、周升逸之辯，亦成佳手，難可復遇。」可見此種批評模式，南北朝時猶然。事實上這背後預設著某個作者的風格適合某種體裁，亦可說某作者的作品乃是這種體裁在風格上適宜恰當的呈現。

鍾嶸《詩品》便是就五言詩來描述作者風格，論其高下優劣的。這可分兩個方面來講，一是就不同風格間的高下而論；二是就同一風格中的高下而論。作者在論述中會被歸於某個風格，鍾嶸甚至將之組成一個源流系譜，後來的詩文編者及論家也有這種做法。

唐代之後的論家，從風格上來批評作者甚至時代幾乎都是綜論，除了杜牧的：「杜詩韓筆愁來讀，似倩麻姑癢處搔」[19]以文、筆分稱杜甫、韓愈之外，講王、楊、盧、駱，說元、白，道韓、柳，都不見得將這些作家拘於某一體裁，因此對作者的優劣高下，也是從整體風格上加以評斷。所以宋、明、清人在講李白如何如何、杜甫如何如何，其實是把他們當做典型，講的就是他們詩文中所呈現的風格。

---

19 〔唐〕杜牧：〈讀韓杜集〉詩，見〔唐〕杜牧著，〔清〕馮集梧注：《樊川詩集注》（台北：漢京文化事業有限公司，民國72年9月），頁147。

這樣一來，便使得學文之士將這些作者當做學習的對象。如學李白、學杜甫、學白居易、學李商隱，甚至學賈島、學孟郊……等等，說得更直接一點，是在學他們的風格。學寫詩文，往往會找個名家作手來練習模擬，《詩品·序》中便有：「師鮑照，終不及『日中市朝滿』；學謝朓，劣得『黃鳥度青枝』，徒自棄於高聽，無涉於文流矣」[20]的說法，〈與湘東王書〉亦討論當時「效謝康樂、裴鴻臚文」[21]的現象。可見學文之人藉著模擬、練習，來使自己技巧成熟，視野拓展，在寫作方面能有所成長[22]。這方面的文獻資料在宋、元、明、清中屢見不鮮。而在學習、推廣的過程中，就形成了家派，傳之既久，即有源有流。像呂本中就爲江西詩派做「宗社圖」，列出二十六人。可以說這都是同類手法或風格所衍生的。

另外還有一種評論方式，這就不是只用風格觀念可以來概括的。就是以作者爲單元，來討論文學上的流衍、變遷。檀道鸞在《續晉陽秋》中云：

> 郭璞五言始會合道家之言而韻之，詢及太原孫綽轉相祖尚，又加以三世之辭，而《詩》、《騷》之體盡矣。詢、綽並爲一時文宗，自此作者悉體之。至義熙中，謝混始改。[23]

20　〔梁〕鍾嶸著，曹旭注：《詩品集注》，頁58。
21　〔清〕嚴可均編：《全梁文》，卷11，頁3。
22　這與西晉時陸機的〈擬古詩〉及梁時江淹的〈雜擬詩〉觀念不同。陸、江是用擬詩來展示自己寫作上的成就，他們視所擬對象爲欲與並駕齊驅甚至想要跨越這些對象，或許有練習的成分，但不是主要的目的。而學文者的習作、擬作是一種練習，至於是否可能超越他們練習的對象，那就要看日後的造化了。
23　《世說新語·文學第四》（〔劉宋〕劉義慶編，余嘉錫箋疏，台北：華正書局，

講東晉文學的變遷，以郭璞、孫（綽）許（詢）、謝混為指標。

　　沈約亦於《宋書・謝靈運傳・論》中云：

> 相如巧爲形似之言，班固長爲情理之説，子建、仲宣，以氣
> 質爲體；並標能擅美，獨步當時。

這是論兩漢到魏代文學演變的。他以司馬相如、班固、曹植與王粲
做為指標。

　　鍾嶸《詩品・序》中亦依此論評自漢以來的五言詩，而結以：

> 故知陳思爲建安之傑，公幹、仲宣爲輔；陸機爲太康之英，
> 安仁、景陽爲輔；謝客爲元嘉之雄，顏延年爲輔。斯皆五言
> 之冠冕，文詞之命世也。

依文學史上的分期，將各代作者做出主客安排。這又比之前的評論
者更加細密。

　　高棅《唐詩品彙》的編法頗類於此，其序此書云：

> 以一、二大家，十數名家，與夫善鳴者，殆將數百，校其體
> 裁，分體從類，隨類定其品目，因目別其上下、始終、正變，

1989 年 3 月）第八十五則劉孝標注引文。

> 各立序論，以弁其端。

則可見他是以作者為主體，來編排、評論作品的。

他在目錄中分就各體裁列出正始、正宗、大家、名家、羽翼、接武、正變、餘響、傍流九目（不一定每個體裁皆九目全具），在〈凡例〉中云：

> 大略以初唐爲正始，盛唐爲正宗、大家、名家、羽翼，中唐爲接武，晚唐爲正變、餘響，方外異人爲傍流。間有一、二成家特立與時異者，則不以世次拘之。

他先分唐詩為初、盛、中、晚四期，再就這四期分為九格，不入九格之中者，另外安排。這既能顧及詩歌在各時期的演變情況，也能看出同一時期各個作家的不同成就，以及作家在不同體裁中的成就及地位。可說是比較細密的區分方式。

高棅對作家是從風格上來認定的，他在《唐詩品彙·序》中說：

> 開元、天寶間，則有李翰林之飄逸，杜工部之沈鬱，孟襄陽之清雅，王右丞之精緻，儲光義之眞率，王昌齡之聲俊，高適、岑參之悲壯，李頎、常建之超凡，此盛唐之盛者也。大曆、貞元中，則有韋蘇州之雅澹，劉隨州之閑曠，錢、郎之清贍，皇甫之沖秀，秦公緒之山林，李從一之臺閣，此中唐之再盛也。

這是他所體認到的作者，可以看得出他基本上是以風格來認定作者的。他區分源流正變的方式有類於《詩品》，而細密尤過之。

　　劉勰的「作者」論述並不從歷史研究方法上去建構，也不訴諸以道德為主的批評。他也認為可以由文觀人或藉文觀人，然而前提卻是「為情造文」[24]、「情動辭發」[25]、「感物吟志，莫非自然」[26]的寫作態度。因為只有從源頭持住真性真情，才能從文章中看到真正的人。劉勰以此寄望於作者，而事實上也只有在這個前提之下，其「作者」論述才得以落實在現實世界來討論。否則所論只能限於文本中的世界，其所論的作者也只能是文本中的「隱含作者」。劉勰雖然也常常從風格上描述及評論作者，但他對「作者」的內涵有一套理論做為基礎，以此基礎對風格進行分析。所以如果中國古典文學批評家及研究者們能參照、借用、反省劉勰所提出的這一套關於「作者」內涵的理論，則所論將更具說服力。

　　事實上魏晉南北朝，雖云文學自覺，也存在著一股反文學及排斥文學作者的論述。曹植在〈與楊德祖書〉中云：「辭賦小道，固不足以揄揚大義，彰示來世」，他所肯定的是：「戮力上國，流惠下民；建永世之業，流金石之功。」曹植此論雖意在貶抑文學，或許亦藉此自謙，但表明了他看到了文學和現實世界的差距。蕭梁時裴子野著〈雕蟲論〉、隋代李諤亦上書高帝欲「革文華」，可見反

24　《文心雕龍·情采》篇。
25　《文心雕龍·知音》篇。
26　《文心雕龍·明詩》篇。

對文學或排斥文學及其作者的意見，自建安至隋一直未曾斷過。

劉勰對這方面看得很清楚，他並不混淆文學與其他現實事務的區別，也深知人們反對、排斥文學的原因。從〈程器〉篇可以看出他認為文學作者要在現實世界中建功立業，就應該參與不同領域的活動，比方説政治上、社會上或道德上的，他認為這與文學活動雖未必有直接關係，但並不衝突。而從〈序志〉篇可以看出劉勰認為文學並非對現實世界毫無作用可言，它可以輔翼儒家經典，使「五禮資之以成，六典因之致用，君臣所以炳煥，軍國所以昭明」。而這基本上就是建立並維持人類社會與政治的秩序。這樣的思考，已經廣溥於整個人文方面了。因此劉勰可以説是魏晉南北朝時期的文學辯護士。

而當時對文學作者的排斥，或者換句話可以説是高標準要求。從劉勰提到曹丕〈與吳質書〉的内容及韋誕的「歷詆羣才」，可知當時的確有這種現象。顏之推所著《顏氏家訓·文章》篇也提到：

> 自古文人，多陷輕薄：屈原露才揚己，顯暴君過；宋玉體貌容冶，見遇俳優；東方曼倩，滑稽不雅；司馬長卿，竊貲無操；王褒過章〈僮約〉；揚雄敗德〈美新〉；李陵降辱夷虜；劉歆反覆莽世；傅毅黨附權門；班固盜竊父史；趙元叔抗竦過度；馮敬通浮華擯壓；馬季長佞媚獲誚；蔡伯喈同惡受誅；吳質詆忤鄉里；曹植悖慢犯法；杜篤乞假無厭；路粹隘狹已甚；陳琳實號麤疎；繁欽性無檢格；劉楨屈強輸作；王粲率躁見嫌；孔融、彌衡，誕傲致殞；楊修、丁廙，扇動取斃；

阮籍無禮敗俗；嵇康凌物凶終；傅玄忿鬥免官；孫楚矜誇凌
上；陸機犯順履險；潘岳乾沒取危；顏延年負氣摧黜，謝靈
運空疏亂紀；王元長凶賊自詒；謝玄暉侮慢見及。凡此諸人，
皆其翹秀者，不能悉記，大較如此。

不唯如此，他還認為：「自昔天子而有才華者，唯漢武帝、魏太祖、
文帝、明帝、宋孝武帝，皆負世議，非懿德之君也。」[27]那麼難道
文學作者都沒有「好人」嗎？顏之推說：

自子游、子夏、荀況、孟軻、枚乘、賈誼、蘇武、張衡、左
思之儔，有盛名而免過患者，時復聞之，但其損敗居多耳。[28]

從歷史的記載來看，他還是肯定一些文人的言行，並不認為文學作
者都沒有「好人」；但從整體比例來看，還是損德敗行者為多。顏
之推不只舉例而已，他還進一步思考會產生這種情況的原因，說：

每嘗思之，原其所積。文章之體，標舉興會，發引性靈，使
人矜伐。故忽於持操，果於進取。[29]

由於文章的寫作是根源於性靈的抒發與表現，所以會讓人養成一種

27　《顏氏家訓·文章》篇。
28　《顏氏家訓·文章》篇。
29　《顏氏家訓·文章》篇。

愛表現，不知收斂的習性。反映在處事上，往往很果敢地下決定、下判斷，並且執行；就不太會有那種保守的、有所不為的態度。

像這樣對文人表示深深排斥的態度，難怪會訓誡子孫：「但成學士，自足為人；必乏天才，莫強操筆。」[30]只是在他眼中，古今文人有資格執筆為觚者，恐怕亦寥寥無幾吧！

而劉勰雖處於顏之推前，但針對當時排斥文學作者的現象（未必是全面的），他却在〈程器〉篇中提出道德上、人格上或生平行事有缺點的不只是文人，將相也會有。而且強調文人之中也有節行高超的。並且文人會蒙此污衊式批評，只不過是因為地位低下，手中無權而已。這樣的觀點可以算是持平而論，對文學作者的社會地位做了一次成功的辯護。如果當時不能接受劉勰的看法，只要研究者從持平的立場來看，一定有認同他的。劉勰面對反文學及排斥文學作者的論述，很成功的予以駁斥，護持了文學活動的正當性，且為文學作者爭取合理的社會地位。

而對於陸機〈文賦〉中關於創作活動的論述，像構思的問題、鋪陳辭藻的問題、剪裁的問題、為文之病、靈感的問題等等，這些與作者的寫作能力及寫作活動有關的方面，劉勰在《文心雕龍》也有很好的繼承與發展，其所論更加深廣泛。

魏晉南北朝是中國古典的文章傳統發展的關鍵時期，此時「文章」漸漸自成一個領域，而不是附庸於政治及思想的領域之中。關於「文章」的各種問題也不斷地被發掘與解釋。雖然如此，然而由

30　《顏氏家訓·文章》篇。

於受到清議、清談的影響，或者根本就是出於清議、清談，文學批評一開始出現時，即以作者為評論目標及對象。劉勰處於魏晉南北朝的文學批評風氣中，雖然其《文心雕龍》以體裁論述為綱領，但是對「作者」則有他出自理論性的分析和見解，這是為同時代文學批評家所不及者。事實上從劉勰的方法出發，魏晉南北朝很有可能建立一套完整的關於文學作者的論述。只是人們大都碎義逃難，所以終使劉勰〈序志〉篇結尾的那句：「茫茫往代，既沈予聞；眇眇來世，儻塵彼觀。」成為他自己「作者」論述的讖語。

中國古典文學批評所展現的三個主要研究及論述「作者」的面向：歷史考證、風格的提舉與判斷、政教道德方面的評價與論斷；均無法自文學範疇提出具有說服力的見解。歷史考證的批評以歷史研究方法為背景，屬於史學範疇；政教道德的批評則分繫於社會學、倫理學範疇；二者皆非自文學範疇來看待作者。而風格的提舉與判斷亦多流於印象式批評，訴諸批評家的主觀認定與判斷，亦未必具說服力[31]。

《文心雕龍》的「作者」論述，在中國古典文學批評中基本上不以這三個面向為其析論作者的進路或架構。首先，劉勰也會對作者、作品進行一些歷史考證，但基本上是依據文獻所載而論，用在

---

[31] 黃維樑先生於〈詩話詞話和印象式批評〉一文中曾云：「《四溟詩話》既用『骨氣』，又用『氣骨』，其間分別何在？『骨氣』是鍾嶸《詩品》評論建安時代曹植的詩時用的，這詞使人聯想到建安風骨。骨氣與風骨如何不同？解此問題之前，得先明白到底什麼是『風骨』。……從『風骨』套出『風神』，從『風神』套出『神韻』。……然而，『神韻』真義未明，半路又殺出個『骨韻』來——此詞在《白雨齋詞話》……至少一共出現了四次。」（收入黃維樑著，《中國詩學縱橫論》，台北：洪範書店，1986 年 11 月，頁 8。）

品評分析方面的工夫多，而用在考證方面的工夫少。可知他把重點放在對作者、作品的批評析論，是文學研究而非歷史研究。這在第二章第四節中已經加以詳細說明，茲不贅述。

其次，對於風格的提舉和判斷，劉勰所用來概括說明的語詞，像「典雅」、「遠奧」、「壯麗」、「新奇」……等等，皆有所分析、描述，而且隱然呈現出各體間源流變遷之跡。值得注意的是，它們也可以連繫到樞紐論的理論架構上。並且在論評作家時，能加以靈活變化，提舉作者的特質。所以像司空圖《二十四詩品》所列舉的「雄渾」、「自然」，皎然《詩式》的「辨體十九字」，嚴羽《滄浪詩話》的「高」、「古」、「深」、「遠」、「長」、「雄渾」、「飄逸」、「悲壯」、「淒婉」等九品，謝榛《四溟詩話》所列舉的十品，這些詩話中抽象而意義模糊的概念，是和《文心雕龍》有區別的。

而劉勰也不以具體形象來對作者的作品加以比喻描述，比方說「獅子搏兔」、「香象渡河」、「金鵄擘海」……等等一些看似具體，實則更加不知所云的詞語。而他所提出的，批評作者、作品的術語，例如「風」、「骨」、「體」、「勢」、「比」、「興」、「隱」、「秀」……等等，也都會加以定義並解釋，使人研讀其文論而知其意義。可見他並非隨意、率性地加以牽合使用，而是經過深思熟慮後再加以建構的。

其三，從政教道德方面來批評文學作者，劉勰並未棄置不談，只是將之視為影響作者的環境因素。由《文心雕龍·時序》、〈程器〉二篇中可以看得出來，劉勰除了講求文學作者所應具有的專業

素養及能力之外，也把他們還原到「人」的本位上來加以判斷、分析。他沒有忘了要成為一個文學作者之前，要先成為一個「人」。在這方面劉勰所要求於作者的，是採用比較積極入世的儒家標準，而非隱遯出世的道家、佛家之想。

政教道德思想雖影響作者的立身處事，甚至可能與其生平遭遇發生密切關係，但並非主宰其文學能力的核心要素，劉勰亦未將之置於主論中。因此針對這三方面，其不屬於文學範疇但又與文學有關者，已被劉勰邊緣化；而在文學範疇之中卻流於主觀印象者，劉勰用分析、解釋式的說明，並配合他自己論述中所提的論點來加以架構。可以說從方法上便不同於中國古典文學批評的其他諸家，所以《文心雕龍》這套作者論述在中國古典文學批評中顯得很特別。

如果就理論型態上來看，中國古典文學批評大多圍繞著道德修養、理想抱負、出處進退、生活態度、師友仕履⋯⋯等等文學外圍關係來談論作者。與文學內部直接有關的，則大多集中在風格、流派、寫作傳統等方面，很少觸及到文學作者的基本條件（也就是「要具備怎樣的能力才能成為文學作者？」）這種比較基礎的問題。

而從《文心雕龍》中可以整理出劉勰是以具備「為文能力」與否來認定文學作者的。「為文能力」出於內在精神及心靈的運作，而劉勰以「心」總之。其中包含了「才」、「氣」、「學」、「習」、「思」、「情」、「志」等互有關聯、互為影響的要素。其中「才」、「思」可以算是基本的寫作能力，「學」、「習」是用來提昇、擴展甚至改變這種能力的，可以算是基本寫作能力的輔助元素。而「氣」、「志」、「情」則可以決定作者表現在作品中的個人特質。

一個人是否有資格算得上是文學作者，就看他心靈之中是否具有這些要素並將之加以統合運作。中國古典文學批評中對於文學作者的資格，大多直接籠統地加以認定，罕見詳析深論。所以通觀中國古典文學批評史，沒有比它更縝密周詳而條理通暢的了。

　　而劉勰並非只注意到這些基本條件，他也注意到作者所處的環境，不論是文學作者所要面對的文學傳統、他所處的時代環境，甚至他所生息於其中的自然環境，這些環境因素對作者及其寫作所發生的影響，劉勰皆有所論。後代的文論對這些外在環境與作者的互動或許有更深刻詳密的探求、討論[32]，然而劉勰畢竟是先於他們就這方面提出見解的，可以說有奠基之功。

　　從讀者的立場與角度來看待作者、作品，也是劉勰作者論述中一個特別的面向，比較可惜的是，他只是提出原則，沒有更進一步加以深入廣拓地發展其論述。而更難得的是劉勰替文人申辯，為他們洗刷長期以來所受的污名。這兩方面很少見於中國古典文學批評的文獻中。

　　所以劉勰的作者論述最有價值的是關於作者的基本條件這個部分。批評家如果不是只圖籠統概括地討論作者，或只是將它當做文學地圖上的棋子擺來擺去的話，一定要觸及作者內涵的問題。而在中國古典文學批評史上，劉勰正是第一個思考這個問題，並通過對各時代文學作者、作品的觀察、研析，給出具有理論性、值得研究者參考之論述的文論家。中國古典文學批評一向對作者極為關注，

32　　如明代胡應麟的《詩藪》，清代葉燮的《原詩》……等等。

往往以作者為基礎，建構關於文學演變、各種流派的論述。所以劉勰的論述正足以做為建構中國古典文學批評作者理論的基礎，無論是繼承它或批判它，或者是批判地繼承、繼承中批判也好，文學批評家可藉此省思如何建立一個恰當而合宜的中國古典文學批評作者理論。

第三節　從《文心雕龍》的「作者」論述看現代西方文論中的「作者」問題

　　現代西方文論，指的是西方二十世紀以來的文學批評理論。西方自二十世紀以來，文學批評家迭出，各構偉論，激摩切磋。皆領當代騷壇，而成一時風會。本文所論，若以批評家所屬國籍或所居之地而言，主要集中在英、美、法三國，而間及俄國、捷克、波蘭。

　　在第一章已析述過，西方現代文論中有一股「反作者」或者「解消作者」的風潮。當然這樣的論述有其理論的針對性及其興起的時代背景。而事實上，經過了五、六十年，（如果推到俄國形式主義剛開始那時，甚至有七十年以上了。）他們所討論的問題漸漸沈澱下來，比較不會受到論戰時意氣之爭的影響。有一些已經和新的時代無法相應的論題，或者當時提出時根本是假問題，也漸漸在澄清

後被揚棄了。然則，為了「反作者」，他們的確對「作者」問題提出了頗為深入的見解和理論上的思辨。

其實十八世紀到十九世紀時，英國批評家即對想像力及天才做過多方探討分析，也注重作者情感在作品中的表現，這基本上便是對作者寫作能力的一種探索與追尋[33]。而論者也認為德國浪漫主義是主張：「一般的詩，乃人的心智以自身為媒介的直接表達。詩即心智的活力。」[34]的。可以看得出來，這些以作者為本位的批評論述都想探求創作力的本質，然而無可避免地都用較為主觀的態度來進行陳述。也許受到浪漫主義的影響，他們的對創作者的描述有些誇大及理想化的傾向，但也不能說他們對作者的研究及探討沒有貢獻。只是他們的論述，畢竟心理學的意味太濃，無法獲得二十世紀以來反作者中心傾向文學批評家的認同。

而歷史主義的影響則源自德國，實證主義則倡自法國孔德，都

---

[33] 關於這方面的文獻，湯瑪斯·霍布斯（Tomas Hobbes，1588-1679）在他的著作《利維坦》（Leviathan，意譯「巨獸」——典出《聖經》，指大型爬蟲類或鯨魚等。）中有所討論。而作家約瑟夫·愛迪森（Joseph ddison，1672-1719）所著的〈論想像力的快感〉（"On the Pleasures of Imagination"載於《旁觀者》Spectator 雜誌中。）亦有所述。亞歷山大·吉拉得（Alexander Gerard）亦於西元 1774 年發表的〈論天才〉（Essay on Genius），而柯勒律治（Samual Taylor Coleridge，1772-1834）在《文學傳記》（Biographia Literaria）中對想像與幻想也有所討論。愛德華·楊格（Edward Young，1683-1765）的《試論獨創性作品》（Conjectures on Original Composition），威廉·哈茲里特（William Hazlitt，1778-1830）的《席間閒談》（Table Talk）皆針對天才有所討論。威廉·華茲華斯（William Wordsworth，1770-1850）則在《抒情歌謠集》第二版〈前言〉（Lyrical Ballads）中則云：「一切好詩都是強烈情感的自然流露。」強調作者情感對作品的作用。

[34] 見維姆塞特：《文學批評簡史》第十七章，〈德國文學理論〉。顏元叔中譯本（《西洋文學批評史》，台北：志文出版社，1995 年 8 月），頁 345。

在十九世紀後半期深深影響了文學研究。這些看來嚴謹的研究，反映出批評者對文學作者所處外在環境的重視，其中包括了時代、社會、現實政治、自然環境⋯⋯等等。而他們有興趣的則是作者的思想、興趣、情操、想像、性情、創造力⋯⋯等等，還有時代環境在人類社會中不斷產生的各種變異。

　　但是歷史主義與實證主義的傳統，漸漸僵化為文獻的蒐集與考訂，學者將大部分的精力花在歷史材料上而非文學作品中。或者根本也把文學作品當做歷史材料的一部分加以處理，最後轉為語言學研究的材料或歷史研究的材料或分支。而其他一些受到浪漫主義影響的文論家，他們濃厚的心理學意味又難以滿足反作者中心傾向文論那種提倡「客觀」批評的論述。因此在回到文本及追求「客觀」批評的呼聲中，「作者」暫時被貶抑，甚至被排斥了。但是仔細檢視這些批評家所留下來的文獻，俄國形式主義者維·什克洛夫斯基在提舉「藝術作為手法」[35]時，並沒有將技巧、手法與作者割裂來談；維·弗·維諾格拉多夫在《論風格學的任務》[36]的結論中，也以作家為基礎來看待作品。所以不能說他們完全拋棄「作者」。

　　羅曼·英伽登在《對文學的藝術的作品的認識》中提到：

　　所有這些我們借助於作品可以得到的關於作者的信息，總是

---

[35]　〔蘇俄〕維·什克洛夫斯基：〈藝術作為手法〉，收入〔法國〕茨維坦·托多洛夫編選，蔡鴻濱譯：《俄蘇形式主義文論選》（北京：中國社會科學出版社，1989 年 3 月），頁 58-78。

[36]　〔蘇俄〕維·弗·維諾格拉多夫：《論風格學的任務·結論》，〔法國〕茨維坦·托多洛夫編選，蔡鴻濱譯：《俄蘇形式主義文論選》，頁 90-94。

以作品的內容爲基礎，而且常常是從作品的其他部分中特意
挑選出來的。它所關心的東西不包含在作品本身，所以更不
在它的具體化之中。[37]

所以他認爲這樣的學者，號稱在研究文學的藝術作品，「實際上他
們是在研究個性心理學。」並且他們也沒有足夠的心理學專業訓練
和運用恰當的研究方法。英伽登更生動地描述道：

他們對待文學作品就彷彿它是作者的日記，一種給讀者的特
殊的信件。在這些文件中，作者企圖以一種與其說是藝術的，
不如說是人爲的方式把他的命運告訴讀者。要做這樣的事情
，作者是太聰明了，所以不能直接講述自己；他總是以「意
象」爲遁辭間接地講述自己；所以可以使讀者領悟關於他的
真理——那是他不敢說出的。[38]

但英伽登所反對的是把作品當做了解、推敲作者內心的媒介，
而不是反對作者的創作活動。他在《文學的藝術作品》宣言文學藝

---

[37] 《對文學的藝術作品的認識》（*Cognition of The Literary Work of Art*）
中譯本（Roman Ingardan 著，陳燕谷等人譯。台北：商鼎文化出版社，1991
年 12 月）。英加登特別在此加註云：「所有那些把文學的藝術作品降低爲僅
僅是作者的『表現』的論點，我都認爲根本是錯誤的」（頁 81），可見他的基
本觀念是反作者中心傾向的。他本來也無意於其論述中突顯作者，只是因爲「人
們總是認爲作者存在於他的作品中，構成它的基本形式，或至少在他的作品中
得到具體的顯現」，所以才特別提到並有意加以批駁。

[38] 〔波蘭〕羅曼·英加登，陳燕谷等譯：《對文學的藝術作品的認識》（*Cognition
of The Literary Work of Art*），頁 82。

術作品是一種「想像的客體」（imaginational object），並且說：

> 另一方面，這些客體不是某種觀念的東西，而是一些人們也
> 許可以叫做作者自由想象的各種形態，即他的純粹「想像的
> 客體」。後者完全依靠他的意志，並且本身不能同創造這些
> 客體的主觀經驗分開。[39]

雖然如此，但他明顯地把注意力集中在作品與讀者方面，事實上並沒以作者為主。所以即使像這種不以作者為主的論述，雖然其意在批駁作者中心論，也不免在論及寫作過程時考慮到作者。

通過對這些論述的整理，可以看得出來現代西方反作者中心傾向的文學批評家雖然或將其關注點集中在文本，也或者以閱讀活動為焦點，然而在實際批評或進行論述時，亦往往慮及「作者」。可見「作者」並非如他們論述中所曾經排斥的，或者提過的那麼「無關緊要」。「作者」的存在，對文學批評，也並非只具負面意義。

但是我們從《文心雕龍》的論述來看，這些現代西方反作者中心傾向的文論家們對「作者」內涵所進行的理論性探討與描述仍顯不足。俄國形式主義者可以說是提舉了「技法」層面，也注意到了「風格」層面。但卻未進一步考慮是誰在運用「技法」？是誰使「技法」具有生命力？而這種種，都是作者心力運作的成果。換個角度說，他們只注意到「技法」和「技法」在作品中所造成的效果，

---

[39]　Roman Ingarden, *The Literary Work of Art,*（Evanston:Northwestern University Press,1973），pp.16-17.

並以此來說明詩歌（泛指文學）語言和一般語言的分別。而這在《文心雕龍》的論述之中，可歸屬於「文術」之一端。劉勰也重視「文術」，在〈總術〉篇中指出：「執術馭篇，似善弈之窮數；棄術任心，如博塞之邀遇。」然而〈神思〉篇中的「秉心養術」、〈總術〉篇中的「研術」，則説明了是「心」在培養、運用「文術」的。如果不考慮這層精神面，很難説明作家與非作家差別的主因，當然也不能説明優良作家與劣等作家間差別的主因。（當然可以説一種是「文術」用得好，一種是「文術」用得不好；可是如果再進一步問：「為什麼他們有的「文術」能用得好？有的就用得不好？」就不能單純自「文術」方面來解釋了。）

從「風格」層面來看，他們所針對的是作者個人風格，以及如何建構、描述時代風格。《文心雕龍》不只論及個人風格、時代風格，並提出風格類型，且析述各種類型之成因。而且連繫劉勰的論述系統，可以看得出他所認為的，可以做為作者典範的理想風格。這些雖寫成於一千五百年前左右，但到今天還閃耀著論述的光芒，照亮批評家研究風格的進路。

至於英伽登的論述，對作品存在之特性與讀者認識它的方式，有細密精到的見解，然而對於探討作品的起源及其形成的過程，就保留得多，也沒有像劉勰那樣建構論點加以表述。可以了解的一種傾向是，歐陸的論述在羅蘭·巴特宣告「作者之死」以後，已經在思考一個沒有作者的社會溝通模式，對「寫作」活動也重新定義和解釋。當然我們可以知道，這背後意味著要擺脫作者對作品意義的宰制，以及瓦解其解釋作品的權威地位。而這還涉及與聖經詮釋及

當代社會政治發展……等等各方面相關連的,更深廣複雜的思想文化因素。由於並非本論文之中心論題,姑且不加以論析。

　　然而從《文心雕龍》的「作者」論述來看,〈程器〉篇中已經很明白地表示,一般型的作者(相對於聖賢型的作者)亦屬於凡人,根本沒有控制、宰制作品的權力;有時甚至連自己的命運及生死也沒有辦法掌握。〈知音〉篇中所表明的是讀者如何透過作品去了解作者,作品是媒介,是一艘船,將作者的精神運送過來,再將讀者的體會擺渡過去。(當然讀者所了解、體會的是文本中的作者。)這其中並不是權力的對抗、衝突、爭奪,也不涉及在權威之下,宰制/被宰制、壓迫/被壓迫等問題。而是説明讀者在與作者相互的交流與溝通的過程中,成全一種心靈上的和諧與滿足,並伴隨著發現知己的樂趣。至於聖賢型的作者,在《文心雕龍》的論述中,他們著述的目的是為了闡明「道」,讓大家都了解「道」,使之大明於天下。並不是在掌握及操弄對「道」的解釋,甚至藉此遂行自己的意志。

　　美國新批評在經過論辯之後,很多觀點也都陸續澄清並有更深入的反省。維姆薩特在〈推敲客體〉[40]中云:

　　　我們都知道文學研究常集中在:1.一個時代,時代的一個方面,一類讀者或一種文類(怪異的、田園的、資產階級的、

---

[40]　W. K. Wimsatt, "Battering the Object" in *Day of The Leopards:Essays in Defense of Poems,*（New Haven and London :Yale University Press,1976）,pp.183-204.案:本文寫成於 1968 年。

悲劇的、荒謬的等等）或 2.從推原論角度看一個作者，作為
他作品的注釋，或 3.作者本身只做為有趣的人物對象（見於
大多數的文學傳記），或 4.作者做為在他全部作品中揭示出
來的純粹的半透明的意識（見於日內瓦—霍普金斯批評），
或 5.文學作品本身（我們挺進的目標），或 6.文學作品的某
類部分或段落（古典主義修辭學中的比喻、借喻，巴哈拉的
基本象徵，克羅齊的尋靈魂母題的速讀。）毫無疑問用立法
手段強使人們側重某個對象，永遠是行不通，也是不可取的。
然而看到這些對象的地位之間的差異，還是有可能的。作家
莎士比亞或作家普魯斯特，我不得不承認，是實體，比他們
的任何一部傳記，或傳記中的任何一方面都堅實得多；比他
們生活的時代，比他們任何一部作品的文類，或作品本身，
都堅實得多；自不待言，比他們的全集更要堅實得多。因為
作家，與我們這些人相類似，也會粗心大意，感情失常，甚
至頭腦失靈，行為失檢。年輕無知，年老體衰，絮絮叨叨。
使他們成為偉大作家的是他們出類拔萃的能力，這能力使他
們在生活和工作時有時能超越常人的局限，達到他們生命和
工作的高峰時刻——即體現在個別的一部部作品中。

這篇文章是維姆薩特回應當時美國各種批評流派質疑時，對他們的
反駁，以及對自己的方法和立場所作的說明。可以看得出來，他所
注意的正是文學作者之所以成為文學作者，也就是作者能寫出偉大
作品的能力。而從二、三、四等三點，可以了解他並非無視於，也

不是無法容納對於文學作者的研究。但他認為有意義的作者研究，並非去考證他們的粗心大意、感情失常、年幼無知、年老體衰……等等這些與每個人都同樣的一般生活經驗，而是探討及研究與他們的文學及寫作有關的一切。

韋勒克在《近代文學批評史》第六卷中，更結合維姆薩特的理論與實際研究來評論：

> 維姆薩特永遠不會懷疑「一首詩的詞句是出自一個頭腦，而不是出自一頂帽子」，正如他本人所引用的史托羅教授的說法。（*The Verbal Icon*, pp.4.。按：即〈意圖謬見〉中所述之語）他無非是堅持主張——我們引用他後期的論點，比較謹慎的公式——：「一位文學藝術家的意圖，就意圖而論，既不是論證他文學作品的某一特定例證裏的意義特性之一種有效理由；亦非判斷那部作品價值的一條有效標準。」（*Day of The Leopards*, p.12.）只要想想作家們對其原來意圖所發表的許多謬說，我們就明白這是一個絕對合理的立場。……事實上維姆薩特對於傳記生平和文學史有極大的興趣，他發表過許多正式言論，承認文字意義的歷史決定因素和社會環境的衝擊影響。在此略加引用：「意義處於文字之外，而在它們的全部歷史以及具體使用它們的語境之中。作者的文字經驗以及文字對作者所產生的聯想，形成了文字歷史的一部分。」（《大學評論》，第 9 期，1942 年，p.141.）……在評論蒲柏和同輩詩人結交權貴一事時，他居然說出：「這個情況不

單單是文學的一個社會和經濟原因，它進入這位作家的思想
深處，而且給予他某一種的思想素材內容以及性格氣質。」
（亞歷山大·蒲柏散文與詩歌選集，xxii。*Alexander Pope:*
selected poetry & prose,xxii）

這說明了美國新批評派排斥的乃是作者意圖對作品解釋的主導及專
斷，而非排斥與作者有關的一切。韋勒克引維姆薩特所論，表明了
在文學作品的閱讀與詮釋中，他關心的是作品意義的發掘。只要能
發掘文學作品意義、與作品意義有關的，他們並不排除歷史、社會、
經濟、甚至現實作者……等等因素。

　　通過對前幾章關於《文心雕龍》作者論述的分析，可以了解劉
勰也注意到歷史、政治、社會、自然等這些外在因素對文學的影響。
但在劉勰的論述中，它們是透過作者，經由影響作者的寫作活動來
影響文學的。起源式的說明要與描述式的說明分開，這樣的意見是
維姆薩特在論述中所主張的。但從《文心雕龍》所述來看，起源也
蘊含著本質的形成，所以在描述、探討作品時很難將兩方面完全割
裂，不免會有相互涉入的情況。

　　時代稍晚的莫瑞·克里格（Murray Krieger）則脫離了新批評，
與現象學派走得很近。在〈關於關於詞語的詞語的詞語：文學文本、
批評及理論〉（"Words about words about words:Theory,Criticism,and
the Literary Text"）[41]中也提出了：

---

[41]　本文中譯收於《批評旅途：六十年代之後》（Murray Krieger 著，李自修等翻
　　　譯、結集，北京：中國社會科學出版社，1998 年 2 月）

> 作者創作活動的本質是什麼？它與作者以往的無論是摹仿還
> 是變形的經驗世界的關係，與言語中介的關係，與其他言語
> 表達活動的相似與不同是什麼？

表明了他對文學創作活動的思考，可以看到他這方面的論述，是以
作者的角度、立場來建構的。（當然他未必像陸機那樣，同時兼具
文學批評家及文學作者的身分。）

　　從文獻的內容可以看得出來，西方文論中的反作者中心論述也
漸漸在調整、反省、深化，比較能持平地考慮「作者」與文學作品
的關係。有時不禁讓人懷疑，或許所謂的「反作者」根本就是論敵
的污衊和來自傳播的簡化與誤解。但是它的確形成了一種詮釋與閱
讀的態度，而且也轉移了文論的重心，並且在某種程度上解消了作
者在文學活動中的場域。可是這只是代表可以從作品或者是讀者的
角度來看文學，並不意味著不能從作者的角度來看文學。當然，進
一步應該要考慮的，乃是三者之間所討論的問題，在理論上互有關
聯的部分。

　　而西方反作者中心傾向的文論對這些部分的探討，似乎都在各
自維護立場的論戰中被忽略或被簡化了。有些文學批評家像艾布拉
姆斯（Meyer H. Abrams）、韋勒克比較能考量到與文學有關的各方
面問題，而在他們的論述中也見出對這些方面整合的努力。

　　但是經過分析與解釋，可以了解現代西方文論所關注而探求的
乃在於作品的意義，其問題中心既在於此，則「作者」自非他們論

述中之焦點；而《文心雕龍》則意在指出如何能寫出好作品，故多自寫作立場構論。兩者對照之下，可知各自所關注的焦點及所欲處理的問題並不相同。現代西方反作者中心傾向文論對於「作者」研究的質疑與批判，乃立基於對作品意義的理解與建構；而中國古典文學批評對作者的重視，與其說是基於其作品，倒不如說是由於作者個人的言行、思想、情操……等等方面能讓人發生興趣，甚至景仰、效法。作品在此只是擔任一種媒介，讓讀者能通達作者之心。

因此中國古典文學批評所重者，在於如何寫出一篇好作品；而探其源，乃求之於作者之「心」。現代西方反作者中心傾向文論所重者，在於如何很好地解讀及評價一篇作品，而究其指，乃在於作品的「意義」。作者之「心」雖可發而為作品，然而作品中的「意義」卻是在閱讀過程中被建構的。究中、西作者論述之旨，乃知其可雙遣而不相涉。因此以現代西方文論中的反作者中心傾向論述來質疑、詮解及評價中國古典文學批評，固屬未當；而以中國古典文學批評來回應現代西方文論中所提的問題，亦未免有些勉強。然而兩相對照之下，卻可以讓二者問題更清晰，也可以讓研究者明白兩種不同文化架構下所開展出來的文論思維。

《文心雕龍》的作者論述以寫作為起點，觸及下列幾方面的問題，並能有理論上的創獲，可與現代西方文論中反作者中心論述做個對照：

一、創作方面的問題，屬於作者與作品之間，而外在環境亦發生間接影響；作者寫出作品所憑恃的能力是什麼？現代西方的反作者中心傾向文論並不將這方面的問題列為他們關注的焦點，如果有

所涉及，也多從技巧方面加以深求，或者根本不討論這個問題。而《文心雕龍》則提出「才」、「學」……等等成套的概念，掘發、闡述創作原理，讓人們了解作品的形成過程。並且這些概念之間是有系統、有組織的，並非隨意枚舉，隨性而論的。而劉勰也更進一步注意到文學傳統、時代環境、自然環境對創作活動的影響，而這在在都牽涉到作品的「質」和「量」。

二、理解與詮釋的問題，屬於作者與讀者之間，而作品為其中媒介；這是現代西方的反作者中心傾向文論關注的焦點，然主論在於讀者如何構成自己對文本的理解[42]或是文本如何被了解、接受甚至流傳[43]。《文心雕龍》則立意於讀者如何藉著文本了解作者，與作者進行心靈上的溝通。

三、文學傳統的問題，屬於各個作者之間，基本上亦以作品為媒介；現代西方反作者中心傾向文論者是主張作者身處傳統中，應該隱沒個人才具及特質，成全文學的主體性，不應該為了突顯個人特性，而破壞了文學自身的完整與獨立[44]。

《文心雕龍》則認為文學創作有常有變，有相因者，亦有通變者。劉勰並不視「文學」為一靜止的體系或結構物，而是將它看成會發展、演變，並且可以在人類社會中發揮功能的事物。所以作者寫作有其不得不通變之勢，也唯有表現出自己的特色才足以對傳統

---

[42]　見伊瑟爾（Wolfgang Iser）著《閱讀行為》（*The Act of Reading*）。

[43]　見姚斯（Hans Robert Jauss）著《朝向一個接受的美學》（*Toward an Aesthetics of Reception*）。

[44]　T. S. Eliot, "Tradition and The Individual Talent", in Adams,Hazard ed., *Critical Theory Since Plato,*（U.S.A:Harcourt Brace ovanovich, Inc., 1971）,pp.784-787.

發生影響，留名文學史中。然而要變得好、變得更加殊勝，則應該
參考前代作者爲何變？如何變？有變的地方在哪裡？不變的地方又
是在哪裡？檢討其變得成功或失敗的結果及思考其原因，這就是各
代作者之間相因相變所形成的文學傳統。而面對這個傳統，也就是
藉著文本在向歷朝歷代的作者扣問，與歷朝歷代的作者進行對話，
在此中找出自己的特色，讓自己的創作成熟。

　　四、作者與自然及社會環境的關係，屬於作者與環境之間；劉
勰所強調的是環境對作者的影響，而西方反作者中心傾向文論雖然
也注意到作者與社會環境的互動，但基本上視之爲「文學研究的外
在方法」，是對文學做外緣研究，並不足以衡定文學的真正價值及
意義。韋勒克在《文學論》第九章〈文學與社會〉中說：

> 有些偉大的作品，很少甚至沒有社會意義。社會文學只是文
> 學的一種，而且並不是文學理論的中心。除非有人堅持認爲
> 文學主要是人生的一種模倣，而且，特別是人生的社會生活
> 的一面。然而文學並不是社會學或政治學的代替物，它具有
> 它自己存在的理由和目的。

他們所強調的是文學的自主性，這可能是將「作者」邊緣化的理論
傾向所導致的一種結果。但是《文心雕龍》則點出作者的寫作會受
環境的影響，並因此對文學的演變及風氣也都會造成影響。如果能
將「作者」考慮進來，那麼文學與外在環境間也許就不是孤立的兩
部分，其關係也不至於限定在反映、摹倣之間了。

　　五、社會對作者的評價，亦屬於作者與所處環境之間，涉及到社會如何看待作者及作者（單一作者或「作者」這種身分）的社會地位。反作者中心傾向文論者艾倫·退特（Allen Tate）在〈詩人對誰負責〉一文中說：

> 詩人的責任本來很簡單，那就是反映人類經驗的眞實，而不是說明人類的經驗應該是什麼，——任何時代，概莫能外。詩人對誰負責呢？對自己的良心負責。『良心』一詞，取它在法文中的含義：『知識與判斷的呼應行動』。……所以，詩人對社會所負的責任，絕不是按社會思潮或社會需要去編詩。詩人對什麼負責呢？他只對他做爲一個詩人應當具備的德行負責，爲他特別的風骨負責……迫使詩人不做詩人，而去做某種政治理想的宣傳家，這才是不負責任的，哪怕詩人自己認爲這樣幹是值得的。[45]

退特明顯地把政治與社會排除於詩人的責任之外，而訴諸「良心」、「道德」這類普遍價值。說明了詩人應當先成爲一個詩人，而非先考慮政治與社會需要。

　　劉勰則認爲二者並不衝突，政治上的成就及社會上的名聲無礙於詩人成爲一個詩人（甚至可能因而減少受到謗毀的機會）；相對

---

[45]　艾倫·退特（Allen Tate）著，牛抗生譯：〈詩人對誰負責？〉中譯本收入趙毅衡編選：《新批評文集》（天津：百花文藝出版社，2001 年 9 月），頁 511-527。英文原文收入艾倫·退特著：《現代世界中的文人》（Allen Tate, *The Man of Letters in Modern World : Selected essays, 1928-1955*）。

的政治的打擊及名聲的污損也無礙於一個詩人在文學中的地位。所以詩人做為一個人，應該正視及負起現實社會中的責任。智者、政治人物、軍事將領甚至婦女，他們也可以是詩人；同樣的，詩人亦能為智者、政治人物、軍事將領……等等人物所為之事。但劉勰並未進一步論及這樣會對詩人造成怎樣的影響，他在這裏的價值判斷則回到儒家傳統的「用之則行，捨之則藏」[46]，所以說：「窮則獨善以垂文，達則奉時以騁績」[47]，這是劉勰與退特論述不同之處。

雖說劉勰的考量比較現實，但是他畢竟想得比較深入而全面。因為如果認為詩人所為只秉其良心道德，與政治、社會無關而不參與其中的話，不要說他的良心、道德是相當脆弱易折的，而且他的價值理念與終極關懷亦將虛懸於其斗室之中，隨著他對環境的無力與無能而為外界所壓迫、所扭曲，終亦將隨著他化入塵土。如果當年詩人艾哲拉‧龐德（Ezra Pound）有政治及社會實力的話，熱心且憂心的退特也許就不必提出這篇文章了。

所以與《文心雕龍》的作者論述一對照，便可以看到現代西方反作者中心傾向文論對於這些問題的探討，有他們關注的重心和問題的焦點。他們的問題和探討所忽略的地方，與其說是出自他們理論內部，不如說是來自其反作者中心的立場和他們對待作品與文本的態度。至於劉勰所給的答案，生於一千五百多年後的當代文學批評家們是否能認同？這可能就要取決於這些文學批評家們的眼光，以及當前這個時代所面臨的問題，已非劉勰所能預知者矣。

---

[46] 《論語‧述而》篇。
[47] 《文心雕龍‧程器》篇。

第七章 結 論

　　經過了前幾章的析評考述，可以明白文學批評的「作者」問題所牽涉到的層面相當寬廣。在中國古典文學批評中，無論是各個面向、各種批評方式，或多或少都會接觸到或考慮到「作者」。注解箋釋務求通作者之心，明作者之志；選錄文章，亦多標明作者，甚至介紹作者爵里生平；文論專著，亦不乏關於作者之專門論述；眉批評點，也往往擬想作者當時寫作心境，甚至以掘發作者未盡之旨為目標。但在這些中國古典文學批評文獻中，卻少見對「作者」內涵進行深刻剖析的論述。

　　然而中國古典文學的構論者及批評者，往往從歷史傳記、道德操守、文學風格特質等角度來看待文學作者，於是影響了學者研究文學作者的方法。由於文學理論及批評是針對文學所進行的研究，如果想要研究成果得到認同及共識，無可避免地要立基於合理、嚴謹而不相矛盾的研究方法之上。故學者從歷史傳記的角度來看待文學作者，往往便採用歷史研究法，甚至不惜將研究的論題轉為歷史範疇的論題。而從道德操守來評論文學作者的學者，往往也不能免於將之置於思想、文化的範疇底下來思考。所以很容易衍成以道德上或倫理學上的價值系統及價值判斷來衡量作者，以及探討作者所

表現出來的思想、行爲間的問題，這就將研究的論題轉入哲學範疇來考量了。而從文學風格特質的角度來看待作者的學者，雖然會注意並且分析作品，但是他們多憑主觀印象來描述風格、評驚優劣。間或有訴諸系統化表述者，然而卻少見學者提出合理而嚴謹的研究方法來從事這方面研究。

綜而論之，可説歷史傳記及道德操守批評二者，已溢出文學領域的研究；而文學風格特質批評，則在方法的自覺反省及建構上還未臻完整縝密。雖有一些詩話、詞話及評點家們主張文學的閱讀批評、析論綜述不必以作者爲主，然而他們所重視的乃是讀者的興發及感受體會，其論述之立基點，並非意在反省、檢討以作者爲中心的文學批評方式。

而西方的文學批評論述，自二十世紀以來便漸漸形成一股反作者中心傾向的趨勢。這股反作者中心傾向的趨勢固然有其西方文論史上及思想史上的背景，也有他們想要挑戰或矯正的對象，然而卻觸及從「客觀」的角度及立場來看待文學及文學批評的相關問題。

以美國新批評派爲主的文學批評論述，明白地揭示了以作品爲中心的「本體論批評」。他們由於細讀法（close reading）的推廣及被接受，成爲美國大學校園中閱讀與分析文學作品的主力，也引領一時風潮。目前在台灣，大約六、七十歲，留學美國治西洋文學的學者都親歷過這股風潮。

新批評派的基本信念是將文學作品做爲一種分析對象，探求、分析它的內在結構。但他們明白這與科學不同，科學是將多變複雜的世界加以簡化，提舉其間可以掌握的規則，使人們易於因應及處

理；而詩歌，則「旨在恢復我們通過自己的感覺和記憶，淡淡地了解那個複雜難制的世界。」[1]所以新批評派推敲字質、講究語言文字手法、闡明作品的整體結構……等等努力，都是在作品文本上用功。而他們也相信文學批評應該以作品為基礎，而不是徒然堆疊與作者有關的歷史材料。

這種以作品為基礎的批評取徑，轉而成為對「作者意圖」的否定。這種否定是立足在對作品的詮釋效果上而言的，却引起其他學者及批評家們誤認為他們完全排除「作者」。如果深入了解他們，可以知道他們所堅持的是「客觀」的文學研究。排除「作者意圖」的原因即基於此，排除讀者感受的原因同樣也是基於此。如果從這個立場出發，可知他們的反「作者意圖」，其實是反對主觀隨意又不具效力的批評態度與方法。不過他們也明顯地不以「作者」為文學批評中心，所以立場還是很鮮明的。

然而從羅蘭·巴特到米歇爾·福柯等文學批評家，則基本上將「作者」視為對宰制作品意義的來源；唯有去除「作者」，方能使寫作與詮釋活動得到自由。如此一來，寫作成為一種符號與符號間自動聚合、交叉再交叉的現象，作者的身分只是一個媒介（猶如巫師傳達神旨），讀者或聽者不應以作者為話語的源頭，也不必去考證話語的源頭。這些文論家並且轉而設想、建構一種沒有作者存在的溝通模式與社會情境。關於文學活動的理論探索，至此可說離「作者」愈來愈遠。

---

[1]　見約翰·克婁·蘭塞姆《新批評》結語。

　　在堅持文學批評客觀性的潮流下，也有一些反對這種潮流的批評家提倡對「主體」（subject）的重視，認爲文學批評在強調客觀批評時過分重視「客體」（object）——即對象，而忽略了主體才是文學寫作與批評得以運作的原因，意義獲得的來源。然而這樣的論調事實上是往讀者方向傾斜的，並非表示文學批評論述將回歸到以作者爲中心。因此赫許認爲西方的現代文論形成一股「驅逐作者」的風潮。然而在現代西方文論這種風潮之下所思考的關於作者的問題，不同於中國古典文學批評裏強調讀者的那種以主觀的態度，講求閱讀主體的抒發與表達之論述。這些西方的文學評論家們要求、並努力使文學批評站在一個客觀性的基礎上，讓它成爲一種嚴謹而合理性的學術工作或學科訓諫。它不屬於歷史研究，亦非社會學或心理學的研究，更不屬於倫理學或思想學說的範疇；勉强可説是美學中實際評論的一個分支。（但亦不全然是，因爲它與語言學也有關聯。）

　　所以中國古典文學批評中，那種以作者爲中心的情志批評，便配合著歷史傳記的研究被學者提舉出來，當做與西方現代文論思潮相對照的兩種理論典範。但衡諸中國古典文學，情志批評的文學批評法在實際詮釋上既無法面對各式各樣的作品，在理論上亦不足頡頏現代西方反作者中心傾向的文論；甚且造成有些論者站在某種程度的誤解上去詮釋解讀現代西方文論。這種結合歷史傳記研究的情志批評，背後其實蘊含著對主觀態度的重視及對主體意向的強調。乃是將語言文字視爲媒介，了解及會通作者的精神生命及其胸襟懷抱的理想；這才是閱讀與批評的目的。語言文字的意義在主體感悟

中獲得，而主體感悟的依據，主要在於作品及其相關的歷史材料。

　　但是這種批評的型態與取徑雖不同於現代西方反作者中心傾向文論，却也呈現出另一種思維，尤其在作者論述方面，中國古典文學批評討論的重點在於「如何寫出一部好作品？」而現代西方反作者中心傾向文論所關注者，則在於「如何探求作品的意義？」。兩相對照，可以看得出來前者所關心的是寫作活動，因此他們的討論自然以作者為中心，甚至會虛擬一個「理想作者」，亦即在寫作活動的各方面表現上都臻於完美的作者，（這與艾柯從「理想讀者」構想的「理想作者」用詞雖同，但却是意義不同的概念。）而這「理想作者」亦必具有完美的人格修養、情操風骨。西方反作者中心傾向文論所關心的則是詮釋活動，因此作者只是意義的來源之一，發現並建構作品的意義，才是這些文學批評家討論的重心。所以他們覺得太過於強調作者，反而會妨礙詮釋者去發現及建構作品的意義。

　　所以兩種論點雖然都對作者提出看法，卻是基於不同的文化背景和思維方式下提出各自相異的問題，以現代西方反作者中心傾向文論來衡量中國古典文學批評中的作者觀念或其論述，反而失去問題的重心。兩相對照，則猶足以各顯其特點。

　　事實上中國古典文學批評中大部分的著作，如詩話、詞話等多流於主觀印象的批評，而注解箋釋則往往將文學問題邊緣化，文學反而成為歷史研究和語言學研究的材料或成果。當然也有一些注解箋釋者是利用歷史、地理及語言學的研究成果來詮釋、構建他們心中所設想的作者，並了解這些作者展現在作品中的情操；但這又與

道德批評結合了。再者，還有一些談文法、詩法、格律等的書籍文章；然此既非神思玄解之本，亦非文運風會之資。若就創作指導而言，只可云爲入門之階。職是而言，在中國古典文學批評中，雖多由於關注創作活動而重視「作者」，但對「作者」問題尚少見深入的反省及分析思考。

但是在中國古典文學批評中，《文心雕龍》對「作者」的分析及批評方式卻呈現出它特有的深度與廣度，讓中國古典文學批評關於「作者」的論述有可能架構出一個以文學爲中心範疇的「作者」理論。

從整個中國古典文學批評來看，「作者」的觀念很早便存在而且被強調了，這主要是儒經裏面所提到的「作者」都是聖君賢臣，所以講到「作者」，就會與創造、開始、人文化成……等等觀念發生關聯；而有些作品則屬於集體寫作，所以也只能從社會的角度來認定。這種儒經傳統的作者觀，不論聖君賢臣作者或集體作者，其背後都蘊含了一個觀念，即語言是屬於社會的，其效用也應該針對社會。但隨著寫作環境與寫作觀念的改變，聖賢型態的作者已經不復存在，而集體式的作者也只存在於吳歌、西曲、漁歌、樵歌、山歌等民間作品中。所以作品公有的作者觀，以及其文本所存在的社會，可以說都已成爲文獻上遺文陳跡。

文章傳統的作者觀則源於著述者著書立說，以成一家之言的自我期待。戰國、秦、漢諸子及史家，多屬這類人物。西漢時雖亦出現像司馬相如、枚皋這樣的專業文人，然而比起調和鼎鼐的丞相以及手握軍權的大將軍，他們的地位並不高，也不甚受人尊重。後來

魏晉的文學作者以為文自期，並從中發現為文之樂及其重要性，再經過在上位者的提倡，此後文學作者乃愈來愈被重視。這個傳統的作者觀重視作者的「才」、「氣」、「學」、「識」……等等內在因素，它發自於創作傳統，進而影響了詮釋與閱讀。

《文心雕龍》在這兩種作者觀中發展並處理關於「作者」的論述。承續自儒經中的作者觀使劉勰推尊作者的地位，且不限於從文學方面來討論他們的成就；而基於文章傳統的作者觀也使劉勰了解文章著述的特殊性，讓他更廣博詳密地觀察、分析、歸納文章作者的特質，並指陳其得失。所以劉勰所著的《文心雕龍》並非在中國古典文學批評的作者觀外，特立一種「作者」論述；而是在中國古典文學批評中整合、並提出他關於「作者」的論述。

《文心雕龍》對「作者」的探討，表明了劉勰對起源問題的重視。而這包含了文學的起源以及作品的起源。劉勰將前者歸諸形而上的「道」，而以後者論述作品生成的過程；這是他與現代西方反作者中心傾向文論在論述的基本觀念上不同的部分。現代西方反作者中心傾向文論大多只就現象與作用做描述與評價，盡量避免對起源問題進行探討。但無論是文學的本質或體裁的本質，劉勰往往從起源處來看待、評述，所以他會關注到起源。而作品的來源就是作者，──無論是已知的、未知的，實質上的或是傳說中的，單一的、集體的，有名的、佚名的，捏造的還是假託的……──劉勰既然會注意作品來源，就會關心和探討作者。而從本論文的第三章到第五章中可以看出，在劉勰的作者論述中時時透著一種指導寫作的想法及用心。

　　劉勰並非含混籠統來看待「作者」，在析論「作者」的寫作才能及其作用時，他背後是有一套理論依據的。而這種屬於「作者」的基本認定及其內在能力的分析，雖為主體的能力，基本上乃屬確實而可加以印證者。不用說作者還存活於世；即使是作者已歿，也可以從作品及其相關的可靠記載中找到線索。在論外在環境與「作者」的關係時，他也能持平地指出環境對作者的影響與作者和環境間的互動關係。而對於寫作活動，他也提出足以說服人們的典範及理想的寫作心境。就「作者」論述而言，可以說很全面地照顧到了相關問題。

　　寫作活動的基礎雖在於心靈的運作，但是從〈神思〉篇所云：「神與物遊」可以了解，劉勰認為這不單單是心靈在起作用而已，是心靈與外物相配合而成就的一種活動。它也不是以心靈去浸潤、鼓蕩外物，而是貼近、體會、觀察「物」，並且能適「物」之性、順「物」之理而進窺天地造化之妙。所以可以說是人的心靈去配合「物」，而非憑人類一己主觀意向去改變物。

　　至於培養文思的具體積極的作法，「積學以儲寶」、「酌理以富才」、「研閱以窮照」，都向現實世界取資；「馴致以繹辭」也是要將心靈所思所感以語言文字的方式表現出來。當內在的「才」或「學」受困時，劉勰所提出的救助方案：「博見」、「貫一」，則由外在環境取資。而〈鎔裁〉篇在論構思時所提的「三準」，〈聲律〉篇的：「左礙而尋右，末滯而討前」及「和」、「韻」之說，〈章句〉篇「搜句忌於顛倒，裁章貴於順序」的告誡，〈麗辭〉篇所舉的「四對」……凡此種種，劉勰所提寫作上的原則，皆可依循

而有學理上之根據者，非虛形濫說之妄言囈語也。

　　其次，劉勰也希望作者寫作時能依循體裁所要求的標準，而這種標準是不隨作者主觀意願而變化的。除了體裁論二十篇中所闡述關於各種體裁的原則和標準之外，像〈風骨〉篇講：「洞曉情變，曲昭文體」，〈通變〉篇云：「名理有常，體必資於故實」，〈定勢〉篇的：「循體而成勢，隨變而立功」，〈體性〉篇在作品風格上也歸納出「八體」，凡此種種，都表明了劉勰注意到了文學活動中有些方面是不隨創作或閱讀主體之意願而變化的。

　　再者，從劉勰強調時代政治環境與自然環境對文學活動的影響，也可以看得出他了解外在環境的重要性。所以在〈程器〉篇中他也期望文學家能發揮自己的能力（不限於文學方面的），改善外在環境，對人類社會及天地宇宙有正面的貢獻。而在閱讀方面，他要求讀者要儘量避免的「貴古賤今」、「崇己抑人」、「信偽迷真」等過失，都是出自於主觀價值取向上或情感上的偏見，要不然就是認知上的過失。而他提出的：「無私於輕重，不偏於憎愛；然後能平理若衡，照辭如鏡」，可以說是一種平允公正的文學批評態度。所以可依據其論述內涵，提出「六觀」來做為分析與評論文章的維度，而「六觀」的內容都是建立在文本上的，不隨批評者的好惡而有所遷變。

　　綜上所述，可說劉勰的文學論述，在很多層面上展現了排斥個人主觀好惡的一面。而他所建立關於「作者」的論述，在吾人可以討論到的層面，也有這種特質。應該要說明的是，劉勰這種排斥個人好惡的特質，也不認為文章內容可隨解讀者的心念而任意變遷的

論述，並未排除「作者」的層面來論文學。因爲他也知道文本做爲一種語言文字的存在，它來源於「作者」，但却是自足的。並不因爲人們之無視、無感甚至無知，它就不存在或不發揮作用。

所以由語言文字構成的知識，它雖然假人類之手、腦、思維、情感而得以成立，卻可以是一個獨立而自足的世界。即使如某些文論者所云它的意義是由「主體情志所構成」[2]，仍無礙於這個世界的獨立而自主。文學也一樣，存在於文本世界中，它或者可因爲讀者或箋釋者的參與解釋而使其意義豐富，然而也不因爲讀者或箋釋者不讀解，它就不存在。而這樣一個世界，就有意識地意義之形成而言，（暫時先排除那種無意得之、自動寫作、無意識寫作的狀態）正是來自於「作者」[3]。雖然説起源問題未必與意義的理解及詮釋有關，但它可以讓人了解文本的形成過程及其意義被賦與的狀況，而這在劉勰的觀念中，都並非神秘不可測的部分，是可以分析而加以探察的。（《文心雕龍》中自〈神思〉至〈序志〉，都在表明這個道理及其已經達到的成果。）《文心雕龍》所討論及肯定的都是有「感」而作、緣「情」而發、因「志」而成的作品，並不接觸無意識的層面，這也可以説明劉勰的文論基本上是就人的意識層面立論的。在他的文論中只有講到「道」的發生及作用時，才稍稍涉及神秘主義；只有講到寫作運思時，才稍稍涉及心理主義。但這或爲劉

2　顏崑陽先生：《李商隱詩箋釋方法論》，頁 170-171。
3　當然有些作者試圖取消他應該有意識地賦與在文本上的意義，以造成某種效果。例如以「無題」爲詩名、沒有主題的小説等作品。這也是一種有意識地造成無意義或意義不定的現象，由於並非本論文討論的重點，故附帶提之，在此不擬加以引申詳論。

勰文論中未解決的問題，或為附帶提及的論點，皆非《文心雕龍》書中精華或主論部分。

當然文學活動中也有一些是屬於作者及讀者本身主觀的取捨與個人修養及能力發揮方面者，劉勰則常常在此處用有所保留或不確定的語氣來表達。像〈神思〉篇云：「至於思表纖旨，文外曲致，言所不追，筆固知止；至精而後闡其妙，至變而後通其數。伊摯不能言鼎，輪扁不能語斤，其微矣乎！」；〈物色〉篇的：「屈平所以能洞監風騷之情者，抑亦江山之助乎？」這都表明了雖然有的作者可以達到相當高明的境地，但其背後的機制或原則卻是相當私人而個別的。這方面很難探究，即使探究出來，其成果也不見得具有普遍意義。

而像〈神思〉篇所提到的：「登山則情滿於山，觀海則意溢於海。我才之多少，將與風雲而並驅矣。」也是從作者自身感受上來講的。但落實到提筆為文，則往往不免：「方其搦翰，氣倍辭前；既乎篇成，半折心始。」[4]，可見劉勰也認識到從作者興發感受到結句成章之間會有落差。針對這類屬於表現上的問題，劉勰提出：「秉心養術，無務苦慮；含章思契，不必勞情」[5]的處理原則，在消極無為中蘊含著能夠導致積極有效的結果。這與〈養氣〉篇所說的：「思有利鈍，時有通塞。」、「意得則舒懷以命筆，理伏則投筆以卷懷。」的觀念是相通的。所以對這種不確定、無法了解的狀況，他並不鼓勵作者去積極經營處理，而要作者放開一步，不要過分驅

4　　《文心雕龍·神思》篇。
5　　《文心雕龍·神思》篇。

迫心靈及思維，使其有得以舒展之空間。

　　總而言之，《文心雕龍》的作者論述透露了一個訊息，只有具備「才」、「氣」、「學」、「習」，能恰當適切地將「思」、「情」、「志」表達呈現出來；並善於自其所處的環境中汲取養分，養其胸襟、擴其見識；而能實踐劉勰所提出之理想寫作的文學作者，才是一個好的文學作者。劉勰所述，已不止於文學層面，而有涉入人文領域，擴及於整個人類文化層面之勢。

　　值得重視，必須再補充說明的是，現代西方文學批評的反作者中心傾向論述從詮釋和解讀的立場出發，所以他們提出問題的角度及看待問題的方式，基本上是偏向批評層面而非立意於創作層面的。只是在構論時他們基於對文學活動的整體考量，也往往觸及創作層面。而《文心雕龍》中的「作者」論述大部分都屬於創作層面，由於考慮到作品的解讀和作者與社會的關係，所以也不惜涉筆於詮釋及批評層面。可以看得出來這兩種論述由於其立論層面的不同，所重視的主題亦各異。然而從文學活動的整體來考量、會通之後，基本上是可以相互補足，各自成全的。但不論是立足於創作層面或是批評層面的論述，如果對所討論的概念沒有一個完整而清楚的認知和說明（不論是在討論過程前、後或討論過程中），將無益於問題的澄清與解決。（即使號稱「解決」也只是在不穩固的基礎上徒費智力而已。）

　　而通過對《文心雕龍》「作者」論述的整理與研究，可以發現劉勰雖未專論明述，但他關於「作者」的概念和所涉及到的問題是相當清楚的。而重要的是他所提出來的論述，比起中國古典文學批

評的其他各家，也來得全面而周密。對中國古典文學批評而言，《文心雕龍》的「作者」論述，無論是當做理論基礎也好，或是做為被批判的理論也罷，它都足以促進對「作者」問題的更深入而全面的省思，或對作者的評論進行更完善的補充。

　　所以現代西方批評的反作者中心論者，不必將「作者意圖」，甚至針對「作者」，視為妨礙「客觀」有效詮釋或讀者理解作品的洪水猛獸[6]，如果能夠依照劉勰在《文心雕龍》中所提的方法，平心靜氣地去探討寫作與批評的原理原則，自然能發掘許多蘊含在「作者」這個領域中許多珍貴可用的材料。「作者」並不代表主觀，也不絕對宰制讀者對作品的理解。相反地，在某種程度上，它可以幫助讀者理解，使讀者不囿於個人主觀的視域來看待及詮釋作品。至於何者為優？何者為劣？恐怕仁智互見，不易分曉。然而從解讀活動的層面來看，如果不執著於以「作者意圖」為「正解」，或以之為判斷作品優劣之標準；則「作者」的存在，可以説至少也提供了

---

[6]　在中國的文學批評及學術傳統中，則與此相反，往往想要追尋「作者本意」（或「本義」），並試圖從歷史研究方法或形而上學的理念上保證其客觀性基礎。顏崑陽先生則於其《李商隱詩箋釋方法論》在綜批歷代箋釋者對客觀性的堅持及要求乃乎理解與詮釋之歧路後，再進一步提到：「所謂『作者本意』的客觀性，其實還可以區分爲二種不同的依據：（一）是由於『道』的神聖性、超越性、普遍性，故非一般人所能創作，其作者必為聖人。……如此，則『作者本意』之所以客觀而箋釋者不能任意背逆，乃是由於價值真理的神聖性、超越性與普遍性。（二）是由於每一個別主體之做爲歷史的、心理經驗的存在，皆是不能相代之獨立實在體。作者所創造之作品，其中情志意義屬於作者所私有，因此相對於箋釋者，它是客觀的存在，只有作者本人才能對其情志做出最後確當的解釋。這二種作者觀，一源自於『經』，一源自於『史』，成爲中傳統文人箋釋活動中，『作者本意』客觀性得以成立的理論依據。」（頁165-166）可説是探索其源頭，試圖瓦解關於「作者本意」客觀性的論述及其箋釋傳統，建立並且標舉其立基於主體之批評與箋釋方法的合理性及適當性。

讀者從更多元的方面理解作品意義的可能性，以及更多種理解作品的角度（例如：可以對作品的起源從事合理的探究）。這可能是羅蘭・巴特先生當初懷著滿腔熱情宣告「作者之死」時，還來不及想到，或根本有意忽略的吧。

　　而屬於中國文學批評及理論中的作者論述，可以藉《文心雕龍》爲理論分析之參考架構，建構起屬於文學範疇的，更具理論意義及價值的作者論述。如此一來，關於作者的討論便不至流於漫無標準及定義不清的印象式批評，也不必因旁求於歷史研究及道德倫理上的價值判斷而脫離文學範疇，成爲歷史學和倫理學的分支或其材料。而徐復觀先生在〈從顏元叔教授評鑑杜甫的一首詩說起〉中對中國文學藝術及其批評的性質所下之斷語：「中國體驗所到的最高意境，常較西方出現得早；但不僅這類的意境，愈到後來愈顯得萎縮；並且終停頓在結論性的簡單語句上，缺少由分析而來的理論構造，使現代人不易把握。」也將因《文心雕龍》的「作者」論述而有了反證。可以說明中國古典文學中也是有理論分析型態的文論，雖然未必講求到非常精深嚴密、剖析毫芒的地步，但至少亦非那種將理論套用在文章之上，予以機械式分解的析論方式。能了解這個層面，中國古典文學批評的研究者也許就不至於像徐先生那樣，對於中國古典文學批評的缺乏分析及理論構造，發出那麼深的喟歎與那麼多的傷感。

主要參考書目

說明：

一、本參考書目之中，中文書目依書（篇）名、作者、出版
地、出版社、出版年、版次之順序編列。古籍翻印者則
說明所依據版本。英文書目略依作者、書（篇）名；出
版地、出版社、出版年之順序排列。

二、本書目分下列四類，依序為：

甲、《文心雕龍》研究書目獨立為一類。包括注、譯、
評、介、專書、研究論文集等勒集成冊者及相關的
期刊、雜誌等。分別依書名正體字筆劃順序排列。

乙、清朝道光以前所出版之著作（包含其注、疏、釋、
箋、評、證、譯……等等）依四庫分類法排列。同
屬一類書籍，依書名正體字筆劃順序排列。

丙、清朝道光以後（包括道光）所出版著作及期刊，分
別依書名、篇名正體字筆劃順序排列，不另分類。

丁、英文著作依作者姓氏英文字母順序排列，不另分類
。一人以上之共同著作以首位作者姓氏為先。

甲、《文心雕龍》研究書目

文心十論　涂光社著　瀋陽：春風文藝出版社　1986 年 12 月初版

文心同雕集　曹順慶編　成都：成都出版社　1990 年 6 月第 1 版

文心雕龍　南朝梁·劉勰著　清·黃叔琳注　紀昀評　台南東海出
　　　　版社依兩廣節署本印行　民國 63 年 11 月

文心雕龍　梁·劉勰著，郭晉稀注譯　湖南：岳麓書社（收入國學
　　　　基本叢書）　2004 年 9 月第 1 版

文心雕龍之文學理論與批評　沈謙著　台北：華正書局　民國 70
　　　　年 5 月初版

文心雕龍之建安七子論　卓國浚著　國立彰化師範大學國文研究所
　　　　碩士論文　民國 87 年 6 月

文心雕龍之創作論　黃春貴著　台北：文史哲出版社　民國 67 年 4
　　　　月初版

文心雕龍文術論詮　張嚴撰　台北：商務印書館　民國 69 年 12 月
　　　　4 版

文心雕龍文論術語析論　王金凌著　台北：華正書局　民國 70 年 6
　　　　月初版

文心雕龍文學理論研究和譯釋　杜黎均著　台北：曉園出版社　民

國 81 年 7 月初版

文心雕龍文學創作論與批評論發微　王義良著　高雄：復文出版社
民國 91 年 9 月初版

文心雕龍文體論今疏　林杉著　呼和浩特：內蒙古教育出版社
2000 年 11 月第 1 版

文心雕龍今譯　周振甫著　香港：中華書局　1986 年 12 月初版

文心雕龍札記　黃侃著　香港：新亞書院（台北文史哲出版社發行）
民國 62 年 6 月再版

文心雕龍本義　陳拱本義　台北：台灣商務印書館　民國 88 年 9
月初版

文心雕龍字義通釋　胡緯著　香港：文德文化事業有限公司　1997
年 2 月出版

文心雕龍字義疏證　吳林伯著　湖北：武漢大學出版社　1994 年 4
月第 1 版

文心雕龍注　范文瀾注　台北：學海出版社　民國 80 年 2 月再版

文心雕龍的文學理論和歷史淵源　郭鵬著　濟南：齊魯書社　2004
年 7 月第 1 版

文心雕龍的風格學　詹鍈著　台北：木鐸出版社重排翻印　民國 73
年 11 月初版

文心雕龍的樞紐論與區分論　藍若天著　台北：商務印書館　民國
72 年 6 月 2 版

文心雕龍的傳播和影響　汪春泓著　北京：學苑出版社　2002 年 6
月第 1 版

文心雕龍注釋　周振甫著　北京：人民文學出版社　1981 年 11 月
　　　　第 1 版　1998 年 7 月

文心雕龍作家論研究──以建安時期作家為限　方元珍著　台北：
　　　　　文史哲出版社　民國 92 年 6 月初版

文心雕龍批評論新詮　林杉著　呼和浩特：內蒙古教育出版社
　　　　2002 年 1 月第 1 版

文心雕龍批評論發微　沈謙著　台北：聯經出版事業公司　民國 66
　　　　年 5 月初版，民國 73 年 9 月第 3 刷。

文心雕龍系統觀　石家宜著　南京：江蘇古籍出版社　2001 年 9 月
　　　　初版

文心雕龍美學　繆俊傑著　北京：文化藝術出版社　1987 年 7 月

文心雕龍美學思想論稿　易中天著　上海：上海文藝出版社　1988
　　　　年 8 月第 1 版

文心雕龍美學思想論稿　趙盛德著　桂林：漓江出版社　1988 年 10
　　　　月第 1 版

文心雕龍校注　楊明照著　北京：中華書局　2000 年 8 月第 1 版

文心雕龍校注拾遺補正　楊明照著　南京：江蘇古籍出版社　2001
　　　　年 6 月第 1 版

文心雕龍要義申說　華仲麐著　台北：學生書局　民國 87 年 10 月
　　　　初版

文心雕龍校證　王利器校箋　台北：明文書局　民國 74 年 10 月 2
　　　　版

文心雕龍校釋　劉永濟校釋　台北：華正書局　民國 70 年 10 月初

版

文心雕龍研究　王更生著　台北：文史哲出版社　民國 68 年 5 月增訂初版，民國 78 年 10 月增訂 3 版。

文心雕龍研究　穆克宏著　福建：福建教育出版社　1991 年 9 月第 1 版

文心雕龍研究　日本　戶田浩曉著，曹旭譯　上海：上海古籍出版社　1992 年 6 月第 1 版

文心雕龍研究　張少康編　武漢：湖北教育出版社　2001 年 8 月第 1 版

文心雕龍研究　牟世金著　北京：人民文學出版社　1995 年 8 月第 1 版

文心雕龍研究史　張文勛著　昆明：雲南大學出版社　2001 年 6 月第 1 版

文心雕龍研究史　張少康、江春泓、陳允鋒、陶禮天著　北京大學出版社　2001 年 9 月第 1 版

文心雕龍研究第 1 輯　中國文心雕龍學會編　北京：北京大學出版社　1995 年 7 月第 1 版

文心雕龍研究第 2 輯　中國文心雕龍學會編　北京：北京大學出版社　1996 年 9 月第 1 版

文心雕龍研究第 3 輯　中國文心雕龍學會編　北京：北京大學出版社　1998 年 7 月第 1 版

文心雕龍研究第 4 輯　中國文心雕龍學會編　北京：北京大學出版社　2000 年 3 月第 1 版

文心雕龍研究第 5 輯　中國文心雕龍學會編　保定：河北大學出版
　　　　　　　　　　社　2002 年 1 月第 1 版

文心雕龍研究論文選（上、下）　甫之　涂光社主編　山東：齊魯
　　　　　　　　　　書社　1988 年 1 月

文心雕龍研究薈萃　饒芃子主編　上海：上海書店　1992 年 6 月第
　　　　　　　　　　1 版

文心雕龍探索　王運熙著　上海：上海古籍出版社　1986 年 4 月第
　　　　　　　　　　1 版

文心雕龍探索（增補本）　王運熙著　上海：上海古籍出版社　2005
　　　　　　　　　　年 4 月第 1 版

文心雕龍通解　王禮卿著　台北：黎明文化事業股份有限公司　民
　　　　　　　　　　國 75 年 10 月初版

文心雕龍術語探析　陳兆秀著　台北：文史哲出版社　民國 75 年 5
　　　　　　　　　　月初版

文心雕龍國際學術研討會論文集　台灣台北師範大學國文系主編
　　　　　　　　　　台北：文史哲出版社　民國 89
　　　　　　　　　　年 3 月初版

文心雕龍創作論疏鑒　林杉著　呼和浩特：內蒙古教育出版社
　　　　　　　　　　1997 年 12 月第 1 版，1998 年 3 月第 1 刷。

文心雕龍註訂　張立齋註　台北：正中書局　民國 56 年 1 月第 1
　　　　　　　　　　版，民國 74 年 8 月第 8 刷。

文心雕龍散論及其他　周紹恒著　北京：學苑出版社　2004 年 1 月
　　　　　　　　　　第 2 版第 3 刷

文心雕龍新注新譯　張燈譯注　貴州教育出版社　2003 年 12 月第 1
　　　版

文心雕龍新探　張少康著　台北:文史哲出版社　民國 80 年 7 月初
　　　版

文心雕龍義疏　吳林伯著　武昌:武漢大學出版社　2002 年 2 月第
　　　1 版

文心雕龍解說　祖保泉著　合肥:安徽教育出版社　1993 年 5 月第
　　　1 版

文心雕龍新論　王更生著　台北：文史哲出版社　民國 80 年 5 月
　　　初版

文心雕龍義證　詹鍈義證　上海：上海古籍出版社　1989 年 8 月第
　　　1 版

文心雕龍與佛教關係之考辨　方元珍著　台北：文史哲出版社　民
　　　國 76 年 3 月初版

文心雕龍綜論　中國古典文學研究會主編　台北：學生書局　民國
　　　77 年 5 月初版

文心雕龍綜論　李平著　北京：中國文聯出版社　1999 年 12 月第
　　　1 版

文心雕龍論文集　趙萬里、潘重規等著　台北：西南書局　民國 68
　　　年 2 月再版

文心雕龍樞紐論研究　黃端陽著　台北:國家出版社　民國 89 年 6
　　　月初版

文心雕龍國際學術研討會論文集　國立台灣台北師範大學國文學

系主編　台北：文史哲出版社
民國 89 年 3 月初版

文心雕龍斟詮　李曰剛校、註、譯　台北：國立編譯館　民國 71
　　年 5 月出版

文心雕龍學刊第 4 輯　文心雕龍學會編　濟南：齊魯書社　1986 年
　　12 月初版

文心雕龍學刊第 6 輯　文心雕龍學會編　濟南：齊魯書社　1992 年
　　1 月初版

文心雕龍學刊第 7 輯　文心雕龍學會編　廣州：廣東人民出版社
　　1992 年 11 月初版

文心雕龍辨疑　張燈著　貴陽：貴州人民出版社　1995 年 10 月第 1
　　版

文心雕龍學綜覽　楊明照主編　林其錟執行編輯　上海：上海書店
　　1995 年 6 月

文心雕龍臆論　陳思苓著　成都：巴蜀書社　1988 年 6 月第 1 版

文心雕龍譯注　陸侃如、牟世金譯注　濟南：齊魯書社　1995 年 4
　　月第 1 版，1996 年 11 月第 2 刷。

文心雕龍讀本　王更生注譯　台北：文史哲出版社　民國 86 年 10
　　月初版 6 刷

文心識隅集　李慶甲著　上海：上海古籍出版社　1989 年 12 月第 1
　　版

日本研究文心雕龍論文集　王元化編選，彭恩華等譯　濟南：齊魯
　　　　書社　1983 年 4 月第 1 版

文論巨典——《文心雕龍》與中國文化　戚良德著　河南大學出版
　　　社　2005 年 4 月第 1 版

古典文學的奧秘——文心雕龍　王夢鷗著　台北：時報出版社　民
　　　國 71 年 12 月

台灣近五十年來「《文心雕龍》學」研究　劉渼著　台北：萬卷樓
　　　圖書有限公司　民國 90
　　　年 3 月

在文心雕龍與詩學之間　王毓紅著　北京：學苑出版社　2002 年 3
　　　月第 1 版

紀曉嵐評注文心雕龍　梁·劉勰撰，清·黃叔琳注，清·紀昀評　揚
　　　州：江蘇廣陵古籍刻印社，依道光 13 年冬刊
　　　於兩廣節署本之翰墨園藏板影印　1997 年 7
　　　月第 1 版

新譯文心雕龍　羅立乾注譯　台北：三民書局　民國 85 年 2 月再版

論劉勰及其文心雕龍　中國文心雕龍學會編　北京：學苑出版社
　　　2000 年 2 月第 1 版

劉勰　劉綱紀著　台北：東大圖書公司　民國 78 年 9 月初版

劉勰文士論研究　張鳳翔著　台北：輔仁大學中國文學研究所碩士
　　　論文　民國 94 年 6 月

劉勰文學思想的建構與精髓　吳聖昔著　台北：貫雅文化事業有限
　　　公司重排翻印　民國 81 年 10 月初版

劉勰年譜滙考　牟世金著　四川：巴蜀書社　1988 年 1 月第 1 版

劉勰和文心雕龍　陸侃如、牟世金著　台北：國文天地出版社翻印

自上海古籍出版社　民國 80 年 2 月初版

劉勰的審美理想　陳詠明著　台北：文津出版社　民國 81 年 12 月
　　　　初版

劉勰評傳　楊明著　南京：南京大學出版社　2001 年 5 月第 1 版

雕龍後集　牟世金著　濟南：山東大學出版社　1993 年 11 月第 1
　　　　版

雕龍集　牟世金著　北京：中國社會科學出版社　1983 年 5 月

乙、清朝道光以前出版之著作

十三經注疏　唐·孔穎達等疏，清·阮元據宋版重刻，嘉慶二十年
　　　　於南昌府學開雕　台北：藝文印書館影印　民國 86
　　　　年 8 月

人物志校箋　魏·劉邵著，李崇智校箋　成都：巴蜀書社　2001 年
　　　　11 月第 1 版

三國志　晉·陳壽撰，劉宋·裴松之注　台北：鼎文書局依北京中
　　　　華書局點校本重排翻印　民國 82 年 2 月 7 版

小倉山房詩文集　清·袁枚著　上海：上海古籍出版社　1988 年 3
　　　　月第 1 版

才調集　五代蜀·韋縠編集，明·馮舒、馮班評（以沈雨若所刻為

底本）　台北：新文豐出版公司　民國 69 年 2 月

才子杜詩解　清・金采（聖歎）解　台北：新文豐出版公司據民國
　　8 年上海震華書局吳縣王大錯本影印　民國 68 年 10 月

大戴禮記解詁　西漢・戴德編選，清・王聘珍解詁　台北：漢京文
　　化事業有限公司　民國 76 年 10 月初版

王右丞集箋注　唐・王維著，清・趙殿成箋注　上海：上海古籍出
　　版社據乾隆年間刻本排印　1964 年 6 月新 1 版
　　1998 年 2 月第 2 刷。

文史通義校注　清・章學誠著，葉瑛校注　台北：仰哲出版社據北
　　京中華書局本翻印

文賦集釋　西晉・陸機著，張少康集釋　北京：人民文學出版社
　　2002 年 9 月第 1 版

毛詩鄭箋　西漢・毛亨傳（待考），東漢鄭玄箋　台北：中華書局
　　依相臺岳氏家塾本校刊（筆者按：相臺岳氏本藏於清宮
　　中，已燬於嘉慶年間。今所見者或為武英殿仿刻本。甚
　　至亦非武英殿所刻原本，而為金陵書局或其他官方書局
　　重刻者。因此除非有南宋、元、明、清民間特藏者出，
　　否則皆為贗品。）　民國 72 年 12 月臺 5 版

白虎通疏證　東漢・班固撰，清・陳立疏證　北京：中華書局　1994
　　年 8 月第 1 版，1997 年 10 月第 2 刷

四書章句集注　宋・朱熹撰　台北：鵝湖出版社　民國 73 年 9 月出
　　版

玉臺新詠箋注　陳・徐陵編，清・吳兆宜注　台北：明文書局（以

乾隆 39 年刊行之程琰刪補本為底本點校） 民國 77 年 7 月初版

世説新語箋疏 劉宋·劉義慶編著，梁·劉孝標注，余嘉錫箋疏 台北：華正書局 民國 78 年 3 月出版

玉谿生詩集箋注 清·馮浩箋注 台北：里仁書局 民國 70 年 8 月台 3 版，以德聚堂乾隆庚子年重刻本為底本。

全上古三代秦漢三國六朝文 清·嚴可均編 台北：世界書局依光緒甲午年季春黃岡王氏刊本影印 民國 72 年 2 月 4 版

老子、周易王弼注校釋 樓宇烈校釋 台北：華正書局 民國 71 年出版

朱子語類 宋·黎德靖編 台北：文津出版社 民國 75 年 12 月出版

西京雜記 東晉·葛洪著 北京：中國書店（收入《龍溪精舍叢書》） 1991 年 6 月初版

名家詩法彙編 明·朱紱編次 台北：廣文書局依萬曆丁丑年朱紱刊本影印 民國 62 年 9 月

呂氏春秋集釋等五書 秦·呂不韋編纂，許維遹等集釋 台北：鼎文書局 民國 73 年 10 月 2 版

杜甫戲為六絕句集解 郭紹虞集解 台北：木鐸出版社與《元好問論詩三十首小箋》合刊 民國 77 年 9 月出版

李賀詩歌集注 唐·李賀著，清·王琦、姚文燮、方扶南批注 上海：上海人民出版社 1977 年 12 月第 1 版

杜詩錢注　唐・杜甫著，清・錢謙益注　台北：世界書局　民國 80
　　　年 9 月 7 版

杜詩詳注　唐・杜甫著，清・仇兆鰲注　台北：里仁書局　民國 69
　　　年 7 月 30 日

法言義疏　西漢・揚雄著，汪榮寶義疏　北京：中華書局　1987 年
　　　3 月第 1 版，1996 年 9 月第 2 刷。

金樓子　梁・蕭繹著　台北：世界書局（按：此乃自永樂大典中輯
　　　出）　民國 48 年 1 月初版

河嶽英靈集研究　傅璇琮、李珍華撰　北京：中華書局　1992 年 9
　　　月第 1 版

南史　唐・李延壽撰　台北：鼎文書局依北京中華書局點校本重排
　　　翻印　民國 80 年 4 月 7 版

昭明文選　蕭梁・蕭統編，唐・李善著，清・胡克家依南宋淳熙尤
　　　袤（延之）本重雕　台北：藝文出版社影印　民國 72
　　　年 6 月 10 版

南齊書　梁・蕭子顯著　台北：鼎文書局依北京中華書局點校本重
　　　排翻印　民國 82 年 5 月 7 版

苕溪漁隱叢話　宋・胡仔編著，廖德明據乾隆年間楊佑啓耘經樓宋
　　　版重雕本點校　台北：長安出版社　民國 67 年 12
　　　月

後漢紀　東晉・袁宏著　中國書店印行《龍溪精舍叢書》本　1991
　　　年 6 月初版

後漢書　劉宋・范曄撰　北京：中華書局　1965 年 5 月第 1 版，2001

年 5 月第 9 刷。

荀子新注　戰國趙·荀況著，北京大學哲學系以王先謙《荀子集解》
　　　　爲底本注釋　台北：里仁書局　民國 72 年 11 月出版

袁枚續詩品詳注　劉衍文、劉永翔合注　上海：上海書店出版社
　　　　1993 年 12 月第 1 版，1997 年 9 月 2 刷。

莊子集釋　戰國宋·莊周著，清·郭慶藩集釋　台北：華正書局　民
　　　　國 83 年 8 月

淮南子集釋　西漢·劉安編，何寧集釋（以光緒二年浙江書局刻莊
　　　　逵吉校刊本爲底本）　北京：中華書局　1998 年 10
　　　　月第 1 版

梁書　唐·姚思廉撰　台北：鼎文書局依北京中華書局點校本重排
　　　　翻印　民國 82 年 1 月 7 版

唱經堂才子書　〔清〕金采（聖歎）撰　台北：啓明書局與《西青
　　　　散記》、《豆棚閒話》、《遊仙窟》等書合刊　民
　　　　國 50 年 4 月

陸機文賦校釋　西晉·陸機著，楊牧校釋　台北：洪範書店　民國
　　　　74 年 4 月

隋書　唐·魏徵等編纂　台北：鼎文書局依北京中華書局點校本重
　　　　排翻印　民國 82 年 10 月 7 版

詞選　清·張惠言選錄　台北：廣文書局　1970 年 1 月初版，1979
　　　　年 6 月再版

詩人玉屑　宋·魏慶之編撰　台北：世界書局據道光年間古松堂重
　　　　刻宋本點校出版　民國 81 年 9 月 6 版

詩品集注　蕭梁·鍾嶸著，曹旭集注　上海：上海古籍出版社　1994
　　年 10 月初版，1996 年 8 月第 2 刷。

詩品集解（與續詩品注合刊）　唐·司空圖著，郭紹虞集解　北京：
　　人民文學出版社　1963 年 10 月初版，1998 年 2 月重印

詩家直説箋注　明·謝榛著，李慶立、孫慎之箋注（以明萬曆二十
　　　　四年趙府冰玉堂刻印《四溟山人全集》中的《詩家
　　　　直説》為底本）　濟南·齊魯書社　1987 年 5 月第
　　　　1 版

詩集傳　宋·朱熹集傳　台北：藝文印書館影印南宋寧宗、理宗間
　　刊 7 行 15 字本　民國 63 年 4 月 3 版

詩源辨體　明·許學夷著　北京人民文學出版社　1987 年 10 月初
　　版

詩藪　明·胡應麟著　台北：廣文書局據崇禎五年延陵吳國琦重刊
　　本影印　民國 62 年 9 月初版

詩體明辯　明·徐師曾編纂，沈芬、沈騏箋　台北：廣文書局據明
　　崇禎庚辰年嘉興沈氏原刊本影印　民國 61 年 4 月初版

楚辭章句　東漢·王逸注，明馮紹祖校正　台北：藝文印書館據馮
　　紹祖觀妙齋本影印　民國 63 年 4 月再版

楚辭補注　宋·洪興祖注　台北：藝文印書館據清朝李錫齡惜陰軒
　　叢書影印發行　民國 75 年 12 月 7 版

楚辭集注　宋·朱熹集注　台北：藝文印書館據宋本影印　民國 63
　　年 4 月 3 版

滄浪詩話校釋　宋·嚴羽著，郭紹虞校釋（以明朝正德年間趙郡尹

嗣忠校刻本為底本）　台北：里仁書局　民國 76
　　年 4 月出版

漢書　東漢・班固著，唐・顏師古注　北京：中華書局　1962 年 6
　　月第 1 版，1996 年 5 月第 9 刷。

爾雅義疏　清・郝懿行義疏　台北：藝文印書館　民國 76 年 10 月
　　4 版

論衡校釋　漢・王充撰，黃暉校釋　北京中華書局　1990 年 2 月第
　　1 版，1996 年 11 月第 2 刷。

歷代詩話　清・何文煥輯　台北：漢京文化事業有限公司　民國 72
　　年 1 月

歷代詩話續編　丁福保輯　台北：木鐸出版社　民國 77 年 7 月

隨園詩話　清・袁枚著　台北：漢京文化出版事業有限公司　民國
　　73 年出版

歐陽修全集　宋・歐陽修著　北京：中國書店　1986 年 6 月第 1 版
　　1991 年 9 月第 2 刷

顏氏家訓集解　北齊・顏之推著，王利器集解　台北：漢京文化事
　　業有限公司　民國 72 年 9 月出版

韓非子集解　戰國・韓非著，清・王先慎撰　北京：中華書局　1998
　　年 7 月

韓昌黎文集校注　唐・韓愈著，清・馬其昶校注　台北：漢京文化
　　事業有限公司，民國 72 年 11 月

蘇文忠公詩編註集成　清・王文誥編註　台北：學生書局　民國 56
　　年 5 月初版

蘇東坡全集　宋・蘇軾著　北京：中國書店　1986 年 6 月第 1 版，
　　1992 年 10 月第 3 刷
讀杜心解　唐・杜甫著，清・浦起龍解　台北：漢京文化事業有限
　　公司據雍正二年寧我齋自刻本影印　1980 年 7 月

丙、清朝道光（包含道光）以後所出版著作

一首詩的完成　王靖獻（筆名楊牧）　台北：洪範書店　民國 78
　　年 2 月初版
人文科學的邏輯　〔德國〕思斯特・卡西勒（Ernst Cassirer）著　關
　　子尹譯　台北：聯經出版公司　民國 78 年 5 月 2
　　刷
人間詞話　王國維著　滕咸惠校注　山東：齊魯書社　1986 年 8 月
　　新 1 版
夕秀集　張少康著　北京：華文出版社　1999 年 1 月第 1 版
才　龔鵬程著　台北：學生書局　民國 95 年 3 月
才性與玄理　牟宗三著　台北：學生書局　民國 74 年 7 月修訂 7
　　版（臺 5 版）
文化符號學　龔鵬程著　台北：學生書局　民國 81 年 8 月初版
文本學　傅延修著　北京：北京大學出版社　2004 年 12 月初版

中古文學史料考　曹道衡、沈玉成著　北京：中華書局　2003 年 7
　　　　月第 1 版

中古文學史論文集　曹道衡著　北京：中華書局　1986 年 7 月第 1
　　　　版

中古文學史論文集續編　曹道衡著　台北：文津出版社　民國 83
　　　　年 7 月初版

中古文學文獻學　劉躍進著　南京：江蘇古籍出版社　1997 年 12
　　　　月第 1 版，2000 年 1 月第 2 刷。

中古文學的文化思考　王力堅著　新加坡：新社出版　2003 年 7 月

中古文學理論範疇　詹福瑞著　保定：河北大學出版社　1997 年 5
　　　　月第 1 版

中古文學論著三種　劉師培著　瀋陽：遼寧教育出版社　1997 年 3
　　　　月第 1 版

中古文學繫年　陸侃如著　北京：人民文學出版社　1985 年 6 月

文氣論詮　張靜二著　台北：五南圖書出版公司　民國 83 年 4 月

中國文論——英譯與評論　〔美國〕宇文所安（Stephen Owen）著，
　　　　王柏華、陶慶梅依 1992 年版英文本譯
　　　　上海：上海社會科學院出版社　2003 年
　　　　1 月第 1 版

中國文學史論文選集第一冊　羅聯添編　台北：台灣學生書局　民
　　　　國 67 年 5 月

中國文學批評第一集　呂正惠　蔡英俊主編　台北：學生書局　民
　　　　國 80 年 8 月初版

中國文學理論史六朝篇　王金凌著　台北：華正書局　民國 77 年 4
月初版

中國文學理論與實踐　王夢鷗著　台北：時報文化出版企業有限公
司　1995 年 11 月初版

中國文學論集　徐復觀著　台北：學生書局　民國 74 年 1 月 6 版

中國文學論集續篇　徐復觀著　台北：學生書局　民國 73 年 9 月再
版

中國古代文學批評學　賴力行著　武昌：華中師範大學出版社
1991 年 3 月第 1 版

中國古典文論新探　黃維樑著　北京：北京大學出版社　1996 年 11
月第 1 版，1997 年 4 月第 2 刷。

中國古典詩論中「語言」與「意義」的論題　蔡英俊著　台北：學
生書局　2001 年 4 月

中國哲學發展史（秦漢）　任繼愈主編、孔繁等撰寫　北京：人民
出版社　1985 年 2 月第 1 版，1998 年 5
月第 2 刷。

中國哲學發展史（魏晉南北朝）　任繼愈主編、孔繁等撰寫　北京：
人民出版社　1988 年 4 月第 1 版
第 1 刷

中國評點文學史　孫琴安著　上海社會科學出版社　1999 年 6 月第
1 版

中國詩詞發展史（筆者按：本書即《中國詩史》，在台灣翻印並易
　　　　　　名出版）　陸侃如、馮沅君合著　台北：藍田出版
　　　　　　社翻印

中國詩話史　蔡鎮楚著　長沙：湖南文藝出版社　1988 年 5 月第 1
　　　　　　版

中國經學史　馬宗霍著　台北：商務印書館　民國 65 年 2 月臺 5
　　　　　　版

中國詩學批評史　陳良運著　江西人民出版社　2001 年 3 月第 2 版

中國詩學縱橫論　黃維樑著　台北：洪範書店　民國 75 年 11 月 4
　　　　　　版

中國歷代文論選（上）、（中）、（下）　郭紹虞主編　台北：木
　　　　　　鐸出版社重排翻印　民國 70 年 4 月再版

中國歷代文論選第一冊　郭紹虞、王文生編注　上海：上海古籍出
　　　　　　版社　1988 年 2 月 8 刷

中國歷代文論選第二冊　郭紹虞、王文生編注　上海：上海古籍出
　　　　　　版社　1990 年 3 月 11 刷

中國歷代文論選第三冊　郭紹虞、王文生編注　上海：上海古籍出
　　　　　　版社　1988 年 3 月 8 刷

中國歷代文論選第四冊　郭紹虞、王文生編注　上海：上海古籍出
　　　　　　版社　1988 年 2 月 8 刷

中國歷史地圖集　譚其驤主編　北京：中國地圖出版社　1982 年 10
　　　　　　月第 2 版，1996 年 6 月第 3 次印刷。

中國選本批評　鄒雲湖著　上海：三聯書店　2002 年 7 月第 1 版

文論講疏　許文雨編著　台北：正中書局　民國 26 年 1 月初版，民
　　　國 74 年 8 月第 5 次印行。

文學批評原理　〔英國〕理查茲（I. A. Richards）著，楊自伍譯　南
　　　昌：百花洲文藝出版社　1992 年 2 月第 1 版第 2 刷

文學批評理論　〔英國〕拉曼・塞爾登（Raman Selden）編　劉象
　　　愚、陳永國等譯　北京：北京大學出版社　2003 年
　　　十月第 2 版

文學意義研究　汪正龍著　南京：南京大學出版社　2002 年 6 月第
　　　1 版

文學概論　王夢鷗著　台北：藝文印書館　民國 71 年 10 月 2 版

文學論　〔美國〕Rêne Wellek & Austin Warren 著　王夢鷗、許國
　　　衡譯　台北：志文出版社　1992 年 12 月再版

文選學　駱鴻凱著　台灣：中華書局　民國 57 年 9 月台 4 版

文藝心理學　朱光潛著　台北：智揚出版社翻印　民國 75 年

文藝心理學教程　童慶炳、程正民主編　北京：高等教育出版社
　　　2001 年 4 月初版，2001 年 7 月第 2 刷

文藝心理學概論　金開誠著　北京：北京大學出版社　1990 年 1 月
　　　第 2 版，2001 年 6 月第 3 刷

文鏡秘府論校注　〔日本〕弘法大師（筆者按：即空海和尚；遍照
　　　金剛）撰，王利器校注　台北：貫雅文化事業有
　　　限公司　民國 80 年 12 月初版

古代文學理論研究論文集　王達津著　天津：南開大學出版社
　　　1985 年 8 月第 1 版

玄學與魏晉士人心態　羅宗強著　台北：文史哲出版社　民國 81
　　　　年 11 月初版

西方文藝理論名著選編　伍蠡甫、胡經之主編　北京：北京大學出
　　　　版社　1987 年 3 月第 1 版，2003 年 6 月第
　　　　8 次印刷。

西洋文學批評史　　〔美國〕W. K. Wimsatt & Cleanth Brooks 合著，
　　　　顏元叔譯台北：志文出版社　1995 年 8 月再版

先秦兩漢文學批評史　顧易生、蔣凡著　上海：上海古籍出版社
　　　　1990 年 4 月第 1 版

先秦漢魏晉南北朝詩　逯欽立輯校　台北：木鐸出版社　民國 77
　　　　年 7 月

西漢文學思想　汪耀明著　上海：復旦大學出版社　1994 年 2 月第
　　　　1 版

宋四家詞選、譚評詞辨（附介存齋論詞雜著）　清‧周濟撰述　台
　　　　北:廣文書局據潘喜齋刊本影印　民國 51 年 11 月初版

宋、金、元文學批評史　顧易生、蔣凡、劉明今著　上海：上海古
　　　　籍出版社　1996 年 6 月第 1 版

李商隱詩箋方法論　顏崑陽著　台北:學生書局　民國 80 年 3 月初
　　　　版

批評的剖析　〔加拿大〕諾思諾普‧弗萊（Northrop Frye）著，陳
　　　　慧、袁憲軍、吳偉仁等譯　天津：百花文藝出版社
　　　　1998 年 11 月第 1 版

批評旅途：六十年代之後　〔美國〕莫瑞‧克里格（Murray Krieger）
　　　　　　著，李自修等翻譯、結集　北京：中國
　　　　　　社會科學出版社　1998 年 2 月第 1 版
明代文學批評史　袁震宇、劉明今著　上海：上海古籍出版社　1996
　　　　　　年 12 月第 1 版
近代文學批評史第 2 卷　〔美國〕　Rêne Wellek 著，楊自伍譯　上
　　　　　　海：上海譯文出版社　1997 年 7 月第 1 版
近代文學批評史第 3 卷　〔美國〕　Rêne Wellek 著，楊自伍譯　上
　　　　　　海：上海譯文出版社　1997 年 7 月第 1 版
近代文學批評史第 4 卷　〔美國〕　Rêne Wellek 著，楊自伍譯　上
　　　　　　海：上海譯文出版社　1997 年 7 月第 1 版
近代文學批評史第 5 卷　〔美國〕　Rêne Wellek 著，楊自伍譯　上
　　　　　　海：上海譯文出版社　2002 年 3 月第 1 版
近代文學批評史第 6 卷　〔美國〕　Rêne Wellek 著，楊自伍譯　上
　　　　　　海：上海譯文出版社　2005 年 1 月第 1 版
近代美國理論：建制、壓抑、抗拒　〔美國〕墨瑞‧柯理格（Murray
　　　　　　Krieger 按：即莫瑞　克里格，
　　　　　　台灣、中國二地譯名不一）著，
　　　　　　單德興譯　台北：書林出版有
　　　　　　限公司　民國 84 年 8 月初版
兩漢魏晉南北朝文學批評資料彙編　曾永義　柯慶明編　台北：成
　　　　　　文出版社　民國 67 年 9 月初版
孟學思想史論（卷 2）　黃俊傑著　台北：中央研究院中國文哲所

民國 86 年 6 月初版

迦陵論詩叢稿　葉嘉瑩著　北京：中華書局　2005 年 1 月新 1 版

南朝文學與北朝文學研究　曹道衡著　南京：江蘇古籍出版社
　　　1998 年 7 月第 1 版

神與物遊——論中國傳統審美方式　成復旺著　台北：商鼎文化出
　　　版社　1992 年 4 月臺初版

柏臘圖文藝對話集　朱光潛譯　台北：蒲公英出版社　民國 75 年

俄蘇形式主義文論選　〔法國〕茨維坦·托多羅夫編選譯　蔡鴻濱
　　　中譯　北京：中國社會科學出版社　1989 年
　　　3 月第 1 版

原人論（中國古代文學理論體系之一）　黃霖、吳建民、吳兆路著　上
　　　海：復旦大學出版社　2000 年 5 月初版

唐詩的傳承——明代復古詩論研究　陳國球著　台北：學生書局
　　　民國 79 年 9 月初版

清代文學批評史　鄔國平、王鎮遠著　上海：上海古籍出版社　1995
　　　年 11 月第 1 版

陳寅恪晚年詩文釋證　余英時著　台北：東大圖書公司　民國 87
　　　年 1 月初版

清詩話　丁仲祜編　台北：藝文印書館　民國 66 年 5 月再版

清詩話續編　郭紹虞編　台北：藝文印書館　民國 74 年 9 月初版

理解事件與文本意義——文學詮釋學　李建盛著　上海：上海譯文
　　　出版社　2002 年 3 月第 1 版

符號學文學論文集　趙毅衡編選　天津：百花文藝出版社　2004 年
　　5 月第 1 版

散文理論　〔蘇俄〕維·什克洛夫斯基著，劉宗次譯　南昌：百花
　　洲文藝出版社　1994 年 10 月第 1 版

隋唐五代文學批評史　王運熙、楊明著　上海：上海古籍出版社
　　1996 年 12 月第 1 版

猶記風吹水上麟——錢穆與現代中國學術　余英時著　台北：東大
　　圖書公司　民國 84 年 3 月

詞話叢編　唐圭璋編　台北：新文豐出版公司　民國 77 年 2 月

詩三家義集疏　王先謙撰　台北：世界書局　民國 68 年 10 月再版

當代文學理論　〔美國〕G. Douglas Atkins & Laura Morrow 編，張
　　雙英、黃景進等合譯　台北：合森文化事業有限公
　　司　民國 80 年 9 月初版

當代西方文學批評理論　朱耀偉編譯　台北：駱駝出版社　民國 81
　　年 4 月

「新批評」文集　趙毅衡編選　天津：百花文藝出版社　2001 年 9
　　月第 1 版

傳統文學論衡　王夢鷗著　台北：時報文化出版企業有限公司　民
　　國 76 年 6 月初版

傳統的與現代的　王靖獻著　台北：志文出版社　民國 66 年

詩話學　蔡鎮楚著　長沙：湖南教育出版社　1990 年 10 月第 1 版，
　　1992 年 7 月第 2 版

意義　〔匈牙利裔，英國籍〕邁克·博藍尼（Michael Polanyi），

〔美國〕哈利·浦洛施（Harry Prosch）著　彭淮棟譯　台北：
　　　聯經出版公司　民國 75 年 4 月 2 刷

道、聖、文論——中國古典文論要義　林衡勛著　北京：中國社會
　　　科學出版社　2001 年 12 月初版

經學歷史　〔清〕皮錫瑞撰，周予同注　台北：漢京文化事業有限
　　　公司　民國 72 年 9 月初版

詮釋與過度詮釋　〔義大利〕安伯托·艾柯等著，〔英國〕史提芬·
　　　柯里尼編，王宇根譯　北京：生活·讀書·新知
　　　三聯書店　1997 年 4 月第 1 版

羣體的選擇　蕭鵬著　台北文津出版社　民國 81 年 11 月初版

對文學藝術作品的認識（*Cognition of The Literary Work of Art*）〔波
　　　蘭〕羅曼·英加登（Roman Ingardan）著，
　　　陳燕谷等譯　台北：商鼎文化出版社　民國
　　　80 年 12 月臺初版

漢代解經學中的作者論及其運用方式之含義　陳麒仰著　台灣淡江
　　　　　　　　　　　　　大學中國文學研究所
　　　　　　　　　　　　　碩士論文　民國 87
　　　　　　　　　　　　　年 1 月

漢代經學文論敘述研究　程勇著　山東齊魯書社　2005 年 4 月第 1
　　　版

漢魏六朝心理思想研究　燕國材著　台北：谷風出版社翻印　民國
　　　77 年 6 月

漢魏六朝唐代文學論叢（增補本）　王運熙著　上海：復旦大學出

版社　2002 年 5 月第 1 版

漢魏六朝的思想和文學　〔日本〕岡村繁著，陸曉光譯　上海：上
　　　　　海古籍出版社（收入《岡村繁全集》第參
　　　　　卷）　2002 年 8 月第 1 版

寫作的零度　〔法國〕羅蘭‧巴特著　李幼蒸譯　台北：久大文化
　　　股份有限公司　1991 年 7 月初版

摯虞研究　鄧國光著　香港：學衡出版社　1990 年 12 月初版

論語會箋　徐英編著　台北：正中書局　民國 70 年 4 月臺 9 版

鍾嶸詩品研究　張伯偉著　南京：南京大學出版社　1999 年 6 月第
　　　　　1 版　2000 年 3 月第 2 刷

魏晉玄學論稿　湯用彤撰　上海：上海古籍出版社重印　2001 年 6
　　　　　月第 1 版

魏晉南北朝史　王仲犖著　上海：上海人民出版社　1980 年 12 月
　　　　　第 1 版　1990 年 3 月第 6 刷

魏晉南北朝文學與思想研討會論文集　國立成功大學中國文學系主
　　　　　　　　　　　編　台北：文史哲出版社
　　　　　　　　　　　1990 年

魏晉南北朝文學論集　香港中文大學中國語言文學系主編　台北：
　　　　　文史哲出版社　民國 83 年 11 月

魏晉南北朝文學論叢　周勛初著　南京：江蘇古籍出版社　1999 年
　　　　　11 月第 1 版

魏晉南北朝文學批評史　王運熙、楊明著　上海：上海古籍出版社
　　　　　1989 年 6 月第 1 版

魏晉清談　唐翼明著　台北：東大圖書股份有限公司　民國 81 年
　　　10 月初版
魏晉學術人物新研　張蓓蓓著　台北：大安出版社　民國 90 年 12
　　　月 1 版
藝概　〔清〕劉熙載著　台北：漢京文化出版事業有限公司　民國
　　74 年 9 月
鏡與燈　〔美國〕M. H. 艾布拉姆斯（M. H. Abrams）著，酈稚牛
　　　等人中譯　北京：北京大學出版社　1989 年 12 月第 1 版

丁、英文著作

Adams,Hazard ed., *Critical Theory Since Plato.* U.S.A:Harcourt Brace
　　　　　　　ovanovich, Inc. 1971（民國 74 年台北雙葉書店）
Brooks, Cleanth & Robert Penn Warren. *Understanding Poetry.* New
　　　　　York: Henry Holt and Company, Inc.,1938,1950
Bennett, Andrew. *The Author.* Great Britain:Taylor & Francis Group,
　　　　　2005
Bleich, David. *Subjective Critism.* U.S.A.:John Hopkins University,
　　　　　1981
Brooks, Cleanth & Robert Penn Warren. *Understanding Fiction.*

Appleton-Century-Crofts, Inc.,1968 senond edition

Brooks, Cleanth & Robert B. Heilman. *Understanding Drama: Twelve Plays.* Holt,Rinehart and Winston, Inc.,1945,1968

Brooks, Cleanth. *The Well Wrought Urn: Studies in The Structure of Poetry.* San Diego, New York, London: Harcourt Brace Jovanovich,Publishers,1947,1975

Burke, Sean. *The Death and Return of the Author.* Great Britain: Edinburgh University Press, first print in1992 ,second edition in 1998, reprint in 1999

Eco, Umberto, Richard Rorty, Jonathan Culler, Christine Brook-Rose. *Interpretation and overinterpretation.* Great Britain: Cambridge University Press,1994 reprinted from first published,1992

Hirsch, E. D. *Validity in interpretation.* New HavenYale University Press,c1967

Ingarden,Roman. *The Literary Work of Art.* Translated by George G. Grabowicz from the third edition of *Das literarische Kunstwerk.* （Max Niemeyer Verlag, Tubingen,1965） U.S.A. : Northwestern University Press, 1973

Irwin, William ed. *The Death and Resurrection of the Author?.* U.S.A.: Greenwood press,2002

Iser, Wolfgang. *The Act of Reading: A Theory of Aesthetic Response.* U.S.A.: John Hopkins University Press,1978,1980

Jauss, Hans Robert. *Towerd an Aesthetics of Reception*. U.S.A.:

　　　　　　　Minnesota University Press, 1983,second printing.

Tate,Allen. *The Man of Letters in Modern World : Selected essays,*

　　　　　　　1928-1955. U.S.A.:Meridian Books,1955

Steiner, Peter. *Russian Formalism: A Metapoetics.* New York: Cornell

　　　　　　　University Press, 1984

Wellek, Rene & Austin Warren. *Theory of Literature*. U.S.A.：Harcourt,

　　　　　　　Brace & World, Inc., 1956（民國 67 年台北雙葉書店）

Wimsatt, William Kurtz. *Day of The Leopards:Essays in Defense of*

　　　　　　　Poems. New Haven and London :Yale

　　　　　　　University Press,1976

Wimsatt, W. K. & Monroe C. Beardsley. *The Verbal Icon:Studies in*

　　　　　　　The Meaning of Poetry　　Lexington :Kentucky

　　　　　　　University Press of,1989, c1954

Wimsatt, W. K. & Cleanth Brooks. *Literary Criticism :A Short History*.

　　　　　　　Chicago: The University of Chicago Press,1957

國家圖書館出版品預行編目資料

「作者」觀念之探索與建構——以《文心雕龍》為中心的研究

賴欣陽著. – 初版. – 臺北市：臺灣學生，
2007[民 96]
面；公分
參考書目：面

ISBN 978-957-15-1357-7(精裝)
ISBN 978-957-15-1356-0(平裝)

1. 文心雕龍 – 研究與考訂

820   96008182

「作者」觀念之探索與建構
—以《文心雕龍》為中心的研究(全一冊)

著　作　者：賴　　　欣　　　陽
出　版　者：臺 灣 學 生 書 局 有 限 公 司
發　行　人：盧　　　保　　　宏
發　行　所：臺 灣 學 生 書 局 有 限 公 司
　　　　　　臺 北 市 和 平 東 路 一 段 一 九 八 號
　　　　　　郵 政 劃 撥 帳 號 ： 0 0 0 2 4 6 6 8
　　　　　　電　話　：（0 2）2 3 6 3 4 1 5 6
　　　　　　傳　眞　：（0 2）2 3 6 3 6 3 3 4
　　　　　　E-mail：student.book@msa.hinet.net
　　　　　　http：//www.studentbooks.com.tw

本書局登
記證字號：行政院新聞局局版北市業字第玖捌壹號

印　刷　所：長 欣 印 刷 企 業 社
　　　　　　中 和 市 永 和 路 三 六 三 巷 四 二 號
　　　　　　電　話　：（0 2）2 2 2 6 8 8 5 3

定價：精裝新臺幣七〇〇元
　　　平裝新臺幣六〇〇元

西 元 二 〇 〇 七 年 五 月 初 版